文獻學·第一輯 01

出土文獻與《尚書》校讀

趙朝陽著

蘭臺出版社

作者介紹

趙朝陽（1992—），四川南充人。現爲吉林大學古籍所博士研究生，主要從事古文字與經學史研究。已在《鄭州大學學報》、《漢語史與漢藏語研究》等刊物發表論文多篇，並參與國家社科基金項目。

目 錄

緒論

第一節 研究對象、緣起和目的

　　《尚書》，即上古之書，劉熙《釋名·釋典藝》謂「《尚書》，尚，上也。以堯爲上，始而書其時事也」，金景芳謂《尚書》爲「中國自有史以來的第一部信史」[1]。其內容則是有關虞夏商周政事之彙編，《荀子·勸學》「《書》者，政事之紀也」。在戰國晚年，《尚書》已被列爲六經之一。其初只稱爲《書》，劉歆《七略》云「《尚書》，直言也，始歐陽氏先名之」（《太平御覽·學部》引），但馬王堆帛書〈要〉篇已載《尚書》之名，可能戰國末始稱《尚書》[2]，被奉爲經典之後，又被稱爲《書經》。

　　漢代，《尚書》有今古文之分。今文爲伏生所傳，對於其篇數，皮錫瑞云：

　　　　今文《尚書》二十九篇，見於《史記》、《漢書》、《論衡》諸書甚詳。《史記·儒林傳》曰：「伏生求其書，亡數十篇，獨得二十九篇。」《漢書·藝文志》曰：「伏生求得二十九篇。」又曰：「孔氏得古文，以考二十九篇，得多十六篇。」〈儒林傳〉曰：「伏生求其書，獨得二十九篇。」又曰：「張霸分析合二十九篇爲數十。」《論衡·正說篇》引說《尚書》者曰：「秦燔《詩》、《書》，遺在者二十九篇。」又曰：「傳者或知《尚書》爲秦所燔，而謂二十九篇其遺脫不燒者也。」又曰：「或說《尚書》二十九篇者，法斗四七宿也。四七二十八宿，其一曰斗矣，故二十九。」又引或說曰「孔子更選二十九篇。二十九篇獨有法也」。據此諸書，是兩漢人言今文《尚書》者皆以爲二十九篇，無二十八篇之說也。然史公所謂二十九篇者，當分〈顧命〉、〈康誥〉爲二篇數之。班孟堅、王仲任所謂二十九篇者，在三家增入〈大誓〉之後，當合〈顧命〉、〈康王之誥〉爲一篇數之。[3]

---

[1] 金景芳、呂紹綱，《《尚書·虞夏書》新解·序》（瀋陽：遼寧古籍出版社，1996），頁1。

[2] 參廖名春，〈帛書〈要〉與《尚書》始稱問題〉，《帛書《易傳》初探》（臺北：文史哲出版社，1998）。

[3] 清·皮錫瑞撰，盛冬鈴、陳抗點校，《今文尚書考證》（北京：中華書局，1989），頁430。

其說甚是。《史記・周本紀》所述《尚書》分〈顧命〉與〈康王之誥〉爲二，但不知分篇如何。《尚書正義》謂〈顧命〉、〈康王之誥〉中馬、鄭、王本自「高祖寡命」以上屬於〈顧命〉，「王若曰」以下爲〈康王之誥〉。[1]而僞孔本《尚書》雖亦分〈顧命〉、〈康王之誥〉爲二，但卻以「王出在應門以內」以下屬〈康王之誥〉。今文二十九篇之篇目分別爲：虞夏書：（1）堯典（2）皋陶謨（3）禹貢（4）甘誓；商書：（5）湯誓（6）盤庚（三篇）（7）高宗肜日（8）西伯戡黎（9）微子；周書：（10）牧誓（11）洪範（12）金縢（13）大誥（14）康誥（15）酒誥（16）梓材（17）召誥（18）洛誥（19）多士（20）無逸（21）君奭（22）多方（23）立政（24）顧命（25）康王之誥（26）呂刑（27）文侯之命（28）費誓（29）秦誓。

漢之古文《尚書》，《漢書・藝文志》謂「古文《尚書》者，出孔子壁中。武帝末，魯恭王壞孔子宅，欲以廣其宮，而得古文《尚書》及《禮記》、《論語》、《孝經》，凡數十篇，皆古字也。……孔安國者，孔子後也。悉得其書，以考二十九篇，得多十六篇」。其篇目爲：〈舜典〉、〈汨作〉、〈九共〉、〈大禹謨〉、〈益稷〉、〈五子之歌〉、〈胤征〉、〈湯誥〉、〈咸有一德〉、〈典寶〉、〈伊訓〉、〈肆命〉、〈原命〉、〈武成〉、〈旅獒〉、〈冏命〉，馬融、鄭玄、王肅等俱未注此逸書（《經典釋文・序錄》），故其以無傳注師說而漸亡。

東晉初豫章內史梅賾所獻《古文尚書》，內含所謂「孔安國傳」，且文字皆經人爲「隸古」。此本自〈堯典〉分出〈舜典〉，又從〈皋陶謨〉分出〈益稷〉，又增出〈大禹謨〉、〈五子之歌〉、〈胤征〉、〈仲虺之誥〉、〈湯誥〉、〈伊訓〉、〈太甲〉（三篇）、〈咸有一德〉、〈說命〉（三篇）、〈泰誓〉（三篇）、〈武城〉、〈旅獒〉、〈微子之命〉、〈蔡仲之命〉、〈周官〉、〈君陳〉、〈畢命〉、〈君牙〉、〈冏命〉二十五篇，共五十八篇。唐時所傳隸古寫本即間有改爲通行字者[2]，至天寶三年（744），衛包始奉詔改字，後孔穎達又爲此本作《正義》，經文又刊於石，遂通行於今。[3]自宋

[1] 漢・孔安國傳，唐・孔穎達疏，廖名春・陳明整理，呂紹綱審定，《尚書正義（二）》（北京：北京大學出版社，2000），頁608。

[2] 參許建平，《敦煌經籍敘錄》（北京：中華書局，2006），頁118。

[3] 關於《尚書》之今古文、晚出古文以及流傳等問題，詳參清・皮錫瑞，《經學通

吳棫、朱熹始疑此本古文二十五篇之偽，明梅鷟《尚書考異》[1]續有辨疑，至於清閻若璩《尚書古文疏證》[2]、惠棟《古文尚書考》[3]等出，二十五篇之偽幾已定讞。但維護古文者，迄今仍有之。[4]至清華簡〈尹誥〉及〈傅說之命〉出，則可以確知晚出古文《尚書》二十五篇部分篇目絕非真本。

　　鑒於晚出之《古文尚書》廿五篇問題複雜，且自閻、惠之書出，世論《尚書》者，多限於今文《尚書》二十九篇。本書研究對象，亦只是今文二十九篇，只是〈顧命〉、〈康王之誥〉分篇有疑，故暫不分篇，故是為二十八篇。由於今文《尚書》部分亦賴偽孔本以留存，所以將其所載文字作為討論的基礎，且篇目順序暫從之[5]。另外，各篇書序乃晚出，不在討論之列。[6]

　　《尚書》今文部分（後所述《尚書》均指此）向謂「佶屈聱牙」（韓愈〈進學解〉），又經「七厄」[7]，淵博精深如王國維亦謂「於《書》所不能解者殆十之五」[8]。《尚書》難解之故，王國維歸結為三：「譌闕，一也；古語與今語不同，二也；古人頗用成語，其成語之意義，與其中單語分別之意義又不同，三也。」[9]傅斯年在論《周誥》時亦云：

　　　　我們現在讀這幾篇，其中全不可解者甚多（曲解不算），不能句讀者不少，其可解可句讀者不特不見得「佶屈聱牙」，反而覺得文

論》（北京：中華書局，1954）。陳夢家，《尚書通論》（北京：中華書局，2005）；馬雍，《《尚書》史話》（北京：中華書局，1982）；蔣善國，《尚書綜述》（上海：上海古籍出版社，1988）；劉起釪，《尚書學史》（北京：中華書局，1989）；程元敏，《尚書學史》（臺北：五南圖書出版有限公司，2008）。

[1] 明・梅鷟撰，姜廣輝點校，《尚書考異　尚書譜》（上海：上海古籍出版社，2015）。
[2] 清・閻若璩撰，黃懷信、呂翊欣校點，《尚書古文疏證》（上海：上海古籍出版社，2010）。
[3] 清・惠棟，《古文尚書考》，《尚書類聚初集（六）》（臺北：新文豐出版公司，1984）。
[4] 參王小紅：〈近現代《尚書》研究概論〉，《儒藏論壇》00期（2010），頁136—139；陳以鳳，〈近三十年的晚出古文《尚書》及《孔傳》研究述議〉，《古籍整理研究學刊》，第2期（2013・3），頁109—113。
[5] 各本《尚書》篇目，參清・俞正燮，〈《尚書》篇目七篇說〉，《癸巳類稿》卷一（北京：商務印書館，1957），頁26—33。
[6] 參程元敏，《書序通考》（臺北：台灣學生書局，1999）。
[7] 清・段玉裁，《古文尚書撰異・序》，《四部要籍注疏叢刊・尚書（中）》（北京：中華書局，1998），頁1763下。
[8] 王國維，〈與友人論《詩》、《書》中成語書〉，《觀堂集林（上）》（北京：中華書局，2013），頁75。
[9] 〈與友人論《詩》、《書》中成語書〉頁75。

辭炳朗，有雍容的態度，有對仗的文辭，甚且有時有韻，然則今日之不能盡讀者，與其謂當時文辭拙陋，或謂土話太多，毋寧歸之於文字因篆隸之變而致誤，因傳寫之多而生謬，因初年章句家之無識而錯簡，淆亂，皆成誤解。且彼時語法今多不解，彼時字義也和東周不全同，今人之不解，猶是語學上之困難也。[1]

有別於《易》、《禮》等義理之書，「《詩》、《書》之訓詁明，即知其義」。[2]歷代研治《尚書》文本的學者主要是依據其他傳世文獻和古傳注，而有所創獲者尤以清代學者爲著。此僅略述較爲突出之學者，清代早中期治《尚書》代表人物有惠棟，其所撰《九經古義》之《尚書古義》[3]專採漢注，時有新見，如論「平章百姓」之「平」等，開風氣之先。[4]其弟子江聲撰《尚書集注音疏》[5]，博採諸說，對經文的破讀亦有創獲，惟弊在擅改經字。[6]王鳴盛則撰《尚書後案》[7]，一以鄭玄之說爲本，且時引彝銘爲證。段玉裁《古文尚書撰異》[8]遍考經文異字，頗有功於校勘。孫星衍著《尚書今古文注疏》[9]於經字詁訓、文句斷讀亦間有善言，只是時有文理不暢、顧此失彼之謬。章太炎謂孫《疏》之弊爲「其所疏釋，於本文未能聯貫」[10]、「真凌躒無復統紀也」[11]。其後王引之所撰《經義述聞》之《尚書》[12]部分，其優長在於善用內證，又長於聲韻訓詁，時破經文假

[1] 傅斯年，〈論伏生所傳《書》二十八篇之成分〉，《中國古代文學史講義》（上海：上海古籍出版社，2012），頁71–72。

[2] 黃焯，〈黃先生語錄〉，張暉編《量守廬學記續編——黃侃的生平和學術》（北京：三聯書店，2006），頁8。

[3] 清·惠棟，《九經古義》，《景印文淵閣四庫全書（第一九一冊）》（臺北：台灣商務印書館，1986）。

[4] 參古國順，《清代尚書學》（臺北：文史哲出版社，1981），頁129。

[5] 清·江聲，《尚書集註音疏》，《四部要籍注疏叢刊·尚書（中）》（北京：中華書局，1998）。

[6] 清·陳澧著，鍾旭元、魏達純點校，《東塾讀書記》（上海：上海古籍出版社，2012），頁85。

[7] 清·王鳴盛著，顧寶田、劉連朋校點，《尚書後案》（北京：北京大學出版社，2012）。

[8] 清·段玉裁，《古文尚書撰異》，《四部要籍注疏叢刊·尚書（中）》（北京：中華書局，1998）。

[9] 清·孫星衍撰，陳抗、盛冬鈴點校，《尚書今古文注疏》（北京：中華書局，2004）。

[10] 章太炎，〈尚書略說〉，《太炎先生尚書說》（北京：中華書局，2013），頁21。

[11] 章太炎，〈與黃侃（二十二）〉，《章太炎全集·書信集（上）》（上海：上海人民出版社，2017），頁294。

[12] 清·王引之撰，虞思徵、馬濤、徐煒君點校，《經義述聞》（上海：上海古籍

借而讀以本字。其又有《經傳釋詞》[1]十卷，對《尚書》虛字多有揭櫫。晚清則有俞樾，其所著《尚書平議》[2]亦多言假借，惟不及王引之精審。

　　吳汝綸撰有《尚書故》[3]，其為桐城古文家，正如朱熹謂蘇軾解《書》「看得文勢好」[4]一樣，其解《書》亦有此特點。桐城派姚鼐《惜抱軒九經說》[5]有關《尚書》部分和戴鈞衡《書傳補商》[6]亦是如此。他們的特點正如顧頡剛所云：「桐城派承朱熹之緒，其讀古籍，每能涵泳經文，擺脫經師塵霧。」[7]此派以文人解經，其弊端則在於不精小學和喜生造訓詁。

　　孫詒讓撰有《尚書駢枝》[8]，強調通「雅辭」之重要性，並主張將《尚書》命誥之辭與《詩經》之〈雅〉、〈頌〉合觀。如其將〈大誥〉「天棐忱辭」與〈蕩〉「天生烝民，其命匪諶」、〈大明〉「天難忱斯」合觀，認為凡此經「棐」字並當為「匪」之假借，而「忱」、「諶」皆禪紐侵部字，訓為信。[9]此說頗可信從。有趣的是，朱熹早已謂〈大誥〉此處「『棐』字與『匪』字同」、「『忱』、『諶』只訓信，『天棐忱』，如云天不可信」[10]，但其謂「棐」與「匪」同只是據《漢書》顏注而知[11]，與孫氏不同。

　　藉助舊傳注故訓、涵泳經文[12]和與同時期性質相近的文獻或詞

出版社，2016）。

[1]　清・王引之，《經傳釋詞》（長沙：岳麓書社，1984）。

[2]　清・俞樾，《群經平議》，《續修四庫全書（一七八）》（上海：上海古籍出版社，2002）。

[3]　清・吳汝綸，《尚書故》（上海：中西書局，2014）。

[4]　宋・朱熹撰，朱傑人、嚴佐之、劉永翔主編，《朱子語類》卷七十八，《朱子全書（修訂本）》（第拾陸冊）（上海：上海古籍出版社，2010），頁 2636。

[5]　清・姚鼐，《惜抱軒九經說》，《續修四庫全書（一七二）》（上海：上海古籍出版社，2002）。

[6]　清・戴鈞衡，《書傳補商》，《續修四庫全書（五〇）》（上海：上海古籍出版社，2002）。

[7]　顧頡剛，《顧頡剛讀書筆記（卷三）》，《顧頡剛全集》（北京：中華書局，2011），頁 442。

[8]　清・孫詒讓撰，雪克點校，《尚書駢枝》，《大戴禮記校補（外四種）》（北京：中華書局，2010）。

[9]　《尚書駢枝》頁 129；又見其〈釋棐〉，《籀廎述林》卷三（北京：中華書局，2010），頁 103—105。

[10]　《朱子語類》卷七十九，《朱子全書（修訂本）》（第拾柒冊）頁 2719。

[11]　《朱子語類》卷七十九，《朱子全書（修訂本）》（第拾柒冊）頁 2720。

[12]　「涵泳經文」本來不能單獨作為方法提出，因為對於《尚書》的讀解原則上首

句相比較研究，一直是傳統《尚書》文本研究中的重要方法。此外，在清代學術筆記中亦有許多讀解《尚書》文本之精義。降至民國，曾運乾《尚書正讀》[1]將「通訓詁」與「審辭氣」進行有效結合，在句法分析方面頗多創見。周秉鈞《尚書易解》[2]長於語法，在訓詁方面亦有所獲。

與《尚書》相關的文獻或可被發掘的傳世文獻材料，都已被前賢用以解讀《尚書》文字，能解者多已被解決，而疑難問題則是眾說紛紜，莫衷一是。此中還包括流傳以致文句錯謬倒亂等問題，沒有其他文獻傳注可以參證，治經者於此只能是「治絲益棼」。在這種情況下，出土材料則為《尚書》校讀帶來了生機。出土文獻時代較為固定，且未經後世擾亂，保持字詞、文本原貌，極有利於相近時期、性質傳世文獻的校讀。從清代直至當代，甲骨金文以及戰國竹簡等材料叢出，「二重證據法」[3]大有可為，學者據出土文獻以研究《尚書》文本的論著層出不窮。但是由於學科暌隔，專門研究訓注《尚書》的學者，並未能系統全面的考辨和搜集以出土文獻校讀《尚書》的成果，也未廣泛利用出土文獻以研究《尚書》。很多注本仍陳陳相因，不能充分體現當前的《尚書》字詞研究成果。

本書研究的目的是較為系統和全面地總結輯錄前人利用出土文獻（主要是先秦）校正、解讀《尚書》字詞的成果，並閒下己意，歸納出較為可靠的校讀成果，以展現當前《尚書》字詞研究的水平，方便相關學科的研究者吸收和利用這些研究成果。

先必須是建立在對經文的熟稔之基礎上。但是由於文本的錯訛，注疏的繁複，致使有些學者斷取單辭而失於全經。不能潛心考索文義，而驟言通假也就慢慢成了問題。如朱熹云：「讀書，須從文義上尋，次要則看注解。今人卻於文義外尋索。（蓋卿）」（《朱子語類》卷七十八，《朱子全書（修訂本）》（第拾肆冊）頁351）又如戴鈞衡云：「解經固資箋注，而通經只在白文。嘗有旁索諸家，微言愈晦；屏除百氏，妙義潛通。惟反復而沈吟，乃精神之契合。是書每解一篇，數十誦而始披傳注；每取一說，數十誦而始定從違。」（《書傳補商·序例》，《續修四庫全書（五○）》頁38上）

[1] 曾運乾，《尚書正讀》（北京：中華書局，2015）。
[2] 周秉鈞，《尚書易解》（上海：華東師範大學出版社，2010）。
[3] 王國維，《古史新證》（北京：清華大學出版社，1994），頁2。

第二節 前人研究成果回顧

「採取傳世文獻與出土材料相互印證」[1]的《尚書》「新證」派，其研究的內容比較廣泛，包括成書時代、流傳、真偽等。此節只回顧有關《尚書》字詞、句讀等關涉文義的新證成果。

以出土文獻與《尚書》相互印證，宋人已肇其端。朱熹在答張元德問時，云：「舊讀『罔或者壽俊在厥服』作一句。今觀古記款識中多云『俊在位』，則當於『壽』字絕句矣。」[2]稍晚於朱子的趙彥衛亦取銅器銘文與《尚書》合證，其所撰《雲麓漫鈔》卷一云：

> 《詩》言「不顯文王。」釋者謂：「不顯，言甚顯也。」周齊侯鐘款識有「不顯皇祖」之語，「不」字作「𩵋」，始知為「丕」字，蓋移下一畫居上耳，與《書》言「丕顯哉文王謨」同義。蓋古字少，往往借用，或左右移易，或從省文，不可以一概論，當以意求。[3]

雖言辭簡略，實已開風氣。

至於清代，江聲、王鳴盛等學者最早開始在其著述中運用金文材料以說解《尚書》。如江聲讀〈皋陶謨〉「有無化居」之「化」為「貨」時，曾引齊國貨幣銘文加以佐證[4]。而王鳴盛於〈高宗肜日〉「惟先格王」下引宋薛尚功《歷代鐘鼎彝器款識法帖》所載金文證明「古固有以『格』為『至』者」[5]。後陳介祺在同治十三年（1874）二月初一致吳雲的信中說：

> 金文是補千古秦燔之憾，義理外即推此，吉金皆以字為古，而不知乃古《尚書》真本，文尤足重。《說文》不足徵，多見自可通。[6]

在此年十月致王懿榮的信中則提出「金文之體例句讀，亦皆可證《尚書》」，其又在十月十三日致潘祖蔭的信中說到：

---

[1] 馮勝君，《二十世紀古文獻新證研究》（濟南：齊魯書社，2006），頁6。
[2] 《朱子語類》卷七十八，《朱子全書（修訂本）》（第拾陸冊）頁2678。
[3] 宋·趙彥衛撰，傅根清點校，《雲麓漫鈔》（北京：中華書局，1996），頁7。
[4] 《尚書集註音疏》卷二，《四部要籍注疏叢刊·尚書（中）》頁1523下。按，江聲所引貨幣銘文之「化」字，實為「刀」字之誤釋（見吳振武，〈戰國貨幣銘文中的「刀」〉，《古文字研究》第十輯（北京：中華書局，1983），頁305—326）。
[5] 《尚書後案》頁265。
[6] 清·陳介祺，《簠齋致吳雲書札》（北京：文物出版社，2014），頁138—139。

《尚書》至今無從得確據以定之。其理之至者，固可以孔孟程朱之說定之；其文之古者，則唯吉金古文可以定之。吉金之文亦唯《尚書》可以通之。[1]

可知，陳介祺是最早專門提出以金文校讀《尚書》的學者。吳大澂和孫詒讓等學者亦相繼用出土文獻校讀《尚書》，新證類研究正式出現。民國時期，在《尚書》新證方面取得成果最多的是王國維、于省吾、楊筠如以及郭沫若等學者。二十世紀晚期以來，出土文獻大量公佈，尤其是大宗戰國楚地竹簡的發現和研究，極大地推進了《尚書》的新證。這些戰國竹書中包含許多《尚書》的「引文」和「書類文獻」[2]，其中甚至有〈金縢〉的簡本出現，極其有利於《尚書》校讀。概述這方面學術史的論著很多，[3]此處不再一一贅述，只是稍加分類並舉例予以說明。

（一）根據古文字字形校讀《尚書》

利用漢字字形校正古書，一直是傳統考據學的基本方法之一。利用古文字校讀《尚書》文字，最早和最典型的例子則是晚清學者對《尚書·大誥》及〈君奭〉中有關「寧王」、「寧武」、「前寧王」等辭例之「寧」字的校正。當清末銅器收藏和金文研究快速發展之時[4]，王懿榮、陳介祺、吳大澂、孫詒讓、方濬益相繼或差不多

---

[1] 清·陳介祺，《簠齋尺牘》，《山東文獻集成·第三輯（20）》（濟南：山東大學出版社，2010），頁10。

[2] 參李學勤，〈清華簡與《尚書》、《逸周書》的研究〉，《史學史研究》，第2期（2011）；劉光勝，〈清華簡與先秦《書》經傳流〉，《史學集刊》，第1期（2012）；劉成群，《清華簡與古史甄微》（上海：上海古籍出版社，2016），頁52—73。

[3] 參裘錫圭，〈談談地下材料在先秦秦漢古籍整理工作中的作用〉，《裘錫圭學術文集·語言文字與古文獻卷》（上海：復旦大學出版社，2012），頁378—388。原載《古籍整理出版情況簡報》，第6期（1981）；劉起釪，〈甲骨文與《尚書》研究〉，《尚書學史》（北京：中華書局，1989）；〈甲骨學推進《尚書》研究〉，《尚書研究要論》（濟南：齊魯書社，2007），頁72—113；王子今，《20世紀中國歷史文獻研究》（北京：清華大學出版社，2002），頁124—134；楊世文，《近百年儒學文獻研究史（上冊）》（福州：福建人民出版社，2015），頁182—218；黃傑，〈《尚書》之〈康誥〉〈酒誥〉〈梓材〉新解〉，武漢大學博士學位論文（指導教師：李天虹教授），2017年5月，頁3—7。

[4] 可參曾憲通，〈清代金文研究概述〉，《曾憲通學術文集》（汕頭：汕頭大學出版社，2002），頁281—298。原收入《第一屆國際清代學術研討會論文集》，台灣高雄中山大學，1993年11月。

同時據金文、〈文侯之命〉中的「前文人」以及《詩經‧大雅‧江漢》之「文人」辭例和金文「文」字字形指出前述辭例之「寧」爲「文」字之形訛。[1]吳大澂據此還進一步指出：

> 其實〈大誥〉乃武王伐殷，大誥天下之文。「寧王」即「文王」，「寧考」即「文考」。……既以「寧考」爲武王，遂以〈大誥〉爲成王之誥。[2]

傅斯年評其：「此雖一字之校定，然〈大誥〉究竟是誰的檔案，可以憑此解決這個二千年的紛擾。〈大誥〉一類極重要的史料賴一字決定其地位，於此可見新發見的史料，對於遺傳的間接史料，有莫大之補助也。」[3]

（二）根據古文字本義校讀《尚書》

古文字中表意字的造字本義在解讀傳世文獻時具有重要作用。如〈召誥〉「夫知保抱攜持厥婦子」之「保」，王肅訓爲「安」，《孔疏》從之[4]。而《說文》訓「保」爲「養」，裘錫圭云：

> 在古文字裏，「保」的較古寫法是 𤔲，象一個人把孩子背在背上。所以唐蘭先生認爲「保」的本義是負子於背，襁褓的「褓」是「保」的孳生字，「養」是「保」的後起意義。（原注：《殷虛文字記‧釋保》）這個意見是很正確的。[5]

是以〈召誥〉「保抱」之「保」當用其本義。

---

[1] 參裘錫圭，〈談談清末學者利用金文校勘《尚書》的一個重要發現〉，《裘錫圭學術文集‧語言文字與古文獻卷》（上海：復旦大學出版社，2012），頁412—417。原載《古籍整理與研究》第四期（北京：中華書局，1989）；張京華，〈百年《尚書》「文」字考及其意義〉，《江南大學學報（人文社會科學版）》，第6卷第4期（2007‧8），頁44—48。

[2] 清‧吳大澂，《字說‧「文」字說》（光緒十九年（1893）思賢講舍重刊）。

[3] 傅斯年，〈史學方法導論〉，《民族與古代中國史》（上海：上海人民出版社，2014），頁364。又其在〈論伏生所傳《書》二十八篇之成分〉中則謂：「雖傳〈大誥〉爲周公相成王之誥，今乃以寧字之校定，更生此篇之時代問題，此問題今雖未能遽定，然《周誥》若干篇中待金文之助，重作校定功夫，可借此啟示。」（《中國古代文學史講義》頁73）

[4] 《尚書正義（二）》頁467。

[5] 裘錫圭，〈談談古文字資料對古漢語研究的重要性〉，《裘錫圭學術文集‧語言文字與古文獻卷》（上海：復旦大學出版社，2012），頁47。原載《中國語文》，6期（1979）。

（三）根據出土文獻所存字詞古義及用法校讀《尚書》

　　《尚書》中的一些字詞，由於用法較古且又經過詞義的變化，致使後人已經很難理解其中的含義。而早期的出土文獻如甲金文中較多的再現了這些「失落」了古義之字詞的本來用法，這亦可作校讀之用。如〈洛誥〉「戊辰，王在新邑烝祭，歲文王騂牛一，武王騂牛一」之「歲」，僞《孔傳》解爲歲時。吳闓生將其與毛公鼎（《集成》2841）「用歲用政」之「歲」聯繫，解爲「祭歲」。[1]裴錫圭云：「『歲』也是卜辭常見的祭名，如『丙辰卜，歲于祖己牛』。〈洛誥〉『歲』字也應與卜辭同義，舊注解此字亦誤（參看郭沫若《兩周金文辭大系》毛公鼎考釋）。」[2]

　　又如〈洛誥〉「王賓，殺、禋，咸格」之「王賓」，僞《孔傳》解作「王賓異周公」，《孔疏》云：「王尊周公爲賓，異於其臣。」[3]歷代注家亦未有確解。郭沫若據甲骨卜辭中「王賓某某」、「王某賓某某」一類祭祀卜辭，認爲：

> 「王窀」者，王儐也。〈禮運〉「禮者所以儐鬼神」，即卜辭所用窀字之義。……〈洛誥〉之「王賓」乃假賓爲窀若儐也。「王賓」者，儐文武。[4]

　　再舉一例，如〈君奭〉「公曰：君，予不惠若兹多誥，予惟用閔于天越民」之「惠」，僞《孔傳》訓爲「順」。裴錫圭認爲：

> 殷墟甲骨文裏有一個常用的虛詞「叀」，作用跟「惟」（甲骨文一般作「隹」）相似，古文字學者大都認爲這個字應讀爲「惠」，當可信（參看李孝定《甲骨文字集釋》1431—1432頁、陳夢家《殷虛卜辭綜述》102頁。下文引到此字時逕書作「惠」）。殷墟甲骨文裏的有些占辭（卜問後判斷卜兆所示之意之辭）以「不惟」與「惠」或「惟」與「不惠」對言：
>
> 　　王固曰：哉。惟庚。不惟庚，惠丙。　　丙84【合5775】
> 　　……

---

[1] 吳闓生，《吉金文錄》（香港：萬有圖書公司，1968）。
[2] 〈談談地下材料在先秦秦漢古籍整理工作中的作用〉頁383。
[3] 《尚書正義（二）》頁495。
[4] 郭沫若，《卜辭通纂》，《郭沫若全集・考古編（第二卷）》（北京：科學出版社，1983），頁244—245。

〈君奭〉也是以「不惠」和「惟」對言的，可見〈君奭〉的「惠」就
是甲骨文裏的虛詞「惠」。這個虛詞後人已不熟悉，所以《僞孔傳》
就把它錯釋爲「順」了。在甲骨文的虛詞「惠」被釋出之前，楊筠如
《尚書覈詁》已經根據〈酒誥〉有「予不惟若茲多誥」之語，並以「不
惟」與「予惟」對言的現象，指出〈君奭〉的「惠」與「惟」同義，
可謂卓識。但是他認爲「惠」當作「惟」，「古惠、惟聲近相假」（253
頁），還是不夠妥當的。如果「惠」和「惟」的確是同一個詞，上下
句爲什麼要用不同的字呢？……「惠」和「惟」應該是一對音、義皆
近的虛詞，二者的區別究竟在哪裏還有待研究（很多古文字學者認爲
甲骨文「惠」、「惟」用法無別，是不對的）。[1]

裘說正是據甲文佐證了楊筠如之說，並指出「惠」和「惟」是一對
音、義皆近的虛詞。

（四）根據出土文獻中的通假規律校讀《尚書》

出土文獻中的用字情況或者假借規律亦可用於《尚書》校讀。
如〈費誓〉「我商賚汝」之「商」字，僞《孔傳》訓爲「商度」。
西周金文中時以「商」爲「賞」，方濬益和劉心源據此指出此經之
「商」應讀爲「賞」。[2] 後于省吾、楊筠如亦有相似說法。[3] 又如〈康
誥〉「用康保民，弘于天若德，裕乃身不廢在王庭」，舊皆讀「德
裕乃身」句，「裕」一般被解釋爲寬容饒益。毛公鼎（《集成》2841）
銘「俗我弗作先王憂」、「俗女（汝）弗以乃辟圅（陷）于艱（艱）」
之「俗」皆讀爲「欲」，于省吾據此將〈康誥〉之「裕」亦讀爲「欲」。
[4] 楊筠如說同。[5]

---

[1] 裘錫圭，〈閱讀古籍要重視考古資料〉，《裘錫圭學術文集·語言文字與古文獻卷》（上海：復旦大學出版社，2012），頁 408—409。原載《文史知識》，8 期（1986）。
[2] 清·方濬益，《綴遺齋彝器款識考釋》（上海：商務印書館，1935），一·二〇下；清·劉心源，《奇觚室吉金文述》（清光緒二十八年（1902）石印本），一·二七下。按，朱駿聲未據金文，但已訓此「商」爲「賞」。（《尚書古注便讀》卷四下，《尚書類聚初集（三）》（臺北：新文豐出版公司，1984），頁 327 下）
[3] 于省吾，《雙劍誃群經新證 雙劍誃諸子新證》（上海：上海書店出版社，1999），頁 77；楊筠如，《尚書覈詁》（西安：陝西人民出版社，2005），頁 442。
[4] 《雙劍誃群經新證》頁 85。
[5] 《尚書覈詁》頁 260。

（五）根據出土文獻中的成語校讀《尚書》

　　王國維曾謂《詩》、《書》中多成語，亦是其難解之故。其又謂：「若但合其中之單語解之，未有不齟齬者。」[1]《尚書》中的許多成語，舊多不識，每以單語解之。而出土文獻中時有與《尚書》中相同或近似的成語出現，正可作校讀之用。如〈文侯之命〉「汝肇刑文武，用會紹乃辟」之「會紹」，僞《孔傳》分別作解，釋「會」爲「合會」、「紹」爲「繼」，歷代注疏多從此說。而楊筠如則云：

　　　　會紹，當是成語。紹，〈釋詁〉：「助也。」[2]

逨盤（《銘圖》14543）銘有「會𧨈（召─詔）康王」之語，盤銘後又云「用會昭王、穆王」，可知「會」亦有「助」義[3]，可證楊說之確。

（六）根據出土文獻文例校正《尚書》句讀

　　古人爲文多無標點，後人斷讀時很容易致誤。如〈大誥〉「弗弔（淑）！天降割（害）于我家」、〈多士〉「弗弔（淑）！旻天大降喪于殷」、〈君奭〉「君奭，弗弔（淑）！天降喪于殷」之「弗弔（淑）」與後文斷讀有疑，馮勝君云：

　　　　不少《尚書》注本亦把上引文中的「弗弔（淑）旻天」甚至「弗弔（淑）天」連讀，均非是。西周金文卯簋蓋銘文（集成 4327）有「不盠（淑）！孚（捋）我家窨，用喪」語，可見「不弔」爲成詞且當作一句讀，最晚在西周中期就出現了。今本《逸周書·祭公》：「不弔天降疾病」，本篇簡文 2 號簡寫作「不淠（淑）！疾甚」，對照簡本，今本顯然應該在「不弔」後點斷，但目前所見注本卻多將此句作一句讀，顯然不確。王國維謂：「『不淑』一語，其本義謂不善也。不善，或以性行言，或以遭際言。而『不淑』古多用爲遭際不善之專名。」也就是說，金文及《尚書》、《逸周書》中的「不/弗弔」均當作一句讀，大致相當於今天常說的「真不幸啊」，是對

---

[1] 〈與友人論詩書中成語書〉，《觀堂集林（上）》頁 75。
[2] 《尚書覈詁》頁 470。
[3] 何樹環，〈金文「叀」字別解——兼及「惠」〉，《政大中文學報》，第十七輯（2012），頁 227。

19

「旻天大降喪于殷」、「天降割于我家」、「疾甚」等事件的評價和慨歎，這是「不／弗弔」一詞在早期文獻中的用法。而《詩經》中的「不弔昊天」，「不弔」作爲「昊天」的修飾語，只能簡單理解爲不善（「弔／淑」訓爲善，典籍及金文常見），這當是晚起的用法。[1]

其說甚是。在上述涉及「弗弔（淑）」文句的斷讀過程中，出土文獻起了關鍵性作用。

（七）根據出土文獻書寫格式校讀《尚書》

不同時期針對不同材質的書寫材料都有不同的書寫格式，其中存在一種重文規律。俞樾云：「古人遇重文，止於字下加＝畫以識之，傳寫乃有致誤者。」[2]《尚書》中也有因此而致誤者，如〈召誥〉「太保乃以庶邦冢君出取幣，乃復入錫周公。曰：拜手稽首，旅王若公」之「周公」前後文義頗成疑。于省吾認爲「周公」二字應有重文，後人誤脫，其說云：

> 「乃復入錫周公曰」，按「周公」二字應有重文，後人誤脫。應作「乃復入錫周＝公＝曰」，應讀作「乃復入錫周公。周公曰」。（凡金文定例，重文決不複書。上下二句相毗連處有重複字，必以＝代之。……）《左·昭二十七年傳》：「夫焉將師矯子之命以滅三族。三族，國之良也。」《左傳會箋》依日本古鈔卷子本錄之如是，今我國各本不重「三族」字則不詞矣。按竹添光鴻稱卷子本《左傳》遇重文多省不書，只於下作＝畫以識之，即雖文不相連屬者，亦爲＝字。是可證卷子本原應作「以滅三＝族＝國之良也」，與石鼓文「君子員邋，員邋員斿」同一讀法。《逸周書·殷祝解》：「湯以此讓三千諸侯，莫敢即位。」《藝文類聚》、《太平御覽》並引作「湯以此三讓三千諸侯，諸侯莫敢即位」。凡此可爲古書每有重文爲後人傳鈔誤脫之證。……
> ……
> 凡金文及經傳上言有所錫，下之「拜手稽首」皆指被錫者而言。是篇兩言「拜手稽首」，舊皆以爲召公，豈有錫之者言拜稽，而被錫

[1] 馮勝君，〈讀清華簡〈祭公之顧命〉札記〉，《「出土文獻與傳世典籍的詮釋」國際學術研討會議程論文集》，復旦大學，2017 年 10 月 14—15 日。
[2] 清·俞樾等，《古書疑義舉例五種》（北京：中華書局，2005），頁 105。

者反無拜稽之禮乎？「旅王若公」，言周公受錫嘉王及召公也。刑侯
彝：「王命㷉眔內史曰：舍（按：原篆作㿟）刑侯服，錫臣三品：州
人重人郭人。拜諾首，魯天子。」是「拜諾首，魯天子」指刑侯已受
錫而言，非謂㷉及內史也。（魯、旅均訓嘉者，《書序・嘉禾篇》「旅
天子之命」，「旅」，〈周本紀〉作「魯」，〈魯世家〉作「嘉」可
證）若謂召公代王致錫而曰「嘉王及公」，必無是理矣。[2]

此說頗可信從，亦有賴於出土文獻之佐證。

（八）根據出土文獻所載紀年方式校讀《尚書》

　　先秦不同時期紀年方式有別，文獻存留情況不一，遂致後人誤
解。如〈洛誥〉「惟周公誕保文武受命，惟七年」，馬、鄭以及偽
孔等皆謂指周公居攝七年事。王國維云：

　　　　「惟周公誕保文武受命，惟七年」者，上紀事，下紀年，猶舲尊
　　云「惟王來正人方，惟王廿有五祀」矣。「誕保文武受命」，即上成
　　王所謂「誕保文武受民」，周公所謂「承保乃文祖受命民」，皆指留
　　守新邑之事。周公留雒，自是年始，故書以結之。書法先日次月次年
　　者，乃殷周間記事之體，殷人卜文及庚申父丁角、戊辰彝皆然。周初
　　之器或先月後日，然年皆在文末。知此爲殷周間文辭通例矣。是歲既
　　作元祀，猶稱七年者，因元祀二字前已兩見，不煩複舉，故變文云「惟
　　七年」，明今之元祀即前之七年也。自後人不知「誕保文武受命」指
　　留雒邑監東土之事，又不知此經紀事紀年各爲一句，遂生周公攝政七
　　年之說，蓋自先秦以來然矣。[3]

甲金文所載紀年方式正與〈洛誥〉同　，適能合理解說。

　　又如〈大誥〉「今蠢今翼日」，偽《孔傳》釋爲：「今天下蠢
動，今之明日」。于省吾據甲骨文讀「蠢」爲「春」，[4]裘錫圭云：

1　參于省吾，〈釋萅〉，《甲骨文字釋林》（北京：中華書局，1979），頁405－
406。
2　《雙劍誃群經新證》頁93－94。又參其〈重文例〉，《燕京學報》，第三十七
期。
3　王國維，〈洛誥解〉，《觀堂集林（上）》（北京：中華書局，2013），頁39
－40。
4　于省吾，〈歲、時起源初考〉，《歷史研究》，04期（1961），頁102。

卜辭常用「今翼」爲記時之詞。有一條卜辭說：「自今春至今翼，人方不大出」（《吉林大學所藏甲骨選釋》第3片，見《吉林大學社會科學學報》1963年4期），〈大誥〉的「今翼今翼日」可能與「自今春至今翼」意近。「今翼（翌）」的確切含義尚待研究。[1]

上述觀點均是有賴出土文獻所存早期紀年法以決《尚書》疑難之例。

（九）根據出土文獻所載職官校讀《尚書》

由於文獻的殘缺，上古官制難徵，以致一些職官名稱爲後人所不識。而出土文獻中重現了許多文獻闕失的職官名，正好可資校讀之用。如〈洛誥〉「王命作冊逸祝冊」、「作冊逸誥」之「作冊」，僞《孔傳》釋爲「王爲冊書」。歷代注疏家亦不解其義，孫詒讓始據金文指出「作冊」爲史官之稱。[2]又如〈酒誥〉「越百姓里居」之「里居」，僞《孔傳》釋爲「卿大夫致仕居田里者」。王國維則據史頌簋（《集成》4229—4236）「里君百生（姓）」一語指出「里居」爲「里君」之誤。[3]

（十）根據出土文獻所載史事校讀《尚書》

《尚書》部分篇章由於文句簡奧，記述並不詳細，很容易產生多種解釋，或者是背離史實的說法。而出土文獻中出現了一些關於早期史事的記述，正可補《尚書》之不足，還原本來面貌。如〈西伯戡黎〉「西伯既戡黎」之「西伯」，《尚書大傳》、《史記》等皆以爲是周文王。清華簡（壹）〈耆夜〉簡1：「武王八年延（征）伐郜（耆），大戈（戡）之。」整理者云：

> 郜，古書作「黎」或「耆」等。……《書‧西伯戡黎》：「西伯既戡黎，祖伊恐，奔告于王。」戡黎的「西伯」，《尚書大傳》、《史記‧周本紀》等都以爲周文王。但是這個諸侯國的地理位置距離商都

---

[1] 〈談談地下材料在先秦秦漢古籍整理工作中的作用〉頁383。
[2] 清‧孫詒讓，《古籀拾遺 古籀餘論》（北京：中華書局，1989），頁35上。又參王國維〈洛誥解〉頁38；〈釋史〉，《觀堂集林（上）》頁271—274；〈書作冊詩尹氏說〉，《觀堂集林（下）》頁1122—1124。
[3] 吳其昌，〈王觀堂先生尚書講授記〉，《古史新證》（北京：清華大學出版社，1994），頁245。又參《尚書覈詁》頁6。

太近，文王征伐到那裏於情勢不合，所以從宋代的胡宏、薛季宣到清代的梁玉繩，許多學者主張應該是武王。簡文明說是武王八年，證實了他們的質疑。[1]

又如〈金縢〉「王出郊」，漢今文說[2]及偽《孔傳》皆謂是成王郊祭。而清華簡本〈金縢〉（原題爲〈周武王又（有）疾周公所自以弋（代）王之志〉）所載爲「王乃出逆公，至鄗（郊）」，[3]是乃成王郊迎周公，正可補今本記述之不足，故能袪疑。

（十一）根據出土文獻判斷《尚書》篇章年代

裘錫圭云：「地下發現的殷墟甲骨文和商周銅器銘文，是絲毫未經後人竄改的商周時代文獻，可以用作檢驗某些傳世古籍的時代的標準。」[4]如郭沫若謂「古人常語妣與祖爲配，考與母爲配」，並以《周易》、《詩經》和金文證知「考妣連文爲後起之事，《爾雅・釋親》『父爲考，母爲妣』當係戰國時人語」。而作爲「虞夏書」之〈堯典〉有「百姓如喪考妣」之語，則其編成之年代必遲至戰國。[5]

又如〈洪範〉一篇，自劉節〈洪範疏證〉認爲此篇成書時代在戰國末之後，[6]多數學者均視其爲戰國作品。至 80 年代，劉起釪和李學勤相繼撰文反駁〈洪範〉晚出說。[7]〈洪範〉中「王省惟歲，卿

---

[1] 清華大學出土文獻研究與保護中心編、李學勤主編，《清華大學藏戰國竹簡（壹）》（上海：中西書局，2011），頁 151。相關爭議參陳致，〈清華簡所見古飲至禮及〈鄗夜〉中古佚詩試解〉，《詩書禮樂中的傳統：陳致自選集》（上海：上海人民出版社，2012），頁 177—183。

[2] 《今文尚書考證》頁 303。

[3] 《清華大學藏戰國竹簡（壹）》頁 158。

[4] 〈閱讀古籍要重視考古資料〉頁 405。

[5] 郭沫若，《甲骨文字研究・釋祖妣》，《郭沫若全集・考古編（第一卷）》（北京：科學出版社，1982），頁 19—21。

[6] 劉節，〈洪範疏證〉，《古史考存》（北京：人民出版社，1958），頁 1—16。原載《東方雜誌》（1928・1）。

[7] 劉起釪，〈〈洪範〉這篇統治大法的形成過程〉，《古史續辨》（北京：中國社會科學出版社，1991），頁 303—336。原載《中國社會科學》，3 期（1980），題爲〈洪範成書時代考〉。李學勤，〈帛書《五行》與《尚書・洪範》〉，《李學勤集——追溯・考據・古文明》（哈爾濱：黑龍江教育出版社，1989），頁 363—372。又參其〈叔多父盤與〈洪範〉〉，《華學》第五輯（廣州：中山大學出版社，2001）。

士惟月，師尹惟日」一句，師尹在卿士之下，劉節即據此作爲〈洪範〉晚出的證據之一。而西周晚期的叔多父盤（《銘圖》14532、14533）銘云「利于辟王、卿事、師尹」，正與〈洪範〉所載相合，前述劉起釪和李學勤所撰之文俱引之作爲〈洪範〉非晚出的證據，頗爲可信，至少說明〈洪範〉並非全出於戰國。裘錫圭在考釋屬西周中期後段的爲公盨（《銘圖》5677）時指出：

> 　　爲公盨銘中的一些詞語和思想需要以〈洪範〉爲背景來加以理解。這說明在鑄造此盨的時代（大概是恭、懿、孝時期），〈洪範〉已是人們所熟悉的經典了。由此看來，〈洪範〉完全有可能在周初就已基本寫定。如果我們對「設正」的解釋符合原意，〈洪範〉以水、火、木、金、土爲五行的內容，也應是原有的，並非出自春秋或戰國時代人之手。[1]

　　上述二例均是藉助出土文獻，方將《尚書》一些篇章的編成或者主體成書時代予以考定的。

　　利用出土文獻校讀《尚書》的成果有很多，根據不同的標準可以分爲不同的類別，而且有些例子可歸屬於多類，以上只是簡單分類舉例說明，以見一斑。另外，專門對金文和《尚書》對讀成果進行研究的有陳榮開〈今文《尚書·周書》與西周金文互證研究〉[2]、黃一村〈《尚書·周書》與金文對讀研究〉[3]。

第三節　研究思路與內容

（一）研究思路

　　本書主要體現當前利用出土文獻以校讀《尚書》的成果。具體操作時是以條目的形成呈現出來，所列條目必須是使用了出土文獻的校讀成果，否則不錄。對這類成果取捨的標準則是覈顧頡剛、劉

---

[1] 裘錫圭，〈爲公盨銘文考釋〉，《裘錫圭學術文集·金文及其他古文字卷》（上海：復旦大學出版社，2012），頁 164。
[2] 陳榮開，〈今文《尚書·周書》與西周金文互證研究〉，香港中文大學碩士學位論文（指導教師：張光裕教授），2005 年 1 月。
[3] 黃一村，〈《尚書·周書》與金文對讀研究〉，國立政治大學碩士學位論文（指導教師：蔡哲茂教授），2016 年 11 月。

起釪《尚書校釋譯論》[1]是否收錄。該書收錄《尚書》「新證」成果頗多，但也有不少缺漏，如果該書已收錄，除非還可據出土文獻予以補苴者，文中一般不再引錄。

具體做法爲先將需要討論的文句按條排列，引錄相關經文，再將前人異說（明顯不對的一般不引錄）一一引述。最後引述學者使用出土文獻校讀《尚書》而優於舊說或可定讞的意見。有些條目未必有學者利用出土文獻予以校讀，但仍可採用相關出土文獻進行研究，此時便直抒己意。而還有些條目，雖有學者做過校讀，但是仍有利用出土文獻予以補充或者再度闡釋的餘地，則會加上按語進行討論。當然還存在一種情況，就是有諸多學者均利用出土文獻讀解《尚書》文句，但是觀點不一，也俱加引述，雖然不一定能夠祛疑解惑，但是往往相較舊說頗有可取之處，能夠促進《尚書》研究，偶爾也會加上按語，略作辨析。

（二）本書的結構

本書除緒論和附錄外共分爲兩個章節：

第一章爲「今文《尚書》各篇校讀」。此章按今文二十八篇（〈康王之誥〉合於〈顧命〉）依次將各篇需要討論的字詞或者文句逐一排列，羅列各家說法，並予以校讀。

第二章爲「利用出土文獻校讀《尚書》應注意之問題」。近代以來，「二重證據法」開闢了《尚書》校讀的新途徑，取得了許多度越前人的成果，但同時也存在許多疏失，有一些頗有警示作用。如在校讀《尚書》時存在隨意牽合出土文獻、誤用材料、不注意經今古文文字等問題，此章便分三個小結逐一舉例說明這些問題。

附錄爲「今文《尚書》文本新編」，主要是補充正文之不足，展現一個更完整的體現當今《尚書》研究成果的文本面貌。附錄中主要引述正文未曾涉及的利用出土文獻研究《尚書》的成果，以及可相參照的古文字資料。另外，還於附錄中收入了重要的異文和解說，偶爾也提出自己的看法，便於疏通經文。

---

[1] 顧頡剛、劉起釪，《尚書校釋譯論》（北京：中華書局，2005）。

（三）本書體例與說明

一、各篇所引錄經文主要以唐石經爲底本，並根據各家校勘或校讀
　　意見破讀通假或標識錯訛，待討論者則不予校改。

二、常見古籍如《詩經》、《孟子》、《史》、《漢》等皆不出注；
　　常見古傳注如鄭玄注、僞《孔傳》等一般不出注。

三、文中所涉諸家引文，有誤者徑直校正，一般不出注。

四、文中所引傳世典籍，原則上能尋及點校本者，皆不用刻本或四
　　庫本。刻本非不佳，且讀書必先校書，只是限於時間和材料，
　　無從著手；四庫本則多不堪用，尤以子集部爲甚，竄改之烈，
　　酷於他書。鑒於材料之不足，且《書經》詁訓，關涉華夷之辨
　　者甚少，四庫本較刻本且經校勘，故此經之書多用之。

五、文中所引出土文獻釋文採用嚴式。通假字用（）表示，依「隸
　　定字（通假字）」格式，多種通假結論不能確定時，之間加/
　　號，存疑之字後加？；闕文、脫文用〔〕表示，可確定所缺字
　　數的以□表示一個字，不能確知字數的以☒表示；訛字用〈〉
　　表示；衍文用{ }表示；倒文用 」表示；重文、合文以「=」表
　　示，並在（）內標注具體讀法；不識之字和尚無定論之字僅作
　　隸定，難以隸定之字則用原篆。

六、文中所引出土文獻著錄書皆用簡稱，參文末所附「引書簡稱表」。

七、「武漢大學簡帛研究中心網站」簡稱爲「簡帛網」；「復旦大
　　學出土文獻與古文字研究中心網站」簡稱爲「復旦網」；「中
　　國社會科學院歷史研究所先秦史研究室網站」簡稱爲「先秦史
　　研究室網站」。

八、爲行文簡潔，文中在引述學者觀點時一律不加先生等稱呼。

第一章 今文《尚書》各篇校讀

虞夏書
一 堯典

（一）平章百姓

經文：

　　曰若稽古帝堯：曰放勳，欽明文思安安，允恭克讓，光被四表，格于上下。克明俊德，以親九族。九族既睦，平章百姓。百姓昭明，協和萬邦。黎民於變時雍。

　　「平章百姓」，鄭玄云：「百姓，群臣之父子兄弟。」偽《孔傳》釋「百姓」爲「百官」。

　　王國維云：「此句極可疑，後人之疑〈堯典〉者，亦多因此句。因古書中無『姓』字，而姓氏制度，至周始成，且皆女子用之，惟金文中多生字，此『百姓』，亦當作『百生』。『百生』者，百官也。此與下『黎民於變時雍』『百生』『黎民』對文。」[1]楊筠如云：「『百姓』，吉金文止作『百生』。〈吉伯父盤〉：『其惟諸侯百生。』〈史頌敦〉：『里君百生。』王師謂『百生』即百官。考《逸周書‧商誓解》：『昔及百官里居。』又曰：『百姓里居。』居爲君字之訛。是百姓即百官之明證。」[2]

　　《尚書校釋譯論》謂：「金文中所有『百生』都是按周代制度指得姓之百官。」又云：「原來氏族時期的『百姓』（百生），就是指各氏族首領等得姓的『百官』。所以『平章百姓的意思，就是團結好了各氏族之後，就要把各氏族以至部落的首領、長老或軍事領袖等辨別、表揚、處理得很好。」[3]

---

[1] 〈王觀堂先生尚書講授記〉頁 233。
[2] 《尚書覈詁》頁 6。
[3] 《尚書校釋譯論（第一冊）》頁 25。後文再引用此書時，簡稱爲《校釋譯論》。

張政烺認爲「百姓」就是百族，百族族長亦稱爲「百姓」。[1]

劉雨、張亞初云：「百姓本義是指各個以血緣關係爲紐帶的不同的社會人群，也就是黎民百姓。在我國古代社會中，各個不同的族姓都是在族長的嚴密控制之下的，他們就成了百姓的代表，所以百姓有時就指這些不同族姓的族長。在殷墟卜辭中『多姓』與『多子』對貞，多子是商王的同姓貴族，多姓是指異性貴族。古代各級的政權往往控制在這些人手中，文獻上的百姓有時訓爲百官也就是這個道理。銘文中的『百姓』似乎都是指各族的貴族而言。」[2]

朱湘蓉認爲「百姓」當指多個異姓族，由多個異姓族引申指多個異姓族族長。[3]朱鳳瀚說同。[4]

林澐認爲「『百姓』的『姓』應該還是指的『姓族』，而不是『氏族』。」[5]而「百姓」的本義即「百官族姓」。[6]王長豐說同。[7]

裘錫圭根據善鼎（《集成》2820）「余其用格我宗子雩（與）百生」及獄簋之「獄」作爲周王朝大臣周師的屬下而爲「百生（姓）」祈福，認爲「百生只能當族人講」。[8]

陳英傑云：「儘管『百官』一般是由各宗族族長（宗子）來擔任，但它跟『百姓』不是一回事。『百官』屬於政治制度範疇，而『百姓』屬於宗法制度範疇，『百官』的外延大於『百姓』。」[9]

按，在討論「百姓」之前，先說明一下「姓」字古義。文獻有關記載如次：《左傳·隱公八年》：「因生以賜姓。」《禮記·喪大記》：「子姓謂衆子孫也。姓之言生也。」《白虎通·姓名篇》：「姓者，生也。」王引之云：「古者謂子孫曰姓，或曰子姓，字通

---

[1] 張政烺，〈古代中國的十進位氏族組織〉，《張政烺文史論集》（北京：中華書局，2004），頁 296。

[2] 劉雨、張亞初，《西周金文官制研究》（北京：中華書局，2004），頁 49—50。

[3] 朱湘蓉，〈「百姓」之「百官」義辨〉，《陝西師範大學學報》，第 2 期（2000）。

[4] 朱鳳瀚，《商周家族形態研究（增訂本）》（天津：天津古籍出版，2004），頁 14。

[5] 林澐，〈「百姓」古義新解——兼論中國早期國家的社會基礎〉，《林澐學術文集（二）》（北京：科學出版社，2008），頁 273。

[6] 〈「百姓」古義新解——兼論中國早期國家的社會基礎〉頁 276。

[7] 王長豐，《殷周金文族徽研究（上）》（上海：上海古籍出版社，2015），頁 249—250。

[8] 裘錫圭，〈獄簋銘補釋〉，《裘錫圭學術文集·金文及其他古文字卷》（上海：復旦大學出版社，2005），頁 176—186。

[9] 陳英傑，《西周金文作器用途銘辭研究（上）》（北京：綫裝書局，2009），頁 354。

作生。」[1]另外，楊希枚認爲古文獻中的「姓」，包涵三義，即：「（1）訓『子』或者『子嗣』；（2）訓『族』或『族屬』；（3）訓『民』或者『屬民』。」[2]從文獻記載及楊氏的研究來看，「姓」字早期未必有「族姓」義。所以〈堯典〉此處「百姓」之「姓」當爲「族屬」之義，堯時「百姓」即爲百族。之後，「百姓」而爲「百官」，已是夏商以來有官僚體制以後之事。「生」即「姓」之古字[3]，故〈堯典〉此「百姓」本作「百生」，但初與周代金文中「百生」含義不類。待到「生」字表示族屬之類意思的專屬字「姓」字產生以後，在文本寫定時便寫爲「百姓」。「百生（姓）」除見於上述金文以外還見於 方彝（《集成》9892）、士上卣（《集成》5422）、叔 簋（《集成》4137）、沇兒鎛（《集成》203）等器。另外，在甲骨卜辭中有與「百姓」類似的「多生」[4]，如《合》27650號卜辭「惠多生饗」及《合》24140號卜辭「辛卯卜，即貞：惠多生射」等是。

（二）厥民析、厥民因、厥民夷、厥民隩

經文：

乃命羲和，欽若昊天，曆象日月星辰，敬授民時。分命羲仲，宅嵎夷，曰暘谷。寅賓出日，平秩東作。日中星鳥，以殷仲春。厥民析，鳥獸孳尾。申命羲叔，宅南交，〔曰明都〕[5]。平秩南偽[6]，敬致。日永星火，以正仲夏。厥民因，鳥獸希革。分命和仲，宅西〔土〕[7]，曰昧谷。寅餞納日，平秩西成。宵中星虛，以殷仲秋。厥民夷，鳥獸毛毨。申命和叔，宅朔方，曰幽都。平在朔易。日短星昴，以正仲冬。厥民隩，鳥獸氄毛。帝曰：「咨！汝羲暨和。朞三百有六旬有六日，以閏月定四時，

---

[1] 《經義述聞（一）》頁276—277。

[2] 楊希枚，〈姓字古義析證〉，《中研院史語所集刊》第23本下，頁410。

[3] 〈姓字古義析證〉頁418。

[4] 裘錫圭，〈關於商代的宗族組織與貴族和平民兩個階級的初步研究〉，《裘錫圭學術文集·古代歷史·思想·民俗卷》（上海：復旦大學出版社，2015），頁121—151。

[5] 「曰明都」三字據鄭康成注補足。

[6] 清·錢大昕著，楊勇軍整理，《十駕齋養新錄》（上海：上海書店出版社，2011），頁10。

[7] 「土」字據《史記·五帝本紀》補。

成歲。允釐百工，庶績咸熙。」

「析」「因」「夷」「隩」四字的解釋，在胡厚宣於 1941 年撰寫〈甲骨文四方風名考〉[1]之前皆不得其解。大都是就其字面著眼，從其他古書中尋找訓詁根據。此以「析」字的解釋爲例，比如僞《孔傳》釋「厥民析」爲「冬寒無事，並入虛處。春事既起，丁壯就功。厥，其也。言其民老壯分析」，即釋「析」爲「分析」。楊筠如根據高亨及《說文》：「析，破木也，一曰折也，从木，从斤」的說法，將「析」解釋爲「析薪」。[2]由於材料的限制，均不知其爲四方之名。當然，在甲骨文四方風的材料爲世所知之後，依然不利用其以解說〈堯典〉此章者亦有之。比如屈萬里採用清代學者江聲《尚書集注音疏》的意見，解釋「析」爲「分散也；謂散在原野，從事耕作也」，[3]黃懷信等亦持此說[4]。黃懷信甚至認爲：「〈堯典〉中「厥民某」，本指人的行爲習慣。如仲春「厥民析」，「析」訓散，謂分散於室外、野外……而甲骨文和《山海經》之「析」「因」「彝（夷）」「伏（鵏）」四字，則純是所謂神名或祭祀名，無可說者……顯然，甲骨文和《山海經》之四方名皆屬於借用。既是借用，必當晚出。」[5]此類觀點則是認爲甲骨文四方風名與〈堯典〉此章並無關聯。然而，「析」「因」「夷」「隩」與四方風十分契合，加之與《山海經》之間的佐證，可以肯定的是其必然與四方風有關聯。在胡厚宣的文章發表以後，相繼又有楊樹達、于省吾、李學勤、陳漢平、裘錫圭等就有關四方風的甲骨文的文字釋讀或者商代四時研究等等方面發表過很好的意見。

此先列出主要與四方風名有關的甲骨文如下：

（1）東方曰析，風曰劦。

---

[1] 胡厚宣，〈甲骨文四方風名考〉，《責善半月刊》，第 2 卷第 19 期。改定稿收入《甲骨學商史論叢初集》（上海：上海書店出版社，1989），題爲〈甲骨文四方風名考證〉。後胡又發表〈釋殷代求年於四方和四方風的祭祀〉所論更詳，《復旦學報》（人文科學），第 1 期（1956）。
[2] 《尚書覈詁》頁 9。
[3] 屈萬里著，李偉泰、周鳳五校，《尚書集釋》（上海：中西書局，2014），頁 8。
[4] 黃懷信，《尚書注訓》（濟南：齊魯書社，2002），頁 13。
[5] 黃懷信，〈〈堯典〉之觀象及其傳說產生時代〉，《中原文化研究》，第 4 期（2014），頁 98—103。按，黃氏所說恐非。

南方曰因[1]，風曰𡚬[2]。

西方曰𣄾[3]，風曰彝。

〔北方曰〕𠂤[4]，風曰殳[5]。　　　　　　　　（《合》14294）

（2）辛亥丙[6]貞：今一月帝令雨。四月甲寅夕𠄎（嚮）[7]乙卯，帝允令雨。

辛亥卜丙貞：今一月帝不其令雨。

辛亥卜丙貞：禘于北方曰𠂤，風曰殳[8]，𢆉年。一月。

辛亥卜丙貞：禘于南方曰𡚬，風夷[9]，𢆉年。

---

[1] 「因」字釋讀，見陳漢平，《屠龍絕緒》（哈爾濱：黑龍江教育出版社，1989），頁96、120以及219。又見裘錫圭，《甲骨文字考釋（續）·（一）釋南方名》，《裘錫圭學術文集·甲骨文卷》（上海：復旦大學出版社，2015），頁177—179。常玉芝云：「從字形上將『𠀃』字釋成『因』字實屬牽強。」並認同胡厚宣釋「夾」字之說。見其《商代宗教祭祀》（北京：中國社會科學出版社，2010），頁104。按，常氏所說恐不確。

[2] 「𡚬」字釋讀，見林澐，〈釋史牆盤中的「逖虘𡚬」〉，《林澐學術文集》（北京：中國大百科全書出版社，1998），頁174—183；又見其〈說飄風〉，《林澐學術文集》頁30—34。

[3] 「𣄾」字釋讀，見《屠龍絕緒》頁106。又見裘錫圭，〈說「𣄾𣄾白大師武」〉，《裘錫圭學術文集·金文及其他古文字卷》（上海：復旦大學出版社，2015），頁19。原載《考古》，5期（1978）。

[4] 「𠂤」字不可確釋。曹錦炎釋爲「勺」，讀爲「伏」，見其〈釋甲骨文北方名〉，《中華文史論叢》，第3期（1982）；陳漢平釋爲「丸」或「妑」，見《屠龍絕緒》頁107；李家浩亦釋爲「勺」，見其〈甲骨文北方神名「勺」與戰國文字從「勺」之字——談古文字「勺」有讀如「宛」的音〉，《文史》，第3期（2012）。此字無論爲何字，有一點可以確定，就是它一定是一個可以和「隩」「宛」等字相通的字。

[5] 「殳」字不可確釋，于省吾釋爲「伇」，讀爲「冽」，訓爲「寒」，見其〈釋四方和四方風的兩個問題〉，《甲骨文字釋林》（北京：中華書局，1979），頁128。陳劍釋爲「殺」，見其〈試說甲骨文的「殺」字〉，《古文字研究》第二十九輯（北京：中華書局，2012），頁13。

[6] 「丙」字釋讀，見單育辰，〈釋「𡉚」〉，《出土文獻》第十輯（上海：中西書局，2017·4），頁18；王子揚，〈甲骨文所謂的「內」當釋作「丙」〉，《甲骨文與殷商史》新三輯（上海：上海古籍出版社，2013），頁231。

[7] 「𠄎」字釋讀，見裘錫圭，〈釋殷虛卜辭中的「𠄎」「𠈅」等字〉，《裘錫圭學術文集·甲骨文卷》（上海：復旦大學出版社，2015），頁391—403。原載《第二屆國際中國古文字學研討會論文集》，香港中文大學中國語言及文學系，1993年。

[8] 此句是「禘于北方，北方曰𠂤，風曰殳 」的省略，後三句同此；或者應於「方」前斷句。

[9] 胡厚宣說：「『鳳』後省或奪一『曰』字。」見〈釋殷代求年於四方和四方風的祭祀〉，《復旦學報》（人文科學），第1期（1956），頁50。

　　貞：禘于東方曰析，風曰劦，莽年。

　　貞：禘于西方曰彝，風曰彝，莽年。　　　　　（《醉古》73）

（3）**轅**[1]風惠豚，又大雨。　　　　　　　　　　（《合》30393）

與四方風名相關者除了甲骨文及〈堯典〉此章以外，還散見於其他傳世文獻，為便於討論，現將其分列于下：

（1）《山海經》：

　　日月所出名曰折丹，東方曰折[2]，來風曰俊，處東極以出入風。

　　　　　　　　　　　　　　　　　　　　　　（〈大荒東經〉）

　　有神名曰因，因乎南方曰因，乎夸風曰乎民[3]，處南極以出入風。

　　　　　　　　　　　　　　　　　　　　　　（〈大荒南經〉）

　　有人名曰石夷[4]，來風曰韋，處西北隅以司日月之長短。

　　　　　　　　　　　　　　　　　　　　　　（〈大荒西經〉）

　　有人名曰鵷，北方曰鵷，來{之}[5]風曰狻，是處東極隅以止日月，
　　使無相間出沒，司其短長。　　　　　　　　（〈大荒東經〉）

　　　毋逢之山，北望雞號之山，其風如颭。　　（〈北山經〉）

（2）《國語》：

　　瞽告有協風至。　　　　　　　　　　　　　　（〈周語〉）

　　虞幕能聽協風。　　　　　　　　　　　　　　（〈鄭語〉）

（3）《夏小正》「正月」：

　　時有俊風。

《合》14994 及《醉古》73 所載四方風名有小誤。[6]《合》14994「西

---

[1] 「**轅**」字為王國維所釋，見《殷虛文字類編》7‧7。
[2] 「折」「析」可通，《說文》：「析，破木也。一曰折也。」《廣雅》：「析，折分也。」參嚴一萍，〈卜辭四方風新義〉，《甲骨古文字研究》第一輯。
[3] 此句疑有錯亂。此處校釋可參清‧孫詒讓著，梁運華點校，《札迻》卷三（北京：中華書局，1989），頁 94；〈釋殷代求年於四方和四方風的祭祀〉頁 54—56。
[4] 李學勤說「石夷」可能有衍文，見其〈商代的四風與四時〉，《李學勤文集》（上海：上海辭書出版社，2005），頁 153。
[5] 《札迻》頁 94。
[6] 胡厚宣認為：「也可能方名與風名可以連稱互用。」（〈釋殷代求年於四方和四方風的祭祀〉頁 54）

方曰東，風曰彝」當作「西方曰彝，風曰東」；而《醉古》73「南方曰髟，風夷」當作「南方曰夷，風[曰]髟」。這樣的話，傳世文獻和甲骨文所載四方風便基本相合。〈堯典〉之「析」「因」「夷」「隩」四字分別對應甲骨文的「析」「因」「彝」「𩵋」，含義當相同。[1]

　　首先必須明白的是，甲骨文四方風名的發現，讓我們知道〈堯典〉「析」「因」「夷」「隩」皆爲四方之名。又因以名神，所以也是四方神名。但是此四字的具體內涵又是什麼呢？下面分幾點討論四方名以及〈堯典〉此章的問題。

（1）四方名的解釋

　　前面已經說過，舊注大都是就四字的字面意思或者相關意思進行解釋，由於材料的關係都未知其本爲四方名。在知其爲四方名之後，諸家又是如何解釋的呢？以「析」字爲例，楊樹達說：「東方曰析者，此殆謂草木甲坼之事也……蓋東爲春方，春爲草木甲坼之時，故殷人名其神曰析也。」[2]陳漢平說：「東方曰析若說爲植物春季析甲萌芽，則與東方神、春神名勾芒相合，係因春季植物生長現象而命名；若依孔傳說爲『老壯分析』，『丁壯就功』，則係因春季農事而命名。」[3]馮時則認爲「日中」時爲春分，故以表「分」義之「析」名其神。[4]其他的說法還有不少，但是總而言之，就四字的內涵來說，具體當如何解釋，已經無從驗證，舊注或許在某些方面摸得邊際。在未有更新的材料之前，想對四字的內涵進行一個說明，仍然是一件十分困難的事。這裡存在兩種可能：一是四方名用字和四方的某種特性有關；二是四字和四方的內涵全無關係，由於時代古遠，全用借字以名四方。若是第二種情況，則任何就其字形或者字義進行的解釋都和事實相差很遠。

---

[1] 「夷」「彝」相通。「隩」「宛」可通，朱駿聲《說文通訓定聲》「奧」字注云：「按此字古讀如隩，亦讀如宛。《禮記·禮器》：『燔柴于奧』。以奧爲爨。《荀子·富國》：『夏不宛暍』以宛爲燠。《爾雅·釋言》：『懊，忨也。』《太玄·樂》：『陽始出奧』，注：『暖也』。皆聲相近。《說文》蕰篆『讀若奧』，即讀若宛也。皆聲之轉耳。」（《說文通訓定聲》（北京：中華書局，1984），頁285上）

[2] 楊樹達，〈甲骨文中之四方神名與風名〉，《積微居甲文說　卜辭瑣記》（北京：中國科學院出版，1954），頁54。

[3] 《屠龍絕緒》頁103。

[4] 馮時，〈殷卜辭四方風研究〉，《考古學報》，第2期（1994），頁139。

（2）〈堯典〉「厥民析」「厥民因」「厥民夷」「厥民隩」的解釋

　　「厥」，即其也。重點是後二字的解釋問題。從《山海經》的記載可知，「折」「因」「石夷」「鳧」均爲神、人名。而「厥民析」「厥民因」「厥民夷」「厥民隩」與「有神名曰因」「有人名曰石夷」等的結構類同，故陳漢平認爲四句即四方之民的名字[1]，實際同爲四方神名。鄭慧生也說：「〈堯典〉『厥民析』即『有人名曰析』，爲東方神人，與卜辭『東方曰析』正相契合。」[2]在這個觀點以外，還有別的意見，比如《校釋譯論》云：「由於〈堯典〉作者顯然不懂得這些（指四方風名）原是神話資料，卻硬把它作歷史資料使用，於是東方之神名『析』，就變成了無法理解的東方之民『析』。」[3]白川靜說：「可能〈堯典〉的作者已經不曉得『析』『因』『夷』等就是上古的神名，因而全數將之動詞化，作爲表示四季中所施之政。」[4]上述意見均未從文字角度提出看法，而丁山說：「至於〈堯典〉所謂『春，厥民析……』，民均當是『名』字筆誤。」[5]蔣善國也說：「〈堯典〉這段即使沒有沿襲《山海經》，也一定沿襲甲骨文，它按四方風，加上了羲和、地名（如『隅夷』等）、中星、四季、人名、鳥獸六種成分，並把風改作民。」[6]其後蔡哲茂亦云：「胡厚宣已知〈堯典〉此段是出自四方風名，但是他的解釋是兩者相通，則無法令人信服，根本的原因是『厥民某』的『民』字應是『風』之訛。」[7]

　　陳、鄭二氏所說可能比較接近事實。從〈堯典〉此章看，並不能看出其作者不懂得四方風名，而且「厥民析」也並不一定不能理解。而白說〈堯典〉作者在寫作此章時，將四方風名全部動詞化，這也並不能從文本本身看出來。蔡氏說：「至於採入〈堯典〉後配上四季並加以動詞化，應該是後代經師的誤解」。此說

[1] 《屠龍絕緒》頁110。
[2] 鄭慧生，〈商代卜辭四方神名、風名與後世春夏秋冬四時之關係〉，《史學月刊》，第6期（1984），頁8。
[3] 《尚書校釋譯論（第一冊）》頁44。
[4] 日·白川靜，《甲骨文の世界——古代殷王朝の構造》（東京：日本平凡社，1972），頁53。
[5] 丁山，《中國古代宗教與神話考》（上海：上海書店出版社，2011），頁84。
[6] 《尚書綜述》頁142。
[7] 蔡哲茂，〈甲骨文四方風名再探〉，《甲骨文與殷商史》新三輯（上海：上海古籍出版社，2013），頁171。

相對近情。丁認爲「民」爲「名」之筆誤，並沒有什麼證據。至於蔣、蔡二氏認爲「厥民某」之「民」爲「風」字之訛誤，似乎並無太大可能，因爲二者字形實在相差太遠。蔡氏依據吳匡把盠駒尊（《集成》6011）「」字釋爲「鳳（風）」的觀點，又以其與王孫遺者鐘（《集成》00261）之民字作「」字形相似，認爲「〈堯典〉的『厥風析』被誤『厥民析』就大有可能，而其時代大概在春秋戰國以後才訛誤的」。[1]此說似乎不太可能，因爲且不說「」此字是否爲「鳳（風）」，即使是，寫成這種字形的機率肯定比較小；而民寫成「」這種字形具有時代和區域的獨特性，機率本不太大，若將這兩種發生機率比較小的事合在一起並產生訛混，其發生的機率亦必更小，幾乎是不可能的事情。正像《校釋譯論》所說：「雖該文（指蔡文）曲折取證，用力甚勤，尚不足以折服人。至蔣氏之語，尤空言無據。」[2]

（三）寅賓出日、寅餞納日

經文：

　　乃命羲和，欽若昊天，歷象日月星辰，敬授民時。分命羲仲，宅嵎夷，曰暘谷。寅賓出日，平秩東作。……分命和仲，宅西土，曰昧谷。寅餞納日，平秩西成。

「寅賓出日」，《史記・五帝本紀》譯述作「敬道日出」，僞《孔傳》云「寅，敬。賓，導」。「寅餞納日」，〈五帝本紀〉譯述作「敬道日入」，僞《孔傳》云「餞，送也。日出言導，日入言送，因事之宜」。《釋文》云：「餞，賤衍反。馬云『滅也。滅猶沒也。』」段玉裁謂：「《集韻》二十八『獮』云：『淺，在衍切，滅也。《書》「寅淺納日」，馬融讀通作「餞」。』《尚書釋文》自開寶中更定，乃有舊本、新本之不同。蓋《尚書》本作『寅淺』。僞孔云『淺，送也』，是讀『淺』爲『餞』，故陸氏云『賤衍反』。『淺』本此衍反，讀爲『餞』，乃賤衍反也。馬季長意則不讀爲『餞』，

---

[1]〈甲骨文四方風名再探〉頁 173—175。
[2]《尚書校釋譯論（第一冊）》頁 45。

直就『淺』字訓爲薄迫之義，故云『滅也。滅猶沒也』。《集韻》
所據乃德明舊本，其云『通作餞者』，正謂《釋文》作『淺』，衛
包所改《尚書》作『餞』，故云。然又未能憭馬與僞孔訓不同也。
今更正《尚書》正文作『淺』。……賈昌朝《群經音辨》曰：『淺，
送也，滅也，音餞。《書》「寅淺納日」。』賈與丁度等目驗陸德
明《釋文》未改本而云也。　又按馬讀『淺』爲『踐』，《說文》
『踐，履也』，《尚書大傳》說『踐奄』曰：『踐之者，藉之者也。』
（俗作籍，誤）此馬意也。」[1]

　　按，段說近是，今本《釋文》「餞」字，伯 3315 正作「淺」，
云「注作餞，同」[2]，是經文本作「淺」。

　　日出、日入於先民事關重大，有關其地點及衍生之神話傳說，
《山海經》、《淮南子》等傳世文獻均有記載。甲骨卜辭中亦有關
於祭祀出入日的記載，列舉如下：

　　　乙巳卜，王賓日。　　　　　　　　　　　　　（《合》32181）
　　　辛未卜，又（侑）于出日。　　　　　　　　　（《合》33006）
　　　丁巳卜，又（侑）出日；丁巳卜，又（侑）入日。《合》34163）
　　　戊戌卜，丙，乎雀鼓于出日于入日牢。　　　　（《合》6572）
　　　癸未貞，甲申酌出入日歲三牛。茲用。　　　（《屯南》890）

郭沫若云：「日之出入有祭，足證〈堯典〉『寅賓出日』及『寅餞
納日』之爲殷禮。」[3]

　　由「戊戌卜，丙，乎雀鼓于出日于入日牢」可知其是卜問是否
命雀「鼓一牢」以祭出入之日。《屯南》890 則是卜問是否於甲申
這一天「歲三牛」以酌祭出入日。同理，「寅賓出日」和「寅餞納
日」（「納日」即入日）之意殆即分別恭敬地「賓」祭出日和「淺」
祭入日。「淺」字之義俟考。另外，迎送日之時或當如〈考工記〉
所云「土圭尺有五寸以致日」，《說文》「致，送詣也」。致日者，
《周禮·馮相氏》載爲「馮相氏」。江聲云：「馮相氏冬夏致日，
此獨於夏言之，舉一隅也。」[4]致日之地，《史記·封禪書》云「《周
官》曰：『冬日至，祀天於南郊，迎長日之至。』」。

---

[1]　《古文尚書撰異》卷一上，《四部要籍注疏叢刊·尚書（中）》頁 1779。
[2]　北敦 14618 已作「餞」。
[3]　郭沫若，《殷契粹編·序》（北京：科學出版社，1965），頁 13。
[4]　《尚書集注音疏》卷一，《四部要籍注疏叢刊·尚書（中）》頁 1496 上。

（四）象恭滔天

經文：

帝曰：「疇咨若予采？」驩兜曰：「都！共工方鳩僝功。」
帝曰：「吁！靜言庸違，象恭滔天。」

「象恭滔天」，《史記・五帝本紀》譯述作「似恭漫天」。偽《孔傳》云：「貌象恭敬而心傲很，若漫天。」學者多從其說。

朱熹云：「『滔天』二字羨，因下文而誤。」[1]蔡沈云：「『滔天』二字未詳，與下文相似，疑有舛誤。」[2]

徐文靖云：「《竹書》：『帝堯十九年，命共工治河。六十一年，命崇伯鯀治河。』則鯀未命以前，四十一年中治河者，皆共工也。時帝問誰順予事，而驩兜美共工之僝功。帝謂其治河外貌承君命，而洪水仍致天，與下文『浩浩滔天』同一義也。」[3]盧文弨、楊寬等從之。[4]顧頡剛駁之云：「徐說雖據今本《紀年》，未可信，然《國語》已言共工『欲壅防百川，墮高堙庳以害天下』，《淮南子》亦言『共工嘗治洪水』，則〈堯典〉作者之意想中共工自必為鯀前治水之人，因而有堯評共工『滔天』之語也。」[5]其又謂：「疑〈堯典〉的作者本說共工治水不成而致洪水滔天之禍。」[6]

全祖望云：「古文『滔』通於『慆』，『漫』通於『慢』，故諸葛忠武曰：『慆慢則不能研精。』合之《孔傳》所云『傲狠』，《孔疏》所云『侮上陵下』，是『滔天』者，慢天也。」[7]孫詒讓

[1] 《朱子語類》卷七十八，《朱子全書（修訂本）》（第拾陸冊）頁 2644。
[2] 宋・蔡沈，《書經集傳》卷一，《景印文淵閣四庫全書（第五八冊）》（臺北：臺灣商務印書館，1986），頁 6 下。
[3] 清・徐文靖著，范祥雍點校，《管城碩記》（北京：中華書局，1998），頁 47。
[4] 清・盧文弨撰，楊曉春點校，《鍾山札記 龍城札記 讀史札記》（北京：中華書局，2010），頁 123—124；楊寬：〈鯀、共工與玄冥、馮夷〉，《古史探微》（上海：上海人民出版社，2016），頁 348。
[5] 顧頡剛，《顧頡剛全集・顧頡剛讀書筆記（卷三）》（北京：中華書局，2011），頁 441。
[6] 顧頡剛，〈五德始終說下的政治和歷史〉，《古史辨自序（下）》（北京：商務印書館，2011），頁 641。
[7] 清・全祖望撰，朱鑄禹彙校集注，《鮚埼亭集外編》卷四十一，《全祖望集彙校集注（中）》（上海：上海古籍出版社，2000），頁 1617；亦見其《經史問答》卷二，《全祖望集彙校集注（下）》頁 1877—1878。

讀「滔」爲「謟」，訓爲「疑」，又謂「《說文·言部》無謟字，疑古通作『慆』。此經或本作慆、謟，涉後文說洪水滔天而誤，注家不辨，遂亦釋爲漫天。據《史記》，則孔氏真古文說已如此，《詩·大雅》『天降滔德』，毛《傳》云：『滔，慢也。』慢天，義尤切當，疑《史記》『漫天』，或本作『慢天』，後人誤依僞《傳》改之。」[1]

李慈銘從牟庭之說，謂「滔天蓋本作慆，或作謟，慆謟皆慢也，故《史記》作慢天。後涉下文浩浩滔天語，遂亦誤爲滔字」。[2]

《校釋譯論》則謂：「上面已提到共工治水和鯀治水可能是一個故事的分化，那麼這一『滔天』與下文『滔天』當然也是同源的，原是有關共工治水方面資料的殘文，〈堯典〉作者在這裏也是不管文字通不通硬抄在一起。」[3]

按，其實，上述文字不通很可能並不是原來就不通，而是因爲傳抄產生訛誤的結果，所以《校釋譯論》所說可商。但其謂「象恭滔天」「原是有關共工治水方面資料的殘文」則近是。《淮南子·本經》「共工振滔洪水」可證。聞一多謂「恭」爲「洪」字之訛誤。[4]周運中謂「象恭」當爲「爲洪」。[5]傳世文獻中即有「爲」訛誤作「象」的例子，王念孫曾校訂出《呂氏春秋·君守篇》「至精無象，而萬物以化」之「象」當是「爲」之訛誤。[6]薛季宣《書古文訓》「象恭滔天」之「象」作「𧰼」[7]與「爲」形近易訛。而在西周至於春秋戰國金文中也有「爲」訛作「象」的例子，如西周中期的𤺄鼎（《集成》2696）、西周晚期的立盨（《集成》4365）及春秋早期邾訧鼎（《集成》2426）等皆有其例。

[1] 《尚書駢枝》頁 114—115。

[2] 清·李慈銘，《越縵堂讀書記》（上海：上海書店出版社，2000），頁 12。

[3] 《尚書校釋譯論（第一冊）》頁 76。

[4] 聞一多，〈伏羲考〉，《聞一多全集·神話編 詩經編上》（武漢：湖北人民出版社，1993），頁 90—91。

[5] 周運中，《中國文明起源新考》（臺北：台灣花木蘭出版社，2015），頁 322—323。

[6] 清·王念孫撰，徐煒君、樊波成、虞思徵、張靖偉等點校，《讀書雜志（第五冊）》（上海：上海古籍出版社，2015），頁 2623—2624。

[7] 顧廷龍、顧頡剛，《尚書文字合編（1）》（上海：上海古籍出版社，1996），頁 52。

（五）巽朕位

經文：
> 帝曰：「咨！四岳。朕在位七十載，汝能庸命，巽朕位？」

「巽朕位」之「巽」字，《史記·五帝本紀》作「踐」，《釋文》引馬融云「讓也」，鄭玄解「巽朕位」爲「入處我位」，僞《孔傳》釋「巽」爲「順」。臧琳云：「巽、踐聲相近，古文《尚書》『巽朕位』，今文《尚書》『踐朕位』，由堯言之曰『巽』，由四嶽言之曰『踐』。」[1]俞樾云：「《史記·五帝本紀》『巽』作『踐』，當從之。《尚書》作『巽』者，叚借字也。『踐』從戔聲，古音與『巽』近。」[2]

《校釋譯論》讚同俞樾「巽」爲「踐」之假借的說法，且認爲其義爲「履行」。[3]裘錫圭則認爲俞樾《群經平議》疑「巽朕位」之「巽」或當讀爲「纂」也許是正確的。[4]這種訓爲「繼」的「纂」，又作「纘」，傳世文獻和金文中皆有其例，傳世文獻如《禮記·祭統》引孔悝鼎「纂乃祖服」、《詩經·魯頌·閟宮》「纘禹之緒」；金文如害簋（《集成》4258、4259、4260）「用饌（纂）乃祖考事」、禹鼎（《集成》2833）「命禹 **厵**（纂）朕祖考政于井邦」、史墙盤（《集成》10175）「天子 **圈屐**（纘）文武長烈」。[5]

按，裘說可從。〈中庸〉「踐其位」，鄭玄注云「『踐』讀爲『纘』」，亦可證。其實，俞樾後來即將此句與彝銘相參，論定讀「纂」之說。其於〈吳平齋《兩罍軒彝器圖釋》序〉中云：「余嘗著《群經平議》解《尚書》『巽朕位』，謂『巽』爲『纂』之叚字，及讀薛尚功《鐘鼎款識》有宰辟敦三，其文並云『用饌乃祖考事』，則固嘗叚『饌』爲『纂』。……古彝器銘詞之可寶貴如此，吾人欲讀古書，安可不觀古器哉？」[6]（此說又見於《春在堂隨筆》卷一）

---

[1] 清·臧琳，《經義雜記·五帝本紀書說》，《續修四庫全書（一七二）》（上海：上海古籍出版社，2002），頁225下。
[2] 《群經平議》卷三，《續修四庫全書（一七八）》頁38下。
[3] 《尚書校釋譯論（第一冊）》頁86—87。
[4] 裘錫圭，〈讀逨器銘文札記三則〉，《裘錫圭學術文集·金文及其他古文字卷》（上海：復旦大學出版社，2005），頁170腳註。原載《文物》，6期（2003）。
[5] 〈讀逨器銘文札記三則〉頁160—170。
[6] 清·俞樾，〈吳平齋《兩罍軒彝器圖釋》序〉，《春在堂雜文集續編》卷二，《春

（六）釐降二女于嬀汭

經文：

> 師錫帝曰：「有鰥在下，曰虞舜。」帝曰：「俞！予聞，如何？」岳曰：「瞽子，父頑，母嚚，象傲；克諧，以孝烝烝，乂不格姦。」帝曰：「我其試哉！女于時，觀厥刑于二女。」釐降二女于嬀汭，嬪于虞。帝曰：「欽哉！」

「釐降二女于嬀汭」之「釐」字，大都從《史記‧五帝本紀》釋爲「飭」。此字薛季宣《書古文訓》作「釐」[1]。蔣禮鴻認爲此「釐」義同《詩經‧大雅‧既醉》「釐爾女士」之「釐」，與「賚」通。義即《爾雅‧釋詁》所云：「賚、貢、錫、畀、予、貺，賜也。」[2]黃傑亦有此說。[3]

按，金文中亦有以「釐」表賜義的例子，如苐簋（《集成》）「楷侯釐（釐）苐馬四匹」、四十二年逨鼎（《銘圖》2501）「朕親命釐（釐/賚）汝秬（秬）鬯一卣」。

（七）柔遠能邇

經文：

> 月正元日，舜格于文祖，詢于四岳，闢四門，明四目，達四聰。「咨，十有二牧！」曰，「食（飭）哉！惟時柔遠能邇，惇德允元，而難任人，蠻夷率服。」

「柔遠能邇」，傳世文獻除見於本篇外，還見於《尚書‧顧命》、《尚書‧文侯之命》、《詩經‧大雅‧民勞》以及《左傳‧昭公二十年》；於出土材料則見於大克鼎（《集成》2836）、番生簋（《集成》4326）以及清華簡（叄）〈說命下〉。四字異說甚多，尤其是

在堂全書》（光緒九年（1883）重訂本）。
[1] 《尚書文字合編（1）》頁54。
[2] 蔣禮鴻，《義府續貂》，《蔣禮鴻集（第二卷）》（杭州：浙江教育出版社，2001），頁182—183。
[3] 黃傑，〈《尚書‧堯典》新證（一）〉，簡帛網，2015年11月22日。

對於「能」字的解釋，一直未能定讞。[1]學者多從王引之將「能」釋為「善」[2]，梁立勇則認為「『能』和『善』相通當是在『善長』的義項上，而非友善」，從而提出「能」當讀作「昵」訓為「親近」。[3]

按，梁所說未必是，「相能」訓為「相善、相安」並無差謬。「柔」「能」義近，《大雅·民勞》之《毛傳》訓「柔」為「安」，《易經·屯·象傳》「宜建侯而不寧」，鄭本「而」作「能」，並云「能，猶安也」。又毛公鼎（《集成》2841）「康能四國」及叔尸鐘（《集成》272—8）「汝康能乃有吏」之「康能」義近，並當訓為「安」，晉姜鼎（《集成》2826）「用康柔綏懷遠邇君子」之「康柔綏懷」為四字近義短語，《爾雅·釋詁》「綏、康、柔，安也」，是其義亦當訓為「安」。二三字及以上同義短語並不少見，如《左傳·隱公六年》「芟夷蘊崇之」之「芟夷」「蘊崇」為二字同義連文；《左傳·襄公三十一年》「繕完其牆以待賓客」之「繕完其」為三字同義連文。是以「柔遠能邇」之「能」當訓為「安」。

二 皋陶謨

（一）惟帝其難之

經文：
> 皋陶曰：「都。在知人，在安民。」禹曰：「吁。咸若時，惟帝其難之。知人則哲，能官人；安民則惠，黎民懷之。能哲而惠，何憂乎驩兜？何遷乎有苗？何畏乎巧言令色孔壬？」

「惟帝其難之」，偽《孔傳》云：「言帝堯亦以知人安民為難。」蔡沈亦謂：「雖帝堯亦難能之。」[4]是皆將「難」訓為「困難」義。

---

[1] 可參《尚書校釋譯論（第一冊）》頁196—199。
[2] 《經義述聞（一）》頁162—163。
[3] 梁立勇，〈「柔遠能邇」解〉，《深圳大學學報（人文社會科學版）》，第30卷第5期（2013·9），頁131。
[4] 《書經集傳》卷一，《景印文淵閣四庫全書（第五八冊）》頁19上。

按，「難」疑當讀爲「戁」，《說文·心部》「戁，敬也」，《爾雅·釋詁下》「戁，懼也」。《說文·心部》「憼，敬也」，叔尸鐘（《集成》285）銘「尸不敢弗憼戒」之「憼」爲「警戒」之意。「憼」字《說文》所釋之「敬」似當解爲「警戒」，即「儆」字之義（《說文》：「儆，戒也。」）；「戁」字《說文》所釋之「敬」亦是「警戒」之意。另外〈堯典〉「而難任人」之「難」同此，亦當讀爲「戁」，訓爲「警戒」。

（二）天工人其代之

經文：

　　無教逸欲有邦，兢兢業業，一日二日萬幾。無曠庶官，天工人其代之。

　　「無曠庶官，天工人其代之」，僞《孔傳》云：「言人代天理官，不可以天官私非其才。」《潛夫論·貴忠》《後漢書·劉玄傳》〈馬嚴傳〉《中論·爵祿》皆謂此句爲法天官人、王者代天官人。《尚書大傳》則云：「《書》稱『天功人其代之』，夫成天地之功者，未嘗不蕃昌也。」是「工」作「功」，謂代天成造化之功。《漢書·律曆志》〈王莽傳〉說近。〈夏本紀〉述作「非其人居其官，是謂亂天事」蘇軾亦云：「天有是事，則人有此官，官非其人，與無官同，是廢天事也，可乎？」[1]是又解「天工」爲天事。

　　按，「工」當從《大傳》〈律曆志〉作「功」，《周禮·春官·肆事》「凡師不功」鄭注：「故書功爲工，鄭司農工讀爲功，古者工與功同字。」此「功」字即〈堯典〉「惟時亮天功」之「功」，《史記》述作「時相天事」，準之此「功」亦當釋作「事」。由「無曠庶官」可知，此「天事」由庶官理之，當即庶官所治理之天下事。「人」字當指「庶官」一類人。

　　而「代」字，舊皆如字讀之。參〈堯典〉「惟時亮天功」之「亮」訓爲「相」，頗疑「代」當讀爲「飭」字，訓爲整治。「代」以「弋」字爲聲，而「弋」聲字有與「飭」相通之例。如清華簡（壹）〈耆

---

[1] 宋·蘇軾，《書傳》卷三，《景印文淵閣四庫全書（第五四冊）》（臺北：臺灣商務印書館，1986），頁509上。

夜〉簡 5「輶乘既玔」之「玔」即讀爲「飭」[1]，可證。又《周禮·天官·大宰》「五曰百工，飭化八材」、〈閭師〉「任工以飭材事」亦可參。

（三）烝民乃粒

經文：

禹曰：「洪水滔天，浩浩懷山襄陵，下民昏墊。予乘四載，隨山刊木，暨益奏庶鮮食。予決九川，距四海，濬畎澮距川。暨稷播奏庶艱食，鮮食，懋遷有無化居。烝民乃粒，萬邦作乂。」皋陶曰：「俞，師汝昌言。」

「烝民乃粒」之「粒」，僞《孔傳》云「米食曰粒」。《史記·夏本紀》將此句譯述作「眾民乃定」。武億云：「粒易作定，則古文爲立字也。《詩·思文》『立我烝民』箋『立當作粒』，又別本『立』一作『粒』，是二字同用，《傳》所訓非。」[2]章太炎亦云：「史公以定爲訓，則所見古文眞本作立，《詩》所謂『立我烝民』也。」[3]

王引之亦謂「粒」當讀爲《詩經·周頌·思文》「立我烝民」之「立」。[4]馬楠以爲「烝民乃粒」即《禮記·王制》「西方曰戎，被髮衣皮，有不粒食者矣」及上博簡〈容成氏〉28 號簡「天下之民居奠[5]，乃劮飤（食）」所謂「粒食」「劮飤（食）」。[6]薛培武則根據宋華強文章[7]所引章太炎三體石經《尚書·多士》「戾」字古文「狀」從立得聲等觀點，認爲「烝民乃粒」之「粒」應讀爲「戾」，

[1] 《清華大學藏戰國竹簡（壹）》頁 153。
[2] 清·武億，《群經義證》，《續修四庫全書（一七三）》（上海：上海古籍出版社，2002），頁 154 下。
[3] 章太炎，〈太史公古文尚書說〉，《章太炎全集》（上海：上海人民出版社，2015），頁 248。
[4] 《經義述聞（一）》頁 168—169。
[5] 「奠」字皆讀爲「定」，似無必要，《尚書·盤庚》「奠厥攸居」可證。
[6] 馬楠，〈周秦兩漢書經考〉，清華大學博士學位論文（指導教師：彭林教授），2012 年 5 月，頁 493。
[7] 宋華強，〈葉家山銅器銘文和殷墟卜辭中的古文「戾」〉，《古文字研究》第三十輯（北京：中華書局，2014），頁 128。

訓爲「定」。[1]

　　按，「烝民乃粒」之「粒」即〈思文〉「立我烝民」之「立」。〈思文〉鄭箋「立，當爲『粒』」，〈皋陶謨〉疏引鄭注「粒，米也」。但是《左傳》《國語》引〈思文〉此句均作「立我烝民」，並不作「粒食」解，[2]鄭注孤證難憑，而且馬所引〈王制〉是「粒食」連文，而〈容成氏〉之「劦」字則當從陳劍釋爲「飭」，[3]非「粒」。是以解「烝民乃粒」之「粒」爲「粒食」似非。而將「粒」讀爲「戾」而訓爲「定」亦似無必要，「粒」與「立」通，即可訓爲「定」，與〈思文〉之「立」義同。

（四）其弼直

經文：

　　禹曰：「安汝止，惟幾惟康；其弼直，惟動丕應。徯志以昭（紹）受上帝，天其申命用休。」

　　「弼直」，僞《孔傳》：「其輔臣必用直人。」是僞孔就「直」字作解，而《史記》作「輔德」。江聲據《史記》謂「直」爲「德」之壞字，其云：「據《史記》作『輔德』推此文當爲『其弼德』，而『惪』字從直下心，容或心字靡滅不見而爲『直』字。」[4]孫星衍亦云：「『直』當爲『惪』壞字。」[5]今之學者多從之。

　　按，「直」當非「惪」之壞字，「直」即可讀爲「德」，阜陽漢簡《詩經》036號「既沮我直」之「直」，今本〈谷風〉作「德」可證。

---

[1] 薛培武，〈〈皋陶謨〉『烝民乃粒』小解〉，簡帛網，2015年12月27日。
[2] 《今文尚書考證》頁107。
[3] 陳劍，〈上博楚簡〈容成氏〉與古史傳說〉，中央研究院歷史語言研究所主辦「中國南方文明研討會」會議論文，2003年12月。
[4] 《尚書集注音疏》卷二，《四部要籍注疏叢刊‧尚書（中）》頁1523－1524。
[5] 《尚書今古文注疏》頁95。

（五）朋淫于家

經文：

　　無若丹朱敖，惟慢遊是好，敖虐是作，罔晝夜頟頟，罔水行舟，朋淫于家，用殄厥世，予創若時。

　　「朋淫于家」之「朋」，《說文》引作「堋」，乃借字，而《後漢書・樂成靖王傳》、漢石經皆作「風」，是今文家爲「風」。朱彬謂：「《說文》引『朋』作『堋』，古讀與『風』近，當讀如『馬牛其風』之『風』。」[1]楊筠如、曾運乾等皆持此說。[2]馬其昶謂「朋」爲「侈」之借字。[3]朱廷獻則云：「朋，疑當讀爲瘋，朋淫於家者，瘋狂的淫亂於家也。或朋淫即淫朋之倒歟！」[4]

　　按，清華簡（捌）〈攝命〉簡16：「女（汝）母（毋）敢朋湎（酗）于酉（酒）。」「朋」字，整理者訓爲「朋比」。[5]簡文「朋湎（酗）于酉（酒）」，句式同於經文「朋淫于家」，可知古文作「朋」是。

三　禹貢

（一）隨山刊木

經文：

　　禹敷土，隨山刊木，奠高山大川。

　　「敷土」，《史記・夏本紀》、《荀子・成相》、《周禮・大司樂》鄭注等皆作「傅土」，夔公盨銘（《銘圖》5677）作「尃（敷）土」。「隨山刊木」還見於〈皋陶謨〉，「隨山」則還見於《尚書・禹

---

[1]　清・朱彬，《經傳攷證》卷二，《四庫未收書輯刊・肆輯（玖冊）》（北京：北京出版社，2000），頁461下。
[2]　《尚書覈詁》頁71—72；《尚書正讀》頁42。
[3]　《尚書故》頁51。
[4]　朱廷獻，《尚書異文集證》（臺北：中華書局，2017），頁66。
[5]　李學勤主編、清華大學出土文獻研究與保護中心編，《清華大學藏戰國竹簡（捌）》（上海：中西書局，2018），頁117。

貢‧序》，**夨**公盨銘則作「**隆**（墮）山」。李學勤以爲「**隆**山」應釋爲「隨山」。[1]「隨山」〈夏本紀〉譯述爲「行山」，鄭玄注云「必隨州中之山而登之」。

裘錫圭說：「『墮山』變爲『隨山』，與鯀、禹治水傳說的演變有關」又說「所謂『隨山』應該是關於鯀、禹治水方法的觀念發生變化以後，對『墮山』的一種『誤讀』（『隨』本作『**遀**』，亦從『隋』聲）」。[2]

師玉梅認爲：「從**隆**的字形分析可以看到，《尚書》『隨山浚川』和『隨山刊木』中的隨字應是西周**㙟**字分化訛變的結果。」[3]

馬楠根據**夨**公盨銘之「**隆**（墮）山」認爲：「隨當讀爲《國語‧周語下》『不墮山，不崇藪，不防川，不竇澤』之『墮』，韋注『毀也』。」[4]

綜上，「隨」殆應讀爲「墮」。

（二）島夷卉服

經文：

　淮、海惟揚州：彭蠡既豬，陽鳥攸居；三江既入，震澤底定。……島夷卉服。

「島夷卉服」，僞《孔傳》：「南海島夷，草服葛越。」「卉」，《釋文》「徐許貴反」，孔《疏》：「《釋草》云：『卉，草。』舍人曰：『凡百草一名卉。』」[5]是皆如「卉」解之，後似亦未見異說。

按，「卉」應逕讀爲「草」。楚簡帛中「艸（草）」字時異寫作「屮（卉）」。[6]此經之「卉服」，當是在傳抄過程中已不知「屮」

[1] 李學勤，〈論**夨**公盨及其重要意義〉，《中國古代文明研究》（上海：華東師大出版社，2009），頁166—168。

[2] 〈**夨**公盨銘文考釋〉頁148—149。

[3] 師玉梅：〈說「隨山浚川」之隨〉，《古文字研究》第二十五輯（北京：中華書局，2004），頁146。

[4] 〈周秦兩漢書經考〉頁143。

[5] 《尚書正義（上）》頁175。

[6] 參趙彤，〈「卉」是楚方言詞嗎？〉，簡帛網，2007年6月17日；李學勤，〈楚

即「艸（草）」字，遂讀解作「許貴反」之「卉」。又〈容成氏〉
簡15「乃卉（草）服箸箸」可參。

（三）被孟豬

經文：

荊、河惟豫州：伊、洛、瀍、澗既入于河，滎波既豬，
導菏澤，被孟豬。

「被孟豬」，〈夏本紀〉作「被明都」，《索隱》云：「荷澤
在濟陰定陶縣東。『明都』音『孟豬』，孟豬澤在梁國睢陽縣東北。
《爾雅》、《左傳》謂之『孟諸』，今文亦爲然，惟《周禮》稱『望
諸』，皆此地之一名。」僞《孔傳》如字解「被」云：「水流溢覆
被之。」後之學者多從此說，如林之奇云：「菏澤水盛，然後覆被
孟豬。」[1]曾運乾云：「按被者，及也，水盛則流被及也。」[2]楊筠
如則謂：「被，疑讀爲『披』。《漢書・揚雄傳》集注『被』讀曰
『披』，《莊子・知北遊》『齧缺問於被衣』，《釋文》：『本又
作披。』皆其證也。《文選・琴賦》『披重壤以誕載兮』，注云：
『披，開也。』則披開與上文開道之義，正相合矣。」[3]
　　按，「被孟豬」之「被」如字解頗難通，參「導菏澤」等語例，可
知「被」必是針對孟豬澤而言的一項水利措施，而不是「覆被」之義。〈禹
貢〉後文云「九澤既陂」，《國語・周語下》亦謂禹「陂障九澤」，可知
此經之「被」當讀爲「陂」，訓爲壅障。又上博簡（二）〈容成氏〉簡24
下—25云「墨（禹）親執枌（畚）鉅（耜），㠯波（陂）明都之澤，決
九河之淀（阻），於是虖（乎）夾州、浍（徐）州㠯（始）可尻（處）」，
「波（陂）明都之澤」即此經「被孟豬」，益可證「被」應讀爲「陂」。
[4]

簡〈子羔〉研究〉，《上博館藏戰國楚竹書研究續編》（上海：上海書店出版社，
2004），頁12—17。
[1] 《尚書全解》卷九，《景印文淵閣四庫全書（第五五冊）》頁171下。
[2] 《尚書正讀》頁66。
[3] 《尚書覈詁》頁103。
[4] 李零已據〈容成氏〉指出此點。（馬承源主編，《上海博物館藏戰國楚竹書（二）》
（上海：上海古籍出版社，2002），頁269；〈禹蹟考——〈禹貢〉講授提綱〉，
《中國文化》第39期（2014），頁66）

四 甘誓

（一）有扈氏威侮五行

經文：

　　嗟！六事之人，予誓告汝。有扈氏威〈威一蔑〉侮五行，怠弃三正，天用勦絕其命。

「威侮五行」之「威」，王引之謂是「威」字之誤，而「威」爲「蔑」之假借，[1]茲從之。此經之「五行」，向多異詞，鄭玄云「四時盛德所行之政也」（《史記集解》引），僞《孔傳》釋爲「五行之德，王者相承所取法」，均是用水、火、金、木、土「五行」作解，歷代注疏亦多從此說。近人屈萬里等仍取此說。[2]

宋人林之奇、陳大猷等始提出經文「五行」指仁、義、禮、智、信「五常」之說。[3]曾運乾則合「陰陽五行」與「五常」爲一，謂：「五行者，古以木金火水土配仁義禮智信，是五行即五常也。」[4]

皮錫瑞云：「五行分屬五事，若貌之不恭、言之不從、視之不明、聽之不聰、思心之不容，即爲威侮五行。」[5]章太炎謂「五行」爲「五行之官」。[6]臧克和說近。[7]梁啟超認爲是指「五種應行之道」。[8]周秉鈞云：「五行，指金木水火土五種物質。所謂『輕慢五行』，夏曾佑曰：『即言有扈氏不遵〈洪範〉之道。』」[9]劉起釪認爲「五行」指天上的五大行星。[10]何新謂：「五行應即古之五教、五倫、五典。……此五教乃維繫古代宗法制度的五根倫理支柱。具有行爲規範的作用。故稱『五行』。」[11]

---

[1] 《經義述聞（一）》 頁 176—177。

[2] 《尚書集釋》頁 76。

[3] 見劉起釪，〈釋《尚書·甘誓》的「五行」與「三正」〉，《古史續辨》（北京：中國社會科學出版社，1991），頁 195。

[4] 《尚書正讀》頁 86。

[5] 《今文尚書考證》頁 193。

[6] 《太炎先生尚書說》頁 84。

[7] 《尚書文字校詁》頁 133—134。

[8] 梁啟超，〈陰陽五行說之來歷〉，《東方雜誌》，20 卷 10 期（1923），頁 73。

[9] 《尚書易解》頁 78。

[10] 〈釋《尚書·甘誓》的「五行」與「三正」〉頁 197—208。

[11] 何新，《諸神的起源：中國遠古神話與歷史》（北京：三聯書店，1986），頁

　　楊升南認為「五行」應與人事相關，「威侮五行」義同於《周語・周語下》之「蔑棄五則」，即「上不象天，而下不儀地，中不和民，而方不順時，不共神祗」，包含天、地、民、時、神五個方面的內容。[1]馬王堆帛書〈二三子〉有「理順五行」之說，其後所述正是指天、地、民、神、時五個方面。邢文據之再次論證〈甘誓〉「五行」即〈周語〉「五則」之說，又謂：

> 　　〈甘誓〉中「威侮五行」的說法，與〈周語〉中「蔑棄五則」之說，其「威侮」與「蔑棄」的「五種應行之道」，都可以是「天、地、民、神、時」之道；不僅如此，在〈周語〉中，逆悖「五則」的結果是「殄滅無胤，至於今不祀」，在〈甘誓〉中，威侮「五行」的報應是「天用剿絕其命」，兩者可謂絲絲相扣，而這種扣合，也完全與帛書《易傳》所論一致。[2]

經帛書〈二三子〉「五行」的佐證，〈甘誓〉「五行」指天、地、民、神、時五個方面之說遠較舊說為可信。

　　但是，劉、邢二氏之說並未得到共鳴，或依舊說引〈洪範〉「五行」作解[3]，或另立新說[4]，故引述如上。

商書
一　湯誓

（一）舍我穡事而割正夏

　　經文：

　　　　格爾眾庶，悉聽朕言。非台小子，敢行稱亂；有夏多罪，天命殛之。今爾有眾，汝曰：「我后不恤我眾，舍我穡事而割正夏。」予惟聞汝眾言；夏氏有罪，予畏上帝，不敢不正。

307。
[1] 楊升南，〈《尚書・甘誓》「五行」說質疑〉，《中國史研究》，第2期（1980），頁161—163。
[2] 邢文，《帛書周易研究》（北京：人民出版社，1997），頁208。
[3] 〈周秦兩漢書經考〉頁196。
[4] 逯宏，〈〈甘誓〉中「五行」與「三正」新解〉，《洛陽師範學院學報》，第28卷第4期（2009・8），頁47—49；《尚書校詁》頁134。

此處經文，〈殷本紀〉作「格女眾庶，來，女悉聽朕言。匪台小子敢行舉亂，有夏多罪，予維聞女眾言，夏氏有罪。予畏上帝，不敢不正，今夏多罪，天命殛之，今女有眾，女曰：『我君不恤我眾，舍我嗇事而割政。』」段玉裁謂其「適與古文《尚書》先後倒易。以《漢書》攷之，《尚書》每簡或廿二字，或廿五字，此則伏生壁藏之簡甲乙互異之故也」。[1]馬楠從之，並謂：「〈殷本紀〉本移『天命殛之』至『舍我嗇事而割正』以下二十三字（無『夏』字）於『今』字之下，又補『夏多罪』三字。」[2]其說可從。

「舍我嗇事而割正夏」，〈殷本紀〉作「舍我嗇事而割政」，少一「夏」字。偽《孔傳》云：「正，政也。言奪民農功而爲割剝之政。」蔡沈云：「舍我刈穫之事，而斷正有夏。」[3]

江聲謂「夏」爲衍字，並云：「據《史記》所錄無『夏』字，偽孔本雖作『割正夏』，其《傳》云……是並不解『夏』字，則似偽孔本實亦無『夏』字，後人誤增之者。」[4]段玉裁亦謂「夏」字爲「淺人據《正義》妄增之」。[5]孫星衍、皮錫瑞等從之。[6]王引之亦謂：「唐初本已有『夏』字，此即涉下文『率割夏邑』而誤衍耳。」[7]

莊述祖云：「『夏』字在『敢行稱亂有』下。」[8]

徐灝謂「正夏」爲「夏時」，其說云：「此『夏』字，唐初本已有之，故《正義》云爾。然則陸氏所見亦同，故《釋文》不著各本同異，蓋相傳舊本如是，不得謂後人據《正義》妄增之也。史遷蓋偶遺之，或本有『夏』字，後人因偽《孔傳》之謬解而刪之，亦未可知。裴駰即承偽《傳》之誤，如《傳》所云『爲割剝之政』，但云『而割政』，則不詞甚矣。愚謂有『夏』字是也。『舍我嗇事而割正夏』言奪農時也，『正夏』即謂夏時，此與下文『夏邑』，言各有當，孔沖遠誤以『夏邑』爲解，遂致語意牽混而文不成義矣。」[9]

吳汝綸亦從段玉裁之說，並云：「『割』者，害之借字；害，何也。

[1] 《古文尚書撰異》卷五，《四部要籍注疏叢刊・尚書（中）》頁 1903。
[2] 〈周秦兩漢書經考〉頁 209。
[3] 《書經集傳》卷三，《景印文淵閣四庫全書（第五八冊）》頁 45 下。
[4] 《尚書集注音疏》卷四，《四部要籍注疏叢刊・尚書（中）》頁 1563。
[5] 《古文尚書撰異》卷五，《四部要籍注疏叢刊・尚書（中）》頁 1902 上。
[6] 《尚書今古文注疏》頁 217；《今文尚書考證》頁 199。
[7] 《經義述聞（一）》頁 178。
[8] 清・莊述祖，《尚書今古文考證》卷二，《續修四庫全書（第四六冊）》（上海：上海古籍出版社，2002），頁 423 上。
[9] 清・徐灝，《通介堂經說》卷十一（清咸豐四年（1854）刻本）。

『正』、『政』皆征之借字，舍我農功而何征也？下『不敢不征』，答此問也。」[1]顧寶田、何新等均從此說。[2]王世舜亦解「割」爲「曷」，但訓「正」爲「糾正偏差」。[3]

章太炎云：「夏，《唐石經》所加。……割，制也。《荀子·解蔽》曰：『制割大理。』正讀爲政。《夏官·序官》：『乃立夏官司馬，使帥其屬而掌邦政。』割政，謂制軍旅之事。」[4]

屈萬里云：「割，《說文》：『剝也。』下文『率割夏邑』之割，《史記》作奪；是割有奪義。正，古與征通。割正，謂剝奪之、征伐之。」[5]

吳世昌讀「正」爲「征」，又讀「割」爲「害」。[6]

《尚書選譯》讀「割」爲「害」，訓爲「大」；讀「正」爲「征」。[7]

柯馬丁訓「割」同於吳世昌，訓「正」同於王世舜。[8]

按，頗疑經文本作「舍我穡事而割夏」。魏石經古文「夏」字作𤳯，舒連景認爲其是古璽𩁲（夏）之省變[9]，冀小軍亦謂是簡牘中𩲸省頁之形[10]，張富海說亦近[11]。又《說文》「正」字古文作𠚤，張富海認爲其是在郭店簡〈唐虞之道〉𤯍（正）形之基礎上又上加一橫、同時變填實爲鉤廓而形成的。[12]冀小軍則認爲是「夏」字之誤釋，字形本當爲𩁲（石經「夏」字古文）。冀說可從。《史記》

[1] 《尚書故》頁 102—103。

[2] 顧寶田，《尚書譯注》（長春：吉林文史出版社，1995），頁 57；何新，《大政憲典：《尚書》新考》（北京：中國民主法制出版社，2008），頁 201。

[3] 王世舜，《尚書譯註》（聊城：山東師範學院聊城分院中文系古典文學教研室，1979），頁 129。

[4] 《太炎先生尚書說》頁 85。

[5] 《尚書集釋》頁 79。

[6] 吳世昌，〈舍我穡事而割正夏〉，吳世昌著，吳令華編《文史雜談》（北京：北京出版社，2000），頁 34。原載香港《大公報·藝林》，新 103 期（1979·12·19）。

[7] 李國祥、劉韶軍、謝貴安、龐子朝，《尚書選譯（修訂本）》（南京：鳳凰出版社，2011），頁 65。

[8] 德·柯馬丁：〈《尚書》裏的「誓」〉，劉耘華、李奭學主編《文貝 比較文學與比較文化》2014 年第 2 輯（總第 12 輯）（上海：復旦大學出版社，2015），頁 107。

[9] 舒連景著，丁山校，《說文古文疏證》（上海：商務印書館，1937），頁 41。

[10] 冀小軍，〈《湯誓》「舍我穡事而割正夏」辨正〉，中國人民大學中文系編《語言論集》第四輯（北京：中央民族大學出版社，1999）。

[11] 張富海，《漢人所謂古文之研究》（北京：綫裝書局，2008），頁 96。

[12] 《漢人所謂古文之研究》頁 42。

所承今文《尚書》「舍我嗇事而割政」之「政」殆本作🔲，被誤釋爲「正」，而讀爲「政」。至於僞孔本《尚書》作「正夏」，則存在兩種情況，壁中古文殆作🔲（新甲3‧159-2），一種情況是：時人不識此字，誤釋爲「正夏」合文；另一種情況是：校書中祕的劉向知其爲「夏」字，但今文已作「正」，遂將「夏」字記於側，後轉入正文，便爲「正夏」。又「割夏」義同下文「率割夏邑」，即「征夏」之意。

（二）夏罪其如台

經文：
　　今汝其曰：「夏罪其如台？」夏王率遏眾力，率割夏邑，有眾率怠弗協。

　　「夏罪其如台」之「如台」凡四見，除此外還見於〈盤庚〉、〈高宗肜日〉及〈西伯戡黎〉，而不見於先秦其他典籍。《尚書》之「如台」，《史記》均訓爲「奈何」，即「如何」。王引之云：「蓋漢時說《尚書》者，皆以『如台』爲『奈何』，故馬、班、子雲並師其訓。」[1]僞《孔傳》訓「台」爲「我」。理雅各、陳翠珠等從之。[2]

　　劉三吾訓「如台」爲「其如我何」，[3]是牽合《史記》與僞《孔傳》。周振甫等從之。[4]

　　容庚據金文中「台」字「無作疑問代名詞之何字解者」，遂將《尚書》中「如台」之「台」均訓爲「此」。[5]馬國權、孫稚雛從之。[6]沈春暉駁之云：「竊意『如台』四見於《尚書》，似係一 Phrase，

---

[1] 《經傳釋詞》頁77。此條實出自王念孫，參陳鴻森，〈《經傳釋詞》作者疑義〉，《傳統中國研究集刊》第二輯（上海：上海人民出版社，2006），頁481－482。
[2] 英‧理雅各譯釋，《尚書‧唐書 夏書 商書》（上海：上海三聯書店，2014），頁175；陳翠珠，《漢語人稱代詞考論》（北京：光明日報出版社，2013），頁57。
[3] 明‧劉三吾撰，陳冠梅校點，《書傳會選》卷三，《劉三吾集》（長沙：岳麓書社，2013），頁338。
[4] 周振甫，《周振甫講古代散文》（南京：江蘇教育出版社，2005），頁210。
[5] 容庚，〈《尚書》中台字新解〉，《考古社刊》，第2期（1935），頁39－43。
[6] 馬國權、孫稚雛，〈容庚先生在學術上的貢獻〉，《古文字研究》第十二輯（北京：中華書局，1985），頁39。

不當分看作兩字。」[1]

　　陳夢家云：「凡此有『如台』之四篇均屬《商書》（《商書》共五篇），『如台』疑爲宋語之『如何』。」[2]屈萬里：「疑此乃宋地之習語。」[3]《校釋譯論》亦云：「可知當時商族語言稱『如何』爲『如台』。」[4]

　　錢宗武云：「『如台』在用法上有特點。這一特點就是『如何』和『如台』使用形式上的差異。『如何』單獨使用，『如台』必須與語氣副詞『其』連用。」[5]

　　雷晉豪依據春秋晚期金文以「台」表示「以」及《詩經·采蘩》、〈擊鼓〉「于以」之「以」表示疑問的現象，認爲「『其如台』就是『其如以』，亦即是『其如何』。」[6]

　　按，「如台」雖然不見於先秦其他典籍，但是卻見於清華簡（壹）〈尹至〉簡 3—4，作「今尒（其）女（如）㤅（台）」[7]，又見於清華簡（伍），其〈湯處於湯丘〉中「如台」凡三見，分別爲：

　　　　（1）簡 13：湯或餌（餌-問）於少（小）臣：「虘（吾）戠（戠）畏（夏）女（如）㤅（台）？」少（小）臣畣（答）……
　　　　（2）簡 17：湯或餌（餌-問）於少（小）臣：「㤅（愛）民女（如）㤅（台）？」少（小）臣畣（答）曰……
　　　　（3）簡 18-19：湯或餌（餌-問）於少（小）臣：「共（恭）命女（如）㤅（台）？」少（小）臣畣（答）……[8]

由上引簡文可知，「如台」義爲「如何」無疑，且可能確如陳夢家所云爲當時商族語言，又「如台」不必與語氣副詞「其」連用。

　　「台」何以訓「何」，孫星衍云：「台、何，音之轉。」[9]但又如錢玄同所云：「『如台』的『台』字，前人似乎都認爲『何』

[1] 沈春暉，〈關于尚書中台字新解之討論〉，《考古社刊》，第 3 期（1935），頁205。
[2] 《尚書通論》頁 190。
[3] 《尚書集釋》頁 80。
[4] 《尚書校釋譯論（第二冊）》頁 883。
[5] 錢宗武，《今文尚書語法研究》（北京：商務印書館，2004），頁 170。
[6] 雷晉豪，〈《尚書·商書》「其如台」新探〉，《史原》，復刊第 2 期（總第23 期）（2011·9），頁 171—178。
[7] 《清華大學藏戰國竹簡（壹）》頁 128。
[8] 清華大學出土文獻研究與保護中心編、李學勤主編，《清華大學藏戰國竹簡（伍）》（上海：中西書局，2015），頁 69。
[9] 《尚書今古文注疏》頁 218。

字的轉音，這雖然勉強可說，但聲韻似乎都還差些。（『台』古音在影紐咍韻，假定爲 ai；『何』古音在匣紐歌韻，假定爲 go。）」[1]俟考。

（三）今朕必往

經文：

> 夏王率遏眾力，率割夏邑，有眾率怠弗協。曰：「時日曷喪？予及汝皆亡！」夏德若茲，今朕必往。

「夏德若茲，今朕必往」，僞《孔傳》釋爲「凶德如此，我必往誅之」。後之學者皆將「往」如字讀。

按，「往」若如字讀，必增訓「誅之」，語意方完足。頗疑「往」當讀爲「匡正」之「匡」。「往」可讀爲「匡」，上博簡（二）〈容成氏〉簡 5「又（有）吳（無）迵（通），坒（匡）天下之正（政）十又（有）九年而王天下」可證。又僞古文〈泰誓中〉「百姓有過，在予一人，今朕必往」之「往」似亦當讀爲「匡」。

二 盤庚

（一）既爰宅于茲

經文：

> 我王來，既爰宅于茲；重我民，無盡劉。

「既爰宅于茲」之「爰」字，僞《孔傳》訓爲「於」。俞樾謂：「『爰』之言『易』也，僖十五年《左傳》『晉於是乎作爰田』，服注曰『爰，易也』。『既爰宅于茲』，言既易宅於茲也。」[2]吳汝綸說近，又謂：「〈苑鎮碑〉云『子孫爰居，來宅筑陽』，正用此

---

[1] 錢玄同，《錢玄同文集（第六卷）·書信》（北京：中國人民大學出版社，2000），頁 110。

[2] 《群經平議》卷四，《續修四庫全書（一七八）》頁 53—54。

經『爰宅』爲文。」[1]金兆梓說亦近，其云：「『爰』通『趄』；『趄』，《說文》：『田易居也。』《春秋左氏傳》僖公十五年：『晉於是作爰田。』服虔注：『爰，易也。』『宅』，〈釋言〉：『居也。』『爰宅』義即易居，不正是遷居嗎？」[2]《校釋譯論》謂「爰」：「助詞，古籍用於語首或語中，無義，和『聿』字用法同。」[3]

按，俞、金二氏之說可從。姚孝遂云：「《書・盤庚》『我王來既爰宅于茲』，朱駿聲讀爰爲換，卜辭之『爰東室』，猶〈盤庚〉『爰宅』之義。」[4]「爰東室」見於《合集》13555號正，全句作：「戊戌卜，賓貞，其爰東室？」

（二）恪謹天命

經文：

> 先王有服，恪謹天命；茲猶不常寧，不常厥邑，于今五邦。今不承于古，罔知天之斷命，矧曰其克從先王之烈？

「恪謹天命」，僞《孔傳》云「敬謹天命」。王國維云：「此當作『勞勤大命』。『勞勤大命』，古之成語，金文中屢見不尠。凡一見於單伯鐘，再見於毛公鼎，三見於《禮記・祭義》所引衛孔悝鼎銘云：『對揚以辟之，勤大命，施於烝彝鼎。』皆可爲證。蓋古文『勤』見於金文者皆作『菫』，如毛公鼎，故易訛作謹耳。」[5]

按，王國維讀「謹」爲「勤」甚是。其所說見於單伯鐘（《集成》82）、毛公鼎（《集成》2841）之「勞勤大命」實作「𤰞菫（勤）大命」，「𤰞」字未有確釋，裘錫圭釋爲「庸」訓爲「功」[6]，菫

---

[1] 《尚書故》頁 106。
[2] 金兆梓，《尚書詮譯》（北京：中華書局，2013），頁 10。
[3] 《尚書校釋譯論（第二冊）》頁 932。
[4] 于省吾主編，《甲骨文字詁林》（北京：中華書局，1996），頁 969 按語。
[5] 劉盼遂，〈觀堂學書記〉，《古史新證》（北京：清華大學出版社，1994），頁 263。
[6] 裘錫圭，〈甲骨文中的幾種樂器名稱——釋「庸」、「豐」、「鞀」〉，《裘錫圭學術文集・甲骨文卷》（上海：復旦大學出版社，2015），頁 36 注②。原載《中華文史論叢》，第二輯（1980）。

珊讀爲「恭」[1]，孫銀瓊、楊懷源釋爲「供」讀爲「功」[2]，均較釋「勞」爲長。

「勤天命」除見於上述金文及傳世文獻以外，金文還見於四十二年逨鼎（《銘圖》2501）及四十三年逨鼎（《銘圖》2503）；傳世文獻則還見於《逸周書·小開武》，作「敬聽以勤天命」類於此「恪謹（勤）天命」。「天命」之「天」本應作「大」字，殷人稱至上神爲「帝」而不稱「天」，周人始稱之爲「天」。[3]現在仍有許多學者將「謹」如字讀[4]，似非。

（三）惟汝含德

經文：
非予自荒茲德，惟汝含德，不惕予一人。

「惟汝含德」之「含」，《史記·殷本紀》作「舍」。孫星衍從〈殷本紀〉，並謂此句意即「汝自舍其德而弗勉也」。[5]皮錫瑞則據此以認爲：「今文《尚書》當作『舍德』。」[6]屈萬里亦從《史記》作「舍」，並讀爲「捨」。[7]「惕」字，《白虎通·號篇》引作「施」字，是今文《尚書》作「施」。段玉裁云：「『施』與『惕』同在歌支一類。《詩·何人斯》『我心易也』，《韓詩》作『施』。」[8]金兆梓謂：「『含』乃『舍』字之形訛。」[9]俞樾謂前句之「含」爲藏、懷之義，又謂「施」爲本字，「惕」乃假借字，並釋二句云：「言汝懷藏其德，不施及予一人也。『含』與『施』正相應成義。」[10]《校釋譯論》、周秉鈞等從其說。[11]馬楠亦從其說，只是謂此之「含

[1] 董珊，〈略論西周單氏家族窖藏青銅器銘文〉，《中國歷史文物》，第 4 期（2003）。
[2] 孫銀瓊、楊懷源，〈金文「𦥑」新釋〉，《重慶理工大學學報（社會科學）》，第 28 卷第 4 期（2014），頁 18—19。
[3] 《尚書校釋譯論（第二冊）》頁 932—933。
[4] 例如黃懷信，《尚書注訓》（濟南：齊魯書社，2002），頁 155；錢宗武、杜純梓，《尚書新箋與上古文明》（北京：北京大學出版社，2005），頁 92。
[5] 《尚書今古文註疏》頁 226。
[6] 《今文尚書考證》頁 205。
[7] 《尚書集釋》頁 85。
[8] 《古文尚書撰異》卷六，《四部要籍注疏叢刊·尚書（中）》頁 1906 下。
[9] 《尚書詮譯》頁 20。
[10] 《群經平議》卷四，《續修四庫全書（一七八）》頁 56 上。

德」與郭店簡〈成之聞之〉簡2之「**念**（念）德」並當讀爲「懷德」。[2]

  按，俞說甚是。「含德」之「含」照本字讀即可，〈洛誥〉即有「懷德」一詞。「含」即「懷」義，《淮南子・俶真》「吟（含）[3]德懷和」亦可證。又〈成之聞之〉之「**念**（念）德」亦不必讀爲「懷德」，《左傳・文公二年》之「《詩》曰『毋念爾祖，聿脩厥德』，孟明念之矣，念德不怠」可證。

（四）乃亦有秋

  經文：
   若網在綱，有條而不紊；若農服田力穡，乃亦有秋。

  「乃亦有秋」之「亦」字，率皆如字解。蔣天樞云：「亦，讀爲奕，大也。大有秋猶大有年。」[4]

  按，其說殆是。《爾雅・釋詁上》：「奕，大也。」郝懿行《義疏》：「通作亦。《詩》『亦服爾耕』、『亦有高廩』，鄭箋並云：『亦，大也。』」[5]又清華簡（捌）〈攝命〉簡8—9：「隹（唯）言乃是，我非易。引（矧）行**劈**（墮？）敬茅（懋），惠不惠，亦乃服。」整理者注云：「**劈**，從隓從力，訓爲廢壞。〈康誥〉『惠不惠，懋不懋。已，汝唯小子，乃服唯弘』，《左傳》昭公八年引之云『《周書》曰「惠不惠，茂不茂」，康叔所以服弘大也』，杜注：『言當施惠於不惠者，勸勉於不勉者。』簡文謂行墮者亦敬勉之，不惠者亦當施惠，亦汝之服。」[6]簡文「亦乃服」之「亦」似當讀爲「奕」，訓爲「弘大」，可與經文參證。

---

[1] 《尚書校釋譯論（第二冊）》頁938；《尚書易解》頁90。
[2] 〈周秦兩漢書經考〉頁493—494。
[3] 《讀書雜志（四）》頁2008。
[4] 蔣天樞，〈〈盤庚篇〉校箋〉，吳澤主編《王國維學術研究論集（一）》（上海：華東師範大學出版社，1983），頁273。
[5] 清・郝懿行，《爾雅義疏》，《郝懿行集（第四冊）》（濟南：齊魯書社，2010），頁2668。
[6] 李學勤主編、清華大學出土文獻研究與保護中心編，《清華大學藏戰國竹簡（捌）》（上海：中西書局，2018），頁115。

（五）其發有逸口

經文：

　　相時憸民，猶胥顧于箴言；其發有逸口，矧予制乃短長之命？汝曷弗告朕，而胥動以浮言，恐沈于眾？

　　「其發有逸口」之「逸口」，偽《孔傳》釋爲「過口之患」。蔡沈《集傳》釋爲「過言也」[1]，楊筠如、屈萬里、《校釋譯論》等皆從之[2]。

　　甲骨文中有「多口」（《合》22405）「亡口」（《合》22258 等）「亡至口」（《合》22249 等）的說法。李學勤在對一些相近卜辭進行排比之後說：「『多口』與『多舌』是類似的，『多口』的意思便是多言。由此推知『亡至口』或省爲『亡口』的『口』也訓爲『言』，正與前面說的〈盤庚〉相同。」又說：「『亡至口』的『至』字恰可以音近讀爲『逸』。『至』古音章母質部，與書母質部的『失』甚近，而從『失』的『佚』和『逸』是通用字，所以『至口』就可以讀爲『逸口』。其實『至口』、『逸口』也即是《穀梁傳》桓公二十五年的『失言』，用現在的話說，便是說錯話。」[3]

　　李氏之說可從。

（六）世選爾勞

經文：

　　古我先王，暨乃祖乃父，胥及逸勤；予敢動用非罰？世選爾勞，予不掩爾善。

　　「世選爾勞」，偽《孔傳》云：「選，數也。言我世世數汝功勤。」孔《疏》：「〈釋詁〉云：『算，數也。』舍人曰：『釋數之曰算。』『選』即算也，故訓爲數。」[4]蔡沈釋「選」爲簡選。[1]

---

[1] 《書經集傳》卷三，《景印文淵閣四庫全書（第五八冊）》頁 56 下。
[2] 《尚書覈詁》頁 148；《尚書集釋》頁 86；《尚書校釋譯論（第二冊）》頁 942。
[3] 李學勤，〈甲骨卜辭與《尚書·盤庚》〉，《通向文明之路》（北京：商務印書館，2010），頁 81。
[4] 《尚書正義（上）》頁 276。

俞樾云：「『選』當讀為『纂』。《爾雅·釋詁》：『纂，繼也。』《禮記·祭統》『纂乃祖服』，哀十四年《左傳》『纂乃祖考』，《國語·周語》『纂修其緒』，其義並同。『世纂爾勞』者，世繼爾勞也。」²今之學者多從此說。

陳劍云：「按『世選爾勞』之『選』疑亦應讀為『算』（與相對之「掩」始扣合緊密、勝於說為「繼」；偽孔傳：「選，數也。」實亦即此意；「算／筭」與「數」本亦同源，元部合口與侯東部關係……）。」³

按，偽孔及陳劍之說可從。而「世」字頗疑當讀為「揳」，《集韻·薛韻》「揳，《說文》：『閲持也。』或作批」，《廣雅·釋詁》「批、閲，數也」，王念孫《疏證》：「批、閲，皆謂數之也。批讀為揳著之揳。」「世選」並訓為算、數，於文義更暢。另外，《逸周書》「世俘」之「世」殆亦應讀為「揳」。

（七）凡爾眾

經文：

凡爾眾，其惟致告：自今至于後日，各恭爾事，齊乃位，度（廈）⁴乃口。罰及爾身，弗可悔。

「凡爾眾」之「凡」字，舊多無釋，《校釋譯論》訓為「所有」⁵。屈萬里譯為「凡是」⁶。王坤鵬謂此處之「凡」用為動詞，意即「召集、會集」，並引「貞，□凡多沚」（《合集》11171）「乙亥，王有大豐，王凡三方」（天亡簋，《集成》4261）等甲骨卜辭及金文為證。⁷

按，王文所引卜辭及「王凡三方」之「凡」皆應是「同」字之

1　《書經集傳》卷三，《景印文淵閣四庫全書（第五八冊）》頁 56 下。
2　《群經平議》卷四，《續修四庫全書（一七八）》頁 56。
3　李春桃，〈說《尚書》中的「救」及相關諸字〉，《出土文獻與古文字研究》第六輯（上海：上海古籍出版社，2015），頁 678 引。
4　《尚書集注音疏》卷四，《四部要籍注疏叢刊·尚書（中）》頁 1574 上。
5　《校釋譯論》頁 948。
6　屈萬里，《尚書今注今譯》（臺北：台灣商務印書館，1977），頁 57。
7　王坤鵬，〈釋《尚書·盤庚》「凡爾眾」〉，復旦網，2013 年 8 月 21 日。

誤釋[1]，「王同四方」意即王會同四方諸侯[2]。疑「凡爾眾」之「凡」亦是「同」字之誤識，應爲「會同」之義，此義甲金文及先秦文獻均見[3]。「同爾眾」可參〈太誓〉「總爾眾庶」（《史記‧齊太公世家》載）。

（八）盤庚乃登進厥民

經文：
盤庚乃登進厥民。曰：「明聽朕言，無荒失朕命。……」

「盤庚乃登進厥民」之「登進」，僞《孔傳》云：「升進，命使前。」王先謙云：「江云：『王廷無堂，則經言「登進」不得解爲登堂，但招來之使前進耳。』先謙案：民數至眾，非升高則言不遠聞。『盤庚乃登』句，『進厥民』句，則無疑於無堂可登也。」[4]周秉鈞、陳戍國、《尚書選譯》等均從此說。[5]

按，「登」字應與甲骨文中「登旅萬」（《英藏》150 正）之「登」義同。楊樹達云：「王襄曰：『登人疑即《周禮‧大司馬》「比軍眾」之事，將有徵，故先聚眾。』樹達按王氏明登字之意，是矣。而未能言其本字當爲何字，余以聲類求之，登蓋當讀爲徵。《說文‧八篇上‧ 𡈼 部》云，徵召也。登徵古音同在登部，又同是端母，聲亦相同，故得相通假也。」[6]其說或是。是以「登進」當連讀，「登進」，應如江聲所云爲「招來之使前進耳」。

---

[1] 王子楊，〈甲骨文舊釋「凡」之字絕大多數當釋爲「同」——兼談「凡」、「同」之別〉，《出土文獻與古文字研究》第 5 輯（上海：上海古籍出版社，2013），頁 6—30；收入其《甲骨文字形類組差異現象研究》（上海：中西書局，2013），頁 198—230。

[2] 孫常敘，〈〈天亡簋〉問字疑年〉，《吉林師大學報》，第 1 期（1963），頁 33—38。

[3] 參蔣玉斌，〈說殷墟卜辭中關於「同呂」的兩條冶鑄材料〉，吉林大學古籍研究所編《吉林大學古籍研究所建所 30 周年紀念論文集》（上海：上海古籍出版社，2014），頁 2—3。

[4] 清‧王先謙撰，何晉點校，《尚書孔傳參正（上）》（北京：中華書局，2011），頁 448—449。

[5] 《尚書易解》頁 96；陳戍國，《四書五經校注本（二）‧尚書》（長沙：岳麓書社，2006），頁 1064；《尚書選譯（修訂版）》頁 78。

[6] 《積微居甲文說 卜辭瑣記》頁 23。

（九）各設中于乃心

經文：

　　嗚呼！今予告汝不易。永敬大恤，無胥絕遠。汝分猷念以相從，各設中于乃心。

　　「各設中于乃心」之「設」字，熹平石經作「翕」。僞《孔傳》釋此句云：「各設中正於汝心。」孫星衍云：「翕者，〈釋詁〉云：『合也。』言汝當比順思以相從，各合于中道。此今文義。」[1]王引之云：「《廣雅》曰：『設，合也。』〈禮器〉曰『合於天時，設於地財』，謂合於地財也。『各設中于乃心』者，各於汝心求合中正之道也。《漢石經》『設』作『翕』。（見《隸釋》）翕，亦合也，今文、古文字異而義同。」[2]楊筠如、《校釋譯論》等從其說。[3]吳汝綸云：「合中者，和衷也。《廣雅》：『衷，善也。』高誘《呂覽》注：『合，和也。』中、衷同字。」[4]蔣天樞、屈萬里從其說。[5]周秉鈞云：「中，《說文》：『和也。』設和于心，與上文『戕則在心』意正相反。勉其和衷共濟。」[6]金兆梓云：「『翕』，《易·繫辭》：『其靜也翕。』韓康伯注：『翕，斂也。』《方言》：『翕，聚也。』義皆一貫爲斂聚。是『設中』，今語『集中』。『各設中于乃心』，意謂『將你們的心各各集中起來，來從我謀遷』之意。」[7]黃懷信謂「設」字之義「猶含、懷」[8]。

　　甲骨卜辭中有「立中」，蕭良瓊認爲「中」本是指測日影的表的象形字[9]，黃德寬則認爲「中」是「我國古代測風工具的象形字」[10]。裴錫圭贊同黃說，繼而認爲：

---

[1] 《尚書今古文注疏》頁 237。

[2] 《經義述聞》頁 183—184。

[3] 《尚書覈詁》頁 168；《尚書校釋譯論（第二冊）》頁 916—917。

[4] 《尚書故》頁 118。

[5] 蔣天樞，〈〈盤庚篇〉校箋〉，吳澤主編《王國維學術研究論集（一）》（上海：華東師範大學出版社，1983），頁 282。收入其《論學雜著》（鄭州：中州古籍出版社，1985），頁 171—197；《尚書集釋》頁 94。

[6] 《尚書易解》頁 101。

[7] 《尚書詮譯》頁 47。

[8] 《尚書注訓》頁 165。

[9] 蕭良瓊，〈卜辭中的「立中」與商代的圭表測影〉，《科技史文集》，第 10 輯（1983），頁 27—44。

[10] 黃德寬，〈卜辭所見「中」字本義試說〉，《文物研究》第 3 期（合肥：黃山

〈盤庚〉的「設中」應與卜辭的「立中」同義。設置、設立的「設」，古文字本以「埶」字表示，殷墟卜辭中就已經了當讀爲「設」的「埶」字。「設中」應該跟「立中」一樣，是確實存在於商代人語言中的詞語。

盤庚要求聽他訓話的人「各設中于乃心」，是以「在心中設立能辨別風向的『中』（風向標）」比喻「在心中樹立能分清是非的主見（或「正確標準」）」。這樣理解盤庚的這句話，是完全合乎情理的。偽孔傳和顧、劉二位的解釋，與商代人的思想和語言習慣不合。[1]

裴氏之說可從。

（十）無遺育

經文：

乃有不吉不迪，顛越不恭，暫遇姦宄，我乃劓殄滅之，無遺育，無俾易種于茲新邑。

「無遺育」，偽《孔傳》云：「育，長也。言當割絕滅之，無遺長其類。」王引之云：「『育』讀爲『胄』。〈堯典〉『教胄子』，《說文》及《周官·大司樂》注並引作『教育子』，《周官釋文》曰：『育，音胄。』是古『育』、『胄』同聲而通用。《說文》曰：『胄，胤也。』『無遺育』，即無遺胄。」[2]《校釋譯論》、馬楠等均從其說。[3]金兆梓云：「『育』，《說文》：『養子使作善也。』今語『教育』即由此意出。『遺』，留也，餘也。『遺育』謂留下暫遇姦宄的教育。」[4]

按，「育」即幼、稚也。王引之於《經義述聞·尚書》「教胄子」條下云：「『育子』，稚子也。『育』字或作『毓』，通作『鬻』，又通作『鞠』。《邶風·谷風篇》『昔育恐育鞫』，鄭箋解『昔育』

書社，1988·9），頁112—117。收入《開啟中華文明的管鑰：漢字的釋讀與探索》（北京：北京師範大學出版社，2011），頁147154。

[1] 裴錫圭，〈說〈盤庚〉篇的「設中」——兼論甲骨、金文「中」的字形〉，《「出土文獻與傳世典籍的詮釋」國際學術研討會議程論文集》，復旦大學，2017年10月14—15日。

[2] 《經義述聞（一）》頁186。

[3] 《尚書校釋譯論（第二冊）》頁918；〈周秦兩漢書經考〉頁232。

[4] 《尚書詮譯》頁47—48。

曰：『育，稚也。』（『稚』與『稺』通）正義以爲《爾雅・釋言》文。今《爾雅》『育』作『鞠』，郭璞《音義》曰：『鞠，一作「毓」。』（見〈鴟鴞〉釋文）《豳風・鴟鴞篇》『鬻子之閔斯』，毛傳曰：『鬻，稚也。稚子，成王也。』釋文：『鬻，由六反，徐，居六反。』是『育』、『鞠』同聲同義。[1]「無遺育」即無遺幼之意。禹鼎銘（《集成》2833）之「勿遺壽幼」即含無遺幼之意，可參。

（十一）弔由靈各

經文：

　　肆予沖人，非廢厥謀，弔由靈各；非敢違卜，用宏茲賁。

「弔由靈各」之「弔」字，孫詒讓、楊筠如讀爲「淑」[2]，義即「善」。「各」舊屬下讀，吳汝綸屬上讀[3]，于省吾亦如之，並云：「按四句每字皆四言，『非廢厥謀』與『非敢違卜』爲對文，無可移易。舊或讀『弔由靈』句，『各非敢違卜』句，實屬牽強割裂。」[4]其說可信，此從之。「靈各」，曾運乾以爲即〈西伯戡黎〉「格人元龜」之「格人」，義爲通知鬼神情狀和天命廢興者[5]。金兆梓從江聲之說「解靈爲龜靈也」[6]，又以「格」有「啓示」或「默示」之義[7]。《校釋譯論》謂：「『弔由靈格』，是說遷殷得到好處，是由於上帝的神靈。」[8]

李學勤云：「在商末的黃組卜辭中，有一種關於卜法的習語，在用龜甲占卜時作『舍巫九靇』，用胛骨占卜時作『舍巫九各（骼）』，詳細意義目前尚不了解，但可以知道『靇』係龜名，即《周禮》等文獻所見之『靈』；『骼』則爲獸骨，見於《說文》。〈盤庚下〉的『弔（淑）由靈各』，『靈各』可能就是『靈骼』，指占卜用的

1　《經義述聞（一）》頁163—164。
2　《尚書駢枝》頁120—121；《尚書覈詁》頁174。
3　《尚書故》頁121。
4　《雙劍誃群經新證》頁77。
5　《尚書正讀》頁110。
6　《尚書集注音疏》卷四，《四部要籍注疏叢刊・尚書（中）》頁1579下。
7　《尚書詮譯》頁56。
8　《尚書校釋譯論》頁926。

甲骨而言。」[1]

李氏之說可從。

三 高宗肜日

（一）高宗肜日⋯⋯正厥事

經文：

高宗肜日，越有雊雉。祖己曰：「惟先格王，正厥事。」

「肜」字，甲骨文作「彡」。《爾雅·釋天》：「繹，又祭也。周曰繹，商曰肜，夏曰復胙。祭名。」孫炎云：「肜者，相尋不絕之意。」[2]郭璞云：「祭之明日，尋繹復祭。」[3]「肜日」，王國維云：「肜日者，祭名。云『高宗肜日』者，高宗廟之繹祭也。以殷虛卜辭證之，如云：『丙申卜，貞王賓大丁肜日，亡尤？』『丁未卜，貞王賓武丁肜日，亡尤？』」[4]楊樹達云：「孫炎釋肜爲『相尋之意』，以甲文核之，亦爲未安；肜日爲尋昨日之祭，肜夕復何尋乎？又按甲文有彡侖祭，以王名之明日祭，彡夕、彡日、彡侖三日相次，祭名彡者竟有三項矣。」[5]王、楊之說殆是。

「越」，《漢書·外戚傳》引此作「粵」，正始石經及隸古定寫本皆作「粵」。「粵」，《爾雅·釋詁》「曰也」，爲句首發語辭。黃懷信訓「越」爲「墜，落」[6]，非是。此「越」與〈夏小正〉「越有小旱」之「越」同。「雊」，《史記·殷本紀》作「呴」，《說文》「雊，雄雉鳴也。」鄭注〈月令〉云：「雊，雉鳴也。」段玉裁《說文注》云：

---

[1] 《通向文明之路》頁 82。

[2] 晉·郭璞注，宋·邢昺疏，《爾雅注疏》（上海：上海古籍出版社，2010），頁310。

[3] 《爾雅注疏》頁 310。

[4] 王國維，〈高宗肜日說〉，《觀堂集林（上）》（北京：中華書局，2013），頁28。

[5] 楊樹達，〈尚書說〉，《積微居讀書記》（上海：上海古籍出版社，2013），頁18。

[6] 《尚書注訓》頁 184。

「『雊』不必繫雄。」[1]段說是。于省吾謂:「雊,鳴之誤。……王孫鐘『元鳴孔皇』,鳴作,從隹從鳥一也,鳴字左從口,有似雊字,故誤作雊。此漢人誤識古籀之一徵也。《論衡·指瑞篇》引《大傳》『有雉升鼎耳而鳴』,是或已知爲鳴字,或以鳴代雊之訓。〈君奭〉『我則鳴鳥不聞』,鳴鳥、鳴雉,語例相同。」[2]

「祖己曰」後二語,《史記·殷本紀》釋爲「王勿憂,先修政事」,是將其解爲祖己對王所言。鄭玄云:「謂其黨。」王肅云:「言于王。」《孔疏》云:「此經直云『祖己曰』,不知與誰語……下句始言『乃訓于王』,此句未是告王之辭。」又謂:「祖己見其事而私自言。」[3]蔡沈《集傳》從之。[4]屈萬里從王說。[5]李振興謂:「鄭說是也。因經文『祖己曰』之下,又有『訓于王曰』故也。孫《疏》云:『案《大傳》云:武丁問諸祖己。〈五行志〉云:武丁恐駭,謀於忠賢。故史公以爲先告王而勿憂,乃陳其訓也。不知鄭說者,人臣無退有後言之義。「謂其黨」者,王逸注《楚辭》云:黨,朋也。祖己將訓王,先告其朋僚。知者,《大傳》記高宗之訓,桑谷生朝,武丁召問其相,次問祖己,則知祖己之黨,尚有相也。』是言得其正矣。」[6]

「格王」,《漢書·成帝紀》、〈五行志〉、〈孔光傳〉、〈外戚傳〉、《後漢書·律曆志》引此皆作「假」。《史記·殷本紀》譯述爲「王勿憂」,孫星衍承之,謂「疑釋『假王』爲寬暇王心」[7],王闓運、周秉鈞、江灝、錢宗武從之[8];西漢孔光〈日蝕對〉引此並訓「假」爲「告」,吳汝綸、吳闓生、楊筠如、屈萬里以及《校釋譯論》等從之[9];僞《孔傳》釋「格王」爲「至道之王」,《漢書》

---

[1] 《說文解字注》頁142上。
[2] 《雙劍誃群經新證》頁23。
[3] 《尚書正義(一)》頁304。
[4] 《書經集傳》卷三,《景印文淵閣四庫全書(第五八冊)》頁63下。
[5] 《尚書集釋》頁100。
[6] 李振興,《王肅之經學》(台北:嘉新水泥公司文化基金會出版,1980),頁207。
[7] 《尚書今古文注疏》頁244。
[8] 清·王闓運,《尚書箋》卷七,《續修四庫全書(五一)》(上海:上海古籍出版社,2002),頁334下;《尚書易解》頁107;江灝、錢宗武,《尚書今古文全譯》(貴陽:貴州人民出版社,1992),頁189。
[9] 《尚書故》頁123;吳闓生,《尚書大義》卷一(壬戌(1922)九月刊於都門);《尚書覈詁》頁179-180;《尚書集釋》頁100;《尚書校釋譯論(第二冊)》頁1003。

顏注同之；蘇軾《書傳》釋「格」爲「正」，林之奇、章太炎、曾運乾、王世舜、李民、王健、黃懷信等皆從之[1]；劉逢祿《尚書今古文集解》引莊述祖語將今文之「假」讀爲「嘏」，訓「大」[2]，王國維「先格王，先大王也。〈西伯戡黎〉『格人元龜』，『格人』大人也。作動詞解者非」[3]之說似承莊、劉，臧克和從王說[4]，然謂猶「靈格」應非（參〈盤庚〉「弔由靈格」下解說），馬楠亦謂「案〈西伯戡黎〉『格人元龜』，格人訓賢人，兩漢無異說，《史記》作『假人』；此『格王』義同『格人』，謂先哲王」[5]；朱駿聲謂「格，閣也，止也」[6]，本之《小爾雅・廣詁》；黃人二云：「『格』者，來也，至也；『假』亦『格』也；爲何而來至，爲『告』也，乃謂祖己之告祖庚。」[7]

「正其事」，〈殷本紀〉譯作「先修政事」，孫星衍謂：「事當讀如《春秋傳》『有事於太廟』，李賢《後漢書》注：『有事，謂祭也。』」[8]曾運乾謂：「事，如《左傳》『國之大事，在祀與戎』之事。」[9]「政事」即含「祭祀」之事。

上博簡（五）〈競建內之〉一篇，陳劍將簡 2 及簡 7 編聯[10]。二簡云：「昔高宗祭，有螰（雉）雝於彝（彝）前。詔（召）祖己而昏（問）安（焉），曰：『是可（何）也？』祖己答曰：『昔先君客（格）王，天不見𥝊，地不生𠷎（孽）……』」[11]簡文所述應即本於〈高宗肜日〉。李偉泰謂：「簡文『昔先君客（格）王』數

---

[1] 宋・林之奇，《尚書全解》，《景印文淵閣四庫全書（第五五冊）》（臺北：臺灣商務印書館，1986），頁 391 上；《太炎先生尚書說》頁 96；《尚書正讀》頁 112；王世舜，《尚書譯註》，頁 163；李民、王健，《尚書譯註》（上海：上海古籍出版社，2004），頁 181；《尚書注訓》頁 184。

[2] 清・劉逢祿，《尚書今古文集解》卷七，《續修四庫全書（四八）》（上海：上海古籍出版社，2002），頁 262 上。

[3] 〈觀堂學書記〉頁 266。

[4] 臧克和，《尚書文字校詁》（上海：上海教育出版社，1999），頁 190。

[5] 〈周秦兩漢書經考〉頁 240。

[6] 《尚書古注便讀》卷三，《尚書類聚初集（三）》頁 286 上。

[7] 黃人二，〈上博五〈競建內之〉和〈鮑叔牙與隰朋之諫〉試釋〉，《戰國楚簡研究》（上海：上海古籍出版社，2012），頁 89。

[8] 《尚書今古文注疏》頁 243—244。

[9] 《尚書正讀》頁 112。

[10] 陳劍，〈談談《上博（五）》的竹簡分篇、拼合與編聯問題〉，《戰國竹書論集》（上海：上海古籍出版社，2013），頁 168。

[11] 馬承源主編，《上海博物館藏戰國楚竹書（五）》（上海：上海古籍出版社，2001），頁 168、173。

句，其中『格王』一詞，以釋作『告王』最爲妥適。『天不見妖』以下，即祖己所告之內容。故由此條資料，有助於釐定〈高宗肜日〉中『格王』之義，以釋爲『告王』最爲辭達而理順。」[1]

按，簡文云「昔高宗祭」，應即指高宗武丁祭祀成湯，與〈書序〉、《尚書大傳》、《史記・殷本紀》、僞《孔傳》所述「高宗肜日」之義同。而「高宗肜日」之義，當如王國維所考定之「高宗廟之繹祭也」[2]。由簡文可知，〈書序〉及漢經今文家說並非向壁虛造，至晚於戰國時期，已有此說。

「越有雊雉」，由簡文可知，其義似即如〈書序〉所說爲「有飛雉升鼎耳而雊」。漢人經說，如《尚書大傳》目此爲吉兆，王充《論衡・異虛篇》及〈指瑞篇〉亦讚同吉兆說；而多數則視之爲凶兆，如《史記・殷本紀》、《漢書・五行志》載劉向、歆父子之語等是。漢人於「雉異」之象，說解紛陳，究其故，部分應如皮錫瑞所云「所以然者，上天示異，初不明言，大臣因事納忠，亦非一端而已」[3]，未必皆當於經旨。〈書序〉之僞《孔傳》釋此爲「耳不聰之異」，連劭名謂此與「依據鳥的出現和鳴叫來判斷吉凶」的「鳥占」有關[4]，譚步雲從之[5]。臧克和則謂「由鼎耳到人耳，顯見是作爲巫術思維『相似律』所發生的關聯」，並聯繫《花東》卜辭第39號「耳鳴亡小艱」的記載[6]。胡厚宣謂：「商族在原始社會，是以鳥爲圖騰的。所以殷人迷信，以鳥鳴爲不祥。」[7]劉起釪從其說，亦認爲「雊雉」與鳥圖騰崇拜的傳統意識有關[8]。甲骨卜辭中有關於「鳴雉」的記載，如《合》17366反「……之日夕㞢（有）鳴雉」、《合》

[1] 李偉泰，〈〈競建內之〉與《尚書》說之互證〉，《2007 中國簡帛學國際論壇論文集》，2011，頁 15。

[2] 〈高宗肜日說〉頁 28。

[3] 《今文尚書考證》頁 220。

[4] 連劭名，〈《尚書・高宗肜日》與古代的鳥占〉，《華學》第 1 期（廣州：中山大學出版社，1995），頁 63。

[5] 譚步雲，《甲骨文與商代禮制》（臺北：花木蘭出版社，2012），頁 6。

[6] 臧克和，〈楚簡所見《尚書・高宗肜日》祭主及年代問題〉，《語言論集》第 6 輯（北京：中國社會科學出版社，2009・3），頁 15。

[7] 胡厚宣，〈重論「余一人」問題〉，《古文字研究》第六輯（北京：中華書局，1981），頁 16；又參胡厚宣，〈甲骨文商族鳥圖騰的遺跡〉，《歷史論叢》，第 1 輯（1964）。

[8] 劉起釪，〈〈高宗肜日〉所反映的歷史事實〉，《古史續辨》（北京：中國社會科學出版社，1991），頁 256—257。

522 反「庚申亦ㄓ（有）戠（異）[1]，ㄓ（有）鳴雉」[2]。李學勤根據〈夏小正〉經「雉震呴」及傳「震也者，鳴也。呴也者，鼓其翼也……」（段玉裁《說文注》校正作：雷震雉雊。雊也者，鳴鼓其翼也……）的記載，認爲「以雉鳴爲物候的觀念流傳很久……在古人心目中每年到一定時令應有雉鳴，反過來說，應鳴而不鳴，都會被認爲災異」，又認爲〈高宗肜日〉「高宗肜日，越有雊雉」與上述卜辭同，均是雉非時而鳴的異變。[3]張利軍從其說。[4]綜上，李說較諸說稍勝。然李以「有飛雉升鼎耳而雊」爲漢代經說，未必合經旨。今由簡文可知，至晚於戰國時已有此說，不宜輕易推翻。「雊雉」是否即是非時而鳴，如王一凡所說：「『高宗肜日』這一事件中，雊雉是當鳴或不當鳴，並沒有十足的證據做出論斷。」[5]且肜祭高宗廟時，有雉鳴，易於視爲災異，未必與以雉鳥爲物候有關。《左傳·襄公三十年》云：「鳥鳴于亳社，如曰：『譆譆。』甲午，宋大災。」是鳥鳴於社，故以爲災。此外，于說似非，商代雖未必有「雊」字，但或有表示「雉鳴」之詞，只是不知何字。〈高宗肜日〉用「雊」字，殆是在流傳中被改爲時文。早期文獻中亦有用「雊」字之例，如《詩經·小雅·小弁》「雉之朝雊」。

「祖己曰」後二語，由簡文可知，應如王肅所說，乃是「言于王」。

「格王」，由簡文「先君客（格）王」並敘來看，似以「先哲王」之說爲是。

〈高宗肜日〉後云：「乃訓于王曰：『惟天監下民，典厥義，降年有永有不永。非天夭民，民中絕命。民有不若德，不聽罪。天既孚命正厥德，乃曰其如台？……』」而簡文後云：「天不見𤰞，

---

[1] 此字原篆作「𤰞」，此從陳劍釋「戠」，讀爲「異」。見其〈殷墟卜辭的分期分類對甲骨文字考釋的重要性〉，《甲骨金文考釋論集》（北京：綫裝書局，2007），頁 421。

[2] 此片甲骨今有綴合。見黃天樹主編，《甲骨拼合三集》（北京：學苑出版社，2013），頁 30。

[3] 李學勤，〈〈夏小正〉新證〉，《古文獻論叢》（上海：上海遠東出版社，1996），頁 213—214。

[4] 張利軍，〈《尚書·高宗肜日》的史料源流考察——兼論商人的災異觀〉，《古代文明》，04 期（2010），頁 56。

[5] 王一凡，〈《尚書·高宗肜日》的原初文本訊息蠡探——兼談歷代〈高宗肜日〉篇研究的主觀色彩〉，先秦史研究室網站，2016 年 9 月 20 日。

地不生霣（孽），則訴（？）[1]者（諸）鬼神，曰：『天地盟明‧弃（棄）我矣？』」[2]簡文所述實與經文相似。簡文明顯將經文「祖己曰」後部分與「乃訓于王曰」後面部分句子合併，句意亦有所增繁變化。經文「非天夭民，民中絕命」（〈殷本紀〉後句作「中絕其命」；敦煌本伯2516、2643全句作「非天夭民中絕命」[3]）之「非天夭民」對應簡文「天不見𩂣，地不生霣（孽）」；而「民中絕命」（黃人二謂「『民』，商王祖庚是也，就上天而言，可稱君王爲『民』」[4]，似非）與天無關，是民自作孽，簡文「天地盟明‧弃（棄）我矣」則必是謂「昔先君客（格）王」時，必有自作孽之事，而天不降以「𩂣」「霣（孽）」，故云乃是天地明棄於我。簡文較經文而言只是增出「地」之神性，起初只尊天，天並不於地爲配，正如郭沫若所云「地與天爲配，視爲萬彙之父與母然者，當是後起之事」[5]。簡文「𩂣」字，整理者釋爲「禹」[6]，季旭昇從之，並說「疑爲『萬』省」[7]。林志鵬、楊澤生則以「禹」爲「害」之誤字。[8]陳劍初從季說[9]，後又將此字釋爲「夭」，讀爲「妖」或「祆」[10]。李偉泰從之。[11]黃人二亦讚同釋「禹」，只是以爲「疑以音近，通假作『妖』，『禹』古匣母、魚部，『妖』，古喻母、宵部」[12]，並引《說苑‧君道》「楚莊王見天不見妖而地

---

[1] 此字整理者釋爲「訴」（《上海博物館藏戰國楚竹書（五）》頁173）；季旭生隸作「訢」，讀爲「祈」（季旭生〈上博五芻議（上）〉）；高佑仁釋爲「慎」，讀作「質」（高佑仁〈《荊門左塚楚墓》漆棋局文字補釋〉，《第十九屆中國文字學全國學術研討會論文集》，台灣嘉南藥理科技大學，2008年5月）。按，季說稍長（參楊澤生〈《上博五》箚記三則〉，《中山大學人文學術論叢》第八輯（臺北：文津出版社，2007），頁134）。
[2] 馬承源主編，《上海博物館藏戰國楚竹書（五）》（上海：上海古籍出版社，2005），頁168、173。
[3] 吳福熙，《敦煌殘卷古文尚書校注》（蘭州：甘肅人民出版社，1992），頁35、25。
[4] 〈上博五〈競建內之〉和〈鮑叔牙與隰朋之諫〉試釋〉頁90。
[5] 郭沫若，〈金文所無考〉，《金文叢攷》（北京：人民出版社，1954），頁33。
[6] 《上海博物館藏戰國楚竹書（五）》頁173。
[7] 季旭昇，〈上博五芻議（上）〉，簡帛網，2016年6月18日。
[8] 林志鵬，〈上博楚竹書〈競建內之〉重編新解〉，簡帛網，2006年2月25；楊澤生，〈《上博五》箚記兩則〉，簡帛網，2006年2月28日。
[9] 陳劍，〈談談《上博（五）》的竹簡分篇、拼合與編聯問題〉，簡帛網，2006年2月19日。
[10] 陳劍，〈也談〈競建內之〉簡7的所謂「害」字〉，簡帛網，2006年6月16日。
[11] 〈〈競建內之〉與《尚書》說之互證〉頁2。
[12] 〈上博五〈競建內之〉和〈鮑叔牙與隰朋之諫〉試釋〉頁90。

不出擊，則禱於山川曰：『天其忘予歟？』……」爲證。今由經文與簡文對比可知，「」字似應即解爲「」（夭，郭店〈唐虞之道〉簡 11），此字與楚簡「禹」字作「」（，上博一〈緇衣〉簡 7）字有別，「禹」之「字形下半从『内』」[1]。故此字似仍當視爲「夭」字，並如陳劍所云「簡文此形，也不妨就簡單地看作書寫中偶然出現的由書手個人因素造成的訛體，不必強求每一筆都一定要能找出跟一般寫法的「夭」字的演變關係」[2]。

四 西伯戡黎

（一）指乃功

經文：

王曰：「嗚呼！我生不有命在天？」祖伊反曰：「嗚呼！乃罪多參〈絫〉[3]在上，乃能責命于天！殷之即喪，指乃功，無不戮于爾邦。」

「指乃功」，僞《孔傳》釋爲「指汝功事所致」。

孫星衍訓「指」爲「《釋言》云：『示也。』示與視通，《釋名》云：『是也』」，並解「指乃功」作「是紂事所致」。[4]

牟庭云：「『指』當讀爲『耆』，『耆』、『指』古同音。《釋名》云：『耆，指也。』《詩·武》釋文曰：『耆，毛音指。』庭按：《詩·武》曰『耆定爾功』即『指定』也，謂指麾而定之也。〈皇矣〉曰『上帝耆之』即『指之』也，謂指而憎之也。宣十二年《左傳》『耆昧』即『指昧』也，謂晦昧不明者所當指而討之也。此皆『耆』、『指』字同之證也。黎國一名『指』，〈周本紀〉、《尚書大傳》皆作『耆』，『耆』即『指』之聲也。『喪指』，言

---

[1] 高佑仁，〈談〈競建内之〉兩處與「害」有關的字〉，簡帛網，2006 年 6 月 13 日。

[2] 陳劍，〈也談〈競建内之〉簡 7 的所謂「害」字〉，簡帛網，2006 年 6 月 16 日。

[3] 清·錢大昕，《潛研堂文集》，《嘉定錢大昕全集（玖）》（南京：江蘇古籍出版社，1997），頁 62；《古文尚書撰異》卷一〇，《四部要籍注疏叢刊·尚書（中）》頁 1920 上。

[4] 《尚書今古文注疏》頁 252。

喪其黎國也。『殷之即喪指』爲一句。」[1]

俞樾云：「『指』，致也，言致極爾之事必將爲戮也。《詩·武篇》『耆定爾功』，《毛傳》曰：『耆，致也。』『指』與『耆』古字通用，〈皇矣篇〉『上帝耆之』《潛夫論·班祿篇》引作『上帝指之』，是其證也。《書》言『指乃功』，《詩》言『耆定爾功』，文異而義同，美惡不嫌同辭。」[2]

吳汝綸云：「指，讀『六書指事』、『辭也者，各指其所之』之『指』。指乃功，視爾事也。」[3]

章太炎云：「指，指日之指，言殷之就亡，立可待也。」[4]

楊筠如云：「指，猶是也。《荀子·大略》注：『指與旨同。』古『旨』通作『只』。《詩·南山有臺》『樂只君子』，《左傳》『只』作『旨』，即其證也。《莊子·大宗師》李注：『軹，是也。』〈皋陶謨〉『迪朕德，時乃功』，與此文法一例。」[5]

曾運乾云：「指，示也。示與視通。功，事也。言殷之即于喪亡，視汝事可知矣，不爲戮于爾邦乎。」[6]

于省吾云：「『指』、『稽』均從『旨』聲，古音同隸脂部。『稽』金文作『䭫』。……『稽』應讀『計』，《周禮·小宰》『聽師田以簡稽』，先鄭司農云：『稽猶計也。』〈大司馬〉『簡稽鄉民』，鄭注：『稽猶計也。』《史記·夏本紀贊》：『會稽者，會計也。』功，事也。『殷之即喪，指乃功，無不戮于爾邦』者，言殷之就于喪亡，計汝之事無不戮于爾邦也。」[7]臧克和從之。[8]

周秉鈞、屈萬里、黃懷信等均訓「指」爲「示」。[9]

王進鋒解「殷之即喪」爲「殷即喪之」，意爲殷就喪失天命；「指乃功」，猶言指指你（作過）的事（就知道了）。[10]

清華簡（叁）〈說命下〉簡3云：「敄（說），眔（既）亦脂乃備（服），

---

[1] 《同文尚書》頁553—554。
[2] 《群經平議》卷四，《續修四庫全書（一七八）》頁63下。
[3] 《尚書故》頁128。
[4] 《太炎先生尚書說》頁99。
[5] 《尚書覈詁》頁186。
[6] 《尚書正讀》頁115。
[7] 《雙劍誃群經新證》頁75下。
[8] 《尚書文字校詁》頁203—204。
[9] 《尚書易解》頁112；《尚書集釋》頁103；《尚書注訓》頁189。
[10] 王進鋒，〈《尚書·西伯戡黎》「殷之即喪，指乃功」釋義〉，《四川文物》，第4期（2009），頁52—54。

勿易卑（俾）邲（越）。」[1]馬楠將簡文「脂」、「耆定爾功」之「耆」與「指乃功」之「指」並讀爲「厎」，訓爲「致」。[2]

　　按，馬說可從，俞樾之說已近情實。「耆定爾功」之「耆」，段玉裁《說文注》已謂：「『厎』之引申義爲致也、至也、平也。有假借『耆』字爲之者，如〈周頌〉『耆定爾功』，《傳》曰『耆，致也』是也。」林義光亦讀此「耆」字爲《小雅·祈父》「靡所厎止」之「厎」。[3]

周書
一　洪範

（一）曰時五者來備

　　經文：

　　　　八、庶徵：曰雨，曰暘，曰燠，曰寒，曰風。曰時五者來備，各以其敘，庶草蕃廡（蕪）。

　　「曰時五者來備」之「五者來備」，《後漢書·李雲傳》引作「五氏來備」，李賢注引〈宋世家〉作「五是來備」，並謂：「是與氏古字通。」又《後漢書·荀爽傳》引作「五韙來備」，李注謂：「韙，是也。《史記》曰：『五是來備，各以其序也。』」《困學紀聞》引《史記》亦作「五是來備」。又島田、足利、八行本等「五者」下多「是」字。

　　段玉裁云：「『曰時五者來備』凡六字，此古文《尚書》也。『五是來備』凡四字，此今文《尚書》也。李雲、荀爽皆用今文《尚書》。『曰時五者來備』六字一句，時，是也。『是五者』，今文約結之云『五是』。氏者，是之假借；韙者，是之轉注也。日本山井氏《考文》云：『足利古本者下有是字。』按：此蓋或據《史》

[1] 清華大學出土文獻研究與保護中心編、李學勤主編，《清華大學藏戰國竹簡（叁）》（上海：中西書局，2012），頁128。
[2] 馬楠，〈《清華簡·說命》補釋三則〉，《出土文獻》第三輯（上海：中西書局，2012），頁51。
[3] 林義光，《詩經通解》（上海：中西書局，2013），頁408。

《漢》箋『是』字于『者』字之旁，而轉寫者因增諸『者』字之下，致不可通。」[1]

按，對於「者」與「是」之歧異，裴學海謂「是」猶「者」也[2]，殊難信從。頗疑本皆應是「者」字，戰國楚文字「者」或作「𦍒」（上博簡（二）〈子羔〉簡 13），其磨泐上下部分，則與「氏」作「𢆡」（上博簡（一）〈孔子詩論〉簡 4）者全同，遂爲今文，又聲借作「是」、同義換用作「寔」。今文「者」磨泐而訛成「氏」字或當在漢初伏生授《書》之時，壁中古文作「者」不誤。

二 金縢

（一）金縢

鄭玄云：「縢，束也。凡藏秘書，藏之于匱必以金縅其表。」僞《孔傳》云：「爲請命之書，藏之於匱，縅之以金，不欲人開之。」孔穎達《正義》：「經云『金縢之匱』，則『金縢』是匱之名也。」又云：「此傳言『縅之以金』，則訓『縢』爲縅。王、鄭皆云『縢，束也』。又鄭〈喪大記〉注云：『齊人謂棺束爲縅。』《家語》稱周廟之內有金人，參縅其口，則『縢』是束縛之義。」[3]《校釋譯論》云：「『縢』，《說文》云：『縅也。』又云：『縅，束篋也。』可知金縢原是用金質之物把箱篋加以捆束縅封的。」屈萬里謂：「縢，《詩・閟宮》毛傳：『繩也。』又〈小戎〉傳：『約也。』金縢者，金屬之繩，以之約束物也。」[5]江灝、錢宗武云：「金縢。指金屬裝束的匣子。」[6]

史傑鵬云：「我們認爲，『金縢』是一個幷列結構的詞組，『金』和『縢』都是一個意思，都表示『縅束』。金縢的『金』，應當讀爲『縅』。『金』和『縅』，上古音都在見母侵部，可以

---

[1] 《古文尚書撰異》卷一三，《四部要籍注疏叢刊・尚書（中）》頁 1948 下。

[2] 《尚書覈詁》頁 220。

[3] 《尚書正義（二）》頁 393。

[4] 《尚書校釋譯論（第三冊）》頁 1222。

[5] 《尚書集釋》頁 128。

[6] 《今古文尚書全譯》頁 252。

通假。《周易》的『咸』卦,長沙馬王堆帛書和上海博物館藏楚簡《周易》皆作『欽』,可證。『緘縢』這個詞出自《莊子·胠篋》:『則必攝緘縢,固扃鐍。』成玄英疏:『緘,結;縢,繩。』也就是說,『緘縢』乃捆綁、束縛、封閉的意思,把這個意思代入上揭兩個例句中,文通字順,所謂『金縢之匱』,就是封緘好的匱子;『金縢之書』,就是封緘好的冊書,這比把『金縢』理解為匱名,似乎要合理得多。」[1]

按,「金縢」之名義仍難確詁。清華簡此篇(以下省稱作「簡本」)篇題作「周武王又(有)疾周公所自以弋(代)王之志」。[2]〈書序〉云:「武王有疾,周公作〈金縢〉。」今由簡本可知,至少在當時的楚地〈書序〉並未流行[3],但是「至遲當成於秦焚書以前」[4]。

(二) 既克商二年

《史記·魯世家》、《論衡》、鄭玄注(《詩經·豳風·譜》引)皆同於經文作「二年」,孫星衍云:「《史記·周本紀》云:『十一年伐紂。』則此為武王十三年。」[5]王肅及偽《孔傳》皆謂「既克殷二年」為克殷明年,非是[6]。簡本此句作「武王既克𦥎(殷)三年」。

衛聚賢曾謂經文之「商」當作「殷」。[7]李銳云:「武王可能是既克殷三年去世,今傳本〈金縢〉大概因為周公禱祠而有所改作,以便突出禱祠的功效。」[8]李學勤、劉國忠認為簡本作「三年」是。[9]程元敏則以今本為是。[1]杜勇云:「清華簡改『二年』為『三年』

---

[1] 史傑鵬,〈《尚書》「金縢」二字新詁〉,簡帛網,2010 年 4 月 26 日。
[2] 《清華大學藏戰國竹簡(壹)》頁 158。
[3] 可參李學勤,〈清華簡與《尚書》、《逸周書》的研究〉,《初識清華簡》(上海:中西書局,2013),頁 101—102。
[4] 彭裕商,〈梅本古文《尚書》新考〉,《出土文獻與古文字研究》第六輯(上海:上海古籍出版社,2015·2),頁 627。
[5] 《尚書今古文注疏》頁 323。
[6] 《尚書後案》頁 357。
[7] 衛聚賢,〈金縢辨偽〉,《國學月報》二卷十二號。按,衛說據所謂「周初稱謂常例」,實非,但與簡本偶合。
[8] 李銳,〈〈金縢〉初探〉,《史學史研究》,第 2 期(2011),頁 120。
[9] 李學勤,〈由清華簡〈金縢〉看周初史事〉,《初識清華簡》(上海:中西書局,

只代表對『既克商二年』這種紀年方式在理解上的差異，而對其內涵的把握上並無實質性的不同。」[2]郭偉川持相似意見。[3]趙成傑對杜說予以反駁，並謂紀年差異乃是今本〈金縢〉與簡本所用曆法不同所致。[4]黃人二云：「此乃古文、今文經說不同所導致。」[5]劉光勝認爲：「清華簡〈金縢〉與《尚書‧金縢》兩說矛盾，應屬於傳聞異辭。」[6]

按，究竟應是「二年」抑或「三年」，仍難論定。另外，對於今本和簡本〈金縢〉的差異。程元敏謂：「〈金縢〉篇春秋中葉著成，初爲中原齊魯寫本（書於竹、帛），至戰國中葉或稍遲，南傳荊楚，楚士抄繕，是爲楚本。編此（清華簡）〈金縢〉者，當爲楚國學人，渠源於中原傳本，大加改造，以便傳解講論，用授師徒。」[7]亦可能如李學勤所說二本「應分屬於不同的傳流系統」。[8]

（三）王有疾弗豫

「弗豫」，〈魯世家〉、《論衡》、《白虎通》、《漢書‧韋元成傳》、《後漢書‧禮儀志》、蔡邕〈和熹鄧后諡議〉均作「不豫」，《釋文》引馬本亦同，《釋文》因別本作「不忬」，《說文》引作「不悆」。簡本此處作「王不瘳（悆）又（有）巳」。

「巳」字，整理者認爲即《說文》「遟」字或體「遅」所從，《廣韻》「久也」。[9]廖名春謂「巳」通「犀」，「犀」亦作「犀」，

2013），頁116；劉國忠，〈從清華簡〈金縢〉看傳世本〈金縢〉的文本問題〉，《清華大學學報》，第4期（2011）。

[1] 程元敏，〈清華楚簡本《尚書‧金縢篇》評判〉，《傳統中國研究集刊》九、十合輯（上海：上海人民出版社，2012），頁22。

[2] 杜勇，〈清華簡〈金縢〉有關歷史問題考論〉，《古籍整理研究學刊》，第2期（2012‧3）。

[3] 郭偉川，〈武王崩年考〉，《光明日報》2012年9月17日。

[4] 趙成傑，〈今文《尚書‧金縢》異文校釋——兼論《清華簡‧金縢》篇有關問題〉，《書目季刊》第四十八卷第二期（2014‧9），頁2—3。

[5] 黃人二，〈清華簡〈周武王有疾周公所自以代王之志（誌）〉通釋〉，《戰國楚簡研究》（上海：上海古籍出版社，2012），頁171。

[6] 劉光勝，《《清華大學藏戰國竹簡（壹）》整理研究》（上海：上海古籍出版社，2016），頁79。

[7] 〈清華楚簡本《尚書‧金縢篇》評判〉頁36。

[8] 李學勤，〈清華簡九篇綜述〉，《文物》第5期（2010），頁55。

[9] 《清華大學藏戰國竹簡（壹）》頁159。

讀爲「痒」，指寒病。[1]蕭旭謂：「巳，《玉篇》『古文夷』，讀爲痍，痍，《說文》『傷也』，即創傷。」[2]趙成傑從其說。[3]宋華強謂：「葛陵簡又常見『少遲瘥』、『疾遲瘥』、『遲巳』等語，說的是平夜君成發病以後遲遲不見好轉，『遲』或作『遟』（零330），與《說文》正合，簡本〈金縢〉的『巳』就是葛陵簡的『遟』，整理者的釋讀正確可從。不過『王不豫』和『又遲』是兩句話，主語、謂語各不相同，應該斷開。『又』似如字讀即可，不必讀爲『有』，『又』表示遞進，相當於『而且』。『王不豫，又遲』是說：武王生病，而且遷延日久。」[4]陳偉亦云：「『有遲』大致是說經久不愈。」[5]黃懷信云：「遲，當借爲『疾』，二字古皆爲舌上音，『遲』在脂母，『疾』在質母，陰入對轉。」[6]林素清讀「巳」爲「加」。[7]陳劍云：「從詞義來說，『有遲』之『遲』應理解爲『停留、留止』義，係由動詞而轉爲名詞，作『有』的賓語。當然，如果直譯爲『（疾病）有停留、有留止』，好像顯得不大通，但這只能說是不大合乎今天的表達習慣而已。略作調整，即『（疾病）有停留、留止的情況』、『（疾病）留止不去』，就很通順了。」[8]

按，今本和簡本記述有異，不必加以牽合。「弗豫」，義即「不舒」。「不瘳（悆）又（有）巳」又見於清華簡（壹）〈祭公之顧命〉簡1、2，其作「我䎽（聞）且（祖）不余（悆）又（有）巳」。[9]「巳」字應如整理者所釋，其義應如陳劍所說爲「停留、留止」。「有」字應爲詞頭，無實義。[10]

---

[1] 廖名春，〈清華簡〈金縢〉篇補釋〉，簡帛研究網，2011年1月4日。此文後發表於《清華大學學報（哲學社會科學版）》，第4期（2011）。

[2] 蕭旭，〈清華竹簡〈金縢〉校補〉，復旦網，2011年1月8日。

[3] 〈今文《尚書·金縢》異文校釋——兼論《清華簡·金縢》篇有關問題〉頁5。

[4] 宋華強，〈清華簡〈金縢〉校讀〉，簡帛網，2011年1月8日。

[5] 陳偉，〈清華簡〈金縢〉零釋〉，「承繼與拓新：漢語語言文字學國際研討會」論文，香港中文大學，2012年12月17—18日。

[6] 黃懷信，〈清華簡〈金縢〉校讀〉，《古籍整理研究學刊》，第3期（2011），頁25。

[7] 林素清，〈《清華簡》文字考釋二則〉，清華大學出土文獻研究與保護中心編《清華簡研究》（第二輯）（上海：中西書局，2015·8）。

[8] 陳劍，〈清華簡字義零札兩則〉，復旦大學出土文獻與古文字研究中心編《戰國文字研究的回顧與展望》（上海：中西書局，2017）。

[9] 《清華大學藏戰國竹簡（壹）》頁174。

[10] 《經傳釋詞》頁63—64。

（四）我其爲王穆卜

「穆」字，《史記‧周本紀》、簡本均作「穆」，〈魯世家〉作「繆」，《集解》：「徐廣曰：『古書「穆」字多作「繆」。』」玄應《一切經音義》引作「我其如睦」，並引「孔安國曰：『睦，敬也。』」鄭玄云：「二公欲就文王廟卜戚憂也。」僞《孔傳》訓「穆」爲「敬」。歷代學者多從此訓。蔡沈云：「先儒專以『穆』爲『敬』，而於所謂『其勿穆卜』則義不可通矣。」[1]

蔡《傳》引李氏曰：「『穆』者，敬而有和意。『穆卜』猶言共卜也。」[2]

陳櫟謂「穆卜」爲「證以昭穆，有幽陰深遠之意」。[3]朱駿聲云：「『穆』，廖也，猶幽隱也。」[4]章太炎云：「古昭穆對稱，昭，明。穆，密也。」[5]

袁仁云：「『穆卜』者，閟宮肅穆之內謀卜于祖先以決大疑也。《周書‧文酌解篇》有三穆，其一『絕靈破城』，其二『筮奇昌爲』，其三『龜從兆凶』，此『穆卜』之法也。」[6]

王樵謂「穆卜」爲「僉卜之名」。[7]

王鳴盛云：「《逸周書》卷一〈文酌解〉云：『三穆：一，絕靈破城；二，筮奇昌爲；三，龜從兆凶。』似『穆卜』爲古人問卜之名。蓋周家有大事輒詣文王廟卜，其後遂名此卜曰『穆卜』。傳訓『穆』爲『敬』，雖本〈釋訓〉『穆穆爲敬』，其義非也。」[8]

戴鈞衡云：「當時凡卜皆言『穆』，觀下文『其勿穆卜』可知。吾友邵懿辰曰：『穆卜』猶《虞書》『昌言』，蓋當時言也。」[9]《校釋譯論》從之，並謂：「可知『穆卜』爲當時統治者占卜的專用術

---

[1] 《書經集傳》卷四，《景印文淵閣四庫全書（第五八冊）》頁82上。

[2] 《書經集傳》卷四，《景印文淵閣四庫全書（第五八冊）》頁82上。

[3] 元‧陳櫟，《書集傳纂疏》卷四下，《景印文淵閣四庫全書（第六一冊）》（臺北：臺灣商務印書館，1986），頁343上。

[4] 《尚書古注便讀》卷四上，《尚書類聚初集（三）》頁295上。

[5] 《太炎先生尚書說》頁114。

[6] 明‧袁仁，《尚書砭蔡編》，《景印文淵閣四庫全書（第六四冊）》（臺北：臺灣商務印書館，1986），頁695上。

[7] 明‧王樵，《尚書日記》卷九，《景印文淵閣四庫全書（第六四冊）》（臺北：臺灣商務印書館，1986），頁507下。

[8] 《尚書後案》頁358。

[9] 《書傳補商》，《續修四庫全書（五〇）》頁63上。

語，使用『穆』字，顯然仍是取其『敬肅』、『肅穆』的意義，反映他們對於這種占卜的敬重程度。」[1]

段玉裁謂「舊本蓋作『睦卜』」，並引《一切經音義》爲據。[2]

徐灝云：「『穆』有默義（《文選·非有論》李注：「穆猶默，靜思貌也。」），『穆卜』蓋默禱而卜也。古者於神事多曰『穆』，《周頌》『於穆清廟』，《楚辭·東皇太一》曰『穆將愉兮上皇』，《淮南·覽冥訓》『必穆休于太祖之下』是也。」[3]晁福林亦謂：「『穆卜』即默卜。」[4]

牟庭云：「穆之言密也。穆、睦聲同。〈韋賢傳〉注曰：『睦，密也。』〈釋詁〉曰：『密，静也。』〈揚雄傳〉注曰：『穆穆，静也。』《文選·非有先王論》：『穆，猶默静思貌也。』據此知穆、密，音近而義通。古者國有恐懼，密卜于先王之廟，謂之穆卜也。」[5]

俞樾認爲「穆」爲「昭穆」之「穆」，並謂：「二公欲爲王穆卜者，蓋以武王疾已不可爲，諱欲卜立後也。」[6]唐蘭云：「過去都不懂得『穆卜』是什麼意思，其實就是說要卜武王的『穆』。」[7]馮時、朱鳳瀚從其說。[8]

吳汝綸據〈魯世家〉作「繆」云：「繆，讀爲摎。張衡〈思玄賦〉：『摎天道其焉如』，注：『摎，求也。』繆卜，求卜也。高誘《呂覽》注：『求，猶問也。』求卜，猶《周禮》之言貞卜也。鄭注〈檀弓〉云：『繆，讀爲「不繆垂」之「繆」。』此從其讀。」[9]

---

[1] 《尚書校釋譯論（第三冊）》頁 1225。

[2] 《古文尚書撰異》卷一四，《四部要籍注疏叢刊·尚書（中）》頁 1953 上。

[3] 《通介堂經說》卷十一，（清咸豐四年（1854）刻本）。

[4] 晁福林，〈「穆卜」、「枚卜」與「蔽志」——周代占卜方式的一個進展〉，《文史》，第 2 輯（總第 115 輯）（2016），頁 9－11。

[5] 清·牟庭，《同文尚書》（濟南：齊魯書社，1981），頁 721。

[6] 清·俞樾，《茶香室經說》卷一，（清光緒春在堂全書本）。

[7] 唐蘭，〈西周銅器斷代中的「康宮」問題〉，《考古學報》，第 1 期（1962），頁 24。

[8] 馮時，〈清華〈金縢〉書文本性質考述〉，《《清華大學藏戰國竹簡（壹）》國際學術研討會議論文》，北京：清華大學，2011 年 6 月 28 日－29 日；朱鳳瀚，〈讀清華簡〈金縢〉兼論相關問題〉，《「簡帛·經典·古史」國際論壇》，香港：浸會大學，2011 年 11 月 30 日－12 月 2 日。

[9] 《尚書故》頁 153。

陳偉讀「穆」爲「瘳」，並謂：「瘳卜，猶卜瘳，卜問疾愈之事。」[1]

姚蘇傑云：「首先，『以身代死』當爲『穆卜』的核心內容。其次，將卜祝時所用的策書藏於特殊的『金縢之匱』，且其事必須秘而不宣（除參與者外），這當是穆卜應驗的必要條件。第三，穆卜的靈驗程度，同占卜者的個人才能及其與被占卜者的血緣關係有關聯。第四，穆卜有一套特殊的儀式流程，與普通的占卜不同。」[2]

蘇建洲認爲上博（四）〈柬大王泊旱〉3—5號簡「誩而卜之」之「誩」應釋爲「謐」，並謂此句「或許可讀爲『穆而卜之』，相當於《尚書·金縢》的『穆卜』」。[3]晏昌貴從其說，認爲：「『穆卜』當釋爲『宓卜』或『祕卜』，是在周室宗廟中所舉行的占卜，它是一種淵源十分古老的占卜。」[4]

宋華強認爲新蔡簡中的「祝號簡」跟《尚書·金縢》的「穆卜」有接近之處。[5]

按，由簡本可知，段玉裁、吳汝綸之說均非。「穆卜」具體含義仍難確知，徐灝、牟庭之說似較優。《左傳·哀公十八年》載「《夏書》曰：『官占，唯能蔽志，昆命于元龜。』」，「穆卜」之「穆」或與命龜之前的「蔽志」有關。

（五）公乃自以爲功

經文：
公乃自以爲功，爲三壇同墠。

簡本無「自以爲功」四字。「功」字，僞《孔傳》訓爲「事」。

[1] 陳偉，〈清華簡〈金縢〉零釋〉，《繼承與拓新：漢語語言文字學國際研討會》，香港中文大學，2012年12月17—18日。
[2] 姚蘇傑，〈論《尚書·金縢》中的「穆卜」〉，《安徽大學學報（哲學社會科學版）》，第1期（2013）。
[3] 蘇建洲，〈《上博（四）·柬大王泊旱》「謐」字考釋〉，簡帛網，2005年12月15日。
[4] 晏昌貴，〈從楚簡看《尚書·金縢》〉，劉玉堂主編《楚學論叢》第一輯（湖北人民出版社，2011·12），頁85—88。
[5] 宋華強，〈新蔡簡中的祝號簡研究（連載一）〉，簡帛網，2006年12月5日。

〈魯世家〉作「質」，孫星衍云：「〈釋詁〉云：『功、質，成也。』『功』與『質』同訓。〈晉語〉注：『質，信也。』以身爲質也。」[1]

江聲將其讀爲「周、鄭交質」（《左傳‧隱公三年》）之「質」[2]，王鳴盛、段玉裁、皮錫瑞、徐仁甫、李民、馬楠等同此說[3]。

牟庭云：「〈魯世家〉作『自以爲質』，此用真孔古文訓『功』爲『質』也。……〈釋詁〉又曰：『質，成也。』廣雅曰：『質，主也。』《莊子‧庚桑楚》曰『因己爲質』郭注『質，主也。』然則真孔謂『自以爲功』是自以爲事主也，深得之矣。」[4]

吳國泰云：「功假爲貢。貢，獻也。二字同從工聲，故得相假。得周公故自以爲貢者，言得周公昔日自爲貢獻而代武王之言也。」[5]

楊筠如謂：「疑『功』，亦與『質』同，當讀爲『貢』。《易‧繫辭‧釋文》：『貢，荀本作「功」。』是其證。」[6]

臧克和將「功」讀爲「工」，並謂「工、巫同意」。[7]

洪頤煊云：「『功』通『攻』字。《周禮‧太祝》『掌六祈，以同鬼、神、示』。五曰『攻』，六曰『說』。鄭注：『攻、說，則以辭責之。』『攻』即下文冊祝之辭。下『乃得周公所自以爲攻、代武王之說』，即得此冊祝之辭。〈魯世家〉作『乃身自以爲質』，『質』亦『辭』也。」[8]

包山簡 198 號云：「思（使）攻解於人偶。」241 號簡云：「思（使）攻解於詛與兵死。」「攻」字之義應如鄭玄所說爲「以辭責之（使解除）」。[9]劉信芳認爲〈金縢〉「公乃自以爲功」之「功」

[1] 《尚書今古文注疏》頁 325；又見古國順，《史記述尚書研究》（臺北：文史哲出版社，1985），頁 311。

[2] 《尚書集注音疏》卷六，《四部要籍注疏叢刊‧尚書（中）》頁 1612 下。

[3] 《尚書後案》頁 358；《古文尚書撰異》卷一四，《四部要籍注疏叢刊‧尚書（中）》頁 1953 下；《尚書今文考證》頁 290；徐仁甫遺著，四川省文史研究館整理，《史記注解辨證》（成都：四川大學出版社，1993），頁 60；《尚書譯注》頁 237；〈周秦兩漢書經考〉頁 292—293。

[4] 《同文尚書》頁 723。

[5] 吳國泰，《史記解詁（第 2 冊）》（成都居易簃叢書本，1933），頁 34。

[6] 《尚書覈詁》頁 225。

[7] 《尚書文字校詁》頁 270。

[8] 清‧洪頤煊，《讀書叢錄》卷一，《續修四庫全書（一一五七）》（上海：上海古籍出版社，2002），頁 563 下。

[9] 李學勤，〈《尚書‧金縢》與楚簡禱辭〉，《文物中的古文明》（北京：商務印

即簡文之「攻」。[1]

「公乃自以爲功」與後文「乃得周公所自以爲功代武王之說」之「功」義同。後者，簡本作「王晏（得）周公之所自弖（以）爲社弖（以）弋（代）王之敓（說）」。「社」字還見於簡6，簡文作「周公乃内（納）亓（其）所爲社自以弋（代）王之敓（說）於金枀（縢）之匵」，今本作「乃納冊于金縢之匵中」。

「社」字，劉樂賢謂從「示」得聲，乃是「質」之通假，[2]似非。米雁云：「我們認爲「社」與「功」都是「貢」字的假借，在〈金縢〉中應該訓爲向先王獻祭的貢品。」又：「〈金縢〉的「貢」即是人牲。周公旦代替武王以身爲貢，獻祭於先王。」[3]米說近於上引吳國泰說。米說又將簡6之「自」上屬作「社（貢）自」，顯非。陳劍認爲「社」與「功」表達「貢」之意，並認爲「質」並不是事後可以取回的抵押，而是「用以取得相信/信任的人或物」。[4]陳偉認爲，包山楚簡224號簡的「社執事人」、231號簡的「攻祝」、新蔡楚簡甲三111號簡的「社」等用例在職能上的相似性支持了臧克和的看法。[5]陳民鎮認爲「功」、「說」都是祭禱環節，並謂：「『所爲功』與『自以代王之說』，並舉者也。周公代王禱，欲爲武王禳災，解除禍祟，即所謂『功』、『說』也。」[6]朱鳳瀚認爲「社」應讀爲「貢」，在簡文中不是貢納祭品，而是「貢獻」的「貢」。[7]

按，馬楠曾反駁洪說云：「『自以爲』猶『以己爲』，如洪說，則句當作『周公乃自爲功』『周公乃親功』，不當有『以』字。」[8]馬說應是，讀「功」、「社」爲「貢」之說可從。「公乃自以爲功」，即周公以己身爲貢獻之意。

書館，2008），頁410。
[1] 劉信芳，《包山楚簡解詁》（臺北：藝文印書館，2003），頁212—213。
[2] 劉樂賢，〈讀清華簡札記〉，簡帛網，2011年1月11日。
[3] 米雁，〈清華簡〈金縢〉「社」字試詁〉，復旦網，2011年1月12日。
[4] 陳劍，〈清華簡〈金縢〉研讀三題〉，《出土文獻與古文字研究》第四輯（上海：上海古籍出版社，2011·12），頁155。
[5] 陳偉，〈清華簡〈金縢〉零釋〉，《繼承與拓新：漢語語言文字學國際研討會》，香港中文大學，2012年12月17—18日。
[6] 陳民鎮、胡凱，〈清華簡〈金縢〉集釋〉，復旦網，2011年9月20日。
[7] 朱鳳瀚，〈讀清華簡〈金縢〉兼論相關問題〉，《「簡帛·經典·古史」國際論壇》，香港：浸會大學，2011年11月30日—12月2日。
[8] 〈周秦兩漢書經考〉頁292。

（六）植璧秉珪

經文：

　　爲壇於南方，北面，周公立焉，植璧秉珪，乃告太王、王季、文王。

　　「植璧秉珪」，「植」字，〈魯世家〉、《漢書·王莽傳》、《太玄·捖》作「戴」；《焦氏易林》「無妄之蠱」作「載」，與「戴」古通。鄭注云：「植，古『置』字。」僞《孔傳》云：「璧以禮神。植，置也。置於三王之坐。周公秉桓珪以爲贄。」陳喬樅云：「古者以玉禮神，皆有幣以薦之。璧加於幣之上，故曰：『戴璧』。亦作『載璧』，讀如『束牲載書』之『載』，今文家說當如是。」[1]臧克和謂：「植字《說文·木部》或從置字得聲作樋，故二字通用。」[2]「珪」，〈魯世家〉作「圭」。高本漢將此句譯作：「他豎直地拿著一塊圓形的璧玉，又持著一塊矩形的圭玉。」[3]簡本作「秉璧嘼珪」。

　　簡本「嘼」字，整理者從今本讀爲「植」[4]。復旦大學出土文獻與古文字研究中心研究生讀書會（以下省稱爲「復旦讀書會」）、沈培、蕭旭等均認爲此字應讀爲「戴」[5]。黃人二、趙思木據陳喬樅之說，將其讀爲「載」[6]。宋華強將「植」「戴」「嘼」均讀爲「持」[7]。黃懷信疑「植」借爲「執」[8]。袁金平謂「嘼」即戴，詞義同於「加」，今本「植」乃是同音借字[9]。陳劍認爲「戴珪」很可能是將玉器戴在

---

[1] 清·陳喬樅，《今文尚書經說考》卷一六，《續修四庫全書（四九）》（上海：上海古籍出版社，2002），頁 489。

[2] 《尚書文字校詁》頁 270。

[3] 高本漢著，陳舜政譯，《高本漢書經注釋》（臺北：中華叢書編審委員會，1981），頁 530—531。

[4] 《清華大學藏戰國竹簡（壹）》頁 159。

[5] 復旦讀書會，〈清華簡〈金縢〉研讀札記〉，復旦網，2011 年 1 月 5 日；沈培，〈試釋戰國時代从「之」从「首（或『頁』）」之字〉，簡帛網，2007 年 7 月 17 日；蕭旭，〈清華竹簡〈金縢〉校補〉，復旦網，2011 年 1 月 8 日。

[6] 黃人二、趙思木，〈讀《清華大學藏戰國竹簡（壹）》書後（二）〉，簡帛網，2011 年 1 月 8 日。

[7] 宋華強，〈清華簡〈金縢〉校讀〉，簡帛網，2011 年 1 月 8 日。

[8] 黃懷信，〈清華簡〈金縢〉校讀〉，《古籍整理研究學刊》，第 3 期（2011），頁 25—26。

[9] 袁金平，〈清華簡〈金縢〉校讀一則〉，清華大學出土文獻研究與保護中心編《清

頭上係模擬犧牲。並將其與新蔡卜筮祭禱簡如「夏栾之月，己丑之日，以君不懌之故，就禱三楚先屯一牂，瓔（纓）之兆玉，王辰之日禱之」（乙一 17）進行聯繫。[1]金正男云：「『暜』釋爲「戴」更爲合適。《禮記·喪大記》中的『黼翣二，黻翣二，畫翣二，皆戴圭，』與此用例相同。」[2]

按，「暜」釋「戴」是，讀如本字即可，如陳、金之說。今本、簡本之差，應是傳本之異。今本「植」、「戴」是古今文之別，「植」亦應讀爲「戴」。郭店簡〈尊德義〉簡28—29「惪（德）之流，速唇（乎）☐畜（郵）而遞（傳）命」可與《孟子·公孫丑上》「德之流行，速於置郵而傳命」對讀，「☐」應讀爲「置」。[3]而「☐」殆是「植」字異體，[4]可證鄭玄謂經文「植」爲古「置」字乃有所本，作「植」正是古文，但仍應從簡本和今文讀爲「戴」。

又經文「植璧秉珪，乃告太王、王季、文王」可與新蔡簡「☐舉（舉）禱備（佩）玉，各畀璜，冊告自酓（文）王以豪（就）聖（聲）趄（桓）王，各束綄（錦）珈（加）璧[5]。（甲三 137）」[6]相參。

（七）史乃冊祝曰

〈魯世家〉作「史策祝曰」，簡本作「史乃冊祝，告先王曰」。鄭玄云：「策，周公所作，謂簡書也。祝者，讀此簡書以告三王。」孫星衍云：「冊，《說文》有『畳』字，云：『告也。』疑孔壁古文『冊』作『畳』，與下『納冊』之『冊』異。祝者，《說文》云：『祭主贊詞者。』」[7]赤塚忠云：「冊祝與策命乃同形之成語，史官

華簡研究（第一輯）》（上海：中西書局，2013·2），頁 181。
[1]〈清華簡〈金滕〉研讀三題〉頁 163。
[2] 金正男，〈出土戰國時代《書》類文獻與傳世《尚書》文字差異研究〉，復旦大學博士學位論文（指導教師：劉釗教授），2015 年 6 月，頁 38。
[3] 荊州市博物館編，《郭店楚墓竹簡》（北京：文物出版社，1998），頁 175。
[4] 周忠兵，〈說古文字中的「戴」字及相關問題〉，《出土文獻與古文字研究》第五輯（上海：上海古籍出版社，2013·9），頁 365。
[5]《儀禮·聘禮》：「受享束帛加璧。」
[6] 宋華強，《新蔡葛陵楚簡初探》（武漢：武漢大學出版社，2010），頁 439。
[7]《尚書今古文注疏》頁 325。

代替周公宣讀由周公撰作之文書。」[1]高本漢將其譯作:「書記之官於是就把那祝禱(之辭)寫在簡書的上面。」[2]臧克和將此句斷作「史乃冊,祝曰」。[3]

按,由簡本可知,臧說應非。「冊祝」又見於《周禮・春官・大祝》,作「筴祝」,其義應爲依簡書(即祝禱之辭)以祝號。「祝」字之義,應如《尚書・洛誥》「逸祝冊」下孔穎達《疏》所云,即「讀策告神謂之『祝』。」[4]宋華強認爲新蔡簡中之「冊告」即「冊祝」。[5]

(八) 遘厲虐疾

經文:

> 惟爾元孫某,遘厲虐疾。

「遘厲虐疾」,僞《孔傳》云:「厲,危。虐,暴。」孔穎達疏云:「『厲』爲危也。『虐』訓爲暴。言性命危而疾暴重也。」[6]楊任之謂:「厲,通癘,惡疾。」[7]《校釋譯論》云:「『遘』,遇(〈釋詁〉)。『厲』,利(《戰國策・秦策》高誘注)。『虐』,惡(《廣雅》)。此句是說武王患了很厲害的病。」[8]屈萬里云:「厲虐疾,即危惡之疾。」[9]

此句〈魯世家〉述作「勤勞阻疾」。《集解》引徐廣曰:「『阻』,一作『淹』。」孫星衍云:「云『勤勞阻疾』者,『遘厲』爲『勤勞』,蓋古今文之異,非史公詁訓,言武王勤勞以致險疾也。《說文》:『阻,險也。』……淹與險聲相近,疑經文本作『淹疾』,史公易爲『阻』也。淹,久也。」[10]簡本整理者云:「淹多與蓋通

---

[1] 《中國古典文學大系 1・書經》頁 207 上。引文原作:「冊祝は策命と同形の成語である。史官が周公に代わつて周公の作つた文書をみあげた。」

[2] 《高本漢書經注釋》頁 532。

[3] 《尚書文字校詁》頁 271。

[4] 《尚書正義(二)》頁 495。

[5] 宋華強,〈新蔡簡中的祝號簡研究(連載一)〉,簡帛網,2006 年 12 月 5 日。

[6] 《尚書正義(二)》頁 396。

[7] 楊任之,《尚書今注今譯》(北京:北京廣播學院出版社,1993),頁 199。

[8] 《尚書校釋譯論(第三冊)》頁 1228。

[9] 《尚書集釋》頁 129。

[10] 《尚書今古文注疏》頁 326。

用，蓋亦月部字，謂武王勤勞而有此淹久之疾，與「有遲」義合。」[1]廖名春認爲「阻」當讀爲「作」，並謂「『作疾』即『作病』，指生病，致病」，又謂「『淹』當爲『傅』字之借」。[2]

此句簡本作「勃（瑴—遘）邁𧆨（虐）疾」。整理者將「邁」讀爲「害」，並訓作「患」。[3]廖名春云：「『害』與『虐』都是修飾『疾』的，此是說武王所『遘』之『疾』既『危』且『暴』，或是說武王『遘』遇既『危』且『暴』之『疾』。」[4]與屈萬里說近。宋華強云：「『厲』、『虐』、『害』同義，葛陵簡甲三 64『小臣成逢害虐』，『逢害虐』即『遘厲虐』、『遘害虐』。」[5]金正男除讚同「勃」讀爲「遘」外，又謂：「馬王堆帛書《六十四卦·屯卦》『非寇閩厚』，通行本《周易》作『匪寇婚媾』。『厚』與从『冓』得聲字也可以通假。根據通假用例，『遘害虐疾』也可讀爲『厚害虐疾』。『厚害』是『大害』、『加深禍患』的意思。這個用例可見於《墨子·非命中》『執有命者，此天下之厚害也，是故子墨子非也。』」[6]

蔡偉認爲：「『𧆨（虐）疾』應當作爲一個獨立的名詞，如上博二〈容成氏〉簡 36『民乃宜肙（怨），虍（虐）疾台（始）生』，即可爲證；而『勃（遘）邁』、「遘厲」當連讀，即王國維所說的成語，可讀爲「遘麗」。尹灣漢簡〈神烏賦〉：『何命不壽，狗麗此咎。』『狗麗』即『遘麗』。」[7]

按，宋說可從，「厲」與「邁」不必是一詞。金氏「厚害」之說應非，舉例亦不當。〈魯世家〉「勤勞阻疾」之「阻」，疑同於〈堯典〉「黎民阻飢」之「阻」。「黎民阻飢」，《史記·五帝本紀》、〈周本紀〉作「黎民始飢」，徐廣云：「今文《尚書》作『祖飢』。祖，始也。」[8]又《漢書·食貨志》「舜命后稷曰黎民祖

1 《清華大學藏戰國竹簡（壹）》頁 159 。
2 廖名春，〈清華簡〈金縢〉篇補釋〉，簡帛研究網，2011 年 1 月 4 日。
3 《清華大學藏戰國竹簡（壹）》頁 159 。
4 廖名春，〈清華簡〈金縢〉篇補釋〉，簡帛研究網，2011 年 1 月 4 日。
5 宋華強，〈清華簡〈金縢〉校讀〉，簡帛網，2011 年 1 月 8 日。
6 〈出土戰國時代《書》類文獻與傳世《尚書》文字差異研究〉頁 41。
7 蔡偉，〈誤字、衍文與用字習慣——出土簡帛古書與傳世古書校勘的幾個專題研究〉，復旦大學博士學位論文（指導教師：陳劍教授），2015 年 4 月，頁 175。
8 漢·司馬遷撰，日·瀧川資言考證，楊海峥整理，《史記會注考證（壹）》（上海：上海古籍出版社，2016），頁 52。

飢」，孟康云：「祖，始也。黎民始飢，命棄爲稷官也，古文言『阻』。」[1]「阻」疑當讀爲「徂」，《莊子・則陽》「已死不可徂」，陸德明《釋文》云：「不可徂，一本作阻。」《詩經・小雅・四月》「六月徂暑」，鄭箋云：「徂，猶始也。」「勤勞阻疾」疑亦當讀爲「勤勞徂疾」。而「淹疾」疑當讀爲「奄疾」，意即「有疾、獲疾」。《廣雅・釋詁》「奄，大也」下王念孫疏證云：「有謂之憮，亦謂之撫，亦謂之奄。」[2]「淹」與「阻」乃因義近而爲異文。

（九）若爾三王是有丕子之責于天

經文：
　　若爾三王是有丕子之責于天，以旦代某之身。

　　「丕子」，〈魯世家〉作「負子」。《禮記・曲禮下》正義引《白虎通》云：「天子病曰不豫，不復豫政也。諸侯曰負子，子，民也，言憂民不復子之也。」[3]段玉裁謂：「今文《尚書》『負子之責』說當如此。」[4]《公羊傳・桓公十六年》載衛侯朔得罪於天子，「屬負茲舍，不即罪爾」。何休《解詁》云：「『屬』，託也。天子有疾稱『不豫』，諸侯稱『負茲』，大夫稱犬馬，士稱『負薪』。『舍』，止也。」[5]是今文作「負子」「負茲」。陳喬樅云：「子、茲聲相近，『負茲』當即『負子』之假借。」[6]古文作「丕子」。馬融釋「丕」爲「大」，釋「子」爲「慈」。
　　鄭玄云：「『丕』讀曰『不』，『愛子孫』曰『子』。元孫遇疾，若汝不救，是將有不愛子孫之過，爲天所責，欲使爲之請命也。」
　　僞《孔傳》云：「『大子之責』謂疾不可救于天則當以旦代之。」
　　晁以道云：「丕子之責，猶史傳中『責其侍子』之『責』。蓋云上帝責三王之侍子。侍子，指武王也。上帝責其未來服事左右，故周公乞代其

[1] 清・王先謙，《漢書補注（上）》（北京：中華書局，1983），頁 505 上。
[2] 王念孫，《廣雅疏證》（北京：中華書局，2004），頁 6 下。
[3] 漢・鄭玄注，唐・孔穎達正義，呂友仁整理，《禮記正義》卷四（上海：上海古籍出版社，2008）。
[4] 《古文尚書撰異》卷一四，《四部要籍注疏叢刊・尚書（中）》頁 1954 下。
[5] 漢・何休解詁，唐・徐彥疏，《春秋公羊傳注疏（上）》（上海：上海古籍出版社，2014），頁 189。
[6] 《今文尚書經說考》，《續修四庫全書（四九）》頁 490 下。

死。」[1]

蔡沈釋「丕子」爲「元子」。[2]

俞樾引《白虎通》「諸侯病曰負子」後謂「負子之義本爲不子，故此經作丕」。[3]

章太炎云：「負子之責，本指三王，負子者，所謂繈負其子。《詩》：『螟蛉有子，蜾蠃負之。』傳：『負，持也。』然則或負或抱，通得稱負，質言之，則保育其子耳。」[4]

王國維云：「《史記》用今文作『負子』，《公羊傳》之『負茲』，春秋時之宋公丕慈，同一語源。公羊氏釋諸侯有疾曰『負茲』，『茲』，席也。」[5]

楊筠如云：「按『負茲』，本當作『不茲』。『丕』與『負』，皆『不』之假字。『子』與『茲』，皆『慈』之假字。……『慈』猶和也。」[6]

曾運乾讀「丕子」爲《史記·周本紀》「衛康叔封布茲」之「布茲」，並謂「布茲爲弟子助祭以事鬼神者之一役。本文言三王在帝左右，如需執賤役，奉事鬼神，且尤能舉其職，故請以旦代某之身也」。[7]

于省吾云：「『丕』，《尚書》多訓爲『斯』，『子』讀如字。」[8]

加藤常賢《真古文尚書集釋》謂「丕子」即「負茲」，與「負薪」同。[9]

臧克和認爲「丕子之責」與「殺獻首子」有關。[10]

《校釋譯論》將此二句譯作：「倘若你們三王在天上要責取這位大兒子來服事你們，那就用我小子旦來代替他吧。」[11]

1 《朱子語類》卷三，《朱子全書（第拾肆冊）》頁 172。
2 《書經集傳》卷四，《景印文淵閣四庫全書（第五八冊）》頁 82 下。
3 《群經平議》卷五，《續修四庫全書（一七八）》頁 71 上。
4 《太炎先生尚書說》頁 115。
5 〈觀堂學書記〉頁 271。
6 《尚書覈詁》頁 227—228。
7 《尚書正讀》頁 141。
8 《雙劍誃群經新證》頁 79。
9 轉引自《中國古典文學大系 1·書經》，頁 207 下。原文作：「丕は負の仮字，子は茲（草の席）の仮字と解すべきである。」
10 《尚書文字校詁》頁 273。
11 《尚書校釋譯論（第三冊）》頁 1228、1260。

屈萬里云：「負，擔也；義見《禮記‧曲禮下》孔氏《正義》。此言三王在天之靈，有負擔子孫休戚之責任。」[1]

程元敏云：「丕，語詞。子，指武王姬發。」[2]

簡本作：「尔（爾）母（毋）乃又（有）備子之責才（在）上。」「備」字，廖名春讀爲「服」，訓爲「用」，並謂「服子之責」可釋爲「用子之求」。[3]蕭旭云：「備，讀爲服，實亦爲負。」[4]黃人二、趙思木將「備子」訓爲「負茲」。[5]米雁謂：「『備子』當讀爲『丕子』，釋爲首子、元子。」又謂：「周公以身爲『丕子』武王姬發代罪的行爲，與上古殺首子的習俗相關。」[6]李學勤讀「備」爲「丕」，並從鄭玄之說。[7]黃懷信云：「備，借爲丕，音沛。丕子，即太子。」[8]陳民鎮讀「備」爲「服」，訓爲「事」。[9]朱鳳瀚據曾運乾之說，認爲「備子」可讀爲「服茲」即「服侍於祭藉」。[10]古育安讀「備」爲「保」，訓爲「對子孫的護佑」。[11]陳偉讀爲「負」，訓爲「負子」或「抱子」，並將此句釋爲「莫非你們在上天有抱持子孫的要求」。[12]陳劍如字讀，並謂「簡文『備子之責』就是『責求子孫齊備』」。[13]劉光勝贊同將「備」訓爲「服」之說，但又存「備」訓「嗣」之說。[14]

按，「丕子」「備子」之訓釋，異論甚多，疑莫能從。但漢今

---

[1] 《尚書集釋》頁 129—130。
[2] 程元敏，《尚書周書牧誓洪範金縢呂刑篇義證》（臺北：萬卷樓圖書股份有限公司，2012），頁 155。
[3] 廖名春，〈清華簡與《尚書》研究〉，《文史哲》，第 6 期（2010）。
[4] 蕭旭，〈清華竹簡〈金縢〉校補〉，復旦網，2011 年 1 月 8 日。
[5] 黃人二、趙思木，〈讀《清華大學藏戰國竹簡（壹）》書後（二）〉，簡帛網，2011 年 1 月 8 日。
[6] 米雁，〈清華簡〈耆夜〉、〈金縢〉研讀四則〉，簡帛網，2011 年 1 月 10 日。
[7] 〈由清華簡〈金縢〉看周初史事〉頁 117。
[8] 《清華簡〈金縢〉校讀》頁 26。
[9] 陳民鎮、胡凱，〈清華簡〈金縢〉集釋〉，復旦網，2011 年 9 月 20 日。
[10] 朱鳳瀚，〈讀清華簡〈金縢〉兼論相關問題〉，《「簡帛‧經典‧古史」國際論壇》，香港浸會大學，2011 年 11 月 30 日—12 月 2 日。
[11] 古育安，〈傳世與出土《尚書‧金縢》對讀研究一題：試論清華簡〈金縢〉的「爾毋乃有備子之責在上」及相關問題〉，2012 出土文獻研究視野與方法研討會論文，政治大學中國文學系，2012 年 6 月。
[12] 陳偉，〈清華簡〈金縢〉零釋〉，《繼承與拓新；漢語語言文字學國際研討會》，香港中文大學，2012 年 12 月 17—18 日。
[13] 陳劍，〈「備子之責」與「唐取婦好」〉，《出土材料與新視野－第四屆國際漢學會議論文集》，中央研究院，2012 年 6 月 20—22 日。
[14] 《《清華大學藏戰國竹簡（壹）》整理研究》頁 82—83。

文家說顯非，而宋人「侍子」之說則於字義無取。

（十）予仁若考

經文：
予仁若考，能多材多藝，能事鬼神。

〈魯世家〉此處作：「旦巧能，多材多藝，能事鬼神。」《論衡‧死偽》引經與今傳本同，但少「考」後「能」字。「仁若考」，偽《孔傳》釋爲「仁能順父」。蔡沈訓爲「仁順祖考」[1]。

「考」字，《書古文訓》作「丂」[2]，江聲謂其即古文「巧」，並與「能」連文，又謂「仁若，衍字也」。[3]王念孫云：「『考』『巧』古字通。『若』『而』，語之轉。『予仁若考』者，予仁而巧也。」[4]徐灝繼而謂：「此『仁』訓爲誠實，如『木訥近仁』之『仁』。」[5]

阮元云：「《書‧金縢》曰『予仁若考』者，言予旦之巧若文王也。」[6]

周用錫讀「仁」爲「人」，釋「予仁若考」爲「予之爲人若巧」。[7]

劉逢祿釋「考」爲「壽考」。[8]

黃式三云：「『仁』，旦之謿。『若』，及也。『考』，壽也。」[9]

俞樾云：「王說是矣，然未盡也。『仁』當讀爲『佞』。……『予仁若考』者，予佞而巧也。『佞』與『巧』義相近，『仁』與

[1] 《書經集傳》卷四，《景印文淵閣四庫全書（第五八冊）》頁82下。
[2] 《尚書文字合編（2）》頁1649。
[3] 《尚書集注音疏》卷六，《四部要籍注疏叢刊‧尚書（中）》頁1613下。
[4] 《經義述聞（一）》頁199。
[5] 《通介堂經說》卷十一。
[6] 清‧阮元撰，鄧經元點校，〈釋佞〉，《揅經室集》續一集卷一（北京：中華書局，1993），頁1012。
[7] 清‧周用錫，《尚書證義》卷十二，《續修四庫全書（四八）》（上海：上海古籍出版社，2002），頁132上。
[8] 《尚書今古文集解》卷一三，《續修四庫全書（四八）》頁281下。
[9] 清‧黃式三，《尚書啟蒙》卷三，《續修四庫全書（四八）》（上海：上海古籍出版社，2002），頁747上。

『巧』則不類矣。《史記·周本紀》『爲人佞巧』亦以『佞巧』連文，是其證也。」又謂：「古『能』『而』二字通用。〈履·六三〉『眇能視、跛能履』，李氏《集解》本『能』皆作『而』。崔駰〈大理箴〉『或有忠能被害，或有孝而見殘』，皆『能』『而』通用之證」[1]《校釋譯論》從之。[2]

于省吾謂：「《書古文訓》『考』作『丂』，蓋本於《說文》『丂，古文又以爲巧字也』。按金文尚未發見『巧』字，惟懷石磬銘有巧字作丂，嗣土嗣彝設及綸鎛，考不从老省並作丂。史公誤以爲巧也。金文考孝通用。顧懽《老子義疏》：『若，而也。予仁若考者，予仁而孝也。』」[3]屈萬里、程元敏、邱德修等均從此說。[4]

曾運乾訓「仁若」爲「柔順」，又將「考能」連讀爲「巧能」。[5]周秉鈞從之。[6]

石聲淮認爲西周時沒有「仁」之觀念，「仁」應當爲「信」之誤，表示「誠實」。[7]

簡本作：「佳（惟）尔（爾）元孫發（發）也，不若但（旦）也，是年若丂能多㦸（才）多埶（藝），能事視（鬼）神。」整理者云：「是年若丂能，今本作『予仁若考能』。年讀爲同泥母真部之『佞』，佞從仁聲，訓爲高才。若，王引之《經傳釋詞》附錄一：『而也。』江聲、曾運乾並云巧之古文作『丂』，能字應上讀。此周公稱己有高才而巧能。一說能字應連下讀。」[8]其他學者多從之將此「能」字上讀。季旭昇認爲今本作「仁」是，並謂：「『若』可釋『順』、『巧』爲『巧慧』、『能』爲『賢能』，『仁若巧能』可視爲四個形容詞。」[9]鍾雲瑞讀「仁」爲「佞」，訓「若」爲「如」、「考」爲「父祖」，釋「予仁若考」之義爲「我周公旦之高材如父

[1] 《群經平議》卷五，《續修四庫全書（一七八）》頁 71—72。
[2] 《尚書校釋譯論（第三冊）》頁 1228—1229。
[3] 《雙劍誃群經新證》頁 79。
[4] 《尚書集釋》頁 130；《尚書周書牧誓洪範金縢呂刑篇義證》頁 162；邱德修，《尚書覈詁考證（上）》（新北：聖環圖書股份有限公司，2013），頁 819。
[5] 《尚書正讀》頁 141。
[6] 《尚書易解》頁 141。
[7] 石聲淮，〈〈金縢〉「予仁若考」解〉，《湖北師範學院學報》，第 2 期（1985），頁 34—36。
[8] 《清華大學藏戰國竹簡（壹）》頁 160。
[9] 季旭昇主編，《清華大學藏戰國竹簡（壹）讀本》（臺北：藝文印書館，2013），頁 157—158。

祖」。[1]

　　按，「是」字，王引之《經傳釋詞》云：「『是』猶『寔』也。《詩・閟宮》曰：『是生后稷。』言姜嫄實生后稷也。」[2] 頗疑簡本「是年若丂」當如本字讀爲「是年若考」。「若」字，《爾雅・釋言》「順也」。「考」字應從劉逢祿、黃式三之說釋爲「壽考」，《說文・老部》「老也」，如𪔲鎛（《集成》271）「用求丂（考）命彌（彌）生」、叔趯父卣（《集成》5428、5429）「余考[3]不克御事」、《尚書・洪範》「考終命」、《詩經・大雅・棫樸》「周王壽考，遐不作人」、《左傳・宣公十五年》「下臣獲考死」等是。「是年若考」，意即：實年壽順長。經文前後乃是周公自謂年壽順長且多材多藝、能事鬼神，故祈以自代。今本「仁」字從「人」聲[4]，而「年」字亦從「人」聲[5]，頗疑「仁」即「年」之借字。

　　「考」後「能」字，焦循據僞《孔傳》謂：「然則孔傳經文作『予仁能若考』，否則以『子仁若考能』爲句，《正義》亦云『既能順父』，『能』字在『順父』上。」[6] 楊筠如謂：「第一『能』字，因下『能』字而衍，下文無『能』字可證。」[7] 李民亦謂「能」爲衍字。[8]〈死僞〉引經亦無此「能」字，但據簡文知應有此字。「能」字殆應下屬爲句。

（十一）敷佑四方

　　經文：
　　　　乃命于帝庭，敷佑四方，用能定尔子孫于下地。

　　「乃命于帝庭」，簡本作「命于帝猛（庭）」。馬融謂爲「武

---

[1] 鍾雲瑞，〈《尚書・金縢》篇「予仁若考」解詁〉，《青島農業大學學報（社會科學版）》，第 27 卷第 3 期（2015・8），頁 86—88。

[2] 《經傳釋詞》頁 202。

[3] 「考」，或讀爲「老」，但絕無他例，茲不從。

[4] 《說文通訓定聲》頁 833 上。

[5] 容庚編著，張振林、馬國權摹補，《金文編》（北京：中華書局，1985），頁 501。

[6] 清・焦循，《尚書補疏》，《雕菰樓經學九種（上）》（南京：鳳凰出版社，2015），頁 173。

[7] 《尚書覈詁》頁 228。

[8] 《尚書譯注》頁 239。

王受命於天帝之庭」。《校釋譯論》云：「乃在此仍爲第二人稱代辭，而且按殷、周語法仍當爲領格。此句是說你們在帝庭裏承受了的天命。你們，指三位先王。」[1]

「敷佑四方」，馬融云：「布其道以佑助四方。」僞《孔傳》云：「布其德教以佑助四方」。王引之訓「敷」爲「徧」，訓「佑」爲「佑助」。[2]劉逢祿云：「『敷』、『傅』通，助也。」[3]俞樾云：「敷之言徧也，字通作普，亦通作溥……佑乃俗字，當作右，而讀爲有，《儀禮·有司徹篇》『右几』，鄭注曰：『古文右作侑。』右、侑通用，故右、有亦得通用。……敷佑四方者，普有四方也，言武王受命于帝廷，普有四方爲天下主也。」[4]王國維云：「敷佑音義皆同撫有，盂鼎『匍有四方』。」[5]楊樹達亦持此說。[6]楊筠如亦謂：「敷佑，即匍有也。」[7]唐蘭認爲「匍」「敷」並當讀如《詩·北山》「溥天之下」的溥，古書多作普。[8]《校釋譯論》云：「王說是。按〈秦公鐘〉『匍有四方』（〈秦公殷〉則云『奄有四方』），又1976年新出土的〈牆盤〉有『匍有上下』，可知『匍有』爲西周以來周人的習用語。到典籍中寫爲『撫有』……『敷佑』是『匍有』、『撫有』的同音假借。」[9]金文「匍有」之「匍」，張富海認爲應讀爲「方」。[10]程元敏云：「受命、有天下、安周王子孫，文脈通貫、義理洽正，馬融等『佑助四方之民』云云，違非經旨矣。」[11]

此句簡本作「尃又四方」。整理者讀「尃又」爲「溥有」，並云：「溥有猶廣有，溥有四方即《詩·皇矣》之『奄有四方』，大盂鼎（《殷周金文集成》二八三七）作『匍有四方』。」[12]蕭旭等從王國維之說。[13]季旭昇謂「尃又」「當依傳本釋『敷佑』，即『廣

---

[1] 《尚書校釋譯論（第三冊）》頁1239。
[2] 《經義述聞（一）》頁200。
[3] 《尚書今古文集解》卷一三，《續修四庫全書（四八）》頁281下。
[4] 《群經平議》卷五，《續修四庫全書（一七八）》頁72下。
[5] 〈觀堂學書記〉頁271。
[6] 楊樹達，《積微居金文說（增訂本）》（北京：中華書局，1997），頁44。
[7] 《尚書覈詁》頁229。
[8] 唐蘭，《西周青銅器銘文分代史徵》（北京：中華書局，1986），頁172—173。
[9] 《尚書校釋譯論（第三冊）》頁1230。
[10] 張富海，〈金文「匍有」補說〉，《中國文字研究》，第2輯（2007），頁117—119。
[11] 《尚書周書牧誓洪範金縢呂刑篇義證》頁168。
[12] 《清華大學藏戰國竹簡（壹）》頁160。
[13] 蕭旭，〈清華竹簡〈金縢〉校補〉，復旦網，2011年1月8日。

佑』」。[1]

按，《詩經·商頌·玄鳥》：「方命厥后，奄有九有。」《竹書紀年》：「夏后受命于神宗，遂復九州。」師克盨（《集成》4467）：「膺受大命，匍有四方。」四十三年逨鼎（《銘圖》2504）：「丕顯文、武膺受大命，匍有四方。」秦公鎛（《集成》267）：「膺受大命，眉壽無疆，匍有四方。」叔夷鐘（《集成》285）銘云：「尸（夷）箕（典）其先舊，及其高祖，虩虩（赫赫）成唐（湯），又（有）敢（嚴）才（在）帝所，尃（溥）受天命，削伐夏司（后），敗氒（厥）霝（靈）師，伊少（小）臣佳（唯）桶（輔），咸有九州，處塙（禹）之堵。」將經文與上述引文相參可知，「命于帝庭」必指「武王受命於天帝之庭」；且由後文「無墜天之降寶命，我先王亦永有依歸」益可知「命于帝庭」為武王受命之事，《校釋譯論》所說應非。「乃」字，簡本無，應是虛詞，周秉鈞：「『乃』，始也，初也，見《詞詮》。」[2]而「敷佑四方」參「咸有九州」，殆即「溥/普有四方」，俞說是。

（十二）爾之許我……我乃屏璧與圭

經文：

今我即命于元龜，爾之許我，我其以璧與珪歸俟爾命；爾不許我，我乃屏璧與珪。

〈魯世家〉「歸」下有「以」字。馬融云：「待汝命，武王當愈，我當死也。」「屏」，偽《孔傳》云：「藏也」。周秉鈞將「歸俟爾命」屬上讀，並謂：「我將以珪璧歸而待命以事神，否則我乃收藏之，不敢再靖也。」[3]

簡本作：「尒（爾）之訥（許）[4]我，我則畱璧與珪。尒（爾）不我訥（許），我乃㠯（以）璧與珪逞（歸）。」復旦讀書會指出

---

[1] 《清華大學藏戰國竹簡（壹）讀本》頁159。

[2] 《尚書易解》頁141。

[3] 《尚書易解》頁142。

[4] 此字，或隸定作「誮」，見〈出土戰國時代《書》類文獻與傳世《尚書》文字差異研究〉頁48—50。

今本句序與簡本不同。[1]宋華強謂:「與簡本對照,今本『以璧與圭歸俟爾命』與簡本『以璧與珪歸』相當,今本『屏璧與圭』與簡本『晉璧與珪』相當,今本兩句話蓋屬誤倒,原本可能是:『爾之許我,我其屏璧與圭。爾不許我,我乃以璧與圭歸俟爾命。』」[2]「晉」字,整理者讀爲「晉」或「進」。[3]此字亦見於新蔡簡,徐在國讀爲「厭」,復旦讀書會從其說。黃人二、趙思木讀爲「薦」。[4]宋華強認爲此字疑當讀爲「贛」,義爲「賜予」。陳劍將「晉」讀爲「瘞」,認爲此乃「以瘞埋其玉的方式向先王獻上祭品」。又謂裴錫圭認爲「屌」與「屏」形體十分接近,今本的「屏」字有可能就是由「屌」類寫法之誤而來的。[5]

按,今本未必與簡本句序有異。今本「以」,當訓爲「用」。「晉」不能確釋,然其義當近於以某種方式向先王獻上祭品。「歸俟爾命」應從《校釋譯論》譯作「回去等待你們的命令」。[6]今本「屏璧與圭」與簡本「以(以)璧與珪逿(歸)」並無別。故今本與簡本雖則文字有異,句意實同。

(十三) 一習吉

經文:

乃卜三龜,一習吉。啓籥見書,乃並是吉。

「一習吉」,〈魯世家〉譯述作「皆曰吉」。僞《孔傳》云:「習,因也。以三王之龜卜,一相因而吉。」《孔疏》云:「『習』則『襲』也。『襲』則重衣之名,因前而重之,故以『習』爲『因』。三龜並卜,卜有先後,後者因前,故云『因』也。」[7]蔡沈云:「習,重也。謂三龜之兆一同開籥見卜兆之書,乃並是吉。」[8]楊筠如據〈魯

---

[1] 復旦讀書會,〈清華簡〈金縢〉研讀札記〉,復旦網,2011 年 1 月 5 日。
[2] 宋華強,〈清華簡〈金縢〉校讀〉,簡帛網,2011 年 3 月 8 日。
[3] 《清華大學藏戰國竹簡(壹)》頁 160。
[4] 黃人二、趙思木,〈讀《清華大學藏戰國竹簡(壹)》書後(一)〉,簡帛網,2011 年 1 月 7 日。
[5] 〈清華簡〈金縢〉研讀三題〉頁 149—150、168。
[6] 《尚書校釋譯論(第三冊)》頁 1231。
[7] 《尚書正義(二)》頁 398。
[8] 《書經集傳》卷四,《景印文淵閣四庫全書(第五八冊)》頁 83 上。

世家〉謂：「『習』與『皆』形近，疑本『皆』之譌字。」[1]

李學勤云：「『習』字在此意同於『襲』，殷墟卜辭有『習一卜』、『習二卜』，是指兆象同於一卜或二卜；『習龜卜』，則指骨上的兆象同於龜上的兆。這和〈金縢〉『一習吉』的『習』，字義相同，講的事情卻不一樣。包山簡也有字義相同的『習』字，如 223 簡『屈宜習之以彤笭爲左尹昭𧊒貞』，講的是屈宜接著別的人占卜。無論怎樣，這些例子表明『習』是卜者長期沿用的術語。」[2]

按，〈魯世家〉此處乃譯述，非轉錄，故楊說非是。李說可從。

（十四）惟永終是圖，兹攸俟

經文：

公曰：「體，王其罔害。予小子新命于三王，惟永終是圖，兹攸俟，能念予一人。」

「體」字，〈魯世家〉無。舊注皆從《周禮・春官・占人》「君占體」鄭注「兆象」之說。俞樾云：「『體』字以一言爲句，乃發語之辭，慶幸之意也。《詩・氓篇》：『爾卜爾筮，體無咎言。』《釋文》曰：『體，《韓詩》作履，幸也。』然則『體』亦猶『幸』也。」[3]「罔害」即殷墟卜辭中的「亡𧋥（害）」。[4]此段經文，李學勤認爲：「乃是卜辭中的占辭，是對占卜的最後判定。包山簡也有類似占辭，例如 208 簡：『占之曰：「吉，荊尸瘥，見王。」』211 簡：『五生占之曰：「吉，三歲無咎，將有大喜，邦知之。」』」[5]「占辭」之說實承〈占人〉鄭注，司馬遷解作賀辭非是。「予小子新命于三王」，「予小子」乃周公自謂。夏渌認爲金文中部分「𦥎」

[1] 《尚書覈詁》頁 230。
[2] 〈《尚書・金縢》與楚簡禱辭〉頁 411。亦可參宋鎮豪，〈論古代甲骨占卜的「三卜制」〉，《殷墟博物苑苑刊》（創刊號）（北京：中國社會科學出版社，1989）；〈殷代「習卜」和有關占卜制度的研究〉，《中國史研究》，第 4 期（1987），後收入《夏商周社會生活史》（北京：中國社會科學出版社，1994），頁 884。
[3] 《群經平議》卷五，《續修四庫全書（一七八）》頁 73 下。
[4] 〈釋「𧋥」〉頁 210。
[5] 〈《尚書・金縢》與楚簡禱辭〉頁 411。

被誤釋爲「小子」合文，實爲「少」之古字，並將此句讀作「予少，新命于三王」。[1]聊備一說。

「惟永終是圖，茲攸俟，能念予一人」，〈魯世家〉作「維長終是圖茲道能念予一人」。「永終是圖」，王國維云：「言歸而待死也。《論語》：『天祿永終。』」[2]「茲攸俟」作「茲道」，「茲道」或屬上讀或屬下讀，疑莫能定。僞《孔傳》云「武王惟長終是謀周之道。言武王愈，此所以待，能念我天子事，成周道」，是從《史記》，並將「茲道」上讀，但又將「茲攸俟」釋爲「此所以待」。

江聲云：「此文『茲攸俟』，當從《史記》作『茲道』爲正。」[3]

段玉裁云：「古訓『猷』爲『道』。『茲攸』，今文《尚書》作『茲猷』，故司馬遷作『茲道』也。」[4]

牟庭云：「『茲攸俟』，〈魯世家〉作『茲道』，此用真孔古文作『茲迪俟』，而訓『迪』爲『道』，又誤脫『俟』字，僞孔蓋用今文作『茲遒俟』，而寫『遒』爲『攸』，其字則同。然據文義，非『遒』非『迪』，當讀爲『乃』。『乃』古字作『迺』，亦作『遒』，是以古文誤爲『迪』，而今文誤爲『遒』，皆不可通也。」[5]上圖本（日寫八行本）《尚書》此處「攸」字正作「遒」。[6]

楊筠如云：「茲，猶是也。攸，《史記》作『道』。蓋今文作『迪』。〈多方〉『不克終日勸于帝之迪』，馬本『迪』作『攸』，是其證也。迪、道訓故字。攸、迪，皆謂用也，以也。俟，《說文》：『大也。』」[7]

梁立勇認爲清華簡〈保訓〉「其有所遒矣」之「遒」和〈金縢〉「茲攸俟」之「攸」都應讀爲「迪」，訓爲「至」。其將「茲攸俟，能念予一人」讀爲「茲迪矣，能念予一人」，譯作「三王（太王、王季、文王）終於顧念我的忠心而降福了」。[8]

「予一人」，舊注皆謂指周武王。《白虎通·號篇》：「臣謂之一人何？亦所以尊王者也。以天下之大、四海之內，所共尊者一人耳。故《尚書》曰：『不施予一人。』」周法高〈明保予沖子辨〉

---

[1] 夏淥，〈「小子」釋義辨正〉，《中國語文》，第 4 期（1986）。
[2] 〈觀堂學書記〉頁 271。
[3] 《尚書集注音疏》卷六，《四部要籍注疏叢刊·尚書（中）》頁 1614 下。
[4] 《古文尚書撰異》卷一四，《四部要籍注疏叢刊·尚書（中）》頁 1955 下。
[5] 《同文尚書》頁 731—732。
[6] 《尚書文字合編（2）》頁 1645。
[7] 《尚書覈詁》頁 231。
[8] 梁立勇，〈試解〈保訓〉「遒」及《尚書·金縢》「茲攸俟」〉，《孔子研究》，第 3 期（2011），頁 28。

（見〈金文零釋〉）認為凡言「予小子」、「予一人」、「予小臣」、「予沖子」等，「予」字皆用於同位，無一例外，此處之「予一人」乃周公自謂，非謂武王。[1]屈萬里云：「『予一人』之辭，雖為天子所專用，然亦有例外。〈秦誓〉穆公即自稱『一人』。又：哀公十六年《左傳》，哀公誄孔子，即自稱『余一人』。」[2]存之俟考。

按，《左傳·成公十六年》引《夏書》云「怨豈在明，不見是圖」，是〈金縢〉此處固當自「是圖」後斷句。「終」亦應訓為「永、長」，「永終是圖」應為「謀求武王長終性命」之意，亦即〈召誥〉所謂「祈天永命」。楊氏「攸」字之解說可從。「茲攸俟」，即「此以待」之意，即待武王之瘳也，故下文云「王翌日乃瘳」。

（十五）周公居東……未敢誚公

經文：
周公居東二年，則罪人斯得于後。公乃為詩以貽王，名之曰〈鴟鴞〉；王亦未敢誚公。

簡本作：「周公石（蹠）[3]東三年，禍（禍）人乃昇（斯）旻（得）於逡（後）。周公乃逨（遺）王志（詩）曰〈周（鴟）鴞〉；王亦未逆公。」

「周公居東」有「東征」、「待罪」、「奔楚」之說，[4]茲不贅。今本「二年」與簡本「三年」如為東征，亦皆有據[5]，疑莫能定。

「斯」字，偽《孔傳》釋為「此」。鄭玄釋為「盡」。王蕭

---

[1] 轉引自《尚書集釋》頁 131。
[2] 《尚書集釋》頁 131。
[3] 「石」字，整理者讀為「宅」，見《清華大學藏戰國竹簡（壹）》頁 160；蘇建洲認為可能是「宅」之省形，見其〈論楚竹書「厇」字構形〉，復旦網，2011 年 4 月 10 日；劉雲讀為「宕伐」之「宕」，見復旦讀書會〈清華簡〈金縢〉研讀札記〉文後評論，復旦網，2011 年 1 月 5 日；李學勤、羅恭讀為「適」，分別見李學勤，〈由清華簡〈金縢〉看周初史事〉頁 119、羅恭〈清華簡〈金縢〉與周公居東〉，《文史知識》2012 年第 4 期；金正男認為是「辺」之省形，讀為「蹠」，訓為「適」，見其〈出土戰國時代《書》類文獻與傳世《尚書》文字差異研究〉頁 63—64。此暫從金說。
[4] 劉國忠，《走近清華簡》（北京：高等教育出版社，2011），頁 96。
[5] 《《清華大學藏戰國竹簡（壹）》整理研究》頁 84。

釋爲「皆」。《校釋譯論》云：「『斯』，爲承接連詞，意同『乃』（據《釋詞》）。」[1]

今本「于後」與簡本「於後」，率皆下屬爲句。鄭玄云：「于二年後也。」劉淇《助字辨略》云：「于後，猶云其後。」馬楠謂：「『于後』二字當上屬爲句，猶〈洛誥〉成王在宗周，以周公在雒邑爲後。」[2]

「誚」字，《史記》作「訓」。鄭玄訓爲「（責）讓」。《索隱》云：「《尚書》作『誚』。誚，讓也。此作『訓』，字誤耳，義無所通。」[3]錢大昕云：「誚从肖，古書或省从小，轉寫譌爲『川』耳。」[4]劉逢祿云：「莊云：『今文當作信，作訓作誚作譙皆誤也。』」[5]段玉裁云：「《玉篇》：『信，古文作「訆」。』《集韻》：『信，古作「訫」。』《玉篇》之『訆』即《集韻》之『訫』，皆本《說文》『』字。《玉篇》从立心，非从大小字也。……《史記》之『訓』乃『訆』字之誤。蓋今文作『未敢信公』，與古文作『誚公』不同。」[6]皮錫瑞云：「訓、順古通用，成王未敢順公意也。」[7]楊筠如云：「『訓』與『誚』義相近，疑史公以訓故字代之耳。」[8]「誚」，簡本作「逆」。陳劍認爲：「此『王亦未逆公』當理解爲『成王也未主動迎回周公』。」又謂：「簡文文脈清晰，遠勝於今本，『誚』必爲誤字。」[9]李春桃認爲本是「逆」字，形譌爲「逍」，又改成音近之「誚」，其說云：

> 「逆」字古文在三體石經及《汗簡》中作：
>
> 石經 汗簡 9
>
> 此類形體从朔得聲（「朔」旁作上下結構），爲「遡」字，「遡」、「逆」二字基本聲符相同，音近可通，古文借「遡」爲「逆」。古陶文中「逆」字作：
>
> 楊澤生先生指出其寫法與古文相合，其說是，證明古文來源可信。「逆」

---

1 《尚書校釋譯論（第三冊）》頁 1237—1238。
2 〈周秦兩漢書經考〉頁 298。
3 《史記會注考證（肆）》頁 1814。
4 清・錢大昕，陳文和、張連生、曹明升校點，《廿二史考異・史記四》（南京：鳳凰出版社，2008），頁 37。
5 《尚書今古文集解》卷一三，《續修四庫全書（四八）》頁 283 下。
6 《古文尚書撰異》卷一四，《四部要籍注疏叢刊・尚書（中）》頁 1958—1959。
7 《今文尚書考證》頁 298。
8 《尚書覈詁》頁 234。
9 〈清華簡〈金縢〉研讀三題〉頁 151。

字寫成形，右上部本爲「朔」旁，但與「肖」旁寫法極近，容易至
誤，從而寫成「逍」字，按「逍」字本身卻無法疏通原文，故又改成
音近之「誚」。《尚書》文本流傳頗爲複雜，此類改寫是較爲常見的。
至於《史記·魯世家》中的「訓」字，錢大昕謂……錢說甚是。

　　三體石經、《汗簡》等古文源自孔壁竹書，屬齊魯系文字。古文
本《尚書》亦出自孔壁，兩者文字出處相同（上錄陶文亦屬齊系文字）。
所以〈金縢〉中「逆」字早期寫成形是很自然的，只是後來被誤認
作「逍—誚」，並流傳下來，若非清華簡材料出現，其原貌很難被揭
示出來。[1]

按，「斯」字，猶「其」也。[2]簡本可與《逸周書·商誓》「我
乃其來即刑」相參。「于後」殆當從馬說上屬爲句，《戰國策·秦
策》「明日伏誅於後」可參。　今本「誚」字本爲「逆」字之說可
從。《說文·言部》「誚，古文譙从肖。《周書》曰：『亦未敢誚
公。』」段注云：「漢人作譙，壁中作誚，一字也。〈金縢〉文。」
段說應是，故兩漢及《釋文》於此皆無異說，《史記》則以訓故字
代之作「訓」。古文字尚未見有「誚」字，亦可說明今本〈金縢〉
之「誚」必爲訛形。今文作「譙」，所以孔安國讀壁中古文《尚書》
時將「逆」誤認作「誚」字。由清華簡知今文「譙」，亦有誤，當
是伏生誤識自藏的〈金縢〉之「逆」作「誚」，而時無此字，只有
「譙」，伏生口述此字，晁錯等以隸書寫定作「譙」。由上引李文
可知，此字的訛誤只能發生在底本是齊系文字的情況下，那麼這似
乎可以說明伏生所藏竹簡爲齊系文字所書，所以才有伏生之誤。

（十六）秋大熟……邦人大恐

經文：
　　秋大熟，未穫，天大雷電以風，禾盡偃，大木斯拔，邦人
大恐。

---

[1] 李春桃，〈清華簡與《尚書》對讀二題〉，《第二屆簡帛學的理論與實踐學術研
討會論文集》，北京：2016 年 11 月 4 日－6 日，頁 86－87。
[2] 王引之謂此經之「斯」猶「乃」也（《經傳釋詞》頁 169），然簡本「斯」前有
「乃」字，可知其說應非。

簡本作：「是戠（歲）也，穌（秋）大䈞（熟），未**㝅**（穫？）[1]，天疾風㠯（以）䨻（雷），禾斯（斯）晏（偃），大木斯（斯）臧（拔），邦人□□。」〈魯世家〉作：「周公卒後，秋，未穫，暴風雷雨，禾盡偃，大木盡拔，周國大恐。」《尚書大傳》云：「周公死，成王欲葬之於成周，天乃雷雨以風，禾盡偃，大木斯拔，國人大恐。」鄭玄云：「秋，謂周公出二年之後，明年秋也。」孫星衍云：「此『秋大熟』已上有脫簡，不知何年秋也。」[2]王國維云：「『秋』乃武王崩後二年秋也。鄭康成謂爲『周公出二年之後明年秋』，非也。」[3]

按，由簡本「是歲也」可知，「秋」當是「公乃爲詩以貽王」之秋，《史記》、《大傳》之說殆非。段玉裁云：「今文之說最爲荒謬。史官記事，前云『既克商二年』，云『武王既喪』，云『居東二年』，何等分明。豈有爲詩詒王之後，秋大熟之前，間隔若干年，若干大事不書，周公薨而突書其薨後之事。今人讀罷不知其顛末者。」[4]

今本「雷電」，簡本作「雷」，今文家作「雷雨」。惟《論衡·感類》引經作「雷電」。皮錫瑞云：「《論衡》引經，『雷電』字誤，當作『雷雨』，『邦人』字誤，當作『國人』。《後漢書·張奐傳》注引《大傳》亦誤作『電』、作『邦』，皆淺人據古文《尚書》改之也。〈感類篇〉『雷雨』字凡二十餘見，則其前引經當作『雷雨』甚明。」[5]其說殆是，《論衡·順鼓》「周成王之時，天下雷雨，偃禾拔木，爲害大矣」亦作「雷雨」可證。梁玉繩《史記志疑》引王孝廉云：「『暴風雷雨』，古文《尚書》作『雷電以風』，故下文云『天乃雨』。今先雜入『雨』字，與下文不相應。」[6]今本後文「天乃雨」，簡本無。

「斯」字，《史記》皆以訓詁字作「盡」。《校釋譯論》仍解

---

[1] 徐在國據安大簡《詩經·周南·葛覃》「是刈是濩」之「刈」從「禾」從「**㝅**」，認爲此字當分析爲從「攴」、「刈」聲，爲「刈」字繁體，與「穫」爲同義互換。（〈《詩·周南·葛覃》「是刈是濩」解〉，《安徽大學學報（哲學社會科學版）》，第5期（2017），頁85）

[2] 《尚書今古文注疏》頁334。「上」原誤作「下」。

[3] 〈觀堂學書記〉，《古史新證》頁271。

[4] 《古文尚書撰異》卷一四，《四部要籍注疏叢刊·尚書（中）》頁1962上。

[5] 《今文尚書考證》頁300。

[6] 清·梁玉繩，《史記志疑》（北京：中華書局，1981），頁878。

作語詞。[1]「斯」殆應讀爲「澌」。《廣雅·釋詁》「澌，盡也」下王念孫《疏證》云：「《方言》：『澌，盡也。』鄭注〈曲禮〉云：『死之言澌也，精神澌盡也。』《正義》云：『今俗呼盡爲澌，即舊語有存者也。』〈金縢〉『大木斯拔』，《史記·魯世家》作『盡拔』。〈鄉飲酒禮〉：『尊壺于房戶閒，斯禁。』鄭注云：『斯禁，禁切地無足者。』疏云：『斯，澌也。澌，盡之名也。』《文選·西征賦》『若循環之無賜。』李善注引《方言》：『賜，盡也。』《史記·李斯傳》云：『吾願賜志廣欲。』澌、斯、賜並通。〈繫辭傳〉：『故君子之道鮮矣。』《釋文》：『師說云：鮮，盡也。』鮮與斯，亦聲近義同。故《小雅·瓠葉》箋云：『今俗語斯白之字作鮮，齊魯之閒，聲近斯矣。』」[2]馬楠云：「『斯』字，簡本作『兴』、『兴』，與『具』形相似，疑訓盡、皆者皆誤『斯』爲『具』。」[3]非是，以後文簡本「禾斯起」之「斯」，今本亦作「盡」。

（十七）王與大夫盡……我勿敢言

經文：

　　王與大夫盡弁以啟金縢之書，乃得周公所自以爲功代武王之說。二公及王乃問諸史與百執事。對曰：「信。噫！公命我勿敢言。」

　　簡本作：「□□覓（弁），夫=（大夫）繰（端）[4]，吕（以）攺（啓）金紎（縢）之匱。王旻（得）周公之所自吕（以）爲紅吕（以）弋（代）武王之敓（說）。王霝（問）執事人。曰：『訐（信）。殹公命我勿敢言。』」〈魯世家〉作：「成王與大夫朝服，以開金縢之書，王乃得周公所自以爲功[5]代武王之說。二公及王乃問史百執事。史百執事曰：『信有，昔周公命我勿敢言。』」

[1] 《尚書校釋譯論（第三冊）》頁 1241。
[2] 《廣雅疏證》頁 41—42。
[3] 〈周秦兩漢書經考〉頁 300。
[4] 此字陳劍分析爲從「糸」、「裰」聲，即「綴」之繁體，讀爲「端」。見其〈清華簡〈金縢〉研讀三題〉頁 152。
[5] 「功」字，崔適云：「『質』，各本誤作『功』，後人據《古文尚書》改，致上文『乃自以爲質』乖異。」（崔適著，張烈點校，《史記探源》（北京：中華書局，1986），頁 117）

「弁」，鄭玄釋爲「爵弁」，並謂「承天變故降服也」。僞《孔傳》云：「皮弁質服以應天也。」孫星衍云：「『弁』爲『朝服』者，《周禮・司服》云：『視朝皮弁。』〈玉藻〉云：『皮弁以日視朝。』故史公以朝服釋弁也。」[1]

「說」，《集解》引徐廣曰：「一作『簡』。」[2]

今本「噫」字，《釋文》云：「馬本作『懿』，猶億也。」[3]僞《孔傳》訓爲「恨辭」。王鳴盛謂「噫」、「意」、「懿」、「抑」皆同。[4]王念孫亦云：「『噫』、『懿』、『億』並與抑同。『信』爲一句，『噫公命我勿敢言』爲一句，言信有此事，抑公命我勿敢言之也。」[5]段玉裁云：「《大雅・瞻卬》曰：『懿厥哲婦，爲梟爲鴟。』鄭箋：『懿，有所傷痛之聲也。』《釋文》『億』字，當是從口『噫』字之誤。」[6]簡本「殹」字，整理者云：「殹，影母脂部字，但由之得聲的醫在之部，《周禮》注引鄭眾以〈內則〉之『醷』當《天官・酒正》之『醫』。今本作『噫』，影母職部，陰入對轉，孔傳：『恨辭』。」[7]廖名春讀爲「抑」，表示轉折語氣。[8]

按，簡文「弁」與「端」亦皆爲朝服。今本「書」字，《史記》、《論衡・順鼓》亦作「書」，但簡本、《論衡・感類》、〈恢國〉、《後漢書・章帝紀》皆作「匱」，疑莫能定，似以作「匱」是。陳劍謂：「由簡本可知『書』字皆誤。」[9]存參。《史記》別本之「簡」殆由「乃納冊于金縢之匱中」而來。「噫」與「殹」屬下讀爲「抑」稍長。

（十八）王執書以……禮亦宜之

經文：

王執書以泣，曰：「其勿穆卜！昔公勤勞王家，惟予沖人

---

[1] 《尚書今古文注疏》頁 336。
[2] 《史記會注考證（肆）》頁 1820。
[3] 《經典釋文》頁 180。
[4] 《尚書後案》頁 371。
[5] 《經傳釋詞》頁 67─68。
[6] 《古文尚書撰異》卷一四，《四部要籍注疏叢刊・尚書（中）》頁 1959 下。
[7] 《清華大學藏戰國竹簡（壹）》頁 161。
[8] 廖名春，〈清華簡〈金縢〉篇補釋〉，簡帛研究網，2011 年 1 月 4 日。
[9] 〈清華簡〈金縢〉研讀三題〉頁 144。

弗及知。今天動威以彰周公之德，惟朕小子其新逆，我國家禮亦宜之。」

簡本作：「王捕箸（書）呂（以）湮（泣），曰：『昔公董（勤）裘（勞）王豪（家），佳（惟）余晉（沈一冲）人亦弗及（及）智（知）。今皇天達（動）鬼[1]（威）呂（以）章（彰）公惪（德），佳（惟）余晉（沈一冲）人亓（其）親（親）逆公，我邦豪（家）豊（禮）亦宜之。』」〈魯世家〉云：「成王執書以泣，曰：『自今後其無繆卜乎！昔周公勤勞王家，惟予幼人弗及知。今天動威以彰周公之德，惟朕小子其迎，我國家禮亦宜之。』」

簡本「捕」字，有「布」[2]、「搏」[3]、「把」[4]、「撫」[5]、「敷」[6]幾種讀法。

「勤勞王家」，清華簡〈皇門〉「董（勤）勞王邦王豪（家）」[7]及叔尸鐘（《集成》285）「董（勤）裘（勞）其政事」可參。

「新逆」，《釋文》「馬本作『親迎』」[8]。《書古文訓》作「親屰」，即「親逆」。[9]鄭玄《尚書》注云：「新迎，改先時之心，更自新以迎周公於東，與之歸，尊仁之。」而鄭玄於《詩經·豳風·東山》序箋則云：「成王既得金縢之書，親迎周公。」偽《孔傳》云：「成王改過自新，遣使者逆之。」是本鄭玄前說。現由簡文可知馬本是。

「國」字，簡本作「邦」，殆是今文以避諱而改寫爲「國」。

1　此字原釋「畏」，見劉洪濤，〈清華簡補釋四則〉，《考古與文物》，第 1 期（2013）。
2　《清華大學藏戰國竹簡（壹）》頁 161。
3　復旦讀書會，〈清華簡〈金縢〉研讀札記〉，復旦網，2011 年 1 月 5 日；陳民鎮、胡凱，〈清華簡〈金縢〉集釋〉，復旦網，2011 年 9 月 20 日。
4　單育辰，〈佔畢隨錄之十三〉，復旦網，2011 年 1 月 8 日。
5　宋華強，〈清華簡〈金縢〉校讀〉，簡帛網，2011 年 1 月 8 日；黃人二、趙思木，〈讀《清華大學藏戰國竹簡（壹）》書後（二）〉，簡帛網，2011 年 1 月 8 日。
6　蕭旭，〈清華竹簡〈金縢〉校補〉，復旦網，2011 年 1 月 8 日。
7　《清華大學藏戰國竹簡（壹）》頁 164。
8　《經典釋文》頁 180。
9　《尚書文字合編（2）》頁 1651。

（十九）王出郊……歲則大熟

經文：

> 王出郊，天乃雨，反風，禾則盡起。二公命邦人凡大木所偃，盡起而築之。歲則大熟。

簡本作：「王乃出逆公，至鄗（郊）。是夕，天反風，禾昇（斯）记（起），凸（凡）大木斋=（之所）臧（拔），二公命邦人妻（盡）遝（復）𥬞（築）之。散（歲）大又（有）年，穌（秋）則大穆（穫？）。」〈魯世家〉云：「王出郊，天乃雨，反風，禾盡起。二公命國人，凡大木所偃，盡起而筑之。歲則大執。於是成王乃命魯得郊祭文王。魯有天子禮樂者，以襃周公之德也。」

「王出郊」，皮錫瑞云：「今文說『王出郊』爲郊祭，因郊祭止天變，遂賜魯郊。《洪範五行傳》、《白虎通》、《公羊解詁》其說皆同。《後漢書・和帝紀》詔曰：『成王出郊而反風。』注云：『王乃出郊祭天，事見《尚書》。』是其明證。惟《論衡・感類篇》云：『開匱得書，見公之功，覺悟泣過，決以天子禮葬之。出郊觀變，天止雨，反風，禾盡起。』王仲任以『出郊』爲觀變，不以爲郊祭，三家異說不同。」[1]僞《孔傳》云：「郊以玉幣謝天也，天即反風起禾，明郊之是也。」林之奇云：「郊勞而親逆之，故曰『王出郊』。」[2]

今本「天乃雨」，王引之謂今文當作「天乃霽」。[3]

「築」字，〈感類〉云：「成王不以天子禮葬周公，天爲雷風，偃禾拔木。成王覺悟，執書泣過，天乃反風，偃禾復起。何不爲疾反風以立大木，必須國人起築之乎？應曰：天不能。」是其解「築之」爲「築大木」。馬融云：「禾爲木所偃者，起其木，拾其下禾，乃無所失亡也。」《釋文》云：「築音竹，本亦作筑，謂築其根。馬云：『築，拾也。』」[4]僞《孔傳》云：「木有所偃，起而立之，築有其根。」

---

[1] 《今文尚書考證》頁 303。
[2] 《尚書全解》，《景印文淵閣四庫全書（第五五冊）》頁 514 下。
[3] 《經義述聞（一）》頁 202。
[4] 《經典釋文》頁 190。

按，今由簡文可知，「王出郊」乃成王出迎周公而至於郊。「天乃雨」，簡本無，殆當作「霽」。由簡文「偃」字作「拔」，可知「築」釋爲「拾」非是，《儀禮‧既夕記》鄭注：「築，實土其中，堅之。」何有祖、金正男均認爲今本「大熟」爲「大獲」之誤寫。[1]似非，應如宋華強所云：「今本『歲則大熟』對應的是簡本『歲大有年』，并無問題，今本文字和簡本固不必同也。」[2]

三 大誥

（一）洪惟我幼沖人

經文：
洪惟我幼沖人，嗣無疆大歷服。

「洪惟」，亦見於〈多方〉，作「洪惟圖天之命」。「洪」字，《經傳釋詞》以爲是「發聲」。[3]于省吾云：「凡《尚書》『洪』字，金文皆作『弘』。毛公鼎『弘唯乃智』『弘其唯王智』二『弘』字用法與此『洪』字用法同，皆語詞。」[4]姜昆武云：「洪應讀爲恭，洪惟即爲後世之恭惟。」[5]

于豪亮將金文中舊釋爲「弘」之字改釋爲「引」。[6]裘錫圭據此將其讀爲「矤」，並謂：「〈大誥〉和〈多方〉的『洪惟』恐怕也就可以推定爲『引（矤）惟』之誤了。蓋『引』先訛爲『弘』，又改作『洪』。」[7]

---

[1] 何有祖，〈清華大學藏簡〈金縢〉補釋一則〉，簡帛網，2011 年 1 月 5 日；〈出土戰國時代《書》類文獻與傳世《尚書》文字差異研究〉頁 79。

[2] 宋華強，〈清華簡〈金縢〉校讀〉，簡帛網，2011 年 1 月 8 日。按，宋文於「歲大有年」之「歲」後誤衍「則」字。

[3] 《經傳釋詞》頁 75。

[4] 《雙劍誃群經新證》頁 80 上。

[5] 《詩書成詞考釋》頁 333。

[6] 于豪亮，〈說「引」字〉，《于豪亮學術文存》（北京：中華書局，1985），頁 74—76。趙誠有不同意見，見其〈兩周金文中的「弘」和「引」〉，《古文字研究》第三十輯（北京：中華書局，2014），頁 111—118。

[7] 裘錫圭，〈說金文「引」字的虛詞用法〉，《裘錫圭學術文集‧金文及其他古文字卷》（上海：復旦大學出版社，2005），頁 48—49。原載《古漢語研究》，1期（1988）。

　　按，裴說可從。〈莽誥〉改述此經作「洪惟我幼沖孺子」，亦作「洪惟」，今古文殆俱已誤作「洪」，應是先秦字形相類時傳抄致訛。

　　又「洪惟」一詞還見於偽古文〈泰誓〉「獨夫受，洪惟作威，乃汝世讎」句。錢大昕曾疑此句「世讎」一詞，謂武王世爲殷臣，當無「世讎」之言，此古文《尚書》所以可疑。[1]同樣，此句「洪惟」當是襲自已訛之〈大誥〉和〈多方〉，亦當是偽跡。

（二）予不敢閉于天降威

　　經文：

　　　　敷賁，敷前人受命，茲不忘大功，予不敢閉于天降威。用寧王遺我大寶龜，紹天明。

　　「予不敢閉于天降威用寧王遺我大寶龜」，〈莽誥〉作「予豈敢自比於前人乎！天降威明，用寧帝室，遺我居攝寶龜。」段玉裁云：「莽曰『予豈敢自比於前人乎』，此即經之『茲不忘大功，予不敢閉也』。又曰『天降威明，用寧帝室，遺我居攝寶龜』，此即經之『天降威用寧王遺我大寶龜』也。其字句解說，今文家與古文家絕異。『閉』字，疑今文《尚書》作『比』。」又云：「『于』字，今文《尚書》既必無之矣。而孔《傳》云『閉絕天所下威用』，《正義》云『我不敢絕天之所下威用』，皆不言『於』，則疑古文《尚書》亦本無『于』字，淺人增之也。」[2]方孝岳亦云：「若依莽讀，『于』應爲衍文。」[3]此處異讀頗多，分述於下：

　　偽《孔傳》將此句讀作「予不敢閉于天降威用。文王遺我大寶龜」。蔡沈、王鳴盛、朱駿聲、屈萬里、臧克和等均從此讀。[4]

　　浦鏜於「予不敢閉于天降威用」下云：「王氏安石以『用』字

---

[1]　《潛研堂文集》頁 62。
[2]　《古文尚書撰異》卷一五，《四部要籍注疏叢刊・尚書（中）》頁 1964。
[3]　方孝岳，《尚書今語》（北京：古籍出版社，1958），頁 119。
[4]　《書經集傳》卷四，《景印文淵閣四庫全書（第五八冊）》頁 84 下；《尚書後案》376；《尚書古注便讀》卷四上，《尚書類聚初集（三）》頁 296 下；《尚書集釋》頁 135—136；《尚書文字校詁》頁 283。

屬下句,朱子取之。」[1]江聲亦讀作「予不敢閉于天降威。用寧王遺我大寶龜」。[2]朱彬、孫詒讓、吳汝綸、楊筠如、曾運乾、周秉鈞、陳夢家、金兆梓、黃懷信、李民、王健等均從此讀。[3]

洪頤煊據〈莽誥〉謂:「『閉』當作『毖』,『于』當作『乎』。」[4]

孫星衍讀作「予不敢閉。于天降威用,寧王遺我大寶龜」。[5]

王先謙讀作「予不敢閉。于天降威用寧王,遺我大寶龜」。[6]

俞樾疑「此于字本在閉字之上」,而將此句讀為「予不敢于閉。天降威,用文王遺我大寶龜」。[7]《校釋譯論》從其說。[8]

皮錫瑞讀作「予不敢閉于。天降威,用寧王遺我大寶龜」。[9]馬楠從其說。[10]

按,清華簡(壹)〈祭公之顧命〉2號簡云:「 余畏天之叀(作)畏(威)。」[11]清華簡(伍)〈湯處於湯丘〉11號簡云:「女(如)狄(肆)余閗(聞)於天畏(威),朕隹(惟)逆訓(順)是叀(圖)。」[12]參照簡文可知,應以江聲斷讀作「予不敢閉于天降威。用寧王遺我大寶龜」為是。

(三) 用寧王遺我大寶龜

本篇「寧王」「寧人」「寧考」「寧武」「前寧人」之「寧」,

---

[1] 清·浦鏜,《十三經注疏正字》卷七,《景印文淵閣四庫全書(第一九二冊)》(臺北:臺灣商務印書館,1986),頁 78 下。按,此書《四庫全書總目提要》謂是沈廷芳所撰,非是。(參胡玉縉撰,王欣夫補,《四庫全書總目提要補正》(上海:上海書店出版社,1998)

[2] 《尚書集注音疏》卷六,《四部要籍注疏叢刊·尚書(中)》頁 1619 上。

[3] 清·朱彬,《經傳攷證》,《四庫未收書輯刊·肆輯(玖冊)》(北京:北京出版社,2000),頁 465 下;《尚書駢枝》頁 126;《尚書故》頁 163—164;《尚書覈詁》頁 240;《尚書正讀》頁 149;《尚書易解》頁 149;《尚書通論》頁 211—212;《尚書詮譯》頁 156;《尚書注訓》頁 245;《尚書譯注》頁 243。

[4] 《讀書叢錄》卷一,《續修四庫全書(一一五七)》頁 563—564。

[5] 《尚書今古文注疏》頁 344。

[6] 《尚書孔傳參正(下)》頁 625—626。

[7] 《群經平議》卷五,《續修四庫全書(一七八)》頁 75 上。

[8] 《尚書校釋譯論(第三冊)》頁 1266。

[9] 《今文尚書考證》頁 279—280。

[10] 〈周秦兩漢書經考〉頁 304。

[11] 《清華大學藏戰國竹簡(壹)》頁 174。

[12] 《清華大學藏戰國竹簡(伍)》頁 66。

以及〈君奭〉「寧王」之「寧」字，並當是「文」字之訛誤。此點由王懿榮最早指出[1]，其後吳大澂、方濬益、孫詒讓等幾位學者亦根據金文相繼指出「寍（寧）」爲「文」字之形訛。

關於《尚書》「文」字訛誤爲「寧」字之年代。吳大澂《字說・「文」字說》云：「《書・文侯之命》『追孝于於前文人』，《詩・江漢》『告于文人』，《毛傳》云：『文人，文德之人也。』濰縣陳壽卿編修介祺所藏兮仲鐘云：『其用追孝于皇考己伯，用侃嘉前文人。』《積古齋鐘鼎彝器款識・追敦》云『用追孝于前文人』。知『前文人』三字爲周時習見語。乃〈大誥〉誤『文』爲『寍』，曰『予曷其不于前寍人圖功攸終』，曰『予曷其不于前寍人攸受休畢』，曰『天亦惟休于前寍人』，曰『率寍人有指疆土』。『前寍人』實『前文人』之誤。蓋因古文『文』字有從『心』者，或作 ，或作 ，或又作 、。壁中古文〈大誥〉篇，其『文』字必與『寍』字相似，漢儒遂誤釋爲『寍』。其實〈大誥〉乃武王伐殷，大誥天下之文。『寍王』即『文王』，『寍考』即『文考』，『民獻有十夫』即武王之亂臣十人也。『寍王遺我大寶龜』鄭注：『受命曰寍王。』此不得其解而強爲之說也。既以『寍考』爲武王，遂以〈大誥〉爲成王之誥。不見古器，不識真古文，安知『寍』字爲『文』之誤哉？」[2]

屈萬里則認爲在秦以前（約戰國晚年）「文」就已被誤認爲「寧」字，其云：「吳清卿作《字說》的時候，三體石經的《尚書・君奭》殘石，還沒有出土。我們現在再從三體石經殘字來看，〈君奭〉篇『我廸惟寧王德□』句，寧字古文作 ，篆文和隸書都作寧（按：此寧字應作文）。又，同篇『□□□□寧于上師命』[3]句的寧字也作 （按：此處應是寧字）。可是同篇中的『文』字以及春秋殘石中

---

1 參〈談談清末學者利用金文校勘《尚書》的一個重要發現〉頁 413；程元敏，〈《尚書》寧王寧武寧考前寧人寧人前文人解之衍成及其史的觀察（上）—併考周文武受命稱王〉，《中國文哲集刊》，創刊號（1991・3），頁 265—285；李宗焜，〈甲骨文的發現與寧文之辨發覆—以王懿榮與陳介祺往來函札爲例〉，《古今論衡》第 18 期（臺北：中央研究院歷史語言研究所，2008・10），頁 40—41。

2 吳大澂對『文』誤爲『寧』的時代，前後有兩說。程元敏云：「吳氏前作〈說文古籀補敘〉，謂戰國時《書・大誥》等篇『文』已誤亂爲『寍』，約三年後，作〈文字說〉、〈兮仲鐘釋文〉、〈說毛公鼎〉，改說爲漢儒所誤釋，此其晚年定論。」（〈《尚書》寧王寧武寧考前寧人寧人前文人解之衍成及其史的觀察（上）—併考周文武受命稱王〉頁 269）

3 「師」當作「帝」。

的『文』字，它們的古文都作ল 。三體石經是據孔壁古文傳刻的，孔壁古文乃是先秦人所寫。和金文的『文』字比對著看，१也確是『文』字。然而『寧於上帝命』[1]的寧字，三體石經既作१，可見在秦以前（約戰國晚年）就把『文』字誤認成『寧』字了。」[2]

裘錫圭認爲《尚書》「文」「寧」訛誤的年代應不晚於春秋，其謂：「據吳大澂、王國維等人研究，所謂古文經實際上是戰國時代東方國家的經書抄本，所謂『古文』是戰國時代東方國家的文字。但是，在我們所看到的古文字資料中，『文』字寫成從『心』，却沒有晚於西周、春秋之間的例子。所以漢儒所見古文經書裏不大可能有這樣的『文』字。從『心』從『文』顯然是先訛作『态』，再變作『寧』的（參看上引孫詒讓《名原》敍言文）。我們認爲《尚書》中部分『文』字訛作『态』的時代，不會晚於春秋。春秋金文如國差𦉜的『态』字（見《金文編》1985年版514頁），跟從『心』的『文』字很相似。當時人已經不用這樣的『文』字（按照孫詒讓的意見，應該說已經不再假借『态』字爲『文』），很容易把它們誤認爲『态』。『态』、『寧』古通，所以後來又被改成了『寧』。《尚書》中沒有錯成『寧』的大量『文』字，大概原來就沒有寫成從『心』，或者起先寫成從『心』，但在較早的時候就成了不從『心』的『文』。」[3]

按，裘氏所說是，日藏內野本《尚書·君奭》「寧王」之「寧」字即作「态」，但是「文」「寧」訛誤之年代未必即不晚於春秋。

今傳本今文《尚書》，最初是據魏石經古文、《說文》古文及兩漢古文經說改造爲隸定古文，又經轉寫爲楷書而成的，其文字所體現的是一種今古文雜糅的狀態，除了明確有古文用字記述的地方，別的則多據今文本改爲對應隸定古文，其本質並不是壁中古文的原貌，且文字改易、傳抄又添訛謬。

《禮記·緇衣》引〈君奭〉文「周田觀文王之德」，鄭玄注：「古文『周田觀文王之德』爲『割申勸寧王之德』。今博士讀爲『厥亂勸寧王之德』。三者皆異，古文似近之。」由鄭注可知漢今古文皆將「文王」之文訛爲「寧」，三體石經〈君奭〉「我迪惟寧王德

---

[1] 「於」當作「于」。
[2] 屈萬里，〈文字形義的演變與古籍考訂的關係〉，《屈萬里先生文存（第二冊）》（臺北：聯經出版事業公司，1985），頁376─377；《尚書集釋》頁137。
[3] 〈談談清末學者利用金文校勘《尚書》的一個重要發現〉頁415─416。

□」之「寧」字古文作「𡨴」，據石經字例可知此亦是「寧」，亦可證壁中古文本即已將部分「文」訛爲「寧」。兩漢經師及《經典釋文》按例皆載經今古文用字之別，而今本《尚書》「寧」字訛處尚未見異說，這似乎可以說明壁中古文本〈大誥〉〈君奭〉與伏生所傳出於一脈。

王國維曾指出：「魏石經及《說文解字》所出之壁中書亦當爲當時齊魯間書。」[1]馮勝君將《說文》古文、三體石經古文與戰國文字進行比對、分析，亦得出：「《說文》古文、三體石經古文具有較明顯的齊系文字特徵這一結論。」[2]張富海認爲：「古文的主體就是齊系文字中的魯文字。」[3]張振謙亦將其定爲「魯邾滕文字」。[4]壁中古文《尚書》在藏於壁中之前就已經將部分「文」訛作「寧」。《經典釋文·序錄》載：「及秦禁學，孔子之末孫惠壁藏之。」注云：

> 《家語》云：「孔騰字子襄，畏秦法峻急，藏《尚書》、《孝經》、《論語》於父子舊堂壁中。」《漢記·尹敏傳》以爲孔鮒。[5]

而至於孔壁中書入藏的年代，張富海之說可參：

> 我們推測，孔壁中書是在楚滅魯以後抄寫的，魯國的抄手仍用魯國文字抄寫，但因爲受了些楚文字的影響，其中夾雜有少量楚字的寫法。這比較好的解釋了上面所揭示的古文的主體是齊系文字而又不能排除有楚文字成分這一現象，大概能算是一種比較合理的推測。[6]

《說文》古文及石經古文等所錄主要是來源於壁中書，但其字形面貌非常混雜，有的爲秦文字，有些字形則偏古[7]，與西周銅器銘文相合，這說明這批入藏壁中的竹書抄寫時保留了一些不同地域和

---

[1] 王國維，〈桐鄉徐氏印譜序〉，《觀堂集林（第一冊）》（北京：中華書局，1959），頁 299。

[2] 馮勝君，《郭店簡與上博簡對比研究》（北京：綫裝書局，2007）。

[3] 《漢人所謂古文之研究》頁 326。

[4] 張振謙，〈齊系文字研究〉，安徽大學博士學位論文（指導教師：黃德寬教授），2008 年 5 月，頁 215。

[5] 唐·陸德明撰，吳承仕疏證，《經典釋文序錄疏證（附經籍舊音二種）》（北京：中華書局，2008），頁 50。

[6] 《漢人所謂古文之研究》頁 326。

[7] 《漢人所謂古文之研究》頁 328—329。

時期的字形。如《汗簡》載古《尚書》「文」字作「[image]」[1]，《古文四聲韻》卷一所載類同，黃錫全謂其是西周金文从心之「文」的訛變[2]，學者多從此說，可以信從。也就是說壁中古文本《尚書》此字存西周舊體。這些古體，當是周室衰微，孔子搜集、編次《尚書》[3]之時所殘存的。這種从心之「文」在孔子後學的傳承中部分被誤爲相近之「寧」字，部分仍承舊體（如上舉《汗簡》所載古《尚書》「文」字），還有些則被改爲戰國時期寫法的「文」。

另外，今本〈緇衣〉及郭店簡、上博簡〈緇衣〉所引〈君奭〉「觀文王之德」之「文」字不誤，而〈緇衣〉的作者爲孔子之孫子思，子思所見之《尚書》必源於孔子[4]，說明孔子所傳《尚書》之「文」字尚未訛誤成「寧」。這說明這種訛誤的產生當在子思之後。郭永秉謂「今所見出土戰國簡冊《書》類文獻及儒籍引《書》中，以及其他提及「文王」的地方（例如〈孔子詩論〉），並沒有發現類似的「文」訛「寧」之例」，其中與孔門直接有關係的篇籍「文」字不誤，這與文字訛誤的發生先後有關係；而與孔門並無直接聯繫的篇籍，像清華簡之類，應與流傳系統有關[5]，正如裘錫圭所說：「今傳《尚書》、《詩經》屬於儒家系統，清華簡的《詩》、《書》則屬於非儒家的流傳系統。」[6]

另外，雖然吳大澂等學者早已揭示出《尚書》「寧王」等之「寧」爲「文」字之形訛，但仍有一些學者認爲「寧」字不誤[7]，不可從。

---

[1] 宋·郭忠恕、夏竦編，李零、劉新光整理，《汗簡 古文四聲韻》（北京：中華書局，2010），頁28。

[2] 黃錫全，《汗簡注釋》（武漢：武漢大學出版社，1990），頁337。

[3] 參《史記·孔子世家》。

[4] 參劉光勝，〈清華簡與先秦《書》經傳流〉，《史學集刊》，第1期（2012·1），頁83。

[5] 參李學勤，〈清華簡九篇綜述〉，《文物》，第5期（2010）。

[6] 裘錫圭，〈出土文獻與古典學重建〉，《出土文獻》第四輯（上海：中西書局，2013），頁14。

[7] 《尚書大義》卷一；《太炎先生尚書說》頁164—165；《高本漢書經注釋》頁566—567；黃奇逸謂是「音近而假借」。（《歷史的荒原：古文化的哲學結構（增訂本）》（成都：巴蜀書社，2008），頁832。

（四）以于敉寧武圖功

經文：
今蠢，今翼日，民獻有十夫，予翼以于敉寧武圖功。

〈莽誥〉作：「粵其聞日，宗室之儁有四百人，民獻儀九萬夫，予敬以終於此謀繼嗣圖功。」是知「予翼以于敉寧武圖功」對應「予敬以終於此謀繼嗣圖功」，孫星衍云：「翼爲敬，武爲繼，……皆〈釋詁〉文。」[1]章太炎云：「莽大誥耑一敉字易爲終。」[2]馬楠云：「『以』下有『終』字，莽解『于敉』爲『敉於』，敉讀彌，訓終。」[3]

「敉」字，《尚書》凡四見，除見於此外，還見於：
〈大誥〉：肆予曷敢不越卬敉文王大命。
〈洛誥〉：四方迪亂，未定于宗禮，亦未克敉公功。
〈立政〉：亦越武王，率惟敉功，不敢替厥義德。
《爾雅‧釋言》：「敉，撫也。」《說文‧攴部》：「敉，撫也。从攴米聲。《周書》曰：『亦未克敉公功。』讀若弭。㑆，敉或从人。」「以于敉寧、武圖功」之「敉」，僞《孔傳》、蔡沈、孫星衍、陳夢家、金兆梓、《校釋譯論》等均從《爾雅》、《說文》訓爲「撫」。[4]黃式三云：「敉、彌通，終也。」[5]同於〈莽誥〉。章太炎、王國維、周秉鈞、屈萬里等均從此說。[6]

陳侯因𬤇𬤇敦（《集成》4649）銘云：「𩛊（紹）練（緟）高且（祖）黃啻（帝），𥁕（嗣）趄（桓）文。」其中「𥁕」亦見於清華簡〈繫年〉14 號簡，作「𦬺」。馬楠謂其「當即《說文》敉字或體『㑆』所本。陳侯因𬤇敦𩛊（紹）、練（緟）、屍、𥁕（嗣）四字義略同，故容庚《善齋彝器圖錄》云義當如『繼』，不得訓撫。

---

[1] 《尚書今古文注疏》頁 346。
[2] 《太炎先生尚書說》頁 120。
[3] 《周秦兩漢書經考》頁 305。
[4] 《書經集傳》卷四，《景印文淵閣四庫全書（第五八冊）》頁 85 上；《尚書今古文注疏》頁 346；《尚書通論》頁 214；《尚書詮譯》頁 167；《尚書校釋譯論（第三冊）》頁 1270。
[5] 《尚書啟幪》卷三，《續修四庫全書（四八）》頁 751 下。
[6] 《太炎先生尚書說》頁 120；〈觀堂學書記〉頁 272；《尚書易解》頁 150；《尚書集釋》頁 138。

而█、█當爲█（叔夷鐘『█擇吉金』之『█』字左旁，《集成》285）之省形，如李家浩所說係『沙省聲』，從█之字金文中用作『彤沙』之『沙』，『選擇』之『選』，陳侯因資敦、〈繫年〉█、█字則當讀爲『纂』，訓爲『繼』。下『敉寧王大命』、〈洛誥〉『亦未克敉公功』同。」[1]李春桃云：「蓋『尸』訛作『伋』形後，時人不明來源，故改寫成从米之『敉』。」[2]

是以，《尚書》中四處「敉」字本皆當作「█」，應讀爲「纂」，訓作「繼」。

（五）予曷敢不于前文人攸受休畢

經文：

王曰：「爾惟舊人，爾丕克遠省，爾知文王若勤哉。天閟毖我成功所，予不敢不極卒文王圖事。肆予大化誘我友邦君。天棐忱辭，其考我民，予曷其不于前文人圖功攸終？天亦惟用勤毖我民，若有疾，予曷敢不于前文人攸受休畢？」

「予曷敢不于前文人攸受休畢」之「畢」字，〈莽誥〉作「輔」，段玉裁謂：「『弼』與『畢』音近，今文《尚書》蓋作『攸受休弼』，故與『弼我丕丕基』其同以『輔』字代之也。」[3]「畢」字，僞《孔傳》訓爲「終」。後之學者多從此說。

此經及〈康誥〉「若有疾，惟民其畢棄咎」之「畢」，孫詒讓釋作「攘除疾病」[4]，楊樹達則讀作《說文》訓爲「除惡祭」之「祓」[5]。李民、王健、《校釋譯論》等均從孫說[6]，馬楠從孫、楊之說[7]。

于省吾云：「『畢』乃『異』之訛。𦥑伯簋『異』作█，倗仲簋『畢』作█，二字形似。休異，謂殊異之休也。言予曷敢不于前文人用受殊異之休乎？█卣：『█弗敢謹王休異』，謹即忘，

---

[1] 〈周秦兩漢書經考〉頁 305—306。

[2] 〈說《尚書》中的「敉」及相關諸字〉頁 678。

[3] 《古文尚書撰異》卷一五，《四部要籍注疏叢刊‧尚書（中）》頁 1968 下。

[4] 《尚書駢枝》頁 129。

[5] 《積微居讀書記》頁 24。

[6] 《尚書譯注》頁 248；《校釋譯論（第三冊）》頁 1276。

[7] 〈周秦兩漢書經考〉頁 309。

言盠弗敢忘王殊異之休也。……今以金文「休異」爲證，無可移易，且盠卣爲周初器，皆同時之語例也。」[1]馮勝君繼而從裘錫圭之說解「休」爲「蔭庇」或「庇佑」，並讀「異」爲「翼」。[2]

清華簡（貳）〈繫年〉簡 105「秦異公」之「異」，整理者釋爲「異」，蘇建洲改釋爲「畢」，以爲是形近所致。[3]魏宜輝據之認爲：「『異』訛變作『畢』的時代，並非于說西周時期，而應是戰國時代。」[4]

按，于、馮、魏三人之說較長。又〈莽誥〉所本之《尚書》殆亦作「異（翼）」，而訓爲「輔」，並非作「弼」。

（六）厥考翼其肯曰

經文：

　　若考作室，既底法，厥子乃弗肯堂，矧肯構？厥父菑，厥子乃弗肯播，矧肯穫？厥考翼其肯曰：「予有後，弗棄基？」

「翼」字，鄭玄訓作「敬」。僞《孔傳》及後之學者多從此說。
王引之疑「『翼』字因上文『越予小子考翼』而衍」。[5]屈萬里、朱廷獻等從其說。[6]

孫詒讓訓「考翼」爲「父兄」。[7]章太炎譯「考翼」爲「老頭子」。[8]楊筠如認爲「（翼）當讀爲『抑』，古抑、噫、翼、億並通，故『翼』得爲『抑』也。其肯，猶豈肯也」。[9]周秉鈞云：「翼，當讀爲意，猶或也。」[10]李民、王健從之。[11]于省吾認爲「考」通「孝」，

[1] 《雙劍誃群經新證》頁 81—82。
[2] 《二十世紀古文獻新證研究》頁 73。
[3] 蘇建洲：〈關於〈繫年〉第四章的「秦異公」〉，復旦網，2011 年 12 月 4 日。
[4] 魏宜輝，〈利用戰國文字校讀《尚書》二題〉，《古漢語研究》，01 期（2016），頁 60。
[5] 《經義述聞（一）》頁 207。
[6] 《尚書集釋》頁 142；朱廷獻，《尚書研究》（臺北：臺灣商務印書館，1987），頁 522。
[7] 《尚書駢枝》頁 130。
[8] 《太炎先生尚書說》頁 123。
[9] 《尚書覈詁》頁 248。
[10] 《尚書易解》頁 154。
[11] 《尚書譯注》頁 249。

「翼」本應作「習」，訛作「翌」，衛包改作「翼」，「考翼」本應爲「孝友」。[1]《校釋譯論》謂：「『翼』，通『繄』，無意義的語詞。『其』，和『寧』的意思相近，即現代語『哪裡會』。」[2]黃懷信認爲「翼」同「冀」，訓爲「望」。[3]

　　裴錫圭認爲「翼」從「異」得聲，古通，「翼其」即卜辭中的「異其」；「異~翼」表示可能，「翼其肯曰」可以譯爲「難道會肯說」（「難道」表示反詰語氣）。另外，他還認爲「予翼以于敉寧武圖功」之「翼」也應讀爲「異」，可以譯爲「將要」。[4]

　　裴說結合卜辭，通過辭例比勘而求其義，頗爲可信。

（七）爽邦由哲

經文：

　　爾庶邦君越爾御事，爽邦由哲，亦惟十人迪知上帝命。

　　僞《孔傳》云：「言其故有明國事用智道十人蹈知天命，謂人獻十夫來佐周。」「爽邦由哲」，《漢書·翟方進傳》載〈莽誥〉對應之句作「其勉助國道明」[5]，章太炎將「爽」讀爲「曪」，並云：「曪邦由哲，謂往時國家任用智士也。」[6]楊筠如謂「由哲」或作「迪哲」（《尚書·無逸》），意爲「昌明」，「爽邦由哲」意即明爽其邦使昌明也。[7]曾運乾云：「爽，猶尚也，聲之轉。比較詞，用於句首，與矧對用。」[8]《校釋譯論》從其說。[9]于省吾謂爽「蓋語詞也」[10]。金兆梓云：「『爽邦』，亡國也。『由』，同『繇』，〈釋

---

[1] 《雙劍誃群經新證》頁 80。
[2] 《尚書校釋譯論（第三冊）》頁 1277。
[3] 《尚書注訓》頁 249。
[4] 裴錫圭，〈卜辭「異」字和詩、書裏的「式」字〉，《裴錫圭學術文集·甲骨文卷》（上海：復旦大學出版社，2012），頁 212—229。原載《中國語言學報》第 1 期（北京：商務印書館，1983）。
[5] 《尚書今古文注疏》頁 351—352。
[6] 《太炎先生尚書說》頁 124。
[7] 《尚書覈詁》頁 250。
[8] 《尚書正讀》頁 155。
[9] 《尚書校釋譯論（第三冊）》頁 1279。
[10] 《雙劍誃群經新證》頁 8。

詁〉：『於也。』」[1]李平心將「爽」讀爲「昌」，謂「爽邦由哲」意即興盛邦國必須仰賴忠良。[2]

蔡偉據于省吾〈釋爽〉「爽」「相」相通的書證[3]，又補充「霜路」，睡虎地秦簡〈日書〉甲簡54背叁作「爽路」等例子而將「爽邦」讀爲「相邦」。[4]又謂：「再來看文義，上博四有〈相邦之道〉，又傳世文獻的『相國』，出土文獻皆作『相邦』，如相邦呂不韋戈。『爽（相）邦』就是輔相、佐助國家的意思。《尚書·立政》有『用勱相我国家』語（『国家』，《說文》引作『邦家』），〈大誥〉之『爽（相）邦』與〈立政〉之『用勱相我国家』義亦相近。」[5]並將「爽邦由哲」譯爲：「輔助國家要用明智之人。」[6]

按，蔡說可從。十四年上郡守匽氏戈、王五年上郡疾戈（《集成》11296）之「工𤮷」，吳鎮烽以爲即「工瓶」。[7]其說如若可信，亦可爲「爽」「相」聲通之證。另，「爽邦由哲」句式與清華簡（伍）〈殷高宗問於三壽〉簡17「惠民由王」[8]同。又可參清華簡（陸）〈子產〉簡23「子產既由善用聖」。[9]

（八）爾時罔敢易法

經文：
越天棐忱，爾時罔敢易法，矧今天降戾于周邦？

〈莽誥〉作：「粵天輔誠，爾不得易定，況今天降定于漢國？」

---

[1] 《尚書詮譯》頁182。
[2] 李平心，〈從《尚書》研究論到〈大誥〉校釋〉，《李平心史論集》（北京：人民出版社，1983），頁51。
[3] 于省吾，〈釋爽〉，《甲骨文字釋林》（北京：中華書局，1979），頁46。
[4] 〈誤字、衍文與用字習慣——出土簡帛古書與傳世古書校勘的幾個專題研究〉頁116。
[5] 〈誤字、衍文與用字習慣——出土簡帛古書與傳世古書校勘的幾個專題研究〉頁116。
[6] 〈誤字、衍文與用字習慣——出土簡帛古書與傳世古書校勘的幾個專題研究〉頁117。
[7] 吳鎮烽，〈新見十四年上郡守匽氏戈考〉，《秦始皇帝陵博物院院刊》總2輯（西安：三秦出版社，2012·7）。
[8] 《清華大學藏戰國竹簡（伍）》頁151。
[9] 清華大學出土文獻研究與保護中心編，李學勤主編，《清華大學藏戰國竹簡（陸）》（上海：中西書局，2016），頁138。

經文「法」字，〈莽誥〉作「定」。

對於此處異文，江聲云：「故書『定』作『侴』，『侴』乃古『法』字，變古者遂改作『法』矣。此誤矣，當作『定』。」[1]吳汝綸、王先謙、皮錫瑞、《校釋譯論》、金兆梓、馬楠等從此說。[2]

段玉裁云：「『法』古文作『侴』，與『定』形相侣。」[3]王念孫亦云：「不言『易天之定命』而言『易定』，則文義不明。余謂『定』當爲『侴』，《說文》『侴』，古文『法』字，形與『定』相似而誤。〈大誥〉作『爾時罔敢易法』，是其證。」[4]孫星衍、楊筠如、程元敏等從此說。[5]

李春桃贊同後說，並從三個方面加以論證，其說如下：

> 首先，從用字習慣上講，古文記錄的是戰國文字，反映的也是戰國時期用字習慣。也就是說，戰國時人們把法字寫成「侴」形。而漢代「法」字不寫成「侴」，依漢代的書寫習慣，「法」字寫成「灋」或「法」。由此不難推斷，如果〈大誥〉篇原來是「定」字，到漢代時，與當時的「法」或「灋」形體都不相近，不會出現訛誤可能。相反，如果〈大誥〉篇原來寫作「侴」（法），到漢代時人們不熟悉其形體才會誤認爲是「定」字。這是因爲經歷了秦朝「書同文字」，很多戰國文字都已消亡，「法」字寫成「侴」對漢代人來說是極其陌生的，所以才會誤認。出土文獻中存在類似情況，馬王堆帛書中所謂的〈篆書陰陽五行〉（後改稱〈式法〉）裏有「侴」字，在帛書中讀成「廢」，此件帛書中「廢」這個詞常見，多數都用「發」字來表示，僅此一例用「侴」，比較特別。整理者已經指出，〈篆書陰陽五行〉中的字體在篆隸之間，兼有大量的戰國時期楚文字特徵，帛書中「侴」字應是戰國文字的一個孑遺。需要注意的是，與「侴」對應的字在〈隸書陰陽五行〉中作「定」，這正是漢代人不熟悉「侴」形，誤認其爲「定」的例子，與〈莽誥〉中誤「侴」爲「定」相同。其次，從版本校勘角度講，現在所能見到的漢熹平石經中〈大誥〉殘石作「法」，熹平時期上距王莽所處時代不遠，可見當時刊刻石經所用的底本中該形亦是

---

[1] 《尚書集注音疏》卷六，《四部要籍注疏叢刊・尚書（中）》頁 1622 上。

[2] 《尚書故》頁 171；《尚書孔傳參正（下）》頁 637，又見《漢書補注（下）》頁 1461；《今文尚書考證》頁 288；《尚書校釋譯論（第三冊）》頁 1280；《尚書詮譯》頁 183；〈周秦兩漢書經考〉頁 310。

[3] 《古文尚書撰異》卷一五，《四部要籍注疏叢刊・尚書（中）》頁 1969 下。

[4] 《讀書雜志（二）》頁 908。

[5] 《尚書今古文注疏》頁 352；《尚書覈詁》頁 250；程元敏，〈莽誥商價〉，《書目季刊》，17 卷 3 期，頁 34—41。

「法」字，這是版本學上的證據。再次，從訓詁上講，認爲原文作「定」，文意難通。《尚書校釋譯論》中把「定」理解爲「天的定命」，無疑有增字解經之嫌。原文若是「法」字則文意可通。

其後，又從楊筠如、周秉鈞「法」讀爲「廢」之說，並將其訓爲「廢棄」、「廢除」。[1]

按，李說可從。但需要說明的是，其說第二個方面「版本學上的證據」可商。李之依據爲《北京圖書館藏中國歷代石刻拓本滙編》所收之熹平石經《尚書》殘石[2]，現揭示於下：

此拓片的內容見於〈大誥〉、〈康誥〉、〈酒誥〉、〈梓材〉、〈召誥〉、〈洛誥〉，存整字 563 個，殘字 30 餘。羅福頤曾指出僞刻漢石經《尚書》殘石爲「二石，四面，一千零九十二字」，[3] 殆即指此拓片之原石。宋廷位從書法學的角度並與其他漢石經《尚書》殘石拓片文字進行比較，認爲這兩塊殘石應該是後來的複刻或者仿刻。又謂：

---

[1] 李春桃，〈《尚書·大誥》「爾時罔敢易法」解詁——兼談〈莽誥〉的底本性質〉，《史學集刊》，第 3 期（2011·5），頁 119—120。劉節亦云：「易法即易廢。金文凡勿廢皆作勿法。」（劉節〈大誥解〉，曾憲禮編《劉節文集》（廣州：中山大學出版社，2004），頁 104。原載《燕京大學文學年報》，第二期（1936）年後文又謂：「如〈大誥〉：『予曷敢不終朕畝』，其中的『畝』字〈莽誥〉篇中作『畮』，兩者不同。相似情況如《汗簡》下之二『畝』字古文作『畮』，並注出自《古尚書》。……所以，從〈莽誥〉篇中的『畝』作『畮』，也可看出王莽作〈莽誥〉所據的〈大誥〉篇底本是古文本。」按，金德建已云：「顏師古以作『畮』字爲古文，作『畝』字爲今文。……知莽〈大誥〉所據作『畮』字，應爲古文《尚書》。」（金德建〈莽〈大誥〉所據〈大誥〉係古文本考〉，《經今古文文字考》（濟南：齊魯書社，1986），頁 468）不過〈莽誥〉中所謂古文，實與《漢書》好用古字有關，其所據〈大誥〉底本似仍當如舊說爲今文。
[2] 北京圖書館金石組編，《北京圖書館藏中國歷代石刻拓本滙編（第一冊）》（鄭州：中州古籍出版社，1989），頁 161。
[3] 羅福頤，〈漢熹平石經概說〉，《文博》，05 期（1987），頁 31。

從馬衡的考證來看（作者自注：馬衡：《中國金石學概論》，長春：時代文藝出版社，2009 年，第 159-160 頁），在南宋初有洪适和石熙明複刻《熹平石經》，石熙明只刻了《熹平石經》的一段，因此洪适複刻此拓片原石的可能性大，當然也不排除其他朝代其他人物複刻的可能。尤其是宋代在文化上倡導復古風氣和宋代的金石學大爲發展之後，人們對具有開山之作的《熹平石經》應該是尊崇有加，複刻的可能性不能排除。[1]

漢石經非一人所書，在同一經中，其字體亦互不相同[2]，所以與其他漢石經拓片文字對比以定真偽的做法並不可從。此拓片不是複刻或仿刻，而實是偽刻。現從文字寫法和用字習慣兩個方面辨其偽。

在文字寫法方面，此拓片通篇凡出現兩次及其以上之字，寫法均大致相同，並無本質差異。如〈大誥〉「寧王圖事」之「圖」作 █，而「予曷不于前寧人圖功攸終」之「圖」作 █，並無二致。《漢石經集存》收一〈大誥〉殘石，存有「以于敉寧武圖功」之「武圖功」，其「圖」作 █[3]，《秦漢魏晉篆隸字形表》摹作 圖[4]，與前述拓片之「圖」結體完全不同。又「武圖功」之「功」字作，與前述拓片「圖功攸終」之「功」作 功，亦有明顯差異。

從漢石經用字習慣來看，漢石經《尚書》殘字「汝」例作「女」，而此拓本「汝」皆寫作「汝」，與例不合。

結體有別，可能還可以說是由於複刻造成的，但是用字習慣不同則無從解釋了。由上述可知此拓片之原石屬偽刻無疑，但即使無此版本學依據，也不影響經文原應作「法」的結論。

---

[1] 宋廷位，〈國家圖書館藏《熹平石經·尚書》殘石非原石考〉，《書法賞評》，第 6 期（2011），頁 12—15。

[2] 屈萬里，〈舊雨樓本漢石經尚書殘字之偽〉，《屈萬里全集·漢石經尚書殘字集證》（台北：聯經出版事業公司，1985），頁 14—15。

[3] 馬衡，《漢石經集存》（北京：科學出版社，1957），圖版三十 212·1。

[4] 《漢語大字典》字形組編，《秦漢魏晉篆隸字形表》（成都：四川辭書出版社，1985），頁 408。

四 康誥

（一）以修我西土

經文：

　　孟侯，朕其弟，小子封。惟乃丕顯考文王，克明德慎罰，不敢侮鰥寡，庸庸、祗祗、威威、顯民，用肇造我區夏，越我一二邦，以修我西土。惟時怙，冒聞于上帝，帝休。

　　偽《孔傳》將「以修」屬上讀，將「我西土」屬下讀，並將「越我一二邦以修」譯作「於我一二邦以修治」。「修」字，偽《孔傳》訓為「修治」，後之學者多從此說。王引之讀「以修我西土」為句，並訓「修」為「修和」。[1]其後則多從此讀，應是。金兆梓從《說文》訓為「飾」。[2]《校釋譯論》訓「修」為「長」。[3]

　　雷燮仁認為「修」應讀為「調」。[4]

　　按，雷說可從，《新書·道術》「合得密周謂之調」。《孫子兵法·九地》「是故其兵不修而戒」之「修」，銀雀山漢簡本作「調」[5]，是「修」、「調」可通。

（二）今民將在祗遹乃文考

經文：

　　封，汝念哉！今民將在祗遹乃文考，紹聞衣（殷）[6]德言。

　　「今民將在祗遹乃文考」，偽《孔傳》作一句讀，解為「今治民將在敬循汝文德之父」。江聲又訓「在」為「視」。[7]王闓運、王

---

[1]　《經義述聞（一）》頁 208。

[2]　《尚書詮譯》頁 71—72。

[3]　《尚書校釋譯論（第三冊）》頁 1306。

[4]　雷燮仁，〈《尚書》字詞零拾〉，復旦網，2017 年 10 月 31 日。

[5]　銀雀山漢墓竹簡整理小組編，《銀雀山漢墓竹簡（壹）》（北京：文物出版社，1985），（圖版）第 12。

[6]　《尚書集注音疏》卷六，《四部要籍注疏叢刊·尚書（中）》頁 1625 下。

[7]　《尚書集注音疏》卷六，《四部要籍注疏叢刊·尚書（中）》頁 1625 下。

先謙則訓「在」爲「察」。[1]後多從之。曾運乾、楊樹達、周秉鈞、黃懷信、李民、王健等均從僞《孔傳》讀。[2]章太炎亦同，但其認爲「民」乃「女」字之誤。[3]屈萬里從之。[4]朱廷獻亦從此讀，但其讀「民」爲「敃」，訓爲「勉」。[5]

　　吳汝綸將「今民將在祗」讀爲一句，並云：「《詩》傳：『祗，病也。』惟民在病，故言『恫瘝乃身』。在祗，猶言在疚。」[6]吳闓生從之。[7]楊筠如也將「祗」字上屬爲句，但從《爾雅・釋詁》訓爲「敬」。[8]張政烺在考釋中山王𧊒鼎銘（《集成》2840）「㕜（厥）𢐗（業）才（在）甶（祗）」時徵引吳說爲據。[9]馬楠亦從此讀。[10]

　　于省吾將此句斷讀作「今民將在，祗遹乃文考」，其云：[11]

> 朱駿聲謂「將」通「戕」。按《易・豐》釋文引鄭注：「戕，傷也。」「在」、「𢦏」……古並通。……言今民傷哉（即文王視民如傷之意），敬述汝文考，續聞殷之德言。

金兆梓、《校釋譯論》從其說。[12]黃傑贊同于氏的斷句，但認爲「將」應當按本字理解，並疑「在」或可讀爲「烖」。[13]

　　按，由鼎銘觀之，當以吳氏斷讀爲是。《尚書》有「民祗」一詞，楊筠如謂：[14]

> 按「民祗」，古成語。〈多士〉「罔顧于天顯民祗」，〈酒誥〉「罔顯于民祗」，皆其例也。〈無逸〉「治民祗懼」，即此所謂治民將在祗也。簡言之則曰「民祗」，亦猶《詩》言「天維顯思」，簡言之則曰「天顯」也。

1　《尚書箋》卷一四，《續修四庫全書（五一）》頁 362 上；《尚書孔傳參正（下）》頁 650。
2　《尚書正讀》頁 161；《積微居讀書記》頁 24 頁（按，其從古本於「民」上補「治」字）；《尚書易解》頁 160；《尚書注訓》頁 260；《尚書譯注》頁 259。
3　《太炎先生尚書說》頁 126。
4　《尚書集釋》頁 150。
5　《尚書研究》頁 530。
6　《尚書故》頁 178。
7　《尚書大義》卷二。
8　《尚書覈詁》頁 258。
9　張政烺，〈中山王𧊒壺及鼎銘考釋〉，《張政烺文集・甲骨金文與商周史研究》（北京：中華書局，2012），頁 328—329。
10　〈周秦兩漢書經考〉頁 317。
11　《雙劍誃群經新證》頁 84—85。
12　《尚書詮譯》頁 74；《尚書校釋譯論（第三冊）》頁 1310。
13　〈《尚書》之〈康誥〉〈酒誥〉〈梓材〉新解〉頁 26—27。
14　《尚書覈詁》頁 258—259。

姜昆武贊同楊說，並謂：[1]

> 民祇一詞《尚書》四見，均言在上者如何敬愛其民，即〈無逸〉
> 「治民祇懼」之省略，是當時政治理論核心之一，與明德、保民同出
> 一係，故實爲一種政治術語，未可以通語視之，意爲治民在敬，而非
> 用其本義，作「民之敬」也解。

楊、姜二氏之說可從，但「今民將在祇」亦可能是《尚書·金縢》
「四方之民罔不祇畏」之意。

綜上，「今民將在祇遹乃文考」當斷讀作「今民將在祇，遹乃
文考」，「祇」應訓爲「敬」。

（三）別求聞由古先哲王

經文：

> 王曰：「嗚呼！封，汝念哉！今民將在祇，遹乃文考，紹
> 聞衣（殷）[2]德言。往敷求于殷先哲王，用保乂民。汝丕遠，
> 惟商耇成人，宅心知訓。別求聞由古先哲王，用康保民。弘于
> 天若德，裕（欲）[3]乃身不廢在王命！」

「別求聞由古先哲王」，僞《孔傳》解作：「又當別求所聞父
兄用古先智王之道。」是其如字解「別」，而訓「由」爲用。「別
求聞由」異訓甚多，僞《孔傳》之後的學者多如字解「別」，而「由」
字則有「用」、「行」、「自」、「道」等訓釋法。[4]直至王引之讀
「別」爲「先飯辯嘗羞」之「辯」，訓爲「徧」，又訓「由」爲「於」。
[5]孫星衍說同。[6]其後之學者始多從此說。

黃傑認爲「由」是動詞，當解爲「求」，又讀「聞」爲「問」，
其說云：[7]

---

[1] 姜昆武，《詩書成詞考釋》（濟南：齊魯書社，1989），頁 145—146。
[2] 《尚書集注音疏》卷六，《四部要籍注疏叢刊·尚書（中）》頁 1625 下。
[3] 《雙劍誃群經新證》頁 85 上。
[4] 黃傑有詳細引述，見其〈《尚書》之〈康誥〉〈酒誥〉〈梓材〉新解〉頁 31—32。
[5] 《經義述聞（一）》頁 210。
[6] 《尚書今古文注疏》頁 361。
[7] 〈《尚書》之〈康誥〉〈酒誥〉〈梓材〉新解〉頁 35。

「別（徧）求聞由古先哲王」可參看《詩·大雅·桑柔》「維此良人，弗求弗迪」、《書·大誥》「爽（相）邦由哲」、清華簡壹〈祭公〉簡15「不（丕）隹（惟）文武之由」（倒裝句，即「丕由文武」）、清華簡叁〈芮良夫毖〉簡3「由求聖人」、《禮記·緇衣》所引〈君陳〉「既見聖，亦不克由聖」。「由求聖人」與「別（徧）求聞由古先哲王」尤其接近。這些辭例中的「由」似乎都應當解爲求。

「聞」似當讀爲「問」。「求」、「問」、「由」爲三個意義相關動詞連用，「古先哲王」爲它們共同的賓語。《史記·魏公子列傳》：「太史公曰：吾過大梁之墟，求問其所謂夷門。」《漢書·趙尹韓張兩王傳》：「敞既視事，求問長安父老。」「求問長安父老」與此處「求問由古先哲王」甚爲接近。

綜上所述，「別（徧）求聞（問）由古先哲王」意爲普遍地尋求、詢問古先哲王。由於「求」與「由」義近、但其間隔著「聞」，所以，在翻譯成現代漢語時，如果嚴格直譯，勢必造成翻譯出來的文句顯得奇怪。在這種情況下，我們可以將「由」的意義合併到「求」。

按，黃氏將傳世文獻與出土文獻中相關辭例結合，用以解決「別（徧）求聞由」問題，甚具啟發性，有助於限定相關詞義。但是讀「聞」爲「問」、解「由」爲「求」則可商，其譯「別（徧）求聞由古先哲王」爲「普遍地尋求、詢問古先哲王」也稍嫌不辭。

此處先羅列《尚書》以及出土文獻中部分與「別（徧）求聞由古先哲王，用康保民」相似的文句如次：

> 往敷求于殷先哲王，用保乂民。（〈康誥〉）
> 我時其惟殷先哲王德，用康乂民。（〈康誥〉）
> 𠣬（夙）夕尃（敷）由先（祖）剌（烈）德，用臣皇辟。（師詢鼎，《集成》2830）
> 虔𠣬（夙）夜尃（敷）求不譬德，用諫四方。（番生毀蓋，《集成》4328）
> 尃（敷）求先王之共（恭）明惠（德），型四方。（清華簡〈祭公之顧命〉簡18）[1]

由上述引文可知，「別（徧）求聞由」、「敷求」的內容應是「殷先哲王」之德。〈芮良夫毖〉簡3「由求」的內容亦應是「聖人」之德。「別（徧）求聞由」之「由」應訓爲「蹈襲」、「循行」，蔡沈釋「行」之說即可從[2]。而「聞」應如字讀，〈康誥〉「紹聞衣（殷）德言」即是顯例。

[1] 《清華大學藏戰國竹簡（壹）》頁107。
[2] 《書經集傳》卷四，《景印文淵閣四庫全書（第五八冊）》頁89上。

另外，黃文所引〈大誥〉「爽（相）邦由哲」之「由」訓爲「用」（《廣雅·釋詁》）即可，清華簡（伍）〈殷高宗問於三壽〉簡17「惠民由王」可參。

（四）恫瘝乃身

經文：

　　王曰：嗚呼！小子封，恫瘝乃身，敬哉！

「恫瘝」字，李賢《後漢書·和帝紀》注引作「恫矜」。段玉裁據此認爲「瘝」爲俗改，本應作「鰥」。[1] 鄭玄將「恫瘝乃身」解爲「刑法及己，爲痛病」。僞《孔傳》釋「恫」爲「痛」，釋「瘝」爲「病」，同於鄭注，分別源出《爾雅·釋言》、〈釋詁〉，並將「恫瘝乃身」訓爲「當如痛病在女身。」後之學者多從此說，或稍有變通。臧克和疑「瘝」、「鰥」、「逺」三字通，此處本字應作「逺」。而「逺」，金文「眔」字，及也。「恫瘝乃身」，即痛及乃身。[2]

清華簡（叄）〈說命下〉第5—6號簡云：「女（汝）亦佳（惟）克顯（顯）天，迵眔少（小）民，审（中）乃罰。」[3] 整理者將「迵眔」讀爲「恫瘝」，並注云：「《書·康誥》：『恫瘝乃身。』恫，《爾雅·釋言》：『痛也。』瘝，通『鰥』，《爾雅·釋詁》：『病也。』」[4]

黃傑認爲「『迵眔』、『恫瘝/鰥』應當讀爲『痛懷』」，「『痛懷』爲義近詞連用，『痛』意爲哀憐，『懷』意爲念思」，並將「恫瘝乃身」譯作「哀憐、念思你自身」。[5]

按，「瘝」並無必要讀爲「懷」，從《後漢書》注引文讀爲「矜」，訓爲「哀」即可。「恫瘝」和「迵眔」可讀爲「恫/痛矜」。

---

[1] 《古文尚書撰異》卷一六，《四部要籍注疏叢刊（中）》頁1973上。
[2] 《尚書文字校詁》頁313。
[3] 《清華大學藏戰國竹簡（叄）》頁128。
[4] 《清華大學藏戰國竹簡（叄）》頁130。
[5] 〈《尚書》之〈康誥〉〈酒誥〉〈梓材〉新解〉頁38。

（五）要囚

經文：

> 要囚，服念五六日，至于旬時，丕蔽要囚。

「要囚」除見於此外，還兩見於〈多方〉，分別作：「要囚殄戮多罪」、「我惟時其戰要囚之」。「要囚」，偽《孔傳》釋爲「謂察其要辭以斷獄」。夏僎云：「要囚，乃要勒拘囚之也。」[1]鄒季友云：「蓋『要』字讀爲平聲，有約勒之義，謂繫束拘攣之也。」[2]王國維云：「『要囚』當讀爲『幽求』。《詩》『四月秀葽』，《韓詩》作『秀幽』，此『要』、『幽』古通之證。考『要囚』爲古之成語。〈多方〉『要囚殄戮多罪』，又云『我惟時其戰要囚之』。『要囚』與『殄戮』與『戰』相偶爲文，其義蓋可略知。」[3]

郭永秉在談及古文字中的「要」字時，認爲 、、、「這種『要』字大概本來是爲『要』的約、束一類意思造的表意初文，象一人頭部被人用手⊖持不能動彈，取其約束、制約之義（《尚書·康誥》、〈多方〉四見『要囚』的說法，用的也許就是這個『要』的本義）」。[4]

郭氏之說可從。

（六）乃其速由……諸節

經文：

> 乃其速由文王作罰，刑茲無赦。不率大戛，矧惟外庶子、訓人惟厥正人越小臣、諸節。

「文王作罰」，多數學者將其與「乃其速由」連讀，惟孫星衍

---

[1] 宋·夏僎，《尚書詳解》卷二十一，《景印文淵閣四庫全書（第五六冊）》（臺北：臺灣商務印書館，1986），頁866下。

[2] 宋·蔡沈集傳，元·鄒季友，《書傳音釋》（浦城與古齋，清咸豐五年（1855）刻本）。

[3] 〈觀堂學書記〉頁275。

[4] 郭永秉，〈談古文字中的「要」字和從「要」之字〉，《古文字與古文獻論集》（上海：上海古籍出版社，2011），頁198。

云：「速者，〈釋言〉云：『徵也。』徵義同召。由同訓，《廣雅・釋詁》云：『皋也。』」又云：「《後漢書・王符傳》云：『夫養粮莠者傷禾稼，惠奸軌者賊良民。《書》曰：「文王作罰，刑茲無赦。」』《風俗通・皇霸篇》、《潛夫論・述赦篇》引同《後漢書》，則知『乃其速由』不相屬也。」[1]皮錫瑞從其說。[2]又莊述祖謂：「『刑』字屬上句讀，『茲無赦』句。」[3]

郭店楚簡〈成之聞之〉簡38-39云：「〈康亯（誥）〉曰：『不還大暊，文王作罰，型（刑）茲無悪（赦）』，害（蓋）此言也，言不大 ⿰ [4]棠（常）者，文王之型（刑）莫㞷（重）安（焉）。」[5]

簡文所引〈康誥〉不惟句序不同，且文字有異。「率」字，簡文作「還」，廖名春、張玉金以爲是義近[6]，李學勤以爲是字誤[7]，何琳儀認爲是聲通[8]。「戛」字，簡文作「暊」，廖名春疑簡文當爲「夏」字，並云：「『夏』通『雅』訓『正』與『戛』之『常』義近，故能通用。」[9]李學勤認爲「『暊（夏）』字係『戛』字之誤。[10]何琳儀認爲「暊」即「夏」，應讀爲「雅」，今本「戛」爲「夏」之訛，訓「常」已非《書》之原意。[11]馬曉穩讀「暊」爲「戛」。[12]馬楠云：「『戛』字很可能是『⿰』省『日』之形，誤釋爲『戛』。」[13]陳劍認爲，「暊」當分析爲从「日」、「頁」聲，西周金文卯簋蓋、守鼎等銘「拜手頶首」之「頶」就寫作「頁」，「頶」、「戛」

---

[1] 《尚書今古文注疏》頁367—368。
[2] 《今文尚書考證》頁316。
[3] 《尚書今古文考證》卷三（清道光刻珍埶宦遺書本）。
[4] 此字未有確釋，各家觀點詳見單育辰，《郭店〈尊德義〉〈成之聞之〉〈六德〉三篇整理與研究》（北京：科學出版社，2015）。
[5] 武漢大學研究中心、荊門市博物館編著，《楚地出土戰國簡冊合集（一）・郭店楚墓竹書》（北京：文物出版社，2011），頁75。
[6] 廖名春，〈郭店楚簡〈成之聞之〉、〈唐虞之道〉篇與《尚書》〉，《中國史研究》，第3期（1999），頁35；張玉金，〈《尚書》新證八則〉，《中國語文》，第3期（總第312期）（2006），頁259。
[7] 李學勤，〈試說郭店簡〈成之聞之〉兩章〉，《煙臺大學學報》，第13卷第4期（2000・10），頁459。
[8] 何琳儀，〈郭店竹簡選釋〉，《簡帛研究二〇〇一》（南寧：廣西教育出版社，2001），頁165。
[9] 〈郭店楚簡〈成之聞之〉、〈唐虞之道〉篇與《尚書》〉頁35。
[10] 〈試說郭店簡〈成之聞之〉兩章〉頁459。
[11] 〈郭店竹簡選釋〉頁165。
[12] 馬曉穩，〈出土戰國文獻《尚書》文字輯證〉，安徽大學碩士學位論文（指導教師：徐在國教授），2012年4月，頁14。
[13] 〈周秦兩漢書經考〉頁326。

古音相近，「頁」舊有「胡結切」之音，與「戛」音尤近，「戛」字「很可能也應該是从『戈』从音『胡結切』之『頁』字異體『百』得聲」。[1] 陳說可從。

對於句序，廖名春以簡文爲優，認爲此處經文當作「乃其速由。不率大戛，文王作罰，刑兹無赦」。[2] 李學勤認爲簡文應當斷讀作「〈康誥〉曰：『不率大戛』，『文王作罰，刑兹無赦』」。[3] 林志強贊同孫星衍之說，又謂：「如果綜合考慮簡本和今本，這句話原來也有可能作『不率大戛，乃其速由，文王作罰，刑兹無赦』，意謂『不遵循常道，乃是自招罪說，因此文王制定了刑罰，懲罰他們，不得赦免。』這在文理邏輯上似乎更加合理。」[4]

按，今由簡文來看，孫星衍認爲「乃其速由」應單獨成句之說似可從。「乃其速由」應即指上文所說之「凡民自得罪」。今本「不率大戛」在「刑兹無赦」之下，殆是錯簡所致。

（七）兹義率殺

經文：
　　巳（嘻）！汝乃其速由兹義率殺。

「汝乃其速由兹義率殺」，僞《孔傳》釋作：「汝乃其速用此典刑宜於時世者，循理以刑殺。」
蘇軾云：「汝若速用此道以率民，民不率則殺之。」[5]
楊簡云：「汝當速由此義而速殺之。」[6]
蔡沈云：「汝其速由此義，而率以誅戮之可也。」[7]

[1] 鄔可晶，〈「戛」及有关诸字综理〉，《第二屆「商周青銅器與先秦史研究青年論壇」論文集》，重慶：西南大學，2018 年 11 月，頁 224 引。
[2] 廖名春，〈郭店楚簡引《書》論《書》考〉，武漢大學中國文化研究院編《郭店楚簡國際學術研討會論文集》（武漢：湖北人民出版社，2000），頁 121。
[3] 〈試說郭店簡〈成之聞之〉兩章〉頁 460。
[4] 林志強，《古本《尚書》文字研究》（廣州：中山大學出版社，2009），頁 85。
[5] 《書傳》卷十二，《景印文淵閣四庫全書（第五四冊）》頁 598 上。
[6] 宋·楊簡，《五誥解》卷一，《景印文淵閣四庫全書（第五七冊）》（臺北：臺灣商務印書館，1986），頁 608 上。
[7] 《書經集傳》卷四，《景印文淵閣四庫全書（第五八冊）》頁 90 下。

　　吳澄云：「汝乃其速用此君臣之義律之而率皆殺之乎？」[1]

　　孫星衍從「乃其速由」後斷句，並將此句解作「言此諸臣爲汝召訧，當循其義刑誅罰之」。[2]皮錫瑞斷句從之。[3]

　　周用錫云：「汝乃其速用此義以先殺。」[4]

　　黃式三云：「『率』、『聿』通，語詞。聿殺，言殺臣也。」[5]

　　戴鈞衡讀「速」爲「肅」訓爲「敬」，訓「率」爲「用」。[6]

　　王闓運亦將「茲義率殺」單獨絕句，並云：「『義』，宜。『率』，律也。宜依律案誅之。」[7]

　　吳汝綸云：「《詩》傳：『率，用也。』茲義率殺者，斯宜用殺也。」[8]

　　孫詒讓云：「『率』，語辭。（詳王氏《述聞》）即言汝速用義殺也。」[9]

　　于省吾云：「《尚書》『辭』、『嗣』、『治』、『司』、『率』、『亂』或相通叚，或相參錯。〈梓材〉『厥亂爲民』，『亂』，《論衡》作『率』。『亂』亦讀作『治』，〈盤庚〉『亂越我家』，即治于我家。金文『治』作『嗣』，與『司』通。凡司徒、司馬、司空，金文作『嗣土』、『嗣馬』、『嗣工』。然則『茲義率殺』者，即『茲義嗣殺』也。司主刑殺，與上『時乃引惡，惟朕憝』相銜接。」[10]《校釋譯論》從之。[11]

　　楊筠如訓「率」爲「法」，並謂「義率」猶上文「義刑」，即善法。[12]

　　周秉鈞云：「率，法也。率殺，依法殺之。」[13]

---

[1] 南宋—元・吳澄，《書纂言》卷四上，《景印文淵閣四庫全書（第六一冊）》（臺北：臺灣商務印書館，1986），頁 128 下。

[2] 《尚書今古文注疏》頁 369。

[3] 《今文尚書考證》頁 317。

[4] 《尚書證義》卷十四，《續修四庫全書（四八）》頁 140 上。

[5] 《尚書啟幪》卷三，《續修四庫全書（四八）》頁 759 下。

[6] 《書傳補商》卷七，《續修四庫全書（五〇）》頁 87 上。

[7] 《尚書箋》卷十四，《續修四庫全書（五一）》頁 364 下。

[8] 《尚書故》頁 185。

[9] 《尚書駢枝》頁 134。

[10] 《雙劍誃群經新證》頁 87 上。

[11] 《尚書校釋譯論（第三冊）》頁 1344—1345。

[12] 《尚書覈詁》頁 267、271。

[13] 《尚書易解》頁 167。

黃傑將「率殺」單獨成句。[1]

按，孫星衍、王閩運之斷讀可取，吳汝綸之訓釋可從。「義」讀爲「宜」者，師旂鼎（《集成》2809）「義蚘（殺）[2]，叔辟（厥）不從辟（厥）右征」、儠匜（《集成》10285）「我義伐（便—鞭）女（汝）千」之「義」均讀爲「宜」。「率」釋作「用」者，《助字辨略》謂「毛訓『率』爲『用』者，猶云『以』也，乃辭之助，非作用之用也」[3]。

（八）高乃聽

經文：

> 王曰：「嗚呼！肆汝小子封。惟命不于常；汝念哉，無我殄享，明乃服命，高乃聽，用康乂民。」

「高乃聽」，僞《孔傳》釋作「高汝聽，聽先王道德之言」。後世注疏多沿襲僞《孔傳》之說。孫星衍始云：「高乃聽者，《廣雅·釋詁》云『高，敬也』，言敬聽我訓，則安治民之道也。」[4]楊筠如、雒江生等均從此說。[5]

牟庭謂：「『聽』當爲『德』字形之誤。《家語·本命》曰：『效匹夫之聽。』注曰：『聽，宜爲德。』是則『德』誤爲『聽』，古書有其證矣。又據上經曰『殷先哲王用康乂民』，文與此同，惟『德』『聽』異，而字形相似，其爲誤字甚明也。『高乃德用康乂民』爲一句，言所貴高汝者，謂汝當以德安治民也，非爲汝腆享也。」[6]《校釋譯論》從之。[7]

于省吾謂：「高當即金文𠕋字，詳〈盤庚〉『古我前后』條。𠕋字雖不可識，其意爲廣闊之義。高乃聽，言廣乃聽也。孫星衍引

1. 〈《尚書》之〈康誥〉〈酒誥〉〈梓材〉新解〉頁111。
2. 〈試說甲骨文的「殺」字〉頁15—16。
3. 清·劉淇，《助字辨略》卷五，《叢書集成續編（第20冊）·經部》（上海：上海書店出版社，1994），頁805。
4. 《尚書今古文注疏》頁371。
5. 《尚書覈詁》頁275；雒江生，《尚書校詁》（北京：中華書局，2018年），頁262。
6. 《同文尚書》頁1134。
7. 《尚書校釋譯論（第三冊）》頁1356。

《廣雅・釋詁》證高爲敬，於義未允。」[1]屈萬里從其說。[2]

按，「高乃聽」頗不辭，參上文「顧乃德」句，牟庭「聽」爲「德」字之誤之說頗可信從。〈盤庚〉「后胥戚鮮」之「戚」，漢石經作「高」，爲「遳」字之譌省。[3]則此經「高乃聽」之「高」字頗疑亦「遳」之譌省。「遳」與「㝬」均爲「就」字，與「戚」字聲近可通[4]，故石經假「遳」字爲「戚」。又「遳（就）」與「淑」音近可通，故經文「高乃聽」殆本作「遳（淑）乃德」，可參克鼎（《集成》2836）「思（淑）慎厥（厥）德」。

五 酒誥

（一）惟天降命，肇我民惟元祀

經文：

> 惟天降命，肇我民惟元祀。天降威，我民用大亂喪德，亦罔非酒惟行；越小大邦用喪，亦罔非酒惟辜。

「惟天降命，肇我民惟元祀」，僞《孔傳》解作：「惟天下教命，始令我民知作酒者惟爲祭祀。」《孔疏》云：「言『天下教命』者，以天非人不因，人爲者，亦天之所使，故凡造立皆云本之天。『元祀』者，言酒惟用于大祭祀，見戒酒之深也。顧氏云：『元，大也。』〈洛誥〉『稱秩元祀』，孔以爲『舉秩大祀』。大劉以『元』爲『始』，誤也。」[5]蘇軾、蔡沈、江聲、章太炎、黃懷信等均從此說。[6]

---

[1] 《雙劍誃群經新證》頁87下。
[2] 《尚書集釋》頁159。
[3] 見《雙劍誃群經新證》頁72上。
[4] 朱德熙，〈釋㝬〉，《朱德熙古文字論集》（北京：中華書局，1995），頁1。
[5] 《尚書正義》頁442。按，「不因」整理者誤屬下讀，「〈洛誥〉『稱秩元祀』，孔以爲『舉秩大祀』」誤屬「顧氏」，今正。又「顧氏」指顧彪，著有《今文尚書音》一卷，「大劉」指劉焯，著有《尚書義疏》一卷。
[6] 《書傳》卷十二，《景印文淵閣四庫全書（第五四冊）》頁599下；《書經集傳》卷四，《景印文淵閣四庫全書（第五八冊）》頁92上；《尚書集注音疏》卷六，《四部要籍注疏叢刊・尚書（中）》頁1632下；《太炎先生尚書說》頁132；《尚書注訓》頁272；

馬明衡仍從「元祀」爲「大祭祀」之說，但其將「惟天降命，
肇我民」解作「惟天降命於周，以始有此民，即『肇國在西土』之
謂也」。[1]

孫星衍將此處斷作「惟天降命肇，我民惟元祀」，其云：「惟
者，〈釋詁〉云：『思也。』命者，《廣雅‧釋詁》云：『名也。』
〈釋詁〉云：『肇、元，始也。』言思天降下酒名之始，我民當思
祀其始作酒者。」又存《孔疏》之說。[2]

黃式三云：「『命』如『天命有德』之『命』，對『天降威』
言，謂福命也。『肇』、『兆』通，分也。『元』，大也。言天降
福分我民，惟大祀是可飲酒也。」[3]周秉鈞除將「惟」訓爲「思」、
「肇」訓爲「治」外，餘同黃說。[4]江灝、錢宗武除將「肇」訓爲「敏，
指勸勉」外，餘同黃說。[5]李民、王健將「肇」訓爲「立」外，餘亦
同黃說。[6]

俞樾將「祀茲酒」之「祀」讀爲「已」訓作「止」，並云：「『惟
天降命』即承『已茲酒』而言，謂止酒非一人之私言，惟天降命也。
蓋重其事，故託之天命耳。『肇我民惟元祀』，言與我民更始惟此
元祀也。『元祀』者，文王之元年。上文曰『肇國在西土』，『肇
國』者，始建國之謂，故知是文王元年也。曰『元祀』者，猶用殷
法也。蓋文王元年即有此命，故云然耳。」[7]吳汝綸除將「肇」訓爲
「長國家」之「長」外，亦解「元祀」爲「文王受命之一年」。[8]

王先謙將其解作：「〈釋詁〉：『元，大也。』惟天降命賦性，
肇生我民，所以報本反始者，惟祀爲大。就祀事推言之，祀必有酒，
重祭神也。」[9]

王國維云：「〈酒誥〉云『惟天降命肇我民』，『天降命』正
與下文『天降威』相對爲文。〈多方〉云『天大降顯休命于成湯』
是也。《傳》以爲天下教令者失之。天降命於君，謂付以天下。君

---

[1] 明‧馬明衡，《尚書疑義》卷五，《景印文淵閣四庫全書（第六四冊）》（臺北：
臺灣商務印書館，1986），頁189上。
[2] 《尚書今古文注疏》頁375。
[3] 《尚書啟幪》卷三，《續修四庫全書（四八）》頁761下。
[4] 《尚書易解》頁172。
[5] 《今古文尚書全譯》頁287、289。
[6] 《尚書譯注》頁272、273。
[7] 《群經平議》卷五，《續修四庫全書（一七八）》頁79下―80上。
[8] 《尚書故》頁189―190。
[9] 《尚書孔傳參正（下）》頁675。

降命於民，則謂全其生命。」[1]對於「惟元祀」，其云：「指文王受命改元事，非指祀事。」[2]楊筠如、曾運乾、屈萬里、《校釋譯論》、臧克和、馬楠等均從其說。[3]

清華簡（壹）〈程寤〉簡 1—4 云：

> 隹（惟）王元祀貞（正）月既生魄（霸），大姒（姒）夢見商廷隹（惟）棥（棘），迺（小子）登（發）取周廷杼（梓）梠（樹）于氒（厥）閒（閒），龡=（化爲）松柏棫柞。悥（寤）敬（驚），告王：（王。王）弗敢占，訒（詔）大（太）子發（發），……占于明堂。王及大（太）子發（發）並拜吉夢，受商命于皇帝=（上帝）。[4]

劉國忠指出：「如果把〈程寤〉的這段話與〈酒誥〉的『惟天降命肇我民惟元祀』相對比，我們就可以恍然，原來『惟天降命肇我民惟元祀』所講述的正是〈程寤〉的這個事件。」[5]

由簡文可知，王國維之說確切無疑。

（二）自成湯咸至于帝乙

經文：

> 在昔殷先哲王，迪畏天，顯小民，經德秉哲。自成湯咸至于帝乙，成王畏相。

「自成湯咸至于帝乙」之「咸」字，有釋爲「徧」、「皆」、「編」、「覃」、「引」、「巫咸」以及「戊」之訛等說法。[6]

張秉權、胡厚宣等認爲「咸」爲成湯之名[7]，胡氏云：

---

[1] 〈與友人論詩書中成語書二〉頁 79。
[2] 〈王觀堂先生尚書講授記〉頁 245。劉盼遂記作「文王受命改元，武王因而不改」（〈觀堂學書記〉頁 276）。
[3] 《尚書覈詁》頁 278；《尚書正讀》頁 173；《尚書集釋》頁 162；《尚書校釋譯論（第三冊）》頁 1387；《尚書文字校詁》頁 332—333；〈周秦兩漢書經考〉頁 333。
[4] 《清華大學藏戰國竹簡（壹）》頁 136。
[5] 劉國忠，〈《尚書·酒誥》「惟天降命肇我民惟元祀」解〉，《中國史研究》，第 1 期（2011），頁 91。
[6] 陳絜有詳細論述，見其〈《尚書·酒誥》「自成湯咸至于帝乙」解〉，《周秦社會與文化研究——紀念中國先秦史學會成立 20 週年學術研討會論文集》（西安：陝西教育出版社，2003），頁 348—350。
[7] 張秉權，《殷墟文字丙編考釋》（臺北：中央研究院歷史語言研究所，1957），

《書·酒誥》說:「自成湯咸至于帝乙」,又〈多士〉說:「自成湯至于帝乙」,句法相同,而〈酒誥〉稱成湯爲成湯咸。《太平御覽》八三引古本《竹書紀年》說:「湯有七名而九征」,《金樓子》也說:「湯有七號」,疑咸者當爲湯之一名。

陳絜從文法的角度著眼,認爲:[1]

> 雖說周代文獻中不乏用「咸」爲「皆」義的辭例,但其後所繫者如「喜」、「熙」、「格」、「奔走」等皆爲內動詞,而「至于」屬於外動詞,所以像「咸(皆)至于」的用法顯然不符合文法,更沒有用作「自……咸(皆)至于……」的道理了。……我們在卜辭中從未見有「自……咸(徧)至于……」之類的句式。

進而,陳氏讚同張、胡之說,並認爲「自成湯咸至于帝乙」之「咸」字屬於衍文,極有可能是劉向校書中秘時之旁注而轉入正文。

《校釋譯論》、馬楠、黃一村等均從「咸」爲成湯名之說。[2]

按,陳說實甚可疑,出組卜辭中有文例作:

> 庚戌卜,王貞:翌辛亥气酒彡乇自上甲衣(卒)至于多毓,亡𡆥(害)。在一月。(《合》22646)
>
> 庚辰卜,尹貞:翌辛巳气酒彡乇自上甲衣(卒)至于毓,亡𡆥(害)。才(在)☑[月]。(《合》22647)
>
> 癸丑卜,王曰貞:翌甲寅气酒魯自上甲衣(卒)至于毓,余一人亡𡆥,兹一品祀。在九月,遘于癸𩵋𪓐。(《英》1923)

裘錫圭即云:「『卒至于』應該是最終至於、一直至於的意思。《尚書·酒誥》有『自成湯咸至于帝乙』之語。『卒至于』和『咸至于』的文例相似。」[3]甲骨卜辭中還有相似文例作:

> 甲辰貞:射偁巳(以)羌,其用自上甲汎(皆?)至于父丁,叀(惠)乙巳用伐四十。(《屯南》636)
>
> 癸巳貞:其又彡自上甲汎(皆?)至于父丁,甲午用。(《屯南》2124)

陳劍指出「皆至于」「強調動作『遍歷』所有的每一個對象,從『上

頁 69、72—75;胡厚宣,〈殷卜辭中的上帝和王帝(下)〉,《歷史研究》,1959年第 10 期。

[1] 〈《尚書·酒誥》「自成湯咸至于帝乙」解〉頁 354—358。

[2] 《尚書校釋譯論(第三冊)》頁 1406;〈周秦兩漢書經考〉頁 337;〈《尚書·周書》與金文對讀研究〉頁 111 頁:

[3] 裘錫圭,〈釋殷墟卜辭中的「卒」和「𢎿」〉,《裘錫圭學術文集·甲骨文卷》(上海:復旦大學出版社,2012),頁 372。原載《中原文物》,3 期(1990)。

甲』開始逐一全部涉及而到最終的『父丁』」。[1]

是以，由上述說法可知，陳絜詰難「自……咸（皆）至于……」文法之說難以成立。則「咸」未必是成湯之名，江聲釋「徧」[2]、孫星衍釋「皆」[3]之說自可通。

（三）勿辯乃司民湎于酒

經文：
　　王曰：「封，汝典聽朕毖，勿辯乃司民湎于酒。」

「勿辯乃司民湎于酒」之「辯」字，偽《孔傳》訓爲「使」，孫星衍等從之[4]。

楊簡謂「辯」即「徧」，並將此句述作「必不至司民徧湎于酒」。[5]江聲亦釋「辯」爲「徧」，但將此句解作「若弗徧毖女之有司，則民終湎于酒，不可化矣。」[6]牟庭亦讀「辯」爲「徧」，但又讀「司」爲「祠」。[7]

段玉裁云：「〈序〉『王俾榮伯作〈賄肅慎之命〉』，馬本『俾』作『辨』。〈雒誥〉『平來來示予』，『平』一作『辨』。『平』、『俾』、『辨』一聲之轉（『辨』讀如『徧』），皆訓使。」[8]王念孫亦云：「辯之言俾也，平也。〈書序〉『王俾榮伯作〈賄肅慎之命〉』，馬融本『俾』作『辯』。『辨』、『俾』聲近而義同。俾，亦使也。」[9]後之學者多從此說。[10]

黃傑認爲「辯」、「俾」古音並不相近，於是從古文字角度提出新說：

---

[1] 陳劍，〈甲骨文舊釋「昏」和「蟊」的兩個字及金文「飄」字新釋〉，《甲骨金文考釋論集》（北京：綫裝書局，2007），頁213。
[2] 《尚書集注音疏》卷六，《四部要籍注疏叢刊·尚書（中）》頁1634上。
[3] 《尚書今古文注疏》頁378—379。
[4] 《尚書今古文注疏》頁383。
[5] 《五誥解》卷二，《景印文淵閣四庫全書（第五七冊）》頁615下。
[6] 《尚書集注音疏》卷六，《四部要籍注疏叢刊·尚書（中）》頁1636下。
[7] 《同文尚書》頁1191—1192。
[8] 《古文尚書撰異》卷一七，《四部要籍注疏叢刊·尚書（中）》頁1982上。
[9] 《經義述聞（一）》頁216。
[10] 「辯」字除上述說法外，尚有訓「治」、「別」等說，詳見〈《尚書》之〈康誥〉〈酒誥〉〈梓材〉新解〉頁90—91。

我們認為，這個「辯」字很可能是「使」的誤認。戰國楚簡中「使」都用「史/吏」（㕜）表示，同時，「弁」字寫作㝶，二者形體十分接近，有不少譌混的例子。這個「辯」字很可能本來寫作㝶，是「使」字，在流傳過程中被錯認作了「弁」，後來又被讀作同音的「辯」。其他傳世文獻中也有「辯」、「弁」互為異文的例子，如《漢書·古今人表》「昆辯」，《元和姓纂》作「昆弁」。「辯」、「弁」上古音都屬元部並母，音近可通。

〈書序〉「王俾榮伯作〈賄肅慎之命〉」，《經典釋文》說馬本「俾」作「辯」，……我們認為，這個「辯」和〈酒誥〉的「辯」一樣，也可能經歷了從「史（使）」到「弁」、再到「辯」的誤認過程。有的版本作「俾」，則有兩種可能：一是有的漢代版本裏此字未誤，作「使」，後來被改成同義字「俾」，二是漢代有人認為「辯」難以理解，遂據文義將其改成了「俾」。[1]

黃氏之說可存。

六 梓材

（一）既勤樸斲

經文：
　　若作梓材，既勤樸斲，惟其塗丹雘。

「既勤樸斲」，馬融謂「樸」為「未成器也」。偽《孔傳》釋作「為器已勞力樸治斲削」。王鳴盛：「『樸』是就其素質治之而未成器，『斲』是斫削已成器也。」[2]楊筠如：「按『樸』當作『戕』，〈宗周鐘〉『戕伐氒都』，『戕』即伐也。斲，《廣雅》：『斫也。』」[3]周秉鈞云：「樸，木素也，此謂去皮存素。斲，斫也。」[4]江灝、錢宗武從之。[5]于省吾與楊說同，謂：「馬融訓『樸』為『未成器』，孫星衍引《說文》『樸，木素也』為證，均不諧文理。按『樸斲』

---

[1] 〈《尚書》之〈康誥〉〈酒誥〉〈梓材〉新解〉頁 90。
[2] 《尚書後案》頁 423。
[3] 《尚書覈詁》頁 298。
[4] 《尚書易解》頁 184。
[5] 《今古文尚書全譯》頁 299。

與『垣墉』爲對文，二字義皆相仿。『樸』當作『𤱿』或『戔』。宗周鐘『戔伐厇都』，兮伯盤『則即刑𤱿伐』，戔伐連用，戔亦伐也。」[1]《校釋譯論》從之。[2]

　　顏世鉉云：「〈梓材〉『樸』和金文的『戔』應該都是錯字。在戰國文字中有幾個讀作『察』、『淺』和『竊』的字，它們的偏旁和『樸』字的偏旁『業』形近，會造成形訛。這裏的『樸』、『戔』原本和讀作『察』、『淺』、『竊』諸字的聲旁都是相同的，因爲其聲旁和『業』形近而被誤爲『業』，釋讀爲『樸』、『戔』。〈梓材〉『樸』，應該改釋爲『剗』；金文『戔』則應改釋爲『翦』或『踐』。」又「《尚書·梓材》『既勤樸斲』的『樸』，原應是從 、 之形，讀爲『剗』；因形訛而誤爲『業』，後寫成『樸』。《廣雅·釋詁》：『剗，削也。』剗，又作『鏟』，慧琳《音義》卷五十九『須剗』云：『古文鏟同。』卷七三『用剗』云：『又作鏟，……《說文》：「平鐵也。」《通俗文》：「攻板曰剗。」方刃施柄者也。』《說文》『鏟』有別義爲『平鐵』，徐灝《說文解字注箋》：『平木器之鐵也。』《廣雅·上聲·產韻》：『鏟，平木器也。』《去聲·諫韻》：『鏟，削木器。』剗，爲削木的工具；也作動詞用，指削木。」[3]

　　顏氏說〈梓材〉「樸」字可從。

七　召誥

（一）則至于豐

　　經文：
　　　　惟二月既望，越六日乙未，王朝步自周，則至于豐。

　　「則至于豐」之「則」字，歷代學者似無異詞，疑應讀爲「戾」，論證如次。

---

[1] 《雙劍誃群經新證》頁 92。
[2] 《尚書校釋譯論（第三冊）》頁 1426。
[3] 顏世鉉，〈出土文獻與傳世文獻典籍校讀二題〉，《出土文獻與傳世典籍的詮釋》（上海：上海古籍出版社，2010）。

第一，先秦文獻除此例外似未見「則至于」的說法。

第二，「則」、「戻」聲通。傳世文獻如《尚書·堯典》「明明揚側陋」之「側」，《文選·思玄賦》李善注引作「厌」[1]。郭店簡〈語叢四〉簡11—12云「臤（賢）人不才（在）戻，是胃（謂）迷惑」，其中「戻」讀爲「側」。睡虎地秦簡〈日書乙種〉「清且〈旦〉、食時、日則、莫（暮）、夕」，其中「則」應讀爲「戻」。[2]凡此均可證明二者互通。

第三，出土文獻中有類似記述方式。如《花東》34號：「甲辰：宜丁牝一，丁各，矢（戻）于我，翌〔日〕于大甲。用。」[3]清華簡（壹）〈尹至〉簡1：「𧊾[4]至才（在）湯。」

另外，「周」即「鎬京」（在今陝西西安西南）至於「豐」（在今陝西戶縣），兩城相距二十五里[5]，考慮到當時的出行條件，朝發而戻至亦在情理之中。

八 洛誥

（一）其作周匹休公既定宅

經文：

　　王拜手稽首曰：「公不敢不敬天之休，來相宅，其作周匹休。公既定宅，伻來，來視予卜，休，恆吉，我二人共貞。公其以予萬億年敬天之休。拜手稽首誨言。」

「其作周匹休」之「匹休」，僞《孔傳》釋爲「配天之美」。

[1] 梁·蕭統編，唐·李善、呂延濟、劉良、張銑、呂向、李周翰注，《六臣注文選》（北京：中華書局，2012），頁276上。
[2] 睡虎地秦墓竹簡整理小組編，《睡虎地秦墓竹簡》（北京：文物出版社，1990），頁250。
[3] 姚萱，《殷墟花園莊東地甲骨卜辭的初步研究》（北京：綫裝書局，2006），頁240。
[4] 「𧊾」爲一種夜間時稱名，見郭永秉，〈清華簡〈尹至〉「𧊾至在湯」解〉，清華大學出土文獻研究與保護中心編《清華簡研究》第一輯（上海：中西書局，2012），頁48—52。
[5] 《尚書集釋》頁175。

後之學者多推衍此說。「匹」字，呂祖謙始云：「匹者，對宗周之辭。案此讀『匹』，與《詩》『作豐伊匹』之『匹』同，其義亦通。」[1]楊筠如云：「匹，《詩傳》：『配也。』作周匹，謂作周輔也。〈召誥〉：『其自時配皇天。』蓋公之作配于周，亦猶王之作配于天也。」[2]甚是。至於「休」字，裘錫圭認爲是動詞，應屬下讀，其說云：

> 「休」字古訓「美」。成王敬重周公，對於周公選擇邑址並遣使告卜之事表示贊美，所以在「公既定宅……」句之首加上一個「休」字。這種句法在西周金文裏是常見的。唐蘭在〈西周銅器斷代中的「康宮」問題〉一文中，曾對這種句子作過全面的考察。他說：
>
> ……
>
> 他還指出，召卣「休王自彀使賞畢土方五十里」（《集成》16·10360）、寰簋「寰拜稽首休朕皇君公伯錫厥臣弟寰井五□」（《集成》8·4167）、尹姞鼎「休天君弗望（忘）穆公聖龝明□」（《集成》3·754、755）等語裏的「休」，也都是動詞（見上引文）。〈洛誥〉「休公既定宅……」句的「休」字，用法跟上引諸語全同。這種句法一般用於下級贊美上級的場合。周公是成王的叔父，又是周王朝當時實際上的最高統治者。成王使用這樣的句法來表示對周公的特殊尊敬，是合乎情理的。[3]

綜上，此句當斷讀作「其作周匹」，「休」字屬下讀。

（二）咸秩無文

經文：
    王肇稱殷禮，祀于新邑，咸秩無文。

「咸秩無文」，僞《孔傳》釋爲「皆次秩不在禮文者而祀之」。此篇後文之「咸秩無文」，僞《孔傳》釋爲「皆次秩無禮文而宜在祀典者」。蔡沈解「無文」爲「祀典不載也」[4]，同於僞孔。

江聲云：「《風俗通·山澤篇》引《傳》曰：『五嶽視三公，四瀆

---

[1] 宋·呂祖謙撰，宋·時瀾增修，《增修東萊書說》卷二十三，《景印文淵閣四庫全書（第五七冊）》（臺北：臺灣商務印書館，1986），頁 352 上。
[2] 《尚書覈詁》頁 318。
[3] 裘錫圭，〈讀書札記九則〉，《裘錫圭學術文集·語言文字與古文獻卷》（上海：復旦大學出版社，2012），頁 397—398。原載《文史》第十五輯（北京：中華書局，1982）。
[4] 《書經集傳》卷五，《景印文淵閣四庫全書（第五八冊）》頁 100 上。

138

視諸侯，其餘或伯或子、男。大小爲差。」繼引此經『咸艷無文』而說之云：『王者報功，以次艷之，無有文也。』則『咸艷』，謂次艷其尊卑；『無文』，謂禮儀簡質，無繁文也。」[1]王鳴盛說同。[2]孫星衍、陳喬樅等均從此說。[3]

阮元云：「此兩言『無文』者，謂無詩也。古人稱詩之入樂者曰『文』。」[4]

王引之讀「文」爲「紊」，將「咸秩無文」譯述作「自上帝以至羣神，循其尊卑大小之次而祀之，無有殽亂也」。[5]後之學者多從其說。

于省吾釋「咸秩無文」爲「咸平易而無紋飾也」。[6]

金兆梓釋「無」爲發生之助詞，謂「『咸秩無文』，實咸秩而文也。」[7]

黃懷信云：「秩：同「质」。按殷尚质、周尚文，行殷礼，故曰咸质无文。」[8]

何景成將「無文」之「文」讀爲閔憂之「閔」，其說云：

> 在殷墟甲骨刻辭中，與祭祀有關的的「王賓」類卜辭，經常出現舊常讀作「無尤」的詞語。陳劍將之與金文中的「敗」以及戰國文字裏的「閔」相聯繫，指出他們所表示的是同一個詞，在殷墟卜辭中可能與後代常用于卜筮場合的「吝」字表示同一個詞；西周金文中該字和相關諸字，跟金文「亡敗」的「敗」表示同一個詞，相當於古書裏意爲「憂」、「病」的「湣」、「閔」等字。在甲骨卜辭和西周金文中，「無吝」或「無湣」是一個常見的詞，在甲骨卜辭中，該詞主要出現在祭祀卜辭中；在西周金文中，「無湣」的用法較爲廣泛，在戰事、祭記、以及頌揚祖考的場合中均有出現：
>
> 3·楷伯簋（《集成》8·4205）：楷伯于遘王，休，亡敗。
> ……
> 7·繁卣（《集成》5430）：惟九月初吉癸丑公酒祀。雩旬又一日辛亥，公祷酒辛公祀，卒事，亡敗。

---

[1] 《尚書集注音疏》卷七，《四部要籍注疏叢刊·尚書（中）》頁1647上。
[2] 《尚書後案》頁446。
[3] 《尚書今古文注疏》頁406—407；《今文尚書經說考》卷二一，《續修四庫全書（四九）》頁551上。
[4] 清·阮元撰，鄧經元點校，〈咸秩無文解〉，《揅經室集》續一集卷一（北京：中華書局，1993），頁1011。
[5] 《經義述聞（一）》頁223。
[6] 《雙劍誃群經新證》頁98下。
[7] 《尚書詮譯》頁279。
[8] 《尚書注訓》頁294。

……

我們認爲〈洛誥〉中「咸秩無文」之「無文」的用法與上引金文中的「無斁」相近，「無文」之「文」應讀爲閔憂之「閔」。〈洛誥〉中的「咸秩無文」都是指稱祭把而言。「無文」在「王肇稱殷禮，祀于新邑，咸秩無文」以及「稱秩元祀，咸秩無文」中所處的語法位置，與「無斁」在上引金文中的位置大體一致。「肇稱殷禮，祀于新邑」與「稱秩元祀」都是指祭祀之事，即王大規模祭祀諸神。繁卣所載亦爲祭祀之事，可與之相比較。「咸秩無文」可與繁卣的「卒事無斁」相對照。「咸秩」和「卒事」都是對前述事宜完成情況的描述，「咸秩」指皆循其次序，與楷伯簋等器用「休」（即美、善）來描述楷伯等人遘見王之事宜的完成情況也是相一致的。[1]

按，讀「閔」之說較舊說爲優。「咸秩」之「秩」讀如〈堯典〉「望秩于山川」之「秩」，伯 2748 作「袟」。

（三）公無困哉……其世享

經文：

王曰：「公定，予往已。公功肅將祗歡，公無困哉！我惟無斁其康事，公勿替刑，四方其世享。」

僞《孔傳》將經文釋作：「公必留，無去以困我哉！我惟無厭其安天下事。公勿去以廢法，則四方其世世享公之德。」「公無困哉我」，《漢書・元后傳》引作「公毋困我」，〈杜欽傳〉、《續漢書・祭祀志》劉注引《東觀書》均引作「公無困我」。《逸周書・祭公》：「王曰：『公無困我哉。』」段玉裁認爲經文「哉」爲「我」之訛，而後之「我」屬下讀。[2]俞樾認爲「哉我」誤倒。[3]

〈祭公〉「公無困我哉」，簡本作「公，女（汝）念羕（哉）」。[4]陳劍據此認爲〈洛誥〉此文本應作「公，女（汝）念哉」，其說云：

今本「無」字應係由「毋」變來，而「毋」則又應係由「女（汝）」

---

[1] 何景成〈古文獻新證二則〉《出土文獻與先秦經史國際研討會論文集(上)》，香港大學，2015 年 10 月 16 日—17 日，頁 285—287。
[2] 《古文尚書撰異》卷二〇，《四部要籍注疏叢刊・尚書（中）》頁 1992 下。
[3] 《群經平議》卷六，《續修四庫全書（一七八）》頁 89 上。
[4] 《清華大學藏戰國竹簡（壹）》頁 175。

與「母/毋」形或互作而來——此類現象出土文獻中多見，研究者或將其看作誤字，或以「女」、「母」本一形分化、其字形尚長期區分不嚴說之。⋯⋯至於「念」與「困」，則或如夏含夷所說「恐怕也很可能是形近訛誤」；或亦與其讀音相差不遠有關。

除去〈祭公〉此例，先秦古書中就再也沒有「無困我哉」這樣的說法了。同時，正如有研究者已經注意到的，「『汝念哉』、『念哉』等語從今天來看，很可能是周人當時的叩頭習語」；如〈康誥〉：「王曰：嗚呼！封，汝念哉！」又「王曰：嗚呼！肆汝小子封，惟命不于常，汝念哉！無我殄享。」〈祭公〉：「嗚呼！三公，汝念哉！」（〈祭公之顧命〉簡 17「三公」上多「天子」二字）。將以上情況結合起來看，〈洛誥〉此文亦本應只「公，女（汝）念哉」，今本「哉我」之「我」字或係因與「戈」形近而誤衍，或與〈祭公〉例一同都解釋爲「女（汝）念」變作「無困」之後、又爲足義而添加（〈洛誥〉「我哉」又誤倒），總之「我」字皆本不應有。

「公無困我」後之文句，江聲斷讀作「我惟無斁，其康事公勿替，刑四方，其世享」。陳劍除認爲「我」字不應有外，均從其說。又疑「康」可讀爲賡續之「賡」。最後總結爲：

> 〈洛誥〉此語可校讀爲（「﹛﹜」表示應刪去之衍文）：
>
> 　　公，無〈女〉困〈念〉哉﹛我﹜！惟無斁，其康（賡）事公勿替。刑四方，其世享。
>
> 其大意謂：「公，你要想着啊：不要懈怠厭倦，接下來的營洛之事公不要替廢。要作四方的典型表率，這樣你就可以世世得享祀了。」[1]

按，陳說「公無困哉我」甚是，「康」字讀解亦可備一說。惟此句經文似當斷讀作：「公，無〈女—汝〉困〈念〉哉﹛我﹜！惟無斁其康事，公勿替，刑（型）四方，其世享。」

---

[1] 陳劍，〈清華簡與《尚書》字詞合證零札〉，清華大學《「出土文獻與中國古代文明國際學術研討會」論文》，2013 年 6 月 17—18 日。後收入清華大學出土文獻研究與保護中心編，《出土文獻與中國古代文明——李學勤八十壽誕紀念論文集》（上海：中西書局，2016），頁 215—217。

（四）乃命寧予以秬鬯二卣

經文：

伻來毖殷，乃命寧予以秬鬯二卣，曰：「明禋，拜手稽首休享。」予不敢宿，則禋于文王、武王。

「乃命寧予以秬鬯二卣」，此句主要有三種斷讀法，分別爲：

（1）以「乃命寧」絕句，「予」字下讀。以僞《孔傳》爲代表，其釋「乃命寧」爲「乃見命而安之」；

（2）以「乃命寧予」絕句。王夫之倡此讀，並訓「寧」爲「定」。朱駿聲訓「寧」爲「安」，謂「乃命寧予」爲「乃命我安處于洛」。[1]孫詒讓謂「寧」爲「安告之，與綏義略同」。[2]王國維亦訓「寧」爲「安」，謂「是上下相存問，通稱寧也」。後之學者多從之。

（3）此句連讀。如夏僎《夏氏尚書詳解》釋此句爲「乃命安慰我以秬鬯酒二中罇」。又黃度《尚書說》云：「孔氏『乃命寧』絕句，非。周公言王乃明安我以黑秬黍酒二卣中器。」[3]

鄧佩玲引（1）釐爾圭瓚，秬鬯一卣，告于文人。（《詩經·大雅·江漢》）（2）用賚爾秬鬯一卣。（《尚書·周書·文侯之命》）（3）王易（賜）呂𫤌（秬鬯）三卣、貝卅朋。（呂鼎，《集成》2754）（4）王令（命）士道歸（饋）貉子鹿三。（貉子卣，《集成》5409）（5）隹（唯）王初𡍩于成周，王令盂寧异（鄧）白（伯）、賓（儐）貝，用乍（作）父寶䵼彝。（盂爵，《集成》9104）等文例，認爲經文及引文中之「寧」並當訓爲「賜降」。[4]

按，鄧說「寧」字義未敢必，但「乃命寧予以秬鬯二卣」作一句讀應無疑。

---

[1] 《尚書古注便讀》卷四中，《尚書類聚初集（三）》頁 308 上。

[2] 《尚書駢枝》頁 119。

[3] 上述觀點除加腳注者外，皆見鄧佩玲，〈《詩》《書》古義與金文新證二則〉，《人文中國學報》第十八期（2012·12·1），頁 85—87。

[4] 〈《詩》《書》古義與金文新證二則〉頁 87—90。

（五）萬年其永觀朕子懷德

經文：

　　周公拜手稽首曰：「王命予來承保乃文祖受命民，越乃光烈考武王弘朕恭。孺子來相宅，其大惇典殷獻民，亂爲四方新辟，作周恭先。曰其自時中乂，萬邦咸休，惟王有成績。予旦以多子越御事，篤前人成烈，答其師，作周孚先。考朕昭子刑，乃單文祖德。伻來毖殷，乃命寧予以秬鬯二卣，曰：『明禋，拜手稽首休享。』予不敢宿，則禋于文王、武王。惠篤敘，無有遘自疾，萬年厭于乃德，殷乃引考。王伻殷乃承敘，萬年其永觀朕子懷德。」

　　「王伻殷乃承敘，萬年其永觀朕子懷德」，僞《孔傳》釋爲：「王使殷民上下相承有次序，則萬年之道，民其長觀我子孫而歸其德矣。」是僞《孔傳》訓「朕子」爲「我子孫」。此外還有解「朕子」爲「我孺子」、「吾子」等觀點。[1]

　　上博簡（三）〈彭祖〉簡3「狗（耇）老曰：眊=（眊眊）舎（余）朕孳，未則于天，敢昏（問）爲人」[2]，簡8「朕孳不勆（敏），既旻（得）昏（聞）道，志（恐）弗能守」[3]。「朕孳」，周鳳五讀爲「沖子」。[4]馮勝君據之認爲：「〈洛誥〉文中『朕子』，與〈彭祖〉簡文中『朕孳』無疑是同一個詞（『孳』爲雙聲字，『茲』、『子』均聲），故『朕子』亦應當讀爲『沖子』。」[5]

　　按，周氏曾引〈顧命〉「眇眇予末小子」與〈彭祖〉簡3對讀，而文獻中亦有「小子不敏」的說法（如《韓詩外傳·卷七·第十二章》、《史記·太史公自序》等），可與簡8對讀，凡此均可證周說不誤，也可說明馮說可信。

---

[1] 詳見馮勝君，〈《書·洛誥》「朕子」當讀爲「沖子」〉，北京：中國人民大學，《中國文字學會第八屆學術年會論文集》，2015年8月，頁116。

[2] 馬承源主編，《上海博物館藏戰國楚竹書(三)》（上海：上海古籍出版社，2003），頁305。

[3] 《上海博物館藏戰國楚竹書（三）》頁308。

[4] 周鳳五，〈上海博物館楚竹書〈彭祖〉重探〉，《南山論學集——錢存訓九五生日紀念》（北京：北京圖書館出版社，2006），頁12。

[5] 〈《書·洛誥》「朕子」當讀爲「沖子」〉頁117。

九 多士

（一）非我小國敢弋殷命

經文：

肆爾多士！非我小國敢弋殷命，惟天不畀，允罔固亂，弼我。

「非我小國敢弋殷命」之「弋」字，《釋文》：「馬本作『翼』，義同。」[1]僞《孔傳》訓「弋」爲「取」，《孔疏》：「鄭玄、王肅本『弋』作『翼』，王亦云：『翼，取也。』鄭云：『翼猶驅也，非我有周敢驅取女殷之王命。』雖訓爲驅，亦爲取義。」[2]王鳴盛謂「弋」爲僞孔所改。[3]段玉裁亦謂：「『弋』、『翼』古音同在第一部，訓『取』者，讀『翼』爲『弋』也。孔本作『弋』者，因馬、王之說而改經字也。」[4]

朱駿聲認爲「弋假借爲代」。[5]曾運乾亦云：「弋亦代也。」[6]裘錫圭亦持此說。[7]

章太炎謂：「翼殷命即革殷命。」[8]

于省吾云：「翼，『𦐧』之譌，詳〈大誥〉。『𦐧』即『友』，通『有』。史頌𣪘之『友里君』即『有里君』可證。『敢有殷命』，與〈君奭〉之『受有殷命』句例同。」[9]

按，朱說是，楚簡中「代」多寫作「弋」，如清華簡（壹）〈金縢〉中「代」字均寫作「弋」。

---

[1] 《經典釋文（上）》頁 187。
[2] 《尚書正義》頁 499。
[3] 《尚書後案》頁 463。
[4] 《古文尚書撰異》卷二一，《四部要籍注疏叢刊·尚書（中）》頁 1994 上。
[5] 《說文通訓定聲》頁 215 下。按，其原文作「借爲『代』，《詩·多士》『敢弋殷命』」，是誤《書》爲《詩》。
[6] 曾運乾，〈喻母古讀考〉，《東北大學季刊》，第 2 期（1927）。按，曾運乾於《尚書正讀》中訓「弋」爲「篡取」。（《尚書正讀》頁 214）
[7] 裘錫圭，〈釋「弋」〉，《裘錫圭學術文集·甲骨文卷》（上海：復旦大學出版社，2012），頁 70。
[8] 《太炎先生尚書說》頁 154。原載《古文字研究》第三輯（北京：中華書局，1980）。
[9] 《雙劍誃群經新證》頁 103 上。

（二）俊民甸四方

經文：

　　乃命爾先祖成湯革夏，俊民甸四方。

　　「俊」，敦煌本、內野本作「畯」，《史記・宋微子世家》作「畯」。偽《孔傳》釋「俊民甸四方」為「用其賢人治四方」，是釋「俊民」為賢人、「甸」為治。王鳴盛云：「『甸，治』，《毛詩・信南山》、〈韓奕〉傳義也。」[1]後之學者於「甸」之解說皆同偽《孔傳》，無有疑義。而「俊民」大都亦從偽《孔傳》之說釋為「賢人」。金兆梓云：「『俊』，通『畯』，《詩・豳風・七月》『田畯至喜』毛傳：『田大夫也。』疏：『選俊人主田謂之田畯。』實即選也。《禮・月令》『孟夏之月……命太尉贊桀俊』，《正義》引《蔡氏雜名記》曰：『十人曰選，倍選曰俊』。」[2]徐灝云：「『俊』通作『馴』（〈堯典〉『克明俊德』，《史記・五帝紀》作『能明馴德』），『馴』猶『順』也（《易・坤・象傳》『馴致其道』，九家注：『馴，猶順也。』）。『甸』，治也（見《詩・信南山・韓奕》毛傳）。言順民治四方也。」[3]姚永樸亦云：「『俊』、『馴』、『訓』、『順』古通用。『俊民甸四方』，謂順民治四方耳。」[4]是徐、姚二氏均將「俊」解為動詞。

　　大盂鼎銘（《集成》2837）「畍正厥（厥）民」，陳夢家謂：「『畯正』是一動詞組，〈多士〉『俊民、甸四方』，義與此相同。」[5]《合》3087號卜辭「𠀔（𡘊）畯三（四）方」之「𠀔（𡘊）畯」，黃天樹謂其「也是一同義詞連用的動詞組，也訓為『治理』。這可以為陳夢家的說法在甲骨文裏找到佐證。」[6]黃一村亦贊同「畯」訓為「治理」之說，並謂：「那麼牆盤的　『達殷畯民』就應該理解為兩個並列的動賓短語『達（撻）殷』和『畯民』，即武王的兩件

[1] 《尚書後案》頁464。

[2] 《尚書詮譯》頁312。

[3] 《通介堂經說》卷十二。

[4] 轉引自《尚書故》頁228。

[5] 陳夢家，《西周銅器斷代》，《考古學報》，第1期（1956），頁96。

[6] 黃天樹，《殷墟王卜辭的分類與斷代》（北京：科學出版社，2007），頁86，注①。

功業：伐商和治民。〈多士〉說成湯『革夏俊民甸四方』，以前多讀『俊民甸四方』爲一句，現在看來是不對的，應該在『俊民』後讀斷，『革夏』、『俊（畯）民』、『甸四方』的主語都是成湯。」[1]

又張政烺認爲「畍正乎（厥）民」之「畍」應讀爲「允」，用法同於《論語·堯曰》「允執厥中」之「允」。[2]其在《兩周金文辭大系考釋》大盂鼎釋文「畍正乎民」處曾引〈多士〉「俊民甸四方」、〈大禹謨〉「允執厥中」、〈皋陶謨〉「允迪厥德」等爲證[3]，似是其認爲「俊民」之「俊」與「允」亦有關係。陳致推闡此說，亦將「達殷畍民」之「畍」讀爲「允」，並謂其「是將允用爲動詞，謂取信於民或佑護人民也」。[4]

史墻盤銘（《集成》10175）「達殷畍民」之「畍民」，唐蘭讀爲「畯民」，並認爲其與〈多士〉之「俊民」義相近，訓爲「農民」，並將「俊民」屬上讀。[5]裘錫圭亦認爲盤銘之「畯民」即〈多士〉之「俊民」，但謂：「大盂鼎說武王『畯正厥民』，跟『畯民』也是一個意思。（作者自注：看《考古學報》1956年1期96頁。）『畯』似當讀爲『悛』。《國語·楚語》『有過必悛』，韋昭注：『悛，改也。』『畯民』、『畯正厥民』就是使民改正向善，跟《尚書·康誥》『作新民』的意思相近。」[6]是其亦將「俊」解爲動詞。連劭名亦據盤銘將〈多士〉「革夏俊民」單獨成句，並同裘錫圭讀「畯」、「俊」爲「悛」，但訓爲「安定」。[7]

---

[1] 〈《尚書·周書》與金文對讀研究〉頁54。按，黃一村兄後來告知「達殷」與曾侯與編鐘（《銘圖續》1029）「達殷之命」相參，其中「達」字可能應釋爲「代」一類的意思。

[2] 見裘錫圭，〈懷念張先生〉，《裘錫圭學術文集·雜著卷》（上海：復旦大學出版社，2012），頁210。原載《中華讀書報》2012年5月9日7版，題爲《「以學術爲天下公器」的學者精神》。此文所述《論語·堯曰》「允執厥中」，〈堯曰〉原文實爲「允執其中」，但《潛夫論·五德志》引述作「允執厥中」。

[3] 張政烺著，朱鳳瀚等整理，《張政烺批註〈兩周金文辭大系考釋〉（上）》（北京：中華書局，2011），頁90。

[4] 陳致，〈「允」「畍」「畯」試釋〉，《饒宗頤國學院院刊》創刊號（2014·4），頁143—144。

[5] 唐蘭，〈略論西周微史家族窖藏銅器羣的重要意義——陝西新出牆盤銘文解釋〉，《唐蘭全集（四）·論文集下編》（上海：上海古籍出版社，2015），頁1875、1877。原載《文物》，第3期（1978），頁19—24、42。

[6] 裘錫圭，〈史墻盤銘解釋〉，《裘錫圭學術文集·金文及其他古文字卷》（上海：復旦大學出版社，2012），頁9—10。原載《文物》，第3期（1979）。

[7] 連劭名，〈史牆盤銘文研究〉，《古文字研究》第八輯（北京：中華書局，1983），

按，將「俊」解爲動詞並訓爲「治理」可從。清華簡（伍）〈封許之命〉簡2之「晁（畯）尹三（四）方」亦見於大克鼎（《集成》2836），張富海亦謂「『畯』與『尹』義近，當訓爲『正』，統治、治理之義」[1]。

十 君奭

（一）君已曰時我

經文：

> 周公若曰：君奭。弗弔（淑）！天降喪于殷。殷既墜厥命，我有周既受，我不敢知曰：厥基永孚于休；若天棐（非）忱，我亦不敢知曰：其終出于不祥。嗚呼！君已曰時我，我亦不敢寧于上帝命，弗永遠念天威越我民，罔尤違惟人在（哉）。

「君已曰時我」，此句殊難解，異詞頗多。「曰」，伯2748無，魏石經闕，計其字數當有「曰」字。僞《孔傳》云：「歎而言曰：君已[2]，當是我之留。」孔《疏》云：「周公又歎而呼召公曰：『嗚呼！君已！』『已』，辭也。既歎乃復言曰：君當是我之留，勿非我也。」[3]是僞《孔傳》將此句斷作「君已！曰時我」，視「已」爲語辭，訓「時」爲「是」。僞孔增字解經，殊難信從。

蔡沈云：「周公嘆息言，召公已嘗曰，是在我而已。」[4]蔡氏亦就字面作解，訓「時」爲「是」。其後之注疏多從此說。

吳汝綸云：「『嗚呼君』句絕。時者，更也。鄭〈堯典〉注：『時，讀爲蒔。』《方言》：『蒔，更也。』我，我周也。時我，更周也，承上周受殷命爲文也。已曰，猶《詩》之言『既曰』也。已曰時我，言殷既已更爲我周也。姚永樸云：『《漢書・灌夫傳》「已然諾」，注：「已，

頁32—33。

[1] 張富海，〈清華簡字詞卜筮三則〉，《古文字研究》第三十一輯（北京：中華書局，2016），頁353。

[2] 「已」，原作「也」。阮元《校勘記》云：「古本、岳本、《纂傳》『也』作『已』，與疏合。」

[3] 《尚書正義》頁519。

[4] 《書經集傳》卷五，《景印文淵閣四庫全書（第五八冊）》頁108下。

必也。」《釋名》:「時,期也。」言休與不祥之趨避,君必曰:期之我。』」[1]吳、姚二氏之說頗穿鑿,「蒔」乃「更別穜」(《說文·艸部》)之義。吳闓生稍變其意,以本字解「時」云:「君字句絕,呼而告之。言今時命既已歸我。」[2]

章太炎將此句斷作「君已,曰時我」,謂:「召公不說,必有所言。君已者,君止也,止其言也。曰者,更端之辭。時,古用爲『待』字。《易·歸妹》九四:『歸妹愆期,遲帥有時。』象曰:『愆期之志,有待而行也。』是讀經文時爲待也。待我者,待我政成,然後去位也。」[3]

王國維指出毛公鼎(《集成》2841)「王曰:父厝。已。曰伇茲卿士寮、太史寮」與此句文例相同。[4]楊筠如承之,又云:「疑『已曰』二字連讀。時,《廣雅》:『善也。』『時我,我亦不敢寧于上帝命』,與〈多士〉『弼我,我其敢求位』文法亦相近也。」[5]

曾運乾云:「君指召公也。已,已嘗也。《墨經》曰:『自後曰已。』時我之我,召公自我也。時我,召公語。」[6]是其將此句斷讀爲「君已曰『時我』」。周秉鈞則進一步謂「時我」以下皆召公之言,又云:「已,嘗也。時借爲恃,《呂覽·恃君覽》,《史記索隱》作〈時君覽〉,『時』與『恃』古通用。我,我輩。」[7]黃懷信從之。[8]

金兆梓將此句作一句讀,云:「『時』,有。見《逸周書·皇門》『惟時及胥學於非夷』孔晁解。」[9]

屈萬里云:「君字絕句,從吳氏《尚書故》說。君,謂君奭也。時,善也;義見《詩·頍弁》毛《傳》。此言天已善我周室也。周已代殷受命,故云。」[10]

[1] 《尚書故》頁 242。
[2] 《尚書大義》卷二。
[3] 《太炎先生尚書說》頁 162。
[4] 王國維,《觀堂古金文考釋五種》,《金文文獻集成》第 24 冊(北京:綫裝書局,2005)。
[5] 《尚書覈詁》頁 363。
[6] 《尚書正讀》頁 226。
[7] 《尚書易解》頁 229。
[8] 《尚書注訓》頁 317。
[9] 《尚書詮譯》頁 121。
[10] 《尚書集釋》頁 208。

《校釋譯論》解此句爲：「您已同意我的做法，或獎許我的做法。」[1]

按，上述觀點中，王國維及屈萬里之說最值得重視。參毛公鼎文例，此經當斷讀作「君。已！曰時我」。「君」即指君奭，〈堯典〉有省稱「伯夷」爲「伯」之例。「已」當同毛公鼎爲語辭，可讀爲「嘻」。〈大誥〉「已。予惟小子」之「已」，〈莽誥〉作「熙」，段玉裁謂：「莽作『熙』，師古曰『嘆辭』，此今文《尚書》也，皆即今之『嘻』字。」[2]「曰時我」之「曰」，當爲句首助詞，即《詩經·豳風·七月》「嗟我婦子，曰爲改歲，入此室處」之「曰」[3]。而「時」字，當從楊筠如、屈萬里訓爲「善」。「時我」，如屈氏所云「此言天已善我周室也。周已代殷受命，故云」。又將「曰時我，我亦不敢寧于上帝命」與《詩經·大雅·蕩》「匪上帝不時，殷不用舊」相參，可見二「時」字正同，益可證訓「善」之確。綜上，此句可斷讀爲「君。已（嘻）！曰時我」。

（二）在昔上帝割申勸寧王之德

經文：

> 公曰：君奭！在昔上帝割申勸寧〈文〉王之德，其集大命于厥躬。惟文王尚克修和我有夏，亦惟有若虢叔，有若閎夭，有若散宜生，有若泰顛，有若南宮括。

《禮記·緇衣》：「〈君奭〉曰：『昔在[4]上帝周田觀文王之德，其集大命于厥躬。』」鄭玄注云：「古文『周田觀文王之德』爲『割申勸寧王之德』。今博士讀爲『厥亂勸寧王之德』。三者皆異，古文似近之。割之言蓋也，言文王有誠信之德，天蓋申勸之。集大命于其身，謂命之使王天下也。」僞《孔傳》釋此云：「在昔上天割制其義，重勸文王之德，故能成其大命於其身。」

金履祥云：「『害』，何也，如『時日害喪』之『害』。」[5]

---

[1] 《尚書校釋譯論（第三冊）》頁 1556。

[2] 《古文尚書撰異》卷一五，《四部要籍注疏叢刊·尚書（中）》頁 1964 上。

[3] 參《經傳釋詞》頁 30－32。

[4] 「昔在」原作「在昔」，此從段玉裁《古文尚書撰異》之說乙正。

[5] 元·金履祥，《書經注》卷十，《續修四庫全書（四二）》（上海：上海古籍出

庫勒納等以「在昔上帝割」爲句，並將其解作：「昔者殷王受無道，爲上帝之所厭棄，降災害於殷。」[1]

揆敍云：「惟蘇氏以『在昔上帝割』爲句，義如『天降割于我家不少延』之『割』同，當從之。」[2]

王念孫認爲「在昔上帝割申勸寧王之德」之「勸」爲「助」義。[3]

王國維云：「惟『勸』字〈緇衣〉作『觀』較長。」[4]

楊筠如謂：「今本『割』當作『害』，『害』、『周』以形近而譌。古『害』『蓋』通用。《說文》：『𡞞，大也，讀若「蓋」。』則『害』亦大也。申，讀爲『陳』，古『陳』字作『𢏚』。《詩·商頌》：『申錫無疆』，《大雅》：『陳錫哉周』，因可知『申錫』、『陳錫』爲一語。勸，當爲『觀』。」[5]

曾運乾謂：「『割』，本當作『害』，〈緇衣〉讀『周』，形之誤也。博士讀『厥』，古文讀『割』，竝聲之誤也。實當讀爲『曷』，如『時日害喪』之『害』，何也。『申』，〈緇衣〉讀『田』，博士讀『率』，『率』轉爲『亂』，竝形之誤也。古文作『申』不誤。『申』，重也。『勸』，〈緇衣〉讀『觀』，聲之誤也。」[6]

周秉鈞云：「割，讀爲害，何也。申，重也。勸，勉也。」[7]

于省吾云：「格伯𣪘『周』作■，師害𣪘『害』字作■，形似易渾。〈堯典〉：『洪水方割。』鄭《詩譜》疏引作『害』。『申』一作『田』，實乃『由』之譌。『害』讀爲『曷』，『由』，以也。」[8]

金兆梓云：「我以爲此卻應從〈緇衣〉讀，惟『田』則爲『由』之訛。」[9]

屈萬里釋「割申勸寧王之德」之意爲「此言上帝蓋重複觀察文

版社，2002），頁602下。明劉三吾曾引金說作「此當作害而音曷。曷，何也」，見其《書傳會選》卷五，《劉三吾集》頁464。
[1] 清·庫勒納等撰，《日講書經解義》卷十（海口：海南出版社，2012），頁386。
[2] 清·揆敍，《隙光亭雜識》卷六（清康熙牧堂自刻本）。
[3] 《廣雅疏證》頁52上。
[4] 〈觀堂學書記〉頁287。
[5] 《尚書覈詁》頁370。
[6] 《尚書正讀》頁230。
[7] 《尚書易解》頁232。
[8] 《雙劍誃群經新證》頁36。
[9] 《尚書詮譯》頁131。

王之德也」[1]。

又「今博士讀爲『厥亂勸寧王之德』」，王引之謂：「『厥亂勸寧王德』者，厥率勸寧王德也。」[2]「厥」字，廖名春謂是「害」之聲誤。[3]林志強從之。[4]「亂」字，裘錫圭疑本作「𤔔」，並謂「〈緇衣〉所引本依其聲旁讀爲『田』，傳《尚書》之今博士則誤以左半之『𤔔』爲聲旁而讀爲『亂』。『田』、『陳』、『申』古音相近（《說文》以爲『陳』從『申』得聲），故古文家又讀此字爲『申』」。[5]郭永秉繼而認爲：「結合我們現在掌握的戰國簡本文字的知識來說，『𤔔（紳）』『亂』之訛發生的時代，應當不會晚過春秋晚期。」[6]

敦煌本「伯 2748」《尚書·君奭》二句作：「在昔上帝割申勸寧王德，其集大命于厥身。」[7]郭店簡〈緇衣〉36—37 號簡所引〈君奭〉作：「昔才（在）上帝戠繡（紳）觀文王惪（德），其集大命于坓（厥）身。」[8]由此可知〈君奭〉此處「在昔」最初應爲「昔在」，魏石經時已誤作『在昔』；似應以「割申觀文」爲是，而他者皆非；「之」字似本無[9]；「躬」本作「身」[10]。

---

[1] 《尚書集釋》頁 212。

[2] 《經義述聞（一）》頁 217。

[3] 〈郭店楚簡引《書》論《書》考〉頁 115。

[4] 《古本《尚書》文字研究》頁 84。

[5] 〈史牆盤銘解釋〉頁 7 注⑩。

[6] 郭永秉，〈由某些訛字的來源窺測秦漢《尚書》授受源流〉，《先秦兩漢訛字學術研討會論文集》，北京：清華大學，2018 年 7 月 14—15 日。

[7] 《敦煌殘卷古文尚書校注》頁 47。

[8] 《楚地出土戰國簡冊合集（一）·郭店楚墓竹書》頁 26。又「坓」字，上博簡作「氏」。李零云：「『氏』與『坓』字形相近，可能是『坓』的誤寫，但於義可通。」（李零，〈上博楚簡校讀記（之二）〉，《上博館藏戰國楚竹書研究》（上海：上海書店出版社，2002）頁 414）

[9] 段玉裁云：「傳是樓所藏宋本《禮記》，岳珂所謂舊監本也，作『厥亂勸寧王德』，無『之』字。」（《古文尚書撰異》卷二三，《四部要籍注疏叢刊·尚書（中）》頁 2005 上）林志強疑是漏寫（《古本《尚書》文字研究》頁 75），虞萬里亦謂是「書寫遺脫」（虞萬里，《上博館藏楚竹書〈緇衣〉綜合研究》（武漢：武漢大學出版社，2009），頁 146），似不可從。

[10] 林志強謂：「原先應該以作『身』爲是。」（《古本《尚書》文字研究》頁 75）虞萬里云：「既然古文《尚書》兩形並存（引者按：指『身』、『躬』），已有可能原作『躬』而『身』爲『躬』之省寫。」（《上博館藏楚竹書〈緇衣〉綜合研究》頁 146）馬曉穩云：「《禮記·緇衣》和《尚書·君奭》中的『躬』，都應依簡本讀爲『身』。古『躬』有『身』音，屬於古文字中的異讀現象。」（〈出土戰國文獻《尚書》文字輯證〉頁 18）

　　《校釋譯論》謂「觀即觀看、觀賞義」、「大命即天命」，並譯此二句爲「以前上帝爲什麼一再觀賞、賞識文王的大德縱集天命到他的身上呢」[1]。

　　劉信芳將此處以及〈堯典〉「湯湯洪水方割」、〈湯誓〉「率割夏邑」、〈大誥〉「天降割于我家」之「割」均讀爲動詞之「害」；「申」解爲國名。[2]

　　廖名春、林志強從鄭玄之說讀「害」爲「蓋」，表推測原因。[3]

　　馮勝君將「𢼸」和「割」讀爲「格」，將郭店簡〈緇衣〉前句斷讀爲「昔才（在）上帝𢼸（格），繡（紳）觀文王悳（德）」，譯爲「往昔上帝降臨，反復考察文王的德行」。[4]

　　臧克和將古文〈君奭〉二句譯爲：「從前在上帝何以申察文王的德行？要在他身上成就天命。」[5]

　　馬楠云：「疑𢼸讀爲故，如𣅏讀爲胡。故，久；申，重。句謂上帝長久反復觀文王德。」[6]

　　按，郭店簡〈緇衣〉出，可知于、金二氏「田爲由字之訛」之說非是。屈萬里從鄭注「割之言蓋也」之說似亦非。皮錫瑞曾謂：「鄭君讀『割』爲『蓋』，而《尚書》二十九篇無用『蓋』字爲語辭者，則鄭說亦未可據。」[7]馮說與楚簡用字習慣不合，楚簡中未有以「割」表示「格」者[8]。所以「割」字之讀法仍難以確定。

　　至於今文「𤔔」訛作「亂」的問題。郭店簡〈緇衣〉爲子思所作，傳抄至楚地，說明子思所見《尚書·君奭》「申」字並未誤爲「亂」。子思所見《尚書》當源自孔子，作「𤔔」形之「申」應當是作爲古體殘存在孔門的《尚書·君奭》傳本之中。古文作「申」不誤，說明壁藏《尚書》時此字尚不誤，且已經將此字抄改作戰國

---

[1] 《尚書校釋譯論（第三冊）》頁 1576。

[2] 劉信芳，〈郭店簡〈緇衣〉解詁〉，武漢大學中國文化研究院編《郭店楚簡國際學術研討會論文集》，（武漢：湖北人民出版社，2000），頁 176。

[3] 〈郭店楚簡引《書》論《書》考〉頁 115；《古本《尚書》文字研究》頁 84。

[4] 馮勝君，《郭店簡與上博簡對比研究》（北京：綫裝書局，2007），頁 168—169。

[5] 臧克和，〈楚簡所見《尚書》今古文聯繫〉，《簡帛與學術》（鄭州：大象出版社，2010），頁 35。

[6] 〈周秦兩漢書經考〉頁 388。

[7] 《今文尚書考證》頁 387。

[8] 參周波，〈戰國時代各系文字間的用字差異現象研究〉，復旦大學博士學位論文（指導教師：裘錫圭教授），2008 年 4 月，頁 73—74。

時「申」字的寫法，所以孔安國讀古文時並未從今文誤作「亂」。
而今文之「亂」當是伏生所承尚存「𤔔」形古體之〈君奭〉在經過
秦火掩藏後，傳予晁錯、歐陽生等時發生錯訛所致。今文又將「割」
字誤爲「厥」，很有可能是伏生口述《尚書》時之聲訛。

　　另外，今本《禮記‧緇衣》將「割申」誤作「周田」。其中「周」
字，于省吾「害」字形訛之說可從。當有作「害」之本，不過據郭
店簡〈緇衣〉，此字至子思時並不誤，而戰國時此二字字形基本不
類，所以當是經過秦末戰亂傳抄至漢初「害」「周」字形相似時而
發生訛誤。而「田」字則存在兩種可能，一是作「𤔔」或「繻」形
之「申」的形訛，二是如裴錫圭所說依其聲旁讀爲「田」。

（三）惟文王尚克修和我有夏

　　經文：

　　　　公曰：君奭！在昔上帝割申勸（觀）寧〈文〉王之德，
　　其集大命于厥躬。惟文王尚克修和我有夏，亦惟有若虢叔，有
　　若閎夭，有若散宜生，有若泰顚，有若南宮括。

　　「惟文王尚克修和我有夏」，僞《孔傳》釋作：「文王庶幾能
修政化，以和我所有諸夏。」「修和」，江聲訓爲「脩治安和」。
[1]吳汝綸訓爲「大和」。[2]金兆梓訓爲「認真和好」。[3]屈萬里訓「修」
作「爲」，訓「和」爲「和洽」。[4]《校釋譯論》將「修和」譯作「團
結」。[5]

　　《逸周書‧祭公》：「我亦維有若祖祭公之執和周國，保乂王
家。」李學勤指出「執和」即金文中之「鼇穌」。[6]其後又在將師詢
簋（《集成》4342）與〈祭公〉對讀時，認爲：

　　　　簋銘「鼇龠雪政」，即史牆盤「㪅穌于政」。〈祭公〉有「執

---

[1]　《尚書集注音疏》卷八，《四部要籍注疏叢刊‧尚書（中）》頁1667下。
[2]　《尚書故》頁247。
[3]　《尚書詮譯》頁132。
[4]　《尚書集釋》頁212。
[5]　《尚書校釋譯論（第三冊）》頁1576。
[6]　李學勤，〈文物研究與歷史研究〉，《中國文物報》1988年3月11日。收入《李
學勤集——追溯‧考據‧古文明》（哈爾濱：黑龍江教育出版社，1989）。

和周國」,「執」係「敹」字之訛,「和」與「龢」字通用。[1]「執和」,後出之簡本作「堅和」。李學勤繼而又認爲:

> 簡本〈祭公〉此處爲「堅(修)和周邦」,「修和」見於《尚書‧君奭》。「鼗」字,《說文》云「从弦省,从蠚」,傳統上認爲是來母質部字。不過看〈祭公〉和師詢簋等,銘文裏的「鼗」恐怕就應該讀爲「蠚」,是端母幽部字,而「修和」的「修」或作「脩」,是透母幽部,古音可謂相同。這個詞其實應理解爲「調和」,「調」也可讀在定母幽部。[2]

田煒云:「西周今文『敹』、『鼗』二字與『執』字的形體並不算很接近,直接誤寫成『執』的可能性不是很大。檢戰國文字『執』字或改从支作『𡙵』,與『敹』字的差別僅在『幺』旁之有無,故疑『敹』字先訛作『𡙵』再被誤轉爲『執』。『鼗』字亦有訛體作『𧶠』,也是『𡙵』訛爲『執』之例。」[3]馮勝君亦詳論「鼗龢」應讀爲「調和」。[4]均可從。

(四)茲迪彝教文王蔑德

經文:

> 公曰:君奭!在昔上帝割申勸(觀)寧〈文〉王之德,其集大命于厥躬。惟文王尚克修和我有夏,亦惟有若虢叔,有若閎夭,有若散宜生,有若泰顛,有若南宮括。又曰:無能往來,茲迪彝教文王蔑德,降于國人。亦惟純佑秉德,迪知天威,乃惟時昭(詔)文王,迪見冒聞于上帝,惟時受有殷命哉!

「無能往來,茲迪彝教文王蔑德,降于國人」,僞《孔傳》云:「有五賢臣,猶曰其少,無所能往來。而五人以此道法教文王以精微之德,下政令於國人。言雖聖人亦需良佐。」

《逸周書‧祭公》:「我亦維有若文祖周公暨列祖召公,茲申

---

[1] 李學勤,〈師詢簋與〈祭公〉〉,《古文字研究》第二十二輯(北京:中華書局,2000),頁71。

[2] 李學勤,〈清華簡〈祭公〉與師詢簋銘〉,《孔子學刊》,第二輯(2011),頁133。收入《初識清華簡》(上海:中西書局,2013)。

[3] 田煒,《西周金文字詞關係研究》(上海:上海古籍出版社,2016),頁358。

[4] 〈讀清華簡〈祭公之顧命〉札記〉頁111—114。

予小子追學於文武之蔑。」清華簡（壹）〈祭公之顧命〉簡5-7作：
「我亦佳（惟）又（有）若且（祖）周公檠（暨）且（祖）卲（召）
公，𤕦（茲）由（迪）巡（襲）𡥈（學）于文武之曼（蔑）悳（德）。」
[1]陳劍據此認為〈君奭〉之「彝」為「巡（襲）」字之誤認，而「教」
應讀為「學」，其說云：

> 對比簡本〈祭公〉講成王「惟有若（周、召二公），茲迪襲學于
> 文武之蔑德」，與〈君奭〉言文王「惟有若（五臣），……茲迪彝教
> 文王蔑德」，二者遣詞造句極為相似。「茲」應皆代指上文諸人；〈君
> 奭〉的「教」顯然也應讀為「學」；「彝」字如按其常訓「法」、「常
> 法」解之、看作動詞用法，「彝學」似亦可通。但考慮到這兩句話的
> 高度相似程度，再結合下所述近來被大家注意到的東周文字中「彝」
> 與「巡（襲）」在字形上的關係，我認為，〈君奭〉之「彝」最可
> 能應本是作「巡（襲）」的。
> ……
> ……「無語」在此基礎上認為「屢」應即「彝」字變體，又舉
> 出了更多的此類字形。今增補傳抄古文例並將簡本〈祭公〉「巡」
> 形附於最末，以資對比：
>
> 王子臣俎　鄰子受編鐘　、　曾姬無恤壺　蔡侯申盤
> 《說文》「彝」字古文　《汗簡·丝部》引《說文》（《古文
> 四聲韻》上平聲脂韻引《說文》略同）　郳公鎛（此改用董珊摹
> 本）
> 郳公鎛之形兩「幺」形上有一橫筆相連，已與「巡」之聲符「丝」
> 全同；前引郭永秉所舉「彝」字有兩形從「辵」、上所舉又有數形從
> 「彳」，亦皆與「巡」相近；就「屢」而言，其中也包含「丝」形
> （……），戰國文字中位於下方的「又」旁又不乏變為「止」之例；
> 以上因素結合起來考慮，「巡（襲）」字傳抄中被誤認作形近的「彝」，
> 可能性是非常之大的。據此，〈君奭〉此文可校作「茲迪彝〈巡（襲）〉
> 教（學）于文王蔑德」。[2]

　　按，陳說甚是。可以補充的是，清華簡（伍）〈封許之命〉簡
5「彝」字作[3]，與　更為接近。魏石經此字古文作「彝」，那麼
壁中古文《尚書》此字也應該是作「彝」，說明早在藏《尚書》於

1　《清華大學藏戰國竹簡（壹）》頁174。
2　〈清華簡與《尚書》字詞合證零札〉頁212—213。
3　《清華大學藏戰國竹簡（伍）》頁40。

壁中之時此字已誤。又今文無異說，也應該是作「彝」的。大概此經在孔子後學中傳至戰國時發生訛誤，遂致藏於壁中之古文與傳至伏生之今文皆誤。

另外，「蔑德」之「蔑」字，鄭玄訓爲「小」；僞《孔傳》訓爲「精微」；蔡沈訓爲「無」[1]；王先謙謂「蔑」與「亡」通用[2]；于鬯謂「蔑」爲「茂」之形誤[3]；于省吾認爲「蔑德」即「威德」，「是威譌爲威，又叚爲蔑」[4]；馬楠據簡本〈祭公〉，謂「『蔑德』似亦當讀爲『曼德』」[5]。

先秦兩漢皆盛言文王之有德，不應謂其無德。《孔叢子·論書》言〈康誥〉篇意爲「稱述文王之德，以成勅誡之文」，亦可證「蔑德」非無德，故于鬯以「蔑」爲「茂」之形誤。陳劍曾論及「蔑」有「覆被」一類義，並以清華簡（壹）〈皇門〉簡6-7「孫=（子孫）用蔑（穢-蔑）被先王之耿光」爲證，[6]可從。此處「蔑德」之「蔑」似亦當訓爲「被」。

（五）惟冒丕單稱德

經文：
　　惟茲四人昭武王，惟冒，丕單稱德。

此處經文斷句及釋義均有疑，將前人說法分述如次：

《說文·目部》：「瞀，氐目視也。从目，冒聲。《周書》曰：『武王惟瞀。』」段玉裁云：「許所據者，壁中故書也。蓋孔安國以今文讀爲『冒』字，若然則壁中『瞀』字不必訓低目視矣。」[7]王鳴盛、章太炎釋「冒」從《說文》。[8]

僞《孔傳》云：「惟此四人明武王之德，使布冒天下大盡舉行其德。」是其將此處斷讀作「惟茲四人昭武王，惟冒丕單稱德」。

[1] 《書經集傳》卷五，《景印文淵閣四庫全書（第五八冊）》頁110上。
[2] 《尚書孔傳參正（下）》頁802。
[3] 清·于鬯，《香草校書（上）》（北京：中華書局，1984），頁200—201。
[4] 《雙劍誃群經新證》頁110—111。
[5] 〈周秦兩漢書經考〉頁389。
[6] 陳劍，〈簡談對金文「蔑懋」問題的一些新認識〉，復旦網，2017年5月5日。
[7] 《古文尚書撰異》卷二三，《四部要籍注疏叢刊·尚書（中）》頁2006上。
[8] 《尚書後案》頁495；《太炎先生尚書說》頁166。

蔡沈云：「惟此四人能昭武王，遂覆冒天下，天下大盡稱武王之德。」[1]是其將「惟冒」屬上讀。

江聲從《說文》作「暊」，並將「昭」字屬上讀，其釋此云：「惟此四人昭明，武王臨視之，大盡稱其德焉。」[2]

王引之讀「昭」爲「詔」、訓「冒」爲「懋」，並解「惟茲四人昭武王，惟冒」爲「左右武王，惟懋勉也」。[3]

孫星衍亦將「惟冒」屬上讀，其說云：「昭與詔通，〈釋詁〉云：『詔、亮、相，道也。』冒與懋聲相近，又通勖，勉也。〈釋詁〉云：『丕，大也。』《詩箋》云：『單，盡。』……此云『昭武王惟冒』，言相道武王惟懋勉也。『丕單稱德』，言大盡稱其德也。」[4]是其解「昭」、「冒」同於王引之。劉逢祿亦讀「冒」爲「勖」。[5]李慈銘亦謂此及上文「乃惟時昭文王，迪見冒聞于上帝」之「冒」「皆『懋』之借，亦即『勖』之省借字」。[6]楊筠如、曾運乾、周秉鈞、李民、王健等均從斷讀。[7]

王闓運讀「冒」爲「眇」，又謂「丕單，皆大也」。[8]

吳汝綸云：「昭武王惟冒，相武王以美也。」[9]吳闓生云：「能助武王以美。『惟冒』，即『迪見冒聞』之省。」[10]

金兆梓將此處經文斷讀爲「惟茲四人，昭武王惟冒丕單稱德」，並將其譯作「也正因有這四人輔佐，進而完成了文王的德業」。[11]

楊寬亦將「惟冒」屬上讀，並讀「冒」爲「勖」，又謂「『昭』是助的意思，『勖』是勉的意思。『單』是大的意思，『稱』是舉行的意思」。[12]屈萬里亦從《說文》訓「單」爲「大」。[13]

[1] 《書經集傳》卷五，《景印文淵閣四庫全書（第五八冊）》頁110上。
[2] 《尚書集注音疏》卷八，《四部要籍注疏叢刊・尚書（中）》頁1668。
[3] 《經義述聞（一）》頁208－209。
[4] 《尚書今古文注疏》頁454。
[5] 《尚書今古文集解》卷二十二，《續修四庫全書（四八）》頁312上。
[6] 《越縵堂讀書記》頁163。
[7] 《尚書覈詁》頁373；《尚書正讀》頁231；《尚書易解》頁234；《尚書譯注》頁327。
[8] 《尚書箋》卷二十一，《續修四庫全書（五一）》頁391下。
[9] 《尚書故》頁248。
[10] 《尚書大義》卷二。
[11] 《尚書詮譯》頁134、142。
[12] 楊寬，《西周史（上）》（上海：上海人民出版社，2016），頁89。
[13] 《尚書集釋》頁214。

　　郭店簡〈成之聞之〉簡 29：「〈君奭〉曰：『唯冘（冒）[1]不（丕）皨（單）憂（稱）悳（德）』害（蓋）[2]言疾也。」[3]廖名春云：「只因勵勉努力，天下才全都舉行其德。簡文的『疾之』，就是釋『冒』……；唯『疾之』，唯勵勉，才能『丕單稱德』。由此看來，『惟冒』只能歸下讀。沒有楚簡的引文和說解，這一問題是不容易解決的。」[4]林志強從之。[5]季旭昇云：「應斷句成『唯冒，丕單稱德』較好，因王能勉，大家就盡力稱頌他的德。」[6]張玉金在「惟冒」後斷句，並將此處解爲「（這四個人輔佐武王），是很盡力的，都大施恩德」。[7]馬曉穩將此句譯作：「盡力地去稱頌（武王）的品德。」[8]馬楠將此經斷讀作「惟茲四人，昭武王惟冒丕單稱德」，並認爲：「蓋丕讀爲大，皨讀爲『俾爾單厚』之單，訓爲厚。〈成之聞之〉說經義『疾也』，疑冒當訓爲疾進，句謂四人昭武王疾進以配大厚之德。」[9]

　　按，馬說非是，〈成之聞之〉後文云「君之曰：疾之，行之不疾，未又（有）能深之者也」[10]，可知「疾」即努力、盡力之意[11]。上述說法當以王引之、孫星衍之說爲是，根據辭氣，可斷讀爲「惟茲四人昭（詔）武王，惟冒（勖/懋），丕單（殫）稱德」。又「稱德」應解作「稱行其德」。

---

[1] 此字有「鳥」、「旎」、「彪」、「髟」、「仡」等釋法（參陈靖欣，〈《郭店楚簡·教（成之聞之）》文字研究〉，臺北：臺灣師範大學碩士學位論文（指導教師：季旭昇教授），2005），頁 212—216。《楚地出土戰國簡冊合集（一）·郭店楚墓竹書》頁 84 頁注〔85〕），未有確釋，但讀爲「冒」字應無疑。

[2] 彭裕商，〈讀《郭店楚墓竹簡》札記〉，《古文字研究》第二十四輯（北京：中華書局，2002），頁 393—394。又見彭裕商，〈讀《戰國楚竹書（一）》隨記三則〉，謝維揚、朱淵清主編《新出土文獻與古代文明研究》（上海：上海大學出版社，2004），頁 82。或將「害」字屬上讀爲「曷」。

[3] 《楚地出土戰國簡冊合集（一）·郭店楚墓竹書》頁 63。

[4] 〈郭店楚簡引《書》論《書》考〉頁 120。又見廖名春，〈郭店楚簡〈成之聞之〉、〈唐虞之道〉篇與《尚書》〉，《中國史研究》，第 3 期（1999），頁 33—38。

[5] 《古本《尚書》文字研究》頁 77。

[6] 〈《郭店楚簡·教（成之聞之）》文字研究〉頁 220。

[7] 〈《尚書》新證八則〉頁 259。

[8] 〈出土戰國文獻《尚書》文字輯證〉頁 20。

[9] 〈周秦兩漢書經考〉頁 390。

[10] 《楚地出土戰國簡冊合集（一）·郭店楚墓竹書》頁 63。

[11] 郭沂，《郭店竹簡與先秦學術思想》（上海：上海教育出版社，2001），頁 225；丁原植，《郭店楚簡儒家佚籍四種釋析（第二版）》（臺北：台灣古籍出版有限公司，2004），頁 160；劉釗，《郭店楚簡校釋》（福州：福建人民出版社，2005），頁 146。

（六）小子同未在位誕無我責

經文：

今在予小子旦，若游大川，予往暨汝奭其濟。小子同未在位誕無我責。收罔勖不及，耇造德不降，我則鳴鳥不聞，矧曰其有能格？

「小子同未在位誕無我責」之斷句及釋義均有疑，分述如次。「小子」為周公自稱。「同未」，孫詒讓將「在位」與之連讀，並云：「〈盤庚中篇〉云：『茲予有亂政同位，具乃貝玉。』彼蓋謂同在位有爵之人皆好貨，此云『同未在位』，似是廣言之，同位之外兼及未在位者。」[1]《校釋譯論》從其說。[2]吳汝綸以「小子同未」為句，並云：「同未者，詞昧也。鄭〈祭統〉注：『同之言詞也。』同，即〈顧命〉『在後之詞』。《釋名》：『未，昧也。』小子詞昧者，周公自謙之詞。」[3]章太炎亦云：「同即侗，《論語》『侗而不愿』，孔云：『未成器。』《法言》序『倥侗顓蒙』，李軌曰：『倥侗，無知也。』《淮南子‧天文訓》：『未者，昧也。』」[4]楊筠如承吳、章之說，云：「同未，疑即童昧之轉。《列子‧黃帝》篇注：『童當作同。』字亦作『侗』，《論語》孔注『侗』，未成器之人也。〈顧命〉：『在後之侗』，馬本作『詞』。按『同』、『侗』、『詞』，並『童』之假。未，《淮南子‧天文訓》及《釋名》並云昧也。『未』、『昧』同聲可通。《晉語》『胥童』，亦曰『胥之昧』。古人名字相應，亦『童』、『昧』亦同並用之証。『童昧』，實『童蒙』之轉。〈堯典〉『昧谷』，《淮南子》作『蒙谷』，即其証也。是『同昧』即『童昧』，亦即『童蒙』之義矣。」[5]曾運乾讚同吳說，只是將「在位」上讀。[6]周秉鈞從黃式三「同，與恫同；未與昧通。言知識不周也」之說，並將「在位」上讀而釋此句為：「我無知而在大位。」[7]王世舜讚同吳說，亦將「在位」上

---

[1] 《尚書駢枝》頁159。

[2] 《尚書校釋譯論（第三冊）》頁1583。

[3] 《尚書故》頁249。

[4] 《太炎先生尚書說》頁166。

[5] 《尚書覈詁》頁373—374。

[6] 《尚書正讀》頁232。

[7] 《尚書易解》頁234—235。

讀，並譯爲：「我們年幼的國王，雖在王位，但幼稚無知。」[1]

按，吳說是，只是「在位」應從曾、周之說上讀，「小子同未在位」應譯爲「我無知而在大位」。王譯誤從僞《孔傳》之說，解「小子」爲成王。大盂鼎（《集成》2837）銘云：「汝妹辰有大服。」「妹」即讀爲「昧」，「辰」義爲幼時，「有大服」意即身處高位。清華簡〈祭公之顧命〉1號簡云：「袞（哀）[2]余少（小）子，孞（昧）其在位。」[3]張世超云：「簡文『孞』字從『子』，與古文字『幼』字作『學』同意，其表示年幼蒙昧之意甚明顯。故簡文後半句應讀爲『昧期在位』，『昧期』猶『妹（昧）辰』也。」[4]凡此均可證明「小子同未在位」釋義與斷讀之正確。此外，中山王譽鼎（《集成》2840）銘「寡人幼童未通智，唯傅姆是從」亦是「同未在位」之意。

（七）襄我二人汝有合哉言

經文：

保奭，其汝克敬，以予監于殷喪大否，肆念我天威。予不允〈兄一皇〉惟若茲誥，予惟曰，襄我二人，汝有合哉言，曰：在時二人，天休滋至，惟時二人弗戡。

「襄我二人，汝有合哉言」，舊率皆將「言」字下讀。

金兆梓云：「『合』，宣二年《左傳》『既合而來奔』杜注：『合，答也』」[5]

郭店簡〈成之聞之〉簡29云：「〈君奭〉曰：『嚴（襄）我二人，毋又（有）倉（合）才（在）音』，害（蓋）道不說（悅）之司（詞）也。」[6]裘錫圭認爲「才」似當讀爲「在」，「音」或是「言」之誤。

郭沂將此二句譯作：「除了我們兩個人之外，就找不到有共同

---

[1] 《尚書譯註》頁332。
[2] 或謂此字是「文」字之譌，讀爲「閔」。見馮勝君，〈讀清華簡〈祭公之顧命〉札記〉，《「出土文獻與傳世典籍的詮釋」國際學術研討會議程論文集》，復旦大學，2017年10月14—15日。
[3] 《清華大學藏戰國竹簡（壹）》頁174。
[4] 張世超，〈佔畢脞說（五、六）〉，復旦網，2012年2月29日。
[5] 《尚書詮譯》頁139。
[6] 《楚地出土戰國簡冊合集（一）・郭店楚墓竹書》頁62。

語言的人了。」涂宗流、劉祖信從之。張玉金說同。[1]郭後來又讀「才」為「茲」。

廖名春在裘說基礎上認為：「『言』當為語氣助詞，歸上讀，其用法和簡文〈六德〉篇『男女卡（辨）生言，父子新（親）生言，君臣宜（義）生言』之『言』同。『毋』與『汝』則有否定句與疑問句之別。從簡文看，周公是指責君奭不能與更多的人合作，所以簡文解釋說『道不說（悅）之司（詞）也』。」林志強從之。[2]

陳偉云：「簡書對〈君奭〉引文的標點是依照鄭玄注作出的。而按孫星衍《尚書今古文注疏》，『襄我』應斷讀，『襄』準《左傳》杜預注，意為『成』。」後來又疑「襄」讀為「曩」，指昔時。毋，義為「無」。合，義為和諧、融洽。「音」有言辭義。並將二句譯述作：「先前我們二人，在言辭上不相和諧。」

李學勤認為「襄」可讀為「曩」，「毋」通作「無」，並謂「曩我二人，無有合在言」「是說周公、召公二人意見不一致，故簡文解釋解釋為『道不說（悅）之詞也』（『道』，《禮記・大學》注：『言也』）。〈尚書序〉說：『召公為保，周公為師，相成王為左右，召公不說（悅），周公作〈君奭〉』，與簡文所說符合。」

李銳從李學勤讀「襄」為「曩」，又讀「音」為「意」，並謂：「簡文引〈君奭〉語，在於說明兄弟本當敬愛，而周公、召公長期心意不合。」

馬楠認為「襄」字應讀為用在句首表示祈願的語助詞「尚」，楚簡「合」多釋為「答」，從而將全句斷讀為「襄（尚）我二人，毋有答在言」。[3]

按，上述說法似以李學勤之說為長。是以，此處經文當斷讀作「襄（曩）我二人汝〈毋〉有合哉（在）言」。

---

[1] 〈《尚書》新證八則〉頁258。
[2] 《古本《尚書》文字研究》頁78。
[3] 上述說法除加腳注者外，俱見《郭店〈尊德義〉〈成之聞之〉〈六德〉三篇整理與研究》。

十一 多方

（一）爾曷不夾介乂我周王享天之

經文：

今我曷敢多誥？我惟大降爾四國民命。爾曷不忱裕之于爾多方？爾曷不夾介乂我周王享天之命？

末句，僞《孔傳》云：「夾，近也。汝何不近大見治於我周王以享天之命，而爲不安乎？」是僞孔訓「夾」爲「近」、「介」爲「大」、「乂」爲「治」。

蘇軾云：「『夾』，輔也。『介』，助也。」[1]

蔡沈云：「夾，夾輔之夾。介，賓介之介。……爾何不夾輔介助我周王享天之命乎？」

江聲云：「夾，持也。介，善也。爾何不夾持善道以聽治于我周王以享天之命乎？」

王引之《經義述聞·爾雅上》「艾歷覒覼相也」條云：「艾與乂同。乂爲輔相之相。〈君奭〉曰：『用乂厥辟』，謂用相厥辟也。〈多方〉曰：『爾曷不夾介乂我周王享天之命』，『夾介乂』皆輔相之義也。」姚永樸[2]、楊筠如說同。

孫星衍云：「夾者，《廣雅·釋詁》云：『近也。』介者，〈釋詁〉云：『善也。』乂與艾通，〈釋詁〉云：『相也。』」

王先謙云：「夾者，《衆經音義》十二引《倉頡》云：『輔也。』介者，〈釋詁〉：『善也。』乂、艾字通，〈釋詁〉：『相也。』」

吳汝綸云：「夾介，雙聲連綿字，與《詩》之『洽比』義同。」

周秉鈞、金兆梓以「夾介」二字爲「夲」字之訛，「夲乂周王」即大相周王。[3]

[1] 《書傳》卷十五，《景印文淵閣四庫全書（第五四冊）》頁 630 上。
[2] 姚永樸，《尚書誼略》卷二十二（清光緒刻集虛草堂叢書本）。
[3] 上述引文除加腳注者外，並見張富海，〈《尚書·多方》校讀一則〉，《「出土文獻與傳世典籍的詮釋」國際學術研討會議程論文集》，復旦大學，2017 年 10 月 14—15 日。

張富海先考定「介」無輔助之義，從而認爲「介」應爲衍文，又謂「夾义」構成同義並列的雙音節結構，一如出土文獻中常見的「夾召」以及《左傳》之「夾輔」，其說云：

> 「夾」字的上古韻部屬葉部，收-p 韻尾，其上古音可以構擬爲 kreep。「介」字的上古韵部一般歸屬月部（去聲），收-ts 韻尾，其上古音可以構擬爲 kreets。但「介」有鎧甲義（或係字的本義），如「甲冑」又稱「介冑」，「介」與「甲」可能有同源詞關係。「甲」的上古音是 kraap，則「介」的上古音應是 kreeps，讀 kreets 是後來的演變。如果「介」讀 kreeps，那麼正與「夾 kreep」構成動名相因的去聲別義關係，即輔助義的動詞「夾 kreep」加上-s 韻尾，變成名詞「介 kreeps」，義爲助手。非去聲的動詞變成去聲即加-s 韻尾而轉化爲名詞（轉指動詞所表示的動作行爲相關的事物），這是上古漢語常見的形態變化。「夾」和「介」的這種形態關係，決定了兩者難以構成詞義相同的並列結構。
>
> 正因爲「夾」和「介」音義密切相關，所以古文字資料中有兩字通用之例。東周石磬銘文律名「夾鐘」作「介鍾」。這是用「介」爲「夾」的例子。清華簡〈耆夜〉簡 1-2：「邵（召）公保釐（奭）爲夾」，整理者訓「夾」爲「介」，謂指助賓客行禮者。學者多直接讀「夾」爲「介」，可從。這是用「夾」爲「介」的例子。蓋〈多方〉原作「夾义我周王享天之命」，而句中的「夾」有作「介」的異文，即一本作「介义我周王享天之命」，傳抄過程中兩種寫法糅合，遂致「夾介义」三字連文而不可通。具體的致誤過程，大概是先在作「介」的本子上旁記「夾」字（也可能相反），後旁記字誤入正文。這種衍文情況在古書中不乏其例，可參看王引之《經義述聞·通說下》「衍文」條、俞樾《古書疑義舉例》卷五「兩字義同而衍例」及「以旁記字入正文例」。[1]

其言可備一說。

（二）爾曷不惠王熙天之命

經文：
今爾尚宅爾宅，畋爾田，爾曷不惠王熙天之命？

---

[1] 〈《尚書·多方》校讀一則〉。

「爾曷不惠王熙天之命」之「惠」字，僞《孔傳》釋爲「順從」。後之學者多從《爾雅・釋言》釋爲「順也」。吳汝綸云：「惠，詞之爲也；爲，助也。」[1]

馬楠認爲「惠」字本從▨，應訓爲「助」，其說云：

> 牁尊（《集成》6014）、禹鼎（《集成》2833）、毛公鼎（《集成》2841）有：
>
> ▨（▨）王聿德谷（裕）天。
>
> 肆武公廼遣禹衛公戎車百乘、斯馭二百、徒千，曰：「于匡朕肅慕（謨），▨（▨）西六𠂤、殷八𠂤伐噩（鄂）矦馭方。」
>
> 虔夙夕，▨（▨）我一人擁我邦小大謀猷。
>
> 《說文》「惠」字古文作「𢝓」，上從屮。故舊釋牁尊「▨」、禹鼎「▨」、毛公鼎「▨」字皆據《說文》釋爲惠，可隸定爲▨。但「惠王聿德裕天」、「惠西六師、殷八師伐鄂侯馭方」，「惠我一人擁我邦小大謀猷」語法仍不可通。李學勤說「金文▨字均爲協助之義，見牁尊、禹鼎等器」。黃天樹亦訓禹鼎、牁尊、師詢簋（《集成》4342）▨字爲助。
>
> 〈多士〉「惠」字、禹鼎▨字，皆當爲清華簡〈皇門〉所見之「▨」（▨）字之省形。〈皇門〉凡五見，義皆爲助，對應今本亦作助，並不能釋爲惠：
>
> 以【2】▨𠈃（厥）辟董（勤）卹王邦王豪（家）。【3】
>
> 是人斯▨王共明祀，敷明刑。【4】
>
> 是人斯既▨𠈃（厥）辟董（勤）勞王邦王豪（家）【5】
>
> 卑（俾）王之亡（無）依亡（無）▨。【9】
>
> 夫明尔悳，以▨余一人慐（憂）。【12】
>
> 五句「▨」對應今本〈皇門〉皆爲「助」。除第四例用爲名詞，其他四例「▨」所接賓語本身都包含主謂關係，與〈多方〉、牁尊、禹鼎句法相類。禹鼎▨字義當爲助，是武公遣禹率公車徒以助西六師、殷八師。《說文》蓋誤系▨爲惠字古文。〈多方〉「惠」字本當從▨，義爲助，而誤釋爲「惠」。又〈康誥〉有「惟助王宅天命」，與「惠王熙天之命」取義相近，更可證〈多方〉「惠」字本從▨、訓爲助。[2]

---

[1] 《尚書故》頁 258。
[2] 〈周秦兩漢書經考〉頁 500—501。

按，馬氏之說可從。何樹環亦有相似說法。[1]

十二 立政

（一）用勘相我國家

經文：

繼自今立政（正），其勿以憸人，其惟吉士，用勘相我國家。

「用勘相我國家」之「國家」，《說文》「勘」字下引作「邦家」。段玉裁云：「凡古文《尚書》多作『邦』，凡今文《尚書》多作『國』。《玉篇》亦引《書》『勘相我邦家』。」[2]

按，「國」字應爲今文避漢高祖劉邦之諱所改。〈牧誓〉「我友邦冢君」之「邦」，《史記‧周本紀》即以避諱而改作「國」。相似的例子還有今本〈金縢〉「管叔及其羣弟乃流言於國」及「我國家禮亦宜之」之「國」字，簡本〈金縢〉俱作「邦」，是古文如此。另外，清華簡（陸）〈子產〉簡 14「耑（前）者之能迓（役）相其邦豪（家）」可與此經相參，益可證「用勘相我國家」之「國」本作「邦」。

十三 顧命（含康王之誥）

（一）用克達殷集大命

經文：

昔〔先〕君文王、武王宣重光，奠麗陳教，則肄肄不違，用克達殷集大命。在後之侗（童），敬迓天威，嗣守文武大訓，無敢昏逾（渝）。

---

[1] 〈金文「叀」字別解——兼及「惠」〉頁 262。
[2] 《古文尚書撰異》卷二五，《四部要籍注疏叢刊（中）》頁 2013 上。

　　「用克達殷集大命」之「達」，漢石經作「通」，今文如是。
僞《孔傳》釋此句作「故能通殷爲周，成其大命」，是亦解「達」
爲「通」。後之學者率皆如是解之。

　　朱駿聲將此句解作「用是能撻伐殷商，而集大命于我周邦也。」[1]是其讀「達」爲「撻」，而訓爲「撻伐」。章太炎亦謂：「此達殷
即撻伐字。」[2]楊筠如、曾運乾、周秉鈞、屈萬里、《校釋譯論》、
雒江生等均持此說，[3]成爲學界主流。

　　又史牆盤（《集成》10175）等銘「達殷」及曾侯與編鐘（《銘
圖續》1029）「達殷之命」可與此處經文相參。鐘銘「達」字，董
珊謂「應從《書・顧命》『用克達殷』之僞孔傳訓爲『通』」[4]，其
後又進而訓爲「代」[5]。李學勤則認爲《逸周書・世俘》之「通殷命，
有國」之「通殷命」即鐘銘「達殷之命」，又讀「達殷」之「達」
爲「徹」，訓爲「廢除」。[6]

　　按，由鐘銘可知讀「撻」之說殆非。此「達殷」之「達」，可
參《詩經・商頌・長發》「玄王桓撥，受小國是達，受大國是達」
之「達」，均與受有國土有關，區別在於前者爲動詞而後者爲形容
詞。「達殷集大命」即《逸周書・世俘》之「通殷命有國」，「達
殷」即通有殷國之意，僞《孔傳》「通殷爲周」之說可從。至於鐘
銘「達殷之命」，亦兼有「達殷」和「集大命」之意，謂佔有殷國
而受其命。

---

[1]　《尚書古注便讀》卷四下，《尚書類聚初集（三）》頁 320 上。
[2]　《太炎先生尚書說》頁 181。
[3]　《尚書覈詁》頁 413；《尚書正讀》頁 262；《尚書易解》頁 261；《尚書集釋》
頁 237；《尚書校釋譯論（第四冊）》頁 1727；《尚書校詁》頁 395—396。又吳
汝綸亦持讀「撻」之說，其云：「達，讀『撻彼殷武』之『撻』。」（《尚書故》
頁 277）馬楠說同。（〈周秦兩漢書經考〉頁 425）按，此說非是，《詩經》「撻
彼殷武」之「撻」非動詞。
[4]　董珊，〈隨州文峰塔 M1 出土三種曾侯與編鐘銘文考釋〉，復旦網，2014 年 10
月 4 日。
[5]　董珊，〈「達殷之命」解〉，《曾國考古發現與研究學術研討會論文集》，北京：
清華大學等，2014 年 12 月 21 日。
[6]　李學勤，〈試說「達殷之命」〉，《清華簡及古代文明》（南昌：江西教育出版
社，2017），頁 111。

（二）今天降疾殆

經文：

今天降疾殆弗興弗悟，爾尚明時朕言，用敬保元子釗，弘濟于艱難；柔遠能邇，安勸小大庶邦。

「今天降疾殆弗興弗悟」，僞《孔傳》釋作：「今天下疾我身，甚危殆[1]，不起不悟，言必死。」是僞孔將此句斷讀爲「今天降疾殆，弗興弗悟」。

蔡沈將此句解作：「今天降疾我身，殆將必死。」[2]是其將此句斷讀爲「今天降疾，殆弗興弗悟」，並解「殆」爲虛詞。近人多從此說。

北大漢簡（叁）〈周馴〉簡 39 云：「故〈周書〉曰：『皇天降殆，愚實爲始』，其此之謂乎？」[3]蔡偉據此認爲：

> 〈顧命〉此文斷句爲今「今天降疾殆，弗興弗悟」是正確的。又文獻中同此句法者有：
>
> 《書・康誥》：造民大譽，弗念弗庸。
>
> 《書・酒誥》：惟我一人，弗恤弗蠲。
>
> 《詩・大雅・桑柔》：維此良人，弗求弗迪。
>
> 亦可證明「殆」字當上屬爲句。
>
> 案　「疾殆」爲一固定的詞，其主語爲「天」，謂天降疾、天降殆（殆，危也）；而「弗興弗悟」則是指人。僞孔傳云「今天下疾我身甚危殆」，今人金兆梓云「意謂目今降下疾病，於我其危」，雖然斷句可從，但將「殆」屬之於「我身」、「我」，並不正確。還是如孫星衍所云「言天下危疾，弗起弗愈」，其斷句及釋義皆正確可信。[4]

蔡氏之說可從。

---

[1] 內野本作「甚殆」。

[2] 《書經集傳》卷六，《景印文淵閣四庫全書（第五八冊）》頁 125 上。

[3] 北京大學出土文獻研究所編，《北京大學藏西漢竹書（叁）》（上海：上海古籍出版社，2015），頁 125。

[4] 蔡偉，〈《尚書・顧命》「今天降疾殆弗興弗悟」的斷句問題——兼釋上博五〈三德〉之「天乃降𡚌」〉，《簡帛》第十四輯（上海：上海古籍出版社，2017），頁 7—8。

（三）上宗奉同瑁

經文：

　　王麻冕黼裳，由賓階隮。卿士邦君麻冕蟻裳，入即位。太保、太史、太宗皆麻冕彤裳。太保承介圭，上宗奉同瑁，由阼階隮。太史秉書，由賓階隮，御王冊命。曰：「皇后憑玉几，道揚末命，命汝嗣訓，臨君周邦，率循大卞，燮和天下，用答揚文、武之光訓。」王再拜，興，答曰：「眇眇予末小子，其能而亂四方，以敬忌天威。」乃受同瑁，王三宿，三祭，三咤。上宗曰：「饗！」太保受同，降，盥，以異同秉璋以酢。授宗人同，拜。王答拜。太保受同，祭，嚌，宅，授宗人同，拜。王答拜。太保降，收。諸侯出廟門俟。

　　「上宗奉同瑁」之「上宗」即前之「太宗」，而此及後文「乃受同瑁」之「同瑁」則異說紛紜。《校釋譯論》[1]及朱淵清〈贊同——周康王即位儀式中禮器的使用〉[2]有較爲詳細的總結，現略作修改補充，撮述如次：

　　第一：「同」「瑁」只有一。

　　　　　一、有「瑁」無「同」：虞翻（《三國志・吳志・虞翻傳》裴注引〈翻別傳〉）[3]

　　　　　二、有「同」無「瑁」

　　　　（一）「同」作「銅」，訓爲「天子副璽」：今文經（《白虎通・爵篇》、《三國志・吳志・虞翻傳》裴注引〈翻別傳〉載其所見別本）

　　　　（二）馬融：訓「同」爲「大同天下」[4]

　　　　（三）姚鼐：「經本是『上宗奉同』」（《惜抱軒筆記》）[5]；王國維：酒器（僅「乃受同瑁」之「瑁」爲衍文）（〈《周

---

[1] 《尚書校釋譯論（第四冊）》頁 1809—1808。

[2] 朱淵清，〈贊同——周康王即位儀式中禮器的使用〉，《藝術史研究》，第十八輯（2016），頁 2—7。下引說法除加腳注者外，皆出此文。

[3] 晉・陳壽撰，南朝宋・裴松之注，《三國志（第五冊）》（香港：中華書局香港分局，1971），頁 1323。

[4] 《三國志（第五冊）》頁 1323。

[5] 清・姚鼐，《惜抱軒筆記》卷一，《惜抱軒全集》（北京：中國書店，1991），頁 524—526。

書‧顧命〉考〉）[1]

第二：「同」「瑁」均有。

　　　一、鄭玄：訓「同」爲酒杯；僞《孔傳》：爵名；朱駿聲：「『同』，讀爲『鍾』，酒栖也。」（《尚書古注便讀》）[2]

　　　二、江聲：「同 」蓋圭瓚（《尚書集注音疏》）[3]

　　　三、莊述祖：「同瑁是古文𦥑卣字之譌」（《尚書今古文考證》、《五經小學述》）[4]

　　　四、吳大澂：釋「同」爲「舉」[5]（《字說‧舉字說》、《說文古籀補‧附錄》）[6]

　　　五、王國維：「同瑁」即古圭瓚（〈《書‧顧命》同瑁說〉）[7]

　　　六、郭沫若：「同」爲「壺」（《兩周金文辭大系圖錄考釋》）[8]

　　　七、屈萬里：疑「同」爲𥎸（盤）之誤（《尚書集釋》）[9]

以上關於今文經及馬融的觀點有一些問題需要說明，先引〈翻別傳〉相關文句如次：

> （虞翻）伏見故徵士北海鄭玄所注《尚書》，以〈顧命〉康王執瑁，古「月」似「同」，從誤作「同」，既不覺定，復訓爲杯，謂之酒杯；……又馬融訓注亦以爲「同」者「大同天下」，今經益「金」就作「銅」字，詁訓言「天子副璽」，雖皆不得，猶愈於玄。[10]

---

[1] 王國維，〈〈周書‧顧命〉考〉，《觀堂集林（上）》（北京：中華書局，2013），頁 55。

[2] 《尚書古注便讀》卷四下，《尚書類聚初集（三）》頁 321 上。其《說文通訓定聲》東部「同」字下說同。對於「同」別本有作「銅」者，朱駿聲謂「『鍾』字之誤具半也」（《說文通訓定聲》頁 36 上）。

[3] 《尚書集注音疏》卷九，《四部要籍注疏叢刊‧尚書（中）》頁 1694 上。

[4] 《尚書今古文考證》卷五，《續修四庫全書（第四六冊）》頁 454 下；清‧莊述祖，《五經小學述》卷二（清道光十六年（1836）莊氏刻本）。

[5] 原篆作「𩇫」，未有確釋。

[6] 清‧吳大澂，《說文古籀補》（上海：商務印書館，1936），頁 300。

[7] 王國維，〈〈書‧顧命〉「同瑁」說〉，《觀堂集林（上）》（北京：中華書局，2013），頁 70。

[8] 郭沫若，《兩周金文辭大系圖錄考釋（三）》，《郭沫若全集‧考古編（第八卷）》（北京：科學出版社，2002），頁 214。

[9] 《尚書集釋》頁 245。

[10] 《三國志（第五冊）》頁 1323。

對於虞翻所見經字，錢大昕云：

> 今本《尚書》「同」「瑁」連文，同爲爵名。瑁爲天子執瑁之瑁，各是一物。仲翔謂古冃似同，鄭氏從誤作同，又訓爲酒杯，以此譏鄭之失。則古本只有瑁字，古文作冃，而鄭作同也。今本《尚書》出於梅賾，或亦聞仲翔說，兼取二文，以合鄭、虞之義乎？[1]

是其解虞翻說謂古本只有「瑁」字。王鳴盛則云：

> 推翻之意，因《說文》卷一上《玉部》古文瑁字作珇，遂以爲經文本當作「上宗奉珇」，無同字。祇緣今文作「瑁」，傳寫分爲兩字，遂誤作「冃珇」，後人以「冃」似「同」，復誤作「同瑁」，鄭不能舉定其誤，從而訓爲栺。[2]

是其認爲虞翻所見經字已作「同瑁」，翻之意爲「瑁」輾轉誤作「同瑁」。江聲、段玉裁等亦認爲虞翻所見本作「同瑁」，但認爲虞翻之意是「同瑁」之「同」爲「冃」字之訛，乃「瑁」字。[3]姚鼐則認爲虞翻所見經本是「上宗奉同」，其說云：

> 若經本有「瑁」字，虞翻安得復讀「同」爲「冃」，而反譏康成釋爲「酒杯」之非乎？[4]

吳汝綸亦云：

> 案《三國志》注引〈虞翻別傳〉云：古「冃」似「同」，鄭從誤作「同」。據此則虞所見本經無「瑁」字，虞以「冃」爲「瑁」，而譏鄭誤「冃」爲「同」。若經本「同瑁」連文，虞復讀「同」爲「瑁」，其詞當云「乃受瑁瑁」，虞雖至陋，必不爲此謬。讀錢辛楣《三國考異》言本不誤，但言仲翔謂古文止有「冃」字，而鄭作「同」，乃誤說耳。不知古經止有「同」字，虞讀爲「冃」，今文讀爲「銅」，而鄭訓爲酒杯，由虞說推知鄭本亦無「瑁」字。[5]

上述諸說，以姚鼐和吳汝綸之說最爲可信。虞翻所述，本是擬測之詞，非所見古本只有「瑁」字。

---

[1] 《廿二史考異·三國志三》頁241。

[2] 《尚書後案》頁559—560。

[3] 《尚書集注音疏》卷九，《四部要籍注疏叢刊·尚書（中）》頁1694上；《古文尚書撰異》卷二六，《四部要籍注疏叢刊·尚書（中）》頁2022上。

[4] 《惜抱軒筆記》卷一，《惜抱軒全集》頁524—525。

[5] 清·吳汝綸，〈答柯鳳蓀〉，《吳汝綸尺牘》（合肥：黃山書社，1990），頁195—196。又參《尚書故》頁289。

「同」作「銅」而訓爲「天子副璽」者，從上引〈翻別傳〉可知是翻所見別本如此，而且應無「瑁」字。又陳喬樅云：

> 翻所言今經益「金」就作「銅」字，與《白虎通》稱《尚書》「乃受銅瑁」、「吉冕服受銅稱王」、「釋冕藏銅反喪服」正合。……蓋金作銅者，大夏侯《尚書》之本也，《白虎通》多用大夏侯說。其以「銅」字訓爲「天子副璽」者，當是小夏侯之說。

又云：

> 今文家以「同」字作「銅」，遂以「銅」訓爲天子之副璽。蓋據秦制天子玉璽，其副璽當用金，故爲此說。然以璽爲傳重之器，秦漢以前無此說，未可據以解此經之「銅瑁」，不如許、鄭之訓於義爲長。[1]

是今文經「同」作「銅」，虞翻所見「今經」應即是今文。陳喬樅所引《白虎通》[2]「銅」下有「瑁」字，然陳立謂「俗間本作『乃受銅瑁也』，小字本、元本俱無『瑁也』二字」[3]，劉師培亦云「明本均作『乃受銅』。『瑁也』二字，陳氏《疏證》：『銅、瑁明二物，似未可刪。』今考下言『受銅』（盧本作『同』，元本、程本、郎本並作『銅』。）『藏銅』，並無『瑁』字，則『瑁』字當刪。」[4]是以正如吳汝綸所說「至《白虎通》引《尚書》乃『受銅瑁』，段氏嘗引以證今文之有『瑁』字。但《白虎》此文，當是淺人妄改」[5]。綜上，《白虎通》之「瑁」當是後人據僞孔本《尚書》誤增。

又馬融訓「同」爲「大同天下」及馬本經字問題。王鳴盛云：

> 推翻之意，……馬融雖不能舉「同」爲誤，而猶不解爲酒杯，故訓爲「大同」，以「同瑁」配「介圭」，尚爲近理。[6]

---

[1] 《今文尚書經說考》卷二七，《續修四庫全書（四九）》頁616－617。

[2] 今本《白虎通·爵篇》引《尚書》「王再拜興對」、「乃受銅瑁」，《通典》引作「王再拜興，祭，嚌，宅，乃授宗人同」。陳立云：「案此方言世子即位，不當遽引及『授宗人同』之文。」（《白虎通疏證》頁36）王國維云：「《白虎通》用今文《尚書》，……而今本《白虎通》作『王再拜興對』者，乃後人以古文《尚書》改之也。」（〈《周書·顧命》後考〉，《觀堂集林（上）》（北京：中華書局，2013），頁62）王說恐非，俟考。

[3] 清·陳立撰，吳則虞點校，《白虎通疏證（上）》（北京：中華書局，1994），頁37。

[4] 劉師培，《白虎通義斠補》，《劉申叔遺書（上）》（南京：江蘇古籍出版社，1997）。

[5] 《吳汝綸尺牘》頁196。

[6] 《尚書後案》頁560。

是其以爲馬本亦作「同瑁」。段玉裁云：

> 季長云「同者大同天下」，亦以同瑁爲一物。[1]

皮錫瑞亦云：

> 《白虎通・瑞贄篇》曰：「瑁之爲言，冒也。上有所覆，下有所冒，義取覆天下，故爲大同也。」《白虎通》以瑁爲天下大同，與馬《注》大同天下之說正合。疑馬《注》云大同天下者，亦即以瑁言之。蓋馬本作「同」，與《白虎通》作「同」不合，而以同爲大同天下，即《白虎通》之以瑁爲大同天下。馬以同瑁爲一物，即虞氏之所本。[2]

是段玉裁和皮錫瑞亦以爲馬本即作「同瑁」。王國維云：

> 馬融從古文作「同」，而釋之曰：「『同』者，大同天下。」意蓋從今文家說，以「同」爲「瑁」也。……康成本乃兼存「同」、「瑁」二字，而訓「同」爲「酒杯」。[3]

可知王國維之意爲馬本作「同」。味〈翻別傳〉，馬注「大同天下」亦僅是就「同」字說解，與「瑁」字無涉，虞意馬注愈於鄭玄之處乃在於不解「同」作「酒杯」，馬本亦應無「瑁」字。

2009 年，私人藏家手中出現一舊稱作「觚」而自名爲「同」的青銅器，器主爲西周成王時期的內史亳。吳鎮烽和王占奎同時刊文進行了研究。[4]吳鎮烽指出：

> 內史亳豐[5]同銘文的「同」與〈顧命〉上宗所奉「同瑁」的「同」、太保所受的「同」自是一物。「同」和「瑁」是兩件器物。「同」就是像內史亳豐同這樣的酒器，用於祼祭和飲酒；「瑁」就是天子所執的瑞玉，用以合諸侯之圭者。[6]

王占奎則云：

---

[1] 《古文尚書撰異》卷二六，《四部要籍注疏叢刊・尚書（中）》頁 2022 上。
[2] 《今文尚書考證》頁 426。
[3] 〈《書・顧命》「同瑁」說〉頁 69。
[4] 吳鎮烽，〈內史豐同的初步研究〉，《考古與文物》，第 2 期（2010），頁 30—30。王占奎，〈讀金隨札——內史亳同〉，《考古與文物》，第 2 期（2010），頁 34—39。
[5] 「豐」爲「禮」字之誤釋，後同。
[6] 〈內史豐同的初步研究〉頁 33。

記載着成王字樣的內史毫同的作器時間，應該不會與成王死亡事件相去過遠，而〈顧命〉也歷被認爲是周初的實錄。也就是說，這兩篇文字的真實性不用懷疑。其二，內史毫既是內史，與王室內部的冊命等公文聯繫最爲緊密，所說的權威性自應高於其它。其三，現在被內史毫稱作「同」的器物，已被考古界公認爲飲酒器，而且，銘文中的「同」字，除了下面的兩點外，完全與〈顧命〉的「同」字一樣，這該不是巧合。[1]

李小燕、井中偉繼而認爲：

> 考慮到洛陽北窯西周墓中有玉柄形器與漆同配套共置，《尚書·顧命》中「同瑁」連文當爲二物，且「瑁」與下文的「璋」對舉，均屬禮玉。「以異同秉璋以酢」，意爲用另一個酒器同盛放玉璋以行酢祭。「同瑁」的使用方式也當如此，即將玉瑁置於酒器同中以行裸禮。[2]

朱淵清在綜合前人說法之後認爲：

> 「上宗奉同瑁」，「瑁」是因解釋前字「同」的注文的竄入而形成的衍文。書寫在竹簡上的古書，小字注文往往會被後來的抄書人誤爲正文抄錄。注文竄入正文，時間肯定早於《僞孔傳》、鄭玄注。西漢時，孔壁中的古文《尚書》再現於世，傳經者爲之做注，「𠀠」（同），或者，更爲可能的是，「𠁁」，被錯誤隸定爲「曰」；並加注「瑁」。這也表明，早期注者並不清楚「𠀠」或者「𠁁」在西周的真實含義，或許是因上下文的「太保承介圭」、「以異同秉璋以酢」，而將「曰」往圭、璋的玉器方向考慮。等到誤將注文抄入正文的這個抄本出現，《尚書》「上宗奉同瑁」，就成了一個雜糅古今文之後的改編本了，虞翻提到馬融手中的那個「益『金』作『銅』」的本子反倒是比較純粹的今文經文本。改編本流傳極廣，除了虞翻提到的馬融的本子外，唐宋以下沒有任何其他不同本子的影子。關於注文竄入正文，證之以〈顧命〉康王即位儀式這段文字本身，之後出現的「以異同秉璋以酢」、「授宗人同」下均無「瑁」字。[3]

朱淵清還以「乃受同瑁」之「瑁」和「太保受同，祭，嚌，宅，授宗人同，拜。王答拜」爲衍文。又「太保降收」之「收」字，于省

---

[1] 〈讀金隨札——內史毫同〉頁38。
[2] 李小燕、井中偉，〈玉柄形器命「瓚」說——輔證內史毫同與《尚書·顧命》「同瑁」問題〉，《考古與文物》，第3期（2012），頁44。
[3] 〈贊同——周康王即位儀式中禮器的使用〉頁7。

吾以爲是「般」（）之誤，訓爲「還」，並將「太保降收」述作「太保降旋」。[1]朱氏認同「收」爲「」之誤，不同的是其先將「贊」字分析爲「一個插入柄形器的『同』的形象」，然後將敔瓶（《集成》6780）之「」字隸定作「贅」，以爲即「」字，「會意讀爲『敲』」，並從其形體的角度將其解作「在『贊同』這個儀式結束時，可能還有一個法術，太保走下來，手持一根鼓首折頸的棒狀物，敲擊一下這個插入柄形器的『同』，表示儀式結束，得到祖先神靈的確認」。[2]最後朱氏將整段經文譯作：

> 康王戴著麻冕，穿著繡有兩己相背形花紋的下裳，從西邊的賓階上來。卿士和各國的諸侯，戴著麻冕，穿著青黑色的下裳，進入庭院，各人就自己的位置。太保、太史、太宗，都戴著麻冕，穿著絳色的下裳。太保捧著大圭，太宗捧著同，從東邊主人的臺階走上來。太史拿著命天子的冊書，從西邊的賓階走上來。就迎著康王宣讀冊命的文辭：「偉大的君主，依靠著鑲嵌著玉的几，宣佈他最後的遺囑，命令你繼承先王的訓教，來做周的君主；你要遵守這偉大的法度，使天下萬民和洽，以報答發揚文王武王那光顯的教訓。」王拜了又拜，然後起身，回答道：「渺小的我這個末後的年輕人，我怎能治理天下，來敬畏上天的懲罰呢。」他於是接過同。王三次進酒，三次灌酒，三次奠爵，太宗喊：「饗！」太保接受同，走下堂。洗過手，換了另一個同插著璋酢酒。把同交給宗人，對王拜了一拜，王回拜。太保走下堂，用一根鼓首折頸的棒狀法器，敲擊一下康王用的那個同，儀式結束。諸侯走出應門等候。[3]

按，朱氏說「瑁」爲衍文及經文有關「同」處釋義皆可從。但是，其謂「虞翻提到馬融手中的那個『益「金」作「銅」』的本子反倒是比較純粹的今文經文本」則非是，益金作銅的本子乃是虞翻所見「今經」，不是馬融手中的本子，馬融本實作「同」，乃古文本。又其解「收」字亦不可從。另朱文以「太保受同，祭，嚌，宅，授宗人同，拜。王答拜」爲衍文的理由是「『祭，嚌，宅』是解釋『太保受同』，『授宗人同，拜。王答拜』與上文重複」[4]，並無確證，似亦不可信。

---

[1] 《雙劍誃群經新證》頁 124。
[2] 〈贊同——周康王即位儀式中禮器的使用〉頁 65—66。
[3] 〈贊同——周康王即位儀式中禮器的使用〉頁 66—67。
[4] 〈贊同——周康王即位儀式中禮器的使用〉頁 8。

（四）戡定厥功

經文：
　　　敢敬告天子，皇天改大邦殷之命，惟周文武誕受羑若，克恤西土。惟新陟王畢協賞罰，戡定厥功，用敷遺後人休。

　　「戡定厥功」，偽《孔傳》釋作「能定其功」，蔡沈釋作「克定其功」[1]。後之學者率皆將「戡」字從《爾雅・釋詁》訓為「克」，而「定」則如字讀解。

　　鄭知同於《說文・力部》新附字「勘，校也」下云：「按『勘』訓『校』，本《唐韻》、《玉篇》訓『覆定』。據《書・康王之誥》『戡定厥功』，『勘』訓『定』，義當出此。古『戡勝』、『戡定』字，經典史籍通作『戡』、『戎』、『堪』、『龕』四形。」[2]是其訓「戡定厥功」之「戡」為「定」。臧克和亦云：「按戡字與定並列，戡當用作動詞，戡也就是『定』，猶〈西伯戡黎〉之『戡』；戡定亦同義複合詞法例。戡定厥功，猶言成就其事。」[3]

　　清華簡（壹）〈祭公之顧命〉簡9-11云：「三公，懋（謀）父朕（朕）疾隹（惟）不瘳，敢睪（梏-告）天子，皇天改（改）大邦墼（殷）之命，隹（惟）周文王受之，隹（惟）武王大歔（敗）之，墬（城一成）厗（厥）祉（功）。」[4]末句，今本作「咸茂厥功」，可知「茂」為「成」字之誤。蔡偉據此認為〈顧命〉之「戡定」與「咸成」為同一語詞之異寫，其說云：

　　　　（上引經文）遣詞造句與〈祭公〉極似，「勘定厥功」即「咸成厥功」。「勘定」與「咸成」古音極近，「勘」字古音為溪紐侵部，「咸」字古音為匣紐侵部；「定」字古音為定紐耕部，「成」字古音為禪紐耕部。馬王堆漢墓帛書〈繫辭〉「古物定命」，傳世本作「開物成務」，可以為證。
　　　　是「咸成」與「勘定」為同一語詞之異寫（或者即可視「勘定」

---

[1] 《書經集傳》卷六，《景印文淵閣四庫全書（第五八冊）》頁127上。
[2] 清・鄭珍、鄭知同，《說文新附考》卷六（清光緒五年（1879）姚氏刻咫進齋叢書本）。
[3] 《尚書文字校詁》頁521。
[4] 《清華大學藏戰國竹簡（壹）》頁174。

爲「咸成」之訛傳），因爲音近，在流傳的過程中遂產生了異文。[1]

蔡說可從。《書序》「禹成厥功」、〈五帝本紀〉「此二十二人咸成厥功」亦可參。

十四 呂刑

（一）明啓刑書胥占

經文：

非佞折獄，惟良折獄。罔非在中，察辭于差，非從惟從，哀敬（矜）折獄，明啟刑書胥占，咸庶中正。其刑其罰，其審克之。

「折獄」即斷獄。《校釋譯論》引述甚詳。[2]「明啟刑書胥占」，僞《孔傳》云：「明開刑書，相與占之。」孫星衍云：「『胥』者，〈釋詁〉云：『相也。』『占』者，《史記‧平準書》索隱引郭璞云：『自隱度也。』即《釋言》『隱，占』注，今脫「自」字。言當明視刑書，相與占度比附之，皆庶幾合於中正。」[3]

按，「明啟」、「刑書」皆如舊說所釋，而「胥占」之「胥」皆釋爲「相」[4]，「占」則或謂占驗，或謂自隱度，並未有太大區別。頗疑「占」與《禮記‧學記》「今之教者，呻其佔畢」之「佔」同。朱彬《訓纂》：「《注》：『呻，吟也。佔，視也。簡謂之畢。』王氏引之曰：『佔，讀爲苦。《說文》曰：「潁川人名小兒所書寫爲苦。」又曰：「篇，書僅竹苦也。」佔，亦簡之類。故「佔畢」連文。鄭謂「吟誦其所視簡之文」，殆失之迂矣。』」[5]又清華簡（伍）

---

[1] 〈誤字、衍文與用字習慣——出土簡帛古書與傳世古書校勘的幾個專題研究〉頁31。

[2] 《尚書校釋譯論（第四冊）》頁2046—2048。

[3] 《尚書今古文注疏》頁540。

[4] 唯吳汝綸釋「啓」爲「別」，「胥」爲「皆」，見《尚書故》，頁319。章太炎以「庶」爲「度」，見《太炎先生尚書說》頁196。

[5] 清‧朱彬撰，饒欽農點校，《禮記訓纂（下）》（北京：中華書局，1996），頁550。

〈殷高宗問於三壽〉：「君子而不讀書占。」[1]整理者云：「占，《史記・五帝本紀》正義：『數也。』」[2]整理者之注釋非是，此「占」與《尚書》之「占」及〈學記〉之「佔」同，皆當如王引之所說讀爲「苫」。而「胥占」之「胥」殆爲「胥靡」之「胥」。《墨子・天志下》：「丈夫以爲僕圉、胥靡，婦人以爲舂酋。」吳毓江《校注》：「孫云：『《周禮・夏官》鄭注云：「養馬曰圉。」《壯子・庚桑楚》篇《釋文》引司馬彪云：「胥靡，刑徒人也。」《荀子・儒效》篇楊注云：「胥靡，刑徒也。胥，相。靡，繫也。謂鑠相聯相繫，《漢書》所謂『鋃鐺』者也。顏師古曰：聯繫使相隨而服役之，猶今囚徒以鑠連枷也。」』」[3]楊注說「胥靡」爲「刑徒」，是也。謂「胥」爲「相」則非是，因爲「胥靡」也有單用「胥」者，如《詩經・小雅・雨無正》：「若此無罪，淪胥以鋪。」[4]《漢書・楚元王劉交傳》「胥靡之」顏師古注引應劭之說云：「『若此無罪，淪胥以鋪。』胥靡，刑名也。」[5]是應劭以「胥」爲「胥靡」。至於《漢書・敘傳》「嗚呼史遷，薰胥以刑」之「胥」則同〈楚元王劉交傳〉「胥靡之」之「胥」一樣，是由刑徒之名而變爲刑名。是以「刑書胥占」是一近義詞組，皆表示「刑書」一類的東西。

十五 秦誓

（一）人之彥聖

經文：

人之有技，若己有之；人之彥聖，其心好之，不啻如自其口出，是能容之。以保我子孫黎民，亦職有利哉！人之有技，冒疾以惡之；人之彥聖而違之，俾不達，是不能容，以不能保我子孫黎民，亦曰殆哉！

---

[1] 《清華大學藏戰國竹簡（伍）》頁 150。

[2] 《清華大學藏戰國竹簡（伍）》頁 154。

[3] 吳毓江撰，孫啟治點校，《墨子校注（上）》（北京：中華書局，2014），頁 323—324。

[4] 《詩經通解》頁 227。

[5] 漢・班固撰，唐・顏師古注，《漢書》（北京：中華書局，2013），頁 1924。

經文兩見之「人之彥聖」，《禮記‧大學》引同，《禮記》鄭注：「美士爲『彥』。……『彥』，或作『盤』。」鄭玄「彥」字之訓釋本自《爾雅‧釋訓》，僞《孔傳》亦訓「彥聖」爲「美聖」。後之學者多從此說。于省吾則讀「彥」爲「憲」，訓爲「法」，其說云：

> 漢石經『諺』作『憲』，是也。諺、彥乃憲之同聲叚字。金文作𢜌，从心乃晚周以後所滋衍。《詩‧六月》『萬邦爲憲』、〈桑扈〉『百辟爲憲』，《傳》：『憲，法也。』……『人之彥聖』者，人之憲聖也。憲聖與有技爲對文，言人之有有技藝者，冒疾以惡之；人之有憲法聖哲者，而違之俾不達。蓋憲法聖哲，非其人之已爲聖哲也。若其人已爲彥士聖哲，又何必以不達爲言乎？[1]

《論語‧先進》「由也喭」，定州漢簡本作「由【也】獻」[2]。蔡偉據之認爲「人之彥聖」之「彥」亦應讀爲「獻」，其說云：

> 「人之彥聖」之「彥」也應當讀爲「獻」，「彥（獻）聖」是同義並列的複音詞。
>
> 《爾雅‧釋言》曰：
>> 獻，聖也。
>
> 郭璞注：
>> 諡法曰：聰明睿智曰獻。
>
> 案「聖」者，亦明智之名，《詩‧邶風‧凱風》「母氏聖善，我無令人」，毛傳：「聖，叡也。」《廣雅‧釋言》：「睿，聖也。」
>
> 《詩‧桑柔》曰：
>> 維此聖人，瞻言百里；維彼愚人，覆狂以喜。
>
> 「聖人」與「愚人」相對爲文，是「聖人」即聰明之人。《詩‧鴻鴈》：「維此哲人，謂我劬勞；維彼愚人，謂我宣驕。」「哲人」與「愚人」對文，「哲人」即明智之人。
>
> 金文又作「𢼸（憲）」，〈史墻盤〉云「𢼸（憲）聖成王」，是其例。[3]

對於「彥」之異文「盤」，段玉裁云：「『盤』與『般』同，大也。庾元威說《三倉》，賈升郎記《彥均》爲下卷。彥，盤音。《集

---

[1] 《雙劍誃群經新證》頁 105 下—106 上。

[2] 河北省文物研究所定州漢墓竹簡整理小組，《定州漢墓竹簡：論語》（北京：文物出版社，1997），頁 51。

[3] 〈誤字、衍文與用字習慣——出土簡帛古書與傳世古書校勘的幾個專題研究〉頁 117—118。

韻》二十六桓：彥，蒲官切，大也，常也。」[1]是其謂「彥」、「盤」音義皆同，當訓爲「大」。

　　按，蔡說可從。「彥」之異文「盤」，段玉裁認爲記錄的是同一個訓爲「大」的詞。楚簡文字中「獻」有作「🔲」（新甲三・三五四）、「🔲」（天卜）[2]者，而「盤」字則有作「🔲」（望二・四九）[3]者，由蔡文知「彥」應讀爲「獻」，且《論語》簡本即作「獻」，故而頗疑異文「盤」爲「🔲」或「🔲」磨泐左下「羊」形後之誤識。

[1] 《古文尚書撰異》卷三一，《四部要籍注疏叢刊・尚書（中）》頁 2046 下。
[2] 滕壬生，《楚系簡帛文字編（增訂本）》（武漢：湖北教育出版社，2008），頁 864。
[3] 《楚系簡帛文字編（增訂本）》頁 547。

第二章 利用出土文獻校讀《尚書》應注意之問題

研究者在利用出土材料校讀《尚書》有所創獲的同時，亦有一些疏失，此章準備從以下三個小結去分析其中存在的問題。

第一節　忌隨意牽合出土文獻

在出土文獻中存在一些詞句和《尚書》貌合神離，稍有不慎即可能隨意牽合以解說《尚書》經文。以下舉三個例子進行說明。

（一）「肜日」

甲骨卜辭中常見之「彡日」（《合》13294），劉鶚釋爲「肜日」，孫詒讓最早改釋爲「易日」，訓作「更日」，並謂「若釋爲肜日，則于文齟齬難通矣」。[1]張舜徽云：

> 當清末學者孫詒讓最先研究龜甲文字時，經常發現「易日」二字。「易」字作彡，作彡，作彡[2]，作彡，孫氏認爲「易日，猶言更日」，是改期的意思。「舊釋爲肜日，則于文齟齬難通」。根據這一考證，便可推知《尚書》裏的〈高宗肜日〉，當爲「易日」之譌，這便訂正了幾千年間傳本中的一個錯字（孫說詳《契文舉例》卷上）。[3]

是其將「肜日」誤看作「肜日」，繼而認爲「高宗肜日」之「肜日」爲「易日」之譌。王世舜在「高宗肜日」之注釋中云：

---

[1] 清·孫詒讓，《孫氏契文舉例》（蟬隱廬，1927），上四至上五。卜辭「易日」之義，可參朱歧祥，〈「易日」考〉，《古文字研究》第二十九輯（北京：中華書局，2012），頁137—141。

[2] 摹寫有誤，孫詒讓本摹寫作「彡」。

[3] 張舜徽，《中國古代史籍校讀法》（上海：上海古籍出版社，1986），頁100。（此書初版於1962年）又見張舜徽〈校勘〉，武漢大學圖書館學系《古書整理參考資料》（1980），頁233。收入《中國文獻學》（武漢：華中師範大學出版社，2004），頁82。

　　清代學者孫詒讓認爲肜日當爲「易日」之誤，並說：「易日，猶言更日」，也就是更改日期的意思。「易」在甲骨文中作𝕫，與肜形近致誤（說見所著《契文舉例》）。[1]

由前述可知，孫詒讓並未言「高宗肜日」之「肜日」爲「易日」之誤，此實爲張舜徽之說。王世舜殆未翻檢原文，徑從張舜徽書中改易，遂有此誤。[2]

　　張氏之說未有確證，實不可從。「肜日」之義，參第一章〈高宗肜日〉部分。

（二）「文王受命惟中身」

　　〈無逸〉「文王受命惟中身，厥享國五十年」之「中身」，鄭玄云「謂中年」，僞《孔傳》云「即位時年四十七，言『中身』，舉全數」。後之學者多從之謂「中身」即「中年」。

　　劉逢祿云：「朱云：『中、終古通。』」[3]是其釋「中身」爲「終身」。

　　呂思勉云：「享國五十年，實當作五十歲，解見《古史紀年考》條。如此，則受命惟中身，頗爲難解。今案紂囚文王七年，文王受命亦七年而崩，則文王在位凡十四歲，受命在其即位後八年，適當其饗國之中數，故曰受命惟中身也。」[4]

---

[1] 王世舜，《尚書譯注》，頁 102。

[2] 類似之例如戴南海云：「清末學者孫詒讓最先研究甲骨文字時，經常發現『易日』二字。『易』字甲骨文作𝕫，作𝕮，作𝕫，作𝕮，孫氏認爲『易日，猶言更日』，是改期的意思。『舊釋爲肜日，則于文齟齬難通』。根據這一考證，便可推知《尚書》裏的『高宗肜日』，當爲『易日』之誤。這就訂正了幾千年間傳本中的一個錯字（見《契文舉例》上）。」見其所著《校勘學概論》（西安：陝西人民出版社，1986），頁 54。又見其《版本學概論》，成都：巴蜀書社，1989），頁 43。按，戴氏此處全襲張舜徽《中國古代史籍校讀法》，只稍作變易，雖將張先生所誤之「肜日」改回「肜日」，但卻將「高宗肜日」之「肜」誤作「肜」。其他如姚太中、程漢大《史學概論》（北京：東方出版社，1991，頁 259）、管錫華《校勘學》（合肥：安徽教育出版社，1991，頁 185）、田代華主編《校勘學》（北京：中國醫藥科技出版社，1995，頁 73—74）、張家璠、閻崇東主編《中國古代文獻學家研究》（桂林：廣西師範大學出版社，1996，頁 540）、牟玉婷《中國古典文獻學》（北京：社會科學文獻出版社，2005，頁 151—152）等均引孫說，但皆犯不檢原文之過。

[3] 《尚書今古文集解》卷二十一，《續修四庫全書（四八）》頁 309 下。

[4] 呂思勉，《呂思勉讀史札記（上）》（上海：上海古籍出版社，2005），頁 128。亦見其《先秦史 先秦學術概論》，《呂思勉全集（3）》（上海：上海古籍出版

趙平安據戰國三晉璽印以「中身」表示「忠信」的用字現象及傳世典籍「中」通「忠」、「身」通「信」的例子,認爲「中身」應讀爲「忠信」。又謂:

> 〈無逸〉中的「中身」用爲「忠信」,很可能是齊系文字用字習慣的反映。也有可能是三晉文字影響的結果。《尚書》曾有三晉文字的本子。《漢書·景十三王傳》記載,河間獻王劉德曾得先秦古文《尚書》。《論衡·正說篇》說:「至孝宣皇帝之時,河內女子發老屋,得《易》、《禮》、《尚書》各一篇奏之。宣帝下示博士,然後《易》、《禮》、《尚書》各益一篇,而《尚書》二十九篇始定。」河間在今河北獻縣東南,戰國時爲趙邑,河內在今河南武涉縣一帶,戰國時屬魏國,這兩種《尚書》很可能是戰國時三晉的寫本(李零《簡帛古書與學術源流》,第82-83頁,三聯書店2004年)。由於不同本子之間的影響融合,今文《尚書》部分反映三晉文字的用字習慣也是可能的。
>
> 總之,不管屬於那一種情況,〈無逸〉用「中身」爲「忠信」,反映的都是真實的戰國文字的用字習慣。
>
> 「文王受命惟忠信」就是文王因爲忠信而受命。忠信是忠誠信實的意思。[1]

馬楠、黃傑等均從其說。[2]周建亞云:「慕平《尚書》(中華經典藏書)譯注,將《尚書·無逸》的『文王受命惟中身』解釋爲『他即位時雖已到中年』,不妥。『惟』字從心從隹[3],本意謂思念,[4]將全句釋爲『文王即位,慎守忠信』比較確切。」[5]其解「惟」字不可從,解「中身」同於趙平安。

將「文王受命惟中身」之「中身」讀爲「忠信」實不可從。主要原因是〈無逸〉撰述的時代絕無「忠信」思想,《尚書》全篇亦未言及「忠信」。趙文後又舉古書裏周文王的忠信事例爲證,但即使文王事跡符合後世「忠信」思想,並不能證明周初有「忠信」之

社,2016),頁 101—102。

[1] 趙平安,〈「文王受命惟中身」新解〉,《古文字研究》第二十九輯(北京:中華書局,2012),頁 585—586。

[2] 〈周秦兩漢書經考〉頁 377;〈《尚書》之〈康誥〉〈酒誥〉〈梓材〉新解〉頁 62。

[3] 「隹」,原文誤作「佳」。

[4] 《爾雅·釋詁下》:「惟,思也。」《說文·心部》:「惟,凡思也。從心,隹聲。」

[5] 周建亞,《甘露堂藏戰國箴言璽》(北京:文物出版社,2013),頁 29。

語。又如，文王事跡亦部分符合儒家「仁」的思想，但周初文獻絕無以「仁」言文王之語，因爲正如郭沫若所云「『仁』字是春秋時代的新名詞，我們在春秋以前的真正古書裏面找不出這個字，在金文和甲骨文裏也找不出這個字。這個字不必是孔子所創造，但他特別強調了它是事實」[1]。而且，今文《尚書》中亦未見有「忠」之思想，先秦文獻亦不見有明言文王忠信者。

（三）「寧〈文〉王惟卜用」

〈大誥〉「寧〈文〉王惟卜用克綏受茲命」，僞《孔傳》云「以文王惟卜之用，故能安受此天命。明卜宜用」，是將此處斷讀作「寧〈文〉王惟卜用，克綏受茲命」。後之學者率皆從此讀。

劉國忠根據清華簡（壹）〈程寤〉的相關記述將此處經文斷讀作「文王惟卜，用克綏受茲命」，其說云：

> 如果我們把前面所引〈大誥〉中的這句話與〈程寤〉中周文王「占于明堂，王及太子發並拜吉夢，受商命于皇上帝」相比，可以發現，〈大誥〉所說的話，正好是對於〈程寤〉中「文王受命」這一事件所做的說明，二者顯然是相對應的。
>
> 然而前引〈大誥〉中的這一斷句方式，雖然在閱讀上並無障礙，但是根據清華簡〈程寤〉的論述，該句的標點方法，如果能改爲「文王惟卜，用克綏受茲命」，可能会更爲合適一些，句中的「卜」字爲動詞，指進行占卜，這與〈程寤〉中的「占于明堂」是相對應的。「用」字應該理解爲連詞，表示結果，相當於「因而」、「於是」。全句的意思是說，周文王通過占卜，因而能安受此天命。這樣來理解和標點本句，可能更符合該句的文義。
>
> 實際上，把「用」字作爲連詞，用在句首，表示結果，這種形式的句子，在《尚書》中是極爲普遍的，如……[2]

---

[1] 郭沫若，〈孔墨的批判〉，《十批判書》（北京：東方出版社，1996），頁 87。按，《詩經·國風·叔于田》「洵美且仁」之「仁」非儒家之「仁」，《逸周書·武順》、〈文政〉、〈大聚〉、〈官人〉諸篇之「仁」年代存疑。又《詩經·小雅·四月》「先祖匪人」之「人」，阮元謂「實是『仁』字」（阮元〈論語論仁論〉，《揅經室集》頁 179），似不可信。

[2] 劉國忠，〈從清華簡〈程寤〉看〈大誥〉篇的一處標點〉，《社會科學戰綫》，第 12 期（2011），頁 30。

王世舜早已如此斷讀。[1]「用」字放在句首作爲連詞的句子很多，但於此未必適用，且其所據〈程寤〉的文句與〈大誥〉此處經文所述雖然可能是一事，但卻並不能推斷「用」字一定屬下讀，最關鍵的是〈大誥〉其後云「今天其相民，況亦惟卜用」，足以說明此處經文應該斷讀作「寧〈文〉王惟卜用，克綏受茲命」。又如王大年所云：「我們發現『惟卜用』是《尚書》中一種常用的賓語前置句式，如〈酒誥〉中之『惟土物愛』，〈梓材〉中之『唯德用』，〈君奭〉中之『惟文王德丕承』等均是。其句式〈牧誓〉中之『惟婦言是用』，〈金縢〉中之『惟永終是圖』，〈皋陶謨〉中之『惟慢游是好，傲虐是作』，〈堯典〉中之『惟刑之恤』，〈牧誓〉中之『惟家之索』，〈無逸〉中之『惟耽樂之從』、『惟正之供』，〈呂刑〉中之『惟德之勤』等。後者爲古漢語中賓語前置之慣用句式，前者則爲這種句式之變易形式，而爲《尚書》中賓語前置之通例。《尚書易解》斷爲『寧王惟卜用』，極是。而『用』字下屬，實詞虛用，實屬不明句例之誤。」[2]「寧〈文〉王惟卜用」，劉沅謂「指〈泰誓〉襲於休祥也」[3]，殆即指占夢得吉[4]。

第二節 應注意所使用材料的問題

材料是進行《尚書》校讀的基礎，材料的真僞考辨有失或者誤用，便會使校讀失去意義。以下舉一個例子進行說明。

《尚書·大誥》「率寧〈文〉人有指疆土」之「指」，〈莽誥〉作「旨」。王肅訓爲「旨意」，僞《孔傳》訓爲「指意」，《漢書》顏注訓「旨」爲「美」[5]，蔡沈訓爲「指定」[6]。王鳴盛云：「王作『旨意』解固與莽異，然亦作『旨』。蓋古『旨』與『指』通，傳

---

[1] 王世舜，《尚書譯注》，頁140。
[2] 王大年，〈談談運用語法知識進行訓詁的問題〉，《語法訓詁論稿》（長沙：岳麓書社，2015），頁189。又見其〈一本重視語法的注解——讀《尚書易解》〉，《語法訓詁論稿》頁170—171。
[3] 清·劉沅，《書經恒解》（成都：巴蜀書社，2016），頁154。
[4] 「卜用」，金兆梓云「即卜中，見上『用寧王遺我大寶龜』，蓋卜中乃可用也，猶言只是由於龜卜可用，才知承天庥也」（《尚書詮譯》頁173）；曹音謂「按卜辭行事」（《尚書周書釋疑》（上海：上海三聯書店，2015），頁40）。似非。
[5] 《漢書（一〇）》頁3435。
[6] 《書經集傳》卷四，《景印文淵閣四庫全書》頁87上。

用王義,遂改作『指』,則古義沒不見矣。宜以顏注爲正也。」[1]段
玉裁云:「今經傳『旨』作『指』,而《正義》中三云『旨意』皆
作『旨』,知經、傳爲衛包所改,《正義》則其未改者也。」[2]周少
豪云:「『旨』作『指』者,並非衛包改變經文文字所致,早於鈔
本《島田本》P:1667《內野本》P1681《足利本》P:1689《影天正
本》P:1698《八行本》P1707《書古文訓》P:1711便同今本,字
竝作『指』!蓋兩漢之時作『旨』,逮及東晉獻書而爲定本後,已
通行『指』字,而『旨』字僅於〈翟義傳〉所載王莽擬〈大誥〉而
作〈莽誥〉文中遺存,非衛包所改也。」[3]後之學者多改從「旨」。

王闓運云:「『有』,撫也。『旨』,致也,《詩》作『耆』,
曰『耆定爾功』。」[4]吳汝綸亦云:「指、旨皆耆之借字也。《詩》
『上帝耆之』,《潛夫論》引作『指』,是其證。《集韻》耆、厎
同字。馬注『乃言厎可績』云:『厎,定也。』有指者,有定也。」
[5]王樹枏從之。[6]金兆梓亦讀「指」爲「耆」,訓爲「致」,但解「有」
爲語助詞,並謂「有指疆土」即「底定之疆土」。[7]

章太炎云:「指,依《正義》似本作旨,然亦當讀作指。傳疏並
訓爲意,則非也。有,《石經》古文例作又,此經乃正ナ又字,不當
讀有。豐鎬在西南,朝歌在東北,行須右轉,故云有指疆土。」[8]

于省吾云:「指、稽古通,詳〈西伯戡黎〉『指乃功,不無
戮于爾邦』條。《管子·君臣》『是以令出而不稽』,注『稽,
留也』。……『率寧人有指疆土』者,率循文人有留之疆土也。
盂鼎『雩我其遹省先王受民受疆土』,宗周鐘『王肇遹省文武勤
疆土』,語例略同。」[9]

曾運乾云:「指,至也。有指疆土,猶言『海外有截』也。」[10]

屈萬里謂:「旨與只同,是也;義見《詩·南山有臺》鄭

[1] 《尚書經說考》卷一五,《續修四庫全書(四九)》頁487上),似非。
[2] 《古文尚書撰異》卷一五,《四部要籍注疏叢刊·尚書(中)》頁1969下。
[3] 周少豪,《《漢書》引《尚書》研究》,潘美月、杜潔祥主編《古典文學研究輯刊(四編)》第12冊(臺北:花木蘭文化出版社,2007),頁252。
[4] 《尚書箋》卷十三,《續修四庫全書(五一)》頁360上。
[5] 《尚書故》頁172。
[6] 清·王樹枏,《尚書商誼》卷一(清光緒十一年(1885)刻本)。
[7] 《尚書詮譯》頁185。
[8] 《太炎先生尚書說》頁124。
[9] 《雙劍誃群經新證》頁83上。
[10] 《尚書正讀》頁156。

箋。」[1]

吳璵云：「有，猶保也。指，此之叚借字（十五部）。」[2]

趙立偉認爲「有指疆土」或爲「有諸疆土」，其說云：

今傳本「有指疆土」漢熹平石經作「有**者**疆土」（作者自注：北京圖書館金石組·北京圖書館藏中國古[3]代石刻拓本滙編[M]·鄭州：中州古籍出版社，1989:161·），雖然此處拓本斷裂，第二字稍有殘泐，但可以斷定，其與石經「旨」作「**旨**」（《詩·小雅·采菽》）、「**旨**」（《詩·邶風·北風》）、「**旨**」（《詩·小雅·南山有臺》）等形判然有別；又「者」字漢石經作「**者**」（《公羊傳·宣公六年》）、「**者**」（《儀禮·鄉飲酒》）、「**者**」（《周易·乾卦》）等形，均與上引「有**者**疆土」極類，因此我們斷定此處「有**者**疆土」當爲「有者疆土」。

文獻材料及青銅器銘文中，者、諸互相通用的例子不在少數，如〈子璋鐘[4]〉：「用樂父兄者士，其眉壽無期。」「者士」當爲「諸士」，〈中山王兆域圖〉：「有事者官圖之。」「者官」應作「諸官」。又《鹽鐵論·散不足》：「者生無易由言。」王利器校注：「者、諸古通用。」〈大誥〉「有者疆土」句的「者」與上引諸例中的「者」用法正同。所以，「有者疆土」乃是「有諸疆土」。而「諸」有「眾多」之意，如《淮南子·修務訓》：「諸人皆爭學之。」高誘注：「諸，眾也。」《禮記·祭統》：「夫義者所以濟志也，諸德之發。」孔穎達疏：「諸，眾也。」所以我們認爲石經「率寧人有者疆土」即「率寧人有諸疆土」，意思是「守著文王傳下來的領域廣闊的疆土」。[5]

此文所用漢石經《尚書》殘石拓片，亦出自北京圖書館金石組編《北京圖書館藏中國歷代石刻拓本滙編》一書，前已辨其僞（參第一章〈大誥〉「爾時罔敢易法」條）。又其所謂「**者**」字，截取拓本局部如下：

---

[1] 《尚書集釋》頁143—144。

[2] 吳璵，《新譯尚書讀本》（臺北：三民書局，2007），頁135。

[3] 「古」，原書作「歷」。

[4] 「鐘」，原文誤作「鍾」。

[5] 趙立偉，〈漢石經《尚書》異文與今本《尚書》校議〉，《寧夏大學學報（人文社會科學版）》，第35卷第3期（2013·5），頁13。

由此局部拓本可知「指」字處不惟有斷裂，且有錯位。將拓片裂痕以上的部分稍微向左移正，可還原爲：

可知「指」本應作指，即「指」字，東漢白石神君碑「指」作「指」可參，其「旨」旁亦與趙文所舉漢石經諸「旨」之字形無異。所以趙文「有諸疆土」之說不可從。趙文之疏失即在未能考辨材料的真偽以及誤用材料。

第三節 應注意經今古文字問題

《尚書》經今古文部分文字有別，產生時代和原因不一，所以在對《尚書》文字進行研究時，必須首先嚴別今古文字。

《尚書·堯典》「平章百姓」之「平」，《史記·五帝本紀》作「便」，《尚書大傳》（《詩經·小雅·采菽》孔疏引）、班固〈典引〉作「辨」，《後漢書·劉愷傳》、《東觀漢記》引作「辯」，《史記索隱》謂「古文《尚書》作「平」……其今文作『辯章』」[1]。又〈堯典〉「平秩」之「平」，〈五帝本紀〉亦作

---

[1] 《史記會注考證（壹）》頁22。按，「辨」、「辯」在早期文獻中多混用無別。

「便」，《尚書大傳》（《史記·五帝本紀》索隱引）、《周禮·馮相氏》鄭注引作「辯」，《風俗通·祀典》引《青史子》、北海相景君碑作「辨」。惠棟謂二「平」字爲「釆」之譌，其說云：

> 《說文》云：「釆，辨別也。讀若辨，古文作⿰。」與平相似。于部云：「古文平作⿰。」孔氏襲古文，誤以⿰爲平，訓爲「平和」，失之。辨與便同音，故《史記》又作「便」。《汗簡》云：「古文《尚書》『平章』字作⿰。」《玉篇》同。《毛詩·采菽》云：「平平左右」，《左傳》作「便蕃」，毛萇曰：「平平，辯治也。」服虔亦云：「平平，辯治不絕之兒。」「平」亦當从古文作⿰。[2]

鄧佩玲從之，並依據古文字材料推衍其說，認爲《尚書·洪範》「王道平平」之「平」以及〈洛誥〉、〈立政〉之「伻」俱應是「釆」字之譌。其總結道：

> 本文通過古文字材料的考察，就《尚書》所見「平」、「辯」異文情況以及「伻，使也」之訓釋進行深入的考察分析，從而提出此兩現象皆是因「平」、「釆」間之訛亂所造成。事實上，《尚書》的成書過程複雜，不少篇章真偽難辨，學者多有質疑，部分經學家甚至認爲今本《尚書》所存的 25 篇古文均屬後人杜撰。值得注意的是，倘若將本文考察結果配合《尚書》流傳過程作出探討，則會發現「平」、「辯」異文現象僅見於〈堯典〉及〈洪範〉兩篇，而「伻」字亦只在〈立政〉及〈洛誥〉中出現，上述四篇皆屬於今文《尚書》。伏生今文《尚書》共 29 篇，都應該出於漢人之手，以當時隸書寫成。因此，我們懷疑，「平」、「釆」之訛或與今文經的流傳相關：從古文字資料可知，「平」之从四點主要見於戰國古文字資料，而「弁」、「史」相混亦出現於戰國楚簡，或許，下逮西漢之時，因「釆」逐漸爲「辨」所替代，漢儒於傳鈔《尚書》之時，可能因不識「釆」字而誤將該字寫作「平」，遂造成了「平」、「釆」訛混現象的產生，後代傳鈔者亦不虞有誤，作出諸種附會之詮釋，相關訓釋扞格不通，千載以來世代相襲，影響至爲深遠。[3]

---

[1] 賈疏謂「據《書傳》而言」。（《周禮注疏》）鄭玄注《三禮》，每援引《尚書大傳》。（參清陳壽祺，〈尚書大傳定本序〉，王達津主編，南開大學古籍整理研究所選，《清代經部序跋選》（天津：天津古籍出版社，1991），頁 52）

[2] 《九經古義》卷三，《景印文淵閣四庫全書（第一九一冊）》頁 383。

[3] 鄧佩玲，〈從古文字材料談《尚書》所見「平」、「伻」二字〉，《「出土文獻與傳世典籍的詮釋」國際學術研討會議程論文集》，復旦大學，2017 年 10 月 14—15 日。

此處不論其結論之是非，而只討論其中所涉及的經今古文問題。此段話先是誤以為今本《尚書》今文部分之文字即西漢今文《尚書》文字，又謂「『平』、『釆』之訛或與今文經的流傳相關」，則是混同《尚書》今古文文字。辨之如下。

〈堯典〉「平章」、「平秩」之「平」，西漢今文經實無作「平」者。《白虎通・姓名》引《書》作「平章」，乃是雜取古文。[1]「平秩」之「平」，傳本、敦煌寫本《釋文》引馬融本作「苹」，訓為「使」，亦可證作「平」乃是古文。又〈洪範〉「王道平平」之「平」，《史記・張釋之馮唐列傳》引作「便」。《毛詩・小雅・釆菽》「平平左右」之「平」，《釋文》引《韓詩》作「便」。凡此均可證作「平」乃是古文，與今文經無涉。

〈洛誥〉「伻來以圖及獻卜」之「伻」，《漢書・劉向傳》引《書》同，亦是雜取古文。[2]〈洛誥〉「伻從王于周」之「伻」，漢石經作「辯」，可知作「辯」乃是今文。〈洛誥〉「伻來來視予卜」之「伻」，王應麟《漢藝文志考證》載漢人引經異字作「辨」[3]，應是今文。

---

[1] 皮錫瑞謂「《白虎通》用今文而亦作『平』者，平、便一聲之轉，三家異文或同古文作『平』」（《今文尚書考證》頁12），恐非。
[2] 皮錫瑞謂「子政引今文或作『伻』也」（《今文尚書考證》頁465），非是。
[3] 南宋・王應麟，《漢藝文志考證》卷一（清光緒十年（1884）仲冬成都志古堂精斠重刊本），頁26。

引書簡稱表

合集——甲骨文合集
英藏——英國所藏甲骨集
花東——殷墟花園莊東地甲骨
集成——殷周金文集成
銘圖——商周青銅器銘文暨圖像集成
銘圖續——商周青銅器銘文暨圖像集成續編
郭店簡——郭店楚墓竹簡
上博簡（一）——上海博物館藏戰國楚竹書（一）
上博簡（二）——上海博物館藏戰國楚竹書（二）
上博簡（三）——上海博物館藏戰國楚竹書（三）
上博簡（四）——上海博物館藏戰國楚竹書（四）
上博簡（五）——上海博物館藏戰國楚竹書（五）
清華簡（壹）——清華大學藏戰國竹簡（壹）
清華簡（貳）——清華大學藏戰國竹簡（貳）
清華簡（叁）——清華大學藏戰國竹簡（叁）
清華簡（伍）——清華大學藏戰國竹簡（伍）
清華簡（陸）——清華大學藏戰國竹簡（陸）
清華簡（陸）——清華大學藏戰國竹簡（柒）
清華簡（捌）——清華大學藏戰國竹簡（捌）
睡虎地秦簡——睡虎地秦墓竹簡
銀雀山漢簡（壹）——銀雀山漢墓竹簡（壹）
定州漢簡《論語》——定州漢墓竹簡：論語
北大漢簡（叁）——北京大學藏西漢竹書（叁）

附錄 今文《尚書》文本新編

說明： （1）經文以唐石經爲底本，避諱字徑改，石經殘缺處用宋刻八行本補足，篇目次第暫依僞孔本。

（2）經文由於屢經改易，早非舊本，故于腳注中簡要校錄重要異文，並選錄有關學者的研究。

（3）正文討論過的條目則徑直校改，並出注標示。

（4）有不少利用出土文獻校讀《尚書》的成果並未在正文中進行討論，一律加注予以呈現，以較爲全面地體現大部分《尚書》「新證」成果。

（5）在腳注中選錄部分與經文直接相關或可作參照的傳世文獻。

（6）在腳注中選錄和經文可相參照的出土文獻。

（7）爲便於理解經文和體現以傳統方式校讀《尚書》的成果，在腳注中選錄一些故訓和古注，以及有關的前人研究成果。

（8）經文據新舊諸說或己意重新斷句、破讀等（標識符號見前「體例」），並皆加腳注說明。

191

虞夏書

堯典第一[1]

日若稽古帝堯：[2]日放勛。欽明文思（寒）安安。[3]允[1]恭克讓，光（廣）被四表[2]，格于上下[3]。克明俊[4]德，以親九族；九族既睦，平章百姓[5]；百姓昭明，協和萬邦[6]，黎民於變時雍[7]。

---

[1] 《書序》：「昔在帝堯，聰明文思，光宅天下。將遜于位，讓于虞舜，作〈堯典〉。」
[2] 王國維云：「漢儒以粵若稽古爲句，馬融云：『順考古道』，鄭君云：『稽古同天』。其實當作『粵若稽古帝堯』。朱子即作此句讀，是也。朱子以粵若爲語助辭，引〈召誥〉『粵若來三月』爲證，說是。然證據猶不止此。〈盂鼎〉：『雩若翌乙亥』，《漢書・律曆志》引佚〈武成〉：『粵若來二月』，《漢書・王莽傳》：『粵若翌辛丑』，皆可爲證。」（〈王觀堂先生尚書講授記〉頁232）金景芳、呂紹綱云：「其實『日若稽古某某』是古語常用的定式，不唯《尚書》如此，其他古籍亦不乏其例，如《白虎通・聖人篇》『日若稽古皋陶。』孔穎達《毛詩正義》之〈周頌譜〉疏引〈中候摘雒戒〉云：『日若稽古周公旦。』（《《尚書・虞夏書》新解》頁188—189）《校釋譯論》云：「日若，或粵若、越若、雩若，作爲無意義的語首助詞，尚見於〈皋陶謨〉與〈逸周書・武穆解〉均云『日若稽古』，〈召誥〉云『越若來三月』，〈逸周書・世俘解〉云『越若來二月』，《漢書・律曆志》引逸〈武成〉（實即〈世俘〉）云『粵若來二月』。（但王氏《釋詞》對此句均釋作『及也』。孫經世《經傳釋詞再補》則統釋作發語詞。孫說爲是。）又〈小盂鼎銘〉云『雩若翌乙亥』，〈麥尊銘〉云『雩若二月』，『雩若翌日』，其用法都相同。」（《校釋譯論》頁5）按，史牆盤（《集成》10175）「日古文王」類此「日若稽古帝堯」，同爲追述往事，或以「日若稽古」爲句，恐非。臧克和亦云：「〈堯典〉發端的『日若稽古』四個字，功能上可能就相當於『日古』這兩個音節。或者說，『日若稽古』不過爲『日古』的緩讀。銘文質樸，讀二音節；《尚書》口傳，讀四音節。『日若』或『日越』或『粵若』等於『日』，稽古雙聲，猶『滑稽』亦雙聲。由此大致可以說，〈堯典〉的『日若稽古』相當於銘文的『日古』，其功能爲表示追記開端引出的典範格式。」（〈讀《殷周金文集成》雜誌〉，《古文字研究》第24輯（北京：中華書局，2002），頁296）金文中之「日古」除了見於史墻盤以外，還見於鐘（《集成》251）。《楚帛書・乙篇》「日故□□靁戲」之「日故」亦同此。（臧克和，〈歲月與四時——戰國楚帛書〉，《簡帛與學術》（鄭州：大象出版社，2010），頁134）又甲骨卜辭中亦有類似之語。陳煒湛云：「卜辭另有『王若曰羌』一語（《甲》二五零四），『若』爲語氣詞『若曰』或稱『曰若』，卜辭有『曰若茲妻隹年囚』（《前》五・一七・五）的辭例，與《書・堯典・皋陶謨》『日若稽古』之語相彷彿。」（〈卜辭文法三題〉，《古文字研究》第四輯（北京：中華書局，1980），頁191—192）
[3] 《考靈耀》（《後漢書・陳寵傳》注引）作「文塞晏晏」，衡方碑、〈魏受禪表〉亦引作「文塞」。楊筠如云：「古寒、塞通用。〈皋陶謨〉『剛而塞』，《說文》引作『寒』。《說文》：『寒，實也。』《詩・燕燕》『其心塞淵』、〈定之方中〉『秉心塞淵』，並假『塞』爲之。思、寒、塞同部雙聲，思、塞並『寒』之假。」（《尚書覈詁》頁3）按，楊說是。《詩經・國風・漢廣》「不可休息」，《釋文》載或本作「休思」（李遇孫《詩經異文釋》云：「《詩考》引《韓詩外傳》作『休思』，《藝文類聚》引同。」），而楚簡中「息」或假「賽」爲之（清華簡（貳）〈繫年〉簡24）。

乃命羲、和：欽若昊天，曆象日月星辰[8]，敬授民[1]時。分命羲仲，宅（度）嵎夷[2]，曰暘谷[3]。寅賓出日，[4]平秩[5]東作；日中星鳥，

---

[1]「允」字，偽孔《傳》訓爲「信」。楊筠如云：「高晉生謂《說文》『能』亦從㠯聲，足證允、能古音近，允亦能也。允恭克讓，謂能恭能讓也。」（《尚書覈詁》頁4）施謝捷亦訓「允」爲「能」，謂與「克」用同。（〈「允恭克讓」的「允」是什麼意思？〉，《辭書研究》，02期（1993），頁152—153）存參。

[2]「光」字，或作「橫」、「廣」。戴震謂古本當作「橫被四表」，「光」殆爲「桄」字誤脫偏旁之形，當讀「古曠反」，從《爾雅》訓爲「充」。（〈與王內翰鳳喈書〉，《戴震文集》（北京：中華書局，1980），頁46—47）邵晉涵承戴氏之說，並謂：「橫、光聲相近，故漢人稱『橫門』爲『光門』，後世猶沿其舊矣。」（李嘉翼、祝鴻傑點校《爾雅正義（上）》（北京：中華書局，2017），頁183）王引之亦云：「『光』、『桄』、『橫』古同聲而通用，非轉寫譌脫而爲『光』也。三字皆充廣之義，不必古曠反而後爲光也」、「『光被』之『光』作『橫』，又作『廣』，字異而聲義同，無煩是此而非彼也」。（《經義述聞（一）》頁144、145—146）邵、王說是。

[3]「格」字，今文《尚書》多作「假」。楊筠如云：「吉金文通作『各』，惟〈師虎敦〉作『𢓜』，〈庚羆卣〉作『𢓜』。《方言》：『㤩，至也。』格者㤩之假，㤩又各之繁文。《說文》『各』從口、夊。當是神祇來饗之意。引申之，凡來皆曰『各』。」（《尚書覈詁》頁4）又清華簡（伍）〈厚父〉簡2「咸有神，能格于上」可參。

[4]「俊」，或引作「峻」、「畯」。

[5]見第一章〈堯典〉「平章百姓」條。「平章」，或作「便章」、「辨章」、「辯章」。惠棟謂「平」爲「釆」之形訛（《九經古義》卷三，《景印文淵閣四庫全書（第一九一冊）》頁383），高本漢說近（陳舜政〈評高本漢尚書注釋〉，《尚書論文集》（臺北：黎明文化事業股份有限公司，1981），頁305）。存參。

[6]「邦」字，今文《尚書》多作「國」。

[7]「變」，《漢書·成帝紀》作「蕃」，孔宙碑作「卞」。段玉裁謂「卞」爲「弁」之變體，「弁」蓋「蕃」之假借。（《古文尚書撰異》卷一上，《四部要籍注疏叢刊·尚書（中）》頁1771下）章太炎云：「案《詩·小雅》：『弁彼鸒斯。』傳：弁，樂也。《說文》正作『昇』，云，喜樂貌。此義實較蕃變爲長。〈五帝德〉說堯事云：『四海之內，舟輿所至，莫不說夷。』說夷即樂之謂。」（《太炎先生尚書說》頁50—51）顧頡剛云：「按〈顧命〉太保御王冊命，曰：『率循大卞，燮和天下。』『大卞』即『於變』也，『燮和』即『時雍』也。」（《顧頡剛讀書筆記（卷十一）》頁6）存參。

[8]《漢書·李尋傳》：「《書》曰：『曆象日月星辰』，此言仰視天文，俯察地理，觀日月消息，候星辰行伍。」「曆」，《漢書·藝文志》作「歷」。王項齡等：「王氏安石曰：『歷者，步其數；象者，占其象。』」（《欽定書經傳說彙纂》卷一，《景印文淵閣四庫全書（第六五冊）》（臺北：臺灣商務印書館，1986），頁450—451。按，此非安石語。程元敏謂其「蓋刪改宋張綱書解（書已佚，見尚書精義引）文，又誤作安石說（詳輯本上編注一），不然則刪節尚書日記引程若庸而誤爲安石說之文（方見上述）。」見程氏《三經新義輯考彙評（周禮）》盛百二云：「蓋歷象在授人時，授人時在歲月日時之正，正日之長短必以日出入之早晚，正月之朔望必以日與月之衝合，正時之春秋冬夏必以日之長短與昏之中星，昏之中星，二十八宿也。正歲必以日之周天與月會日之常數及其閏，而五緯於數者並無所用。」（《尚書釋天》卷一，《續修四庫全書（四四）》（上海：上海古籍出版社，2002），頁257上）江聲謂「秩讀爲『秩日月而迎送』之『秩』，

以殷仲春。厥民析，[6]鳥獸孳尾。申命[7]羲叔，宅（度）南交，〔曰明都〕[8]。平秩南偽[9]，敬致，日永星火，以正仲夏。厥民因，鳥獸希革。分命和仲，宅（度）西〔土〕，曰昧谷。[10]寅餞納（入）日，平秩西成；宵中星虛，以殷仲秋。厥民夷，鳥獸毛毨。申命和叔，

象讀爲『聖人象之』之『象』」，又云：「《大戴禮・五帝德篇》孔子偁帝嚳『秝日月而迎送』，謂推步日月之行度，迎其將來，送其當往，以審知秝數也。《易・繫詞》云『天垂象，見吉凶，聖人象之』，謂聖人象法乎天也。此經『秝象』亦謂推步、象法，故讀从彼二文。凡云讀爲某者，非但音如之，直是誼从之也。」（《尚書集注音疏》卷一，《四部要籍注疏叢刊・尚書（中）》頁 1493）

1 「宅」，唐石經作「人」，兩漢今古文皆作「民」，乃唐時所改。

2 「宅」，今文《尚書》多作「度」。朱熹云：「古字『宅』、『度』通用，『宅嵎夷』之類，恐只是四方度其日景以作曆耳。如唐時尚使人去四方觀望。」（《朱子語類》卷七十八，《朱子全書（修訂本）》（第拾陸冊）頁 2642）戴震云：「《周禮・縫人》注曰『《書》度西』。以是例之，鄭康成本當作『度嵎夷』、『度南交』、『度朔方』。古音『宅』讀如『度』，分四方測景，故言度。王肅釋『宅』爲『居』，遂不可通。蔡氏以暘谷爲所居官次之名，尤非。」（《尚書義考》卷一，《戴震全書（修訂本）》第壹冊（合肥：黃山書社，2010），頁 35）「嵎夷」，《史記・五帝本紀》作「郁夷」，《釋文》「《尚書考靈燿》及《史記》作『禺銕』」。于省吾云：「小臣𧛙簋『伯懋父以殷八師征東夷』，又云『伐海眉』，又云『達征自五嵎貝』，『五嵎』即『嵎夷』，當係東夷之一種。亦猶〈楚語〉之稱三苗九黎也。〈禹貢〉『海岱惟青州：嵎夷既略』以其背山故作『嵎』；以其面海爲潟鹵之地故作鰅。《說文》作『堣』則與金文𪔀字同。金文凡從土之字多作臺。如堵作𡎖，城作𡉚之類是也。」（《雙劍誃群經新證》頁 64）陳漢平根據下文分別言「南交」「西土」「朔方」，而疑「嵎夷」爲「東嵎」之誤。（《屠龍絕緒》頁 101）存參。

3 「暘谷」，〈五帝本紀〉索隱載其舊本作「湯谷」。

4 見第一章〈堯典〉「寅賓出日、寅餞納日」條。又《屯南》2232：「王其𧢲（觀）日出，其𢦏（截）于日，𤔲。」鄔可晶讀「𢦏（截）」爲「餞」，並謂「餞于日」就是《尚書・堯典》的「寅餞納（入）日」，「觀日出」就是〈堯典〉的「寅賓出日」。（蘇建洲，〈釋與「沙」有關的幾個古文字〉，《出土文獻》第九輯，2016 年 10 月，頁 132—133）存參。

5 「平秩」，〈五帝本紀〉作「便程」，《尚書大傳》云「辯秩」。

6 見第一章〈堯典〉「厥民析、厥民因、厥民夷、厥民隩」條。

7 「申」，《爾雅・釋詁》「重也」。「申命」疑即金文中常見之「申就乃命」之省語。另，「分命和仲」之「分」，《史記・五帝本紀》亦作「申」。

8 鄭玄注：「夏不言『曰明都』三字，摩滅也。」王肅云：「夏無『明都』，避『敬致』，然即『幽』足見『明』，闕文相避。」茲從鄭說補足。

9 唐石經作「訛」，錢大昕謂當作「僞」。（《十駕齋養新錄》頁 10）按，北敦 14618、斯 9935 作「僞」。

10 〈五帝本紀〉述作：「申命和仲，居西土，曰昧谷。」《集解》云：「徐廣曰：一無『土』字，西者，今天水之西縣也。一作『柳谷』。駰案，鄭玄曰：『西者，隴西之西，今人謂之兌山。』」按，「土」字據《史記》補足。俞敏云：「『卯』的上古音是〔muəg〕，『昧』是〔muəd〕，『穀』、『谷』是〔kuk〕。爲甚麼鄭把『卯谷』讀作『昧谷』呢？無非是因爲昧的尾音（d）和穀谷的首音連讀的時候，可以被同化爲（g）而已。」（〈古漢語裏面的連音變讀（sandhi）現象〉，《俞敏語言學論文集》（北京：商務印書館，1999），頁 350—351）

宅（度）朔方，曰幽都[1]。平在朔易；日短星昴，以正仲冬。厥民隩[2]，鳥獸氄毛[3]。帝曰：「咨！汝羲暨和，期三百有六旬有六日[4]，以閏月定四時成歲。[5]」允釐百工，庶績咸熙。[6]

帝曰：「疇咨若時登庸（用）？[7]」放齊曰：「胤子朱啟明。」帝曰：「吁！嚚訟，{可乎}？[8]」

帝曰：「疇咨若予采？」驩兜[9]曰：「都！共工方（旁）鳩（求）僝功。[10]」帝曰：「吁！靜言庸（用）違，[1]象〈爲〉恭〈洪〉滔天[2]。」

---

[1] 「幽都」，《山海經・海內經》：「北海之內，有山，名曰幽都之山。」

[2] 「隩」，〈五帝本紀〉作「燠」。

[3] 《說文》「襄」下引《虞書》作「鳥獸襄毛」，「毪」下則引作「鳥獸毪毛」。

[4] 「有」，蘇軾云：「『有』讀爲『又』，古『有』、『又』通。」（《書傳》卷一，《景印文淵閣四庫全書（第五四冊）》頁489上）

[5] 此句爲周人寫定，不全是商代語言，但也反映出商代的歲時情況。董作賓據《乙編》53（《合》20843）「五百四旬〔出〕七日」認爲此即一年半之長度，其週年長度合於四分曆之365・25日，以整數言則爲366日。（〈積三百有六旬有六日新考〉，《華西協和大學中國文化研究所輯刊》，第1期（1940））至於「以閏月定四時，成歲」，武家璧說：「《左傳・文公元年》：『先王之正時也，履端於始，舉正於中，歸餘於終。』甲骨文中屢見『十三月』，就是『歸餘於終』的置閏方法。」（〈〈堯典〉的真實性及其星象的年代〉，《晉陽學刊》，第5期（2010），頁80）

[6] 《史記・五帝本紀》述作：「信飭百官，眾功皆興。」又此段可與《論語・泰伯》「子曰：『大哉，堯之爲君也！巍巍乎，唯天爲大，唯堯則之。蕩蕩乎，民能無名焉。巍巍乎，其有成功也；煥乎，其有文章！』」相參。

[7] 段玉裁云：「尋此經之語，當云『帝曰：咨。疇若時登庸』、『咨。疇若予采』，乃與『疇若予工』、『疇若予上下草木鳥獸』一例，而倒易二字者，蓋史臣紀帝語恐失其真，不求明順也。〈五帝本紀〉云『誰可順此事』，『誰可』者則明順矣。」（《古文尚書撰異》卷一上，《四部要籍注疏叢刊・尚書（中）》頁1784）存參。「疇」字，《說文》「𤴡，誰也。……𤴡，古文疇」。

[8] 皮錫瑞云：「『可乎』二字，疑後人增入。古人語質，但言其人不善，則不可之意自見，下云『象共滔天』、『放命圮族』皆然，初無別加可否之語，此但云『頑凶』，則於義已足，何用別加斷語？『可乎』二字，非上世渾灝之文所有，《尚書》一經無用『乎』字爲句末助詞者，況〈堯典〉乃最初之書，安得有此輕脫之句。史公云『頑凶，不用』，乃增『不用』二字以足經意，非以『不用』釋『可乎』也。下云『似恭漫天，不可』、『負命毀族，不可』，文義正同一律。」（《今文尚書考證》頁29）其說殆是。

[9] 「驩兜」，〈五帝本紀〉、《漢書・古今人表》、《山海經》等皆作「讙兜」，《居延漢簡（肆）》407・1亦作「讙」。

[10] 〈五帝本紀〉云：「共工旁聚布功，可用。」《說文》「僝」字下引《虞書》作「旁救僝功」，「述」字下引作「旁述僝功」。按，《國語・楚語上》「旁求四方之賢」、「旁求聖人」。清華簡（壹）〈皇門〉簡3：「廼方（旁）救（求）選擇元武聖夫。」「方鳩」殆應讀爲「旁求」。又「僝」字，伯3315同，北敦14681作「僎」。馬楠疑應讀爲「纂」（《周秦兩漢書經考》頁53），白軍鵬讀爲「選」（〈《尚書》新證三則〉，《史學集刊》，第1期（2013・1），頁118），存參。

帝曰：「咨！四岳[3]！湯湯洪水方（旁）[4]割（害）[5]，蕩蕩懷山襄陵，浩浩滔天。下民其[6]咨，有能俾乂？」僉曰：「於，鯀哉！」帝曰：「吁！咈哉！方（放）命圮族。[7]」岳曰：「异[8]哉，試可乃已[9]。」帝曰：「往，欽哉！」九載，績用弗[10]成。帝曰：「咨！四岳！朕在位七十載，汝能庸（用）命，巽（纂）朕位[11]？」岳曰：「否[12]德忝帝位。」曰：「明明揚側[13]陋。」師錫（賜）帝[14]曰：「有鰥[15]在下，曰虞舜。」帝曰：「俞[16]，予聞。如何？」岳曰：「瞽子，

---

[1] 《漢書·王尊傳》作「靖言庸違」，《論衡·恢國》、《潛夫論·明闇》作「靖言庸回」。又《左傳·文公十八年》「靖譖庸回」可參。

[2] 見第一章〈堯典〉「象恭滔天」條。

[3] 「岳」字，《尚書大傳》、《史記》、《白虎通·號篇》皆作「嶽」，今文如此。

[4] 「方」字，王念孫讀爲「旁」，訓爲「溥、遍」（《經義述聞（一）》頁152—153）

[5] 「割」，伯3315《釋文》作「釗」，云「古割字，害也」。〈多士〉「割殷」之「割」，魏石經古文作「𠛮」，于省吾謂即「創」字，訓爲「懲創」（《雙劍誃群經新證》頁104上）。俟考。

[6] 「其」，王引之云：「其猶乃也。《書·堯典》曰：『浩浩滔天，下民其咨。』」（《經傳釋詞》頁110）

[7] 《漢書·傅喜傳》「同心背畔，放命圮族」，〈薛宣朱博傳〉「今晏放命圮族」。

[8] 《說文》「异，舉也。……《虞書》曰：『岳曰异哉』。」

[9] 「已」，俞樾謂「已」「以」通用，「以，用也。『試可乃以』者，言試之而可乃用之也。」（《群經平議》卷三，《續修四庫全書（一七八）》頁38上）楊筠如云：「已，《說文》：『用也。』」（《尚書覈詁》頁21）

[10] 「弗」，今文《尚書》作「不」。

[11] 見第一章〈堯典〉「巽朕位」條。

[12] 「否」，〈五帝本紀〉作「鄙」。臧琳云：「古文《尚書》『岳曰：否德忝帝位』，今文《尚書》『嶽曰：鄙德忝帝位』。《論語》『子所否者』，《論衡·問孔》作『子所鄙者』，兩漢人所引《魯論》爲多。鄭康成以古《論》校正之，是古文《論語》作『子所否者』，今文《論語》作『子所鄙者』，與《書》古今文正合。《書》古文『否』字，當從今文讀爲『鄙』。孔《傳》欲異於今文，故別訓爲『不』。《釋文》『否，方久反』，此孔音也。『又音鄙』，此馬、鄭義，從今文說也，學者審之。至《魯論》『鄙』字，則當從古文作『否』，鄭君所校最是。琳謂古今文不可偏主，於此見之。」（《經義雜記·五帝本紀書說》，《續修四庫全書（一七二）》頁225下）又《左傳·襄公三十一年》「以議執政之否」，《淮南子·人間》「故善鄙不同」，「善否」即「善鄙」，可參。

[13] 「側」，或作「仄」。

[14] 此「錫」字與〈禹貢〉「錫貢」、「九江納錫大龜」、「禹錫玄龜」以及〈召誥〉「錫周公」之「錫」並是「入獻」之意，可參㝬尊（《集成》5956）「㝬易（錫）貝于王」、麥方尊（《集成》6015）「麥易（錫）金于辟侯（按，或謂此二句爲于字式被動句（陳煒湛、唐鈺明編著，《古文字學綱要（第二版）》（廣州：中山大學出版社，2009），頁73），茲不取。又《尚書中候》「伯禹在庶，四嶽師舉薦之」可參。

[15] 「鰥」字，〈五帝本紀〉作「矜」，今文多如是。

[16] 「俞」字作爲語氣詞在〈堯典〉中一共出現九次，在〈皋陶謨〉中一共出現八次。《爾雅·釋言》：「俞，然也。」李學勤將《合》10405號卜辭中「王占曰：『𠤳，

父頑，母囂，象傲¹；克諧，以孝烝烝，乂不格姦。²」帝曰³：「我其試哉。」女于時，觀厥刑（型）于二女。⁴釐降二女于嬀汭，⁵嬪于虞。帝曰：「欽哉！」

慎徽五典，⁶五典克從；納（入）于百揆，百揆時敘⁷；賓于四門，四門穆穆；納（入）于大麓，烈風雷雨弗迷。⁸

有崇有夢』」之「**鹵**」釋爲「俞」，並發揮郭沫若的觀點（《卜辭通纂》頁530）以其即〈堯典〉等篇的歎詞「俞」。（〈〈堯典〉與甲骨卜辭的歎詞「俞」〉，《通向文明之路》（北京：商務印書館，2010），頁93—96）存參。

¹ 〈五帝本紀〉作「弟傲」。《論衡·幸偶》云「弟象敖狂」可參。

² 王引之云：「三復經文，當讀『克諧』爲句，『以孝烝烝』爲句，『乂不格姦』爲句。（《經義述聞（一）》頁153）

³ 孔《疏》：「馬、鄭、王本說此經皆無『帝曰』，當時庸生之徒漏之也。」（《尚書正義》頁57）

⁴ 《論衡·正說》云：「堯聞舜賢，四嶽舉之，心知其奇，而未必知其能，故言『我其試我。試之於職，妻以二女，觀其夫婦之法，職治脩而不廢，夫道正而不僻。」

⁵ 見第一章〈堯典〉「釐降二女于嬀汭」條。「嬀汭」，蔣廷錫云：「按：孔安國《傳》云：舜所居嬀水之汭。《經典釋文》云：汭，水之內也。皆不以汭爲水名。而《水經注》云：歷山有舜井，嬀水出焉，南曰嬀水，北曰汭水，異源同歸，渾流西入於河。《史記正義》亦引《地記》云：河東郡青山東山中有二泉，南流者嬀水，北流者汭水。今考山西平陽府蒲州南有嬀、汭二水，皆南注大河，與《水經注》《地記》二書合。蓋汭本訓北、訓內，又爲小水入大水之名，或後人見嬀水北有一小水入嬀，遂蒙〈堯典〉文而加名耳。」（《尚書地理今釋》，《景印文淵閣四庫全書（第六八冊）》（臺北：臺灣商務印書館，1986），頁219—220）

⁶ 自此以下，僞孔以爲〈舜典〉，並增「曰若稽古帝舜，曰重華，協于帝。濬哲文明，溫恭允塞。玄德升聞，乃命以位」二十八字。段玉裁云：「東晉豫章內史梅頤始得孔安國《尚書》併傳，奏之，時闕〈舜典〉經傳。齊建武中，吳興姚方興僞稱於大䑃（《釋文敘錄》《史通》作䑨，《隨書》作桁，《尚書正義》作航）頭得〈舜典〉經傳，奏上。其傳則采馬、王注造之，其經比馬、王所注多『曰若稽古帝舜，曰重華，協于帝』十二字。梁武時，爲博士議曰：孔〈序〉稱伏生誤合五篇，皆文相承接，所以致誤。〈舜典〉首有『曰若稽古』，伏生雖昏耄，何容合之？遂不行用方興本。或十二字下更有『濬哲文明，溫恭允塞。玄德升聞，乃命以位』十六字，共二十八字。既未施行，方興以罪致戮。隋開皇初，始購得之，冠於妄分〈舜典〉之首，盛行至今。」（《古文尚書撰異》卷一上，《四部要籍注疏叢刊·尚書（中）》頁1792下）

⁷ 「敘」，今文《尚書》作「序」。此及〈康誥〉「惟時敘」「曰時敘」之「時敘」，王引之並釋爲「承順」。其云：「時敘者，承敘也。承敘者，承順也。《大戴禮·少閒篇》曰『時天之氣，用地之財』，謂承天之氣也。承、時，一聲之轉。〈楚策〉『仰承甘露而飲之』，《新序·雜事篇》『承』作『時』，是時與承同義。《爾雅》曰：『順，敘也。』《大戴禮·保傳篇》曰『言語不序』，〈周語〉曰『周旋序順』（序亦順也，說見後。『周旋序順』，下序與敘同），是敘與順同義，合言之則曰『時敘』。『百揆時敘』，謂百揆莫不承順也。文十八年《左傳》曰『以揆百事，莫不時序』是也。若訓時爲是，而云『莫不是序』，則不辭矣。」（《經義述聞（一）》頁155—156）

⁸ 《尚書大傳》：「納之大麓之野，烈風雷雨不迷，乃致以昭華之玉。」〈五帝本紀〉：「堯使舜入山林川澤，暴風雷雨，舜行不迷。」

　　帝曰：「格，汝舜。詢事考言，乃言厎可績，三載。汝陟帝位。」舜讓于德，弗嗣[1]。

　　正月上日，受終于文祖。在[2]璿璣玉衡，以齊七政。肆[3]類于上帝[4]，禋于六宗[5]，望于山川，徧于羣神。揖[6]五瑞，既月乃日[7]，覲四岳羣牧，班[8]瑞于羣后。

---

[1]　「嗣」，偽《孔傳》釋爲「嗣位」之「嗣」。《史記・五帝本紀》訓作「不懌」。《索隱》云：「古文作『不嗣』，今文作『不怡』，怡即懌也。」戴震云：「『舜讓于德』，蓋以己之德不堪爲辭，如岳之言『否德忝帝位』者，史臣約略之，但曰『讓于德』云耳。堯、舜之讓，本以天下爲重任，而其身無樂有天下之心。既無樂有天下之心，則堯以重任授舜，舜豈宜辭而不受！如曰讓于有德之人，則便當舉此人，如岳之舉舜，否則襄屬虛文，聖人豈爲之哉？然必無不讓者，臨事而懼之，誠雖小節，必恐其不勝，況任天下重器而不爲之變動恐懼，則非也。是以至德猶懼德薄，史臣記其授受之時，不怡見於貌。『不怡』也者，惕然內變，精誠外著也。古字嗣、怡聲同，《毛詩》『子寧不嗣音』，《韓詩》作『不詒音』，亦怡、嗣互出之證。若以『不嗣帝位』爲解，則於聖人之仁，以天下爲己任，聖人之心，不以己爲至德，二者合而爲一之極致，與夫聖人之誠讓非虛文，皆不可見。且下文『受終』以承『弗嗣』，亦扞格不可通矣。此一字之誤，關於至道者非淺小也。」（《尚書義考》卷二，《戴震全書（修訂本）》第壹冊頁73）王引之云：「家大人曰：『司』與『台』篆隸皆不相似，寫者無由亂之。『不嗣』之爲『不怡』，爲『不台』，『嗣』音之爲『詒』音，皆以聲相近而通，非以字相似而誤也。『司』與『台』聲相近，故從『司』從『台』之字可互通。」（《經義述聞（一）》頁157）于省吾據毛公鼎（《集成》2841）「肆皇天亡㫃」及其他出土文獻和傳世文獻，認爲「『弗嗣』亦即不台、不怡、無辭、無辝、無𤔲、不懌、不澤、無㫃、無斁」。（《雙劍誃群經新證》頁64）存參。

[2]　「在」，《爾雅・釋詁》「察也」。

[3]　〈五帝本紀〉、〈封禪書〉等作「遂」。《說文》：「䖵，希屬。從二希。𧱞，古文䖵。《虞書》曰：䖵類于上帝。」

[4]　《周禮・肆師》「類造上帝，封于大神，祭兵于山川」、《禮記・王制》「天子將出，類乎上帝」可參。《五經異義》：「今《尚書》夏侯歐陽說，類，祭天名也，以事類祭之。奈何？天位在南方，就南郊祭之是也。古《尚書》說非時祭天謂之類，言以事類告也。《肆類于上帝》，時舜告攝，非常祭。許慎謹案，《周禮》郊天無言類者，知類非常祭，從古《尚書》說。」

[5]　「六宗」，說者紛紜。《五經異義》載賈達云：「六宗，天地神之尊者，謂天宗三，地宗三。天宗，日、月、北辰；地宗，岱山、河、海。」（《周禮・大宗伯》賈公彥疏引）賈達說同於古《尚書》說（桂馥撰，趙智海點校，《札樸》卷一（北京：中華書局，1992），頁6），論者多從之。《校釋譯論》則謂「六宗」即卜辭常見之「六示」，「示即指祖先神主，幾示就是幾代祖先的神主」（《尚書校釋譯論》頁125）。俟考。

[6]　唐石經作「輯」，《史記・五帝本紀》作「揖」。段玉裁謂作「揖」是，訓爲「集聚」。（《古文尚書撰異》卷一下，《四部要籍注疏叢刊・尚書（中）》頁1798－1799）據改。

[7]　《史記・五帝本紀》述作「擇吉月日」。王先謙云：「『既月乃日』，言既擇月乃卜筮吉日也。」（《尚書孔傳參正（上）》頁86）

[8]　《說文・玨部》：「班，分瑞玉。從玨，從刀。」

歲二月，東巡守[1]，至于岱宗，柴，望秩于山川，肆覲東后。協時月正日；同律、度、量、衡。修五禮、五玉、三帛、二生、一死贄，如[2]五器，卒乃復。五月，南巡守，至于南岳，如岱禮。八月，西巡守，至于西岳，如初。十有一月，朔[3]巡守，至于北岳，如西禮。歸，格于藝（埶）祖[4]，用特。五載一巡守，羣后四朝。敷奏[5]以言，明試以功，車服以庸[6]。

肇（兆）[7]十有二州，封十有二山[8]，濬川。[9]

象以典刑。流宥五刑。鞭作官刑，扑作教刑，金作贖刑[10]，眚（省）災肆赦，怙終賊（則）[1]刑。「欽哉！欽哉！惟刑之恤哉！[2]」

---

[1] 「守」，《孟子·梁惠王下》、《尚書大傳》、〈五帝本紀〉、《白虎通·巡狩》作「狩」。

[2] 王引之云：「如者，與也，及也。」（《經義述聞（一）》頁159）

[3] 「朔」，《爾雅·釋訓》「北方也」。

[4] 《史記·五帝本紀》將此句譯述作「歸至於祖禰廟，用特牛禮」，《尚書大傳·虞夏傳》引作「歸，假于禰祖，用特」。俞樾云：「藝祖，禰祖，古今文不同。……藝當讀爲埶，埶從執聲。古藝字止作埶。……《國語·楚語》『居寢有埶御之箴』韋注曰：『埶，近也。』埶之義爲近，禰之義亦爲近。襄十三年《左傳·正義》曰：『禰，近也。於諸廟，父最爲近也。』」（《群經平議》卷三，《續修四庫全書（一七八）》頁40下）大克鼎（《集成》2826）及番生簋（《集成》4326）「柔遠能邇」之「邇」作 ，于省吾謂其即埶之本字，義訓爲近。（《雙劍誃吉金文選》，北京：中華書局，2009）藝祖，即父廟。

[5] 「敷奏」，〈五帝本紀〉述作「徧告」。「敷」，今文《尚書》多作「傅」。

[6] 「庸」，《爾雅·釋詁》「勞也」。或訓爲「用」。後〈皋陶謨〉「車服以庸」同。

[7] 「肇」，即《詩經·商頌·玄鳥》「肇域彼四海」之「肇」，讀爲「兆」。

[8] 《尚書大傳》此句在「肇十有二州」之上。

[9] 陳夢家謂「十有二州」「十有二山」及下文「十有二牧」之十二本皆當作九，又云：「改九爲十二，當在秦並天下以後。二十六年〈本紀〉曰『數以六爲紀，符法冠皆六寸，而輿六尺，六尺爲步，乘六馬』，又曰『分天下以爲三十六郡』，又曰『銷以爲鐘鐻金人十二』」是也。秦始皇刻石，多四字一句，三句一韻，則亦十二字也。泰山、之罘、東觀三刻石辭並三十六句，琅邪、會稽二刻辭則七十二句。傳世秦新郪虎符四行四十字，陽陵虎符左右十二字，前器作于並六國前，後器爲並六國後物也。」（〈堯典爲秦官本尚書考〉，《尚書通論》頁137—141）存參。

[10] 梁啟超謂此句：「金屬貨幣是周朝才有的東西，當然不應在堯舜時代的書上發現。」（《古書真僞及其年代》，《梁啟超全集（第九冊）》（北京：北京出版社，1999），頁5055）金景芳、呂紹綱云：「銅作爲交易之貨幣固然是以後的事，但是銅作爲兵器，據文獻記載，出現卻很早。……銅雖尚未產生交換價值，不能作爲貨幣使用，卻有很大的使用價值，用它贖罪，是可能的。《管子·中匡》：『甲兵未足也，請薄刑罰，以厚甲兵。於是死罪不殺，刑罪不罰，使以甲兵贖。死罪以犀甲一戟，刑法以脅盾一戟。過罰以金鈞。無所計而訟者，成以束矢。』《淮南子·氾論訓》說同。以兵器作贖刑，是春秋時代確有之事，那麼堯舜時代

流共工于幽州[3]，放驩兜于崇山，竄[4]三苗于三危，殛（極）[5]鯀于羽山，四罪而天下咸服。

既已有銅，又有戰爭，『金作贖刑』的『金』是兵器，也並非不可能。」（《《尚書·虞夏書》新解》頁 136）按，〈堯典〉爲周人據舊材料追述之辭，故頗多以時制比附或描述古制之處。「金作贖刑」當是時制，而『贖刑』則古制有之，只不過並非用金屬貨幣，而是或如金、呂二氏所說的兵器等器物。

[1] 「賊」，于鬯云：「此『賊』字當讀爲『則』，『賊』即諧『則』聲，故二字通假。……『怙終賊刑』者，怙終則刑也。『則』是語辭，猶上文『肆』亦語辭，則刑與肆赦正成對文。」（《香草校書（上）》頁 87）于省吾說同。（《雙劍誃群經新證》頁 65 上）

[2] 「卹」，唐石經作「恤」，〈五帝本紀〉作「惟刑之静哉」，《集解》引徐廣云：「今文云『惟刑之謐哉』。《爾雅》曰『謐，静也』。」段玉裁謂作「恤」者衛包所改。又云：「徐廣所謂今文，歐陽、夏矦《書》之散見僅存者也。《史記》作『靜』者，以故訓易其字，使讀者易通。『謐』訓『靜』，故易爲『靜』也。若古文作『卹』，亦是静慎之意。……卹、恤與謐、洫，皆同部相假借，皆謂慎静。蓋静、慎意得交通，未有心氣不静而可謂之慎者。未有能慎而浮妄之動不除，不貊然寧静者。（東原師說）卹、謐皆謂慎刑，無二義也。方興僞傳訓憂，誤矣。」（《古文尚書撰異》卷一下，《四部要籍注疏叢刊·尚書（中）》頁 1805）王念孫云：「卹者，慎也。」（《經義述聞（一）》頁 161）按，北敦 14681 正作「卹」，據改。又此句《肩水金關漢簡（伍）》載漢成帝詔書引作「維刑之洫」（73EJC：291）。

[3] 唐石經作「洲」，《孟子·萬章上》、《大戴禮記·五帝德》、《淮南子·務修》皆作「州」，是。

[4] 「竄」，《孟子·萬章》作「殺」，《史記·五帝本紀》作「遷」，《漢書·刑法志》作「竄」。《說文·宀部》：「竄，塞也。从宀，鼠聲。讀若《虞書》曰『竄三苗』之竄。」《段注》將後二「竄」皆改爲「竄」，並云：「《說文》者，說字之書。凡云讀若，例不用本字。」（《說文解字注》（杭州：浙江古籍出版社，2006），頁 342）其《古文尚書撰異》云：「古無去聲，讀竄如鏦。《左氏·昭元年傳》……『蔡蔡叔』。陸氏德明曰：『蔡』，《說文》作『檫』。按《說文》七篇：『檫、檫，散之也……』經典竄、蔡、殺、檫四字同音通用，皆謂放流之也。」（《古文尚書撰異》卷一下，《四部要籍注疏叢刊·尚書（中）》頁 1806上）馬楠云：「『竄』所從之『叡』，實爲『殺』之誤釋。『殺』字楚文字作『』（清華簡〈繫年〉【08】），《孟子》仍存其舊。孔壁古文如此作，而據今文寫定作『竄』，許氏《說文》存其字而釋作『竄』，又以流、放、竄、殛皆放，故訓爲塞。段玉裁讀『竄』爲『殺』（《說文》作『檫』）、爲『蔡蔡叔』之『蔡』，極爲有見。」（〈周秦兩漢書經考〉頁 79）

[5] 「殛」，江聲云：「殛，誅，《釋言》文。誅，謂責遣之，非殺也。」（《尚書集注音疏》卷一，《四部要籍注疏叢刊·尚書（中）》頁 1509 下）《說文·歹部》：「殛，殊也。从歹亟聲。《虞書》曰：『殛鯀于羽山。』」段注：「此引經言假借也。殛本殊殺之名，故其字廁於殤、殂、殟、殤之間。〈堯典〉『殛鯀』，則爲『極』之假借，非殊殺也。《左傳》曰：『流四凶族，投諸四裔。』劉向曰：『舜有四放之罰。』屈原曰：『永遏在羽山，夫何三年不施？』王注：『言堯長放鯀於羽山，絕在不毛之地，三年不舍其罪也。』《鄭志》荅趙商云：『鯀非誅死，鯀放居東裔，至死不得反於朝。禹乃其子也，以有聖功，故堯興之。』尋此諸說，可得其實矣。」（《說文解字注》頁 162 下）段氏《撰異》云：「殛之所假借爲極，極，窮也。《孟子》言『極之於所往』是也。大抵說經以文義爲主，字書以字形爲主。《虞書》『殛』訓誅，不訓死。《說文》者，講字形之書，故

二十有八載，放勛乃徂落，[1]百姓如喪考妣[2]，三載，[3]四海遏密八音[4]。

月正元日[5]，舜格于文祖。詢于四岳，闢四門，明四目，達[6]四聰[1]。咨十有二牧，曰：「食（飭）[2]哉！惟時柔遠能邇[3]，惇德允元，而難（戁）任[4]人，蠻夷率服[5]。」

俎、殂、殰皆從歺，一例訓死。而引〈堯典〉『殛鯀』則爲假借，於經、訓兩不相妨也。凡治經不知此者，則窒於字；凡治《說文》不知此者，則窒於經。近有改《說文》『殊』字爲『誅』者，窒於經而爲之也。」又：「劉向謂放、流、竄、殛爲四放之罰。今淺學謂殛爲殺，大誤。」（《古文尚書撰異》卷一下，《四部要籍注疏叢刊·尚書（中）》頁 1807 上）

[1] 「放勛」，偽孔本作「帝」，《孟子·萬章上》、《春秋繁露·煖燠孰多》並作「放勛乃徂落」，《說文》『俎，往死也』。……《虞書》『勛乃俎』」，《尚書中候》、《尚書考靈燿》作「放勛」，作「放勛」、「放勳」應是。

[2] 「考妣」，《爾雅·釋親》：「父爲考，母爲妣。」郭璞注《禮記》曰：『生曰父、母、妻，死曰考、妣、嬪。』郭沫若云：「古人常語妣與祖爲配，考與母爲配。《易·小過》之六二『過其祖，遇其妣』，《詩·小雅·斯干》『似續妣祖』，《周頌·豐年》及〈載芟〉『烝畀祖妣』，此皆祖妣對文之證。〈雝〉之『既右烈考，亦右文母』，則考母對文也。金文中其證尤多。……準此可知考妣連文爲後起之事，《爾雅·釋親》『父爲考，母爲妣』，當係戰國時人語。」（《甲骨文字研究·釋祖妣》，《郭沫若全集·考古編（第一卷）》頁 19—20）

[3] 「三載」，漢人或屬上讀或屬下讀。《史記·五帝本紀》單獨成句，應是。

[4] 「八音」，《周禮·春官·大師》：「皆播之以八音：金石土革絲木匏竹。」鄭注：「金，鐘鎛也；石，磬也；土，塤也；革，鼓鼗也；絲，琴瑟也；木，柷敔；匏，笙也；竹，管簫也。」《白虎通·禮樂》：「八音者何謂也？〈樂記〉曰：土曰塤，竹曰管，皮曰鼓，匏曰笙，絲曰弦，石曰磬，金曰鐘，木曰柷敔。此謂八音也。」

[5] 「月正」，偽孔《傳》云即「正月」，《文選·東京賦》注引作「正月」。《孔疏》：「王肅云：月正元日，猶言正月上日，變文耳。』《禮》云『令月吉日』，又變文言『吉月令辰』，此之類也。」（《尚書正義（一）》頁 86）蔡沈《集傳》引葉夢得云「上日」即「上旬之日」。（《書經集傳》卷一，《景印文淵閣四庫全書（第五八冊）》頁 8 上）王引之云：「『上日』謂上旬吉日。當以葉氏（葉夢得）、曾氏（曾旼）之說爲是。〈王制〉：『元日，習射上功，習鄉上齒。』《正義》以『元日』爲善日。〈月令〉：『孟春，天子乃以元日祈穀于上帝。』盧植、蔡邕並云：『元，善也。』鄭注曰：『謂以上辛郊祭天。』上辛謂上旬之辛，不必在朔也。『仲春，擇元日命民社。』注曰：『祀社日用甲申日。』亦不必在朔也。」（《經義述聞（一）》頁 157—158）按，「月正元日」與上文之「正月上日」，頗疑即金文常見之「正月初吉」。吉日，亦即善日。黃盛璋即謂「初吉」在上旬十日之中（黃盛璋，〈釋初吉〉，《歷史地理與考古論叢》（濟南：齊魯書社，1982），頁 309—336），正與王引之謂「上日、元日」爲「上旬吉日」相同。齊書缶（《集成》10008）銘「正月季春，元日己丑」；越王者旨於賜鐘（《集成》144）銘「唯正月仲春，吉日丁亥」；柏敦（《集成》4644）銘「唯正月吉日乙丑」等並可證。

[6] 「達」字，今文《尚書》作「通」。又《後漢書·郅壽傳》載何敞疏、〈班昭傳〉載昭疏皆引作「開」，皮錫瑞云：「何敞、班昭引皆作『開』，則三家《尚書》必有或作『開四聰』、『開四窗』者。漢楊叔恭殘碑云『開聰四聽』，亦是其證。」

舜曰：「咨！四岳！有能奮庸（用），熙帝之載，使宅百揆，亮采惠⁶疇？」僉曰：「伯禹作司空。」帝曰：「俞，咨！⁷禹，汝平水土，惟時懋哉！」禹拜稽首，讓于稷、契暨皋陶⁸。帝曰：「俞，汝往哉！」帝曰：「棄。黎民阻（祖/徂）⁹飢。汝后稷¹，播時（蒔）

（《今文尚書考證》頁72）

¹ 「聰」，《風俗通・十反》、《左傳・文公十八年》杜注引作「窗」。段玉裁云：「蓋古文《尚書》本作『囪』，『窗』者『囪』之或字，『牕』又『窗』之俗體，『聰』又『囪』之同音字。作『囪』而或如字，或讀爲『聰』，猶之『台』可讀爲『怡』，『尼』可讀爲『昵』，『庸』可讀爲『鏞』者也。（作『窗』正合惠氏定宇明堂之說）」（《古文尚書撰異》卷一下，《四部要籍注疏叢刊・尚書（中）》頁1810上）俞樾云：「四聰即四窗也。《釋名・釋宮室》曰：『窗，聰也。於內窺外爲聰明也。』是窗、聰聲近而義通。闢四門，所以明四目也。達四窗，所以達四聰也。門與目聲義俱隔，故兩言之。窗與聰聲義俱通，故一言之。此承『格于文祖』而言，鄭君云『文祖猶周之明堂』，然則四門、四窗，明堂之制也。古明堂之制，四旁爲兩夾，兩夾皆有窗，故曰：『四旁兩夾窗，白盛。』說詳《考工記世室重屋明堂考》。四窗，即四旁之窗也。四門在前，故以喻目；四窗在旁，故以喻耳，是可見古義之精矣。」（《群經平議》卷三，《續修四庫全書（一七八）》頁41）存參。

² 鄒漢勛云：「漢勛閨之子鄒子，食，讀飭，敕也。」（《讀書偶談》（北京：中華書局，2008），頁32）楊筠如說同。（《尚書覈詁》頁37）

³ 見第一章〈堯典〉「柔遠能邇」條。

⁴ 《爾雅・釋詁》：「王、任，俀也。」

⁵ 雷燮仁云：「『率服』、『率俾（比）』、『率從』語義完全相同，都是同義連言，義爲從順。」（〈《尚書》字詞釋義兩題〉，復旦網，2017年10月31日）存參。

⁶ 「惠」，與「惟」音義近。

⁷ 「俞，咨」，〈五帝本紀〉、〈夏本紀〉作「嗟，然」。段玉裁云：「疑今文《尚書》『咨』在『俞』上也。」（《古文尚書撰異》卷一下，《四部要籍注疏叢刊・尚書（中）》頁1810下）

⁸ 《說文》：「㬆，衆詞與也。……《虞書》曰：『㬆咎繇。』。」

⁹ 〈五帝本紀〉作「始飢」，《集解》引徐廣云：「今文《尚書》作『祖飢』，祖，始也。」《索隱》：「古文作『阻飢』。孔氏以爲阻難也。祖、阻聲相近，未知誰得。」馬本作『徂』，從今文訓「始」。（伯3315）鄭玄云：「俎讀曰阻。阻，厄也。」（《詩經・周頌・思文》疏引，據段玉裁說校改）段玉裁云：「蓋壁中故書作『俎』，故鄭云『俎讀曰阻。阻，厄也。』學者既改經文作『阻』，則注文不可通，乃又倒之云『阻讀曰俎』，經書中此類甚多。……古『且』與『俎』音同義同。且，薦也；俎，所以薦肉也。孔壁與伏壁當是皆本作『且』，伏讀『且』爲『祖』訓始，孔安國本則或通以今字作『俎』，而說之者仍多依今文讀爲『祖』訓始，如馬季長注是也。至鄭乃讀爲『阻』，鄭意以九載績墮，黎民久飢，不得云『始飢』，故易字作『阻』，云『厄也』。王子雝從之，云『難也』。姚方興採王注，亦云『難也』。」（《古文尚書撰異》卷一下，《四部要籍注疏叢刊・尚書（中）》頁1812）俞樾云：「竊謂阻、祖皆且之叚字，古字祖、阻皆與且通。商祖庚卣、祖乙卣其祖字皆作且，《儀禮・大射禮》曰『且左還』，鄭注曰『古文且爲阻』，是其證也。《說文・且部》：『且，薦也。』然則『黎民且飢』，猶云黎民薦飢。《詩・雲漢篇》『飢饉薦臻』，《毛傳》曰『薦，重也』，《正

²百穀。」帝曰：「契。百姓不親，五品不遜³。汝作司徒，敬敷五教⁴，〔五教〕⁵在寬。」帝曰：「皋陶。蠻夷猾夏⁶，寇賊姦宄⁷。汝作士⁸，五刑有服，五服三就¹；五流有宅（度），五宅（度）三居。²惟明克允³。」

義》引《爾雅·釋天》『仍飢爲荐』，謂『薦、荐字異義同』。黎民薦飢，正仍飢之義也。」（《群經平議》卷三，《續修四庫全書（一七八）》頁42上）存參。
¹「后」字，皮錫瑞云：「《列女傳·棄母姜嫄傳》曰：『堯使棄居稷官，更國邰地，遂封棄於邰，號曰后稷。及堯崩，舜即位，乃命之曰：「棄，黎民阻飢，汝居稷，播時百穀。」其後世世居稷。』《論衡·初稟篇》『棄事堯爲司馬，居稷官，故爲后稷。』鄭注亦云：『汝居稷官。』又箋《詩·魯頌·閟宮》云：『后稷長大，堯登用之，使居稷官。』」錫瑞謹案：據此，則今文《尚書》本作『居稷』，於義爲長。《正義》曰：『單名爲稷，尊而君之，稱爲后稷，非官稱后也。』此亦強說。舜命其臣，不當從尊稱，疑作『后』直是誤字，『后』與『居』形似，又經傳多言『后稷』，故因而致誤。」（《今文尚書考證》頁75—76）于省吾認爲「后」乃「司」之反文，『汝后稷』即「汝司稷」。（《雙劍誃群經新證》頁92）存參。疑「后」即應訓爲「主」。
²「時」，鄭玄讀爲「蒔」（《詩經·周頌·思文》疏引），《說文》「更別種也」。《國語·鄭語》「周棄能播殖百穀蔬以衣食民人者也」可參。
³「五品」，《孟子·滕文公上》「使契爲司徒，教以人倫：父子有親，君臣有義，夫婦有別，長幼有序，朋友有信」。「遜」，《說文》「愻，順也。……《唐書》曰：『五品不愻』」。
⁴〈五帝本紀〉、〈殷本紀〉、《列女傳》皆作「而敬敷五教」。「五教」，孔《疏》云：「文十八年《左傳》云『布五教於四方，父義、母慈、兄友、弟恭、子孝』，是布五常之教也。」（《尚書正義（一）》頁89）
⁵〈殷本紀〉作「五教在寬」。段玉裁云：「唐石經『五教』之下疊『五教』二字，字形隱隱可辨，後乃摩去重刻。然則唐時本有作『敬敷五教，五教在寬』者，與〈殷本紀〉合。」（《古文尚書撰異》卷一下，《四部要籍注疏叢刊·尚書（中）》頁1814—1815）據補。
⁶「猾夏」，《尚書大傳》作「滑夏」。鄭玄注：「猾夏，侵犯中國也。」（《史記集解》引）俞樾云：「孔宙碑云：『是時東嶽黔首，猾夏不寧。』東嶽黔首亦華夏之人也，而云『猾夏』，殊不可通。竊疑《虞書》『猾夏』尚有別解。……愚謂夏擾二字音相遠而意正同，擾從手則爲擾亂字，疑夏字亦有擾亂之義，故漢碑擾字往往作擾。李益碑『時益部擾攘』，樊敏碑『京師擾攘』，周公禮殿記『會值擾攘』，皆省夏爲夏，蓋由義本相通，不得竟謂漢隸之苟且也。古字以『猾夏』二字連文同義。猾，亂也，夏亦亂也。」（《俞樓雜纂》卷二十五）皮錫瑞從之。（《今文尚書考證》頁78）楊筠如亦襲此說，云：「夏，假爲擾，即古『擾』字。《廣雅》：『猾，擾也。』」（《尚書覈詁》頁40頁）金景芳、呂紹綱云：「將經上文之『蠻夷率服』與經此文『蠻夷猾夏』相參照，『率服』是謂語，意謂蠻夷服從，不擾亂中國。猾夏亦當是謂語，意謂蠻夷不服從，擾亂中國。俞說似有理。」（《〈尚書·虞夏書〉新解》頁162）按，「猾夏」爲同義連文，可備一說。《鹽鐵論·繇役》『及後戎狄猾夏，中國不寧』，似亦解「夏」爲擾亂。又秦漢間，「擾」字聲旁時訛同於「夏」。如里耶秦簡8-663正「擾」字之聲旁即近於「夏」，《盛世璽印錄》257所錄漢印之「擾」字亦从「夏」。
⁷《左傳·成公十七年》長魚矯曰：「臣聞亂在外爲姦，在內爲軌。」
⁸《呂氏春秋·君守》高誘注引《虞書》作「女作士師」，《文選》應劭注引《書》作「汝作士師」。又《管子·法法》「皋陶爲李」，《史記·五帝本紀》「皋陶

帝曰：「疇若予工？」僉曰：「垂哉。」帝曰：「俞。咨！垂，汝共工[4]。」垂拜稽首，讓于殳斨暨伯與[5]。帝曰：「俞，往哉。汝諧。」帝曰：「疇若予上下草木鳥獸？」僉曰：「益哉！」[6]帝曰：「俞。咨！益，汝作朕虞。」益拜稽首，讓于朱〈豹〉、虎、熊、羆[7]。帝曰：「俞，往哉！汝諧。」

帝曰：「咨，四岳。有能典[8]朕三禮[9]？」僉曰：「伯夷[10]。」帝曰：「俞，咨！伯，[11]汝作秩宗[12]。夙夜惟寅，直哉惟清。」伯拜稽首，讓于夔、龍。帝曰：「俞，往，欽哉！」帝曰：「夔，命汝典樂，教胄[13]子。直而溫，寬而栗[1]，剛而無虐，簡而無傲。詩言志，

爲大理」、〈夏本紀〉「皋陶作士以理民」，上博簡（二）〈容成氏〉簡29「乃立咎（皋）繇（陶）以爲李(李)」，「李」與「士」通，清華簡（壹）〈祭公之顧命〉「卿李」、清華簡（貳）〈繫年〉「卿李者正」之「李」皆讀爲「士」可證。「士」，馬融云：「獄官之長。」（《史記集解》引）

[1] 《國語・魯語》：「大者陳之原野，小者致之市朝。五刑三次，是無隱也。」韋昭注：「次，處也。三處，野、朝、市也。」

[2] 「宅」，戴震云：「宅，《史記》作『度』，謂流有等差，審度其輕重也。」（《尚書義考》卷二，《戴震全書（修訂本）》第壹冊頁109）

[3] 「允」，僞《孔傳》訓爲「信」。施謝捷訓「允」爲「能」，謂與「克」用同。（〈「允恭克讓」的「允」是什麼意思？〉，《辭書研究》，02期（1993），頁152—153）存參。

[4] 《史記・五帝本紀》述作「於是以垂爲共工」，是以「共工」爲官名。僞《孔傳》則謂：「共謂供其職事。」劉咸炘亦云：「炘謂共與供同。」（《讀《書》小箋》，《推十書（增補全本）・王棨合輯（壹）》（上海：上海科學技術文獻出版社，2009），頁59）存參。

[5] 《漢書・古今人表》作朱斨、柏譽。林之奇據「讓于稷、契暨皋陶」爲三人，謂此「殳斨暨伯與」之「殳斨」爲二人，適爲三。（《尚書全解》卷三，《景印文淵閣四庫全書（第五五冊）》頁60）存參。

[6] 〈五帝本紀〉述作「皆曰益可」。《孔疏》云「馬鄭王本皆爲『禹曰益哉』，是字相近而彼誤耳」（《尚書正義（一）》頁92），《文選・羽獵賦》李善注引同。

[7] 《路史・有虞氏》羅苹注云：「八元，高辛之子伯奮、仲堪、叔獻、季仲、伯虎、仲熊、叔豹、季狸也。當是二母黨，故皆以伯仲叔季爲號。《書》有『朱虎熊羆』，說者以爲三人，予稽之四人也。虎爲伯虎，熊爲仲熊，江東語豹爲朱語者相轉，是朱爲叔豹也，則羆爲季貍必矣。」存參。

[8] 《說文・攴部》「敟，主也」。段注：「《廣韻》典字下曰：『主也，常也，法也，經也。』按凡典法、典守，字皆當作敟。經傳多作典，典行而敟廢矣。」

[9] 「三禮」，《史記集解》引馬融云：「天神、地祇、人鬼之禮也。」

[10] 〈古今人表〉作「柏夷」，馬本作「伯异」，蔡邕姜伯懷碑作「百夷」。

[11] 《史記・五帝本紀》述作「嗟！伯夷」。金景芳、呂紹綱云：「疑此經脫夷字。」（《《尚書・虞夏書》新解》頁167—168）存參。

[12] 《周禮・春官》序官鄭注引鄭司農、《漢書・東方朔傳》顏注引應劭說均有「作」字，漢石經無。伯3315「女秩宗，本或作『女作秩宗』，『作』衍字。」

[13] 「胄」，《周禮・大司樂》鄭注同，〈五帝本紀〉作「稺」，《說文》作「育」。王引之云：「育子，稺子也。『育』字或作『毓』，通作『鬻』，又通作『鞠』。」

歌永言[2]，聲依永[3]，律和聲。八音克諧，無相奪倫，神人以和。」
夔曰：「於！予擊石拊石，百獸率舞。」[4]帝曰：「龍，朕堲[5]讒說
殄行[6]，震驚朕師。命汝作納言，夙夜出納（入）朕命[7]，惟允。」

　　帝曰：「咨！汝二十有二人，欽哉！惟時亮[8]天功[9]。」三載考
績，三考黜陟幽明，庶績咸熙。分北[10]三苗。舜生三十徵庸（用），
三十在位，五十載，陟方[11]乃死。[1]

（《經義述聞（一）》頁 163—165）
[1] 僞《孔傳》云：「寬宏而能莊栗。」俞樾云：「栗，猶秩也。《詩‧良耜篇》『積
之栗栗』，《說文》引作『積之秩秩』；哀二年《公羊傳》『戰于栗』，《釋文》
曰『栗，一本作秩』，是栗與秩古通用。『寬而栗』，猶寬而秩也，言寬大而條
理秩然也。《爾雅‧釋訓》『條條、秩秩，智也』，是其義也。《禮記‧表記篇》
『寬而有辯』，鄭注曰：『辨，別也。猶寬而栗也。』然則鄭君以『寬而栗』爲
寬而有辨別，得其旨矣。」（《群經平議》卷三，《續修四庫全書（一七八）》
頁 42 下）
[2] 「歌永言」，〈五帝本紀〉作「歌長言」，訓「永」爲「長」，馬、鄭、王訓同。
《禮記‧樂記》《漢書‧禮樂志》皆述作「詠」，〈禮樂志〉引作「歌咏言」，
〈藝文志〉作「哥詠言」，《論衡‧謝短》引作「歌詠言」，「詠」「咏」同，
是皆以「永」爲歌詠字。
[3] 「聲依永」，〈五帝本紀〉引同，皮錫瑞云：「《史記》於上句『歌長言』作『長』，
乃以故訓代經。下句『聲依永』不作『長』，仍爲『永』字，上下異文，疑史公
所據經文上下兩『永』字其音義必有異。」（《今文尚書考證》頁 84）〈禮樂志〉
作「聲依咏」，顏注：「依，助也。五聲所以助歌也，六律所以和聲也。」
[4] 蘇軾云：「此舜命九官之際也，無緣夔於此獨稱其功。此〈益稷〉之文也，簡編
脫誤復見於此。」（《書傳》卷二，《景印文淵閣四庫全書（第五四冊）》頁 498
—499）存參。
[5] 《說文》：「坙，以土增大道上。……聖，古文坙从土、即。《虞書》曰：『龍，
朕聖讒說殄行』。聖，疾惡也。」
[6] 「行」，皮錫瑞云：「《史記》『行』作『僞』者，古以作僞爲行。《周禮‧胥
師》：『察其詐僞、飾行、儥慝者而誅罰之。』《疏》謂後鄭以爲行濫。又〈司
市〉：『害者使亡。』鄭注：『害，害於民，謂物行苦者。』《羣書治要》崔寔
《政論》曰：『器械行沽。』《潛夫論‧浮侈篇》『以牢爲行』，《後漢書‧王
符傳》作『破牢爲僞』，是行、僞義同之證。」（《今文尚書考證》頁 85—86）
[7] 《詩經‧大雅‧烝民》：「出納朕命，王之喉舌。」
[8] 「亮」，《爾雅‧釋詁》「導也」，又「右也」，郭璞注：「皆相佑助。」《廣
雅‧釋言》：「亮，相也。」
[9] 「功」，或作「工」。
[10] 《三國志‧虞翻傳》裴注引虞氏奏鄭玄解《尚書》違失事曰：「『分北三苗』，
『北』古『別』字，又訓北，言『北猶別也』。若此之類，誠可怪也。」陳喬樅
云：「今攷《說文‧八部》云：『仈，分也。从重八。八，別也。亦聲。』又《屮
部》云：『乶，戾也。从屮从仈，仈，古文別。』据許言『仈』爲古文『別』，知
今文《尚書》或但作『別』字。鄭云『北猶別也』，此乃以今文釋古文，本無違
失，虞仲翔駁之，非是。」（《今文尚書經說考》卷一下，《續修四庫全書（四
九）》頁 146 下）
[11] 「陟方」，異說甚多，劉起釪概括爲七說，分別是：（一）巡狩說；（二）巡行

皋陶謨第二[2]

曰若稽古皋陶，曰：「允迪（由）[3]厥德，謨明弼諧。」禹曰：「俞，如何？」皋陶曰：「都！[4]慎厥身，修[5]思永。惇敘九族，庶明勵[6]翼，邇可遠在茲[7]。」禹拜昌[8]言曰：「俞。」

皋陶曰：「都！在知人，在安民。」禹曰：「吁！咸若時，惟帝其難（艱）之[9]。知人則哲，能官人；安民則惠，黎民懷之。能哲而惠，何憂乎驩兜？何遷乎有苗？[10]何畏乎巧言令色孔壬？[11]」

說；（三）治水說；（四）征苗說；（五）考績分北三苗說；（六）昇遐說；（七）卒於鳴條說。（〈《尚書‧堯典》「陟方乃死」解〉，《湖南科技學院學報》，第 26 卷第 1 期（2005‧1），頁 19—22；《尚書校釋譯論（第一冊）》頁 339—351）赤塚忠謂甲骨卜辭「陟方」意近於「陟方」，並將其作巡行解。（《中國古典文學大系 1‧書經》（東京：平凡社，1972））宋華亦謂「陟方」即殷墟卜辭中之「陟方」，即征伐方國之意。（〈《尚書》札記二則〉，《古籍整理研究學刊》，第 5 期（2001），頁 31—33）馬楠從其說。（《周秦兩漢書經考》頁 103）存參。

[1] 鄭玄讀此經云：「『舜生三十』，謂生三十年也。『登庸二十』，謂歷試二十年。『在位五十載，陟方乃死』，謂攝位至死爲五十年。舜生一百歲也。」（孔《疏》引）段玉裁云：「『三十在位』，今文《尚書》作二十，鄭君用今文注古文，讀三十爲二十，可考而知也。」（《古文尚書撰異》卷一下，《四部要籍注疏叢刊‧尚書（中）》頁 1821 下）

[2] 《書序》：「皋陶矢厥謨，禹成厥功，帝舜申之。作〈大禹〉〈皋陶謨〉〈益稷〉。」

[3] 王引之云：「迪，詞之『用』也。……某氏《傳》於諸『迪』字，或訓爲道，或訓爲蹈，皆於文義未協。」（《經傳釋詞》頁 135—136）

[4] 「都」，《爾雅‧釋詁》「於也」。

[5] 「修」，《釋文》連上絕句，茲屬下讀。

[6] 「勵」，唐石經作「勖」。段玉裁云：「『勵』，衛包改作『勵』，今更正。攷《正義》，孔訓『勉勵』，王訓『砥礪』，鄭云『勵，作也』，鄭說本《爾雅‧釋詁》。古者『砥礪』『勉勵』皆作『勵』，無作『礪』『勵』者。『勵』本旱石，引申爲勉勵。『勵，作』，不獨鄭本作『勵』，王、孔本亦作『勵』也。……《蜀志‧劉先主傳》先主上言漢帝曰：『在昔《虞書》：敦敘九族，庶明勵翼。』注云：『鄭曰：勵，作也。』」（《古文尚書撰異》卷二，《四部要籍注疏叢刊‧尚書（中）》頁 1829 下）據改。「勵」應從僞孔訓爲「勉勵」。

[7] 僞孔《傳》云：「近可推而遠者在此道。」按，邇可遠殆即由近知遠之意。上博簡（二）〈容成氏〉簡 18—19「禹乃因山陵平隰之可封邑者而繁實之。乃因迩（邇）以知遠，去苛而行簡」可參。

[8] 「昌」字，或作「黨」、「讜」。《說文‧日部》：「昌，美言也。」《字林》：「讜，美言也。」

[9] 見第一章〈皋陶謨〉「惟帝其難之」條。

[10] 《淮南子‧脩務》：「《書》曰『能哲且惠，黎民懷之。何憂驩兜？何遷有苗？』故仁莫大於愛人，知莫大於知人。」無「乎」字。

[11] 《史記‧夏本紀》譯述作：「何畏乎巧言善色佞人。」陳喬樅云：「《論語‧學而篇》『巧言令色，鮮矣仁』，包咸注云：『巧言，好其言語；令色，善其顏色。』與《史記》訓合。『孔壬』，猶言甚佞。」（《今文尚書經說考》卷二，《續修四庫全書（四九）》頁 152）

皋陶曰：「都[1]！亦[2]行有九德，亦言其有德[3]，乃言曰：載采采。[4]」禹曰：「何？」皋陶曰：「寬而[5]栗，柔而立，愿而恭[6]，亂而敬[7]，擾[8]而毅，直而溫，簡而廉[9]，剛而塞（寒）[1]，彊而義[2]。彰厥有常，

---

[1] 段玉裁：「〈夏本紀〉：『皋陶謨曰然於。』按，『於』即『都』也。『都』上有然，則今文《尚書》多『俞』字。」（《古文尚書撰異》卷二，《四部要籍注疏叢刊·尚書（中）》頁1830）

[2] 「亦」，顧野王云：「亦，以石切。臂也、胳也。今作掖。此亦兩臂也。又《書》云：『亦行有九德。』」（《宋本玉篇》（北京：中國書店，1983），頁398）是其解「亦」爲「掖」，訓爲扶持。江聲亦謂：「亦，古掖字，扶持也。」（《尚書集注音疏》卷二，《四部要籍注疏叢刊·尚書（中）》頁1518—1519）王引之謂「亦」是語首助詞。（《經傳釋詞》頁70）按，此「亦」字或可讀爲「奕」，訓爲「大」。

[3] 段玉裁云：「今各本『有德』之上有『人』字，非也。攷唐石經每行十字，獨此行『其有德乃言曰載采采』九字。諦視則『有德』二字初刻本是三字，『人』字居首，波撇尚可辨。然則『亦言其人有德』，唐時有此本，唐元度覆定石經，乃刪『人』字重刻。今注疏本則沿襲刻者本也。唐石摩去重刻者多同於今本，此獨異於今本。〈夏本紀〉云『亦言其有德』，則今文《尚書》亦無『人』字也。」（《古文尚書撰異》卷二，《四部要籍注疏叢刊·尚書（中）》頁1830下）

[4] 《史記·夏本紀》譯述作：「乃言曰：始事事。」

[5] 「而」，金景芳、呂紹綱云：「『九德』之『而』字據《呂氏春秋·士容》『柔而堅，虛而實』高誘注：『而，能也。』皆當讀爲能。」（《《尚書·虞夏書》新解》頁198）

[6] 「恭」，《史記·夏本紀》作「共」。段玉裁云：「疑《本紀》是也。謹愿人多不能供辦，能治人多不能敬慎，德與才不能互兼也。《史記》恭敬字不作『共』，即〈堯典〉『允恭』『象恭』可證。今文《尚書》作『愿而共』，勝於古文《尚書》。」（《古文尚書撰異》卷二，《四部要籍注疏叢刊·尚書（中）》頁1830下）楊筠如從之。（《尚書覈詁》頁51）存參。

[7] 《史記·夏本紀》述作：「治而敬。」《爾雅·釋詁》：「亂，治也。」

[8] 「擾」，僞《孔傳》「順也」。孔《疏》：「《周禮·大宰》云：『以擾萬民。』鄭玄云：『擾猶馴也。』《司徒》云：『安擾邦國。』鄭云：『擾亦安也。』『擾』是安馴之義，故爲順也。」（《尚書正義》頁126）《玉篇·牛部》：「㹛，而小、而專二切。牛柔謹也、從也、安也。又馴也。《尚書》『㹛而毅』字如此。」段玉裁云：「《汗簡》《古文四聲韻》俱不云《尚書》『擾』作『㹛』。」（《古文尚書撰異》卷二，《四部要籍注疏叢刊·尚書（中）》頁1831上）《校釋譯論》云：「可知梁時顧野王所見僞古文本《尚書》『擾』字有作『㹛』者，顯爲隸古定本故作別於常字所尋之異字。」（《尚書校釋譯論》頁405）

[9] 〈中庸〉：「簡而文，溫而理。」鄭注曰：「簡而文，溫而理，猶簡而辯，直而溫也。」段玉裁云：「此用《尚書》，而『廉』作『辯』，未詳也。豈鄭本有不同與？」（《古文尚書撰異》卷二，《四部要籍注疏叢刊·尚書（中）》頁1831上）俞樾云：「此經『廉』字，鄭讀爲『辨』，言雖簡約而有分別也。《論語·陽貨篇》『古之矜也廉』，鄭注曰：『魯讀廉爲貶。』《禮記·玉藻篇》『立容辨卑』，鄭注曰：『辨讀貶。』廉、辨並可讀爲貶，是其聲相近也，故鄭讀此經『廉』字爲『辨』。凡人惟過于簡約則無等威，易於無別。《書》曰『簡而辨』，《禮》曰『簡而文』，其義一也。鄭說洵長於枚矣。」（《群經平議》卷三，《續修四庫全書（一七八）》頁43下）于省吾云：「《論語·雍也》『可也簡』，皇疏：

吉哉。日宣三德，夙夜浚（俊）明有家[3]。日嚴[4]祗[5]敬六德，亮采有邦[6]。翁[7]受敷施九德[8]，咸事（使）[9]俊乂在官：百僚、師師[10]、百工。惟時[11]撫于五辰[12]，庶績其凝[1]。無教逸欲有邦[2]，兢兢業業，一日二

---

[1] 『簡，謂疏大無細行也。』《管子·正世》『人君不廉而辨』，注：『廉，察也。』簡與廉爲對文。簡放者易於疏略，故以廉察爲言。〈中庸〉『簡而文，溫而理』，鄭注：『猶簡而辯，直而溫也。』辨、察同義。〈堯典〉言『簡而無傲』，簡傲與廉隅，義不相反，僞《傳》說非是。」（《雙劍誃群經新證》頁65—66）

[1] 「塞」，《說文》作「𡨄」，云：「實也。……《虞書》曰：『剛而𡨄』。」

[2] 「義」，王引之訓爲「善」。（《經義述聞（一）》頁167—168）

[3] 〈夏本紀〉作「夙夜翊明有家」，「浚」作「翊」。魏石經品字式篆書作「俊」。

[4] 「嚴」，《爾雅·釋詁》「敬也」。蘇軾訓爲「嚴憚」。（《書傳》卷三，《景印文淵閣四庫全書（第五四冊）》頁508上）黃式三謂：「嚴，急也，見《說文》。」（《尚書啟幪》卷一，《續修四庫全書（四八）》頁695上）金景芳、呂紹綱說同。（《《尚書·虞夏書》新解》頁208—209）存參。

[5] 「祗」，《爾雅·釋詁》「敬也」。《史記·夏本紀》作「振」，段玉裁云：「祗、振古通用，合韻最近，又爲雙聲也。」（《古文尚書撰異》卷二，《四部要籍注疏叢刊·尚書（中）》頁1831下）

[6] 「亮」，《廣雅·釋言》「相也」。〈堯典〉之「亮采」，《史記·夏本紀》譯釋爲「相事」。僞古文〈畢命〉「弼亮四世」之「亮」亦是「輔助」之義。「有」，爲語首助詞。（《詞詮》頁387）

[7] 「翁」，《爾雅·釋詁》「合也」。

[8] 「九德」，從馬楠說屬上讀（〈周秦兩漢書經考〉頁114）。

[9] 「事」，從馬楠說讀爲「使」（〈周秦兩漢書經考〉頁114）。

[10] 「師師」，僞《孔傳》謂是「相師法」。俞樾從《廣雅·釋訓》解「師師」爲「眾也」，謂「『百僚師師』乃眾盛之貌」。（《群經平議》卷三，《續修四庫全書（一七八）》頁44上）金景芳、呂紹綱從之。（《《尚書·虞夏書》新解》頁212）于省吾云：「『師師』在『百僚』『百工』之間，亦當是官稱。〈益稷〉篇云『州十有二師』，陸德明《經典釋文》引鄭云『師，長也』，孔穎達《正義》亦引鄭云『九州，州立十二人爲諸侯師以佐牧』，又云『其制特置牧，以諸侯之賢者爲之師』，則唐虞之官固有名『師』者。師既不一人，故曰『師師』。『師師』，即十有二師也，《傳》謂『師師，相師法』，豈其然乎？蓋『百僚』者，內官也；『師師』者，外官也。……〈微子〉篇云『卿士、師師非度』，亦謂內官、外官皆非度也。〈梓材〉篇云『我有師師、司徒司馬、司空、尹旅』，『師師』在『司徒』諸官之上，則其爲官稱，非『相師法』，益顯。」（《香草校書（上）》頁89）于說應是。

[11] 「惟時」，從于省吾說屬下讀。其云：「惟時撫于五長，猶〈舜典〉云『惟時柔遠能邇』，又云『惟時懋哉』，又云『惟時亮天功』，『惟時』皆屬下讀。『惟時』者，語辭也，非《傳》所云『政無非』也。以『惟時』屬此『撫于五長』讀，則上文『師師』之義爲官稱，益明矣。」（《香草校書（上）》頁90）

[12] 「五辰」，僞《孔傳》解作「五行之時」，孔《疏》云：「『五行之時』，即四時也。〈禮運〉曰『播五行於四時』，土寄王四季，故爲『五行之時』也。即〈堯典〉『敬授民時』『平秩東作』之類是也。」（《尚書正義》頁129）于省吾謂「辰」爲「長」之形誤，「五長」爲眾官之長。又云：「撫于五長，即謂百僚也、師師也、百工也，悉撫順於五長也。若如《傳》解『五辰』爲五行，則上文『百僚、師師、百工』皆承『俊乂在官』而言，何緣涉及五行，足知『辰』之爲誤字矣。」（《香草校書（上）》頁89—90）《校釋譯論》從其說。（《尚書校釋譯

日萬幾[4]。無曠庶官[5]，天工（功）人其代（飭）之[6]。天敍有典[7]，勅[8]我五典五惇哉。天秩有禮，自我五禮五庸（用）[9]哉。同寅協恭和衷哉。天命有德，五服五章哉；天討有罪[10]，五刑五用[11]哉。政事懋

論（第一冊）》頁 417—418）金景芳、呂紹綱則謂「五辰」可能是「三辰」之訛誤。其說云：「『五辰』在先秦文獻中唯此一見，『三辰』一詞則數見。《國語・魯語上》：『帝嚳能序三辰以固民。』韋昭注：『三辰，日月星。謂能次序三辰，以治曆明時，教民稼穡以安也。』《魯語上》下文又說：『及天之三辰，民所以瞻仰也。』《左傳》桓公二年：『三辰旂旗，昭其明也。』杜預注：『三辰，日月星也。畫於旂旗，象天之明。』昭公十七年：『三辰有災。』三十二年：『天有三辰。』可見『三辰』是古人常用的口頭用語，而且對『三辰』至爲關切、重視。」（《〈尚書・虞夏書〉新解》頁 214—215）存參。

2 「凝」，僞《孔傳》「成也」。

2 「無」字，〈夏本紀〉作「毋」，段玉裁云：「今文《尚書》多用『毋』字，古文《尚書》多用『無』字。此正以『毋』釋『無』。」（《古文尚書撰異》卷二，《四部要籍注疏叢刊・尚書（中）》頁 1832 上）又《漢書・王嘉傳》：「臣聞咎繇戒帝舜曰：『亡敖佚欲有國，兢兢業業，一日二日萬機。』」「教」作「敖」。

3 「兢兢」，《三國志・王基傳》作「矜矜」。《詩・雲漢》《左傳・宣公十六年》之《釋文》並云：「兢，本又作矜。」陳喬樅云：「兢、矜聲同，此作『矜矜』，疑亦三家之異文。」（《今文尚書經說考》卷二，《續修四庫全書（四九）》頁 156 下）

4 「幾」，《易・繫辭傳》：「幾者，動之微，吉之先見者也。」一作「機」。段玉裁云：「《漢書・百官公卿表》：『相國丞相，助理萬機。』玉裁按：漢、魏、晉、南北朝用『萬機』字，皆從木旁。班固〈典引〉李注：『《尚書》曰：兢兢業業，一日二日萬機。』」（《古文尚書撰異》卷二，《四部要籍注疏叢刊・尚書（中）》頁 1832 上）

5 「無」，《漢書・孔光傳》《論衡・藝增》引作「毋」。《論衡・藝增》云：「《尚書》曰：『毋曠庶官。』曠，空；庶，眾也。毋空眾官，置非其人，與空無異，故言空也。」

6 見第一章〈皋陶謨〉「天工人其代之」條。

7 正始石經品字式作「敍典」。「有典」，《釋文》：「馬本作『五典』。」陳喬樅云：「有典『有』字作『五』，非是。何以明之？此經下文云『天命有德』『天討有罪』，文法與上典、禮二節一例，則此句宜作『天敍有典』矣。」（《今文尚書經說考》卷二，《續修四庫全書（四九）》頁 157 上）

8 「勅」，段玉裁云：「《五經文字》：『敕，古敕字，今相承皆作勅。』《廣韻・廿四職》曰：『敕，今相承用勅。』勅，本音賚。」（《古文尚書撰異》卷二，《四部要籍注疏叢刊・尚書（中）》頁 1832 下）《周易・噬嗑・象傳》「先王以明罰勅法」，《釋文》：「勅，恥力反。此俗字也，《子林》作敕。鄭云『勅猶理也』，一云『整也』。」

9 「五庸」，僞孔本作「有庸」，《釋文》云「有庸，馬本作『五庸』」。山井鼎《考文》：「古本『有』作『五』。」阮元《校記》：「『有』，古本作『五』。按《疏》云『上言五惇，此言五庸』，疑孔氏所見本亦作『五庸』，與馬本同。按：古本多竊取《釋文》、《正義》爲之，此其證也。」按，馬本稍長，據改。

10 〈夏本紀〉作「天討有辠」，《說文》云「秦以辠似皇字，改爲罪」。

11 「五用」，《後漢書・梁統傳》、魏石經品字式均作「五庸」。

哉懋哉¹。天聰明²，自我民聰明；天明畏（威）³，自我民明威。達于上下，敬哉有土⁴！」

皋陶曰：「朕言惠⁵可厎⁶行？」禹曰：「俞，乃言厎可績。」皋陶曰：「予未有知，思曰⁷贊贊襄⁸哉。」

帝曰：「來，禹。汝亦昌言。」⁹禹拜曰：「都，帝。¹⁰予何言？予思日¹¹孜孜¹。」皋陶曰：「吁！如何？」禹曰：「洪水滔天，浩

---

1 段玉裁云：「《漢書・董仲舒傳》仲舒對策曰：『《書》云茂哉茂哉，彊勉之謂也。』師古曰：『茂哉茂哉，《虞書・咎繇謨》之辭也。』玉裁按：古懋、茂音同通用，《左氏傳》引〈康誥〉『惠不惠，茂不茂』，今《尚書》作『懋不懋』。《爾雅・釋故》：『茂，勉也。』郭注：『《書》曰：茂哉茂哉。』《釋文》曰：『茂，又作懋，亦作忞。』同注：『茂哉或作茂才。』此可證《尚書》『哉』字本或作『才』。」（《古文尚書撰異》卷二，《四部要籍注疏叢刊・尚書（中）》頁 1832—1833）

2 「聰明」，曾運乾云：「聰明，即視聽。〈泰誓〉曰『天視自我民視，天聽自我民聽』，即此意也。」（《尚書正讀》頁 35）

3 「畏」，《釋文》「『畏』如字，徐音威，馬本作『威』」，《周禮・鄉大夫》鄭注亦引作「威」。段玉裁云：「古威、畏二字同聲通用，不分平去也。」（《古文尚書撰異》卷二，《四部要籍注疏叢刊・尚書（中）》頁 1833 上）「明畏（威）」，孫星衍云：「明威，言賞罰。〈呂刑〉云『德畏惟威，德明惟明』是也。」（《尚書今古文注疏》頁 87）

4 「有土」，《白虎通・社稷》：「封土立社，示有土也。」偽《孔傳》釋爲「有土之君」，孔《疏》：「〈喪服〉鄭玄注云『天子諸侯及卿大夫有地者皆曰君』，即此『有土』。可兼大夫以上，但此文本意實主於天子，戒天子不可不敬懼也。」（《尚書正義（上）》頁 132）

5 「惠」，音義與「惟」近。

6 「厎」，《爾雅・釋言》「致也」。

7 「曰」，俞樾云：「『曰』者，語詞。『思曰贊贊』者，思贊贊也。」（《群經平議》卷三，《續修四庫全書（一七八）》頁 45）林之奇云：「張橫渠、薛氏皆以『曰』當作『日』，下文『予思日孜孜』相類，此說比先儒爲優。雖治經者不當變易經字以就己意，然而考之於經，『曰』之與『日』大抵多相亂。如〈洛誥〉曰『今王即命曰』，《釋文》『一音作日』；〈呂刑〉曰『今爾罔不由慰曰勤』，《釋文》『一音作曰』，是以知『日』字『曰』字經文多相亂。而此下文又有『予思日孜孜』，與此『思曰贊贊襄哉』文勢正相類，故張橫渠、薛氏皆以爲『日』。此蓋有憑據而云，非率意而爲，此說故可從也。」（《尚書全解》卷五，《景印文淵閣四庫全書（第五五冊）》頁 105 上）存參。

8 「襄」，林之奇云：「惟王氏（指王安石）曰：『襄，成也。思一一贊襄以成禹之功也。』案《春秋左氏傳・定十五年》『葬定公，雨，不克襄事』，杜元凱曰：『襄，成也。』王氏之訓蓋出諸此，此說爲善。」（《尚書全解》卷五，《景印文淵閣四庫全書（第五五冊）》頁 105 下）

9 自此以下，偽孔本題作〈益稷〉。

10 清華簡（伍）〈厚父〉簡 5「者（都），魯天子」可參。或將「者（都）魯」連讀，參李學勤〈清華簡〈厚父〉與《孟子》引《書》〉，《深圳大學學報（人文社會科學版）》，第 32 卷第 3 期（2015・5），頁 33。

11 「日」，俞樾云：「此語與皋陶之語相承，則其字亦當作『曰』，因皋陶言『思

浩懷山襄陵，下民昏墊[2]。予乘四載，隨（墮）山刊[3]木，暨益奏庶鮮食[4]。予決九川[5]，距四海，浚畎澮，距川。暨稷播奏庶艱食[6]，鮮食，懋（貿）[7]遷有無化（貨）[8]居。烝民乃粒（立）[9]，萬邦作乂。」皋陶曰：「俞，師汝昌言。」[10]禹曰：「都，帝。慎乃在位。」帝曰：「俞。」禹曰：「安汝止，惟幾惟康；其弼直（德）[11]，惟動丕應。徯志以昭（紹）受上帝[12]，天其申命用休。」

帝曰：「吁！臣哉，鄰哉！鄰哉，臣哉！」[13]禹曰：「俞。」帝曰：「臣作朕股肱耳目，予欲左右有民[14]，汝翼。予欲宣力四方，汝為[15]。予欲觀古人之象，日、月、星辰；山、龍、華蟲[16]、作會（繪）

日贊贊』，故禹言『予思日孜孜』也。」（《群經平議》卷三，《續修四庫全書（一七八）》頁45）存參。

[1] 「孜孜」，〈夏本紀〉作「孳孳」。

[2] 鄭玄注云：「昏，沒也；墊，陷也。禹言洪水之時，人有沒陷之害。」（《孔疏》引）

[3] 「刊」，〈夏本紀〉作「栞」，《說文》作「栞」，謂「槎識也」。

[4] 《左傳‧襄公三十年》：「唯君用鮮。」

[5] 「九川」，王肅云：「九川者，九州之川也。」（《太平御覽》卷六十八地部引）

[6] 「艱食」，漢石經校記「根食，大夏侯言艱☐」，是歐陽本作「根食」，又《釋文》云「馬本作根，云『根生之食，謂百穀』」。

[7] 「懋」，今文作「貿」。吳汝綸云：「懋，讀為貿，〈召誥〉『眷命用懋』與此同。王融〈策秀才文〉云『貿遷通其有亡』，正用此經，李善注引《書》作『貿』。《史》以『調』釋『貿遷』者，《漢書‧王莽傳》『調都內故錢』，師古注：『調，調發取之也。』」（《尚書故》頁44）

[8] 「化」，顧炎武謂「貨也」。（《日知錄集釋》卷二（上海：上海古籍出版社，2014），頁26）江聲讀為「貨」（《尚書集注音疏》卷二，《四部要籍注疏叢刊‧尚書（中）》頁1523下），漢石經亦作「貨」。

[9] 見第一章〈皋陶謨〉「烝民乃粒」條。

[10] 〈夏本紀〉述作：「然，此而美也。」江聲據之疑「師」當為「斯」聲之誤。（《尚書集注音疏》卷二，《四部要籍注疏叢刊‧尚書（中）》頁1523下）存參。

[11] 見第一章〈皋陶謨〉「其弼直」條。

[12] 楊筠如云：「昭，古通『紹』，〈文侯之命〉『用克紹乃顯祖』，唐石經作『昭』，即其證。字亦作『邵』。〈毛公鼎〉『用卬邵皇天』，與〈召誥〉『王來紹上帝』、此經所謂『昭受上帝』，義並同也。《釋詁》：『紹，繼也。』謂承繼之義。」（《尚書覈詁》頁63）

[13] 皮錫瑞云：「《史記》曰：『帝曰：「臣哉，臣哉。」』《三國‧魏紀》何晏奏曰：『舜戒禹曰：「鄰哉，鄰哉。」言慎所近也。』蓋皆今文《尚書》，與古文異。」（《今文尚書考證》頁107—108）

[14] 《易‧泰卦》：「象曰：輔相天地之宜，以左右民。」鄭玄注：「左右，助也。」

[15] 「為」，王引之云：「『為』讀如『相為』之『為』。為，助也。」（《經義述聞（一）》頁170）

[16] 「華蟲」，偽《孔傳》「華，象草華；蟲，雉也」，《周禮‧考工記‧畫繢》「鳥獸蛇」鄭注云「所謂華蟲也，在衣，蟲之毛鱗有文采者」。《禮記‧月令》：「蟲是鳥獸之總名也。」劉新民謂：「『華蟲』可能就是『虹』。『虹』可能是

¹宗彝、藻、火；粉米、黼、黻、絺、繡，以五采（彩）彰施于五色作服，汝明。予欲聞六律、五聲、八音、在〈七〉治（始），忽（滑）²以出納（入）五言，汝聽。予違，汝弼。汝無面從，退有後言。欽四鄰。庶頑讒說，若不在時，侯以明之，撻以記（誋）³之；書用識哉，欲並生（省）哉。工以納言，時而颺之。格則承之庸（用）之，否則⁴威之。」

禹曰：「俞哉，帝！光（廣）天之下，至于海隅蒼生，萬邦黎獻⁵，共⁶惟帝臣。惟帝時舉，敷納以言，明庶以功，車服⁷以庸。誰敢不讓，敢不敬應？帝不時，敷同日奏罔功。無若丹朱敖，惟慢遊是好，⁸敖⁹虐是作，罔晝夜頟（詻）頟（詻）¹⁰，罔水行舟，朋淫于

『華蟲』的合音兼義詞。」（〈《尚書・益稷》「華蟲」新考〉，《考古與文物》，第 4 期（2014），頁 103）存參。

¹「會」，鄭玄注：「會，讀爲繪。」（孔《疏》引）

²「在治忽」，〈夏本紀〉作「來始滑」，《集解》謂《尚書》作「在治曶」，《索隱》云「古文《尚書》作『在治忽』，今文作『采政忽』」，《漢書・律曆志》作「七始詠」（「詠」字，《隋書・律曆志》作「訓」），漢石經作「七始滑」。按，「七」形訛作「才」，遂爲「在」。「七始」較長，「忽」字疑當讀爲「滑」，《說文・水部》「利也」。

³孫詒讓：「此『記』疑當爲『誋』，《說文・言部》云：『誋，誡也。』答、撻並是警誡過誤之刑，誋、記形聲並相近，故經通作『記』，它篇則多作『忌』，如〈康誥〉、〈呂刑〉之敬忌，（《禮記・表記》引〈呂刑〉鄭注云：『忌之言戒也。』）〈多方〉之『不忌於凶德』，（不讀爲丕。）並誋、戒之義，此篇獨叚用『記』字，故孔不得其解也。」（《尚書駢枝》頁 116）

⁴漢石經作「不則」。

⁵「獻」，今文《尚書》多作「儀」，聲通，同訓爲「賢」。

⁶「共」，今文《尚書》作「具」。

⁷「車服」，《春秋繁露・度制》引作「轝服」，《後漢書・左雄傳》、《鹽鐵論》等引作「輿服」。

⁸皮錫瑞云：「《史記》云：『帝曰：「毋若丹朱傲，維慢遊是好。」』《正義》曰：『此二字及下「禹曰」，《尚書》并無。太史公有四字帝及禹相答，極爲次序，當應別見書。』《漢書・劉向傳》向上奏曰：『臣聞帝舜戒伯禹：「毋若丹朱敖。」毋者，禁之也。』《論衡・譴告篇》：『舜戒禹曰：「毋若丹朱敖。」』又〈問孔篇〉：『《尚書》曰：「毋若丹朱敖，惟慢遊是好。」謂帝舜勅禹毋子不肖子也。』《後漢書・梁冀傳》袁著上書曰：『昔舜禹相戒，「無若丹朱敖。」』錫瑞謹案：據史公、劉向、王充、袁著引經，兩漢今文《尚書》皆有『帝曰』及『禹曰』字。今本無之者，疑僞孔妄刪，或古文《尚書》本無之，要以今文有此四字爲長。」（《今文尚書考證》頁 117—118）又「敖」字，唐石經作「傲」，各本皆引作「敖」，段玉裁篇「傲」爲衛包所改（《古文尚書撰異》卷二，《四部要籍注疏叢刊・尚書（中）》頁 1844 上），據改。《說文》：「㑯，嫚也。……《虞書》曰：『若丹朱㑯』。讀若傲。《論語》：『㑯湯舟』。」

⁹「敖」，唐石經作「傲」，岳本作「敖」。阮元《校記》：「按『傲，倨也，五報反』，『敖，遊也，五羔反』，《傳》釋『傲虐』云『傲戲而爲虐』，《釋文》音『五羔反』，則當作『敖』明矣。《釋文》又云『徐五報反』，則與上文『傲

家[2]，用殄厥世，予創若時。娶于塗山[3]，辛壬癸甲，啟呱呱而泣，予弗子[4]，惟荒[5]度土功。弼成五服[6]，至于五千，州十有二師；外薄四海，咸建五長，各迪（由）[7]有功。苗頑弗即工，帝其念哉。」帝曰：「迪（由）朕德，時乃功惟敘。皋陶方（旁）祗厥敘[8]，方（旁）[9]施象刑惟明。」

夔曰：「戛擊鳴球[10]，搏拊琴瑟以詠，祖考來格[11]，虞[12]賓在位，羣后德讓。下管鼗鼓，合止柷敔[13]，笙鏞以間。鳥獸蹌蹌[14]。〈簫韶〉九成，鳳皇來儀。」夔曰：「於！予擊石拊石[15]，百獸率舞，庶尹允諧。」

帝庸作歌，曰：「勅天之命，惟時惟幾。」乃歌曰：「股肱喜[16]哉，元首起哉，百工熙哉。」皋陶拜手稽首，颺言曰：「念哉！

字無別。唐石經及近刻皆沿其誤，薛氏《古文訓》兩句俱作『羿』，亦非也，惟岳本得之。」據改。
[1] 朱彬云：「言無畫夜皆顒顒，《詩》所謂『式號式呼，俾畫作夜』，即指慢游傲虐而言。」（《經傳攷證》卷二，《四庫未收書輯刊·肆輯（玖冊）》頁461下）「顒顒」，《潛夫論·斷訟》引作「鄂鄂」，《廣雅·釋訓》「詻詻，語也」，古通。
[2] 見第一章〈皋陶謨〉「朋淫于家」條。
[3] 〈夏本紀〉句前有「禹曰」二字。此句《說文》引作「予娶嵞山」。
[4] 《列子·楊朱》：「惟荒度土功，子產不字，過門不入。」饒宗頤謂甲骨卜辭「余弗其子某子」句法與「予弗子」頗相類似。（〈由《尚書》「余弗子」論殷代爲婦子卜命名之禮俗〉，《饒宗頤二十世紀學術文集（卷二）·甲骨》（北京：人民大學出版社，2009），頁1026）
[5] 「荒」，《詩經·周頌·天作》「天作高山，大王荒之」，毛《傳》「荒，大也」。
[6] 「弼」，《說文》「㚒，輔信也。……《虞書》曰：『㚒成五服』。」
[7] 「迪」，〈夏本紀〉訓爲「道」，非是，當讀爲「由」，訓爲「用」。
[8] 丁孚《漢儀》引作「旁祗厥緒」（清·孫星衍等輯，《漢官六種》（北京：中華書局，1990），頁218）。
[9] 「方」，今文《尚書》作「旁」。
[10] 揚雄〈長揚賦〉引作「拮隔鳴球」，韋昭注云：「拮，攃也。鳴球，玉磬也。古文『隔』爲『擊』。」
[11] 《花東》34「甲辰，宜丁牝一，丁各」可參。
[12] 「虞」，馬楠疑當讀爲迎迓之「迓」，虞賓即飲酒禮之迎賓（〈周秦兩漢書經考〉頁137）。存參。
[13] 「柷敔」，修堯廟碑作「祝圉」。
[14] 「蹌蹌」，《大傳》、《說苑·辨物》、《禮緯·含文嘉》皆作「鶬鶬」，《說文》、鄭注（《周禮·大司樂》賈疏引）作「牄牄」。此句僞《孔傳》釋作：「鳥獸化德，相率而舞蹌蹌然。」周秉鈞云：「鳥獸蹌蹌者，扮演飛鳥走獸者蹌蹌然而舞也。」（《尚書易解》頁43）存參。
[15] 漢石經「予擊石拊石」下，校記云「於予擊石，大夏侯無☒」。
[16] 王念孫謂「喜」、「起」、「熙」皆訓爲「興」。（《經義述聞（一）》頁172—173）

率作興事，慎乃憲，欽哉！屢省乃成，欽哉！」乃賡載歌曰：「元首明哉，股肱良哉，庶事康哉！」又歌曰：「元首叢脞[1]哉，股肱惰哉，萬事墮哉！」帝拜曰：「俞，往欽哉！」

禹貢第三[2]

禹敷土，[3]隨（墮）山刊木[4]，奠[5]高山大川。

冀州：既載[6]壺口，治梁及岐[7]。既修太原，至于岳陽。覃懷厎績，至于衡（橫）漳[1]。厥土惟白壤[2]，厥賦惟上上錯，厥田惟中中。[3]恒衛既從[4]，大陸既作。鳥[5]夷皮服。夾右碣石入于河[6]。

---

[1] 《釋文》：「脞，倉果反，徐音鎖。馬云：『叢，總也。脞，小也。』」
[2] 《書序》：「禹別九州，隨（墮）山濬川，任土作貢。」
[3] 《詩經·商頌·長發》：「洪水芒芒，禹敷下土方。」
[4] 見第一章〈禹貢〉「隨山刊木」條。「刊」，《漢書·地理志》作「栞」。
[5] 「奠」，〈夏本紀〉作「定」，漢人多如此。又《詩經·大雅·韓奕》「奕奕梁山，維禹甸之」可參。
[6] 「既載」，舊皆將其屬上讀，蘇軾始屬下讀。（《書傳》卷五，《景印文淵閣四庫全書（第五四冊）》頁 516 下）
[7] 「梁」，楊守敬云：「余謂此梁山自當從《漢志》《公羊傳》：梁山，河上之山。《穀梁傳》『梁山崩，壅河三日不流』，《水經》謂在夏陽縣西北河上，酈《注》云『河水又逕梁山，原東山，在夏陽縣西，臨於河上』（山之脊在夏陽之西北，山之麓延袤於夏陽之東北，故云臨河上）。」（《禹貢本義》，《續修四庫全書（五五）》（上海：上海古籍出版社，2002），頁 586 下）又王應麟云：「治梁及岐，若從古注，則雍州山距冀州甚遠，壺口、太原不相涉。晁以道用《水經注》，以爲呂梁、狐岐。」（清·翁元圻等注，欒保群、田松青、呂宗力校點，《困學紀聞（上）》（上海：上海古籍出版社，2008），頁 310）戴震云：「晁氏、王氏之說是也。考〈禹貢〉之文，自西而盡於東，故先壺口，次梁岐，次太原、岳陽，次覃懷，次衡漳。或舉山，或舉地。梁岐之西，水歸於河，梁岐之東，水歸於汾。此二山爲汾川以西、群山自北而南之脊，舉之以見汾西河東其他就治。而太原則見汾東之地就治。岳陽在汾東沁西，覃懷在沁東而南近河，衡漳則漳水過臨漳而入河北注。觀此數語，冀州所宜治者全具於是。不得謂壺口一役兼及河西雍州也。況韓城之梁山雖近河，而渭北之岐山遠隔在漆、沮、涇水之西，誠使越漆、沮、涇水至乎岐下，則雍州自渭以北所當治者，幾於備舉，又於雍州言『涇屬渭汭』『漆、沮既從』『荊、岐既旅』，此三語爲複文矣。〈禹貢〉先分九州，後復統記山川。分者定其疆域，合者見其條貫，獨於發端之始，以雍州山隸冀州，何取乎先分後合？示人以截然有限域者，而寔淆溷其間也。然謂〈禹貢〉梁岐即今永寧州之呂梁、孝義縣之狐岐者，亦有未盡。如淮出桐柏、渭出鳥鼠，後人舉其枝山曰淮出胎簪、渭出南谷，蓋古者統以一名，後人往往隨地殊稱。今考孝文、呂

　　濟、河[7]惟兗州：九河既道（導）[8]，雷夏既澤，灉[9]、沮會同。桑土既蠶，是降丘宅土。厥土黑墳[10]。厥草惟繇，厥木惟條。[11]厥田惟中下，厥賦貞[12]。作十有三載[13]，乃同。厥貢漆[14]絲，厥篚[15]織文。浮于濟[16]、漯[17]，達于河。

　　海、岱惟青州：嵎夷既略[18]，濰、淄其[19]道（導）。厥土白墳，海濱廣斥[20]。厥田惟上下，厥賦中上。[1]厥貢鹽、絺，海物惟錯，岱

梁、劉王峴諸山，寔一山之所盤廻，薛頡、狐岐、高堂、玉泉諸山，亦一山之所盤廻。〈禹貢〉之梁岐，統名也，今之呂梁、狐岐，特其中之一耳。」（《（乾隆）汾州府志》卷三〈山川〉，《續修四庫全書（六九二）》（上海：上海古籍出版社，2002），頁267─268；又參《水地記》，《戴震全書（修訂本）》第肆冊頁437─438）存參。

[1] 《漢書·地理志》作「至于衡章」。鄭注讀「衡」爲「橫」，顏注謂「衡章謂章水橫流而入河也」，茲從之。

[2] 〈夏本紀〉無「惟」，〈地理志〉有。

[3] 〈夏本紀〉無「厥」、「惟」，《漢書·地理志》有「厥」無「惟」。又龍宇純云：「八州之言田賦，並先田後賦，此獨異稱。賦由田出，先田後賦是也。此蓋賦田二字誤倒，或兩句誤倒。」（〈尚書札記〉，《大陸雜誌語文叢書》第一輯第一冊，大陸雜誌社編印，1965），頁194）存參。

[4] 漢石經此句上有一「黑」字，俟考。

[5] 「鳥」，唐石經作「島」，漢人引書皆作「鳥」，又《孔疏》「孔讀『鳥』爲『島』」，是僞孔本亦作「鳥」，後人誤改。

[6] 「河」，〈夏本紀〉作「海」，徐廣謂「海，亦作『河』」，《漢書·地理志》、揚雄〈冀州箴〉作「河」。

[7] 〈地理志〉作「沇河」。〈地理志〉和《說文》分「沇」、「濟」爲二。

[8] 「道」，王念孫訓爲「通」，即「導」。（《經義述聞（一）》頁173）按，亦即《國語·周語下》載禹「疏川導滯」之「導」。

[9] 「灉」，〈夏本紀〉、〈地理志〉皆作「雍」。

[10] 「墳」，《釋文》引馬融云：「有膏肥也。」孫星衍云：「墳、肥聲之轉，故《漢·地理志》『壤墳』，應劭讀墳爲肥。」（《尚書今古文注疏》頁148）

[11] 〈夏本紀〉作「草繇木條」，〈地理志〉作「中繇木條」。

[12] 「貞」字不可解。宋人或疑爲「下下」之訛誤。（參《尚書校釋譯論（第二冊）》頁563─564）存參。

[13] 「載」，漢人各本作「年」。

[14] 胡渭云：「衛文公遷于楚丘，其《詩》曰『樹之榛栗，椅桐梓漆』，是亦兗土宜漆之一證也。」（《禹貢錐指》頁80）

[15] 〈地理志〉作「棐」，下同。

[16] 〈地理志〉作「沇」。

[17] 「漯」，原作「濕」（溼），省訛作「漯」。（詳《古文尚書撰異》卷三，《四部要籍注疏叢刊·尚書（中）》頁1854下）

[18] 《說文》：「略，經略土地也。」《廣雅·釋詁》：「略，治也。」（參《經義述聞（一）》頁173─174）

[19] 「其」，〈地理志〉、《說文》引《書》同，〈夏本紀〉作「既」。

[20] 《漢藝文志考證》載漢儒引經異字作「海瀕廣潟」，同於〈地理志〉。「斥」，

畎絲、枲、鉛²、松、怪石。萊夷作牧。厥篚檿³絲。浮于汶，達于濟⁴。

海、岱及淮惟徐州：淮、沂其乂，蒙、羽其藝⁵。大野既豬⁶，東原厎平。厥土赤埴⁷墳。草木漸⁸包⁹。厥田惟上中，厥賦中中。¹⁰厥貢惟土五色¹¹，羽畎夏（華）¹²翟，嶧陽孤桐，泗濱浮磬，淮夷蠙¹³珠暨¹⁴魚；厥篚玄纖縞。浮于淮、泗，達于菏¹⁵。

鄭玄注云：「謂地鹹鹵。」（《史記集解》引）
1 〈夏本紀〉、〈地理志〉均作「田上下，賦中上」。
2 「鉛」，〈地理志〉、敦煌寫本、唐石經作「鈆」。
3 「檿」，〈地理志〉同，〈夏本紀〉作「畲」，段玉裁謂二字聲通（《古文尚書撰異》卷三，《四部要籍注疏叢刊・尚書（中）》頁 1856 下）。
4 〈地理志〉作「達于沛」。
5 「藝」，〈夏本紀〉同，〈地理志〉作「蓺」。
6 〈夏本紀〉作「大野既都」，〈地理志〉作「大壄既豬」，篇內同。揚雄〈徐州箴〉作「大野既瀦」。《釋文》引馬融云：「水所停止，深者曰豬。」「豬」，後作「瀦」，《說文・水部》新附：「瀦，水所停也。从水，豬聲。」
7 「埴」，偽《孔傳》「土黏曰埴」。《釋文》：「埴，市力反。鄭作戠，徐、鄭、王皆讀曰熾。韋昭音試。」
8 「漸」，《說文》作「蔪」，云「艸相蔪苞也。……《書》：『艸木蔪苞』」，《釋文》云「漸如字，本又作蔪，《字林》才冉反，草之相包裹也。」
9 「包」，《釋文》：「或作苞。」
10 〈夏本紀〉作「其田上中，賦中中」，〈地理志〉作「田上中，賦中中」。
11 〈夏本紀〉作「貢維土五色」，〈地理志〉作「貢土五色」。《釋名・釋地》：「徐州貢土五色，色有青黃赤白黑也。」《逸周書・作雒》：「諸侯受命于周，乃建大社于國中，其壝東青土，南赤土，西白土，北驪土，中央釁以黃土，將建諸侯，鑿取其方一面之土，燾以黃土，苴以白茅，以爲社之封，故曰：受列土于周室。」
12 「夏」，朱駿聲云：「夏，華也，有采色也。」（《尚書古注便讀》卷二，《尚書類聚初集（三）》頁 270 下）高本漢即讀爲「華」，茲從之。《周禮・染人》「秋染夏」，鄭注：「染夏者，染五色，謂之夏者，其色以夏狄爲飾。〈禹貢〉曰：『羽畎夏狄』，是其總名。其類有六：曰翬，曰搖，曰鷮，曰甾，曰希，曰蹲。其毛羽五色皆備成章，染者擬以爲深淺之度，是以放而取名焉。」
13 《釋文》：「『蠙』字又作『玭』，韋昭薄迷反，蚌也。」
14 「暨」，〈夏本紀〉、〈地理志〉均作「臮」，《索隱》云「臮，古暨字，臮，與也。」
15 「荷」，〈夏本紀〉、〈地理志〉、唐石經皆作「河」，《說文》「菏」字下云「菏澤水在山陽湖陵，〈禹貢〉『浮于淮泗，達于菏』」，作「荷」。王念孫云：「『河』當依《說文》作『菏』，師古依文作解而不知其謬也。……《尚書》《史記》皆譌作『河』，自《韻會舉要》始正其誤，而近世閻百詩、胡朏明言之益詳，毋庸復辯。〈地理志〉『菏』字多作『荷』，下文『道荷澤』『又東至于荷』，及濟陰郡下云『〈禹貢〉荷澤在定陶東』是也。《水經注》亦作『荷』（〈泗水注〉引〈地理志〉曰：「荷水在南。」），《五經文字》云：『菏，古本亦作荷。』」（《讀書雜志》頁 628）據改。

淮、海惟楊[1]州：彭蠡[2]既豬，陽鳥[3]攸居；三江[4]既入，震[5]澤厎定。篠簜既敷。厥草惟夭[1]，厥木惟喬。[2]厥土惟塗泥。厥田惟下下，厥

---

[1] 唐石經作「揚」，江聲、段玉裁、王念孫等皆謂本作「楊」，王念孫云「自張參《五經文字》以從木者爲非，而《唐石經》遂定從手旁」（〈漢隸拾遺〉，《讀書雜志（五）》頁 2554），據改。

[2] 譚其驤云：「依地望與地形推測，古彭蠡約相當於今湖北廣濟、黃梅、安徽宿松、望江、懷寧、安慶一帶濱江諸湖。其時湖面可能比今天的來得寬闊，且相互通連，與江水相吐納，舟行多取道於此。」（〈鄂君啓節銘文釋地〉，《長水集（下）》（北京：人民出版社，1987），頁 198—199。原載《中華文史論叢》第二輯）

[3] 「陽鳥」，鄭玄云：「鴻雁之屬，隨陽氣南北。」（《詩經‧邶風‧匏有苦葉》孔疏引）林之奇云：「諸儒之說皆同，而竊有疑於此。觀此篇所序治水之詳見於九州之下，或山或澤或川或陵或平陸或原隰，莫非地名。此州上既言『彭蠡既豬』，下言『三江既入，震澤厎定』，皆是地名。而獨於此三句之間言『陽鳥攸居』，非惟文勢不相稱，然考之九州亦無此例也。夫雁之南翔，乃其天性有不得不然，豈其洪水未平，遂不南翔乎？古之地名取諸鳥獸之名，如『虎牢』『犬邱』之類多矣。《左氏‧昭公二十年》『公如死鳥』，杜元凱釋曰：『死鳥，衛地。』以是觀之，安知『陽鳥』之非地名乎？」（《尚書全解》卷八，《景印文淵閣四庫全書（第五五冊）》頁 157—158）王引之云：「林說是也。居，宅也。陽鳥攸居，猶言三危既宅耳。陽鳥之地，年代曠隔，莫知所在，不得因此而謂其非地名也……雁名陽鳥，書無明文。說者誤以陽鳥爲鳥，因附會『彭蠡既豬』之文，又牽合以鴻雁南翔之說耳，其不足信亦明矣。原其所以誤者，蓋但知《爾雅》有『攸，所也』之訓。以爲經言陽鳥所居，則所居者爲彭蠡，而居之者爲水鳥矣。不知〈禹貢〉多以既、攸二字相對爲文。攸，猶『用』也。言陽鳥之地，用是安居也。與他處攸訓爲『所』者不同。」（《經傳釋詞》頁 12）俞樾謂古鳥島通用，「陽鳥」即「陽島」。又云：「《呂氏春秋‧恃君覽》有『揚島』，豈即《禹貢》『陽鳥』歟？」（《群經平議》卷三，《續修四庫全書（一七八）》頁 48）于鬯云：「此鳥亦讀爲島，與『鳥夷』之鳥同。《集韻‧皓韻》云『島，古文作㠀』，是其證。俞蔭甫太史《平議》據《呂氏春秋‧恃君覽》『揚島』以解此，精矣。惟謂之陽，似主南方言爲尤合。《文選‧景福殿賦》李注云：『在南爲陽。』〈恃君覽〉之『揚島』在東而不在南，其在南者又有『陽禺』，或者亦可當此與？且彼上文云『揚漢之南』，高誘注正以揚爲揚州，則『陽禺』之在揚州，實較有據矣。禺當讀爲嵎，〈堯典〉今文『禺鐵』古文作『嵎夷』，是其證。……故若非『揚島』即『陽禺』，即『陽鳥』矣。今南洋中島是也。」（《香草校書》頁 97）曾運乾亦云：「今按〈禹貢〉全文，無以禽獸表地者。又經文先序州界，次言山原川澤，次言夷服，亦無舍地望而先言禽獸也。……本文『陽鳥』鳥字，亦當讀爲島。陽島，即揚州附海岸各島。大者指臺灣海南是也。云陽島者，南方海位也。攸，所也、安也。攸居，安居也。知島隸本州者，下文土貢有『島夷卉服』可證。」（《尚書正讀》頁 59）方孝岳云：「『陽鳥』讀『陽島』。」。丁寶楨補孫星衍《尚書今古文注》云：『水北爲陽。陽鳥即九江南康諸山。』」（《尚書今語》頁 67。按，《續修四庫全書總提要》倫明所撰丁書提要云：「書蓋成於闓運，而讓其名於寶楨，即〈序〉亦是闓運代撰。」）存參。

[4] 「三江」，《歷史自然地理》謂：「太湖接納茅山、天目山諸溪，東由吳淞江、婁江、東江分流入海。三江分流處在今蘇州東南。吳淞江、婁江大致和今日水道流經路線相符；東江則穿過今澄湖、白蜆湖及淀泖地區，由今平湖縣東南入海。」（《中國自然地理‧歷史自然地理》（北京：科學出版社，1982），頁 145）存參。

[5] 「震」，〈夏本紀〉同，《索隱》云：「『震』，一作『振』。」

賦下上、上錯[3]。厥貢惟金三品[4]，瑤、琨[5]、篠簜，齒、革、羽、毛惟木[6]。島[7]夷卉（草）服[8]。厥篚織貝[9]；厥包橘、柚，[10]錫（賜）貢[11]。沿于江、海，達于淮、泗。[12]

　　荊及衡陽惟荊州：江、漢朝宗于海，[13]九江[14]孔殷[1]；沱、潛[2]既道（導），雲夢土[3]作乂。厥土惟塗泥。厥田惟下中，厥賦上下。厥

---

[1] 「夭」，《釋文》載馬融注：「長也。」
[2] 〈地理志〉作「中夭木喬」。
[3] 〈地理志〉作「賦下上錯」。
[4] 「金三品」，鄭注：「銅三色也。」（孔《疏》引）
[5] 「琨」，〈地理志〉作「瓗」，《釋文》：「琨音昆，馬本作瓗，韋昭音貫」。
[6] 「惟」，金履祥云：「『惟』字訓與。」（《尚書表注》卷上，《景印文淵閣四庫全書（第六〇冊）》頁 440 下）王引之說同。（《經傳釋詞》頁 55）「惟木」，〈夏本紀〉、〈地理志〉無。
[7] 「島」，〈夏本紀〉同，〈地理志〉、《後漢書·度尚傳》注引《書》俱作「鳥」，俟考。
[8] 見第一章〈禹貢〉「島夷卉服」條。
[9] 「織貝」，鄭注云：「貝，錦名。《詩》云：『萋兮斐兮，成是貝錦。』凡爲織者，先染其絲，乃織之則文成矣。」（孔《疏》引）《詩·巷伯》毛《傳》云：「貝錦，錦文也。」鄭《箋》：「錦文者，文如餘泉、餘蚳之貝文也。」顧頡剛云：「楊成志君告予曰：『台灣高山族切貝殼至極薄，成小圓片，鑽孔而以繩連貫之爲飾。疑〈禹貢〉揚州「厥篚織貝」即是此製，蓋名貴之物，以爲王衣焉。』按織貝舊說帛有貝文，自不若此說之切，此承『島夷』來，彼方固不產帛也。」（《顧頡剛讀書筆記（卷六）》頁 471）邵望平云：「（織貝）另一種可能的解釋則是一種將貝殼製成扁珠，縫綴於麻織物上以爲盛裝的貢品。林惠祥先生在其《台灣番族的原始文化》一書中論及〈禹貢〉之『織貝』時說：『織貝二字，古注多不明瞭，或以爲是錦衣，然貝字終不能明。今考番族自古即以貝殼磨成小粒扁圓珠，以爲貨幣，並縫綴於麻質之衣服上，以爲盛裝之服（所獲一件綴貝珠 6 萬數千顆），所謂織貝唯此爲最近。』」（〈〈禹貢〉「九州」的考古學研究〉，蘇秉琦主編《考古學文化論集（二）》（北京：文物出版社，1989），頁 25）後說可從。
[10] 《詩·木瓜》鄭《箋》：「以果實相遺者，必苞苴之。」
[11] 「錫貢」，鄭注云：「有錫則貢之，或時乏則不貢。錫，所以柔金也。」（《史記集解》引）王肅云：「橘與柚錫其命而後貢入，不常入。」（孔《疏》引）茲取後說。
[12] 〈夏本紀〉作「均江海，通淮泗」，〈地理志〉作「均江海，通于淮泗」。鄭玄注：「均讀曰沿。沿，順水行也。」（《史記集解》引）《釋文》：「沿，悅專反。鄭本作松，松當爲沿。馬本作均，云均平也。」鄭說是。
[13] 《詩經·小雅·沔水》「沔彼流水，朝宗于海」可參。
[14] 「九江」，《歷史自然地理》謂：「當時，長江出武穴之後，擺脫兩岸山地約束，形成了一個以武穴爲頂點，北至黃梅城關，南至九江市的巨大沖積扇。沖積扇的前緣，根據黃梅境內龍感湖中新石器遺址的分佈情況判斷，當在鄂皖交界一線。在〈禹貢〉時代，江漢合流出武穴後，滔滔江水在沖積扇上以分汊狀水系形成，東流至扇前窪地瀦匯而成彭蠡澤，由於沖積扇上汊道眾多，〈禹貢〉概謂之『九江』。傳說禹疏九江，大體是在分汊河道上加以整治，使之通暢地匯注彭蠡澤，不致在沖積扇上氾濫成災。」（《中國自然地理·歷史自然地理》頁 127）存

貢羽、毛[4]、齒、革，惟金三品，杶、榦、栝、柏，礪、砥、砮、丹，惟箘、簵、楛，三邦底貢厥名。包匭菁茅[5]；厥篚玄、纁、璣組[6]；九江納（入）[7]錫（賜）大龜。浮于江、沱、潛、漢[8]，逾[9]于洛[1]，至于南河。

參。

[1] 〈夏本紀〉作「九江甚中」。朱駿聲云：「（孔）又為『甚』，古讀『甚』與『堪』、『戡』同。『孔』、『戡』，一聲之轉。」（《說文通訓定聲》頁48）

[2] 「潛」，〈夏本紀〉作「涔」，〈地理志〉作「灊」，篇內同。《爾雅·釋水》：「水自江出為沱，自漢出為潛。」鄭注同。（《史記集解》引）

[3] 「雲夢土」，唐石經作「雲土夢」，蜀石經作「雲夢土」。偽《孔傳》云：「雲夢之澤在江南，其中有平土丘，水去可為耕作畎畝之治。」據《傳》可知偽孔本原作「雲夢土」。沈括云：「舊《尚書·禹貢》云：『雲夢土作乂。』太宗皇帝時，得古本《尚書》作『雲土夢作乂』，詔改〈禹貢〉從古本。」（胡道靜校注，《夢溪筆談校證（上）》（北京：中華書局，1959），頁199）段玉裁云：「所稱舊《尚書》者，蜀石經之類也。所稱太宗皇帝者，趙宋之太宗也（近人云唐太宗，誤）。所稱古本《尚書》者，唐石經之類也。唐石經，名儒所不窺，乃以蜀石本及宋太宗以前本皆作『夢土』，而太宗詔從『土夢』，自此以後版本乃無有作『夢土』者。」（《古文尚書撰異》卷三，《四部要籍注疏叢刊·尚書（中）》頁1868上）據改。「雲夢」之「夢」，《楚辭·招魂》「與王趨夢兮課後先」王逸注：「夢，澤中也。楚人名澤中為夢中。」「雲夢」其地，譚其驤云：「過去千百年來對先秦雲夢澤所在所作的各種解釋，只有漢魏人的江陵以東江漢之間的說法是正確的。晉以後的釋經者直到清代的考據學家把雲夢澤說到大江以南、漢水以北、或江陵以西，全都是附會成說，不足信據。」（〈雲夢與雲夢澤〉，《長水集（下）》頁117。原載《復旦學報》1980年《歷史地理專輯》）

[4] 「毛」，〈夏本紀〉、〈地理志〉作「旄」。

[5] 《左傳·僖公四年》：「爾貢包茅不入，王祭不共，無以縮酒。」鄭玄云：「匭，纏結也。菁茅，茅有毛刺者，給宗廟縮酒。重之，故包裹又纏結也。」（《史記集解》引）段玉裁云：「匭得訓纏結者，匭讀為糾，古音同在第三部也。古音簋、軌字皆讀如九。……鄭君於其同音得其義也。」（《古文尚書撰異》卷三，《四部要籍注疏叢刊·尚書（中）》頁1871上）或云「菁茅」乃「一茅而三脊」，以為神藉。《管子·輕重丁》載管子云：「江淮之間，有一茅而三脊，母至其本，名之曰菁茅。」

[6] 「璣組」，江聲云：「組以冊璣，謂之璣組。璣非匪實，匪實止是組介。」（《尚書集注音疏》卷三，《四部要籍注疏叢刊·尚書（中）》頁1547上）存參。

[7] 「納」，〈夏本紀〉作「入」。

[8] 〈夏本紀〉作「浮于江、沱、涔于漢」，多一「于」字。《釋文》云：「本或作『潛于漢』，非。」段玉裁云：「〈夏本紀〉『浮于江、沱、涔于漢』，則今文《尚書》有此『于』字也。或改古文同今文，或古文本有，皆未可知。古文〈無逸〉篇『無淫于觀于逸于游于田』，以『淫』領四『于』字，此以『浮』領二『于』字，句法正同。陸氏誤絕其句，故云『非』耳。」（《古文尚書撰異》卷三，《四部要籍注疏叢刊（中）》頁1871下）

[9] 「逾」，〈夏本紀〉作「踰」。偽《孔傳》云：「逾，越也。河在冀州，東南流，故越洛而至南河。」王安石云：「江沱潛漢均與洛不通，必陸行逾洛，然後由洛可至南河。凡言『逾』，皆水道不通，遷陸而後能達也。『逾于沔』同義。」（《三經新義輯考彙評（上）》頁57）皆謂「逾」為舍舟陸行。金履祥云：「荊之諸國，或從江或從沱或從潛以入漢。自漢丹河、白水河，即踰山路入洛，達于南河。」

　　荊、河惟豫州：伊、洛[2]、瀍、澗既入于河，[3]滎波[4]既豬，導菏澤，被（陂）孟豬[5]。厥土惟壤，下土墳壚。厥田惟中上，厥賦錯上中。厥貢漆、枲[6]、絺、紵，厥篚纖、纊，錫（賜）貢磬、錯。浮于洛，達于河。

　　華陽、黑水惟梁州：岷、嶓既藝[7]，沱、潛既道（導）[8]，蔡蒙旅[9]平，和夷[10]厎績。厥土青黎[11]，厥田惟下上，厥賦下中三錯。[12]厥貢璆（鏐）[13]、鐵、銀、鏤、砮、磬，熊、羆、狐、狸、織皮，西傾因桓是來[14]。浮于潛，逾[15]于沔，入于渭，亂[16]于河。

（《書經注》卷三，《續修四庫全書（四二）》頁 470 下）胡渭云：「唯丹水為自楚入秦之捷徑，水多陸少，逾洛從此無疑。」（《禹貢錐指》頁 236）是金、胡二氏皆謂別有水道自漢入洛。按，「逾」有沿江、河而下之意（參陳偉，〈〈鄂君启节〉之「鄂」地探讨〉，《江汉考古》，2 期（1996）），頗疑「逾于洛」非指自漢至洛，而是指沿洛水而下，以至於南河。後「逾于沔」同。

1　「洛」，〈夏本紀〉作「雒」。段玉裁謂漢人「雒」、「洛」分別甚明，至衛包始改《書》「雒」字為「洛」（《古文尚書撰異》卷三，《四部要籍注疏叢刊·尚書（中）》頁 1871—1872），全書同。「雒」、「洛」後無別，故均相沿不改。

2　「洛」，〈夏本紀〉、〈地理志〉作「雒」，此州同。

3　上博簡（二）〈容成氏〉簡 26—27 云：「禹乃通伊、洛，併里（瀍）、澗，東注之河，於是於（乎）豫州始可處也。」

4　「波」，〈夏本紀〉作「播」，《說文》作「潘」。「滎波」，孔《疏》：「鄭云：『今塞為平地，滎陽民猶謂其處為滎澤，在其縣東。』言在滎澤縣之東也。馬、鄭、王本皆作『滎播』，謂此澤名『滎播』。」（《尚書正義（上）》頁 182）

5　見第一章〈禹貢〉「被孟豬」條。

6　「枲」，〈地理志〉同，〈夏本紀〉作「絲」。

7　〈夏本紀〉作「汶嶓既藝」，《索隱》：「『汶』一作『嶓』，又作『岐』。岐山，〈封禪書〉一云濆山，在蜀郡湔氐道西徼，江水所出，嶓冢山在隴西西縣，漢水所出也。」

8　揚雄〈益州箴〉「禹導江沱，岷嶓啟乾」可參。

9　「旅」，王念孫訓為「道」（《經義述聞（一）》頁 175—176），篇內同。

10　「和夷」，鄭注：「和上夷所居之地也。『和』讀曰『桓』，〈地志〉曰『桓水出蜀郡蜀山西南，行羌中』者也。」（《水經·桓水注》引）存參。

11　「黎」，〈夏本紀〉作「驪」。

12　〈夏本紀〉、〈地理志〉皆作「田下上，賦下中三錯」。

13　「璆」，偽《孔傳》「玉石」。鄭玄注：「黃金之美者謂之鏐。」（《史記集解》引）是鄭本作「鏐」，當是。《爾雅·釋器》：「黃金謂之盪，其美者謂之鏐。」郭璞注：「鏐即紫磨金。」

14　〈地理志〉作「西頃因桓是俫」。宋傅寅《禹貢說斷》引葉夢得《書傳》云：「疑西傾即西戎之境，『熊羆狐狸織皮』文當與『西傾因桓是來』相屬，謂此四獸之皮，西傾之戎因桓水來貢也。」（《禹貢說斷》卷二，《景印文淵閣四庫全書（第五七冊）》（臺北：臺灣商務印書館，1986），頁 59 上）存參。

15　「逾」，〈夏本紀〉作「踰」。

16　「亂」，《爾雅·釋水》：「正絕流曰亂。」

　　黑水、西河惟雍州：弱水既西，涇屬渭汭，漆、沮既從，灃水攸同。荊、岐既旅，終南[1]、惇物[2]，至于鳥鼠；原隰厎績，至于豬野[3]；三危既宅[4]，三苗丕敘[5]。厥土惟黃壤，厥田惟上上，厥賦中下。厥貢惟球[6]、琳、琅玕、[7]織皮。崑崙、析支、渠搜，西戎即敘。[8]浮于積石，至于龍門西河，會于渭汭。

　　導岍及岐，至于荊山，逾于河；壺口、雷首，至于太岳[9]；厎柱[10]、析城，至于王屋；太行、恒山，至于碣石，入于海；西傾、朱圉[11]、鳥鼠，至于太華；熊耳、外方、桐柏，至于陪尾[12]。導嶓冢，

---

[1] 閻若璩云：「《詩》與《書》相表裏，『信彼南山，維禹甸之』，則〈禹貢〉之終南也；『豐水東注，維禹之績』，則〈禹貢〉之『灃水攸同』也。」（《尚書古文疏證》（上海：上海古籍出版社，1987），頁 802）

[2] 「惇物」，〈夏本紀〉作「敦物」。

[3] 「豬野」，〈夏本紀〉、《水經》、《廣雅》均作「都野」，〈地理志〉作「豬墅」。

[4] 「宅」，〈夏本紀〉作「度」。

[5] 「敘」，〈夏本紀〉作「序」，下同。

[6] 「球」，〈夏本紀〉作「璆」。

[7] 《爾雅·釋地》：「西北之美者，有崑崙墟之璆琳琅玕焉。」

[8] 「織皮……西戎即敘」，此十二字原在「會于渭汭」之後。蘇軾云：「其文當在『厥貢惟球、琳、琅玕』之下。其『浮于積石，至于龍門西河，會于渭汭』三句當在『西戎即敘』之下，以記入河水道，結雍州之末。簡編脫誤，不可不正也。」（《書傳》卷五，《景印文淵閣四庫全書（第五四冊）》頁 527 上）鄧廷楨云：「以韻讀之，亦可證蘇說之是。蓋〈禹貢〉多作韻語，如冀州之陽與漳韻、兗州之繇與條韻，揚州之豬與居韻、夭與喬韻，豫州之豬與墟韻。而雍州獨多，『漆沮既從，灃水攸同』，從同為韻，『荊岐既旅，終南惇物，至于鳥鼠；原隰厎績，至于豬野；三危既宅，三苗丕敘。厥土惟黃壤，厥田惟上上，厥賦中下』，旅鼠野宅敘下皆韻，則『西戎即敘』之敘，正與上文相蒙為韻，不當閒以他語也。」（《雙硯齋筆記》（北京：中華書局，1987），頁 5—6）茲依蘇說移正。又《校釋譯論》謂：「『織皮』係貢物，當在『琅玕』下，『浮于』上。『崑崙』等十字涉少數民族，當在『三苗丕敘』下，『厥土』上。依〈禹貢〉各州文字章法，首爲該州山川地理（包括少數民族之地，如青州是），接著爲土、田、賦、貢（貢包括本州特產和少數民族特產），最後爲貢道，無一例外。」（《尚書校釋譯論（第二冊）》頁 759—760）存參。

[9] 「岳」，〈夏本紀〉、〈地理志〉皆作「嶽」

[10] 「厎柱」，〈夏本紀〉作「砥柱」，下同。

[11] 「朱圉」，〈地理志〉作「朱圄」，其於天水郡冀縣下云：「〈禹貢〉朱圄山在縣南梧中聚。」《禹貢錐指》謂朱圉：「在今伏羌縣南三十里，山色帶赤。」（《禹貢錐指》）按，「朱圉」除〈禹貢〉外不見於先秦其他典籍。清華簡（貳）〈繫年〉15 號簡有「朱圉」一詞，作「邾虘」。

[12] 〈夏本紀〉作「負尾」，〈地理志〉作「倍尾」。高師第以「陪尾山」當今河南光山西北八十里之浮光山。（〈〈禹貢〉導山所謂「陪尾山」究竟是現今哪一座山？〉，《禹貢研究論集》（上海：上海古籍出版社，2006），頁 305—313）存參。

至于荊山；內方，至于大別；岷山[1]之陽，至于衡山，過九江，至于敷淺原。

導弱水，至于合黎[2]，餘波入于流沙。導黑水，至于三危，入于南海[3]。導河積石，至于龍門，南至于華陰，東至于厎柱，又東至于孟津，東過洛汭，至于大伾[4]；北過降水，至于大陸，又[5]北播爲九河，同爲逆河，入于海[6]。

嶓冢導漾[7]，東流爲漢，又東爲滄浪[8]之水，過三澨，至[9]于大別，南入于江；東匯澤爲彭蠡，東爲北江，入于海。岷山導江，東別爲沱，[10]又東至于灃[11]，過九江，至于東陵，東迤北會于匯[12]，東爲中江，入于海。

---

[1] 〈夏本紀〉作「汶山」，〈地理志〉作「嶓山」，下同。

[2] 「合黎」，〈地理志〉作「合藜」。

[3] 「南海」，孫星衍云：「經云南海者，即居延海之屬。《史記・大宛列傳》索隱引《太康地記》云『河北得水爲河，塞外得水爲海也』，故〈地理志〉羌谷水亦云『北至武威入海』，不謂大海也。孔氏《書疏》以爲越河入海；張守節以南海爲揚州東大海，謂黑水合從黃河而行，河得入于南海，俱失之矣。」（《尚書今古文注疏》頁 187—188）

[4] 「伾」，〈夏本紀〉、《水經》作「邳」，《釋文》「本又作『岯』字，或作『岯』」。

[5] 「又」，〈夏本紀〉無。

[6] 譚其驤云：「『同爲逆河入于海』，是說九河的河口段都受到勃海潮汐的倒灌，以『逆河』的形象入於海。」（〈西漢以前的黃河下游河道〉，《長水集（下）》頁 63。原載《歷史地理》創刊號，上海人民出版社 1981 年 11 月版）存參。

[7] 「漾」，〈夏本紀〉作「瀁」。

[8] 「滄浪」，〈夏本紀〉作「蒼浪」。《水經・沔水注》：「故〈漁父歌〉曰：『滄浪之水清兮，可以濯我纓；滄浪之水濁兮，可以濯我足。』余按《尚書・禹貢》言『導漾水，東流爲漢，又東爲滄浪之水』，不言過而言爲者，明非他水決入也。蓋漢沔水自下有滄浪通稱耳。纏絡鄢、郢，地連紀、鄀，咸楚都矣。漁父歌之，不違水地，考按經傳，宜以《尚書》爲正耳。」林之奇云：「張平子〈南都賦〉曰『流滄浪而爲隍，廓方城而爲墉』，李善注引屈完所謂『漢水以爲池，方城以爲城』，則是滄浪即漢水也。蓋漢水至于楚地，則其名爲滄浪之水也。」（《尚書全解》卷十，《景印文淵閣四庫全書（第五五冊）》頁 201 上）

[9] 「至」，〈夏本紀〉作「入」。

[10] 《說文》「沱」字下云：「江別流也。出嶓山東，別爲沱。」

[11] 「灃」，〈夏本紀〉、〈地理志〉皆作「澧」。《歷史自然地理》：「我們知道，先秦漢魏時代，浩淼的洞庭湖水面尚未形成，湘、資、沅、灃四水在城陵磯以西一帶直接匯注長江，『江東至于灃』指的就是江、沱合流後，長江大體沿荊江流路至城陵磯附近合洞庭四水。由於灃水在四水中首與長江相匯，故〈禹貢〉以灃爲四水代表而立言。其後洞庭湖水面不斷擴大，四水下游始成今之入湖局面，長江東至於灃的水流交匯形勢，遂不復存在，這是引起後世誤解〈禹貢〉的原因所在。」（《中國自然地理・歷史自然地理》頁 94）存參。

[12] 「匯」，指彭蠡。《歷史自然地理》：「從當時九江分汊狀水系的主泓自沖積扇南緣流至今九江市後，以『東迤北』的方向匯注彭蠡澤，結合目前該地區的地

導沇水[1]，東流爲濟，入于河，溢[2]爲滎，東出于[3]陶丘北，又東至于菏[4]，又東北會于汶，又北東[5]入于海。導淮自桐柏，東會于泗、沂，東入于海。導渭自鳥鼠同穴，東會于灃[6]，又東會于涇[7]，又[8]東過漆沮，入于河。導洛自熊耳，東北會于澗、瀍，又東會于伊，又東北入于河。

九州攸同，四隩[9]既宅，九山刊[10]旅，九川滌源[11]，九澤既陂，四海[12]會同。[13]六府[14]孔修，庶土交正（征）[15]，厎慎財賦，咸則三壤[1]，成賦中邦[2]。錫（賜）土姓[3]，祇台（以）[4]德先，不距朕行。

貌形態分析，彭蠡澤的位置無疑在大江之北，其具體範圍當包有今宿松、望江間的長江河段及其以北的龍感湖、大官湖和泊湖等湖沼地區。」（《中國自然地理‧歷史自然地理》頁 127）吳汝綸云：「匯者，淮之借字。」《唐扶頌》『匯夷來降』，以『匯』爲『淮』。《史記‧南越傳》『江淮以南，樓船十萬師』，徐廣曰：『淮，一作匯。』又『伏波將軍下匯水』，徐廣曰：『匯，或作淮。』皆其證。淮，即出陵陽東南，北入江者也，今謂之清弋江，源出石埭，至魯港入江。」（《尚書故》頁 90）吳承志云：「『導江』《經》『會于匯』，某氏《傳》云：『「會」爲彭蠡』，彭蠡是江、漢所匯之澤，不得言『會』。『匯』亦非彭蠡之名，說俱難通。《漢書‧地理志》引桑欽說作『淮』，證以《孟子‧滕文公篇》『排淮、泗而注之江』之文，『匯』爲『淮』借字必矣。」（羅淩校注《橫陽札記》（上海：華東師範大學出版社，2012），頁 27）曾運乾亦云：「北會爲匯者，匯，爲淮之叚借字。兩大水相合曰會。江淮勢均力敵，故云會。古江淮本通，孟子言禹決汝漢排淮泗而注之江，是也。久而湮塞，故春秋時吳城邗溝通江淮。云溝通者，復禹之舊跡也。或謂匯即彭蠡，非也。彭蠡，已見上導漢章，不應此章重見，當云東會，不當云北會。又經凡言會者皆水名。匯，非水名，與例不諧。故知非彭蠡也。」（《尚書正讀》頁 80）存參。

[1]「沇水」，《山海經‧北山經》作「灖水」，郭注：「灖音輦。」《水經注》作「聯水」。段玉裁謂：「實古同音假借字耳。」（《古文尚書撰異》卷三，《四部要籍注疏叢刊‧尚書（中）》頁 1887 上）
[2]「濟」，〈地理志〉作「沛」。「溢」，〈夏本紀〉作「泆」，〈地理志〉作「軼」。
[3]「于」，〈夏本紀〉無。
[4]「菏」，〈夏本紀〉作「荷」。
[5]「北東」，〈夏本紀〉作「東北」。
[6]「灃」，〈地理志〉作「酆」。
[7]〈夏本紀〉作「又東北至于涇」，〈地理志〉亦作「至于涇」。
[8]「又」，〈夏本紀〉無。
[9]「隩」，〈夏本紀〉、〈地理志〉作「奧」，《說文》作「墺」。
[10]「刊」，〈夏本紀〉、〈地理志〉皆作「栞」。
[11]「源」，〈夏本紀〉、〈地理志〉皆作「原」。
[12]《爾雅‧釋地》：「九夷、八狄、七戎、六蠻謂之四海。」
[13]《國語‧周語下》載禹「高高下下，疏川導滯，鍾水豐物，封崇九山，決汨九川，陂鄣九澤，豐殖九藪，汨越九原，宅居九隩，合通四海」可參。
[14]《左傳‧文公七年》：「六府三事，謂之九功。水、火、金、木、土、穀，謂之六府。正德、利用、厚生，謂之三事。」
[15]「正」，從劉起釪說讀爲《孟子‧梁惠王上》「上下交征利」之「征」（《尚

五百里甸服：百里賦納[5]總，二百里納銍，三百里納秸[6]服，四百里粟，五百里米。五百里侯服：百里采，二百里男邦[7]，三百里諸侯。五百里綏服：三百里揆文教，二百里奮武衛。五百里要服：三百里夷，二百里蔡。五百里荒服：三百里蠻，二百里流。東漸于海，西被于流沙，朔、南暨，聲教訖（迄）于四海。禹錫（賜）玄圭，告厥成功。[8]

甘誓第四[9]

大戰于甘，乃召六卿。[10]

王曰：「嗟！六事之人，予誓告汝。有扈氏威〈威一蔑〉侮[11]五行[12]，怠弃三正[13]，天用剿[1]絕其命。[2]今予惟[3]恭[4]行天之罰。[5]左不攻于

書校釋譯論（第二冊）》頁 812）。

[1] 「三壤」，鄭注：「上中下各三等也。」（《史記集解》引）

[2] 「中邦」，〈夏本紀〉及鄭注屬下讀。

[3] 《周語・周語下》「皇天嘉之，祚以天下，賜姓曰『姒』，氏曰『有夏』，謂其能以嘉祉殷富生物也。祚四岳國，命以侯伯，賜姓曰『姜』、氏曰『有呂』，謂其能爲禹股肱心膂，以養物豐民人也」可參。

[4] 「台」，從于省吾說讀爲「以」（《雙劍誃群經新證》頁 68 上）。

[5] 「納」，〈地理志〉作「內」，下同。

[6] 「秸」，〈地理志〉作「戛」。

[7] 「男邦」，〈夏本紀〉作「任國」。

[8] 《易經・益卦》「有孚中行，告公用圭」可參。

[9] 《書序》：「啟與有扈戰于甘之野，作〈甘誓〉。」

[10] 《墨子・明鬼下》引〈禹誓〉「大戰于甘，王乃命左右六人，下聽誓于中軍」，作「左右六人」。

[11] 王引之云：「『威』疑當作『威』。『威』者，『蔑』之假借也。『蔑侮五行』，言輕慢五行也。《逸周書・克殷篇》『侮滅神祇不祀』，《史記・周本紀》『滅』作『蔑』。倒言之則曰『蔑侮』，《說苑・指武篇》『崇侯虎蔑侮父兄，不敬長老』是也。『威』與『威』形極相似；世人多見『威』，少見『威』，故『威』字譌而爲『威』矣。《墨子・明鬼篇》引此作『威侮五行』，亦『威侮』之誤。」（《經義述聞（一）》頁 176—177）

[12] 見第一章〈甘誓〉「有扈氏威侮五行」條。

[13] 「三正」，王充耘謂：「或者以爲禹論養民莫重於六府三事。……怠棄三正，是不務三事，爲諸侯而不知養民，此天所以絕之也。其說爲優。」（《讀書管見》卷上，《景印文淵閣四庫全書（第六二冊）》（臺北：臺灣商務印書館，1986），頁 464 下）范文瀾說同。（〈與顧頡剛論五行說的起原〉，《古史辨（第五冊）》（上海：上海古籍出版社，1982），頁 645）周秉鈞云：「正與政通，謂政事。《左傳・文公七年》晉郤缺解《夏書》云：『正德、利用、厚生，謂之三事。』三事即三正也。怠棄三正，謂不重視正德、利用、厚生三大政事。前人解『三正』者，不知用《夏書》證《夏書》，當非正解。」（《尚書易解》頁 78）金景芳、呂紹

左，汝不恭命；右不攻于右，汝不恭命；[6]御非其馬之正，汝不恭命。用命，賞于祖；弗用命，戮于社，[7]予則孥戮汝[8]。」

綱亦讀「正」爲「政」，謂「三正」即天地人三方面的政治。（《《尚書・虞夏書》新解》頁447）俞樾云：「《爾雅・釋詁》曰『正，長也』，故古謂官長爲『正』。昭二十九年《傳》『木正曰句芒』杜注曰『正，官長也』，是其義也。」（《群經平議》卷三，《續修四庫全書（一七八）》頁50下）于省吾亦云：「《爾雅・釋詁》：『正，長也。』謂官長也。三正即三公，亦謂之三卿。舊說非是。」（《雙劍誃群經新證》頁69上）劉起釪云：「殷代甲骨文中有『臣正』和『正』，是指殷王朝的大臣。西周《大盂鼎銘》有『殷正百辟』，也是指殷大臣；又有『文王命二三正』，則是指周王朝的大臣。古人用三、五、六、九等泛指多數，『九』指很多，『五』『六』指一般的多，『三』或『二三』指較少數的多。（參看汪中《述學・釋三九》）『二三正』意同『三正』，指一些主要的大臣。」（〈釋《尚書・甘誓》的「五行」與「三正」〉，《古史續辨》（北京：中國社會科學出版社，1991），頁208）存參。

[1] 「剿」，唐石經作「勦」。段玉裁謂从「力」之「勦」爲衛包所改。（《古文尚書撰異》卷四，《四部要籍注疏叢刊・尚書（中）》頁1897）據改。

[2]〈明鬼下〉：「曰：有扈氏威侮五行，怠棄三正，天用剿絕其命。」

[3]「惟」，〈夏本紀〉作「維」。《匡謬正俗》：「古文皆爲『惟』，今文《尚書》變爲『維』，同音通用。」

[4]「恭」，〈明鬼下〉、〈夏本紀〉、《漢書・翟義傳》、〈王莽傳〉作「共」，班固〈東都賦〉、《漢書・叙傳》、《呂氏春秋》高注等皆作「龔」。段玉裁謂作「恭」爲衛包所改，全書同。（《古文尚書撰異》卷四，《四部要籍注疏叢刊・尚書（中）》頁1897—1899）

[5]〈明鬼下〉：「有曰：日中。今予與有扈氏爭一日之命。且爾卿大夫庶人，予非爾田野葆士之欲也，予共行天之罰也。」

[6]〈明鬼下〉：「左不共于左，右不共于右，若不共命。御非爾馬之政，若不共命。」「攻」作「共」，《三國志・毛玠傳》引《書》同。

[7]〈明鬼下〉：「是以賞于祖而僇于社。」「戮」作「僇」，〈夏本紀〉同。「弗」，〈夏本紀〉作「不」，《周禮・大司寇》先鄭注、〈小宗伯〉後鄭注、《公羊傳》何注等同。又《周禮・春官・小宗柏》「若大師，則帥有司而立軍社，奉主車」，鄭玄注：「王出軍，必先有事於社及遷廟而以其主行。社主曰軍社，遷主曰祖。《春秋傳》曰：『軍行祓社釁鼓，祝奉以從。』〈曾子問〉曰：『天子巡守，以遷廟主行，載于齊車，言必有尊也。』《書》曰：『用命賞于祖，不用命戮于社。』」

[8]〈明鬼下〉無，〈夏本紀〉作「予則帑僇女」。「孥」，〈夏本紀〉作「帑」，《漢書・王莽傳》、〈季布傳贊〉、《周禮・司厲》先鄭注作「奴」。又《國語・吳語》載勾踐命有司徇于軍曰「謂二三子歸而不歸，處而不處，進而不進，退而不退，左而不左，右而不右，身斬，妻子鬻」可參。

商書

湯誓第五[1]

　　王曰：「格爾眾庶，悉聽朕言。[2]非台（以）小子，敢行稱亂；[3]有夏多罪，天命殛之。今爾有眾，汝曰：『我后不恤我眾，舍我穡事而割正〈夏〉{夏}[4]。』予惟聞汝眾言；夏氏有罪，予畏上帝，不敢不正（征）。今汝其曰：『夏罪其如台？[5]』夏王率遏（竭）[6]眾力，率割夏邑，有眾率怠弗協。曰：『時日曷喪？予及汝皆亡！』[7]夏德若茲，今朕必往（匡）[8]。爾尚[9]輔予一人[10]，致天之罰，予其大賚汝。爾無不信，朕不食言[11]。爾不從誓言，予則孥戮汝，罔有攸赦。[12]」

---

[1] 《書序》：「伊尹相湯，伐桀，升自陑，遂与桀戰于鳴條之野，作〈湯誓〉。」

[2] 清華簡（叁）〈說命中〉簡2「各（格）女（汝）斂（說），聖（聽）戒朕言」可參。「格」當訓爲「來」，吳汝綸、《校釋譯論》等訓爲「告」（《尚書故》頁102；《尚書校釋譯論》頁879），非是。

[3] 《墨子・兼愛下》引〈禹誓〉載征有苗之誓作：「濟濟有眾，咸聽朕言。非惟小子，敢行稱亂。」「台」，舊皆從《爾雅・釋詁》訓爲「我」。謹按，「非惟小子」之「惟」猶「以」（《經傳釋詞》頁56），「台」似即當讀爲「以」。

[4] 見第一章〈湯誓〉「舍我穡事而割正夏」條。

[5] 見第一章〈湯誓〉「夏罪其如台」條。

[6] 「遏」，《釋文》引，馬融云：「止也。」楊筠如云：「遏，當讀爲『竭』。《詩・文王》釋文：『遏或作竭。』是遏、竭可通。字通作『歇』。〈釋詁〉：『歇，竭也。』《史記・高帝紀》索隱引鄭德云：『歇，讀作遏絕之遏。』是也。又通作『愒』，〈釋訓〉釋文：『愒本亦作愒。』《廣雅》：『愒，盡也。』〈周語〉『其愒也無日矣』，韋昭注：『愒，盡也。』《荀子》『百里之地，足以竭勢矣』，楊注：『竭，盡也。』皆其證。然則遏、竭、歇、愒，並以同聲得通假。」（《尚書覈詁》頁138—139）可從。

[7] 《孟子・梁惠王上》引〈湯誓〉：「時日害喪？予及女皆亡。」

[8] 見第一章〈湯誓〉「今朕必往」條。

[9] 「尚」，僞《孔傳》訓爲「庶幾」。《校釋譯論》謂同「儻」。（《尚書校釋譯論（第二冊）》頁884）單育辰謂此及〈牧誓〉「尚桓桓」、〈呂刑〉「尚明聽之哉」之「尚」，應讀爲「當」。（〈戰國卜筮簡「尚」的意義——兼說先秦典籍中的「尚」〉，《中國文字》新三十四期（臺北：藝文印書館，2009）；《楚地戰國簡帛與傳世文獻對讀之研究》（北京：中華書局，2014），頁199）存參。

[10] 「予一人」，甲骨文作「余一人」。

[11] 王引之云：「『食言』者，言而不行，則爲自食其言。食者，消滅之義，非虛僞之義也（《左傳・僖十五年》「我食吾言」，杜注：「食，消也。」《公羊傳・僖十年》「荀息可謂不食其言矣」，何注：「不食言者，不如食受之而消亡之。」）。哀二十六年《左傳》『是食言多矣，能無肥乎』，若以『食言』爲僞言，則與『能無肥乎』之文了不相涉矣。」（《經義述聞（四）》頁1595）

[12] 〈殷本紀〉述〈湯征〉「湯曰：『汝不能敬命，予大罰殛之，無有攸赦。』」可參。

盤庚第六[1]

（上）[2]

　　盤庚遷于殷，民不適有居。率籲眾慼[3]出矢[4]言。曰：「我王來，既爰宅于茲[5]；重我民，無盡劉。不能胥匡以生，卜稽曰其如台[6]？先王有服，恪謹（勤）天命[7]；茲猶（由）[8]不常寧，不常厥邑，于今五邦[9]。今不承于古，罔知天之斷命，矧曰其克從先王之烈？若顛木之有由蘗，[10]天其永我命于茲新邑，紹復先王之大業，底綏四方。」

---

[1] 《書序》：「盤庚五遷，將治亳殷，民咨胥怨，作〈盤庚〉三篇。」「盤庚」，甲骨文、漢石經作「般庚」。

[2] 俞樾、皮錫瑞等認爲三篇次序當爲中、下、上，茲不取。

[3] 「慼」，唐石經作「慼」，《說文》「籲」字下引作「戚」，作「慼」較長，據改。

[4] 「矢」，《爾雅·釋言》「陳也」。蔡沈云：「矢，誓也。」（《書經集傳》卷三，《景印文淵閣四庫全書（第五八冊）》頁 55 上）存參。

[5] 見第一章〈盤庚〉「既爰宅于茲」條。

[6] 俞樾云：「『曰』字句中語助，非卜詞也。言我民不適有居，則是奢淫無度不能相正以生矣，雖卜稽奈何？當以『卜辭曰其如台』六字爲句，『曰其』猶『越其』也，下文曰『越其罔有黍稷』，『越』與『曰』古通用耳。」（《群經平議》卷四，《續修四庫全書（一七八）》頁 54 上）

[7] 見第一章〈盤庚〉「恪謹天命」條。

[8] 「猶」，從王念孫讀爲「由」，訓爲「用」（《經義述聞（一）》頁 179）。

[9] 「五邦」，楊樹達云：「湯未得天下以前即已居亳，見《孟子》，五邦不得數亳；此時尚未遷殷，亦不得數殷在內。五邦：中丁遷囂（《史記》作隞），一也；河亶甲遷相，二也；祖乙遷耿（《史記》作邢），三也；耿圯遷庇，四也；南庚遷奄，五也。中丁遷囂，河亶甲遷相，祖乙居庇，南庚遷奄，並見《古本竹書紀年》，祖乙圯于耿，見《書序》。」（《積微居讀書記》頁 1）

[10] 「顛」，樹倒仆，本字作「槙」。《說文·木部》：「槙，仆木也。」段玉裁注云：「人仆曰顛，木仆曰槙，顛行而槙廢矣。」（《說文解字注》頁 249）「由蘗」，《说文·马部》：「粤，木生條也。从马由聲。《商書》曰：『若顛木之有粤枿也。』」《又《說文·木部》：「枿，伐木餘也。从木獻聲。《商書》曰：『若顛木之有粤櫱。』櫱，櫱或从木辥聲。」，古文櫱从木無頭。𣓩，亦古文櫱。」由此可知，今文《尚書》作「粤枿」、「粤櫱」（《今文尚書考證》頁 204—205），古文尚書作「由枿」。「蘗」及其諸異文之字義均無疑義，爲再生之枝芽。對於「由蘗」之「由」，大致有三種說解，分別爲：（1）《說文》謂「由」爲古文，「粤」爲今文，訓爲「木生條也」；（2）僞孔《傳》訓「由」爲「用」，「由蘗」即「用生蘗哉」（「哉」字，《尚書正義》校勘記云：「哉，古本作栽，山井鼎曰：『考疏，古文似是。』」）；（3）段玉裁於《說文》「粤」字注中訓「粤」爲「生」（《說文解字注》頁 316）。陳新對以上三說均有辨析（〈利用古文字知識校讀《尚書·盤庚》「由蘗」一詞〉，復旦網，2008 年 6 月 16 日。下引陳說均見此文），此不贅述。陳新謂「『由』訓『木生條也』，傳世先秦古書中僅『由蘗』一例」，故而提出新解，即「『由蘗』可能是由（畱）蘗』之誤。『粤枿』的『粤』字亦當从由（畱）得聲」，又云：

　　盤庚斅于民，由乃[1]在位，以常舊服，正法度。曰：「無或（有）敢伏小人之攸箴。」王命眾，悉至于庭。王若曰[2]：「格汝眾。予告汝訓：汝猷黜乃心，無傲從（縱）康。古我先王，亦惟圖任舊人共政。王播[3]告之，修（攸）[4]不匿厥指，王用丕欽；罔有逸言，民用丕變。今汝聒聒[5]，起（圮？）[6]信險膚（臚？）[7]，予弗知乃所訟。

　　「非予自荒〈喪〉茲德，惟汝含德[8]，不惕（施）予一人[9]。予若觀火，予亦拙[10]謀，作乃逸。若網在綱，有條而不紊；若農服田

「把『由蘖』校正爲『由（蕕）蘖』，並用《廣雅》所記錄的『萌、芽、甬、蘗、擘也』，以及『草木出土爲栽蘖』、『尋木起於蘖栽』的『栽』，來訓詁『由（蕕）』字，顯然比《說文》『甹，木生條也』更準確，更符合盤庚比喻的原意」按，陳新的觀點似難成立，主要由於：（1）「由」、「蕕」二者字形並不相近，不易訛混；（2）陳文『蕕蘖』同義連文的用法不見於先秦，且所引「蕕」均寫爲「栽」。另外，《逸周書·嘗麥》「如木既顛厥巢，其猶有枝葉」（「巢」，孫詒讓《周書斠補》卷三云：「巢，當爲『樔』之誤。《爾雅·釋木》云：『木立死樔。』（《毛詩·大雅·皇矣》作『菑』。）樔，或誤書變爲上聲下形，遂類『巢』字，故傳寫譌夅耳。」）可參。

[1] 「由乃」，王引之云：「由者，正也。《方言》曰：『由、迪，正也。東齊青徐之閒相正謂之由迪。』又曰：『胥、由，輔也。』郭注：『胥、相、由、正，皆謂輔持也。』」（《經義述聞（一）》）唐蘭云：「甹字之譌。」（〈卜辭時代的文學和卜辭文學〉，《清華學報》，1936）于省吾說同。（《雙劍誃群經新證》頁71上）存參。

[2] 《合》32156有「王若曰」一語，金文「王若曰」亦習見。清華簡（陸）〈鄭文公問太伯（甲、乙）〉簡1「君若曰」，整理者云：「君若曰，與《書》『王若曰』同例，《書》又有『微子若曰』、『周公若曰』，是不以王爲限。」「王若曰」，于省吾謂即「王如此說」。（〈王若曰釋義〉，《中國語文》，第2期（1966））

[3] 《說文》：「潘，敷也。……《商書》曰：王潘告之。」（「敷」，小徐本作「敶」。）

[4] 「修」，吳汝綸云：「修者，攸之借字，助句之辭也。修在句首，如『攸好德』『攸服奔走』之例。漢〈婁壽碑〉『不攸廉隅』，是修、攸通借之證也。」（《尚書故》頁108）孫詒讓亦云：「此『脩』當讀爲『攸』，同聲叚借字。『攸』與『所』義同，（〈禹貢〉陽鳥攸居，《史記·夏本紀》『攸』作『所』）經文恒見，若作『脩』，則上下屬文義皆難通，足知其誤。」（《尚書駢枝》頁117）

[5] 《說文》：「憖，距善自用之意也。《商書》曰：『今汝憖憖。』聲，古文从耳。」

[6] 「起」，高亨疑讀爲「圮」，訓爲「毀」。（〈〈盤庚篇〉校箋〉頁272引）存參。

[7] 「膚」，吳汝綸云：「膚者，臚之籀文。韋昭《國語》注：『臚，傳也。』《廣雅》：『膚，傳也。』」（《尚書故》頁108）章太炎亦云：「膚即籀文『臚』字，傳言曰臚。《晉語》：『風聽臚言於是。』韋解：『臚，傳也。』此下傳語告上也。《莊子·外物篇》：『大儒臚傳曰。』太史〈叔孫通傳〉：『臚句傳。』此上傳語告下也。」（《太炎先生尚書說》頁88）存參。

[8] 見第一章〈盤庚〉「惟汝含德」條。

[9] 《白虎通·號篇》：「《尚書》曰『不施予一人』。」「惕」應讀爲「施」。

[10] 《說文》「炪，火光也。《商書》曰：『予亦炪謀』。讀若巧拙之拙。」（《段

力穡，乃亦（奕）有秋[1]。汝克黜乃心，施實德于民，至于婚友[2]；丕乃敢大言，汝有積德。乃不畏戎毒[3]于遠邇；惰農自安，不昏（暋）[4]作勞，不服田畝，越其罔有黍稷。汝不和（宣）[5]吉言于百姓，惟汝自生毒；乃敗禍姦宄，以自災于厥身。乃既先惡于民，乃奉其恫[6]，汝悔身[7]何及！相時憸民[8]，猶胥顧于箴言；其發有逸口[9]，矧予制乃短長之命？汝曷弗告朕，而胥動以浮言，恐沈（抌）[10]于眾？若火之燎于原，不可嚮邇，其猶可撲滅？[11]則惟汝眾自作弗靖，非予有咎。

注》引《類篇》作「火不光」）

[1] 見第一章〈盤庚〉「乃亦有秋」條。

[2] 善夫克盨（《集成》4465）：「惟用獻于師尹、朋友、婚媾。」

[3] 「戎毒」，吳汝綸云：「戎毒，猶《詩》之『戎疾』，《說文》：『佖，毒也。』」（《尚書故》頁109）

[4] 《三國志·魏書·武帝紀》「穡人昏作」，注云：「〈盤庚〉曰：『不昏作勞』。鄭玄云：『昏讀爲暋，暋，勉也。』」《釋文》：「昏，馬同。本或作『暋』，音敏。」

[5] 「和」，從俞樾說讀爲「宣」（《群經平議》卷四，《續修四庫全書（一七八）》頁56）。按，〈盤庚〉此句，可與《周禮·春官·大宰》「正月之吉，始和布治于邦國都鄙」相參。《周禮》之「和」，王引之謂：「『和』當讀爲『宣』。『始和布治于邦國都鄙』九字爲一句。『和布』者，宣布也。〈小司寇職〉曰『正歲，帥其屬而觀刑象，乃宣布于四方』，〈布憲職〉曰『正月之吉，執旌節，以宣布于四方』，正與此同。……以六書之例求之，『宣』『桓』皆以亘爲聲，『宣』之爲『和』，猶『桓』之爲『和』也。」（《經義述聞（二）》頁442）可證俞說之確。

[6] 「恫」，《爾雅·釋言》「痛也」。陳夢家據日本唐寫本作「侗」，謂「乃奉其侗謂自用其愚，即上聒聒拒善自用之義」。（《尚書通論》頁203）存參。

[7] 「身」，漢石經作「命」。

[8] 「憸」，漢石經作「散」，《說文》作「恖」，訓爲「疾利口」，《釋文》「『憸』本又作『恖』」。

[9] 見第一章〈盤庚〉「其發有逸口」條。

[10] 「沈」，孫星衍讀爲《說文》「告言不正曰抌」之「抌」。（《尚書今古文注疏》頁228）吳汝綸云：「沈，讀爲慴。高誘《淮南》注：『耽，讀若衣之褶。』《說文》：『聾，傅毅讀若慴。』『沈』之爲慴，猶『耽』之爲褶也。〈陳涉傳〉『沈沈』，〈西京賦〉作『耽耽』，是沈、耽同字也。恐慴，猶恐猲也。」（《尚書故》頁110—111）又馬楠云：「沈疑讀爲東部之動，金文、簡牘有沈子、沈人讀爲沖子、沖人之例。」（〈周秦兩漢書經考〉頁226）雷燮仁亦將「沈」讀爲「動」或「慴」，並訓爲「驚懼」。（〈談《尚書》中幾個從「尤」得聲的字的釋讀——兼說《說文》「抌」字〉，復旦網，2017年10月31日）存參。

[11] 王國維：「此疑問辭，言不可撲滅也。若言嚮邇尚不可，其猶可撲滅乎？」（〈觀堂學書記〉頁236）

　　「遲任¹有言曰：『人惟求²舊；器非求舊，惟新。』古我先王，暨乃祖乃父，胥及逸勤³；予敢⁴動用非罰？世（揲）選（算）爾勞⁵，予不掩⁶爾善。茲予大享于先王，爾祖其從與享之。⁷作福作災，予亦不敢動用非德。予告汝于難（戁）⁸，若射之有志（識）⁹。汝無老侮¹⁰成人，無弱¹¹孤有幼。各長于厥居，勉出乃力，聽予一人之作猷。無有遠邇，用罪伐厥死，用德彰厥善。邦之臧，惟汝眾；邦之不臧，惟予一人有佚¹²罰。凡〈同〉爾眾¹³，其惟致告：自今至于後日，各恭爾事¹⁴，齊乃位，度（廋）¹⁵乃口。罰及爾身，弗可悔。」

---

1 「任」，于省吾云：「任本應作王，殷人多以十幹爲名也。」（《雙劍誃群經新證》頁 71 下）
2 「求」，《潛夫論・交際》、漢石經無，《風俗通・窮通》、《三國志》引《書》有此字。
3 蔡邕〈司空文烈侯楊公碑〉引作「胥及肄勤」。
4 「敢」，《五經異義》作「不敢」。
5 見第一章〈盤庚〉「世選爾勞」條。
6 「掩」，《五經異義》作「絕」，《釋文》載或本作「弇」。
7 《韓詩外傳》作「茲予享于先王，爾祖其從享之」。
8 「難」，張文虎謂「有戒慎意」（《舒藝室隨筆》（瀋陽：遼寧教育出版社，2003），頁 9），即「戁」字。馬楠亦云：「此篇上下似不及『難』事，疑『難』讀爲『戁』，《說文》『敬也』，義即下篇之『敬我眾』。」（〈周秦兩漢書經考〉頁 227）
9 王應麟《漢藝文志考證》：「漢人引『若矢之有志』。」朱彬云：「志與識通。志，古文識。」（《經傳攷證》卷二，《四庫未收書輯刊・肆輯（玖冊）》頁 462—463）
10 「老侮」，漢石經作「翕侮」，通行刊本似作「侮老」。鄭玄：「老、弱，皆輕忽之意也。」（《尚書正義》引）是鄭本似亦作「老侮」。阮校引段玉裁說云：「唐石經是也，今板本作『侮老』，因『老成人』三字口習既熟，又誤會孔傳，故倒亂之。」是故，當以「老侮」爲是。漢石經「翕」字，段玉裁認爲蓋「狎」之假借（《古文尚書撰異》卷六，《四部要籍注疏叢刊・尚書（中）》頁 1910 上）；馬楠讀爲「習」，謂「習侮、老侮皆謂狎侮」（〈周秦兩漢書經考〉頁 228）；雷燮仁讀爲「褻」，訓爲「輕慢」（〈《尚書》異文疏證四則〉，復旦網，2017 年 10 月 31 日）。
11 「無弱」，漢石經作「毋流」。
12 「佚」，《國語・周語上》引作「逸」，舊訓爲「過失」。黃傑讀「佚」爲「扶」，訓爲擊、罰。（〈《尚書》之〈康誥〉〈酒誥〉〈梓材〉新解〉頁 79）存參。
13 見第一章〈盤庚〉「凡爾眾」條。
14 上博簡（二）〈昔者君老〉簡 4：「各共（恭）尔（爾）事。」
15 「度」，從江聲讀爲「廋」（《尚書集注音疏》卷四，《四部要籍注疏叢刊・尚書（中）》頁 1574 上），《說文》「閉也」。

（中）

盤庚作[1]，惟[2]涉河以民遷，乃話（會）[3]民之弗率，誕告用亶[4]。其有眾咸造，勿褻[5]在王庭。盤庚乃登進厥民。[6]曰：「明聽朕言，無荒（亡）失朕命。嗚呼！[7]古我前后，罔不惟民之承保，后胥戚鮮[8]，以不浮于天時。殷降大虐，先王不懷厥攸作，視民利用遷。汝曷[9]弗念我古后之聞？承汝俾[10]汝，惟喜康共（拱）[11]；非汝有咎，比于罰。予若籲懷茲新邑，亦惟汝故，以丕從厥志。

---

[1] 「作」，黃式三云：「作，謂立爲君也，與《易》『神農氏作』『黃帝堯舜氏作』同。」（《尚書啟幪》卷二，《續修四庫全書（四八）》頁730上）俞樾亦云：「《孟子·公孫丑》篇曰『由湯至於武丁，賢聖之君六七作』，與此『作』字同。〈盤庚〉『作』猶〈繫辭傳〉曰『神農氏作』『黃帝堯舜氏作』也。」（《群經平議》卷四，《續修四庫全書（一七八）》頁56下）

[2] 「惟」，《爾雅·釋詁》：「謀也。」

[3] 「話」，江聲云：「會合也。」（《尚書集注音疏》卷四，《四部要籍注疏叢刊·尚書（中）》頁1574上）俞樾讀「話」爲「佸」，《說文》「會也」。（《群經平議》卷四，《續修四庫全書（一七八）》頁57上）楊筠如說同。（《尚書覈詁》頁157）于省吾說亦近。（《雙劍誃群經新證》頁71下）

[4] 「亶」，《爾雅·釋詁》「誠也」。

[5] 「勿褻」，《一切經音義》作「忽媟」。段玉裁謂：「『忽』者，字之誤，『褻』本作『媟』，蓋衛包所改。」（《古文尚書撰異》卷七，《四部要籍注疏叢刊·尚書（中）》頁1911上）吳汝綸云：「《廣雅》：『忽，輕也。』《一切經音義》引孔傳：『媟，慢也。』勿者，忽之壞字；褻者，媟之借字。忽媟者，輕嫚也。古枼聲之字與埶聲之字多相通，《史記》『拾遺補蓺』，孟康讀蓺爲褻也。」（《尚書故》頁113）楊筠如云：「按『勿褻』，古成語，《說文·出部》：『𣎴𡴘，不安也。《易》曰𣎴𡴘。』又作『杌隉』，〈秦誓〉：『邦之杌隉。』《說文》『檮杌』作『檮𣎴』。杌、柮、𡴘通用，隉、𣎴亦通用字。一作『出埶』。〈召誥〉：『徂厥亡出埶。』勿、出古同部，故又轉作『勿褻』也。」（《尚書覈詁》頁157—158）存參。

[6] 見第一章〈盤庚〉「盤庚乃登進厥民」條。

[7] 「嗚呼」，漢石經例作「於戲」，魏石經例作「烏虖」。

[8] 「戚」，唐石經作「慼」，漢石經作「高」。《左傳·文公元年》「戚」字魏石經古文作「𢓇」，「高」即此字之譌省。（見《雙劍誃群經新證》頁72上）「鮮」，江聲云：「小山別大山曰『鮮』，《詩》云：『度其鮮原。』鮮字屬上讀，言前后相度高山之處而徙居之。下篇所謂『適于山』也。」（《尚書集注音疏》卷四，《四部要籍注疏叢刊·尚書（中）》頁1574下）存參。

[9] 「曷」，伯2561、伯2643皆作「害」。

[10] 曾運乾云：「『俾』，從也。〈立政〉『罔不率俾』，即罔不率從也。」（《尚書正讀》頁104）

[11] 僞《孔傳》云：「惟與汝共喜安。」俞樾云：「如《傳》義則當云『惟喜共康』，於義方明，不當云『惟喜康共』也。《傳》義殆失之矣。《廣雅·釋詁》：『拱，固也。』共拱古通用。《論語·爲政》篇『居其所而眾星拱之』，《釋文》『共，鄭作拱』是也。『惟喜康共』者，惟喜安固也。康之義爲安，共之義爲固，康共二字平列。」（《群經平議》卷四，《續修四庫全書（一七八）》頁58上）楊筠

「今予將試¹以汝遷，安定厥邦。汝不憂朕心之攸困，乃咸大不宣（和）²乃心，欽念以忱，動予一人。爾惟自鞠自苦。若乘舟，汝弗濟，臭厥載。爾忱不屬，惟胥以沈。不其或稽³，自怒⁴曷瘳？汝不謀長，以思乃災，汝誕⁵勸憂。今其有今罔後，汝何生在上？今予命汝，一⁶無起穢以自臭，恐人倚（掎）⁷乃身、迂乃心。予迓⁸續乃命于天，予豈汝威⁹？用奉畜汝眾。予念我先神后之勞爾先，予丕克羞爾，用懷爾然。失于政，陳于茲，高后丕乃崇¹⁰降罪疾，曰：『曷虐朕民！』汝萬民乃不生生¹¹，暨予一人猷同心，先后丕降與汝罪疾，曰：『曷不暨朕幼孫有比！¹²』故有爽德¹，自上其罰汝，汝罔能迪。

如從之。（《尚書覈詁》頁 160）

¹「試」，裴錫圭云：「此句篇中兩見。盤庚遷都的決心非常堅決，這個『試』字顯然不能當嘗試講。《偽孔傳》把『試』字訓爲『用』，跟文義也不切合。這個『試』字應該是『式』的假借字（也可以說是『式』字之訛），在這裏應該當『將要』將，用法跟〈大誥〉『予翼以于敉文武圖功』的『翼』字十分相似。」（〈卜辭「異」字和詩、書裏的「式」字〉頁 224）存參。

²「宣」，從孫星衍說讀爲「和」。（《尚書今古文注疏》頁 233）

³「稽」，漢石經作「迪」，馮登府謂「稽」、「迪」因聲轉而異（《漢石經考異》，《皇清經解》，南京：鳳凰出版社，2001）。

⁴「怒」，漢石經作「怨」，意稍長。

⁵「誕」，漢石經作「永」。殆「延」（誕）與「永」古字形近而混。

⁶「一」，舊屬上讀。俞樾云：「『一』字當屬下讀，《大戴禮記·衛將軍文子》篇『則一諸侯之相也』，《荀子·勸學》篇『一可以爲法則』，盧辯、楊倞注並曰『一，皆也』。『一無起穢以自臭』者，皆無起穢以自臭。『今予命女』當自爲句，不連『一』字讀。」（《群經平議》卷四，《續修四庫全書（一七八）》頁 59）吳汝綸亦將「一」屬下讀，訓爲「皆」。（《尚書故》頁 116）茲從其說。

⁷「倚」，《玉篇》引作「踦」。江聲謂「倚猶掎也」，其云：「〈小弁〉詩云：『伐木掎矣。』《毛傳》云：『伐木者掎其顛。』《詩正義》云：『掎者，倚也。謂以物倚其顛牽也。』然其倚與掎誼相近。此解倚爲掎，誼乃允帖也。……賈侍中注襄十四年《左傳》云：『從後牽曰掎。』《說文·手部》云：『掎，偏引也。』」（《尚書集注音疏》卷四，《四部要籍注疏叢刊·尚書（中）》頁 1576）孫星衍說同。（《尚書今古文注疏》頁 234）

⁸「迂」，《匡謬正俗》引作「御」，伯 2516、伯 2643 作「卸」。

⁹「威」，伯 2516、伯 2643 作「畏」。

¹⁰「崇」，漢石經作「知」。

¹¹蔣天樞云：「生生，當讀爲甡甡或侁侁，皆古連綿字成語。《玉篇》：『甡，進也。』又甡甡眾多貌。《詩·桑柔》：『甡甡其鹿。』毛傳：『甡甡，眾多也。』《楚辭·招魂》：『豺狼從目，往來侁侁兮。』王逸注：『侁侁，行聲。』《說文》：『甡，眾生並立之貌。侁，行貌。』或借爲莘莘、駪駪，《詩·皇皇者華》『駪駪征夫』，〈晉語〉『莘莘征夫』，義皆同。此生生殆就群眾奮力行進之意言。」（〈盤庚篇〉校箋》頁 280－190）存參。

¹²屈萬里云：「比，按：義當如《周易·比卦》，及《詩·正月》『洽比其鄰』之比，親也。此義甲骨刻辭亦習用之，說詳拙著〈甲骨文从比二字辨〉（見《書

「古我先后，既勞乃祖乃父，汝共作我畜民。汝有戕[2]則（賊）[3]在乃心，我先后綏[4]乃祖乃父；乃祖乃父乃斷棄汝，不救乃死。茲予有亂政[5]同位，具乃貝玉。乃祖先父[6]丕乃告我高后[7]曰：『作丕刑于朕孫。』[8]迪高后丕乃崇降弗祥[9]。嗚呼！今予告汝不易。永敬大恤，無胥絕遠。汝分猷[10]念以相從，各設[11]中于乃心[12]。乃有不吉不迪（由）[13]，顛越不恭[14]，暫（漸）遇（偶）姦宄[15]。我乃劓殄滅之，

---

[1] 《國語·周語上》：「實有爽德。」賈逵注：「爽，貳也。」

[2] 「戕」，漢石經作「戕」。

[3] 「則」，劉逢祿云：「則，當作賊，古假借字。」（《尚書今古文集解》卷六，《續修四庫全書（四八）》頁 260 上）吳汝綸亦云：「則，賊之借音字。」（《尚書故》頁 117）散氏盤（《集成》10176）：「實余有散氏心賊。」

[4] 「綏」，吳汝綸云：「綏當訓告。下篇『綏爰有眾』，告於有眾也；〈大誥〉『綏予曰』，告予曰也；……鄭（士相見禮）注：『古文妥爲綏。』嚴可均云：『妥，即媠字。』《說文》：『媠，誺也。』《爾雅》『誺誺』郭注：『以事相屬累。』是告義也。綏，即誺誺二字之合音。」（《尚書故》頁 117）馬楠謂當讀爲「墮」。（〈周秦兩漢書經考〉頁 231）存參。

[5] 「亂政」，蘇軾云：「亂政，猶言亂臣也。」（《書傳》卷八，《景印文淵閣四庫全書（第五四冊）》頁 558 上）屈萬里云：「政、正古通；正，官長也。」（《尚書集釋》頁 94）

[6] 「先父」，諸刊本作「乃父」，非是，伯 2516、伯 2643 正作「先父」。

[7] 《釋文》：「『我高后』本又作『我祖乃父』。」段玉裁云：「按，別本是也。當『乃祖乃父丕乃告』句絕，『乃祖乃父曰：作丕刑于朕孫』句絕。」（《古文尚書撰異》卷七，《四部要籍集注疏叢刊·尚書（中）》頁 1912 下）俟考。

[8] 唐石經「朕」下原有「子」字，盧文弨云：「石經『朕』下有『子』字，古本同。傳及正義皆同。」（《羣書拾補》）《尚書正義定本校記》云「唐石經、《雲窗叢刻》本、內野本、神宮本、足利本『孫』上有『子』字」「燉煌本、岩崎本無『孫』字」。俟考。

[9] 漢石經作「興降不永。」

[10] 漢石經作「女比猶。」「分」，楊筠如謂：「按『分』讀如『頒』，古班、頒通用，又通作『班』。」（《尚書覈詁》頁 167—168）馬楠亦讀爲「班」。（〈周秦兩漢書經考〉頁 231）存參。

[11] 「設」，漢石經作「翕」。

[12] 見第一章〈盤庚〉「各設中于乃心」條。

[13] 《方言》：「胥、由，輔也。」郭璞注：「胥、相、由、正，皆謂輔持也。」

[14] 楊筠如云：「僖九年《左傳》齊桓公曰『恐隕越于下』，義與此同。」（《尚書覈詁》頁 169）

[15] 王引之云：「經凡言『寇賊姦宄』、『草竊姦宄』、『寇攘姦宄』、『鴟義姦宄』及〈盤庚上篇〉之『敗禍姦宄』，皆四字平列，此『暫遇姦宄』亦然。『暫』讀曰『漸』。漸，詐欺也。《莊子·胠篋篇》：『知詐漸毒。』……〈呂刑〉曰：『民興胥漸。』漸，亦詐也。……『遇』讀『隅睢智故』之『隅』，字或作『偶』。《淮南·原道篇》曰：『偶睢智故，曲巧偽詐。』皆姦邪之稱也。」（《經義述聞（一）》頁 184—185）

無遺育[1]，無俾易種于茲新邑。[2]往哉生生！今予將試以汝遷，永建乃家。」

（下）

盤庚既遷，奠厥攸居[3]。乃正厥位，綏爰有眾。曰：「無戲怠[4]，懋[5]建大命。今予[6]其敷心腹腎腸[7]，歷告爾百姓于朕志。罔罪爾眾；爾無共怒，協比讒言予一人。

古我先王，將多[8]于前功，適于山。用降[9]我凶德[10]，嘉[11]績于朕邦。今我民用蕩析離居，罔有定極。爾謂朕[12]：『曷震[13]動萬民以遷？』[14]肆上帝將復我高祖之德，亂越（乂）我家[15]。朕及篤敬，恭[1]承[2]民

---

[1] 見第一章〈盤庚〉「無遺育」條。

[2] 《左傳·哀公十一年》：「〈盤庚之誥〉曰：『其有顛越不共，則劓殄無遺育，無俾易種于茲邑。』」《史記·伍子胥列傳》引作：「有顛越不恭，劓殄滅之，俾無遺育，無使易種于茲邑。」

[3] 上博簡（二）〈容成氏〉簡28：「天下之民居奠。」

[4] 漢石經作「女罔台民」，「台」讀爲「怠」。

[5] 「懋」，漢石經作「勖」。

[6] 「予」，漢石經作「我」。

[7] 「心腹腎腸」，《孔疏》載夏侯等書作「憂賢陽」。今文當作「優賢揚」。孫星衍云：「心腹二字似優，賢字似腎，腸字似揚。」（《尚書今古文注疏》頁 239）按，此句意即《左傳·宣公十年》之「敢布腹心」。

[8] 「多」，吳汝綸云：「舊傳云：『多大前人之功美。』汝綸案：舊傳讀『多』爲『侈』也。」（《尚書故》頁 119）曾運乾云：「多，讀爲侈。將多于前功，猶言功將侈于前也。」（《尚書正讀》頁 108）存參。

[9] 「降」，吳汝綸云：「《廣雅》：『𦿮，減也。』杜《左傳》注：『降，罷退也。』」（《尚書故》頁 120）

[10] 「德」，孫星衍云：「或，德者，《說文》云：『升也。』『用降我凶』爲句，下云『升嘉績于朕邦』。」（《尚書今古文注疏》頁 239）孫詒讓亦云：「德當訓爲升，『德嘉績于朕邦』，言登升善功于我國。」（《尚書駢枝》頁 120）楊筠如、周秉鈞、呂紹綱、雒江生等俱持此說。（《尚書覈詁》頁 173；《尚書易解》頁 104；《尚書·盤庚》新解（續），《社會科學戰綫》，第 3 期（2007），頁 266；《尚書校詁》頁 170）屈萬里亦從孫星衍或說絕句，但讀「德」爲「得」，訓爲使得、得以。（《尚書集釋》頁 96）存參。

[11] 「嘉」，漢石經作「綏」。

[12] 漢石經作「今爾惠朕」。

[13] 「震」，漢石經作「祗」，聲通。

[14] 漢石經作：「今爾惠朕□祗動萬民以遷。」

[15] 「亂越」，異說甚多，孟蓬生概括爲七種說法：（1）「亂」訓「治」，動詞；「越」訓「于（於）」，介詞。（2）「亂」訓「治」，動詞；「越」訓「及」，介詞。（3）「亂」訓「治」，「越」亦訓「治」，同義動詞連用。（4）「亂」

命，用永地[3]于新邑。肆予沖人，非廢厥謀，弔（淑）由靈各（骼）[4]；非敢違卜，用宏茲賁[5]。

嗚呼！邦伯、師長、百執事之人，尚皆隱（依）[6]哉。予其懋[7]簡[8]相爾，念敬[9]我眾。朕不肩好貨，敢共[10]生生[11]，鞠人、謀人之保居，敘欽。今我既羞告爾于朕志若否，罔有弗欽。無總于貨寶，生生自庸。式敷民德，永肩[12]一心。」

爲「嗣（亂）」之譌，動詞；「越」訓「于（雩）」，介詞。（5）「亂」爲「嗣（亂）」之誤，動詞；「越」訓「及」，介詞。（6）「亂」訓「結合」或「親近」，動詞；「越」訓「于」，介詞。（7）「亂」訓「語首助詞」；「越」訓「揚」，動詞。（〈《尚書·盤庚》「亂越」新證〉，《語文研究》，第 3 期（總第 144 期）（2017），頁 22）除這些說法以外，蔣天樞云：「亂，隸古本作𤔌，亦即縊字。越，于省吾曰：『金文越作雩，讀爲于。』我家指王室。縊于我家，謂更遷新都。」（〈《商書·盤庚篇》證釋〉，《論學雜著》（鄭州：中州古籍出版社，1985），頁 164。其於〈《商書·盤庚篇》校箋〉云：「亂，敦煌寫本作𤔌。疑亦縊字之古文。越，日本古寫本作雩。《爾雅·釋詁》：『雩，于也。』縊于我家，謂更遷新都。」（《王國維學術研究論集（一）》頁 285－286；《論學雜著》頁 194））郭仁成云：「亂越，謂變亂播遷。」（《尚書今古文全璧》（長沙：岳麓書社，2006），頁 128）《尚書選譯》訓「亂」爲「治」，訓「越」爲「揚」。（《尚書選譯（修訂版）》頁 86）孟蓬生從語音和辭例的角度認爲「亂越」即金文中屢見之「諫辭（乂）」，本義爲「治理」，於經文中用引申義「安定」。（〈《尚書·盤庚》「亂越」新證〉頁 23－27）存參。
[1] 「恭」，《史記·賈誼傳》引作「共」，伯 2516、伯 2643 作「龔」。
[2] 「承」，孫星衍云：「承，同『拚』，謂拯也。」（《尚書今古文注疏》頁 240）存參。
[3] 吳汝綸云：「舊傳：『用長居新邑』汝綸案：居其地謂之地。」（《尚書故》頁 120）出土文獻中「地」亦有此類用法，清華簡（貳）〈繫年〉簡 116「地咸陽」可參。
[4] 見第一章〈盤庚〉「弔由靈各」條。
[5] 「賁」，曾運乾云：「殷周間大寶龜名。」（《尚書正讀》頁 110）
[6] 「隱」，漢石經作「乘」。黃式三云：「隱，依也。謂依卜之靈也。」（《尚書啟幪》卷二，《續修四庫全書（四八）》頁 733 下）
[7] 「懋」，漢石經作「勖」。
[8] 「簡」，伯 2516、伯 2643 作「柬」。
[9] 「念敬」，舊皆如字解。莊述祖云：「念，讀爲諗，告也。敬，讀爲儆，戒也。」（《尚書今古文集解》卷六，《續修四庫全書（四八）》頁 261 下引）吳汝綸云：「敬，讀爲矜。」（《尚書故》頁 121）江灝、錢宗武從之。（《今古文尚書全譯》頁 173）按，莊說稍長。
[10] 「共」，訓爲「奉」，唐石經作「恭」，乃衛包所改。
[11] 「生生」，蔣天樞云：「意謂遷都時勤奮有功者。」（〈〈盤庚篇〉校箋〉頁 287）
[12] 「肩」，《爾雅·釋詁》「克也」。

高宗肜日第七[1]

高宗肜日,越[2]有雊[3]雉。祖己曰:「惟先格王,正厥事。」[4]乃訓于王曰:「惟天監下{民}[5],典厥義。降年有永有不永[6];非天夭民,{民}中絕命[7]。民有不若德,不聽罪;天既孚(付)[8]命正厥德,乃曰:『其如台?』嗚呼!王司[9]敬民;罔非天胤,典祀無豐〈豐一禮〉[10]于昵[11]。」

西伯戡黎第八[12]

西伯[13]既戡黎[14],祖伊恐,奔告于王。曰:「天子。天既訖我殷命;格[1]人元龜,罔敢知吉。非先王不相我後人,惟王淫戲[2]用自絕。

---

1 《書序》:「高宗祭成湯,有飛雉升鼎耳而雊,祖己訓諸王,作〈高宗肜日〉〈高宗之訓〉。」

2 「越」,魏石經例作「粵」。

3 「雊」,〈殷本紀〉作「呴」。

4 見第一章〈高宗肜日〉「高宗肜日……正厥事」條。

5 「民」,〈殷本紀〉無,伯2516、伯2643亦無。陳鐵凡云:「疑本無『民』字,後世據傳增補。『天監下』殆即《詩‧大明》『天監在下,有命既集』、〈烝民〉『天監有周,照臨下土』之誼也。」(《敦煌本商書校證》(臺北:國家長期發展科學委員會,1965),頁68)茲從之。

6 朱龜碑、郭有道碑:「降年不永。」經文「不」字,伯2516、伯2643及隸古寫本皆作「弗」。是今文作「不」,古文作「弗」,經文「不」當是衛包所改。

7 〈殷本紀〉作「中絕其命」。漢石經存「民中絕命」四字,此「民」應爲前「非天夭民」之「民」。伯2516、伯2643亦無「民」字。江聲云:「民不當有重文。重者,衍字也。」(《尚書集注音疏》卷四,《四部要籍注疏叢刊‧尚書(中)》頁1582上)

8 「孚」,〈殷本紀〉作「附」,《漢書‧孔光傳》、漢石經皆作「付」。「孚」應讀爲「付」。

9 「司」,〈殷本紀〉作「嗣」。

10 「豐」,〈殷本紀〉作「禮」,伯2516、伯2643作「豐」。姚鼐謂「禮」古作「豐」,形訛作「豐」。(《惜抱軒九經說》卷四,《續修四庫全書(一七二)》頁623下)

11 「昵」,〈殷本紀〉述作「棄道」,《羣經音辨》作「尼」。

12 《書序》:「殷始咎周,周人乘黎。祖伊恐,奔告於受,作〈西伯戡黎〉。」

13 「伯」,《釋文》「亦作『柏』」。

14 清華簡(壹)〈耆夜〉簡1:「武王八年延(征)伐鄁(耆),大戜(戡)之。」整理者云:「鄁,古書作『黎』或『耆』等。……《書‧西伯戡黎》:『西伯既戡黎,祖伊恐,奔告于王。』戡黎的『西伯』,《尚書大傳》、《史記‧周本紀》等都以爲周文王。但是這個諸侯國的地理位置距離商都太近,文王征伐到那裏於情勢不合,所以從宋代的胡宏、薛季宣到清代的梁玉繩,許多學者主張應該是武王。簡文明說是武王八年,證實了他們的質疑。」(《清華大學藏戰國竹簡(壹)》

故天弃我，不有康食，不虞天性[3]，不迪（由）率（律）[4]典。今我民罔弗[5]欲喪，曰：『天曷[6]不降威？大命不摯[7]？』今王其如台？」王曰：「嗚呼！我生不有命在天？」祖伊反曰：「嗚呼！乃罪多參〈爽〉[8]在上，乃能責命于天！殷之即喪，指（厎）乃功[9]，不無戮于爾邦。[10]」

微子第九[11]

微子若曰：「父師[12]、少師，殷其弗或（有）亂正四方[13]。我祖厎[14]遂陳于上；我用沈酗[15]于酒，用[16]亂敗厥德于下。殷罔不[17]小大，好草（鈔）[18]竊姦宄，卿士師師非度，凡有辜罪[19]，乃罔恒（緪）[1]獲。

頁 151）

[1] 「格」，漢人引書皆作「假」，古通。

[2] 「戲」，〈殷本紀〉作「虐」。

[3] 清華簡（壹）〈尹至〉簡 2「弗悆（虞）亓（其）又（有）眾」可參。「虞」，孫詒讓、章太炎讀爲「娛」（《尚書駢枝》頁 122、《太炎先生尚書說》頁 98），存參。

[4] 「率」，金履祥讀爲「律」。（《尚書表注》，《景印文淵閣四庫全書（第六〇冊）》（臺北：台灣商務印書館，1986），頁 450 下）孫星衍云：「率者，《孟子·盡心篇》云：『變其彀率。』陸注云：『法也。』《廣雅·釋言》云：『律，率也。』律、率訓同，俱爲法也。」（《尚書今古文注疏》頁 251）

[5] 「弗」，〈殷本紀〉、《論衡·藝增》作「不」，殆今文如此。

[6] 「曷」，今古文例作「害」。

[7] 〈殷本紀〉作：「大命胡不至？」唐石經殆據之而增刻「胡」字。「摯」，《說文》作「𡊨」，云「至也。……《周書》曰：『大命不𡊨』。讀若摯同」（「𡊨」，小徐本作「執」，段玉裁謂應作「埶」）。

[8] 「參」，從錢大昕、段玉裁之說正作「爽」（《潛研堂文集》頁 62；《古文尚書撰異》卷一〇，《四部要籍注疏叢刊·尚書（中）》頁 1920 上）。

[9] 見第一章〈高宗肜日〉「指乃功」條。

[10] 曾運乾云：「無，疑問倒語。《禮·士喪禮》筮宅辭曰『無有後艱』、卜葬日辭曰『無有近悔』，倒之，即有後艱無、有近悔無。本文倒之，即不戮于爾邦無。古音無讀如嗎。」（《尚書正讀》頁 115）

[11] 《書序》：「殷既錯天命，微子作誥父師、少師。」

[12] 「父師」，〈殷本紀〉、〈宋世家〉作「大師」。

[13] 〈宋世家〉述作「殷不有治政，不治四方」。「或」應讀爲「有」。

[14] 「厎」，〈宋世家〉無。

[15] 「沈酗」，〈宋世家〉作「沈湎」，今文如此，又作「湛湎」、「湛沔」。

[16] 「用」，〈宋世家〉其上多「婦人是」三字。

[17] 「罔不」，〈宋世家〉作「既」，訓爲「盡」。

[18] 「草」，從孫星衍說讀爲「鈔」（《尚書今古文注疏》頁 256），《爾雅·釋言》「鈔，掠也」。

[19] 「辜罪」，〈宋世家〉作「罪辜」。

小民方（旁）[2]興，相爲敵讎。今殷其淪[3]喪，若涉大水，其無津涯[4]。殷遂喪，越至于今。」

曰：「父師、少師，我其發出狂（往）[5]？吾家耄遜于荒〈喪〉？[6]今爾無指（厎）[7]告[8]，予顛隮，若之何其？」父師若曰：「王子。天毒（篤）[9]降災荒〈喪〉殷邦，方（旁）[10]興沈酗于酒，乃罔畏畏，咈其耇長、舊有位人。今殷民乃攘竊神祇之犧牷牲用[11]，以容將[12]食，無災。降監殷民，用乂讎，斂召[13]敵讎不怠。罪合于一，多瘠罔詔。商今其有災，我興受其敗[14]。商其淪[15]喪，我罔爲臣僕。詔王子出，

1　「恒」，從簡朝亮說讀爲「緪」，《說文》「大索也」，〈宋世家〉作「維」（《尚書集注述疏》卷九，《續修四庫全書（第五二冊）》頁271下）。
2　「方」，〈宋世家〉作「並」。「方」應讀爲「旁」（《經義述聞（一）》頁152—153）。
3　「淪」，〈宋世家〉作「典」，錢大昕讀爲「殄」（《廿二史考異》卷四）。
4　〈宋世家〉作「若涉水無津涯」，《集解》載徐廣云「一作『涉水無舟航』」。段玉裁云：「正文本無『涯』字，《傳》以『涯際』二字訓『津』字，淺人遂以『涯』字補入經文。」又云：「作『舟航』者，葢太史公述『津』之故訓。作『津涯』者，後人依《尚書》改《史記》也。《說文》：『澅，小津也。一曰以船渡也。』『澅』兼二義，則『津』字亦涉得兼二義。」（《古文尚書撰異》卷一一，《四部要籍注疏叢刊‧尚書（中）》頁1922）存參。
5　「狂」，〈宋世家〉作「往」。《集解》引鄭注云：「發，起也，紂禍敗如此，我其起作出往也。」孫詒讓云：「此『狂』當從鄭讀爲『往』，（《史記‧宋世家》同。）發，疑當爲廢，（《論語‧微子篇》廢中權，《釋文》引鄭本廢作發。）言我其廢棄而出亡也。（《詩》『及爾出王』，毛《傳》云：『王，往也。』）」（《尚書駢枝》頁122—123）存參。
6　〈宋世家〉述作：「吾家保于喪？」按，作「喪」應爲今文，今本作「荒」殆爲壁中古文「喪」字誤識。
7　「指」，從王引之說讀爲「厎」（《經義述聞（一）》頁188—189）。
8　〈宋世家〉述作：「今女無故告予？」是將「予」屬上讀，茲從王引之說屬下讀（《經義述聞（一）》頁188—189）。
9　〈宋世家〉譯述作：「天篤下菑亡殷國。」參《詩經‧大雅‧召旻》：「旻天疾威，天篤降喪。瘨我饑饉，民卒流亡。我居圉卒荒。」「毒」，《說文》「厚也」，「篤」，《爾雅‧釋詁》「厚也」。
10　「方」，王念孫讀爲「旁」，訓爲溥、遍。（《經義述聞（一）》頁152—153）
11　〈宋世家〉作：「今殷民乃陋淫神祇之祀。」《集解》引徐廣：「一云『今殷民侵神犧』，又一云『陋淫侵神祇』。」《索隱》：「劉氏云，陋淫猶輕穢也。」「攘」，《禮記‧禮器》「豕士大牢而祭謂之攘」。
12　「將」，殆應讀如《詩經‧小雅‧楚茨》「或剝或亨，或肆或將」之「將」。
13　孫詒讓：「『斂召』屬下讀，劉逢祿引《詩‧大雅》『斂怨以爲德』證此義，（《尚書集解》）甚塙。」（《尚書駢枝》頁123）
14　「敗」，《說文》作「退」，云「斂也。……《周書》曰：『我興受其退。』」
15　「淪」，〈宋世家〉作「典」。

迪我舊云刻子；王子弗出，[1]我乃顛隮。自靖[2]，人自獻于先王，我不顧行遯。」

周書
牧誓第十一[3]

時甲子昧爽，王朝至于商郊牧[4]野，乃誓。王左杖黃鉞[5]，右秉白旄[6]以麾，曰：「逖[7]矣，西土之人。」王曰：「嗟！我友邦[8]冢君、御事、司徒、司馬、司空、亞、旅[9]、師氏、千夫長、百夫長及庸、蜀、羌、髳、微、盧[10]、彭、濮人。稱爾戈，比爾干，立爾矛，予其誓。」

---

[1] 《論衡·本性》：「微子曰：『我舊云孩子，王子不出。』」「刻子」作「孩子」，且將此句係於微子。焦循云：「余謂『刻子』即箕子也。《易》『箕子之明夷』，劉向、荀爽讀箕爲荄。《淮南子·時則訓》『爨其』，高誘注云：『其讀荄備之荄。』古荄其音通。刻从亥，與孩、荄同。箕即其字。」（《尚書補疏》頁170—171）存參。

[2] 「靖」，《釋文》「『靖』，馬本作『清』，謂潔也」。

[3] 《書序》：「武王戎車三百兩，虎賁三百人，與受戰于牧野，作〈牧誓〉。」

[4] 「牧」，《說文》作「坶」。

[5] 「鉞」，《釋文》「本又作戉」，《說文》「戉，斧也」。

[6] 「旄」，《釋文》：「旄音毛。馬云：『白旄，旄牛尾。』」孔廣森云：「《逸周書·克殷篇》云：『武王乃手大白以麾諸侯。』然則白旄即大白也。《左傳》衛侯使急子如齊，『壽子載其旄以先』，〈衛世家〉作『盜其白旄而先』，明急子以白旄爲節，所謂旄節也。武王建之則爲師節，《司馬法》『偓伯靈臺』注曰：『伯，師節也。』古文『伯』『帛』皆與『白』通，康叔封于衛，分以『少帛』，即武王之『小白』。（漢武帝詔：『躬秉武節。』武節，猶言師節。周節以白旄，漢節以赤旄，武帝時更加黃旄。）」（張詒三點校《經學卮言（外三種）》（北京：中華書局，2017），頁33）

[7] 「逖」，〈周本紀〉、偽〈孔傳〉俱訓爲「遠」。段玉裁云：「《爾雅·釋故》：『逷，遠也。』郭注：『《書》曰：逷矣，西土之人。』《北齊書·文苑傳》顏之推〈觀我生賦〉曰『逷西土之有眾』，《文選》李善注兩引《書》皆作『逷』。是唐初本尚作『逷』，衛包據《說文》『逖』爲今字、『逷』爲古字改之，而開寶閒又改《釋文》也。」（《古文尚書撰異》卷一二，《四部要籍注疏叢刊·尚書（中）》頁1925下）侯乃峰讀「逖」爲「惕」，訓爲「警惕」。（〈讀《尚書》類文獻瑣記〉，《「出土文獻與尚書學研究」國際學術研討會論文集》，上海：上海大學，2018·9·21—23，頁78）存參。

[8] 「友邦」，〈周本紀〉作「有國」。《周禮》鄭注「天子亦有友諸侯之誼，武王誓曰『我友邦冢君』」，鄭本作「友邦」。

[9] 《詩經·周頌·載芟》「侯亞侯旅」可參。

[10] 「盧」，〈周本紀〉作「纑」。

王曰：「古人有言曰[1]：『牝雞無晨。牝雞之晨，惟家之索[2]。』今商王受，惟婦言是用。昏棄厥肆祀[3]，弗答；昏（泯）[4]棄厥遺王父母弟[5]，不迪（由）[6]。乃惟四方之多罪逋逃，是崇是長，是信是使，是以爲大夫卿士；俾暴虐于百姓，以姦宄于商邑。今予發，惟恭[7]行天之罰。今日之事，不愆于六步、七步，乃止齊焉。夫子勖哉！不愆于四伐[8]、五伐、六伐、七伐，乃止齊焉。勖哉夫子！尚桓桓，如虎、如貔、如熊、如羆[9]，于商郊；弗御（禦）[10]克奔，以役[11]西土。勖哉夫子！爾所弗勖，其于爾躬有戮。」

---

[1] 「曰」，〈周本紀〉無，伯799亦無。

[2] 「索」，鄭玄云：「散也。」屈萬里云：「今閩、臺等處，及日月潭邵族，皆謂如牝雞晨鳴，則其家必有凶災，蓋尤是古俗之遺。」（《尚書集釋》頁112）或謂「索」爲「害」字之形訛，存參。

[3] 清華簡（伍）〈厚父〉簡3：「朝夕肄（肆）祀。」

[4] 「昏」，從王引之說讀爲「泯」（《經義述聞（一）》頁190）。

[5] 「王父母弟」，漢石經作「任父母弟」。馮登府據漢石刻謂「王（任）」即「王」字。（《漢石經考異》）吳汝綸云：「《廣雅》：『王，大也。』毛《詩》傳：『任，大也。』王、任同訓，皆謂大父母也。」（《尚書故》頁137）羅振玉亦云：「考《爾雅・釋親》『父之考爲王父，父之妣爲王母』，《廣雅・釋詁》『王，大也』，王訓大，故今王父王母亦稱大父大母。又《爾雅・釋詁》及《詩・賓之初筵》『有壬有林』傳均云『壬，大也』，任與王通，《詩・燕燕》『仲氏任只』傳：『任，大也』，任父母即王父母，猶言大父母，亦猶言王父母，初無二義也。邇來治《書》家於此咸無議論，馮說辯而未當，姑補釋以質方家。」（《面城精舍雜文甲編》，《羅振玉學術論著集（第九集）》（上海：上海古籍出版社，2013），頁8）又柯劭忞云：「疑『昏棄厥』下奪『家邦』二字，當補。」（《尚書故》頁137引）存參。

[6] 「不迪」，〈周本紀〉譯述作「不用」。俞樾讀「迪」爲「由」，訓爲「用」。（《群經平議》卷五，《續修四庫全書（一七八）》頁67下）

[7] 「恭」，〈周本紀〉作「共」，漢人多引作「龔」。

[8] 「伐」，《禮記・樂記》鄭注「一擊一刺爲一伐」。

[9] 〈周本紀〉作「如虎如羆，如豺如離」。

[10] 「御」，唐石經作「迓」，〈周本紀〉作「禦」，馬、鄭、王肅本及《匡謬正俗》所引皆作「御」，伯799作「卸」。段玉裁謂「今本『御』作『迓』，此必天寶中衞包所改也。衞包見孔訓『御』爲『迎』，《釋文》『御，五嫁反』，乃改作『迓』」（《古文尚書撰異》卷一二，《四部要籍注疏叢刊・尚書（中）》頁1928下），據改。

[11] 「役」，《廣雅・釋詁》：「助也。」

洪範第十二[1]

惟[2]十有三祀，王訪于箕子。王乃[3]言曰：「嗚呼[4]！箕子。惟[5]天陰騭下民，相協厥居，我不知其彝倫攸[6]敘[7]。」箕子乃言曰：「我聞在昔，鯀陻[8]洪[9]水，汩[10]陳其五行；帝乃震怒，不[11]畀洪范九疇，彝倫攸斁[12]。鯀則殛死，禹乃嗣興，天乃錫（賜）禹洪范九疇，彝倫攸敘。

「初一曰五行，次二曰敬[13]用五事，次三曰農[14]用八政，次四曰協[15]用五紀，次五曰建用皇[16]極，次六曰乂[17]用三德，次七曰明用稽[18]疑，次八曰念（驗）[19]用庶徵，次九曰嚮[20]用五福，威[21]用六極（殛）。

「一、五行：一曰水，二曰火，三曰木，四曰金，五曰土。水曰潤下，火曰炎上，木曰曲直，金曰從革，土爰[2]稼穡。潤下作鹹，炎上作苦，曲直作酸，從革作辛，稼穡作甘。

---

[1] 《書序》：「武王勝殷，殺受，立武庚，以箕子歸，作〈洪範〉。」「洪範」，今文作「鴻范」。

[2] 「惟」，《匡謬正俗》謂此篇內古文皆爲「惟」，今文皆作「維」。

[3] 「乃」，《漢書》例作「迺」。

[4] 「嗚呼」，〈宋世家〉作「於乎」，《漢書·五行志》作「烏嘑」。

[5] 「惟」，〈宋世家〉作「維」，篇內同。

[6] 「攸」，〈五行志〉作「迪」，篇內同。

[7] 「敘」，〈宋世家〉作「序」，篇內同。

[8] 「陻」，漢石經作「伊」，聲通。

[9] 「洪」，〈宋世家〉作「鴻」，篇內同。

[10] 「汩」，漢石經作「曰」，聲通。

[11] 「不」，〈五行志〉作「弗」，殆古文如是。

[12] 「斁」，《集解》引徐廣云「『斁』一作『釋』」。《說文》「斁，敗也。……《商書》曰：『彝倫攸斁』」，許意作「斁」爲正。

[13] 「敬」，〈五行志〉作「羞」。錢大昕云：「古文『敬』作『𦎫』，與『羞』相似。『羞』疑『敬』之訛也。」（《廿二史考異》卷七）按，楚文字「敬」、「𦎫」形近易訛，〈五行志〉之「羞」即是「敬」誤爲「𦎫」，又被改爲「羞」。（見蘇建洲，〈利用《清華簡（壹）》字形考釋楚簡疑難字〉，《楚文字論集》（臺北：萬卷樓圖書股份有限公司，2011），頁419—423）

[14] 「農」，《廣雅·釋詁》：「勉也。」（《尚書故》頁141）

[15] 「協」，〈五行志〉作「叶」。

[16] 「皇」，《尚書大傳》作「王」。

[17] 「乂」，〈五行志〉、漢石經作「艾」。

[18] 「稽」，《說文》：「卟，卜以問疑也。从口、卜。讀與『稽』同。《書》云：『卟疑』。」

[19] 「念」，從劉起釪說讀爲「驗」（《尚書校釋譯論（第三冊）》頁1150）。

[20] 「嚮」，《漢書·谷永傳》引作「饗」，近人多從之，恐非。

[21] 「威」，〈五行志〉作「畏」。

「二、五事：一曰貌，二曰言，三曰視，四曰聽，五曰思。貌曰恭，言曰從，視曰明，聽曰聰，思曰睿[3]。恭作肅，從作乂[4]，明作哲[5]，聰作謀（敏）[6]，睿作聖。[7]

「三、八政：一曰食，二曰貨，三曰祀，四曰司空，五曰司徒，六曰司寇，七曰賓，八曰師。

「四、五紀：一曰歲，二曰月，三曰日，四曰星辰，五曰曆[8]數。[9]

「五、皇極：皇建其有極，斂時五福，用敷錫（賜）厥庶民。惟時厥庶民于汝極，錫（賜）汝保極。凡厥庶民，無有淫朋[10]；人無有比德，惟皇作極。凡厥庶民，有猷有爲有守，汝則念之。不協

---

[1] 〈宋世家〉載此篇，「五行」、「五事」、「八政」等上無「一」、「二」、「三」等字。

[2] 「爰」，〈宋世家〉、《論衡》作「曰」，〈五行志〉、〈李尋傳〉、《白虎通》等同於僞孔本。

[3] 「睿」，今文作「容」。鄭玄《洪範五行傳》注：「容，當爲睿，通也。」錢大昕云：「〈洪範〉一篇多韻語。『貌曰恭，言曰從，視曰明，聽曰聰，思曰容』，五句皆韻。自鄭康成破『容』爲『睿』，晚出古文因之。案《春秋繁露・述五行五事篇》云：『思曰容，容者言無不容。』又云：『容作聖，聖者設也。王者心寬大，無所不容則聖，能施設，事各得其宜也。』《漢書・五行志》引《洪範傳》云『思心之不容』，而又爲之說曰：『容，寬也。孔子曰：「居上不寬，吾何以觀之哉？」言上不寬大包容臣下，則不能居聖位。』然則古本〈洪範〉皆是『容』字，今《漢書》刊本作『睿』，蓋淺人所改。幸其說尚存，與董生相印證，可見西京諸儒傳授有自。許叔重《說文》『思，容也』，亦用伏、董說。」（《十駕齋養新錄》頁 11）程羽黑據雅洪托夫「侯東部的上古音應該含有 o，與祭元部的元音一樣，較接近 a」之說，認爲：「『睿』字是祭部合口字，正與〈洪範〉此段的韻腳東部字相同或相近。那麼，『睿』與『容』在音韻上便有同等的競爭力，而在義理上，正如段玉裁所說，『睿』較『容』更恰當。」（〈《尚書》舊解新證二例〉，《江海學刊》，05 期（2013），頁 161）

[4] 「乂」，〈五行志〉作「艾」。

[5] 「哲」，〈五行志〉作「悊」，爲「哲」字或體。

[6] 「謀」，從王引之說讀爲「敏」（《經義述聞（一）》頁 191—192）。

[7] 《詩經・小雅・小旻》「國雖靡止，或聖或否，民雖靡膴，或哲或謀，或肅或艾」可參。

[8] 「曆」，唐石經本作「歷」，後又改「止」爲「日」，摩改之跡尚存。〈宋世家〉、〈五行志〉皆作「歷」。

[9] 「五紀」，亦見於清華簡（陸）〈管仲〉。

[10] 王闓運謂：「朋、風通用字。淫朋，淫放。」（《尚書箋》卷一一，《續修四庫全書（五一）》頁 344 下）黃復山申其說。（〈〈洪範〉「凡厥庶民無有淫朋」義疏〉，《訓詁論叢》第 3 輯（台北：文史哲出版社，1997），頁 109—134）按，參後文「比德」及〈皋陶謨〉「朋淫于家」，似仍當如字讀之。

于極，不罹[1]于咎，皇則受之。而康而色，曰『予攸[2]好德』，汝則錫（賜）之福。時人斯其惟皇之極。無虐煢獨[3]，而畏高明。人之有能有爲，使羞[4]其行，而邦其昌。凡厥正人，既富方穀[5]，汝弗能使有好于而家，時人斯其辜。于其無好{德}[6]，汝雖錫（賜）之福，其作汝用咎。無偏無頗[7]，遵王之義；無有[8]作好[9]，遵王之道；無有作惡，遵王之路。無偏無黨，王道蕩蕩；無黨無偏，王道平平；[10]無反無側，王道正直。會其有極，歸其有極。曰皇[11]極之敷言，是彝[12]是訓，于帝其訓。凡厥庶民極之敷言，是訓是行，以近天子之光。曰天子作民父母，以爲天下王。[13]

「六、三德：一曰正直，二曰剛克，三曰柔克。平康正直，彊弗友剛克，燮[14]友柔克；沈潛[15]剛克，高明柔克。[16]惟辟作福，惟辟

---

[1] 「罹」，《尚書大傳》作「麗」，〈宋世家〉作「離」。段玉裁謂作「罹」爲衛包所改。（《古文尚書撰異》卷一三，《四部要籍注疏叢刊・尚書（中）》頁1938）

[2] 虢叔旅鐘（《集成》238）：「鹵（攸）天子多易（錫）旅休。」田煒云：「鐘銘之『鹵』應該是句首助詞，傳世文獻或寫作『攸』。《書・洪範》云『攸好德』，即其例。」（《西周金文字詞關係研究》（上海：上海古籍出版社，2016），頁188—189）關於古文字中的連詞「攸」，詳見謝明文〈談談古文字中的連詞「攸」〉，《商周文字論集》（上海：上海古籍出版社，2017），頁309—318）又此「攸」字，俞樾讀爲「修」（《群經平議》卷五，《續修四庫全書（一七八）》頁70—71），存參。

[3] 〈宋世家〉引作「毋侮鰥寡」，《後漢書》引作「無侮鰥寡」。

[4] 「羞」，《潛夫論・思賢》作「循」，段玉裁謂是「脩」之誤字（《古文尚書撰異》卷一三，《四部要籍注疏叢刊・尚書（中）》頁1939上），李尤〈靈臺銘〉引作「脩」，「脩」、「羞」聲通。

[5] 《周禮・大宰》「二曰祿，以馭其富」，鄭注云：「班祿所以富臣下。《書》云『凡厥正人，既富方穀』。」江聲云：「方，猶常也。穀，祿也。」（《尚書集注音疏》卷五，《四部要籍注疏叢刊・尚書（中）》頁1602下）

[6] 「德」，〈宋世家〉無。王念孫謂「經文『好』下本無『德』字，且『好』字讀上聲，不讀去聲」（《經義述聞（一）》頁196），其說是，曰寫本亦無「德」字。

[7] 「頗」，唐石經作「陂」，乃唐玄宗詔改從《易・泰》九三之「无平不陂」，非是，先秦兩漢皆引作「頗」。

[8] 「有」，《呂氏春秋・貴公》作「或」，讀爲「有」，殆古文如此。

[9] 「好」，《說文》：「奵，人姓也。……《商書》曰：『無有作奵。』」。

[10] 《墨子・兼愛下》：「〈周詩〉曰：王道蕩蕩，不偏不黨；王道平平，不黨不偏。其直若矢，其易若底，君子之所履，小人之所視。」經文「平平」，《史記・張釋之馮唐傳贊》引作「便便」，爲今文。

[11] 「皇」，〈宋世家〉作「王」。

[12] 「彝」，〈宋世家〉作「夷」。

[13] 𡥄公盨（《銘圖》5677）「成父母，生我王」可參。

[14] 「燮」，〈宋世家〉作「內」。

[15] 「潛」，《左傳・文公五年》、〈宋世家〉作「漸」。

[16] 于省吾云：「沈子它殷『𪩘吾考克淵克』，句例同。」（《雙劍誃群經新證》

作威，惟辟玉食，臣無有作福、作威、玉食；臣之有作福、作威、玉食，其害于而家、凶[1]于而國。人用側頗僻[2]，民用僭忒[3]。

「七、稽疑[4]：擇建立卜筮人，乃命卜筮，曰雨，曰霽[5]，曰圛[6]，曰雺[7]，曰克，曰貞，曰悔[8]。凡七卜，五占用，二衍忒。[9]立時人作卜筮，三人占，則從二人之言[10]。汝則有大疑，謀及乃心，謀及卿士，謀及庶人[11]，謀及卜筮。汝則從、龜從、筮從、卿士從、庶民從，是之謂大同；身其康彊，子孫其逢[12]：吉。汝則從、龜從、筮從、卿士逆、庶民逆：吉。卿士從、龜從、筮從、汝則逆、庶民逆：吉。庶民從、龜從、筮從、汝則逆、卿士逆：吉。汝則從、龜從、

頁 78 上）

[1] 漢石經「凶」上有「而」字。

[2] 「僻」，〈宋世家〉作「辟」。

[3] 「忒」，《漢書‧王嘉傳》作「慝」。

[4] 《左傳‧桓公十一年》：「卜以決疑，不疑何卜。」

[5] 「霽」，〈宋世家〉作「濟」。

[6] 「圛」，唐石經作「驛」，〈宋世家〉作「涕」，《集解》云「涕，《尚書》作『圛』。徐廣曰『涕』，一曰『洟』」，《索隱》云「涕音亦。《尚書》作『圛』。孔安國曰氣駱駱驛亦連續，今此文作『涕』，是涕泣亦相連之狀」。段玉裁云：「各本《尚書》『曰驛』在『曰蒙』之下，今移『曰圛』在『曰雺』之上。依《周官‧大卜》注、《史記集解》引《尚書》鄭注、《尚書正義》引王、鄭注，皆先『圛』後『雺』也。〈宋世家〉『曰涕』在『曰霧』之上，則今文《尚書》次第正同。『圛』，衛包改爲『驛』。」（《古文尚書撰異》卷一三，《四部要籍注疏叢刊‧尚書（中）》頁 1944—1946）據改。

[7] 「雺」，唐石經作「蒙」，〈宋世家〉作「霧」，《集解》引《尚書》鄭注同，《索隱》云「霧音蒙，然『蒙』與『霧』亦通。徐廣所見本……『蒙』作『被』，義通而字變」。王注云「雺，天氣下地不應，暗冥也」，《孔疏》云「曰雺兆」，是王肅、孔疏本皆作「雺」。據改。「曰雺」，唐石經在「曰圛」上，〈宋世家〉在「曰圛」下。據改。

[8] 《集解》引鄭注云：「內卦曰貞，貞，正也。外卦曰悔，悔之言晦也。晦猶終也。」《說文》：「悔，易卦之上體也。《商書》：『曰貞曰悔。』」

[9] 〈宋世家〉作「凡七卜，五占之用，二衍貣」。皮錫瑞云：「《論衡‧辨祟篇》曰：『故《書》列七卜。』則王仲任以『七卜』二字連讀，當讀『凡七卜（句）五占之用（句）二衍貣（句）』史公與王仲任皆用歐陽《尚書》，其說多同，則《史記》亦當以『七卜』連讀。鄭云『卜五，占之用』，句讀稍異。」（《今文尚書考證》頁 264）茲從今文說句讀。

[10] 《左傳‧成公二年》：「《商書》曰：『三人占，從二人。』」

[11] 「庶人」，〈宋世家〉、《白虎通‧蓍龜》、《潛夫論‧潛歎》同，漢石經、《周禮‧鄉大夫》注鄭司農引《書》作「庶民」。

[12] 漢人多讀「子孫其逢吉」爲句。李惇云：「此節通體用韻，當讀至『逢』字句絕，與上文五『從』字、一『同』字音韻正叶。『吉』字另作一句，與下文五『吉』字、二『凶』字體例更合。『逢』訓爲大，《釋文》引馬融云『逢，大也』，猶言其後必大耳。」（《群經識小》卷二，《續修四庫全書（一七三）》（上海：上海古籍出版社，2002），頁 22 上）

筮逆、卿士逆、庶民逆：作內，吉；作外，凶。龜筮共違于人：用靜，吉；用作，凶。

「八、庶徵：曰雨，曰暘[1]，曰燠[2]，曰寒，曰風。曰時五者來備[3]，各以其敘，庶草蕃廡（蕪）[4]。一極備凶，一極無凶。曰休徵：曰肅，時雨若；曰乂，時暘若；曰晢，時燠若[5]；曰謀，時寒若；曰聖，時風若。曰咎徵：曰狂，恒雨若；曰僭，恒暘若；曰豫（舒）[6]，恒燠若；曰急，恒寒若；曰霿[7]，恒風若。曰王省惟歲，卿士惟月，師尹惟日。[8]歲月日時無易，百穀用成，乂用明，[9]俊[10]民用章，家用平康。日月歲時既易，百穀用不成，乂用昏不明，俊民用微，家用不寧。庶民惟星，星有好風[11]，星有好雨[12]。日月之行，則有冬有夏；月之從星，則以風雨。

「九、五福：一曰壽，二曰富[13]，三曰康寧，四曰攸好德，五曰考終命[1]。六極（殛）[2]：一曰凶短折[3]，二曰疾，三曰憂，四曰貧，五曰惡，六曰弱。」

---

1 「暘」，《尚書大傳》、《論衡·寒溫》等同，〈宋世家〉、〈五行志〉、《洪範五行傳》等作「陽」。《禮記·祭義》鄭注「陽讀爲『曰暘』之暘」，鄭本亦作「暘」。

2 「燠」，《尚書大傳》、《論衡·寒溫》等同，〈宋世家〉、〈五行志〉、〈王莽傳〉作「奧」。

3 見第一章〈洪範〉「曰時五者來備」條。

4 「草」，《漢書·谷永傳》作「屮」，班固〈靈臺詩〉作「卉」，古通。「蕃」，〈宋世家〉作「緐」。「廡」，〈靈臺詩〉、《尚書考靈燿》作「蕪」，《說文》「無，豐也。……《商書》曰：『庶草繁無。』」。

5 漢石經同。

6 「豫」，〈宋世家〉、〈五行志〉、《論衡·寒溫》、《公羊》何注引經等皆作「舒」，《孔疏》載鄭、王本亦作「舒」，《尚書大傳》作「荼」，聲通。

7 「霿」，唐石經作「蒙」，見上文「霿」字下腳注。〈宋世家〉作「霧」，〈五行志〉作「霜」，〈五行志〉引《尚書大傳》作「霧」，《文獻通考》引《大傳》作「霿」，《宋書》、《隋書·五行志》引作「瞀」。

8 叔多父盤（《銘圖》14532、14533）銘云「利于辟王、卿事、師尹」，次第正合。（參劉起釪〈〈洪範〉這篇統治大法的形成過程〉、李學勤〈叔多父盤與〈洪範〉〉）

9 樊毅修華嶽廟碑「艾用昭明」、鮮于璜碑「艾用照明」可參。

10 「俊」，〈宋世家〉作「畯」。

11 《漢書·天文志》：「箕星爲風，東北之星也。」「好」字，柯劭忞云：「好，畜之假字。〈祭統〉：『順於道，不過於倫，謂之畜。』是畜有從順義。好風、好雨，言從風、從雨，非嗜好之好。」（《尚書故》頁151引）存參。

12 《詩經·小雅·漸漸之石》：「月離于畢，俾滂沱矣。」（「離」字之義參蔣文〈先秦秦漢出土文獻與《詩經》文本的校勘和解讀〉，復旦大學博士學位論文（指導教師：陳劍教授），2016年6月，頁97—103）

13 《說苑·建本》：「河間獻王曰：『夫穀者，國家所以昌熾，士女所以攸好，

金縢第十三[4]

既克商二年[5]，王有疾，弗豫[6]。二公曰：「我其爲王穆卜。[7]」周公曰：「未可以戚我先王。」公乃自以爲功（貢）[8]，爲三壇同墠。爲壇於[9]南方，北面周公立焉；植（戴）璧秉珪[10]，乃告太[11]王、王季、文王。

史乃冊祝曰[12]：「惟爾元孫某，遘厲虐疾[13]；若爾三王，是有丕子之責于天[14]，以旦代某之身。予仁（年）若考[15]，能多材多藝，能事鬼神。乃元孫不若旦多材多藝，不能事鬼神。乃命于帝庭，敷（溥）

禮義所以行，而人心所以安也。《尚書》五福，以富爲始。」」孫星衍云：「據此則今文《尚書》爲『一曰富』也。『一曰富』，則當云『二曰壽』矣。江、王、段三君均未及指出。」（《尚書今古文注疏》頁 319）《史記》、《漢書》、《中論》仍以「壽」爲始。

[1] 鱻鎛（《集成》271）「用求匃（考）命彌（彌）生」可參。顧頡剛認爲《左傳·宣公十五年》「下臣獲考死」之「考死」即「考終命」之義，謂善終也。（《顧頡剛全集·顧頡剛讀書筆記（卷五）》「考終命」條（北京：中華書局，2011），頁 483）

[2] 「極」，從馬楠讀爲「殛」（〈周秦兩漢書經考〉頁 289），〈康誥〉「爽惟天其罰殛我，我其不怨」可參。

[3] 「凶短折」，〈五行志〉：「常風傷物，故其極凶短折也。傷人曰凶，禽獸曰短，草木曰折。一曰凶，夭也。兄喪弟曰短，父喪子曰折。」鄭玄則云：「凶短折皆是夭枉之名。未齓曰凶，未冠曰短，未婚曰折。」（孔《疏》引）

[4] 《書序》：「武王有疾，周公作〈金縢〉。」見第一章〈金縢〉「金縢」條。

[5] 見第一章〈金縢〉「既克商二年」條。

[6] 見第一章〈金縢〉「王有疾弗豫」條。

[7] 見第一章〈金縢〉「我其爲王穆卜」條。

[8] 見第一章〈金縢〉「公乃自以爲功」條。

[9] 「於」，錢大昕云：「『于』『於』兩字義同而音稍異。《尚書》《毛詩》例用『于』字，唯〈金縢〉『爲壇於南方北面』『乃流言於國』『公將不利於孺子』，〈酒誥〉『人無於水監，當於民監』……仍用『於』。」（《十駕齋養新錄》頁 10）按，簡本〈金縢〉「乃流言於國」之「於」作「于」，其他同於今本。又「于後」之「于」，簡本作「於」。

[10] 見第一章〈金縢〉「植璧秉珪」條。

[11] 「太」，段玉裁云：「錢氏大昕曰：『『大』，唐石經作『太』，一點似後來所添。唐石經無『太』字，惟《尚書》屢見之，細驗〈旅獒〉〈無逸〉〈武城〉〈召誥〉諸篇似俱後人增加。』玉裁按，恐皆衛包所改，刻石從之也。」（《古文尚書撰異》卷一四，《四部要籍注疏叢刊·尚書（中）》頁 1954 上）其說是，「太」字通行，茲不改。

[12] 見第一章〈金縢〉「史乃冊祝曰」條。

[13] 見第一章〈金縢〉「遘厲虐疾」條。

[14] 見第一章〈金縢〉「若爾三王是有丕子之責于天」條。

[15] 見第一章〈金縢〉「予仁若考」條。

佑（有）四方[1]，用能定爾子孫于下地，四方之民，罔不祗畏。[2]嗚呼！[3]無墜天之降寶[4]命，我先王亦永有依歸[5]。今我即命于元龜，爾之許我，我其以璧與珪，歸俟爾命；爾不許我，我乃屏璧與珪。[6]」

乃卜三龜，一習（襲）吉[7]。啓[8]籥[9]見書，乃并[10]是吉。公曰：「體[11]，王其罔害。予小子[12]新（親）命于三王，惟永終是圖，茲攸俟[13]，能念予一人。」公歸，乃納冊于金縢之匱中。王翌[14]日乃瘳。

武王既喪，管叔及其羣弟[15]乃流言於國[16]，曰：「公將不利於孺子[17]。」周公乃告二公曰：「我之弗辟[18]，我無以告我先王。」周公

---

[1] 見第一章〈金縢〉「敷佑四方」條。

[2] 師訇簋（《集成》4342）：「雩（越）三（四）方民，亡不康靜。」

[3] 「嗚呼」，〈魯世家〉無。

[4] 「寶」，〈魯世家〉作「葆」。

[5] 〈魯世家〉作「我先王亦永有所依歸」，多「所」字，諸日寫本亦有「所」。

[6] 見第一章〈金縢〉「爾之許我……我乃屏璧與圭」條。

[7] 見第一章〈金縢〉「一習吉」條。

[8] 「啓」，今文作「開」。

[9] 「籥」，王引之謂是「簡屬」。（《經義述聞（一）》頁200—201）

[10] 「并」，《論衡·卜筮》作「逢」。

[11] 「體」，〈魯世家〉無。俞樾云：「『體』字，以一言爲句，乃發語之辭，慶辛之意也。《詩·氓篇》曰：『爾卜爾筮，體無咎言。』《釋文》曰：『體，《韓詩》作履，辛也。』然則『體』亦猶『辛』也。」（《群經平議》卷五，《續修四庫全書（一七八）》頁73下）存參。

[12] 「予小子」，〈魯世家〉作「旦」。皮錫瑞云：「君前臣名，史公以此爲入賀武王之詞，今文《尚書》作『旦』，是也。」（《今文尚書考證》頁294）

[13] 見第一章〈金縢〉「惟永終是圖茲攸俟」條。

[14] 「翌」，唐石經作「翼」，唐前各本皆作「翌」。段玉裁謂是衛包所改（《古文尚書撰異》卷一四，《四部要籍注疏叢刊·尚書（中）》頁1955—1956），據改。

[15] 「羣弟」，簡本〈金縢〉作「羣姓（兄）俤（弟）」。

[16] 「國」，簡本〈金縢〉作「邦」，古文如此。「國」字應爲今文因避諱「邦」字而改。

[17] 「孺子」，錢大昕云：「今人以孺子爲童稚之通稱，蓋本於《孟子》。考諸經傳，則天子以下嫡長爲後者乃得稱孺子。〈金縢〉〈洛誥〉〈立政〉之孺子，謂周成王也。」（《十駕齋養新錄》頁25）

[18] 「辟」，〈魯世家〉「我之所以弗辟而攝行政者」，「辟」即「攝政」（《尚書正讀》頁143）。《說文》：「辥，治也。《周書》曰：『我之不辥。』」，是許慎訓「辟」爲「治」。《釋文》云：「辟，馬鄭音避，謂避居東都。」按，《逸周書·作雒》云「二年又作師旅臨衛攻殷，殷大震潰，降辟三叔，王子祿父北奔。管叔經而卒，乃囚蔡叔于郭淩。凡所征熊盈族十有七國，俘維九邑，俘殷獻民，遷于九畢，俾康叔宇于殷，俾中旄父宇于東。」此經「弗辟」之「辟」殆即「降辟三叔」之「辟」，以許慎訓「治」爲長。

居東二年，則罪人斯得于後。公乃爲詩以貽王，名之曰〈鴟[1]鴞〉；王亦未敢誚〈逆〉公。[2]

秋大熟，未獲，天大雷電以風，禾盡偃，大木斯拔，邦人大恐。[3]王與大夫盡弁，以啓金縢之書，乃得周公所自以爲功（貢）代武王之説。二公及王乃問諸史與百執事。對曰：「信。噫（抑）公命我勿敢言。」[4]王執書以泣，曰：「其勿穆卜。昔公勤勞王家，惟予沖人弗及知；今天動威，以彰周公之德[5]；惟朕小子其新（親）逆，我國家禮亦宜之。」[6]

王出郊，天乃雨，反風，禾則盡起。二公命邦人，凡大木所偃，盡起而築之，歲則大熟。[7]

大誥第十四[8]

王若曰：「猷大誥爾多邦[9]越[1]爾[2]御事。弗弔（淑）！[3]天降割（害）[4]于我家[5]，不少延[6]。洪〈引一竘〉惟我幼沖人[7]，嗣無疆大歷[8]服[9]。

---

1 「鴟」，簡本作「周」，古通。或讀爲「雕」，非是。
2 見第一章〈金縢〉「周公居東……未敢誚公」條。
3 見第一章〈金縢〉「秋大熟……邦人大恐」條。
4 見第一章〈金縢〉「王與大夫盡……我勿敢言」條。
5 《左傳·文公七年》載《夏書》「董（動）之用威」、清華簡（壹）〈祭公之顧命〉簡11「隹（惟）天奠（定）我文王之志，遑（動）之甬（用）畏（威）」可參。
6 見第一章〈金縢〉「王執書以……禮亦宜之」條。
7 見第一章〈金縢〉「王出郊……歲則大熟」條。
8 《書序》：「武王崩，三監及淮夷叛，周公相成王，將黜殷，作〈大誥〉。」
9 〈莽誥〉「大誥道諸侯王、三公、列侯」，是其訓「猷」爲「道」，且在「誥」字下。《釋文》載馬本作「大誥繇爾多邦」，同於〈莽誥〉。按，似當以作「大誥猷爾多邦」爲是。王引之云：「『大誥道諸侯王』，文義不順。猷，於也。『大誥猷爾多邦』者，大誥於爾多邦也。經文本自明白，祇緣訓『猷』爲『道』，於義未安，致令後人妄改。其始改也，升『猷』字於『誥』字之上，某氏傳曰：『順大道以告天下衆國。』是也。其再改也，又升『猷』字於『大』字之上，正義曰：『此本『猷』在『大』上。』是也。其他緣例而改者二，改而復説者一。〈多士〉曰：『王曰：「猷告爾多士。」』〈多方〉曰：『王曰：「烏呼，猷告爾有多方士。」』傳竝曰：『以道告之。』蓋俱是『告猷』，而晚出古文改爲『猷告』矣。此緣例而改者也。〈多方〉曰：『王若曰：「猷告爾四國多方。」』傳曰：『順大道告四方。』與〈大誥〉『猷爾多邦』傳同。則此句經文亦有『大』字，蓋初作『大告猷爾四國多方』，後改爲『大猷告爾四國多方』，故解之曰：『順大道告四方。』其後則又脱『大』字矣。此改而復脱者也。〈大誥〉在〈多士〉〈多方〉前，其『誥猷』之文，馬、

弗造[10]哲，迪民康，矧曰其有能格[11]知天命？已（嘻）！[12]予惟小子，若涉淵水，予惟往求朕攸濟。敷賁[13]，敷前人受命[14]，茲不忘（亡）[15]大功，予不敢閉于天降威[16]。用寧〈文〉王遺我大寶龜[17]，紹天明，即命曰：『有大艱于西土，西土人亦不靜[18]，越茲蠢殷小腆，誕敢

鄭、王必皆有說，學者雖不悟『誥猷』之誤爲『猷誥』，猶不得不載其異同。至〈多士〉〈多方〉，『告猷』之義，已詳〈大誥〉，不復再釋，學者斯忽不察矣。然以例推之，可得而知也。後之說《書》者，或以『猷』爲發語詞，或以爲嘆詞，皆不知文由誤倒，故多方推測，而卒無一當也。」（《經傳釋詞》頁15—16）章太炎云：「今所得三體石經〈多士篇〉『王曰猷』三字相連，知三處本作『猷告』，不作『告猷』也。」（《太炎先生尚書說》頁118）俟考。

1 「越」，楊樹達云：「雪字从雨从于，銘用用爲連及之詞，與也，及也。⋯⋯雪字誤作粵，經傳作越。」（〈毛公鼎跋〉，《積微居金文說》（上海：上海古籍出版社，2013），頁50）

2 「爾」，《禮記‧曲禮》注、《詩經‧大雅‧思齊》鄭箋引《書》作「乃」。

3 「弗」，〈荓誥〉作「不」。吳澄云：「不弔，猶言不幸，謂不爲天所閔恤也。」（《書纂言》卷四上，《景印文淵閣四庫全書（第六一冊）》頁117上）「弗弔（淑）」應作一句讀（參〈讀清華簡〈祭公之顧命〉札記〉），後同。

4 「割」，《釋文》載馬融本作「害」，是。

5 「我家」，亦見於《合》3522。

6 《釋文》「馬讀『弗少延』爲句」，僞孔將「延」字屬下讀，非是。

7 見第一章〈大誥〉「洪惟我幼沖人」條。

8 「歷」，魏石經作「鬲」。

9 見第一章〈大誥〉「予不敢閉于天降威」條。

10 「造」，〈荓誥〉作「遭」。段玉裁云：「蓋今文《尚書》作『遭』，非以故訓字代之也。下文『予造天役』，亦作『予遭天役』，馬云『造，遭也』（見《釋文》）。『遺』字正『遭』字之誤，用今文注古文也。」（《古文尚書撰異》卷一五，《四部要籍注疏叢刊‧尚書（中）》頁1964上）存參。

11 「格」，魏石經作「𢓜」。

12 「已」，即「已」字，刻本作「巳」。徐鼎云：「今就班固《漢書》、許慎《說文》及永康以前漢碑文攷之，猶可知巳午之巳，即終已之已，與吕、以字義不相通，段借用之則可耳。」（《讀書雜釋》（北京：中華書局，1997），頁207）〈荓誥〉作「熙」。段玉裁云：「荓作『熙』，師古曰『嘆辭』，此今文《尚書》也，皆即今之『嘻』字。」（《古文尚書撰異》卷一五，《四部要籍注疏叢刊‧尚書（中）》頁1964上）按，段說是，「熙」亦與「喜」聲之字通。（參邱德修《〈尚書〉「已」訓讀爲「熙」新證》，《傳統中國研究集刊》2011年1期）又此「已」字即大盂鼎（《集成》2837）「已！汝妹辰有大服」，語辭（參〈金文研究與古代典籍〉頁97）。後「已！汝乃其速由茲義率殺」及〈梓材〉「已！若茲監」之「已」同。

13 「賁」，〈荓誥〉述作「奔」，曾運乾謂是「殷周閒大寶龜名」（《尚書正讀》頁149）。俟考。

14 劉節：「毛公鼎：敷命敷政。又：出入敷命於外。敷，布也。」（〈大誥解〉頁100）

15 「忘」，從王引之說讀爲「亡」（《經義述聞（一）》頁206）。

16 見第一章〈大誥〉「予不敢閉于天降威」條。

17 見第一章〈大誥〉「用寧王遺我大寶龜」條。

18 「靜」，〈荓誥〉作「靖」。此句可與師詢簋（《集成》4342）「四方民亡（無）

紀其敘。天降威，知我國有疵，民不康。曰：予復。反鄙[2]我周邦。今蠢（春）今翼（翌）日，[3]民獻[4]有十夫，予翼（異）以于敉〈尿－纂〉寧〈文〉武圖功[5]。我有大事，休，朕卜并吉？』肆予告我友邦君越尹氏、庶士、御事，曰：『予得吉卜，以惟以爾庶邦于伐殷逋播臣。』爾庶邦君越庶士、御事，罔不反曰：『艱大，民不靜，亦惟在王宮、邦君室，越予小子考，翼（異？）不可征；王害[6]不違卜？』肆予沖人永思艱。曰：嗚呼！允蠢鰥寡，哀哉！予造（遭）天役[7]，遺大投[8]艱于朕身，越予沖人，不卬自卹[9]。義[10]爾邦君，越爾多士、尹氏、御事，綏予曰：『無毖[11]于卹[12]，不可不成乃寧〈文〉考圖功。』巳（嘻）！予惟小子，不敢替〈晉－僭〉[13]上帝命。天休于寧〈文〉

「不康靜」相參。

[1] 參《墨子・兼愛下》引〈禹誓〉「蠢茲有苗」、《詩經・小雅・采芑》「蠢爾蠻荊」，可知《越茲蠢殷小腆》應作一句讀。

[2] 「鄙」，王先謙云：「古文『啚』爲『鄙』，與『圖』字形近，其意當爲圖，言天知我國有病，使民不康，天意若曰予方反復圖謀我周國也。」（《尚書孔傳參正》頁 628）存參。

[3] 「蠢」，于省吾據甲骨文讀爲「春」。（〈歲、時起源初考〉頁 102）裘錫圭云：「卜辭常用『今翼』爲記時之詞。有一條卜辭說：『自今春至今翼，人方不大出』（〈吉林大學所藏甲骨選釋〉第 3 片，見《吉林大學社會科學學報》1963 年 4 期），〈大誥〉的『今春今翼日』可能與『自今春至今翼』意近。『今翼（翌）』的確切含義尚待研究。」（〈談談地下材料在先秦秦漢古籍整理工作中的作用〉頁 383）

[4] 「民獻」，《尚書大傳》作「民儀」，聲通。僞《孔傳》云「四國人賢者」，是訓「獻」爲「賢」。楊筠如云：「民獻亦謂民庶，或羣民。」（《尚書覈詁》頁 242）金兆梓云：「那末像這樣的『民獻』，我們可以依慣例稱之爲殷遺臣了，〈酒誥〉的『獻臣』當也是此等人。」（《尚書詮譯》頁 167）朱芳圃云：「獻當爲櫱之省借，《說文》：『櫱，伐木餘也。從木獻聲。……蘗，櫱或木，辭聲。』孼乳爲孽，《說文》『孽，庶子也。從子辭聲。』在木爲櫱，在人爲孽，是獻民或獻臣，猶言餘孽也。」（〈殷頑辨〉，《朱芳圃文存》（南京：江蘇人民出版社，2018），頁 319）存參。

[5] 見第一章〈大誥〉「以于敉寧武圖功」條。

[6] 「害」，〈莽誥〉無。

[7] 此句〈莽誥〉作「予遭天役」。〈文侯之命〉「閔予小子嗣，造天丕愆」可參。

[8] 「投」，〈莽誥〉作「解」，俟考。

[9] 「卬」，唐石經作「恤」。〈莽誥〉、《說文》、魏石經皆作「卹」，據改。（參〈堯典〉「惟刑之卹哉」腳注）

[10] 「義」，江聲云：「義，讀爲儀。儀，度也。古者書儀但爲義。」（《尚書集注音疏》卷六，《四部要籍注疏叢刊．尚書（中）》頁 1620 下）朱彬云：「義者，宜也。宜爾邦君、多士之安予也。」（《經傳攷證》卷二，《四庫未收書輯刊・肆輯（玖冊）》頁 466 上）存參。

[11] 《說文》：「毖，慎也。……《周書》曰：『無毖于卹。』」

[12] 「卹」，唐石經作「恤」。（參〈堯典〉「惟刑之卹哉」腳注）

[13] 「替」，〈莽誥〉、魏石經作「僭」。段玉裁云：「今文《尚書》作『晉』，讀爲『僭』，故《漢書》作『僭』，魏三體石經蓋用今文《尚書》也。古文《尚

王，興我小邦周；寧〈文〉王惟卜用，克綏受茲命。今天其相民，矧亦惟卜用。嗚呼！天明畏（威）[1]，弼[2]我丕丕[3]基[4]。」

王曰：「爾惟舊人，爾丕（不）[5]克遠省，爾知寧〈文〉王若勤哉！天閟{毖}〔勞〕[6]我成功所，予不敢不極[7]卒寧〈文〉王圖事。肆予大化誘我友邦君，天棐（非）忱辭[8]，其考我民[9]，予曷其[10]不于前寧人圖功攸終？天亦惟用勤毖[11]我民，若有疾，予曷[12]敢不于前寧〈文〉人攸受休畢〈異—翼〉[13]？」

書》作『暜』，偽孔云『廢也』。」（《古文尚書撰異》卷一五，《四部要籍注疏叢刊‧尚書（中）》頁1966下）按，似當以作「暜」讀爲「僭」爲是。

[1] 「畏」，〈莽誥〉作「威」。

[2] 陳劍據〈祭公〉「率輔弼予一人」之「弼」簡本作「畀」，而疑此字應讀爲「畀」（〈清華簡與《尚書》字詞合證零箋〉），存參。

[3] 「丕丕」，金文有「不杯」，義近於「丕顯」。

[4] 「基」，漢石經作「其」。

[5] 「丕」，〈莽誥〉作「不」。按，作「不」意長。

[6] 「閟毖」，〈莽誥〉作「毖勞」，孟康注云「慎勞」。段玉裁、錢大昕謂此本當作「毖閟勞」（《古文尚書撰異》卷一五，《四部要籍注疏叢刊‧尚書（中）》頁1967—1968），其說是，據改。楊筠如云：「閟，《釋文》音『祕』。按《正義》引〈釋詁〉：『閟，慎也。』今《爾雅》『閟』作『毖』，則閟、毖本爲一字。蓋古文作『閟』，今文作『毖』，偽孔本誤兩存之。如『民獻』，今文作『民儀』，《漢書》遂兩存之而作『民獻儀』矣。……朱彬謂『毖，慎』，〈釋詁〉文；然其義未盡。〈釋言〉：『誥誓，謹也。』則謹慎與誥誓近，毖之訓亦與誥戒相近。按朱說是也。〈酒誥〉『厥誥毖庶邦庶士』，正以誥、毖義近而連文也。又曰『女典聽朕毖』，與其上文『其爾典聽朕教』相同，則『毖』有誥教之意明矣。」（《尚書覈詁》頁246）存參。

[7] 「極」，王引之讀爲『亟』，訓爲『疾、速』。（《經義述聞（一）》頁206—207）存參。

[8] 俞樾云：「經凡言『棐忱』者，並當讀爲『非』。」（《群經平議》卷五，《續修四庫全書（一七八）》頁76）孫詒讓云：「凡此經棐字，並當爲『匪』之叚借，孔讀如字，訓爲『輔』，並誤。天棐忱，猶《詩‧大雅‧蕩》云：『天生烝民，其命匪諶。』（《說文‧心部》引《詩》作忱。）《大明》云『天難諶斯』，謂天命無常不可信也。（下文云『越天棐忱』，〈康誥〉云『天畏棐忱』，〈君奭〉云『若天棐忱』義並同。）辭，語助，下言或成我民，或勤勞我民，善否並陳，即申天棐忱之意。」（《尚書駢枝》頁129）

[9] 〈莽誥〉作「天其累我以民」。江聲云：「《淮南‧氾論訓》曰『夫夏后氏之璜，不能無考』，又〈說林訓〉曰『白璧有考，不得爲寶』，是則『考』又疵累之誼。」（《尚書集注音疏》卷六，《四部要籍注疏叢刊．尚書（中）》頁1621上）

[10] 「曷其」，〈莽誥〉作「害敢」。白軍鵬謂：「『其』乃『甘』字之譌，而『甘』與『敢』又可相假借。」（〈《尚書》新證三則〉頁119）存參。

[11] 「毖」，〈莽誥〉無。

[12] 「曷」，〈莽誥〉作「害」，篇內同。

[13] 見第一章〈大誥〉「予曷敢不于前文人攸受休畢」條。

王曰：「若昔朕其逝（誓）[1]，朕言艱日思：若考作室，既厎法，厥子乃弗肯堂，矧肯構？厥父菑，厥子乃弗肯播，矧肯獲？厥考翼（異）其肯曰[2]：『予有後，弗弃基？』肆予曷敢不越卬敉〈尸一纂〉寧〈文〉王大命？若兄（皇）[3]考，乃有友伐厥子[4]，民養（佯？）其勸[5]弗救？」

王曰：「嗚呼！[6]肆哉，[7]爾庶邦君越爾御事，爽（相）邦由哲[8]，亦惟十人，迪知上帝命越[9]天棐（非）忱。爾時罔敢易法（廢）[10]，矧今天降戾[11]于周邦？惟大艱人，誕鄰胥伐于厥室；爾亦不知天命不易[12]。予永念曰：天惟喪殷；若穡[13]夫，予曷敢不終朕畝？天亦惟休于前寧〈文〉人，予曷其極卜[14]？敢弗于從，率寧〈文〉人有指（厎？）[15]疆土？矧今卜并吉？肆朕誕以爾東征；天命不僭，卜陳惟若茲。」

---

[1] 「逝」，吳汝綸云：「逝、誓同聲，《說文》『逝，讀若誓』。《詩》『逝將去女』，《公羊》疏引作『誓』。前告庶邦以吉卜，是昔之誓也。」（《尚書故》頁 169）

[2] 見第一章〈大誥〉「厥考翼其肯曰」條。

[3] 「兄」，從于省吾說讀爲「皇」（《雙劍誃群經新證》頁 82 上）。

[4] 〈莽誥〉「迺有效湯武伐厥子」，「友」作「效」。

[5] 「勸」，于省吾謂「觀」初文作「䳄」，漢人誤寫作「勸」（《雙劍誃群經新證》頁 82 下），存參。

[6] 「嗚呼」，〈莽誥〉作「烏虖」。

[7] 「肆哉」，吳汝綸云：「姚鼐云：『哉，初也。讀哉斷句者誤，此十字爲句。』汝綸案：肆，故也；故，古也。肆哉，猶古初也。聯言之者，若〈招魂〉之言『先故』也。」（《尚書故》頁 170）存參。

[8] 見第一章〈大誥〉「爽邦由哲」條。

[9] 「越」，〈莽誥〉作「粵」。

[10] 見第一章〈大誥〉「爾時罔敢易法」條。

[11] 「戾」，讀如《詩經·大雅·桑柔》「民之未戾」之「戾」，訓爲「定」。

[12] 「不易」，孔《疏》：「不可改易」。

[13] 「穡」，〈莽誥〉作「嗇」。

[14] 「極卜」，吳汝綸云：「亟卜也。」（《尚書故》頁 172）存參。

[15] 「指」，〈莽誥〉作「旨」。王闓運云：「『有』，撫也。『旨』，致也，《詩》作『者』，曰『者定爾功』。」（《尚書箋》卷十三，《續修四庫全書（五一）》頁 360 上）吳汝綸亦云：「指、旨皆者之借字也。《詩》『上帝者之』，《潛夫論》引作『指』，是其證。《集韻》者、厎同字。馬注『乃言厎可績』云：『厎定也。』有指者，有定也。」（《尚書故》頁 172）于省吾謂：「指、稽古通……《管子·君臣》『是以令出而不稽』，注：『稽，留也。』寧人即文人之訛，前文人之簡稱，謂其祖考爲文德之人也。率文人有指疆土者，率循文人有留之疆土也。盂鼎『雩我其遹省先王受民受疆土』，宗周鐘『王肇遹省文武勤疆土』，語例略同。」（《雙劍誃群經新證》頁 83 上）按，讀「厎」之說稍長。

康誥第十五[1]

惟三月哉[2]生魄[3]，周公初基[4]作新大邑于東國洛[5]，四方民大和會，[6]侯、甸、男、邦、采、衛、百工、播民和，見士（事）于周[7]。周公咸勤（覲）[8]，乃洪大誥治（辭）。[9]

王若曰：「孟侯，朕其弟，小子封[10]。惟乃丕顯考文王[11]，克明德慎罰[12]，不敢侮鰥寡[13]，庸庸、祗祗、威（畏）威（畏）、顯民[14]，

---

[1] 《書序》：「成王既伐管叔、蔡叔，以殷餘民封康叔，作〈康誥〉〈酒誥〉〈梓材〉。」

[2] 「哉」，《漢書・王莽傳》、《法言・五百》引作「載」。

[3] 「魄」，漢人多作「霸」，《釋文》「字又作『䨣』，普白反。馬云『䨣，朏也』，謂月三日始生兆朏，名曰魄」。

[4] 「初基」，于省吾謂：「基、其古通。……初其猶金文之言啟其、肇其，乃周人語例。」（《雙劍誃群經新證》頁 83 下）存參。

[5] 此句可參《英藏》1105 正「乍（作）大邑于唐土」、《逸周書・作雒》「乃作大邑成周于土中」。

[6] 沇兒鎛（《集成》203）：「龢（和）遹（會）百生（姓）。」

[7] 于省吾據匽（燕）侯旨鼎（《集成》2628）「匽侯旨初見事于周」，讀「士」爲「事」。（《雙劍誃群經新證》頁 83 下）楊樹達說同，並謂「見事蓋言述職」。（〈書康誥見士于周解〉，《積微居小學述林全編（上）》（上海：上海古籍出版社，2013），頁 336）又參姚振武〈再說《尚書・康誥》「見士于周」〉，《揚州大學學報（人文社會科學版）》，第 19 卷第 2 期（2015・3），頁 65—68。

[8] 「勤」，殆應讀爲「覲」，〈立政〉「以覲文王之耿光」之「覲」，《尚書大傳》引作「勤」。《爾雅・釋詁》：「覲，見也。」郝懿行云：「《爾雅》之『覲』，與《周禮》異，凡見皆稱『覲』。」（《爾雅義疏》）〈堯典〉「覲四岳羣牧」可參。

[9] 《釋文》載別本作「周公迺洪大誥治」，無「咸勤」，「乃」作「迺」。段玉裁云：「葢天寶以前《尚書》本皆作『迺』，天寶時始皆改爲『乃』，於此可證。」（《古文尚書撰異》卷一六，《四部要籍注疏叢刊・尚書（中）》頁 1971 下）「治」，楊筠如云：「治，通作『辭』，〈檀弓〉鄭注：『辭，猶告也。』〈酒誥〉『乃不用我教辭』，謂教告也。《周禮・小司徒》『聽其辭訟』，〈小宰〉『聽其治訟』，〈司市〉『聽大治大訟，小治小訟』，治、辭一字可證。」（《尚書覈詁》頁 255）可從，惟〈酒誥〉之『教辭』疑當讀爲『教治』。

[10] 康侯鼎（《集成》2153）：「康医（侯）丰（封）乍（作）寶尊。」

[11] 朕簋（《集成》4261）：「丕顯考文王。」大盂鼎（《集成》2837）：「丕顯玟王。」

[12] 《左傳・成公二年》：「《周書》曰『明德慎罰』，文王所以造周也。明德，務崇之之謂也；慎罰，務去之之謂也。」叔夷鐘（《集成》273）「昚（慎）中氒（厥）罰」可參。

[13] 《詩經・大雅・烝民》「不侮矜寡」可參。《左傳・成公八年》：「《周書》曰『不敢侮鰥寡』，所以明德也。」

[14] 于省吾云：「今以金文石鼓文及隸古定《尚書》重文例定之，應作『庸=祗=威』，是此文應讀作『不敢侮鰥寡（句），庸祗威（句），庸祗威顯民（句）』，徐幹《中論》『文王祗畏，造彼區夏』。然則《左傳》引『《周書》所謂「庸庸祗祗」』

用肇造我區夏[1]，越我一二邦，以修（調）我西土[2]。惟時怙，冒（勖/懋）聞于上帝，帝休。[3]天乃大命文王，殪戎殷[4]，誕受厥命越厥邦厥民。惟時敘，乃寡兄勖，肆汝小子封，在茲東土。」

　　王曰：「嗚呼！封。汝念哉！今民將在祗，遹乃文考，[5]紹聞衣（殷）[6]德言[7]，往敷求于殷先哲王[8]，用保乂民[9]。汝丕遠，惟商耇成人，宅（度）心知訓[10]。別（編）求聞由古先哲王[11]，用康保民，弘于天若德，裕（欲）乃身不廢在王命[12]。」

者，讀法亦殊未允也。『庸』用也，『祗』敬也，『威』『畏』古通。〈金縢〉『罔不祗畏』，《史記》作『敬畏』。〈皋陶謨〉『日嚴祗敬六德』，鄦侯　彝『祗敬橋祀』，《禮記·月令》『祗敬必飭』，是『祗畏』『祗敬』乃周人語例。〈酒誥〉『罔顧于民祗』，〈多士〉『罔顧于天顯民』，是『顯民』亦周人語例。言不敢侮鰥寡，用敬畏鰥寡，用敬畏顯民。上之用敬畏原省鰥寡者，冒上鰥寡而言也。〈高宗肜日〉『王司敬民』，則鰥寡、顯民固可言敬畏矣。」（《雙劍誃群經新證》頁 84）存參。
[1]　《左傳·成公二年》「文王所以造周也」可參。
[2]　見第一章〈康誥〉「以修我西土」條。
[3]　吳汝綸云：「胡廣《侍中箴》作『勖聞上帝』。〈君奭〉『冒聞』，馬本亦作『勖』。勖者，冒之借字。冒與懋、茂並通。《詩》傳：『茂，美也。』《後漢·章帝紀》『嗚呼懋哉』，李賢注：『懋，美也。』冒聞于上帝者，美聞于上帝也。帝休者，帝喜也。」（《尚書故》頁 177）存參。
[4]　《禮記·中庸》作「壹戎衣」，聲通。又〈大誓〉（《國語·周語下》引）「戎商必克」可參。
[5]　見第一章〈康誥〉「今民將在祗遹乃文考」條。
[6]　「衣」，從江聲說讀爲「殷」。（《尚書集注音疏》卷六，《四部要籍注疏叢刊·尚書（中）》頁 1625 下）
[7]　「言」，黃傑謂是「音」之譌（《〈尚書〉之〈康誥〉〈酒誥〉〈梓材〉新解》頁 28—31），存參。
[8]　《詩經·大雅·抑》：「罔敷求先王，克共明刑。」番生殷蓋（《集成》4326）：「尃求不譬德。」
[9]　楚大師登編鐘：「保辪（乂）楚王。」
[10]　江聲云：「宅，讀當爲度。訓，道也。」（《尚書集注音疏》卷六，《四部要籍注疏叢刊·尚書（中）》頁 1626 上）朱彬亦云：「宅，度也。《詩》『惟此王季，帝度其心』，《毛傳》『心能制義曰度』。」（《經傳攷證》卷三，《四庫未收書輯刊·肆輯（玖冊）》頁 467 上）
[11]　見第一章〈康誥〉「別求聞由古先哲王」條。
[12]　「裕」，于省吾據毛公鼎「俗（欲）我弗作先王憂」、「俗（欲）女（汝）弗以乃辟圅（陷）于囏（艱）」及師訇簋「谷（欲）女（汝）弗以乃辟圅（陷）于囏（艱）」，將此處及後文「乃由裕民惟文王之敬忌」、「乃裕民曰我惟有及」、「遠乃猷裕乃以民寧」、〈洛誥〉「惇大成裕汝永有辭」、「彼裕我民，無遠用寧」、〈君奭〉「告君乃猷裕我不以後人迷」、〈多方〉「爾曷不忱裕之于爾多方」之「裕」皆讀爲「欲」。（《雙劍誃群經新證》頁 85）茲從之，後除〈多方〉「爾曷不忱裕之于爾多方」之「裕」不從之外，皆用其說。又此處可參〈酒誥〉「茲亦惟天若元德，永不忘（亡）在王家」。「若德」，毛公鼎（《集成》2841）「先王若德」。

王曰：「嗚呼！小子封。恫瘝（矜）乃身[1]，敬哉！天畏（威）棐（非）忱[2]，民情大可見。小人難保，往盡乃心，無康好逸豫[3]，乃其乂民。我聞曰：『怨不在大，亦不在小；[4]惠不惠，懋不懋。』已（嘻）！汝惟（雖）小子，乃服惟弘。[5]王應（膺）[6]保殷民，亦惟助王宅（度）[7]天命，作新民。」

王曰：「嗚呼！封。敬明乃罰[8]。人有小罪，非眚（省），乃惟終自作不典，式爾有厥罪小，乃不可不殺。乃有大罪，非終，乃惟眚（省）災，適爾既道極（殛）厥辜，時乃不可殺。[9]」

王曰：「嗚呼！封。有敘時，乃大明服[1]，惟民其勑[2]，懋[3]和。若[4]有疾，惟民其畢（袚）棄咎[5]。若保赤子，惟民其康乂。非汝封

---

[1] 見第一章〈康誥〉「恫瘝乃身」條。

[2] 此句《風俗通・十反》作「天威棐諶」。

[3] 此句《史記・三王世家》作「毋伺好軼」，《漢書・武五子傳》作「毋桐好逸」，是「康」又作「伺」、「桐」，「逸」又作「軼」。俞樾云：「經文『豫』字衍文也。《傳》以『自安』釋『康』字，以『逸豫』釋『逸』字，非經文有『豫』字也。」（《群經平議》卷五，《續修四庫全書（一七八）》頁 77 下）存參。

[4] 僞《孔傳》：「不在大，大起于小；不在小，小至于大。」《國語・晉語》：「《周書》有之曰：『怨不在大，亦不在小。』夫君子能勤小物，故無大患。」

[5] 《左傳・昭公八年》：「《周書》曰『惠不惠，茂不茂』，康叔所以服弘大也。」段玉裁云：「『服弘大』即經文『乃服惟弘』也。……《孔傳》讀『弘王』爲句，非是。」（《古文尚書撰異》卷一六，《四部要籍注疏叢刊．尚書（中）》頁 1973下）吳汝綸云：「惟小子，雖小子也。」（《尚書故》頁 180）孫詒讓亦云：「此當讀『乃服惟弘』句，《詩・大雅・民勞》云：『戎雖小子，而式弘大。』鄭《箋》云：『弘，猶廣也。』此語意與彼正同，言汝雖小子，（此篇凡云汝惟小子，惟，疑並當爲『雖』之叚借字。〈召誥〉云：『有王雖小，元子哉！』）而所當服行之職事則甚廣大，故《左傳》亦以服弘大言之也。」（《尚書駢枝》頁 132）又大盂鼎（《集成》2837）：「已，女妹辰有大服。」（參〈金文研究與古代典籍〉頁 97）

[6] 「應」，從王引之說讀爲「膺」，訓爲「受」（《經義述聞（一）》頁 211）。

[7] 江聲云：「宅，讀亦當爲度。謂助王圖度天命也。」（《尚書集注音疏》卷六，《四部要籍注疏叢刊・尚書（中）》頁 1626 下）〈無逸〉「天命自度」可參。

[8] 師詢簋（《集成》4342）「敬明乃心」可參。

[9] 《潛夫論・述赦》：「《尚書・康誥》：『王曰：於戲。封，敬明乃罰。人有小罪，匪省，乃惟終，自作不典，戒爾，有厥罪小，乃不可不殺。』言惡人有罪雖小，然非以過差爲之也，乃欲終身行之，故雖小，不可不殺也。何則？是本頑凶思惡而爲之者也。『乃有大罪，匪終，乃惟省哉，適爾，既道極厥罪，時亦不可殺。』言殺人雖有大罪，非欲以終身爲惡，乃過誤爾，是不殺也。若此者，雖曰赦之可也。」按，此段經文異說紛紜，黃傑已有詳述（〈《尚書》之〈康誥〉〈酒誥〉〈梓材〉新解〉頁 46—52，此不贅述。「式」，疑爲句首助詞，加強語氣。「災」訓爲「罪過」。「適」，疑爲假設連詞，猶「若」也（《經傳釋詞》頁 208）。又〈堯典〉「眚（省）災肆赦」可參。吳汝綸云：「災，當依《潛夫論》作『哉』，聲之誤也。」（《尚書故》頁 180）存參。

刑人殺人，無或（有）刑人殺人；非汝封又（有）[6]曰劓刵〈刖〉[7]人，無或（有）劓刵〈刖〉人。[8]」

王曰：「外事[9]，汝陳時臬，司師茲殷罰有倫。」又曰：「要囚[10]，服（伏）念（驗？）[11]五六日，至于旬時，丕蔽要囚。」[12]

王曰：「汝陳時臬，事（使）[13]罰蔽殷彝，用其義（宜）刑義（宜）殺[14]，勿庸（用）以次（即）汝封。乃汝盡遜（順），曰時敘，惟曰未有遜（順）事。[15]巳（嘻）！汝惟（雖）小子，未其有

---

[1] 即「大明乃服」之意。此篇「乃服惟弘」、「明乃命」可參。
[2] 「勑」，《荀子·富國》作「力」。此句可與秦公簋（《集成》4315）「萬民是敕」、清華簡（柒）〈越公其事〉簡53「王乃敕民」相參。
[3] 「懋」，漢石經作「茂」。「懋和」，從黃傑說作一句讀（〈《尚書》之〈康誥〉〈酒誥〉〈梓材〉新解〉頁53—54）。
[4] 「若」，《荀子·富國》作「而」。
[5] 「畢棄咎」，孫詒讓云：「古者攘除疾病，蓋或謂之畢。〈月令·季春〉：『命國難，九門磔攘以畢春氣。』鄭《注》引《王居明堂禮》曰：『季春出疫于郊以攘春氣。』是《月令》之畢，即《逸禮》之出疾，……畢棄咎，即攘除棄去疾病也。」（《尚書駢枝》頁129）楊樹達云：「『畢』當讀為『祓』，《說文·示部》云：『祓，除惡祭也。从示，犮聲。』經言『棄咎』，正謂『除惡』。《說文·韋部》云：『韠，韍也』，畢、祓通用，猶蔽膝名韠，又名韍矣。」（《積微居讀書記》頁24）
[6] 「又」，孫詒讓讀為「有」。（《尚書駢枝》頁155）
[7] 「刵」，王引之謂是「刖」之形誤（《經義述聞（一）》頁212—213），茲從其說，後同。
[8] 于省吾謂：「毛公鼎『𤔲自今出入敷命于外，乎非先告父厝，父厝舍命，毋有敢彖敷命于外』、蔡殷『乎有見有即命，乎非先告蔡，毋敢彖。有入告女，毋弗善效姜氏人，勿事敢有彖』，兩段銘文與此文法相仿。」（《雙劍誃群經新證》頁86下）楊樹達說同。（《積微居讀書記》頁24—25）
[9] 「外事」，江聲云：「聽獄之事也，聽獄在外朝，故云外事。」（《尚書集注音疏》卷六，《四部要籍注疏叢刊·尚書（中）》頁1627下）
[10] 見第一章〈康誥〉「要囚」條。
[11] 「服念」，吳質〈答東阿王書〉作「伏念」。孫星衍云：「服，同伏。《易·繫辭》釋文引孟京云：『伏，服也。』」（《尚書今古文注疏》頁365）「念」，率皆如字解之，疑應讀為「驗」。「服（伏）念（驗）」應即《周禮·小司寇》之「用情訊之」。
[12] 《周禮·小司寇》：「以五刑聽萬民之獄訟，附于刑，用情訊之；至于旬乃弊之，讀書則用法」可參。〈大宰〉鄭注：「弊，斷也。」
[13] 「事」，偽《孔傳》、王國維等俱屬上讀，茲從孫星衍屬下讀（《尚書今古文注疏》頁366），疑應讀為「使」。
[14] 「義」，應讀為「宜」。
[15] 《荀子·致士》：「《書》曰：『義刑義殺，勿庸以即女，惟曰未有順事。』言先教也。」又〈宥坐〉：「《書》曰：『義刑義殺，勿庸以即予，維曰未有順事。』言先教也。」《孔子家語·始誅》：「《書》云：『義刑義殺，勿庸以即汝心，惟曰未有慎事。』」

若汝封之心；朕心朕德惟乃知。凡民自得罪，寇攘姦宄，殺越[1]人于貨，暋不畏死，〔凡民〕罔弗憝。[2]」

王曰：「封。元惡大憝[3]，矧惟不孝不友。子弗祗服厥父事，大傷厥考心；于[4]父不能字厥子，乃疾厥子。于弟弗念天顯，乃弗克恭厥兄；兄亦不念鞠子哀[5]，大不友于弟。惟弔（淑），茲不于我政（正）人[6]得罪，天惟[7]與我民彝大泯亂，曰：乃其速由。文王作罰，刑茲無赦。不率大戛，矧惟外庶子、訓人[8]惟[9]厥正人越小臣、諸節，[10]乃別（徧）播敷，造[11]民大譽，弗念[12]弗庸（用）[13]，瘝厥君，時乃引

---

[1] 「越」，吳汝綸云：「越，讀〈淄衣〉『毋越厥命』之『越』，鄭注：『越之言蹶也。』《史記‧孫吳傳》『蹶上將軍』，《索隱》：『蹶，猶僵也。』《詩》箋：『于，取也。』殺越人于貨者，殺斃人取貨也。」（《尚書故》頁183）存參。

[2] 《孟子‧萬章下》：「〈康誥〉曰：『殺越人于貨，閔不畏死，凡民罔不譈。』是不待教而誅者也。」「暋」作「閔」，《說文》作「斂」，其云「斂，冒也。……《周書》曰：『斂不畏死。』」。「憝」作「譈」，《說文》「憝，怨也。……《周書》曰：『凡民罔不憝。』」「弗」，《孟子》、《說文》均作「不」，「罔」上均有「凡民」二字。《孟子》趙歧注：「譈，殺也。」朱彬從之。（《經傳攷證》卷三，《四庫未收書輯刊‧肆輯（玖冊）》頁467下）吳汝綸云：「趙訓譈爲殺者，《廣雅》：『諄，辜也。』《莊子》司馬彪本『敦髮』注：『敦，斷也。』皆譈可訓殺之證。譈、憝同。」（《尚書故》頁183）屈萬里云：「《詩‧常武》『鋪敦淮濆』，〈閟宮〉『敦商之旅』，宗周鐘『王肇伐其至』，《周書‧世俘篇》『凡憝國九十有九國』，敦、肇、憝，皆殺伐之義（說詳拙著《詩三百篇成語零釋》，見《書傭論學集》），可與《孟子》之說互證。」（《尚書集釋》頁154）訓「憝」爲「殺」較舊說爲長。

[3] 《法言‧修身》：「君子悔吝不至，何元憝之有。」李軌注：「元憝，大惡也。」

[4] 「于」，俞樾讀作「爲」。（《群經平議》卷五，《續修四庫全書（一七八）》頁79）存參。

[5] 「哀」，王引之讀爲「隱」。（《經義述聞（一）》頁224—225）存參。

[6] 「政人」，王引之云：「政人，即正人，謂爲長之人。大而司寇，小而士師，皆執法議罪者。」（《經義述聞（一）》頁193）

[7] 「天惟」，漢石經作「維天」。

[8] 「訓人」，鄭注「師長」。孫詒讓云：「竊謂訓人，當爲《周禮‧地官》士訓、誦訓二官，稱人者，通官屬之辭，猶州師稱甸人，山虞、澤虞稱虞人也。士訓、誦訓，王巡守則夾王車，則亦親近之臣，侯國蓋亦有之，爵皆中、下士，故與外庶子同舉也。」（《尚書駢枝》頁133）

[9] 「惟」，猶「與」也。（《經傳釋詞》頁56—57）

[10] 見第一章〈康誥〉「乃其速由……諸節」條。

[11] 「造」，劉起釪謂同「遭」（《尚書校釋譯論（第三冊）》頁1344），存參。

[12] 「念」，莊述祖云：「念，當讀爲諗。諗念古通，《毛詩傳》『諗，念也』，《箋》『告也』，《說文》『深諫也』。」（《尚書今古文集解》卷十五，《續修四庫全書（四八）》頁290下引）存參。

[13] 「弗庸」，黃傑連下「瘝」字讀爲「弗痛懷」（〈《尚書》之〈康誥〉〈酒誥〉〈梓材〉新解〉頁111），存參。

惡，惟朕憝。已（嘻）！汝乃其速由，茲義（宜）率殺[1]。亦惟君惟長，不能[2]厥家人越厥小臣、外正，惟威惟虐，[3]大放王命，乃非德用乂。汝亦罔不克敬典，乃由。裕（欲）民惟文王之敬忌，乃裕（欲）民曰：『我惟有及。』則予一人以懌[4]。」

王曰：「封！爽（尚）[5]惟民迪（由）[6]吉康[7]。我時其惟殷先哲王德，用康乂民，作求（仇/逑）[8]。矧今民罔迪（由）、不適，不迪（由）則罔政（正）在厥邦。」

王曰：「封！予惟不可不監，告汝德之說于[9]罰之行[10]。今惟民不靜，未戾厥心，迪屢[11]未同。爽（尚）惟天其罰殛我，我其不怨。惟厥罪無在大，亦無在多，矧曰其尚（上）顯聞于天。」

王曰：「嗚呼！封，敬哉！無作怨，勿用非謀非彝蔽（敝）[12]時忱。丕則[13]敏德，用康乃心，顧乃德，遠乃猷，裕（欲）乃以民寧，不汝瑕殄[1]。」

---

1 見第一章〈康誥〉「茲義率殺」條。
2 「不能」，江聲云：「不相能也。《春秋傳》曰：閼伯、實沈不相能也。」（《尚書集注音疏》卷六，《四部要籍注疏叢刊·尚書（中）》頁1629下）
3 此處經文或斷讀作「亦惟君惟長不能厥家人，越厥小臣、外正惟威惟虐」，亦可通。
4 「懌」，《荀子·君道》作「擇」，聲通。
5 「爽」，曾運乾云：「爽，猶尚也，聲之轉。與矧對用。」（《尚書正讀》頁169）後「爽惟天其罰殛我」之「爽」同。「爽惟民」之「爽」，黃傑則讀爲「相」（〈《尚書》之〈康誥〉〈酒誥〉〈梓材〉新解〉頁111），存參。
6 「迪」，讀爲「由」，訓爲「用」。
7 「吉康」，亦見於師器父鼎（《集成》2727）及師㝬父鼎（《集成》2813）。
8 「作求」，僞《孔傳》訓作「爲求等」。俞樾云：「按《傳》意蓋讀『求』爲『逑』。《詩·關雎》傳曰『逑，匹也』，故曰『爲求等』，猶曰爲逑匹也。《爾雅·釋訓》『惟逑，鞠也』，《釋文》曰『逑，本作求』，是求、逑通用之證。《正義》曰『求而等之』，未得《傳》意。」（《群經平議》卷五，《續修四庫全書（一七八）》頁79下）王國維以《詩》《書》合證，所得結論相同。其云：「案《詩·大雅》『王配于京，世德作求』，求者，仇之假借字。仇，匹也。作求，猶《書》言『作匹』、『作配』，《詩》言『作對』也。〈康誥〉言與殷先王之德能安治民者爲仇匹。」（〈與友人論詩書中成語書二〉，《觀堂集林（上）》頁78—79）
9 「于」，孔廣森訓爲「與」。（《經學卮言（外三種）》頁45）王引之亦云：「于，猶越也，與也，連及之詞。」（《經義述聞（一）》頁214）
10 清華簡〈壹〉〈皇門〉簡1—2「隹（惟）莫覓（開）余嘉懇（德）之兌（說）」、簡13「既告女（汝）恐（元）悳（德）之行」，可參。
11 〈多方〉「爾乃迪屢不靜」。
12 「蔽」，從于省吾、楊筠如之說讀爲「敝」，訓爲「敗」（《雙劍誃群經新證》頁87下；《尚書覈詁》頁274）。
13 「丕則」，亦作「否則」、「不則」，王引之謂其猶言「於是」（《經傳釋詞》

王曰：「嗚呼！肆汝小子封。惟命不于常；汝念哉，無我殄享，明乃服命[2]，高〈遹—淑？〉乃聽〈德〉[3]，用康乂民。」

王若[4]曰：「往哉，封！勿替敬[5]，典[6]聽朕誥，汝乃以殷民世享。」

酒誥第十六[7]

王若曰[8]：「明大于妹（沬）邦。乃穆考文王，肇國在西土，厥誥毖[9]庶邦庶士，越少正、御事，朝夕曰：『祀茲酒。』惟天降命，肇我民惟元祀。[10]天降威，我民用大亂喪德，亦罔非酒惟[11]行；越小大邦用喪，亦罔非酒惟辜。

頁 226）。清華簡（壹）〈祭公之顧命〉凡兩見，簡 14「藍（監）于顯（夏）商之既敗（敗），不（丕）則亡遺逨（後）」，簡 15「於（嗚）虖（呼），天子，不（丕）則盄（寅）言爭（哉）」。

[1] 王鳴盛云：「僖七年《左傳》楚文王謂申侯曰：『女專利而不厭，予取予求，不女疵瑕也。』杜預注云『不以女為罪釁』是也。」（《尚書後案》頁 402）孫詒讓謂《詩經·大雅·思齊》「肆戎疾不殄，烈假不瑕」之「不殄、不瑕」猶此「不汝瑕殄」。（〈詩不殄不瑕義〉，《籀廎述林》頁 71）

[2] 毛公鼎（《集成》2841）「毋敢墜于乃服」可參。

[3] 見第一章〈康誥〉「高乃聽」條。

[4] 于省吾謂「若」係衍文。（〈「王若曰」釋義〉，《中國語文》1966 年第 2 期）存參。

[5] 中山王䇾鼎（《集成》2840）：「毋替厥邦。」

[6] 「典」字從江聲屬下讀（《尚書集注音疏》卷六，《四部要籍注疏叢刊·尚書（中）》頁 1631 下）。

[7] 此篇可與大盂鼎（《集成》2837）銘相參。《漢書·藝文志》云：「劉向以中古文校歐陽、大小夏侯三家經文，〈酒誥〉脫簡一，〈召誥〉脫簡二。率簡二十五字者，脫亦二十五字；簡二十二字者，脫亦二十二字。文字異者七百有餘，脫字數十。」（陳國慶編，《漢書藝文志注釋彙編》（北京：中華書局，1983），頁 33）

[8] 《釋文》云：「馬本作『成王若曰』，注云：『言成王者，未聞也。俗儒以為成王骨節始成，故曰成王。或曰以成王為少成二聖之功，生號曰成王，沒因為諡。衛、賈以為戒成康叔以慎酒，成就人之道也，故曰成。此三者吾無取焉。吾以為後錄書者加之，未敢專從，故曰未聞也。』」

[9] 王引之云：「誥毖，猶誥告也。〈多方〉曰『誥告爾多方』是也。《廣韻》『毖，告也』之訓，殆《尚書》舊注歟？」（《經義述聞（一）》頁 215）晉姜鼎（《集成》2826）「宣卹我猷」之「卹」，即訓告。

[10] 見第一章〈酒誥〉「惟天降命肇我民惟元祀」條。

[11] 「惟」，王引之云：「《玉篇》曰：『惟，為也。』《書·皋陶謨》曰：『萬邦黎獻，共惟帝臣。』某氏《傳》曰：『萬國眾賢，共為帝臣。』〈酒誥〉曰：『我民用大亂喪德，亦罔非酒惟行；越小大邦用喪，亦罔非酒惟辜。』《傳》曰『亦無非以酒為行』、『亦無不以酒為罪』。」（《經傳釋詞》頁 56）存參。

「文王誥教小子[2]：有正、有事，無彝[3]酒；越庶國，飲惟祀，德將無醉[4]。惟曰我民迪（由）[5]，小子惟土物愛；厥心臧，聰聽祖考之彝訓越小大德，小子惟一。

「妹（沬）土嗣（司？）爾股肱[6]，純[7]其藝黍稷，奔走事厥考厥長。肇[8]牽車牛，遠服賈用，[9]孝養[10]厥父母；厥父母慶，自洗腆，致用酒。

「庶士、有正，越庶伯、君子，其爾典聽朕教：爾大克羞耇惟[11]君，爾乃飲食醉飽。丕惟曰：爾克永觀省，作稽中德，爾尚克羞饋祀，爾乃自介（匄）[12]用逸。茲乃允[13]惟王正事之臣[1]；茲亦惟天若[2]元德，永不忘（亡）[3]在王家。」

---

1. 「行」，俞樾謂是「衍」字之誤，並讀爲「愆」。（《群經平議》卷五，《續修四庫全書（一七八）》頁80上）皮錫瑞謂：「古以作僞爲『行』。」（《今文尚書考證》頁85）

2. 何尊（《集成》6014）：「王亯（誥）宗小子于京室。」

3. 黃奇逸：「此『彝』，當是口語中『昵』字的假借字。」（《歷史的荒原：古文化的哲學結構（增訂本）》頁819）黃傑讀「彝」爲「夷」（〈《尚書》之〈康誥〉〈酒誥〉〈梓材〉新解〉頁111）。存參。

4. 孫詒讓云：「『將』，當讀爲『祼將』之『將』，《周禮·小宰》『祼將之事』，鄭注云：『將，送也。』德，與〈皋陶謨〉『群后德讓』義同，亦當訓爲升，（詳前〈盤庚〉）謂惟祭祀升堂送爵，雖飲不至於醉也。」（《尚書駢枝》頁135）大盂鼎（《集成》2837）：「有髭（柴）龏（恭）祀無敢醿（擾）。」李學勤謂鼎銘之「醿」乃醉亂之意。（李學勤〈大盂鼎新論〉，《鄭州大學學報（哲學社會科學版）》1985年第3期，頁52）「無」字，《尚書大傳》同，《論衡·語增》作「毋」。

5. 「我民迪」，從莊存與句讀（《尚書今古文集解》卷一五引，《續修四庫全書（四八）》頁292下）。

6. 沬（沬）闑（司）土（徒）遼（疑）簋銘（《集成》4059）云：「王來伐商邑，征（誕）令康厌（侯）啚（鄙）于衛，沬（沬）闑（司）土（徒）遼（疑）眔啚（鄙），乍（作）斈（厥）考隩（尊）彝。」陳夢家據之謂：「〈酒誥〉曰『妹土嗣，爾股肱』，很可能是『妹司土，爾股肱』之誤。」（《西周銅器斷代（一）》，《考古學報》1955年01期）朱廷獻、張桂光等從之。（《尚書研究》頁383；〈沬司徒疑簋及其相關問題〉，《古文字研究》第二十二輯（北京：中華書局，2000），頁67）存參。

7. 「純」，楊筠如讀爲「諄」（《尚書覈詁》頁280），存參。

8. 「肇」，《爾雅·釋言》「敏也」。

9. 《白虎通·商賈》引作「肇牽車牛，遠服賈用」，又《詩經·國風·谷風》「賈用不售」，經文「用」字當屬上讀。

10. 「孝養」，《白虎通·商賈》作「欽」。

11. 「惟」，猶「與」。

12. 「介」，從于省吾、楊筠如之說讀爲「匄」（《雙劍誃群經新證》頁88；《尚書覈詁》頁281）。

13. 「允」，楊樹達云：「『允』讀爲『駿』，長也。『畯』字金文皆作『眈』，

　　王曰：「封！我西土棐（非）徂[4]，邦君、御事、小子，尚克用文王教，不腆[5]于酒。故我至于今，克受殷之命。」

　　王曰：「封。我聞惟曰：『在昔殷先哲王，[6]迪畏天顯小民，經德秉哲[7]。自成湯咸至于帝乙[8]，成王[9]畏。相惟御事[10]，厥棐有恭[11]，不敢自暇自逸，矧曰其敢崇飲？越在外服，侯、甸、男、衛、邦伯

---

[1] 夋从允聲也，允、畯同音。」（《積微居讀書記》頁 26；又參〈書酒誥茲乃允惟王正事之臣解〉，《積微居小學述林全編（上）》（上海：上海古籍出版社，2013），頁 336—337）存參。

　吳汝綸云：「正，當爲政。《論語》：『對曰：「有政。」子曰：「其事也。」』然則治政之臣謂大夫，治事之臣謂士。」（《尚書故》頁 193）存參。

[2] 「天若」，中山王𧊜鼎（《集成》2840）「智（知）天若否」。

[3] 「忘」，從王引之說讀爲「亡」（《經義述聞（一）》頁 206）。

[4] 曾運乾云：「徂，讀爲岨，險僻也。」（《尚書正讀》頁 176）孫詒讓云：「棐，亦當讀爲匪；徂，當讀爲且，並同聲叚借字。《詩‧周頌‧載芟》云：『匪且有且，匪今斯今。』毛《傳》云：『且，此也。』此棐徂即匪且，其義亦爲非。此言我周西土非自此始君臣皆尚能用文王教命，不敢厚用酒。猶云自昔已然，故下文即繼之曰『故我至于今，克受殷之命』。曰『棐徂』，又曰『至于今』，猶《詩》『匪且』、『匪今』兩語，正相承貫。」（《尚書駢枝》頁 136）存參。

[5] 「腆」，僞《孔傳》訓爲「厚」。戴鈞衡云：「腆曰殄（《儀禮‧燕禮》鄭注：「古文腆皆作殄。」又《詩‧新臺》鄭箋：「殄，當爲腆，二字通。」），病也（《周禮‧稻人》「夏以水殄草而芟夷之」注：「殄，病也。」）。」（《書傳補商》卷八，《續修四庫全書（五〇）》頁 93 上）王國維云：「腆疑爲涵之譌。」（〈觀堂學書記〉頁 277）楊筠如云：「腆，疑讀爲『涵』。」（《尚書覈詁》頁 283）存參。

[6] 皮錫瑞云：「《大傳》引〈酒誥〉：『王曰：封。惟曰若圭璧。』今無此句。劉向以中古文校歐陽、大小夏侯三家經文，〈酒誥〉脫簡一，不知脫何文也。豈若圭璧即在脫簡中乎？陳壽祺說：『〈酒誥〉篇有「王曰：封！我聞惟曰：在昔殷先哲王」之語，《大傳》所引，疑或此句之異文。』」（《今文尚書考證》頁 324）

[7] 此處之「經」，僞孔《傳》訓爲「常」。《孟子‧盡心下》「經德不回」之「經」，趙岐解爲「行」，朱熹解爲「常也」（《四書集注》（長沙：岳麓書社，2004），頁 411）。黃傑則讀「經德」之「經」爲「型」（《尚書》之〈康誥〉〈酒誥〉〈梓材〉新解》頁 66）按，清華簡（伍）〈厚父〉簡 7—8 云：「隹（惟）寺（時）余經念乃高祖克憲（憲）皇天之政工（功）。」「經念」之「經」義同「念」若「懷」，故疑「經德」之「經」亦當訓作「念」若「懷」。又齊陳曼簠（《集成》4596）「肇堇（勤）經德」可參。

[8] 見第一章〈酒誥〉「自成湯咸至于帝乙」條。

[9] 「成王」，《中論‧譴交》作「成正」，「正」殆「王」之譌。

[10] 孫詒讓云：「相惟御事（句），猶《詩‧周頌‧雝》云『相維辟公』及〈召誥〉云『相古先民有夏』（《傳》訓相爲視）、〈無逸〉云『相小民』。孔讀『畏相』句，云畏敬輔相之臣，誤。」（《尚書駢枝》頁 137）

[11] 《中論‧譴交》作「厥職有恭」。「棐」，舊訓爲「輔」，楊筠如讀爲「匪」，訓「非」（《尚書覈詁》頁 284），馬楠謂「棐、匪通用，此處用與『彼』同」（〈周秦兩漢書經考〉頁 337），俟考。

¹；越在內服，百僚、庶尹、惟亞²、惟服、宗工，越百姓里居〈君〉³，罔敢湎于酒，不惟不敢，亦不暇。惟助成王德顯，越尹人⁴祗辟。』」

「我聞亦惟曰：『在今後嗣王酗身，厥命⁵罔顯于民祗⁶，保越怨，不易。誕惟厥⁷縱淫泆于非彝⁸，用燕喪威儀，民罔不盡⁹傷心。惟荒腆于酒，不惟自息，乃逸。厥心疾很，不克畏死；辜在商邑，越殷國滅無罹¹⁰。弗惟德馨香，祀登聞于天；誕惟民怨，庶羣自酒，腥聞在上。故天降喪于殷，罔愛于殷，惟逸¹¹。天非虐，惟民自速辜。』¹²」

王曰：「封。予不惟若茲多誥。古人有言曰：『人無於水監，當於民監。』¹³今惟殷墜厥命，我其可不大監撫于時？予惟曰：『汝劼毖¹⁴殷獻臣¹⁵，侯、甸、男、衛；矧太史友、內史友，越獻臣、百

---

1 《白虎通・爵篇》引作「侯甸任衞作國伯」，「男」作「任」，多「作」字。
2 《合》32992 反：「……以多田、亞、任……」《合》4889：「貞：令冓以文，取于大任、亞。」
3 『里居』，王國維則據史頌簋（《集成》4229—4236）「里君百生（姓）」謂「里居」爲「里君」之誤。（〈王觀堂先生尚書講授記〉頁 245）
4 「尹人」，于省吾云：「『尹人』猶〈多方〉之言『尹民』，《說文》『尹，治也』。」（《雙劍誃群經新證》頁 89 上）
5 「厥命」，指所受大命。
6 「民祗」即「祗民」，敬民。
7 周原甲骨 FQ3「祉（誕）隹（惟）殹（厥）」可參。
8 清華簡（伍）〈厚父〉簡6：「湎（沈/淫）湎于非彝。」
9 「盡」字，《說文》「傷痛也」。馬楠以爲即「盡」字（〈《尚書》、金文互證三則〉，《中國國家博物館館刊》，2014 年 11 期，頁 44），黃傑讀爲「疾」（〈《尚書》之〈康誥〉〈酒誥〉〈梓材〉新解〉頁 74—76），俟考。
10 「罹」，于省吾云：「罹與離、麗古通。《禮記・王制》『郵罰麗於事』，注『麗，附也』。」（《雙劍誃群經新證》頁 89 也下）存參。
11 「逸」，黃傑讀爲「抶」，訓爲擊、罰。（〈《尚書》之〈康誥〉〈酒誥〉〈梓材〉新解〉頁 79）存參。
12 《國語・周語上》：「國之將興，其君齊明、衷正、精潔、惠和，其德足以昭其馨香，其惠足以同其民人。神饗而民聽，民神無怨，故明神降之，觀其政德而均布福焉。國之將亡，其君貪冒、辟邪、淫泆、荒怠、麤穢、暴虐；其政腥臊，馨香不登；其刑矯誣，百姓攜貳。明神不蠲而民有遠志，民神怨痛，無所依懷，故神亦往焉，觀其苛慝而降之禍」可參。
13 《中論・貴驗》曰：「《周書》有言，人毋鑒於水，鑒於人也。鑒也者，可以察形。言也者，可以知德。」「無」作「毋」，「監」作「鑒」，今文如是。又《墨子・非攻中》「古者有語曰：『君子不鏡於水，而鏡於人。鏡於水，見面之容，鏡於人，則知吉與凶。』」可參。
14 王國維曾疑「劼」爲「誥」之譌（〈與友人論詩、書中成語書二〉，《觀堂集林（上）》頁 79），學者多從之。按，清華簡（叄）〈說命下〉簡7有「哉（劼）丝（毖）」一詞，可知王說非是。
15 楊筠如云：「獻臣，猶言餘臣也。《逸周書・作雒解》：『俘殷獻民于九畢。』

宗工；矧惟爾事：服休、服采；矧惟若疇[1]：圻父薄違，農父若保，宏父定辟，[2]矧汝剛制于酒。』厥或（又）誥曰：『羣飲，汝勿佚，[3]盡執拘[4]以歸于周，予其殺。又惟殷之迪諸臣惟[5]工，乃湎于酒，勿庸（用）殺之，姑惟教之。有斯明享（饗）[6]，乃不用我教辭（治）[7]，惟我一人弗恤，弗蠲乃事，時同于殺。』」

王曰：「封。汝典聽朕毖，勿辯（弁）〈史—使〉乃司民[8]湎于酒[9]。」

梓材第十七[10]

王曰：封！以厥庶民暨厥臣達大家，以厥臣達王，惟邦君。汝若恒越[11]曰：我有師師[12]、司徒、司馬、司空、尹、旅，曰：予罔厲

注云：『獻民，士大夫也。』是獻臣、獻民，當非賢臣賢民明矣。《說文》：『櫱，伐木餘也。一作枿。』是『獻』與『櫱』聲意相近。《詩·碩人》：『庶姜孽孽』，《韓詩》作『轙轙』。《呂覽·過理篇》注：『櫱當爲轙。』又曰：『櫱與轙，其音同耳。』《說文》：『孽，庶子也。』一曰餘子。在木爲枿，在人爲孽。獻臣之義，正取諸孽餘也。舊以『賢』釋之，非矣。」（《尚書覈詁》頁289）朱芳圃說同。（〈殷頑辨〉頁319）周鳳五亦謂《尚書》中「民獻」、「獻民」等之「獻」皆應從楊筠如之說讀爲「櫱」。（〈「櫱」字新探——兼釋「獻民」、「義民」、「人鬲」〉，《臺大中文學報》，2015年第12期，頁1~39）存參。

[1] 「疇」，吳汝綸云：「蔡《傳》：『疇，匹也。』汝綸案：疇，讀『公侯好仇』之『仇』。惟若疇者，爲爾仇匹也。」（《尚書故》頁196）王國維亦云：「疇通儔、讎，匹也。故引申之疇爲類，『若疇』猶言爾輩。」（〈王觀堂先生尚書講授記〉頁245）存參。

[2] 此從王安石之說自「違」「保」「辟」絕句。（《三經新義輯考彙評（上）》頁164）

[3] 王應麟《漢藝文志考證》：「漢人引此句作『羣飲，女無失』。」

[4] 《說文》：「柯，柯擊也。……《周書》曰：『盡執柯。』」「盡執柯」，小徐本作「盡執柯獻」。

[5] 「惟」，猶「與」也。

[6] 孫詒讓云：「享，讀爲饗。饗、享聲近字通。（經典享、饗字互通。此經多作饗，段若膺謂當本作鄉，漢人改饗。是也。）凡此經云饗者，並有賞勸之意。」（《尚書駢枝》頁138）

[7] 「辭」，疑應讀爲「治」。《論衡·率性》「夫人有不善，則乃性命之疾也，無其教治，而欲令變更，豈不難哉」可參。

[8] 「司民」，亦見於清華簡（伍）〈厚父〉簡10。

[9] 見第一章〈酒誥〉「勿辯乃司民湎于酒」條。

[10] 《史記·衛康叔世家》：「周公旦懼康書齒少，爲〈梓材〉，示君子可法則。」

[11] 「越」，戴鈞衡云：「越，讀如《國語》『越於諸侯』之『越』，謂揚言也。」（《書傳補商》卷九，《續修四庫全書（五〇）》頁102上。）

[12] 「師師」，孫星衍云：「上『師』，〈釋詁〉云：『眾也。』下『師』，鄭注

[1]殺人。亦厥君先敬勞，肆徂厥敬勞。肆往，姦宄、殺人、歷人[2]宥；肆亦見厥君事，戕敗人宥。[3]

王啟〈肇〉監厥亂，爲（化）民。[4]曰：無胥戕，無胥虐，至于敬（矜一鰥）[5]寡，至于屬婦，合由以容[7]。王其效[8]邦君越御事，厥命曷以？引養引恬。自古王若茲監，罔攸辟[9]。

《周禮》云：『猶長也。』」（《尚書今古文注疏》頁385）

[1]「厲」，《逸周書・謚法》：「殺戮無辜曰厲。」吳汝綸云：「厲，風厲也。蔡質《漢儀》『刺史，以六條問事』，其三條云：『二千石，不恤疑獄，風厲殺人。』風厲殺人，即此所云『厲殺人』也。」（《尚書故》頁199）

[2]「歷人」，洪頤煊云：「《爾雅・釋言》：『辟，歷也。』《大戴禮・子張問入官》篇：『歷者，獄之所由生也。』歷人，亦謂犯法之人。」（《讀書叢錄》卷一，《續修四庫全書（一一五七）》頁564上）

[3] 孫詒讓云：「此段大意，謂君敬勞則諸臣亦敬勞，君宥有罪則諸臣亦宥有罪，以戒康叔之謹身率下也。徂，亦當讀爲且，此也。（詳〈酒誥〉）往當訓爲『彼』，與『徂』對文，皆主臣言。謂其君能敬慎勤勞民事，則此諸臣亦法之，而敬慎勤勞民事。」（《尚書駢枝》頁139—140）存參。又「敗」字，白軍鵬謂：「頗疑『敗』當爲『則』字之譌，而讀爲『賊』。」（〈《尚書》新證三則〉頁120）存參。

[4]《論衡・效力》：「〈梓材〉曰：『彊人有王開賢，厥率化民。』」段玉裁云：「今文《尚書》之乖異如此。蓋『彊』、『戕』音同，『有』、『宥』音同，『啟』、『開』音同，『爲』、『化』音同，『率』古讀如『律』，與『亂』雙聲，且古文『亂』作『乿』，與『率』相似，而『敗』字則古無今有，『賢』與『監』則形略相似。」（《古文尚書撰異》卷一八，《四部要籍注疏叢刊・尚書（中）》頁1982下）黃傑認爲「啟」爲「肇」字之誤認，並將「厥亂」屬上讀，又讀「爲」作「化」。（〈《尚書》之〈康誥〉〈酒誥〉〈梓材〉新解〉頁97—99）茲從其說。西周金文「啟」形並不用於表示「開啟」之「啟」，而用來表示「肇」。（參《西周金文字詞關係研究》頁246—248）

[5] 吳澄謂「敬」當作「矜」，與「鰥」同。（《書纂言》卷四上，《景印文淵閣四庫全書（第六一冊）》頁136）段玉裁云：「蓋古文《尚書》作敬，今文《尚書》作矜，而矜亦作鰥。《呂刑》古文『哀敬折獄』，《尚書大傳》作『哀矜』，《漢書・于定國傳》作『哀鰥』，正其比例。」（《古文尚書撰異》卷一八，《四部要籍注疏叢刊・尚書（中）》頁1983上）

[6]「屬」，《說文》作「嫋」，其云：「婦人妊身也。……《周書》曰：『至于嫋婦。』」《小爾雅》：「妾婦之賤者謂之屬婦，屬，逮也。逮婦之名言其微也。」魯實先讀「屬」爲「僕」（〈吾愛吾師，吾師即真理——魯實先先生《尚書》學記要〉頁76），黃傑讀爲「獨」（〈《尚書》之〈康誥〉〈酒誥〉〈梓材〉新解〉頁103—104）。俟考。

[7] 孫詒讓云：「此與〈微子〉『用以容』同，即承上敬寡、屬婦，言合眾窮阨之人用相容受也。」（《尚書駢枝》頁141）

[8] 王引之從《廣雅》訓「效」爲「考」。（《經義述聞（一）》頁218）吳汝綸云：「效，讀廣武『賜寶寶詔』『任囂效尉佗制七郡』之『效』。《釋名》：『教，效也。』效、教同義。任囂校尉佗，《後漢書》本亦作『教』。」（《尚書故》頁201）存參。

[9]「辟」，楊筠如謂即「僻」字。（《尚書覈詁》頁296）存參。

惟曰：若稽[1]田，既勤敷菑[2]，惟其陳（甸）[3]修[4]，爲厥疆畎。若作室家，既勤垣墉，惟其斁（塗）[5]墍茨。若作梓材，既勤樸〈剟〉斲[6]，惟其斁（塗）丹雘[7]。

今王惟曰：先王既勤用明德，懷爲夾[8]，庶邦享作，兄弟方來[9]。亦既用明德，后式典集，庶邦丕享。皇天既付[10]中國民，越厥疆土于先王，[11]肆王惟德，用[12]和懌先後迷民[13]，用懌（繹）[14]先王受命。巳（嘻）！若茲監。惟曰：欲至于萬年，惟王子子孫孫永保民。

---

[1] 楊筠如云：「稽，《周禮·質人》注：『治也。』按稽乃『檣』之假，《廣雅》：『檣，種也。』」（《尚書覈詁》頁297）趙平安謂從「稽」字初文可推知其本義約指「種」，和「埶」構形相似。（〈釋花東甲骨中的「瘁」和「稽」〉，陳偉武主編《古文字論壇（第一輯）》（廣州：中山大學，2015），頁78）

[2] 「敷菑」，吳汝綸云：「猶布種也。鄭〈考工記〉注：『凡植物于地謂之菑。』《後漢書·楊賜傳》注：『菑，謂插也。』」（《尚書故》頁201）存參。

[3] 王引之云：「陳，治也。《周官·稍人》注引《小雅·信南山篇》『維禹陳之』，《毛詩》『陳』作『甸』，云：『甸，治也。』〈多方〉曰：『畋爾田。』《齊風》曰：『無田甫田。』『田』、『甸』、『畋』、『陳』、『陳』古同聲而通用。陳、脩皆治也。《傳》訓『陳』爲列，失之。」（《經義述聞（一）》頁218—219）孫星衍說「陳」同。（《尚書今古文注疏》頁387）

[4] 「修」，魏石經古文作「攸」，聲通。

[5] 「斁」，唐石經作「塗」。《正義》「二文皆言『斁』，即古『塗』字」，《羣經音辨》引《書》「惟其斁墍茨」亦作「斁」，是僞孔本作「斁」。作「塗」者，段玉裁謂是衛包所改（《古文尚書撰異》卷一八，《四部要籍注疏叢刊·尚書（中）》頁1983），據改。《說文》作「敳」。俞樾讀「斁」爲「度」，訓爲「謀」。（《群經平議》卷五，《續修四庫全書（一七八）》頁82—83）存參。

[6] 見第一章〈梓材〉「既勤樸斲」條。

[7] 《說文》：「雘，善丹也。……《周書》曰：『惟其敳丹雘。』」

[8] 《左傳·僖公四年》「昔召康公命我先君大公曰，五侯九伯，女實征之，以夾輔周室」可參。

[9] 王國維云：「『兄弟方』，與《易》之『不寧方』、《詩》之『不庭方』皆三字爲句，方猶國也。」（〈與友人論《詩》、《書》中成語書二〉，《觀堂集林（上）》頁79—80）「來」，黃傑認爲是「逑」字之誤認（〈《尚書》之〈康誥〉〈酒誥〉〈梓材〉新解〉頁106—107），恐非。

[10] 「付」，王應麟《漢藝文志考證》載漢人引經異字作「附」。

[11] 大盂鼎（《集成》2837）：「先王受民受疆土。」（參《張政烺批註《兩周金文辭大系考釋》（下）》頁30）

[12] 「用」，王念孫云：「『用和懌先後迷民』『用懌先王受命』，兩『用』字皆屬下讀。用，以也。」（《經義述聞（一）》頁219）

[13] 「迷民」，《詩經·小雅·節南山》「俾民不迷」、《逸周書·寶典》「民乃不迷」可參。

[14] 「懌」，從楊筠如說讀爲「繹」（《尚書覈詁》頁299）。

召誥第十八[1]

惟[2]二月既望，越[3]六日乙未，王朝步自周[4]，則（旻）至于豐[5]。

惟太保先周公相宅[6]。越若來三月，惟丙午朏[7]，越三日戊申，太保朝至于洛，卜宅。厥既得卜，則經營。越三日庚戌，太保乃以庶殷攻位于洛汭，越五日甲寅，位成。

若翌[8]日乙卯，周公朝至于洛，則達觀于新邑營。越三日丁巳，用牲于郊，牛二。越翌日戊午，乃社于新邑，牛一、羊一、豕一。越七日甲子，周公乃朝用書命庶殷[9]：侯、甸、男邦伯。厥既命殷庶，庶殷丕作[10]。

太保乃以庶邦冢君出取幣，乃復入錫周公。〔周公〕[11]曰：「拜手稽首，旅王若公[12]。誥告庶殷，越自乃御事。嗚呼！皇天上帝，改厥元子茲大國殷之命。惟王受命，無疆惟休，亦無疆惟恤。嗚呼！曷其奈何弗敬！天既遐終大邦殷之命，茲殷多先哲王在天，越厥後王後民，茲服厥命厥終[13]，智（知）藏瘝在[14]。夫知保抱攜持厥婦子，

---

1 《書序》：「成王在豐，欲宅洛邑，使召公先相宅，作〈召誥〉。」
2 「惟」，今文例作「維」，篇內同。
3 「越」，今文例作「粵」，篇內同。
4 甲骨卜辭習見「王步于某」。
5 見第一章〈召誥〉「則至于豐」條。
6 「宅」，皮錫瑞云：「『宅』疑亦當作『度』，今文《尚書》『宅』爲『度』，《史記》、漢石經可證。漢人引三家《尚書》、三家《詩》『宅』皆爲『度』。《逸周書》有〈度邑篇〉，言營洛之事。《詩·靈臺篇》云：『經之營之。』《毛傳》：『經，度之也。』《箋》云：『度始靈臺之基趾，營表其位。』是度與營義同。《大傳》云『營成周』，是其義當爲度。此云『宅』，疑後人用古文《尚書》改之，如『洛』、『惟太』當作『雒』、『維大』之比。」（《今文尚書考證》頁334—335）
7 王應麟《漢藝文志考證》：「漢儒引經異字『維丙午蠢』。」
8 「翌」，唐石經作「翼」，段玉裁謂是衛包所改，據改。下「越翌日戊午」之「翌」同。
9 指〈多士〉。
10 「丕作」，《漢書·王莽傳》作「平作」。顏注：「平作謂不促遽也，平字或作丕，丕亦大也。」王念孫云：「隸書『丕』字或作𠀗，與『平』字相近，因譌而爲『平』。」（《讀書雜志（二）》頁1004）
11 「周公」，從于省吾說增（《雙劍誃群經新證》頁93—94）。
12 邢侯簋（《集成》4241）「魯天子」，旅、魯通用。
13 「厥終」，從于省吾說屬上讀（《雙劍誃群經新證》頁94）。
14 「瘝」，《爾雅》「鰥，病也」郭注引《書》作「鰥」。馬楠云：「『智藏鰥在』頗不可解，疑『智』字讀爲知，『藏』讀爲臧，『鰥』讀爲瘝，訓爲病，『在』讀爲哉。句作『知臧瘝哉』，謂殷先哲王在天，後王後民事其長久之命，當知美

以哀籲天：『徂[2]，厥亡（無）[3]出執[4]。』嗚呼！天亦哀于四方民，其眷命用懋[5]，王其疾敬德。相古先民有夏，天迪（由）[6]從子[7]保，面（勔）[8]稽天若[9]，今時既墜厥命。今相有殷，天迪（由）格保，面（勔）稽天若，今時既墜厥命。今沖子嗣，則無遺壽耇[10]；曰：其稽我古人之德，矧曰其有能稽謀自天。嗚呼！有王雖小，元子哉！其丕能諴[11]于小民，今休。王不敢後，用顧畏于民嵒[12]。王來紹（詔）[13]上帝，自服于土中。旦曰：『其作大邑，其自時配皇天[14]；毖祀于

惡。」（〈周秦兩漢書經考〉頁349）俟考。

[1] 裘錫圭：「在古文字裏，『保』的較古寫法是𤕟，象一個人把孩子背在背上。所以唐蘭先生認爲『保』的本義是負子於背，襁褓的『褓』是『保』的孳生字，『養』是『保』的後起意義。（原注：《殷虛文字記·釋保》）這個意見是很正確的。」（〈談談古文字資料對古漢語研究的重要性〉頁47）

[2] 馬楠云：「『徂』疑讀爲疑讀爲戲，楊樹達說字即《詩》、《書》常見嘆詞『嗟』。」（〈周秦兩漢書經考〉頁349）

[3] 「亡」，從于省吾說讀爲「無」。（《雙劍誃群經新證》頁95上）

[4] 「出執」，楊筠如云：「同門裴學海先生謂即『槷黜』，《說文》：『槷黜，不安也。《易》曰槷黜。』一作『杌陧』，古杌、柮通用。如《左傳》之『檮杌』，《說文》作『檮柮』，即其證。陧、槷古亦通用。是也。」（《尚書覈詁》頁305—306）

[5] 《詩經·大雅·皇矣》「上帝耆之，憎其式廓。乃眷西顧，止維與宅」可參。

[6] 「迪」，讀爲「由」，訓爲「用」。

[7] 「子」，王引之讀爲「慈」。（《經義述聞（一）》頁221）曾運乾云：「從子保，爲旅保兩字之譌。」（《尚書正讀》頁193—194）俟考。

[8] 「面」，王引之讀爲「勔」，從《爾雅》訓爲「勉」。（《經義述聞（一）》頁221）

[9] 〈無逸〉：「非天攸若。」中山王𢉼鼎（《集成》2840）：「智（知）天若否。」

[10] 《漢書·孔光傳》引作「無遺耆老」。

[11] 「諴」，《說文》「和也。……《周書》『丕能諴于小民。』」

[12] 裘錫圭：「《說文》又有『嵒』字。〈石部〉：『嵒，礹嵒。从石品（小徐本『品』下有『聲』字）。《周書》曰：畏于民嵒。讀與嚴同。』這個『嵒』字又應該是从『山』的『嵒』字的後起異體。《說文》引《周書》語見〈召誥〉。從文義推敲，『畏于民嵒』的『嵒』本應作『从品相連』的『𠯪』。俞樾《群經平議》以爲『畏于民嵒』即《詩》所謂『畏人之多言也』，似可信。大概〈召誥〉原文中『从品相連』的『𠯪』，先被誤認爲从『山』之『嵒』，後來又被改成了『嵒』。」（〈說「嵒」「嚴」〉，《裘錫圭學術文集·甲骨文卷》（上海：復旦大學出版社，2012），頁158—159）

[13] 孫詒讓謂「紹」當訓爲「助」。（《尚書駢枝》頁143）

[14] 㝬簋（《集成》4317）「用配皇天」，南宮乎鐘（《集成》181）「配皇天」，宗周鐘（《集成》260）「我佳（惟）司配皇天」。

上下，其自時中乂[1]。王厥有成命，治民，今休。』王先服殷御事，比[2]介[3]于我有周御事。節性，[4]惟日其邁。王敬作所，不可不敬德。

「我不可不監于有夏，亦不可不監于有殷[5]。我不敢知曰，有夏服天命，惟有歷年；我不敢知曰，不其延，惟不敬厥德，乃早墜厥命。我不敢知曰，有殷受天命，惟有歷年；我不敢知曰，不其延，惟不敬厥德，乃早墜厥命。今王嗣受厥命，我亦惟茲二國命，嗣若功。王乃初服。嗚呼！[6]若生子，罔不在厥初生，自貽哲命。今天其命哲，命吉凶，命歷年。知今我初服，宅新邑，肆惟王其疾敬德。王其德[7]之，用祈天永命。其惟王勿以小民淫用非彝，亦敢殄戮，用乂民，若[8]有功；其惟王位在德元[9]，小民乃惟刑（型）[10]用于天下，越王顯。上下勤恤[11]，其曰：『我受天命，丕若有夏歷年，式勿替有殷歷年。』欲王以小民受天永命。」

拜手稽首曰：「予小臣，敢以王之讎民[12]、百君子越友（有）[13]民，保受王威命明德。王末（蔑）有成命，[14]王亦顯。我非敢勤，惟恭奉幣，用供王能祈天永命。」

---

1 何尊（《集成》6014）：「宅茲中國，自之乂民。」清華簡（壹）〈祭公之顧命〉簡17：「亓（其）皆自寺（時）宖（中）哭（乂）萬邦。」
2 「比」，吳汝綸云：「俾之借字。」（《尚書故》頁209）存參。
3 「介」，足利本作「迡」。段玉裁云：「孔《傳》凡『介』皆訓『大』，不應此獨訓『近』，疑本作『迡』而譌『介』字之誤也。『迡』，古文『邇』，見《義雲章》、《汗簡》。」（《古文尚書撰異》卷一九，《四部要籍注疏叢刊・尚書（中）》頁1987下）存參。
4 《呂氏春秋・重己》「節乎性也」，高注「節猶和也」。
5 《後漢書・崔駰傳》引作「鑒于有殷」。
6 《論衡・率性》引作「今王初服厥命。於戲」。
7 「德」，于省吾謂是「省」字之譌（《雙劍誃群經新證》頁96—97），馬楠疑應讀爲「得」（〈周秦兩漢書經考〉頁352），俟考。
8 「若」，猶「乃」也。（《經義述聞（一）》頁222）
9 于省吾云：「『德元』即『元德』，亦稱『首德』。師旬殷：『首德不克燮。』上文之『元子』，鄭康成稱爲『首子』。〈堯典〉：『惇德允元。』〈酒誥〉：『茲亦惟天若元德。』曆鼎：『曆肇對元德。』」（《雙劍誃群經新證》頁97上）
10 「刑」，僞《孔傳》訓爲「法」，王念孫從《爾雅》訓爲「常」（《經義述聞（一）》頁222—223），應讀爲「型」。
11 「恤」，唐石經作「恤」。（參〈堯典〉「惟刑之恤哉」腳注）
12 「讎民」，吳汝綸云：「猶曰儔人。古者君臣相友，故〈康誥〉言『斅惟若疇』，《詩》言『公侯好仇』，讎與疇、仇並通。讎民，謂諸侯。」（《尚書故》頁211）《詩經・大雅・民勞》「以爲民逑」可參。
13 「友」，《續漢書・律曆志》作「有」。吳汝綸云：「友、有同字，語詞也。〈皋謨〉『左右有民』，與此『友民』同。」（《尚書故》頁211）
14 「末」，高中正讀爲「蔑」。並將此句釋作：「王施加其已成定的作洛邑之命

洛誥第十九[1]

　　周公拜手稽首曰：「朕復子明辟[2]。王如弗[3]敢及[4]，天基命定命[5]，予乃胤保，大相東土，其基作民明辟。予惟乙卯，朝至于洛師[6]。我卜河朔[7]黎水[8]。我乃卜澗水東、瀍水西，惟洛食[9]。我又卜瀍水東，亦惟洛食。伻[10]來以圖及獻卜。」

（於百君子等人）。」（〈文本未定的時代——先秦兩漢「書」及《尚書》的文獻學研究〉，復旦大學博士學位論文（指導教師：陳劍教授），2018 年 12 月，頁128—129）按，讀「末」爲「蔑」字可從，釋義則非是。此句可與《詩經・周頌・昊天有成命》「昊天有成命，二后受之。成王不敢康，夙夜基命宥密」相參，「王末（蔑）有成命」當指王覆被有昊天之成命，故亦顯。

[1] 《書序》：「召公既相宅，周公往營成周，使來告卜，作〈洛誥〉。」

[2] 「復」，王安石云：「如『逆復』之『復』。」（程元敏《三經新義輯考彙評（上）》（上海：華東師範大學出版社，2011），頁 179）葉夢得云：「『復』如《孟子》『有復於王』之『復』。」（《晦菴集》卷六十五引）王國維云：「復，白也。《周禮》大僕掌諸侯之復逆、小臣掌三公及孤卿之復逆、御僕掌羣吏之逆及庶民之復，先鄭司農曰：『復，謂奏事也。』辟，君也。復子明辟，猶〈立政〉言『告孺子王』。時成王繼周公相宅至於雒，故周公白之。」（〈洛誥解〉，《觀堂集林（上）》頁 31）

[3] 段玉裁云：「《文選》沈休文《宋書・謝靈運傳論》注引『弗』作『不』。按下文『不敢不敬天之休』、『予不敢宿』皆作『不』，似此亦『不敢』爲長。」（《古文尚書撰異》卷二〇，《四部要籍注疏叢刊・尚書（中）》頁 1988 下）

[4] 孫詒讓云：「『如弗敢及』句，言如不敢求及先王，但翼保我王命耳。亦謙抑敬戒之意。凡《書》云『及』者，皆謂及先王，或古人。」（《尚書駢枝》頁 144）于省吾云：「上句稱『明辟』，故接以謙詞『王如弗敢及』，毛公鼎『余小子弗及』可證。（〈康誥〉『我惟有及』、《詩・皇皇者華》『每懷靡及』，是『弗敢及』、『弗及』、『有及』、『靡及』皆古人語例）」（《雙劍誃群經新證》頁 98 上）

[5] 《詩經・周頌・昊天有成命》「昊天有成命，二后受之。成王不敢康，夙夜基命宥密」可參。

[6] 魯實先：「洛師，即洛邑。〈旅鼎〉『公在盩𠂤』，𠂤，師之初文。」（〈吾愛吾師，吾師即真理——魯實先先生《尚書》學記要〉頁 77）

[7] 「朔」，《釋文》：「北也。」

[8] 「黎水」，蔣廷錫云：「蘇氏曰：『黎水，今黎陽也。』《續文獻通考》云：『衛河、淇水合流，至黎陽故城爲黎水，亦曰濬水。』黎陽故城，在今直隸大名府濬縣東北。」（《尚書地理今釋》，《景印文淵閣四庫全書（第六八冊）》頁 245 下）

[9] 裘錫圭：「『惟洛食』可能就是洛水之神願意饗周人的祭祀的意思。……周人在洛水一帶營邑，當然先要占卜一下，問問洛水是否願意食他們的祭祀。」（〈讀書札記九則〉，《裘錫圭學術文集・語言文字與古文獻卷》（上海：復旦大學出版社，2012），頁 391）存參。

[10] 「伻」，段玉裁云：「《羣經音辨》卷二曰：『平，使也，補耕、普耕二切。《書》「平來以圖」。』玉裁按，此賈氏據未改《尚書釋文》採入者也。今本《尚书釋文》作『伻』，恐是依唐包竄改，非陸氏之舊。且不載『補耕』一切，與《爾雅》『拼』、『抨』音義不符。《集韻》十三耕『拼』、『抨』、『伻』、『迸』、

王拜手稽首曰：「公不敢不敬天之休[1]，來相宅，其作周匹。休公既定宅[2]，伻來，來視予卜，休，恒吉，[3]我二人共貞[4]。公其以予萬億年敬天之休。拜手稽首誨（謀）[5]言。」

周公曰：「王肇稱殷[6]禮，祀于新邑，[7]咸秩無文（閔）[8]。予齊百工，伻[9]從王于周。予惟曰：庶有事[10]，今王即命曰：『記[11]功宗，以功作元祀。』惟命曰：『汝受命篤弼；丕視功載（哉）[12]，乃汝其悉自教（效）工（功）[13]。』孺子其朋，孺子其朋，〔慎〕其往。

『平』、『苹』六字，同云『古作平、苹』。攷〈堯典〉『平秩東作』，馬作『苹』，云『使也』，是。丁度所本《書序》『王俾榮伯』，馬本作『王辨榮伯』，古『辨』與『平』多通用。然則《尚書》之『平』即《爾雅》之『拼』、『抨』也，『伻』字後出爲俗。」（《古文尚書撰異》卷二〇，《四部要籍注疏叢刊·尚書（中）》頁 1988—1989）鄧佩玲云：「訓爲『使』的『伻』很有可能原本乃是『使』字，但因『𠬝（叟）』與『𠬝（叟）』字形過於類近，所以在傳鈔的過程中，部分『史』誤寫爲『弁』，又因『弁』、『釆』音近古通，傳鈔本中『弁』復作『釆』，再因『釆』、『平』字形接近，遂又訛爲『伻』。」（〈從古文字材料談《尚書》所見「平」、「伻」二字〉）陳樹則認爲：「今文《尚書》『伻』應是由甲、金文使令動詞『乎』訛變而來。大約從東周開始『乎』主要功能偏向於句尾語氣詞和介詞，加之『乎』與『平』形體相近，《尚書》中的使令動詞『乎』便產生訛誤。譌字『平』在後世流傳過程中受使令動詞『使』、『俾』字形影響，增加意符寫作『伻』。在傳世典籍中譌字『平』又誤讀爲『釆』，使『辯』具有使令的假借義，『平』又通假爲『拼』、『苹』等字表使役義。」（〈論今文《尚書》使令動詞「伻」的來源及相關問題〉，《語言研究》，2018 年 4 月，第 38 卷第 2 期，頁 65）俟考。

[1] 句式可參駒父盨蓋（《集成》4464）「豕（遂）不敢不敬畏王命」。
[2] 見第一章〈洛誥〉「其作周匹休公既定宅」條。
[3] 王應麟《漢藝文志考證》載漢人引經異字作「辨來來示予卜休，恆吉」。
[4] 《殷契粹編》第 1424 片，郭沫若云：「此爭與𢀛二人共卜。《書·洛誥》『我二人共貞』，則是成王、周公同卜。」（《殷契粹編》頁 718）又『貞』，馬融訓爲「當」。曾運乾云：「貞讀如鼎，當也。言二人當此吉。」（《尚書正讀》頁 202）存參。
[5] 「誨」，于省吾讀爲「謀」。（《雙劍誃群經新證》頁 98）
[6] 「殷」，王安石云：「殷，盛也；如《五年再殷祭》之『殷』，非『夏殷』之『殷』也。周公既制禮作樂，而成王於新邑舉盛禮之祀。」（《三經新義輯考彙評（上）》頁 183）
[7] 《白虎通·禮樂》引作「肇修稱殷禮，祀新邑」。
[8] 見第一章〈洛誥〉「咸秩無文」條。
[9] 「伻」，漢石經作「辯」，篇內同。
[10] 「有事」，偽孔《傳》釋爲「有政事」，陳櫟謂「國之大事，在祀與戎。古人於祭祀皆曰『有事』」（《書集傳纂疏》卷五，《景印文淵閣四庫全書（第六一冊）》頁 378 下），後多從此說。按，頗疑此「有事」即〈酒誥〉「有正、有事」之「有事」，指「百工」（百官）而言。
[11] 「記」，于省吾謂是「祀」之譌。（《雙劍誃群經新證》頁 99 上）存參。
[12] 「載」，從于省吾說讀爲「哉」（《雙劍誃群經新證》頁 99 上）。
[13] 《尚書大傳》：「《書》曰：『乃汝其悉自學功』，悉，盡也。學，效也。傳

¹無若火始燄燄²，厥攸灼敘³，弗其絕厥若⁴。彝及撫事，如予惟以在周工⁵往新邑，伻嚮即有（友）⁶僚，明作有功，惇（敦）大成，裕（欲）汝永有辭⁷。」

公曰：「巳（嘻）！汝惟（雖）沖子，惟終⁸。汝其敬識百辟享⁹，亦識其有不享。享多儀；儀不及物，惟¹⁰曰不享。惟不役志于享。

曰：當其效功也。於卜洛邑、營成周、改正朔、立宗廟、序祭祀、易犧牲、制禮樂、一統天下、合和四海而致諸侯，皆莫不依紳端冕以奉祭祀者，其下莫不自悉以奉其上者，莫不自悉以奉其祭祀者，此之謂也。盡其天下諸侯之志，而效天下諸侯之功也。」是其「教工」作「學工」，且訓「學」為「效」。茲從其讀。

¹ 皮錫瑞云：「《後漢書‧爰延傳》延上封事曰：『臣聞之，帝左右者，所以咨政德也。故周公戒成王曰「其朋其朋」，言慎所與也。』李賢注云：『《尚書》周公戒成王曰：「孺子其朋，孺子其朋，慎其往。」』」段玉裁說：「較今本多「慎」字，足利古本同此，疑妄增也。揚雄〈尚書箴〉曰：「《書》稱其朋。」用〈雉誥〉與爰延傳同。」錫瑞謹案：李注引《書》多『慎』字，於意為長。據爰延說為慎所與，今文《尚書》當有『慎』字。《三國‧魏志》何晏奏曰：『周公戒成王曰「其朋其朋」，言慎所與也。』又〈蔣濟傳〉濟上疏曰：『周公輔政，慎於其朋。』皆有『慎』字。」（《今文尚書考證》頁346）按，內野本、伯2847「其往」上並有「慎」字，據增。又「孺子其朋」之「朋」，于省吾讀如〈洪範〉「子孫其逢」之「逢」（《雙劍誃群經新證》頁99下），存參。

² 《漢書‧梅福傳》引作「毋若火始庸庸」，「無」作「毋」，「燄燄」作「庸庸」。侯康謂：「庸燄聲相近，《左傳》文十八年『閻職』，《史記‧齊世家》作『庸職』，《說苑‧復恩》作『庸織』，閻古讀如燄，《小雅》『艷妻煽方處』，《漢書‧谷永傳》對策作『閻妻』是也。」「燄燄」，《左傳‧莊公十四年》「其氣炎以取之」，杜注引《書》作「炎炎」。段玉裁謂作「炎炎」是，「燄燄」為衛包所改（《古文尚書撰異》卷二〇，《四部要籍注疏叢刊‧尚書（中）》頁1990上），存參。

³ 《釋文》：「敘，絕句。馬讀『敘』字屬下。」

⁴ 曾運乾云：「『厥若』，指示代詞，指燼餘也，二字當時通語。〈立政〉『我其克灼知厥若』，『厥若』即指上文三有宅心、三有俊心也。〈顧命〉『用奉恤厥若』，『厥若』即指上文王室也。」（《尚書正讀》頁204）

⁵ 「工」，官也。

⁶ 「有」，孫星衍讀為「友」。（《尚書今古文注疏》頁408）王國維亦謂：「有讀為友。〈酒誥〉曰：『矧大史友、內史友』，毛公鼎曰『及茲卿事寮、大史寮』。」（〈洛誥解〉，《觀堂集林（上）》頁34）

⁷ 「辭」，偽孔《傳》訓為「歎譽之詞」，于省吾謂「即怡即懌」（《雙劍誃群經新證》頁100上），楊筠如讀為「嗣」（《尚書覈詁》頁323—324）。按，「辭」疑應讀為「治」。

⁸ 俞樾云：「〈君奭〉篇『其終出于不祥』，《釋文》曰：『終，馬本作崇。』蓋『終』與『崇』聲近義通，《詩‧蝃蝀》篇『崇朝其雨』，毛《傳》曰『崇，終也』，是其證也。此文『惟終』當作『惟崇』。『女惟沖子，惟崇』與〈召誥〉曰『有王雖小，元子哉』文義正同。《禮記‧祭統》篇『崇事宗廟社稷』鄭注『崇猶尊也』，言女雖沖幼，然女位甚尊，故宜敬識百辟享也。」（《群經平議》卷六，《續修四庫全書（一七八）》頁88—89）存參。

⁹ 克彝：「隹（唯）乃明乃心，享于乃辟。」

¹⁰ 「惟」，《孟子‧告子下》、《鹽鐵論‧散不足》無，《漢書‧郊祀志》有。

凡民惟曰不享，惟事其爽侮。乃惟孺子頒[1]，朕不暇聽。朕教汝于棐
（匪）民彝。[2]汝乃是不蘉（蘉—蔑？）[3]，乃時惟不永哉！篤敘乃

---

[1] 《說文》：「放，分也。……《周書》曰：『乃惟孺子放。』」

[2] 孫詒讓云：「棐民彝，謂民之匪彝（〈召誥〉云『其惟王勿以小民淫用非彝』，棐、匪、非並同），猶〈呂刑〉云『率乂于民非彝』，言我教戒汝以小民不法之事。」（〈尚書駢枝〉頁147）馬楠云：「『棐』當讀爲『匪』，與指示代詞『彼』通用。」（〈周秦兩漢書經考〉頁358）按，馬說似稍長。

[3] 「蘉」，《釋文》「徐莫剛反，又武剛反。馬云：『勉也。』」，《正義》「蘉之爲勉，相傳訓也。鄭王皆以勉」。錢大昕云：「〈洛誥〉『汝乃是不蘉』，孔馬鄭皆訓『蘉』爲『勉』，而《說文》無此字，經典亦止一見，更無它證。予考〈釋詁〉『孟，勉也』，郭注云：『未聞。』古讀『孟』如『芒』，《戰國策》有『芒卯』，《淮南子》作『孟卯』，是『孟』、『芒』同音。《莊子》『孟浪之音』，徐仙民音武黨、武莽二切，及『芒』之上、去音也。《釋文》：『蘉，莫剛反。』蓋馬、鄭舊音，而同訓『勉』，則『蘉』即『孟』審矣。『蘉』從侵無義，疑即『懜』字，『孟』、『夢』音相近，皆黽勉之轉聲，隸變訛爲『蘉』耳。（江處士聲、邵學士晉涵皆采予說。）」（《十駕齋養新錄》頁12）段玉裁謂：「蘉之古音與孟之古音迥別，謂二字雙聲可，謂二字同音非也。且《說文》限於五百四十部，蘉從侵，雖未得其解，《說文》不立侵部，則蘉無所屬從。……不得謂不當有此等字而圖改之也。」（《古文尚書撰異》卷二〇，《四部要籍注疏叢刊·尚書（中）》頁1990—1991）莊述祖謂是「懜」字之譌。（《五經小學述》）孫詒讓云：「此當本爲懜字，後譌爲懞，又譌爲蘉。鄭訓『勉』，即是懜、孟音轉，漢時本不作蘉也。儻漢時經本已作蘉，則是不體之字，馬、鄭必先正其字云蘉當爲懜，而後訓爲勉。今不見有此文，足明其非。大抵此字訛於魏、晉以後，故徐邈作音亦不能辨其是非也。」（《尚書駢枝》頁148）程羽黑認爲「蘉」的本字是「蔑」，其云：「『蘉』與『蔑』上半部表音構件相同，後世的韻書中聲母都在明紐；下半部在字形上雖然不類，但另有一字或有助於這一問題的解決。《山海經·大荒西經》有人名『女蔑』，學者以爲『蔑』是『蔑』的訛字。其實『蔑』的寫法更近字源，因爲古文字『蔑』的『首』下正是『伐』。『蔑』與『蘉』只有『戈』與『帚』不同，構型甚近，『蘉』或許正是『蔑』通過這種寫法演化形成的新字。『伐』與『侵』在古文字中似乎不能相通，但兩字在意義上多有關聯。」（〈《尚書》舊解新證二例〉頁162—163）按，程說或是。從「戊」、「戌」之字，俗寫或作「伐」，如「茂」之俗字或作「茷」（《龍龕手鏡·草部》），又意符義近換用也是俗字產生的一種方式（參張涌泉，《漢語俗字研究（增訂本）》（北京：商務印書館，2010），頁50—53），如「體」俗作「軆」、「葬」俗作「塟」等是。

正、父，[1]罔不若[2]；予不敢廢乃命。汝往，敬哉！茲予其明農[3]哉！彼[4]裕（欲）[5]我民無遠用戾。」

王若曰：「公，明保[6]予沖子。公稱丕顯德，以予小子揚文武烈。奉答天命，和恒四方民。[7]居師[8]，惇（敦）[9]宗[10]將禮，稱秩元祀，咸秩無文（閔）。惟公德明[11]光于上下，勤施于四方[12]，旁作穆穆，御（虞）[13]衡不迷文武勤教。[14]予沖子夙夜毖祀。」王曰：「公功棐（匪）[15]迪（由）篤，罔不若時。」

---

[1] 王國維云：「正父皆官之長也。〈酒誥〉曰『庶士有正』，又曰『有正有事』，又曰『矧惟若疇圻父，薄違農父，若保宏父，定辟』。」（〈洛誥解〉，《觀堂集林（上）》頁35—36）

[2] 章太炎云：「『罔不若』當斷句，〈釋詁〉：『若，善也。』」（《太炎先生尚書說》頁147）「不若」，《合》6314「下上弗若」可參。

[3] 「明農」，楊筠如云：「明、農皆勉也，古明勉通。《廣雅》：『農，勉也。』字亦假作『努』。」（《尚書覈詁》頁326）屈萬里云：「明，《史記·曆書》云：『孟也。』孟，《爾雅·釋詁》：『勉也。』農，《廣雅·釋詁三》：『勉也。』則明農，即黽勉之意。」（《尚書集釋》頁188）

[4] 「彼」，馬楠屬上讀，並讀「哉」爲「在」。（〈周秦兩漢書經考〉頁359）存參。

[5] 「裕」，從于省吾之說讀爲「欲」。

[6] 「明保」，于省吾云：「〈多方〉『大不克明保享于民』，《詩·訪落》『以保明其身』。保明即明保。 矢彝及矢尊均有『王命周公子明保』之語，是明保乃周人語例。」（《雙劍誃群經新證》頁100下）

[7] 《尚書大傳》引作「揚文武之德烈，奉對天命，和恆萬邦四方民」。「恒」，薛培武謂是「極」字之誤。（〈從傳世和出土文獻中的幾個「極」說到〈思文〉「莫匪爾極」的理解〉，簡帛網，2018年4月12日）存參。

[8] 「居師」，吳汝綸云：「洛師單文稱師，猶周京單文稱京也。〈書序〉『河亶甲居相』，孔疏：『到彼新邑謂之居。』居師，謂到洛也。」（《尚書故》頁219）

[9] 「惇」，吳汝綸云：「《淮南》注：『敦，致也。』」（《尚書故》頁219）

[10] 「宗」，戴鈞衡云：「宗，讀曰『崇』。（《書·牧誓》『是崇是長』，《漢書·谷永傳》作『是宗是長』）。」（《書傳補商》卷一一，《續修四庫全書（五〇）》頁122下）存參。

[11] 吳汝綸云：「舊傳讀『明』字句絕，是也。潘岳茂〈九錫文〉『周公光于四海』，陸機〈豪士賦·序〉稱『周公光於四表』，皆以『光』字下屬爲句。德明者，德盛也。高誘《淮南》注：『明，猶盛也。』」（《尚書故》頁220）存參。

[12] 訣簋（《集成》4317）：「隊（施）于四方。」

[13] 「御」，唐石經作「迓」。段玉裁云：「《魏志·文帝紀》裴注曰延康元年詔曰：『今王纘承前緒，至德光昭，御衡不迷，布德優遠。』漢魏間多讀古文《尚書》，詔書所引者，古文〈雒誥〉也。」（《古文尚書撰異》卷二〇，《四部要籍注疏叢刊·尚書（中）》頁1992）按，伯2748正作「卸（御）」，據改。又「御」從曾運乾說讀爲「虞」（《尚書正讀》頁208）。

[14] 《尚書大傳》：「孔子曰：吾於〈洛誥〉見周公之德光明于上下，勤施四方，旁作穆穆，至於海表，莫敢不來服，莫敢不來享，以勤文王之鮮光，以揚武王之大訓，而天下大治。」「明光」作「光明」。

[15] 馬楠云：「『棐』通爲『匪』，用作『彼』。」（〈周秦兩漢書經考〉頁360）

王曰：「公，予小子其退即辟于周，命公後。四方迪亂，未定于宗禮，亦未克敉〈尿一纂〉[1]公功。迪將其後，監我士、師、工[2]，誕保文武受民，亂〈率〉[3]爲四輔[4]。」

王曰：「公定，予往已。公功肅將祗歡[5]。公，無〈女一汝〉困〈念〉哉{我}！惟無斁其康事，公勿替，刑（型）四方，其世享。[6]」

周公拜手稽首曰：「王命予來承保乃文祖受命民，越乃光烈考武王弘朕恭。孺子來相宅，其大惇典殷獻民[7]，亂〈率〉爲四方新辟，作周恭先[8]。曰其自時中乂，萬邦咸休，惟王有成績。予旦以多子越御事，篤前人成烈[9]，答其師，作周孚先。考朕昭子刑，乃單（殫）[10]文祖德。伻來毖殷，乃命寧予以秬鬯二卣[11]，曰：『明禋，拜手稽首休享。』予不敢宿[12]，則禋于文王、武王。惠篤敘，無有遘自（皋？）

---

1 「敉」，陳劍讀爲「選/算」。（〈說《尚書》中的「敉」及相關諸字〉頁678引）存參。
2 周原甲骨H1：102：「視工于洛。」（參裘錫圭〈甲骨文中的見與視〉，《裘錫圭學術文集·甲骨文卷》頁446）于省吾云：「士謂卿士，師謂師尹，亦曰師師，亦曰師長，工謂百工，亦曰百執事，簡稱爲士、師、工。〈皋陶謨〉『百僚師師百工』，〈盤庚〉『邦伯師長百執事』，〈洪範〉『卿士惟月，師尹惟日』，貫叔多父盤『使利于辟王、卿士、師尹、倗友』（凡金文卿士之士皆作事），可互證。」（《雙劍誃群經新證》頁101上）存參。
3 「亂」，王引之謂是「率」之借字（《經義述聞（一）》頁217—218），屈萬里謂「應作『率』，用也」（《尚書集釋》頁190），茲以「亂」爲「率」之形訛。下「亂爲四方新辟」同。
4 「四輔」，《禮記·文王世子》：「虞夏商周有師、保，有疑、丞，設四輔也。」
5 「歡」，馬楠疑讀爲「勸」，訓爲「勉」（《周秦兩漢書經考》頁361），雷燮仁說同（〈《尚書》字詞零拾〉，復旦網，2017年10月31日）。存參。
6 見第一章〈洛誥〉「公無困哉……其世享」條。
7 「獻民」，又見於䜌簋（《集成》4317）。楊筠如云：「殷獻民，謂殷遺民也。〈酒誥〉『女劼毖殷獻臣』，亦謂殷遺臣也。」（《尚書覈詁》頁330）朱芳圃說同。（〈殷頑辨〉頁319）
8 「恭先」，楊筠如云：「恭先，古成語。〈禹貢〉『祗台德先』，下文『作周孚先』，文法正一例也。」（《尚書覈詁》頁330）
9 晉姜鼎（《集成》2826）「毒揚厥光烈」。
10 「單」，吳汝綸云：「單、殫同字。《一切經音義》引《書緯》正作『殫』，注云：『殫，盡也。』《爾雅》《釋文》引《字林》：『單，極盡也。』《史記·春申傳》『王之威亦單矣』，與此『單』同。」（《尚書故》頁223）
11 見第一章〈洛誥〉「乃命寧予以秬鬯二卣」條。
12 「宿」，即《論語·鄉黨》「祭於公，不宿肉」之「宿」。

[1]疾，萬年猒（厭）于乃德[2]，殷乃引考[3]。王伻殷乃承敘，萬年其永觀朕（沖）子懷德[4]。」

戊辰，王在新邑烝祭，歲文王騂牛一，武王騂牛一。[5]王命作冊[6]逸祝、冊[7]，惟告周公其後。王賓（儐）[8]，殺、禋，咸格，王入太室祼。王命周公後，作冊逸誥，在十有二月，惟周公誕保文武受命，惟七年。[9]

多士第廿[10]

惟三月，周公初于新邑洛，用告商王士[11]。

---

[1]「自」，莊述祖云：「自當作罪。」（《尚書今古文考證》卷四，《續修四庫全書（第四六冊）》頁443）章太炎云：「自即辠之省借，辠疾連文，見《春官·小祝》及〈盤庚〉中篇。謙不敢言受福，故言不遇辠疾耳。」（《太炎先生尚書說》頁153）存參。

[2]叔夷鐘（《集成》272）「余引猒（厭）乃心」可參。

[3]吳汝綸云：「《爾雅》：『引，長也。』《漢書·郊祀志》注：『考，壽也。』引考，長壽也。此答王勞眾寧己之詞。」（《尚書故》頁224）存參。毛公旅鼎（《集成》2724）：「其用友（侑），亦引唯考。」

[4]見第一章〈洛誥〉「萬年其永觀朕子懷德」條。

[5]裘錫圭云：「『歲』也是卜辭常見的祭名，如『丙辰卜，歲于祖己牛』。〈洛誥〉『歲』字也應與卜辭同義，舊注解此字亦誤（參看郭沫若《兩周金文辭大系》毛公鼎考釋）。」（〈談談地下材料在先秦秦漢古籍整理工作中的作用〉頁383）又《儀禮·少牢饋食之禮》「用薦歲事於皇祖伯某」可參。

[6]「冊」，《漢書·律曆志》作「策」，今文借字。

[7]郭沫若云：「惠冊用和惠祝用爲對貞，祝與冊之別，蓋祝以辭告，冊以策告也。《書·洛誥》『作冊逸祝、冊』乃兼用二者，舊解失之。」（《殷契粹編》頁343—344）

[8]郭沫若據甲骨卜辭中「王賓某某」、「王某賓某某」一類祭祀卜辭，認爲：「〈洛誥〉之『王賓』乃假賓爲宔若儐也。『王賓』者，儐文武。」（《卜辭通纂》頁244—245）

[9]王國維云：「『惟周公誕保文武受命，惟七年』者，上紀事，下紀年，猶庚尊云『惟往來正人方，惟王廿有五祀』矣。『誕保文武受命』，即上成王所謂『誕保文武受民』，周公所謂『承保乃祖受命民』，皆指留守新邑之事。周公留雒自是年始，故書以結之。書法先月次月次年者，乃殷、周間記事之體。殷人卜文及庚申父丁角、戊辰彝皆然。周初之器，或先月後日，然年皆在文末。知此爲殷、周間文辭通例矣。」（〈洛誥解〉，《觀堂集林（上）》頁39—40）

[10]《書序》：「成周既成，遷殷頑民，周公以王命誥，作〈多士〉。」

[11]俞樾云：「此當以『王士』二字連文。『王士』之稱，猶《周易》言『王臣』，《春秋》書『王人』，《傳》稱『王官』，其義一也。《周書·世俘篇》『癸丑，薦殷俘王士百人』，此『王士』二字連文之證。」（《群經平議》卷六，《續修四庫全書（一七八）》頁89）

　　王若曰：「爾殷遺多士。弗弔（淑）！旻天[1]大降喪于殷；我有周佑命，將天明威[2]，致王罰，勑殷命終于帝。肆爾多士，非我小國敢弋（代）殷命[3]，惟天不（丕）畀[4]，允罔固（怙）亂[5]，弼[6]我。我其敢求位？惟帝不（丕）畀，惟我下民秉[7]爲[8]，惟天明畏（威）[9]。

　　「我聞曰：上帝引逸[10]。有夏不適逸，則惟[11]帝降格，嚮（饗）于時夏。[12]弗克庸帝，大淫泆[13]，有辭[14]。惟時天罔念聞，厥惟廢元命，降致罰。乃命爾先祖成湯革夏，俊（畯）民甸四方[15]。自成湯至于帝乙，罔不明德卹祀[16]。[17]亦惟天丕建，保乂有殷；殷王亦罔敢

<hr>

[1] 《詩經‧小雅‧節南山》「不弔昊天」、《左傳‧哀公十六年》「旻天不弔」（「旻天」，《說文》引作「昊天」），與此不同。

[2] 〈君奭〉「後暨武王誕將天威，咸劉厥敵。」蔡侯紳鐘（《集成》210）：「天命是遬（將）。」又古文《尚書‧湯誥》：「肆台小子，將天命明威，不敢赦。」

[3] 見第一章〈多士〉「非我小國敢弋殷命」條。

[4] 班簋（《集成》4341）：「毁天畏（威），否（丕）畀屯（純）陟。」「不畀」之「不」應讀爲「丕」，後「惟帝不畀」同。

[5] 江聲云：「怙或作忘，俗讀爲固，或且改作固字，非也。《春秋傳》曰：『毋怙亂。』」（《尚書集注音疏》卷七，《四部要籍注疏叢刊》頁1655下）王鳴盛說近。（《尚書後案》頁463）

[6] 「弼」，陳劍疑讀爲「畀」（〈清華簡與《尚書》字詞合證零箚〉），存參。

[7] 「秉」，吳汝綸云：「《周書‧諡法解》：『秉，順也。』」（《尚書故》頁227）

[8] 「爲」，屈萬里云：「爲，當如〈梓材〉『厥亂爲民』之爲，化也。」（《尚書集釋》頁195）

[9] 「畏」，江聲：「讀曰威。」（《尚書集注音疏》卷七，《四部要籍注疏叢刊》頁1655下）

[10] 「逸」，《論衡‧語增》同，〈自然〉作「佚」。

[11] 「則惟」，見於師克盨（《集成》4468）、望盨（《集成》4469）。董珊、沈培認爲見於四十二年、四十三年逨鼎（《銘圖》2501、2503）、師克盨（《集成》4467）、師詢簋（《集成》4342）之「緣（絲）隹（惟）」與此處及〈多方〉「則惟爾多方探天之威」之「則惟」用法相似。（見董珊，〈略論西周單氏家族窖藏青銅器銘文〉，《中國歷史文物》2003年第4期，頁44；沈培，〈西周金文中的「緣」和《尚書》中的「迪」〉，《古文字研究》第二十五輯（北京：中華書局，2004），頁218）。

[12] 〈多方〉「惟帝降格于夏」可參。

[13] 「泆」，《釋文》：「泆音逸，又作佾，注同。馬本作屑，云：『過也。』」按，伯2748作「佾」，與《釋文》所載或本同。

[14] 〈多方〉「亦惟有夏之民，叨懫日欽」可參。

[15] 見第一章〈多士〉「俊民甸四方」條。

[16] 「卹」，唐石經作「恤」。伯2748作「卹」，據改。（參〈堯典〉「惟刑之卹哉」腳注）王念孫云：「卹，亦慎也。慎祀即〈召誥〉所謂『惎祀』也。（《爾雅》：『惎，慎也。』）」（《經義述聞（一）》頁161）

[17] 〈魯世家〉作「自湯至于帝乙，無不率祀明德」。于省吾云：「鄦公釛鐘『用敬卹盟祀』、鄦公華鐘『以卹其祭祀盟祀』，是『明德卹祀』皆周人成語。」（《雙

失帝，罔不配天其澤[1]。在今後嗣王，誕罔顯于天，矧曰其有聽念于先王勤[2]家？誕淫厥泆[3]，罔顧于天顯民祇[4]。惟時上帝不保[5]，降若茲大喪。惟天不[6]畀不明厥德；凡四方小大邦喪，罔非有辭于罰。」

王若曰：「爾殷多士。今惟我周王丕靈承帝事，有命曰『割殷』[7]，告敕于帝。[8]惟我事不貳適，惟爾王家我適。予[9]其曰：『惟爾洪無度；我不[10]爾動，自乃邑。』予亦念天即于殷大戾，肆不[11]正。」

王曰：「猷[12]告爾多士。予惟時其遷居西爾。非我一人奉德不康寧，時惟天命，無違。[13]朕不敢有後[14]，無我怨。惟爾知，惟殷先

《雙劍誃群經新證》頁 103 上）

[1] 「澤」，魏石經古文作「彙」。

[2] 「勤」，魏石經古文作「懂」，聲通。

[3] 「泆」，〈魯世家〉作「佚」，魏石經作「逸」，伯 2748 作「佾」。

[4] 「天顯」即「顯天」，參前「德顯」。「民祇」即「祇民」，敬民。「罔顧于天顯民祇」的句式，可參《晏子春秋·諫篇·莊公矜勇力不顧行義晏子諫》「不顧于行義」。

[5] 王國維：「〈大明〉云『上師臨女』，〈雲漢〉云『上帝不臨』。『上帝不臨』，猶《書·多士》云『上帝不保』也。」（〈與友人論《詩》、《書》中成語書二〉，《觀堂集林（上）》頁 82）

[6] 「不」，魏石經古文作「弗」。

[7] 「割」，魏石經古文「𢦏」，于省吾謂即「創」字，並云：「然則『割殷』本應作『創殷』。《漢書·馮奉世傳》『羌虜破散創艾』注謂『懲懼也』，〈閟宮〉『荊舒是懲』，懲、創古同訓。『有命曰割殷』者，有命謂懲創于殷也。」（《雙劍誃群經新證》頁 104 上）存參。又劉桓謂甲骨卜辭「害（割）羌方」（《合》6623）猶此「割殷」。（〈關於殷代武丁輔弼之臣傅說的考證〉，《甲骨集史》（北京：中華書局，2008），頁 53）存參。

[8] 〈多方〉「惟我周王靈承于旅，克堪用德，惟典神天。天惟式教我用休，簡畀殷命，尹爾多方」可參。

[9] 「予」，魏石經古文「舍」（余）。

[10] 「不」，伯 2748 作「弗」。

[11] 「不」，伯 2748 作「弗」。

[12] 「猷」，魏石經古文「猷」，伯 2748 作「繇」。

[13] 〈多方〉「乃有不用我降爾命，我乃其大罰殛之。非我有周秉德不康寧，乃惟爾自速辜」可參。「無違」，漢石經作「元」。馬楠云：「疑元爲《說文》無之奇字『无』之形訛，脫『違』字。」（〈周秦兩漢書經考〉頁 367）存參。

[14] 魏石經此處存「後王曰繇」數字。王國維云：「第八行末『我』字至第九行首『後』字中間當闕十六字，而今本乃有十七字。或謂『時惟天命無違』，漢石經作『時惟天命元』，疑魏石經與漢同。余謂魏石經疑作『時惟天命無違朕不敢後』，則上下文義貫通無滯。石經古文不必與今同。」（〈魏正始石經殘石考〉，《王國維先生全集·續編（二）》（臺北：大通書局，1976），頁 753）于省吾從之，並以〈召誥〉「今休王不敢後」爲證。（《雙劍誃群經新證》頁 104 上）江聲曾謂：「此文『朕不敢有後』語似未足，當云『朕不敢有後命』乃與篇末之文相應，故知『後』下當爲『命』也。」（《尚書集注音疏》卷七，《四部要籍注疏叢刊·尚書（中）》頁 1657 下）今由魏石經知其說非是。馬楠變其說爲：「『有後』當即

人有冊有典，殷革夏命。[1]今爾又曰：『夏迪簡在王庭，有服在百僚。』[2]予一人惟聽用德，肆予敢求爾于天（大）邑商[3]。予惟率肆矜爾。[4]非予罪，時惟天命。」

王曰：「多士。[5]昔朕來自奄，予大降爾四國民命[6]。我乃明致天罰，移爾遐逖，比事臣我宗[7]，多遜（順）。」王曰：「告爾殷多士。今予惟不爾殺，予惟時命有申。今朕作大邑于茲洛[8]，予惟四方罔攸賓[9]。亦惟爾多士攸服，奔走臣我，多遜（順）。爾乃尚有爾土，爾乃尚寧幹止。[10]爾克敬，天惟畀矜爾；爾不克敬，爾不啻不有爾土，予亦致天之罰于爾躬。今爾惟時宅爾邑，繼爾居[11]，爾厥有幹有年于茲洛，爾小子乃興，從爾遷。」

王{曰}又曰[12]：「時予乃或（又）〔誨〕言[1]，爾攸居。」

《左傳》僖九年『且有後命』、昭三十二年『雖有後事』之省。」（〈周秦兩漢書經考〉頁 368）存參。

[1] 王國維云：「第九行『王曰絲』，今本無此句。……第九行末至第十行首『殷』字，中間當闕十七字，今本惟十四字，蓋『絲』字下當有呼殷多士之辭。……則此『絲』字下亦當有『告爾多士』四字。如此又溢出一字，恐今本『惟殷先人有冊有典』之『惟』字，石經無之耳。」（〈魏正始石經殘石考〉頁 754）存參。

[2] 〈多方〉「我有周惟其大介賚爾，迪簡在王庭，尚爾事，有服在大僚」可參。

[3] 「天邑商」，于省吾云：「王靜安謂『大邑商』誤為『天邑商』，龜板中多有『大邑』字。按，王說非是，甲骨文『大邑商』與『天邑商』互見。『天』、『大』古通，大豐殷『王祀于天室』，『天室』即『大室』。『大邑商』與《孟子·滕文公篇》引佚《書》之『大邑周』、《禮記·緇衣》引《尹告》佚文之『西邑夏』語例同。」（《雙劍誃群經新證》頁 104 下）

[4] 〈多方〉：「天惟畀矜爾。」《論衡·雷虛》：「人君于罪惡，初聞之時怒以非之，及其誅之，哀以憐之。故《論語》曰『如得其情，則哀憐而勿喜』，《尚書》曰『予惟率夷憐爾』。」「肆」作「夷」，「矜」作「憐」。錢大昕云：「『矜』『憐』古今字。」（《十駕齋養新錄》頁 13）

[5] 漢石經其上有「告爾」二字。

[6] 《詩經·豳風·破斧》「周公東征，四國是皇」可參。

[7] 孫詒讓云：「〈召誥〉云『王先服殷御事，比介于我有周御事』，此比事，即謂比介御事。……臣我宗，猶〈多方〉云『奔走臣我監』，彼監謂有地治之吏，此宗則謂王官，猶〈酒誥〉云『宗工』，《傳》釋為尊官。」（《尚書駢枝》頁 152）又尹姞鬲（《集成》695）「齔（比）事先王」可參。

[8] 「洛」，漢石經作「雒」，篇內同。

[9] 「賓」，漢石經作「賚」。

[10] 于省吾云：「二『尚』字應讀作『常』。『止』即『之』，金文『之』多作『𡳿』。『幹』即『榦』，與『翰』通用。」（《雙劍誃群經新證》頁 104—105）下「有幹」之「幹」同。存參。

[11] 《詩經·國風·蟋蟀》「無已大康，職思其居」可參。

[12] 孫詒讓云：「『王曰』之下，忽更云『又曰』，言殊難通，孔釋亦未及。竊疑又當讀為有，有曰，謂有是言曰，猶云有言曰，與〈君奭〉『言曰在時二人』義亦相近。」（《尚書駢枝》頁 154）按，「又」，伯 2748 作「有」，聲通。〈康

無逸第廿一[2]

周公曰：「嗚呼！[3]君子所[4]其無逸。先知稼[5]穡之艱難，乃逸[6]，則知小人之依（隱）[7]。相小人，厥父母勤勞稼穡[8]，厥子乃不[9]知稼穡之艱難，乃逸[10]乃諺[11]，既誕[12]，否（不）則[13]侮厥父母曰：『昔之人無聞知！』[14]」

周公曰：「嗚呼！我聞曰：昔在[15]殷王中宗[16]，嚴[1]恭[2]寅畏，天命[3]自度[4]，治[5]民祇[6]懼，不敢荒寧[7]。肆中宗之享[8]國，七十有[9]五年。

誥〉及清華簡（捌）〈攝命〉等皆有「王曰……又曰……」之句式，頗疑此「王曰」之「曰」爲衍文，或「王曰」後有脫文。

[1] 段玉裁云：「唐石經『或言』二字初刻是三字，摩去重刻，致每行十字者成九字矣。初刻隱然可辨，『或言』之間多一字，諦視則是『誨』字，與《傳》『教誨之言』合，〈雒誥〉亦有『誨言』二字也。」（《古文尚書撰異》卷二一，《四部要籍注疏叢刊·尚書（中）》頁1995下）按，段說是。伯2748正作「或誨言」，「誓」即「誨」字，據增。「或」，馬楠云：「讀爲又，是〈多方〉已誨言，〈多士〉又誨言。」（《周秦兩漢書經考》頁369）

[2] 《書序》：「周公作〈無逸〉。」〈周本紀〉：「成王既遷殷遺民，周公以王命告，作〈多士〉〈無佚〉。」（段玉裁謂〈周本紀〉「無」字當作「毋」）〈魯世家〉：「恐成王有所淫佚，乃作〈多士〉〈毋逸〉。」「無逸」，《尚書大傳》作「毋佚」，〈魯世家〉作「毋逸」，《漢書·梅福傳》作「亡逸」。今文《尚書》作「毋」。

[3] 「嗚呼」，魏石經作「烏虖」，篇內同。

[4] 于省吾謂「所」爲「戊」（肇）字形譌，並以戓簋（《集成》4115）「伯戓肇其作西宮寶」爲證。（《雙劍誃群經新證》頁105）存參。

[5] 「稼」，魏石經作「家」，篇內同。

[6] 「逸」，《論衡·增儒》作「佚」。

[7] 王引之云：「依，隱也。（古音『微』與『殷』通，故『依』、『隱』同聲。《說文》：『衣，依也。』《白虎通義》：『衣者，隱也。』）謂知小人之隱也。《周語》『勤恤民隱』，韋注曰：『隱，痛也。』小人之隱，即上文『稼穡之艱難』，下文所謂『小人之勞』也。云『隱』者，猶今人言苦衷也。」（《經義述聞（一）》頁224—225）下「爰知小人之依」同。

[8] 「穡」，漢石經作「嗇」。

[9] 「不」，伯2748作「弗」，篇內同。

[10] 「逸」，漢石經作「劮」。

[11] 「諺」，漢石經作「憲」。

[12] 「誕」，漢石經作「延」。

[13] 「否則」，王引之云：「漢石經『否』作『不』。不則，猶於是也。言既已妄誕，於是輕侮其父母也。」（《經傳釋詞》頁226）《中論·貴言》用此亦作「不則」。

[14] 宰獸簋（《銘圖》5376）：「母（毋）敢無聞厗（知）。」

[15] 「昔在」，何尊（《集成》5445）：「昔才（在）爾考公氏，克逨（逑）玟（文）王。」

[16] 「中宗」，王國維云：「戩壽堂所藏殷契文字中，有斷片，存字六，曰：『中

其在高宗，時[10]舊（久）[11]勞于外，爰暨小人。作其即位，乃或（有）[12]亮陰[13]，三年不言；其惟不言，言乃雍[14]。不敢荒寧，嘉[15]靖[16]殷邦。至于小大，無時或（有）怨。肆高宗之享國，五十有九年[17]。其在祖甲，不義惟王，[18]舊（久）[1]爲小人。作其即位，爰知小人之依（隱），

宗祖乙牛，吉。』稱祖乙爲中宗，全與古來《尚書》學家之說違異，惟《太平御覽》（八十三）引《竹書紀年》曰：『祖乙勝即位，是爲中宗，居庇。』今由此斷片知《紀年》是而古今尚書學家非也。《史記・殷本紀》以大甲爲大宗、大戊爲中宗、武丁爲高宗，此本《尚書》今文家說。今徵之卜辭，則大甲、祖乙往往并祭而大戊不與焉。」（〈殷卜辭中所見先公先王續考〉，《觀堂集林（上）》頁 443）

[1]「嚴」，《釋文》載馬本作「儼」。
[2]「恭」，于省吾謂「本應作『龏』。秦公簋『嚴龏夤天命』較此少一『畏』字」。（《雙劍誃群經新證》頁 106 上）按，于說是，伯 2748 正作「龏」。此相沿不改。
[3] 唐鈺明據秦公鐘、秦公簋「嚴龏夤天命」，謂「嚴恭寅畏天命」應作一句讀。（〈據金文解讀《尚書》二例〉，《中山大學學報》1987，頁 140）存參。
[4]「度」，漢石經作「亮」。俟考。
[5]「治」，漢石經作「㠯」。
[6]「祗」，〈魯世家〉作「震」，聲通。
[7] 毛公鼎（《集成》2841）、四十三年逑鼎（《銘圖》2503）：「毋敢妄（荒）寧。」晉姜鼎（《集成》2826）：「不叚妄（荒）寧。」
[8]「享」，〈魯世家〉、漢石經、魏石經皆作「饗」，篇內同。
[9]「有」，〈魯世家〉無。
[10]「時」，《中論・夭壽》引作「寔」。
[11]「舊」，〈魯世家〉、武班碑作「久」，鄭注「舊猶久也」。
[12]「或」，〈魯世家〉作「有」。
[13]「亮陰」，《論語・憲問》作「諒陰」，《呂氏春秋・重言》作「諒闇」，《尚書大傳》作「梁闇」，〈魯世家〉作「亮闇」，《漢書・五行志》作「涼陰」。「亮陰」古有二說，鄭玄云：「『諒闇』轉作『梁闇』，楣謂之梁，闇謂廬也。小乙崩，武丁立，憂喪三年之禮，居倚廬、柱楣，不言政事。」馬融云：「亮，信也；陰，默也。爲聽于冢宰，信默而不言。」鄭任釗謂：「漢代揚雄《方言》記中原地區表『啼極無聲』有『哴』『啽』之言，『哴啽』與『亮陰』同音，『啼極無聲』當爲『亮陰』的原意。」（〈「亮陰」考論〉，《文史》，第二輯（2019），頁 257）存參。
[14]「雍」，《禮記・檀弓》、〈坊記〉、〈魯世家〉作「讙」。
[15]「嘉」，〈魯世家〉作「密」，今文如是。
[16]「靖」，或作「靜」。
[17] 漢石經作「百年」，〈魯世家〉作「五十有五年」，不與今古文同，俟考。
[18] 段玉裁云：「漢石經『高宗之饗國百年自時厥後』，《隸釋》所載殘碑緊接，不隔一字。洪氏云：『此碑獨闕祖甲，計其字當在中宗之上，以傳序爲次也。』（云『計其字』者，謂以每行若干字計之，洪於殘石得辜較每行字數也。）是今文《尚書》與古文《尚書》大異。考〈殷本紀〉，大甲稱太宗，大戊稱中宗，武丁廟爲高宗。《漢書》王舜、劉歆曰：『於殷大甲曰大宗，大戊曰中宗，武丁曰高宗。周公舉毋逸之戒，舉殷三王以勸戒成王。』倘非《尚書》有『太宗』二字，司馬、王、劉不能肊造。賈誼曰：『顧成王之廟稱爲太宗。』景帝元年申屠嘉等議曰：『高皇帝廟宜爲太祖之廟，孝文皇帝廟宜爲太宗之廟。』實本《尚書》。據此，則今文《尚書》『祖甲』二字作『太宗』二字，其文之次當云『昔在殷王

能保惠于庶民，不敢侮鰥寡。肆祖甲之享國，三十有三年。自時厥後，立王生則逸[2]；生則逸，不知稼穡之艱難，不聞小人之勞，惟湛[3]樂之[4]從。自時厥後[5]，亦罔或（有）[6]克壽，或十年，或七八年，或五六年，或四三年[7]。」

周公曰：「嗚呼！厥亦惟我周太王、王季[8]，克自抑畏。文王卑（俾）服[9]，即康功田功[10]。徽柔懿恭[1]，懷保小人[2]，惠鮮〈于〉[3]鰥[4]寡。

太宗、其在中宗、其在高宗』，不則今文家末由倒易其次第也。今本《史記》同古文《尚書》者，蓋或淺人用古文《尚書》改之。〈殷本紀〉曰『帝甲淫亂，殷復率』，與《國語》『帝甲亂之，七世而隕』相合。太史公既依〈無逸篇〉云『太甲稱太宗』，則其所謂『淫亂，殷復率』者必非古文《尚書》之『祖甲』可知也。王肅注古文《尚書》，而云『祖甲，湯孫大甲也。先中宗，後祖甲，先盛德，後有過』，此用今文家說注古文。而不知從今文之次則大宗爲湯孫太甲，從古文之次則祖甲爲祖庚之弟帝甲，各不相謀也。從王肅與僞《孔叢子》之曲說，則後文『自殷王中宗，及高宗，及祖甲，及我周文王』豈先盛德後有過乎？故知『自殷王中宗，及高宗，及祖甲』，今文《尚書》必云『自殷王太宗，及中宗，及高宗』，此無可疑者。此條今文實勝古文。古文祖甲在高宗之後，則必以帝甲當之。帝甲非賢主，雖鄭君之注亦不得不失之誣矣。」（《古文尚書撰異》卷二二，《四部要籍注疏叢刊‧尚書（中）》頁1999）丁山謂：「蓋古文本誤『太甲』的『太』爲『祖』；今文本則訛『甲』爲『宗』；以史實考之，則今文家之言是也。」（《商周史料考證》（北京：中華書局，1988）又蔡哲茂據甲骨卜辭論定『其在祖甲』之『祖甲』即『大甲』，而非武丁之子『祖甲』。（〈論《尚書‧無逸》「其在祖甲，不義爲王」〉，《甲骨文發現一百周年學術研討會論文集》，歷史語言研究所、台灣師大國文系，1998. 5. 10—12，頁85—100）按，然古本《竹書紀年》載太甲饗國十二年，與「三十三年」不符。又「祖甲」若即太甲，將之置於中宗、高宗之後頗不可解。俟考。

[1] 「舊」，〈魯世家〉作『久』。

[2] 《合》30279「弗逸王」，大盂鼎（《集成》2837）「勿**𢓊**（逸）余乃辟一人」，清華簡（叄）〈周公之琴舞〉簡6—7「欲其文人不逸監余」。

[3] 「湛」，唐石經作「耽」，《中論‧夭壽》、《論衡‧語增》引作「湛」，伯2748正作「湛」，據改。後「今日湛樂」同。

[4] 「之」，《論衡‧語增》、《中論‧夭壽》、《漢書‧鄭崇傳》引作「是」。

[5] 「自時厥後」，《論衡‧語增》、《漢書‧鄭崇傳》作「時」。

[6] 「或」，《論衡‧語增》、《漢書‧鄭崇傳》作「有」。

[7] 《漢書‧杜欽傳》引同，《中論‧夭壽》引作「或三四年」。

[8] 《尚書大傳》：「《書》曰：『厥兆天子爵』。」《白虎通‧爵篇》「《書‧無逸篇》曰：『厥兆天子爵』。」孫星衍云：「兆、亦字形相近，『惟我周』不應是『天子爵』之誤，顧君廣圻以爲脫『天子爵』三字，『惟我周』三字下屬『大王、王季』爲句也。」（《尚書今古文注疏》頁441）俟考。

[9] 「卑」，《釋文》：「馬本作俾，使也。」孫詒讓云：「卑，當從馬作『俾』，其訓爲『使』，則是而未盡也。此當訓爲『從』，《爾雅‧釋詁》云：『俾、從、使也。』是俾、使皆有從義。」（《尚書駢枝》頁156）

[10] 「康」，章太炎云：「《釋宮》云『五達謂之康』，字亦作庚。《詩》有『由庚』，《春秋傳》有『夷庚』，以爲道路之大名，康功者，謂平易道路之事。」（《太炎先生尚書說》頁159）顧頡剛云：「按《周頌‧天作》云：『天作高山，

自朝至于日中昃，不遑[5]暇食，用咸（誠）和萬民[6]。文王不敢盤[7]于遊{于}田[8]，以[9]庶邦惟正（政）之共（供）[10]。文王受命惟中身，厥享國五十年。[11]」

周公曰：「嗚呼！繼自今嗣王，則其無淫于觀、于逸、于遊、于田[12]，以萬民惟正（政）之共（供）。[13]無皇[1]曰：『今日湛樂。』

大王荒之。彼作矣，文王康之。彼徂矣岐，有夷之行，子孫保之！』惟文王能康之，故凡往來岐山者得有平夷之行也。是『即康功、田功』者，文王致力於道路及稼穡之事也。」（《顧頡剛讀書筆記（卷十一）》頁 175）陳劍讀「康」為「賡續」之「賡」。（〈清華簡與《尚書》字詞合證零札〉頁 216）存參。二「功」字，魏石經作「工」。

[1] 「恭」，漢石經作「共」。

[2] 「人」，唐石經作「民」，《漢書·谷永傳》、漢石經作「人」。伯 2748 正作「人」，據改。

[3] 「鮮」，《漢書·景十三王傳》、〈谷永傳〉、《後漢書·明帝紀》、漢石經皆作「于」。段玉裁云：「惠鮮恐是惠于之誤。于字與羊字略相似，又因下文鰥字魚旁誤增之也。」（《古文尚書撰異》卷二二，《四部要籍注疏叢刊·尚書（中）》頁 2001 上）趙平安云：「《荊門郭店楚墓竹簡·語叢一》第 22 簡、〈語叢二〉第 23 簡、〈語叢三〉第 51 簡，《上海博物館藏戰國楚竹書（一）·緇衣》第 2 簡『於』字與鮮寫法相近，可為證明。」（〈「文王受命惟中身」新解〉頁 585）

[4] 「鰥」，漢石經作「矜」，古通。

[5] 「遑」，《國語·楚語》作「皇」，伯 2748 正作「皇」。

[6] 桂馥云：「『咸和萬民』，《傳》云：『皆和萬民。』案，《說文》：『諴，和也。』引《周書》『丕能諴於小民。』此『咸』亦當作『諴』，諴、和並言，古語多如此。」（《札樸》頁 14）

[7] 「盤」，〈釋詁〉「樂也」，沈兒鐘（《集成》203）「用盤飲酒」。

[8] 「田」，魏石經作「于田」。王國維云：「下文作『無淫于觀、于逸、于遊、于田』，則有者是也。」（〈魏正始石經殘石考〉頁 755）據增。

[9] 「以」，王引之謂「猶與也。」（《經義述聞（一）》頁 226）下「以萬民惟正之共」之「以」同。

[10] 「惟正之供」，《國語·楚語上》引作「唯政之恭」。又清華簡（伍）〈厚父〉簡 3—4 云：「不盤于庚（康），以庶民隹（惟）政之戁（戁）。」敦煌本伯 3767 「正」字亦作「政」。由上可知，經文「正」應讀為「政」。「共」，段玉裁《說文注》「共」字下云：「《周禮》、《尚書》供給、供奉字，皆借『共』為之。」其說是，伯 2748 正作「共」，據改。「恭」亦訓「奉」，《釋名·釋言語》「恭，亦言供給事人也。」段玉裁謂「《國語》作『恭』當是本作『共，後人改之』」（《古文尚書撰異》卷二二，《四部要籍注疏叢刊·尚書（中）》頁 2001 下），存參。下「以萬民惟正之共」同。

[11] 清華簡（壹）〈保訓〉簡 1：「隹（惟）王辛=（五十）年，不瘳（瘳）。」（《清華大學藏戰國竹簡（壹）》頁 143）《史記·周本紀》：「西伯蓋即位五十年。」「中身」，趙平安據戰國璽印讀其為「忠信」（〈「文王受命惟中身」新解〉），似不可信。

[12] 句式可參《合》3101「來丁亥子毳見以歲于示于丁于母庚于婦」。

[13] 段玉裁云：「《隸釋》載漢石經《尚書》殘碑『酒毋劮于遊田維（闕二字）共』，與古文大異。攷《漢書·谷永傳》對災異引經曰『繼自今嗣王，其毋淫于酒，毋逸于游田，惟正之共』，正與石經合。石經『維』下『共』上所闕必『正之』二

乃非民攸訓（順）²，非天攸若，³時人丕則有愆。無⁴若殷王受⁵之迷⁶亂，酗于酒德哉！⁷」

周公曰：「嗚呼！我聞曰：『古之人猶（由）⁸胥訓告，胥保惠，胥教誨；民無或（有）胥⁹讒¹⁰張爲幻¹¹。』此厥不聽¹²，人乃訓之，乃變亂先王之正刑（型），至于小大。民否（丕）則¹³厥心¹⁴違怨¹⁵，否（丕）則厥口詛祝。」

字。漢時民閒所習章奏所用皆今文《尚書》。『其毋淫于酒，毋逸于游田，維正之共』，此今文《尚書》也，『則其無淫于觀、于逸、于遊、于田，以萬民惟正之共』，此古文《尚書》也。」（《古文尚書撰異》卷二二，《四部要籍注疏叢刊·尚書（中）》頁 2002 上）

1 「無皇」，漢石經作「毋兄」。于鬯謂：「此『皇』字正是無義之字，語辭而已。漢石經作『無兄曰』、『兄』亦語辭。《詩·召旻》篇云『職兄斯引』，謂職斯引也，『兄』即『況』字，『況』亦語辭。」（《香草校書（上）》頁 153）清華簡（叁）〈說命下〉簡 4：「女（汝）母（毋）瘒（皇）曰。」（參陳劍〈清華簡與《尚書》字詞合證零札〉）

2 「訓」，吳汝綸云：「《廣雅》：『訓，順也。』〈洪範〉『于帝其訓』『是訓是行』，《史記》皆作『順』。」（《尚書故》頁 239）

3 兩「攸」字，魏石經皆作「所」。

4 「無」，《論衡·譴告》作「毋」。

5 「受」，《論衡·譴告》作「紂」。

6 「迷」，魏石經古文作「麋」。

7 《漢書·翼奉傳》顏注：「《周書·亡逸之篇》曰：『周公曰：烏虖。毋若殷王紂之迷亂配于酒德哉。』酗作『配』。」

8 「猶」，王引之謂與「由」通，訓爲「用」。（《經傳釋詞》頁 11）

9 「胥」，《說文》、《爾雅·釋詁》「俗，張誑也」下郭注引經俱無。段玉裁謂「此句無『胥』字爲是」（《古文尚書撰異》卷二二，《四部要籍注疏叢刊·尚書（中）》頁 2003 上），馬楠謂「而正始石經據行二十字推之，彼當有『胥』字」（〈周秦兩漢書經考〉頁 378），俟考。

10 「讒」，《釋文》「馬本作『鞁』，《爾雅》及《詩》作『俗』」，又揚雄〈三老箴〉作「侏」。

11 王樹枏云：「爲幻，僞幻。」（《尚書故》頁 240 引）存參。

12 「聽」，漢石經作「聖」。段玉裁謂二字聲通（《古文尚書撰異》卷二二，《四部要籍注疏叢刊·尚書（中）》頁 2003 上），皮錫瑞謂「今文作『不聖』，其義當爲不容。《洪範五行傳》曰：『思心之不容，是謂不聖。』然則不聖即不容之義」（《今文尚書考證》頁 378），存參。

13 段玉裁云：「兩『否則』字恐皆『丕則』之誤，上文上文『丕則有愆』、〈康誥篇〉『丕則敏德』，此處文理蒙上直下，恐不似今人俗語云『否則』也。古『然否』字祗作『然不』。」（《古文尚書撰異》卷二二，《四部要籍注疏叢刊·尚書（中）》頁 2003 上）王引之謂「《玉篇》曰：『不，詞也。』經傳所用，或作『丕』，或作『否』，其實一也」、「否則」猶「於是」。（《經傳釋詞》頁 219、226）

14 魏石經「厥心」與「厥口」前各多一「用」字。

15 「違」，王念孫謂「亦怨也」。（《經義述聞（一）》頁 226）

　　周公曰：「嗚呼！自殷王中[1]宗，及高宗，及祖甲，及我周文王，[2]茲四人迪（由）哲[3]。厥或告之曰：『小人怨汝詈汝。』則皇[4]自[5]敬德。厥愆，曰：『朕之愆，允[6]若時。』不啻不敢含怒。此厥不聽，人乃或譸張爲幻。曰：『小人怨汝詈汝。』則信之。則若時，不永念厥辟[7]，不寬綽[8]厥心，亂罰無罪，殺無辜。怨有同，是叢于厥身。」

　　周公曰：「嗚呼！嗣王其監于茲！[9]」

君奭第廿二[10]

　　周公若曰：「君奭。弗[11]弔（淑）！天降喪于殷。殷既墜厥命[12]，我有周既受，我不敢知曰[13]：厥基永孚于休[1]；若天棐（非）忱，我

---

1 「中」，魏石經作「仲」。
2 今文《尚書》當作「自殷王太宗，及中宗，及高宗，及我周文王」。
3 王引之：「言惟茲四人用哲也。」（《經傳釋詞》頁 135）
4 「皇」，漢石經作「兄」。王引之云：「王肅本作『況』，注曰：『況，滋。益用敬德也。』」（案，王說是也。古文作『皇』者，借字耳。鄭注訓『皇』爲『暇』，某氏傳訓『皇』爲『大』，皆於意未安。上文『無皇曰』，石經亦作『兄』。〈秦誓〉『我皇多有之』，文十二年《公羊傳》作『而況乎我多有之』。《尚書大傳》曰：『君子之於人也，有其語也，無不聽者，皇於聽獄乎？』鄭彼注曰：『皇，猶況也。』是『況』、『皇』古多通用。）（《經傳釋詞》頁 83—84）
5 「自」，《隸釋》所載漢石經作「曰」，當爲「自」之誤，《後漢書·楊震傳》引作「自」。伯 2748 其下有「疾」字，當是衍文（參許建平，《敦煌經部文獻合集（第一冊）·羣經類尚書之屬》（北京：中華書局，2008），頁 363—364）。
6 「允」，魏石經作「兄」。
7 「永念厥辟」，可參大克鼎（《集成》2836）：「永念于厥辟天子。」
8 《詩經·衛風·淇奧》「寬兮綽兮」，毛《傳》：「寬，能容眾。綽，緩也。」
9 「其」，漢石經無。于省吾云：「〈梓材〉『自古王若茲監』、『已，若茲監』，〈君奭〉『肆其監于茲』，〈呂刑〉『監于茲詳刑』，《周頌·敬之》『日監在茲』，史𠭯彝『其于之朝夕監』，之讀茲，『茲監』、『監茲』，周人成語，古人之惕厲自省蓋如此。」（《雙劍誃群經新證》頁 107 下）
10 《書序》：「召公爲保，周公爲師，相成王爲左右。召公不說，周公作〈君奭〉。」《史記·燕召公世家》：「其在成王時，召王爲三公：自陝以西，召公主之；自陝以東，周公主之。成王既幼，周公攝政，當國踐祚，召公疑之，作〈君奭〉。君奭不說周公。周公乃稱『湯時有伊尹，假于皇天；在太戊時，則有若伊陟、臣扈，假于上帝，巫咸治王家；在祖乙時，則有若巫賢；在武丁時，則有若甘般，率維茲有陳，保乂有殷』，於是召公乃說。」
11 「弗」，魏石經作「不」。
12 大盂鼎（《集成》2837）：「我聞殷述（墜）令（命）。」
13 魏石經作「我弗敢智」，「不」作「弗」，無「曰」字。伯 2748 亦作「我弗敢知」，經文「曰」字或當爲衍文。雒江生云：「魏石經上『知曰』作智者，蓋誤合『知曰』爲智字，下『知曰』不誤。而敦煌古寫本上『知曰』作『知』者，是

亦不²敢知曰：其終³出于不⁴祥⁵。嗚呼！君。巳（嘻）！曰時我⁶，我亦不⁷敢寧于上帝命，弗永遠念天威越我民，罔尤⁸違惟⁹人¹⁰在（哉）¹¹。我後嗣¹²子孫，大弗¹³克恭¹⁴上下，遏佚¹⁵前人光在家¹⁶，不知天命不易¹⁷，天難諶¹⁸，乃其墜命¹⁹，弗克經歷²⁰嗣前人恭²¹明德。在今予²²小子旦，非克有正，迪（由）²³惟前人光，施于我沖子。」又²⁴曰：「天

改魏石經智字爲知，故無『曰』字，亦誤。」（《尚書校詁》頁 344）按，其說非是，古文以「智」爲「知」。

1 周原甲骨 FQ2「𤦡卩（孚）于永終」、「𤦡卩（孚）于休□」，𧻐公盨（《銘圖》5677）「永卩（孚）于寧」。（參〈𧻐公盨銘文考釋〉頁 165─166）

2 「不」，伯 2748 作「弗」。

3 「終」，漢石經作「道」，《釋文》載馬本、魏石經作「崇」。

4 「不」，漢石經、魏石經同，伯 2748 作「弗」。

5 「祥」，漢石經作「詳」，古通。

6 見第一章〈君奭〉「君已曰時我」條。

7 「不」，伯 2748 作「弗」。

8 「尤」，魏石經作「郵」。《爾雅‧釋詁》：「郵，過也。」

9 「惟」，孫詒讓謂「惟、于同義」。（《尚書駢枝》頁 157）

10 「人」，伯 2748 作「民」。許建平謂「『人』乃承襲譌改字」（《敦煌經部文獻合集（第一冊）‧羣經類尚書之屬》頁 366），存參。下「前人光」之「人」同。

11 「在」，從劉起釪說讀爲「哉」（《尚書校釋譯論（第三冊）》頁 1557）。

12 「後嗣」，魏石經同，《漢書‧王莽傳》作「嗣事」。

13 「弗」，魏石經同，〈王莽傳〉作「不」。

14 「恭」，〈王莽傳〉作「共」，魏石經作「龔」。段玉裁云：「《傳》以『奉』訓『共』，衛包改作『恭』，非也。」（《古文尚書撰異》卷二三，《四部要籍注疏叢刊‧尚書（中）》頁 2004 上）

15 「佚」，〈王莽傳〉作「失」。

16 「在家」，從吳汝綸說屬上讀（《尚書故》頁 243）。

17 孔《疏》：「天命不易，言甚難也。」朱駿聲云：「易，敡也，犹轻慢也。」（《尚書古注便讀》卷四中，《尚書類聚初集（三）》頁 311 下）

18 〈王莽傳〉作「天應棐諶」。「諶」，魏石經作「忱」，伯 2748 亦作「忱」，殆古文當如是。黃侃〈說文段注小箋〉云：「諶，與訦、忱皆同字。」（《說文箋識四種》（上海：上海古籍出版社，1983），頁 151）

19 〈王莽傳〉作「乃亡隊命」。「墜」，魏石經作「隊」，古文作「述」，古通。

20 孫詒讓云：「經歷，當爲經營行事。」（《尚書駢枝》頁 157）存參。

21 「恭」，段玉裁云：「『共』訓『奉』，衛包改作『恭』，非也。」（《古文尚書撰異》卷二三，《四部要籍注疏叢刊‧尚書（中）》頁 2004 上）蔡哲茂云：「金文叔向父禹鼎有『共明德，秉威儀』，共、秉對文，而金文又屢見秉明德，或秉德，由文例對比，〈君奭〉『恭明德』之『恭』，訓作奉應爲可信。」（〈金文研究與經典訓讀——以《尚書‧君奭》與《逸周書‧祭公篇》兩則爲例〉，《東華漢學》第 12 期，2010 年 12 月，頁 2）

22 「予」，魏石經古文作「舍」（余）。

23 「迪」，王引之謂是「發語詞」（《經傳釋詞》頁 136）。按，似可讀爲「由」，訓爲「用」。

24 「又」，孫詒讓讀爲「有」。（《尚書駢枝》頁 155）存參。

不可信，我道（迪）[1]惟寧〈文〉王德，延（誕）[2]天不庸（用）釋（斁）[3]于文王受命。」

公曰：「君奭！我聞在昔，成湯既受命，時則有若伊尹，格[4]于皇天。在太甲，時則有若保衡。[5]在太戊，時則有若伊陟、臣扈，格于上帝；巫咸[6]乂[7]王家。[8]在祖乙，時則有若巫賢。在武丁，時則有若甘盤[9]。率惟茲有陳，保乂有殷，故殷禮陟配天[10]，多歷年所[11]。天惟純佑[12]命[13]，則商實（寔）[14]百姓、王人[15]，罔不秉德明恤；小臣屏

---

[1] 「道」，《釋文》載馬本作「迪」，魏石經同。王引之云：「此句『迪』字既誤解爲道，遂改『迪』作『道』，以從誤解之義，顚矣。」（《經義述聞（一）》頁 227）按，「迪」應讀爲「由」，訓爲「用」。

[2] 「延」，舊皆屬上讀，馬楠謂「疑『延』用爲誕，下屬爲句，語辭」（〈周秦兩漢書經考〉頁 384），可從。

[3] 「釋」，魏石經古文作「澤」。于省吾讀爲「斁」，訓爲「厭」（《雙劍誃群經新證》頁 108），馬楠則讀爲「彝倫攸斁」之「斁」，訓爲「敗」（〈周秦兩漢書經考〉頁 384），馬說可從。〈多方〉「庸釋」同。

[4] 「格」，漢人引經或作「假」，下「格于上帝」同。

[5] 〈燕世家〉未載此句，俟考。

[6] 王引之云：「『巫咸』，今文蓋作『巫戊』。《白虎通》曰：『殷以生日名子何？殷家質故直，以生日名子也，以《尚書》道殷家大甲帝武丁也。於民臣亦得以生日名子何？不使亦不止也，以《尚書》道殷臣有巫賢有祖己也。』據此，則『巫咸』當作『巫戊』。『巫戊』、『祖己』皆以生日名也。《白虎通》用今文《尚書》，故與古文不同，後人但知古文之作『咸』，而不知今文之作『戊』，故改『戊』謂『咸』耳。（《太平御覽・人事部三》引《白虎通》已誤作『咸』。）不然，則咸非十日之名，何《白虎通》引以爲生日名子之證乎？《漢書・古今人表》『巫咸』亦當作『巫戊』。《漢書》多用今文《尚書》也。今本作『咸』，亦後人所改。」（《經義述聞（一）》頁 227—228）存參。

[7] 「乂」，魏石經古文作「嬖」，篇內同。

[8] 清華簡（叄）〈良臣〉簡 2「康（唐/湯）又（有）伊肩（尹），又（有）伊陟，又（有）臣𣲮（扈）。武丁又（有）敨（傅）鷊（說），又（有）保臭（衡）」可參。

[9] 「盤」，〈燕世家〉作「般」。

[10] 韓愈〈黃陵廟碑〉：「余謂《竹書紀年》帝王之沒皆曰『陟』，『陟』，升也，謂升天也。《書》曰『殷禮陟配天』，言以道終，其德協天也。」（馬其昶校注，馬茂元整理《韓昌黎文集校注》（上海：上海古籍出版社，2014），頁 554）俞樾說同。（《群經平議》卷六，《續修四庫全書（一七八）》頁 92）

[11] 梁十九年亡（無）智鼎（《集成》2746）：「多㫐（歷）年，萬不承。」（參楊坤，〈戰國晉系銅器銘文校釋及相關問題初探〉，吉林大學碩士學位論文（指導教師：吳良寶教授），2015 年 5 月，頁 36—37）

[12] 「純佑」，金文習見，作「屯右」。「佑」，魏石經作「右」，伯 2748 同。

[13] 于省吾讀「天惟純佑命」爲句，並謂「『純佑命』猶弓鎛言『純厚乃命』」。（《雙劍誃群經新證》頁 109）

[14] 王引之云：「『實』，語詞。『商實百姓王人』，商百姓王人也。」（《經義述聞（一）》頁 228）

[15] 「王人」，亦見召鼎（《集成》2838）。

（并）¹侯甸，矧咸奔走²。惟茲惟德稱，用乂厥辟³。故〈迪—由〉一人有事（使）于四方⁴，若卜筮，罔⁵不⁶是孚⁷。」

公曰：「君奭。天壽（儔）平（辯）格⁸，保乂有殷；有殷嗣，天滅威⁹。今汝永念，則有固命，厥亂¹⁰明我新造邦¹¹。」

公曰：「君奭。在丨昔上帝割申勸（觀）寧〈文〉王{之}德，其集大命于厥躬。¹²惟文王尚克修（調）和我有夏¹³，亦惟有若虢叔¹⁴，有若閎夭，有若散宜生，有若泰顛，有若南宮括。²」又曰：³「無

---

1 「屏」，魏石經古文作「并」。戴鈞衡讀爲「并」。（《書傳補商》卷十三，《續修四庫全書（五〇）》頁 138 上）

2 馬楠云：「疑奔走亦職官之稱，《詩·緜》『予曰有奔奏』，《尚書大傳》作『奔輳』。」（〈周秦兩漢書經考〉頁 387）存參。

3 王國維謂此即毛公鼎銘之「襄辭乓（厥）辟」。（〈釋辭〉，《觀堂集林（上）》頁 280）

4 王褒〈四子講德論〉作「迪一人使四方」，《文選》注引作「迪一人有事四方」，魏石經作「故一人事于四方」。《文選》注引僞《孔傳》云：「迪，道也」，作「迪」與今本經、傳不同。吳汝綸云：「此經漢、唐已不同，後又妄改之，當依王褒引校改。『迪一人』與『迪高后』文同，其義則爲故也。」（《尚書故》頁 246）「迪」應讀爲「由」，訓爲「用」。

5 罔，魏石經同，《文選》注引作「無」。

6 「不」，伯 2748 作「弗」。

7 「孚」，《爾雅·釋詁》「信也」。楊筠如讀爲「符」，訓爲「合」。（《尚書覈詁》頁 369）

8 此四字異論甚多（參《尚書校釋譯論（第三冊）》頁 1571—1572），馬楠云：「壽讀爲疇、仇，訓爲儔匹。平讀爲抨，訓使。……格疑讀爲〈高宗肜日〉『惟先格王』、〈西伯戡黎〉『格人元龜』之格。天壽平格似謂天使格人（即上伊尹、保衡、伊陟等）儔匹殷先哲王，以安保治理殷邦。」（〈周秦兩漢書經考〉頁 387）按，馬氏說「壽」字可從，即應讀爲「儔」。但「天壽（儔）」殆應指上文所述「陟配天」之「伊尹、保衡、伊陟」等人。「平」殆應讀爲《禮記·玉藻》「先飯辯嘗羞」之「辯」，訓爲「徧」。「格」讀如上文「格于皇天」、「格于上帝」之「格」，訓爲「升」。

9 「威」，魏石經作「畏」。王念孫從《廣雅》訓「威」爲「德」。（《經義述聞（一）》頁 229）存參。高中正將「有殷嗣天滅威」作一句讀，疑「滅」當讀爲「蔑」，訓爲「施加」，釋此句爲「繼承前人所奉持之明德」。（〈文本未定的時代——先秦兩漢「書」及《尚書》的文獻學研究〉頁 129—130）存參。

10 「亂」，王引之讀爲語詞「率」（《經義述聞（一）》頁 217—218），于省吾謂「『亂』乃『嗣』之譌，語詞。或作『率』之譌」（《雙劍誃群經新證》頁 110 上），俟考。

11 于省吾云：「『新造邦』謂平武庚之叛所新造之邦也。頌鼎『監嗣新應』，應造古今字，是『新造邦』周人語例。」（《雙劍誃群經新證》頁 110 上）

12 見第一章〈君奭〉「在昔上帝割申勸寧王之德」條。毛公鼎（《集成》2841）「惟天畣（將）集乓（厥）命」可參。「在昔」當爲「昔在」。

13 見第一章〈君奭〉「惟文王尚克修和我有夏」條。

14 《左傳·僖公五年》：「虢仲、虢叔，文王之穆也。爲文王卿士，勳在王室。」

⁴能往來，茲迪（由）彝〈巡一襲〉教（學）文王蔑德⁵，降于國人。亦惟純佑秉德，迪（由）知天威⁶，乃惟時昭（詔）⁷文王，迪（由）⁸見冒（勖/懋）⁹聞于上帝，惟時受有殷命哉¹⁰！武王惟茲四人，尚迪有祿。¹¹後暨武王，誕將天威¹²，咸¹³劉¹⁴厥敵。惟茲四人昭（詔）武王，惟冒（勖/懋），丕單（殫）稱德。¹⁵今在予小子旦，若游大川，予往暨汝奭其濟。小子同（侗/童）未（昧）在位，誕無我責。¹⁶收¹⁷罔勖不¹⁸及，耇造德¹⁹不²⁰降，我則鳴鳥不聞²¹，矧曰其有能格？」

---

1 「泰」，《論語》、〈周本紀〉、〈古今人表〉等作「太」。段玉裁謂「疑本亦是『大』字，衛包改『泰』」（《古文尚書撰異》卷二三，《四部要籍注疏叢刊·尚書（中）》頁 2005 下）
2 《國語·晉語》「文王在傅弗勤，處師弗煩，敬友二虢。其即位也，咨于二虢，度于閎夭，謀于南宮。」清華簡（叁）〈良臣〉簡 2-3：「文王又（有）忬（閎）夭、又（有）𢎜（泰）𩰫（顛）、又（有）朿（散）宜生、又（有）南宮𠱾、又（有）南宮夭、又（有）𨛬（芮）白（伯）、又（有）白（伯）适、又（有）帀（師）上（尚）父、又（有）虔（虢）弔（叔）。」
3 孫詒讓謂「又」當讀爲「有」（見〈多士〉「又曰」腳注）。皮錫瑞謂「又」當讀爲「猶」。（《今文尚書考證》頁 389）存參。
4 「無」，《風俗通·十反》同，《漢書·朱雲傳》、魏石經古文作「亡」。
5 見第一章〈君奭〉「茲迪彝教文王蔑德」條。
6 「威」，魏石經作「畏」。
7 王引之云：「『昭』讀爲《釋詁》『詔亮左右』之『詔』，猶云『涼彼武王』耳。」（《經義述聞（一）》頁 209）
8 「迪」，從王引之訓爲「用」（《經義述聞（一）》頁 209）。
9 「冒」，崔瑗〈侍中箴〉、馬融本作「勖」。
10 「哉」，魏石經作「才」。馬楠讀「哉」爲「在」，屬下讀。（〈周秦兩漢書經考〉頁 390）存參。
11 鄭注云：「至武王時虢叔等有死者，餘四人也。」《墨子·尚賢下》：「武王有閎夭、泰顛、南宮括、散宜生。」
12 「威」，魏石經作「畏」。
13 「咸」，王引之謂是「滅絕之名」。（《經義述聞（一）》頁 229—230）俞樾說同。（《諸子平議》（北京：中華書局，1956），頁 699）存參。
14 《方言》：「秦晉宋衞之間謂殺曰劉，晉之北鄙亦曰劉。」《說文》：「鎦，殺也。」。
15 見第一章〈君奭〉「惟冒丕單稱德」條。
16 見第一章〈君奭〉「小子同未在位誕無我責」條。
17 「收」，孫詒讓謂「當爲攸，聲、形並相近而誤」（《尚書駢枝》頁 160），馬楠將其屬上讀，並謂「疑字當爲救，讀爲求」（〈周秦兩漢書經考〉頁 391），俟考。
18 「不」，伯 2748 作「弗」。
19 「造德」，麥方尊（《集成》6015）：「終用造德。」
20 「不」，伯 2748 作「弗」。
21 劉起釪云：「按《詩·伐木》：『鳥鳴嚶嚶。……嚶其鳴矣，求其友聲。』鳴鳥不聞的意義顯然在此。」（《尚書校釋譯論（第三冊）》頁 1585）存參。「不」，《三國志·管寧傳》作「弗」，伯 2748 同。

公曰：「嗚呼！君肆其監于茲。我受命無疆惟休，亦大惟艱。[1]告君乃猷，裕（欲）我不以後人迷[2]。」

公曰：「前人敷乃心[3]，乃悉命汝，作汝民極[4]。曰：『汝明勖偶王在（哉）！宣（嬋）乘（承）茲大命，[5]惟文王德丕承無疆之恤。』」

公曰：「君。告汝朕允〈兄〉[6]保奭，其汝克敬以[7]予監于殷喪大否[8]，肆念我天威[9]。予不允〈兄一皇〉[10]惟若茲誥，予惟曰，襄（曩）我二人汝〈毋〉有合哉（在）言。[11]曰：『在時二人，天休滋至，惟時二人弗戡（堪）[12]。』其汝克敬德，明我俊[13]民在（哉）[14]！讓（襄）[15]後人于丕時[16]。嗚呼！篤棐（非）時二人，我式克至于今日

---

[1] 〈召誥〉：「惟王受命，無疆惟休，亦無疆惟恤。」

[2] 《詩經‧小雅‧節南山》：「俾民不迷。」

[3] 叔夷鐘（《集成》272）：「余既尃乃心。」

[4] 毛公鼎（《集成》2841）：「命女亟一方。」晉姜鼎（《集成》2826）：「作疐爲亟（極）。」班簋（《集成》4341）：「乍（作）四方亟（極）。」

[5] 于省吾云：「舊讀至『王』字句或『宣』字句，並非。按『在』『才』『哉』古通。『明勖』即《爾雅》之『孟勉』。『宣』通『單』讀『嬋』，詳〈盤庚〉『乃話民之弗率』條。孫星衍謂『偶』與『耦』通，《廣雅‧釋詁》『耦，侑也』。莊述祖謂『乘』『承』通。言汝孟勉侑王哉，盡承此大命也。」（《雙劍誃群經新證》頁111）按，「偶」如字讀即可。皮錫瑞云：「《史記》，周、召分陝爲二伯，故曰偶王。」（《今文尚書考證》頁391）

[6] 「允」，魏石經作「兄」。于省吾謂：「其古文兄作𠑽，與允相似。……『朕允保奭』即『朕兄保奭』，言我之兄保奭也。」（《雙劍誃群經新證》頁111下）

[7] 「以」，王念孫謂「猶與也」（《經義述聞（一）》頁230）。

[8] 「否」，《左傳‧宣公十二年》「執事順成爲臧，逆爲否」。

[9] 「威」，伯2748作「畏」。

[10] 「允」，魏石經作「兄」。于省吾謂「允」爲「兄」之譌，並謂：「『不兄』之『兄』讀『皇』。〈無逸〉『無皇曰』，漢石經『皇』作『兄』。皇，暇也。言予不暇惟若此多誥也。不暇告猶言無暇多誥，下言『予不惠若茲多誥』，〈洛誥〉『朕不暇聽』，古人言語質直蓋如是也。」（《雙劍誃群經新證》頁111）

[11] 見第一章〈君奭〉「襄我二人汝有合哉言」條。

[12] 「戡」，孫星衍謂：「戡與堪通，《釋詁》云：『勝也。』」（《尚書今古文注疏》頁456）于省吾云：「金文尚未發現『戡』、『堪』等字。王棻友謂『堪』、『龕』同音。按，皇王眉壽編鐘『龕事朕辟皇王』，猶克事朕辟皇王。疑『堪』、『戡』本應作『龕』。」（《雙劍誃群經新證》頁111—112）

[13] 「俊」，伯2748作「畯」。

[14] 「在」，從于省吾說屬上讀爲「哉」（《雙劍誃群經新證》頁112上）。

[15] 「讓」，從孫詒讓說讀爲「襄」，訓爲「助」（《尚書駢枝》頁161）。

[16] 「丕時」，孫詒讓云：「猶言丕承，《詩‧周頌‧清廟》云『不顯丕承』，《孟子‧滕文公篇》引《書》云：『丕承哉，武王烈！』言助後人於丕承祖德也。（時訓『承』，詳王氏《述聞》）」（《尚書駢枝》頁161）王國維云：「《書‧君奭》『在後人于丕時』，《詩‧大雅》云『帝命不時』，《周頌》云『哀時之對』，丕時、不時、哀時，當是一語。」（〈與友人論《詩》、《書》中成語書二〉，

休。¹我咸成文王功于不²怠，³丕冒（勖/懋），海隅出日，罔不率俾⁴。」公曰：「君。予不⁵惠若茲多誥，予惟用閔于天越民。⁶」

公曰：「嗚呼！君。惟乃知民德，亦罔不⁷能厥初，惟其終⁸。祗⁹若茲。往，敬用治。」

多方第廿三¹⁰

惟五月丁亥，王來自奄，至¹¹于宗周。

周公曰：「王若曰：¹²『猷告爾四國多方¹，惟²爾殷侯尹民〈氏〉³。我惟大降爾命，爾罔不⁴知。洪〈引─矧〉惟圖（鄙）⁵天之命，

《觀堂集林（上）》頁 83）于省吾云：「丕猶斯也，時讀如字。」（《雙劍誃群經新證》頁 112 上）存參。

¹ 孫詒讓云：「《墨子‧非命中篇》云：『於召公之執令於然（疑當做『於召公之執無命亦然』）曰：（舊誤且，畢沅校改）「敬哉無天命，惟予二人，而無造言，不自降天之哉得之（疑當作『不自天降在我得之』）。」』彼云『惟予二人』，與此經『在時二人』義亦同。《墨子》多引逸《書》，疑召公先有作書，而周公作此以荅之，惜古書亡佚，不可考也。」（《尚書駢枝》頁 162）存參。

² 「不」，伯 2748 作「弗」。

³ 「咸成」不見於先秦其他傳世典籍。《逸周書‧祭公》之「咸茂厥功」，清華簡（壹）〈祭公之顧命〉11 號簡作「成厥功」，可知「咸茂」為「咸成」之誤。「咸成」還見於清華簡（伍）〈封許之命〉，其 3 號簡云「咸成商邑」。

⁴ 王引之云：「《爾雅》：『俾，從也。』『罔不率俾』，猶〈文侯之命〉言『罔不率從』也。『海隅出日，罔不率俾』，猶《魯頌》言『至於海邦，莫不率從』也。此言『海隅出日，罔不率俾』，《大戴禮‧少閒篇》曰『出入日月，莫不率俾』，（盧辯注『俾，使也』，亦誤）〈五帝德篇〉曰『日月所照，莫不順從』，義竝同。俾之言比也。〈比‧象傳〉曰：『比下順從也。』『比』與『俾』古字通。故《大雅》『克順克比』，〈樂記〉作『克順克俾』。」（《經義述聞（一）》頁 231）

⁵ 「不」，伯 2748 作「弗」

⁶ 《合》5775：「王固曰：裁。惟庚。不惟庚，惠丙。」裘錫圭據之認為經文「惠」和「惟」是一對音、義皆近的虛詞。（參〈閱讀古籍要重視考古資料〉頁 408─409）「越」，孔廣森訓為「與」。（《經學卮言（外三種）》頁 45）

⁷ 「不」，伯 2748 作「弗」。

⁸ 《詩經‧大雅‧蕩》：「天生烝民，其命匪諶。靡不有初，鮮克有終。」

⁹ 「祗」，訓為「敬」。

¹⁰ 《書序》：「成王歸自奄，在宗周，誥庶邦，作〈多方〉。」

¹¹ 魏石經其上有「王」字。

¹² 金履祥云：「書『王若曰』而冠以『周公曰』，是周公代王言也。成王幼，周公秉政。自〈大誥〉以後，凡誥命之辭，皆周公代言耳。而於〈多方〉獨書『周公曰』，古書無贅辭，發例而已。」（《書經注》卷一〇，《續修四庫全書（四二）》頁 607 下）

弗永寅念于祀。惟帝降格于夏[6]，有夏誕厥逸，不肯慼[7]言于民；乃大淫昏，不克終日勸[8]于帝之迪[9]，乃爾攸聞。厥圖（鄙）帝之命，不克開于民之麗（羅）[10]，乃大降罰，崇亂有夏，因甲（狎）[11]于內亂。不克靈承于旅，罔丕惟進之[12]恭[13]，洪舒[14]于民。亦惟有夏之民叨懫[15]日欽（廞）[1]，劓割夏邑。天惟時求民主，乃大降顯休命于成

---

[1] 「多方」，見於《合》25、21479 等甲骨卜辭。楊樹達云：「方者，殷周稱邦國之辭。」（〈釋尚書多方〉，《積微居小學述林全編（上）》（上海：上海古籍出版社，2013），頁 330）

[2] 「惟」，王引之謂「猶與也」。（《經傳釋詞》頁 56—57）

[3] 「尹民」，王國維云：「或是『尹氏』之誤。《尚書》及金文中，多見『尹氏』，未有稱『尹民』者。」（〈王觀堂先生尚書授記〉頁 253）

[4] 「不」，斯 2074 作「弗」，篇內同。

[5] 于省吾謂「此篇言『圖』字皆『鄙』之譌」，並謂：「『洪惟圖天之命』、『厥圖帝之命』，言鄙棄天命、帝命也。『圖厥政』，鄙棄其政事也。『圖忱于政』，鄙棄信用于正長也。」（《雙劍誃群經新證》頁 114—115）此篇「圖」字均從其說。

[6] 〈多士〉：「有夏不適逸，則惟帝降格，向于時夏。」

[7] 「慼」，段玉裁云：「戚，衛包改作『慼』，俗字也。」（《古文尚書撰異》卷二四，《四部要籍注疏叢刊·尚書（中）》頁 2007 上）存參。

[8] 「勸」，《說文》「勉也」。于省吾謂是「觀」之譌。（《雙劍誃群經新證》頁 115 上）存參。

[9] 「迪」，《釋文》：「馬本作『攸』，云『所也』。」

[10] 「麗」，孫星衍云：「麗者，麗於獄也。《周禮·小司寇職》：『以八辟麗邦法，附於罰。』注：『杜子春讀麗爲羅。』疏云：『羅則入羅網，當在刑書。』〈呂刑〉云『越茲麗刑』，又云『苗民匪察于獄之麗』是也。」（《尚書今古文注疏》頁 461）楊筠如云：「麗，〈呂刑〉鄭注：『施也。』按本書言『麗』，或爲法則，或爲刑律，皆不作施義。〈呂刑〉『越茲麗刑並制』，又曰『苗民匪察于獄之麗』，與本篇下文『慎厥麗乃勸』，麗皆謂刑律也。其義與『刑』大同小別。〈顧命〉『奠麗陳教』，與此文『不克開于民之麗』，麗皆謂法則也。」（《尚書覈詁》頁 382）金兆梓於後文「慎厥麗」下注云：「我意此文之『麗』字，由『不克開于民之麗』與『慎厥麗』兩語語法看，都應作名詞解，決不可能如舊解之作『附着』或『思』去解，因爲附着和思都是動詞而非名詞。我意『麗』當爲『羅』之同聲通假，而所謂『羅』，即指桀荼毒人民之網羅，所謂法網者是也。」（《尚書詮譯》頁 230）其說可從。

[11] 「甲」，鄭玄、王肅讀爲「狎」。

[12] 「之」，斯 2074 無。

[13] 「恭」，斯 2074 作「龔」。按，古文如是，「恭」爲後改。

[14] 「舒」，《困學紀聞》載古文作「荼」，《書古文訓》同。薛季宣解「洪荼于民」爲「大虐民荼毒」（《書古文訓》），馬楠讀「舒」爲「豫」，訓爲「驕怠」（〈周秦兩漢書經考〉頁 399），俟考。

[15] 「懫」，《說文》：「𢤱，忿戾也。……《周書》曰：『有夏氏之民叨𢤱』。」段玉裁云：「今《尚書》𢤱作懫，天寶間改也。《釋文》𢤱作懫，開寶間改也。」（《古文尚書撰異》卷二四，《四部要籍注疏叢刊·尚書（中）》頁 2007 下）「叨懫」，劉盼遂謂：「叨懫爲舌音雙聲連語，《說文》作『饕餮』。……質聲、殄聲同在段氏十二部，又屬古紐舌頭雙聲。《說文》心部無『懫』字，或即爲『餮』

湯，刑殄有夏。惟天不畀純，乃惟以爾多方之義民[2]，不克永于多享。惟夏之恭[3]多士，大不克明保享于民，乃胥[4]惟虐于民[5]；至于百爲，大不克開。乃惟成湯，克以爾多方簡代夏作民主[6]。慎厥麗（羅），乃勸；厥民刑，用勸。以至于帝乙，罔不明德慎罰，亦克用勸。要囚，殄戮多罪，亦克用勸；開釋無辜，亦克用勸。今至于爾辟，弗克以爾[7]多方享天之命。』

「嗚呼！[8]王若曰：『誥告爾多方，非天庸（用）釋（斁）有夏，非天庸（用）釋（斁）有殷；乃惟爾辟，以爾多方大淫圖（鄙）天之命，屑有辭[9]。乃惟有夏圖（鄙）厥政，不集于享；天降時喪，有邦間[10]之。乃惟爾商後王，逸厥逸，圖（鄙）厥政，不蠲烝[11]，天惟

之俗作矣。經言『叨懫日欽』，亦言夏后惟於貪婪之輩，是崇是長是信是使爾。『有夏之民』指夏王也，古亦稱君爲民。」（〈觀堂學書記〉頁 290）孟蓬生謂《莊子·在宥》之「卓鷙」即「叨懫（𪛚）」、「饕餮（飻）」或「饕戾」，均爲貪婪之義。（〈《莊子·在宥》「喬詰卓鷙」試解——兼釋「叨懫」「饕戾」〉，《歷史語言學研究》第五輯（北京：商務印書館，2012），頁 26—34）黃傑申劉、孟二氏之說，又補《史記·刺客列傳》「鴟鷙」一詞，並讀「欽」爲「淫」，將「日欽（淫）」單獨成句。（〈說《尚書·多方》「叨懫」——兼說「饕餮」、「卓鷙」、「饕戾」、「鴟鷙」與「鴟鴞」〉，《「出土文獻與尚書學研究」國際學術研討會論文集》，上海：上海大學，2018·9·21—23，頁 107—117）存參。

[1]「欽」，莊述祖云：「欽當爲廞。」（《尚書今古文考證》卷四，《續修四庫全書（第四六冊）》頁 449 下）孫星衍云：「欽與廞通，〈釋詁〉云：『興也。』」（《尚書今古文注疏》頁 462）

[2]「義民」，異說頗多（參《尚書校釋譯論（第四冊）》頁 1622—1624）。江聲云：「義民，猶民儀，謂賢者。」（《尚書集注音疏》卷八，《四部要籍注疏叢刊·尚書（中）》頁 1672 下）章太炎云：「義民即獻民，如黎獻或作黎儀，民獻或作民儀，是其例。」（《太炎先生尚書說》頁 170）

[3]「恭」，章太炎云：「恭，石經古文例作『龏』，此經正當作龏，當時以例誤讀爲恭耳。《說文》：『龏，給也。』亦通作共，作供。〈釋詁〉：『供、峙、共，具也。』龏多士者，龏猶漢言給事，唐言供奉。」（《太炎先生尚書說》頁 170）按，章說是，斯 2074 正作『龏』。

[4]「胥」，江聲據《爾雅·釋詁》訓爲「皆」。（《尚書集注音疏》卷八，《四部要籍注疏叢刊·尚書（中）》頁 1672 下）

[5] 牧殷（《集成》4343）「亦多虐庶民」可參。

[6] 俞樾云：「《傳》曰：『大代夏政爲天下民主。』樾謹按，『簡』固訓『大』，然大代夏作民主，殊爲無義。〈皋陶謨〉『笙鏞以閒』，枚《傳》曰：『閒，迭也。』『簡』與『閒』古字通用。『簡代夏作民主』，謂迭代夏作民主也。」（《群經平議》卷六，《續修四庫全書（第一七八冊）》頁 93 上）存參。

[7]「爾」，魏石經古文作「尒」，斯 2074 同，篇內同。

[8]「嗚呼」，魏石經作「烏虖」。

[9] 〈多士〉：「大淫，泆有辭。」「泆」，馬本作「屑」

[10]「間」，《爾雅·釋詁》：「代也」。

[11] 《國語·周語上》：「明神不蠲而民有遠志。」

降時喪。惟（雖）聖罔念作狂，惟（雖）狂克念作聖。天惟五年須暇[1]之子孫，誕作民主，罔可念聽。天惟求爾多方，大動以威[2]，開厥顧天。惟爾多方，罔堪顧之。惟我周王，靈承于旅，克堪用德，惟典神天。天惟式教我用休，簡畀殷命，尹爾多方。今我曷[3]敢多誥？我惟大降爾四國民命。爾曷不忱裕之于爾多方？爾曷不[4]夾介乂我周王，享天之命？[5]今爾尚宅爾宅，畋爾田，[6]爾曷不惠王熙天之命[7]？爾乃迪屢不靜，爾心未愛；爾乃不大宅（度）[8]天命，爾乃屑（洗）播[9]天命；爾乃自作不典，圖（鄙）忱于正。我惟時其教告之，我惟時其戰（殫）[10]要囚之，至于再，至于三[11]。乃[12]有不用我降爾命，我乃其大罰殛[13]之。非我有周秉德不康寧，乃惟爾自速辜。』

「王曰：『嗚呼！猷告爾有方多士，暨殷多士：今爾奔走臣我監五祀，越惟有胥伯（賦）小大多正（征）[14]，爾罔不克臬[15]。自作

---

[1] 「暇」，鄭玄本作「夏」，而訓爲「假」（《詩·皇矣》疏引）。又《詩·武》疏引此「須暇」下有「湯」字。僞孔《傳》云「五年須暇湯之子孫」，似僞孔本亦有「湯」，然斯 2074 無，俟考。吳汝綸云：「須暇，猶緩假；緩假，猶寬假也。」（《尚書故》頁 256）存參。

[2] 「威」，斯 2074 作「畏」。

[3] 「曷」，魏石經同，斯 2074 作「害」，篇內同。

[4] 「曷不」，《匡謬正俗》引作「害弗」。

[5] 見第一章〈多方〉「爾曷不夾介乂我周王享天之命」條。

[6] 《詩經·國風·甫田》疏引作「田爾田」。𥂔鼎（《集成》2828）：「弋（式）尚卑（俾）處辥（厥）邑，田辥（厥）田。」

[7] 見第一章〈多方〉「爾曷不惠王熙天之命」條。

[8] 「戰」，江聲云：「讀當爲度。」（《尚書集注音疏》卷八，《四部要籍注疏叢刊·尚書（中）》頁 1674 上）

[9] 楊筠如云：「屑，與『洗』通，猶言失也。播，《楚辭》王注：『棄也。』〈吳語〉『今王播棄元老』，是其義也。」（《尚書覈詁》頁 389）

[10] 「戰」，從于省吾說讀爲「殫」（《雙劍誃群經新證》頁 117 上）。

[11] 《漢書·文三王傳》、《論衡·譴告》作「至于再三」。

[12] 「乃」，《漢書·文三王傳》無。

[13] 殛，《釋文》載或本作「極」。段玉裁謂：「作『極』者是也。足利古本亦作『極』。」（《古文尚書撰異》卷二四，《四部要籍注疏叢刊·尚書（中）》頁 2009 上）按，段說是，斯 2074 正作「極」。

[14] 《尚書大傳》作：「越維有胥賦小大多政。」「胥」，江聲據《周禮·天官·序官》「胥十有二人」鄭注「此民給繇役者」，謂「是給繇役者有『胥』名也」。（《尚書集注音疏》卷八，《四部要籍注疏叢刊·尚書（中）》頁 1675 上）王國維云：「胥伯，《尚書大傳》作『胥賦』。毛公鼎云『藝小大楚賦』，『楚』，古同『胥』。又『多正』之『正』，當作『征』解。」（〈王觀堂先生尚書講授記〉頁 255）「伯」，于省吾謂即金文「員」字，爲「財賦」之義。（《雙劍誃群經新證》頁 117）

[15] 「臬」，《釋文》載馬本作「剹」。江聲訓「臬」爲「準」。（《尚書集注音

不和，爾惟和哉！爾室不睦，爾惟和哉！爾邑克明，爾惟克勤乃事。爾尚不忌[1]于凶德，亦則以穆穆在乃位，克閱于乃邑，謀介爾[2]，乃自時洛邑，尚永力畋爾田；天惟畀矜爾。我有周惟其大介[3]賚爾，迪簡在王庭，尚爾事，有服在大僚。』

「王曰：『嗚呼！多士。爾不克勸忱我命，爾亦則惟不克享，凡民惟曰不享。爾乃惟逸惟頗，大遠王命；則惟爾多方探〈采〉[4]天之威，我則致天之罰，離逖爾土。』

「王曰：『我不惟多誥，我惟祗告爾命。』又曰：『時惟爾初，不克敬于和[5]，則無我怨。』」

疏》卷八，《四部要籍注疏叢刊・尚書（中）》頁 1674 下）王國維云：「『臬』，恐即爲『藝』。射矢之一作『臬』，而《詩》毛傳亦作『藝』，可證。」（〈王觀堂先生尚書講授記〉頁 255）曾運乾云：「臬，準的也，通作藝。《春秋傳》云『貢之無藝』是也。」（《尚書正讀》頁 243）

[1] 「忌」，《說文》「諅，忌也。……《周書》：『上不諅于凶德。』」「尚」作「上」。

[2] 孫詒讓云：「此以『謀介爾』句，猶下云『畀矜爾』、『介賚爾』也。」（《尚書駢枝》頁 163）

[3] 「介」，僞孔《傳》訓爲「大」，楊筠如讀爲「匄」，訓爲「予」（《尚書覈詁》頁 392）。「大介」，俞樾認爲乃「奆」字誤析爲二，其說云：「《說文・大部》：『奆，大也，從大介聲。讀若蓋。』今經典無『奆』字，蓋皆叚『介』爲之，凡訓『大』之『介』，皆『奆』之叚字也。此經疑『奆』本字，其文曰『我有周惟其奆賚爾』，『奆賚』即大賚也。後人罕見『奆』字，遂誤分爲大、介二字耳。」（《群經平議》卷六，《續修四庫全書（第一七八冊）》頁 94 上。此說亦見於《古書疑義舉例》「一字誤爲二字例」條）曾運乾亦云：「大介當爲奆，一字誤爲兩字也。《說文》：『奆，大也。』奆賚，猶《論語》言『周有大賚，善人是富』。」（《尚書正讀》頁 244）存參。

[4] 「探」，吳闓生云：「探，罙冒也。《詩》『罙入其阻』鄭箋：『罙，冒也。』《易》虞翻注：『觸冒，探也。』」（《尚書大義》）于省吾云：「『探』乃『罙』之譌，从手爲後人所增。《商頌・殷武》『罙入其阻』毛傳：『罙，深。』鄭箋：『罙，冒也。』（陳奐謂鄭於字同毛而義用三家）《釋文》引《說文》作『冒也』。今《說文》从网、米，云『周行也』。按小徐本作『周』，乃『冒』之譌。《易・繫辭上》傳：『冒天下之道。』虞注：『冒，觸也。』『則惟爾多方罙天之威』者，則惟爾多方觸天之威也。」（《雙劍誃群經新證》頁 118 上）

[5] 孔廣森云：「凡事有兩端，云『某及某』者，行文之常也。《書》則用『于』、用『越』。『敬于和』猶言『敬與和』也。」（《經學卮言（外三種）》頁 45）

立政第廿四[1]

周公若曰：「拜手稽首，告嗣天子王矣。用咸[2]戒于王，曰（越）[3]王左右常伯[4]、常任、[5]準[6]人、綴[7]衣、虎賁[8]。」

周公曰：「嗚呼！休茲知恤，鮮哉！[9]古之人迪[10]惟有夏，乃有室大競籲[11]，俊（駿）[1]尊上帝，迪知忱恂于九德之行[2]。乃敢告教厥

---

[1] 《書序》：「周公作〈立政〉。」〈周本紀〉：「成王既絀殷命，襲淮夷，歸在豐，作〈周官〉，興正禮樂，度制於是改，而民和睦，頌聲興。」〈魯世家〉：「成王在豐，天下已安，周之官政未次序，於是周公作〈周官〉，官別其宜，作〈立政〉，以便百姓，百姓說。」「立政」，王引之云：「『政』與『正』同。正，長也。『立正』謂建立長官也。篇內所言皆官人之道，故以『立正』名篇。」（《經義述聞（一）》頁193）

[2] 「咸」，吳汝綸云：「咸者，箴之借字。《公羊經》『陳咸宜咎』，《釋文》『咸』作『鍼』。鍼、箴古通字。」（《尚書故》頁262）存參。

[3] 「曰」，讀爲「越」，訓爲「與」。（《尚書校釋譯論（第四冊）》頁1662）

[4] 「伯」，《說文》：「故，迮也。……《周書》曰：『常故常任。』」「故」借作「伯」。

[5] 錢大昕云：「〈立政〉篇先稱『王左右』，而後言『常伯、常任、準人』，又與『綴衣、虎賁』同列，則是左右親近之臣，位不甚尊，而所繫繁重，故歎知憂之鮮。《漢書》谷永對策言：『習善在左右，誠敕正左右齊栗之臣，戴金貂之飾，執常伯之職。』師古云：『常伯，侍中也。一曰常任使之人，此爲長也。』《後漢書·楊賜傳》：『樂松處常伯。』松時爲侍中也。胡廣〈侍中箴〉：『亦惟先正，克慎左右。常伯常任，實爲政首。』《文選注》引揚雄〈侍中箴〉亦有『光光常伯』之文。則常伯、常任即漢之侍中，審矣。《說文》引《書》作『常故』，『故』訓『迮』，亦有近義。」（〈答問二〉，《潛研堂文集》卷五，《嘉定錢大昕全集（玖）》頁66—67）王鳴盛說同，並補充《漢官儀》「侍中，周成王常伯，任侍中殿下稱制」之說。（《尚書後案（下）》頁512）後皮錫瑞又有增補。（《今文尚書考證》頁403）

[6] 「準」，漢石經作「辟」。

[7] 「綴」，揚雄〈雍州牧箴〉、班固〈西都賦〉、崔瑗〈北軍中候箴〉、趙岐《孟子》注皆作「贅」。

[8] 《續漢書·百官志》注引蔡質《漢儀》：「主虎賁千五百人，無常員，多至千人，戴鶡冠，次右將府。又『虎賁』舊作『虎奔』，言如虎之奔也。王莽以古有勇士孟賁，故名焉。」《漢官儀》：「言其猛怒如虎之奔赴也。平帝元始元年更名虎賁郎，古有勇士孟賁，改奔爲賁。」皮錫瑞云：「據此，則古當作『虎奔』。今經典皆作『賁』者，乃東漢以後人所改。」（《今文尚書考證》頁404）

[9] 曾運乾云：「休，美。茲，猶斯也。恤，憂也。休茲知恤作一句讀。周初文言休恤相對成義。〈召誥〉言『無疆惟休，亦無疆惟恤』，及此皆是也。休茲知恤，言居安而思危者，鮮矣。」（《尚書正讀》頁248）

[10] 「迪」，王引之謂是語辭。（《經傳釋詞》頁136）

[11] 「籲」，舊皆屬下讀，如本字訓爲「呼」。楊筠如屬上讀，其先疑「競」爲「兢」之誤，訓爲「敬」，又從《小爾雅》訓「籲」爲「和」。（《尚書覈詁》頁396）馬楠亦屬上讀，並謂：「『競』讀如『二惠競爽』之競，『籲』讀爲喻母之耀，或章母之灼、焯，訓爲明。『競籲』猶《左傳》昭四年之『競爽』、襄十三年之

后曰：『拜手稽首，后矣。』曰：『宅（度）³乃事，宅（度）乃牧，宅（度）乃準，茲惟后矣。謀面⁴用丕訓（順）德⁵，則乃⁶宅（度）人，茲乃三宅（度）無義（俄）⁷民。』桀德惟乃弗作往任⁸，是惟暴德，罔後。亦越成湯陟，丕釐上帝之耿命；乃用三有宅（度），克即宅（度）；曰（越）⁹三有俊，克即俊。嚴惟丕式¹⁰，克用三宅（度）三俊。其在商邑，用協于厥邑；其在四方，用丕式見德。

「嗚呼！其在受¹¹德暋（昏）¹²，惟羞刑（型）暴德之人¹³，同于厥邦，乃惟庶習逸德之人，同于厥政。帝欽¹⁴罰之，乃伻我有夏式（代）¹⁵商受命，奄甸萬姓。亦越文王、武王，克知三有宅（度）

『爭善』、哀十六年之『爭明』。」（〈周秦兩漢書經考〉頁410）按，茲將「籲」屬上讀，其義俟考。

1 「俊」，讀爲「駿」，《爾雅·釋詁》「大也」。

2 〈皋陶謨〉：「亦行有九德。」

3 「宅」，吳汝綸云：「後文『厥宅心』，漢石經作『度』，此『宅』亦當爲『度』矣。〈堯典〉『五流有宅』，〈禹貢〉『三危既宅』，《史記》皆作『度』，是其證。」（《尚書故》頁263）篇內「宅」字俱讀爲「度」。

4 「謀面」，漢石經其上有「亂」字。王引之謂是語辭「率」之借字（《經義述聞（一）》頁217），皮錫瑞說同（《今文尚書考證》頁405）。「面」，王引之讀爲「勔」，訓爲「勉」。並謂：「『謀面用丕訓德』者，謀於乃事乃牧乃準，勉用大順德之人也。」（《經義述聞（一）》頁221）吳汝綸云：「謀，古讀如敏。謀面者，黽勉也，與《爾雅》之『亹没』，《方言》之『侔莫』，皆一聲之轉，雙聲連綿字也。舊皆字別爲義，失其旨矣。」（《尚書故》頁264）存參。

5 「訓德」，洪頤煊云：「『訓德』即俊德。〈堯典〉『克明俊德』，《史記·五帝本紀》作『能明馴德』，《集解》『徐廣曰：馴，古訓字』，《索隱》『《史記》馴字，徐廣皆讀曰訓。訓，順也』。」（《讀書叢錄》卷一，《續修四庫全書（一一五七）》頁564下）

6 「乃」，吳汝綸謂「猶能也」。（《尚書故》頁264）

7 「義」，從王念孫說讀爲「俄」，訓爲「衺」。（《經義述聞（一）》頁232）

8 孫詒讓云：「『莊述祖云：『弗、拂通，戾也。』案：此當從莊讀『桀德惟乃弗』句，與〈微子〉『咈其耇長舊有位人』之『咈』聲義並通，言桀之德咈戾，與下文『其在受德暋』文例略同。」（《尚書駢枝》頁165）存參。

9 「曰」，讀爲「越」，訓爲「與」。

10 「式」，訓爲「用」。

11 「受」，今文《尚書》例作「紂」。

12 「暋」，《說文》作「忞」，云「彊也。……《周書》曰：『在受德忞。』」。屈萬里云：「此『暋』字應讀爲『昏』，迷亂也。」（《尚書集釋》頁229）

13 王引之云：「《爾雅》：『刑，法也。』法謂之『刑』，法之亦謂之『刑』。《周頌·烈文篇》『不顯惟德，百辟其刑之』，箋曰：『卿大夫法其所爲也。』此『刑暴德』亦謂效法暴德也。」（《經義述聞（一）》頁233）

14 「欽」，孫星衍云：「欽與歆通，〈釋詁〉云：『興也。』」（《尚書今古文注疏》頁472）吳闓生亦讀爲「歆」，訓爲「興」。（《尚書大義》）存參。

15 「式」字，曾運乾讀爲「代」（《尚書正讀》頁251），裘錫圭說同（〈釋『弋』〉，《裘錫圭學術文集·甲骨文卷》（上海：復旦大學出版社，2012），頁70）。

心，灼[1]見三有俊[2]心；以敬事上帝，立民長伯。立政（正）：任人、準夫、牧，作三事[3]；虎賁、綴衣、趣馬[4]、小尹、左右攜仆，百司庶府；大都、小伯、藝（埶/邇）[5]人、表臣百司；太史、尹伯、庶常吉士，司徒、司馬、司空、亞旅；夷微盧烝，三亳阪尹。文王惟[6]克[7]厥宅（度）[8]心，乃克立兹常事、司、牧人，以克俊[9]有德。文王罔攸兼于庶言[10]、庶獄、庶慎〈訟〉[11]，惟有司之牧夫，是訓用[12]違；庶獄、庶慎〈訟〉，文王罔敢知于兹。亦越武王，率惟敉〈屍—纂〉功，不[13]敢替厥義德，率惟謀（敏）從容（睿）德[14]，以並[15]受此[16]丕丕基[17]。

---

[1] 「灼」，《說文》作「焯」，訓爲「明」。

[2] 「俊」，漢石經作「會」。

[3] 「三事」，《石經・小雅・雨無正》：「三事大夫，莫肯夙夜。」作冊令方彝（《集成》9901）：「尹三事四方。」

[4] 「趣馬」，《詩經・小雅・十月之交》「蹶維趣馬」可參。又金文習見「走馬」。

[5] 「藝」，從俞樾說讀爲「埶」。（《群經平議》卷六，《續修四庫全書（第一七八冊）》頁95上）

[6] 「惟」，漢石經作「維」。

[7] 「克」，漢石經無。

[8] 「宅」，漢石經作「度」。

[9] 「俊」，皮錫瑞云：「石經於上文『三有俊心』作『有會心』，此文『俊』字亦當作『會』。會者，會合之義。今文作『克會有德』，較古文作『克俊有德』於義爲長。」（《今文尚書考證》頁407）存參。

[10] 「言」，鄔可晶疑當讀爲「讞」。（〈出土與傳世古書對讀札記四則〉，《中國典籍與文化》，第3期（2011），頁133）存參。

[11] 孫詒讓云：「庶慎，謂凡掌典法之官。《周書・商誓篇》有庶義、庶刑。此庶獄，即彼庶刑；庶慎，即彼庶義。若《周禮》司會、大史諸職掌百官中成之等，《周禮・大宗伯》天神司中，《左・襄十一年傳》及《說文》並作司慎，義亦可互證。」（《尚書駢枝》頁166）于省吾讀「慎」爲「訊」。（《雙劍誃群經新證》頁120下）趙平安據清華簡〈四告〉指出：「〈立政〉中『庶慎』是據戰國古文轉寫而來的，而戰國古文『庶沓』的『沓』是古文字『讋』字訛變的結果。和訴訟相關時，『讋』應讀爲訟。『庶沓』本不是『庶慎』，而是基於訛變產生的一個詞。」（〈出土文獻視域下的「庶慎」〉，《第五屆出土文獻與上古漢語研究暨漢語史研究學術研討會論文集》，上海：復旦大學，2019．9．20—23）

[12] 「用」，龍宇純疑爲「毋」之訛。（〈尚書札記〉頁196）存參。

[13] 「不」，斯2074作「弗」。

[14] 吳汝綸云：「容，讀爲睿。鄭《五行傳》注『容，當爲睿』，是其證。」（《尚書故》頁270）楊筠如云：「謀，疑當讀爲『敏』，謂勉也。容，疑亦當本作『睿』。〈洪範〉：『思曰睿，睿作聖。』《洪範五行傳》『睿』作『容』。」（《尚書覈詁》頁404）《逸周書・諡法》「威彊叡德曰武」可參。

[15] 王引之云：「竝之言普也，徧也。」（《經義述聞（一）》頁234）

[16] 「此」，漢石經作「兹」。

[17] 「基」，漢石經作「其」，借字。

「嗚呼！[1]孺子王矣。繼自今，我其立政（正）：立事、準人、牧夫，我其克灼知厥若，丕乃俾亂相[2]我受民，和我庶獄、庶慎〈訟〉，時則勿[3]有間[4]之，自一話一言。我則末惟[5]成德之彥，以乂我受民。

「嗚呼！予旦已（以）受〈前〉人之徽言，[6]咸告孺子王矣！繼自今，文子文孫[7]，其勿誤[8]于庶獄、庶慎〈訟〉，惟正是乂之。自古商人，亦越我周文王，立政（正）：立事、牧夫、準人，則克宅（度）之，克由繹（擇）之[9]。茲乃俾乂國[10]，則罔有立政（正）用憸人。〔憸人〕[11]不[12]訓（順）{于}[13]德，是罔顯在[14]厥世。[15]繼自今立政（正），其勿以憸[16]人，其惟吉士，用勱[17]相我國家[18]。

---

1 「嗚呼」，漢石經作「於戲」，今文如是。

2 楊筠如云：「亂，〈釋詁〉：『治也。』相，昭二十五年《左傳》杜注：『治也。』亂相，與〈盤庚〉『亂越』同義，皆謂治也。」（《尚書覈詁》頁 404）馬楠云：「『亂』或爲『率』字形訛，句謂乃使率治我所受之民。」（〈周秦兩漢書經考〉頁 414）存參。

3 「勿」，《論衡・明雩》作「物」。

4 「間」，訓「代」。

5 「惟」，《論衡・明雩》作「維」。

6 漢石經作「旦以前人之微言」，《東觀餘論》同。「已受」作「以前」，「徽」作「微」。楊筠如云：「按已、以古通。前、受古文並从『舟』，蓋以形近致誤，而今文之義較長。古徽、微二字，形、聲、義三者並近。《詩傳》：『徽，美也。』《漢志》『昔仲尼沒而微言絕』，顏注謂『精微要妙之言』，是亦美言也。」（《尚書覈詁》頁 405）

7 楊筠如云：「文者，美稱。文子文孫，猶彝器之稱文祖文考也。」（《尚書覈詁》頁 405）

8 吳闓生云：「誤，當作虞。虞，度也，度也。」（《尚書大義》）存參。

9 王應麟《漢藝文志考證》載漢人引經異字作：「則克度之，克猶繹之。」于省吾云：「由，用也。繹乃擇之譌。《魯頌・泮水》釋文：『繹本作斁。』《大雅・思齊》『古之人無斁』，《釋文》『斁，鄭作擇』。上言『文王立政立事牧夫準人，則克宅之』，故下接以克用擇之。蓋居之得其所，擇之得其當也。」（《雙劍誃群經新證》頁 121 上）

10 「國」，僞孔《傳》屬下讀，茲從孫星衍屬上讀（《尚書今古文注疏》頁 477）。

11 前「憸人」疑脫重文號，當增，文意始足。

12 「不」，伯 2630 作「弗」。

13 「于」，漢石經無。按，伯 2630 亦無，當刪。「于」應是後人據僞孔《傳》「不訓於德」誤增。

14 「在」，漢石經作「哉」，《東觀餘論》同。吳汝綸云：「石經作『哉』者，《孟子》引『丕顯哉文王謨』，句法正同。」（《尚書故》頁 272）存參。

15 僞孔《傳》釋此數句作：「商周賢聖之國，則無有立政用憸利之人者。憸人不訓於德，是使其君無顯名在其世。」按，似僞孔本「憸人」原作「憸=人=」，當重。

16 「憸」，《釋文》「本又作『思』」，《說文》作「譣」，乃借字。

17 「勱」，《三國志・孫權傳》引作「勗」。

18 見第一章〈立政〉「用勱相我國家」條。

「今文子文孫，孺子王矣。其勿誤于庶獄，惟有司之牧夫。其克詰[1]爾戎兵，以陟禹之跡[2]，方（旁）[3]行天下，至于海表，罔有不[4]服。以覲（勤）[5]文王之耿光[6]，以揚武王之大烈[7]。嗚呼！繼自今後王立政（正），其惟克用常人[8]。」

周公若曰：「太史、司寇蘇公。[9]式敬爾由獄[10]，以長我王國。茲式有慎，以列（例）用中罰[11]。」

---

[1] 「詰」，錢時謂是「責實之名」。(《融堂書解》卷十七（北京：中華書局，1985），頁 186)

[2] 秦公簋（《集成》4315）：「𤯍宅禹責（蹟）。」

[3] 《漢書‧地理志》、張衡〈東巡誥〉作「旁」。

[4] 「不」，伯 2630 作「弗」。

[5] 「覲」，《尚書大傳‧雒誥》引作「勤」。

[6] 「耿光」，漢石經作「鮮光」，《尚書大傳‧雒誥》、《東觀餘論》同。

[7] 「烈」，《尚書大傳‧雒誥》引作「訓」。

[8] 「常人」，俞樾云：「上云『繼自今立政其勿以憸人，其爲吉士』，此云『繼自今後王立政其惟克用常人』，『常人』即『吉士』也。〈皋陶謨〉『彰厥有常吉哉』，是其義也。《儀禮‧士虞禮記》『薦此常事』，鄭注曰：『古文常爲祥。』然則『常』、『祥』聲近義通，故上文言『吉士』，此言『常人』也。」(《群經平議》卷六，《續修四庫全書（第一七八冊）》頁 95—96)

[9] 《左傳‧成公十一年》：「昔周克商，使諸侯撫。封蘇忿生以温，爲司寇。」杜預注云：「蘇忿生，周武王司寇蘇公也。」吳汝綸云：「太史，蓋蘇公之兼官。」(《尚書故》頁 274) 存參。

[10] 吳汝綸云：「由，讀『乃其速由』之『由』，與訧、郵並通。《說文》：『訧，罪也。』由獄，猶〈王制〉之『郵罰』也。敬，讀爲矜。」(《尚書故》頁 274) 存參。

[11] 于省吾云：「列，讀例。(《禮記‧服問》：『上附下附，列也。』《釋文》：『列，本亦作例。』《莊子‧達生》：『非知巧果敢之列。』《釋文》：『列，本或作例。』)『茲式有慎以列用中罰』者，茲用有所訊訟，按成例用其適中之罰也。」(《雙劍誃群經新證》頁 120 下) 清華簡（壹）〈祭公之顧命〉簡 19：「克中尔（爾）罰」清華簡（叁）〈說命下〉簡 6：「宷（中）乃罰。」

顧命（含康王之誥）第廿五[1]

惟四月，哉生魄[2]，王不懌[3]。甲子，王乃洮頮水[4]，相被冕服，憑[5]玉几。乃同召太保奭、芮伯、彤伯[6]、畢公、衛侯、毛公；師氏、虎臣、百尹、御事。

王曰：「嗚呼！疾大漸，惟幾[7]，病日臻，既彌[8]留，恐不獲誓[9]言嗣[10]，茲予審[11]訓命汝。昔〔先〕君文王、武王宣重光，[12]奠麗（羅）[13]陳教，則肄肄[14]不違，用克達殷集[15]大命[1]。在後之侗（童）[2]，敬迓

---

1 《書序》：「成王將崩，命召公、畢公。率諸侯相康王，作〈顧命〉。」又：「康王既尸天子，遂誥諸侯，作〈康王之誥〉。」〈周本紀〉：「成王將崩，懼太子釗之不任，乃命召公畢公率諸侯以相太子而立之。成王既崩，二公率諸侯以太子釗見於先王廟，申告以文王武王之所以爲王業之不易，務在節儉，毋多欲，以篤信臨之，作〈顧命〉。」又：「太子釗遂立，是爲康王，康王即位，徧告諸侯，宣告以文武之業以申之，作〈康誥〉。」

2 「魄」，《漢書·律曆志》載劉歆《三統曆》作「霸」。

3 《三統曆》作「王有疾，不豫」。「懌」，《釋文》載馬本作「釋」，古通。

4 「頮」，《三統曆》作「沬」。《說文》「沬，洒面也。……湏，古文沬从。」

5 「憑」，《周禮·司几筵》載先鄭引《書》作「馮」，借字。

6 〈古今人表〉第三等「師伯」，顏注：「周宗伯也，《尚書》作『彤伯』。」

7 《詩經·大雅·瞻卬》「天之降罔，維其幾矣」，毛《傳》：「幾，危也。」

8 「彌」，《爾雅·釋言》「終也」。「既彌留」，王先謙云：「已將終而暫留。」（《尚書孔傳參正（下）》頁 872）

9 「誓」，馬楠疑當讀爲「制」。（〈周秦兩漢書經考〉頁 425）存參。

10 鄒季友云：「嗣，謂嗣君。《周禮·典命》云：『諸侯之適子誓於天子，攝其君。』注云：『誓，猶命也。』」（《書傳音釋》）「嗣」，俞樾則讀爲「辭」（《群經平議》卷六，《續修四庫全書（第一七八冊）》頁 96 上），于省吾讀爲「已」，謂是「語終辭」（《雙劍誃群經新證》頁 122 上），存參。

11 「審」，于省吾讀爲〈盤庚〉「播告」之「播」。（《雙劍誃群經新證》頁 122）存參。

12 陳喬樅云：「《文選·鍾士季·檄蜀文》曰『弈世重光』，李善注云『《尚書》曰：昔我先均文王、武王宣重光，』。又陸士衡〈皇太子宴玄圃詩〉曰『體輝重光』，李善注云『《尚書》曰：昔先君文王、武王宣重光。』。李善兩引《尚書》，一作『昔先君』，亦作『昔我君』，今《正義》本但作『昔君』，豈李所據本與《正義》本別歟？」（《今文尚書經說考》卷二十七，《續修四庫全書（四九）》頁 608 上）按，據補「先」字。

13 「麗」，楊筠如云：「麗，與『教』對文，猶言法則。〈君奭〉『大不克開于民之麗』是也。」（《尚書覈詁》頁 412）虞萬里讀爲「羅」，訓爲「法律」。（〈王念孫《廣雅》「麗，施也」疏證今析〉，《古代漢語大型辭書編纂問題研討會論文集》，上海：復旦大學，2018·11·24—25，頁 275）可從。

14 「肄肄」，曾運乾云：「肄讀如惕。《周禮·小宗伯》『肄儀爲位』，注『故書肄爲肆』。《夏官·小子》『羞羊肆』，注『肆讀爲鬃』。是肆肆惕通叚之理，肄肄猶言惕惕也。《楚語》『豈不使諸侯之心惕惕焉』，韋注『惕惕，懼也。』是其義也。」（《尚書正讀》頁 262）存參。

15 「集」，漢石經作「就」，古通。

[3]天威，嗣守文武大訓，無敢昏逾（渝）[4]。今天降疾殆[5]，弗興弗悟（寤）[6]，爾尚明時朕言[7]，用敬保元子釗，弘濟于艱難[8]。柔遠能邇，安勸小大庶邦。思（使）[9]夫人自亂[10]于威儀，爾無以釗冒[11]貢[12]于非幾[13]茲（哉）[14]。」

既[15]受命，還，出綴衣[16]于庭。越翌[17]日乙丑，王崩。

太保命仲[1]桓、南宮毛[2]俾[3]爰[4]齊侯呂伋[5]，以二干戈、虎賁百人，逆[6]子釗于南門之外[7]，延入翼室[8]，恤宅宗[9]。丁卯，命作冊度[10]。越七

---

[1] 見第一章〈顧命（含康王之誥）〉「用克達殷集大命」條。
[2] 「侗」，《說文》「詞，共也。一曰譀也。」……《周書》：『在后之詞。』」（大徐本作「在夏后之詞」），《釋文》「侗，馬本作詞，云『共也』」。戴鈞衡云：「『侗』，即童，猶小子。故孔《傳》訓童稚，古童、侗字通。」（《書傳補商》卷一六，《續修四庫全書（五○）》頁 162—163）戴說是。
[3] 「迓」，段玉裁謂天寶以前作「御」，作「迓」爲衛包所改。（《古文尚書撰異》卷二六，《四部要籍注疏叢刊·尚書（中）》頁 2015）
[4] 「逾」字，吳汝綸云：「逾、渝同字。詩傳：『渝，變也。』」（《尚書故》頁 277）于省吾亦讀爲「逾」，並引鑄（《集成》271）「勿或俞改」、詛楚文「變輸盟制」爲證。（《雙劍誃群經新證》頁 122 下）
[5] 見第一章〈顧命（含康王之誥）〉「今天降疾殆」條。
[6] 「悟」，曾運乾云：「悟讀爲寤，覺也。」（《尚書正義》頁 262）
[7] 王引之云：「《大戴禮·少閒篇》曰『時天之氣，用地之財』，謂承天之氣也。『承』、『時』一聲之轉，〈楚策〉『仰承甘露而飲之』，《新序·襍事篇》『承』作『時』，是『時』與『承』同義。……〈顧命〉曰：『爾尚名時朕言。』明，勉也，言爾庶幾勉承我言，毋怠忽也。」（《經義述聞（一）》頁 155—156）
[8] 叔夷鐘（《集成》274）「女尸毋曰余小子，女專余于艱卹」可參。
[9] 馬楠云：「『思』當讀爲『使』，楚簡『思』、『囟』字每用作『使』。」（〈周秦兩漢書經考〉頁 426）
[10] 「亂」，《爾雅·釋詁》：「治也。」
[11] 「冒」，《釋文》：「亡報反。一音墨，馬鄭王作『勖』。」
[12] 「貢」，《釋文》：「如字，馬鄭王作『贛』，音用用反。馬云『陷也』。」
[13] 「非幾」，吳汝綸云：「非法也。《小爾雅》：『幾，法也。』」（《尚書故》頁 278）
[14] 曾運乾云：「茲讀爲哉，言之間也。《詩·下武》『昭茲來許』，《續漢書·郊祀志》注引作『昭哉來許』。《禮·中庸》『故栽者培之』，鄭注『哉或爲茲』。是茲哉讀之理。諸家茲屬下讀，云『茲既受命還』，無所取義也。」（《尚書正讀》頁 262）
[15] 「既」，漢石經作「即」。
[16] 吳汝綸云：「出綴衣者，〈喪大記〉云『疾病，徹褻衣加新衣』，是其事也。此未死時，鄭云『陳斂衣』，非是。」（《尚書故》頁 278）存參。
[17] 「翌」，唐石經作「翼」。段玉裁云：「今本作『翼』，衛包之誤也。《集韻·一屋》：『翌，音余六切，明也。《書》翌日乙丑，劉昌宗讀。』玉裁按，此本《周禮·司几筵》音義。據劉此讀，可證『翌』爲『昱』之假借，不容妄改爲『翼』也。」（《古文尚書撰異》卷二六，《四部要籍注疏叢刊·尚書（中）》頁 2016上）據改。

日癸酉[11]，伯相[12]命士須[13]材。狄[14]設黼扆[15]、綴衣[16]。牖間南嚮[17]，敷重篾席[18]，黼純，華玉[19]仍几[20]。西序[21]東嚮，敷重底[22]席，綴純[23]，文貝

1　「仲」，〈古今人表〉作「中」。
2　「毛」，〈古今人表〉作「髦」。
3　「俾」，俞樾從《爾雅·釋詁》訓爲「從」。（《群經平議》卷六，《續修四庫全書（第一七八冊）》頁 96 上）
4　「爰」，訓「於」。
5　「伋」，《左傳·昭公十二年》作「級」。
6　「逆」，《白虎通·爵篇》作「迎」。
7　僞《孔傳》：「路寢門外。」吳汝綸云：「王崩在路寢，子釗亦在路寢矣。逆於路寢門外者，自路寢迎之，出就翼室耳。」（《尚書故》頁 279）
8　「翼」，《後漢書·袁紹傳》注引作「翌」。蘇軾云：「翼室，路寢旁左右翼室也。成王喪在路寢，故子釗廬於翼室。」（《書傳》卷十七，《景印文淵閣四庫全書（第五四冊）》頁 563 上）
9　「宅」，《後漢書·班彪傳下》李賢注引作「度」。曾運乾云：「恤，憂也。宅，居也。宗，猶主也。延子釗入路寢之旁室，憂居爲喪主也。」（《尚書正讀》頁 264）
10　僞《孔傳》：「命史爲冊書法度，傳顧命於康王。」
11　「癸酉」，鄭玄：「蓋大斂之明日也。」
12　「伯相」，王肅：「召公爲二伯，相王室，故曰伯相。」
13　「須」，蔡沈訓爲「取」，江聲以爲是「頒」之誤（《尚書集注音疏》卷九，《四部要籍注疏叢刊·尚書（中）》頁 1687 上）。俟考。
14　曾運乾云：「狄，向來諸家皆以〈祭統〉言『翟者，樂吏之賤者』以釋之。然〈喪大紀〉『狄人設階』、『狄人出壺』，及此文『設黼扆、綴衣』，皆與樂事無涉。疑此所謂狄，即《周官》守祧之職。〈守祧〉注：『故書祧作濯。』翟與狄通，故夷狄亦作夷翟，翟服亦稱狄服，守祧亦作守狄人矣。《周禮·守祧》：『掌守先王先公之廟祧，其遺衣服藏焉。』此『設黼扆』，正在廟中。」（《尚書正讀》頁 265）存參。
15　「黼扆」，漢石經作「黼衣」。《禮記·明堂位》載字又作「斧依」。
16　「綴衣」，孫星衍云：「蓋即〈中庸〉所云『設其裳衣』。史公、何氏休俱以此爲在宗廟也。」（《尚書今古文注疏》頁 488—489）
17　「嚮」，《周禮·司几筵》鄭注引經作「鄉」。
18　「篾」，《說文》作「莫」，其云：「《周書》曰『布重莫席』，纖蒻席也，讀與篾同。」吳汝綸云：「此〈祭統〉所云『鋪筵設同几』者也。」（《尚書故》頁 282）
19　「華玉」，鄭玄云：「五色玉也。」
20　《周禮·司几筵》：「凡吉事變几，凶事仍几。」
21　「序」，《爾雅·釋宮》：「東西牆謂之序。」
22　「底」，《釋文》引馬融云：「青蒲也。」《玉篇》引作「厎」。段玉裁謂「俗加艸作厎也」。（《古文尚書撰異》卷二六，《四部要籍注疏叢刊·尚書（中）》頁 2018 上）
23　「綴純」，江聲云：「《周禮·司几筵》有莞、藻、次、蒲、熊五席，又有葦席、萑席，凡七席。而純則紛、畫、黼、繢四者，無所謂綴純。此經上下文有黼純、畫純、紛純與此綴純而四，繢純則未有見，以兩文相參，則此『綴純』當〈司几筵〉之『繢純』矣。」（《尚書集注音疏》卷九，《四部要籍注疏叢刊·尚書（中）》頁 1688）

仍几。東序西嚮，敷重豐席[1]，畫純[2]，雕玉仍几。西夾南嚮，敷重筍席，玄紛純，漆仍几。[3]越玉五重：陳寶[4]、赤刀[5]，大訓[6]、弘璧、琬、琰，在西序；大玉、夷玉、天球、[7]河圖，在東序。[8]胤[9]之舞衣，大貝[10]、鼖[11]鼓，在西房；兌之戈、和之弓、垂之竹矢，在東房。大輅[12]在賓階面，綴輅在阼階面。先輅在左塾之前，次輅在右塾之前。二人雀弁[13]執惠[14]，立于畢門[15]之內；四人綦[1]弁，執戈上刃[2]，夾兩階

---

[1] 「豐席」，王肅云：「莞。」《詩·斯干》鄭《箋》：「莞，小蒲之席也。」

[2] 「畫純」，鄭玄云：「似雲氣，畫之爲緣。」王鳴盛云：「鄭注三《禮》，凡言畫者，輒以雲氣解之。」（《尚書後案》頁541）

[3] 王國維云：「昏禮與聘禮之几筵一，而此獨四者，曰：牖間、東序、西序三席，蓋大王、王季、文王；而西夾南嚮之席，則爲武王。然則何以不爲成王設也？曰：成王方在殯，去升祔尚遠，未可以入廟。且太保方攝成王，以命康王，更無緣設成王席也。」（《〈周書·顧命〉後考》，《觀堂集林（上）》頁65）

[4] 「陳寶」，王國維云：「《史記·秦本紀》文公十九年獲陳寶，而〈封禪書〉言『文公獲若石云，於陳倉北阪城祠之。其神或歲不至、或歲數來，來也常以夜，光輝若流星，從東南來，集於祠城，則若雄雞，其聲殷云，野雞夜雊。以一牢祠，命曰陳寶』。是秦所得陳寶，其質在玉石之間，蓋漢益州金馬碧雞之比。秦人殆以爲《周書·顧命》之『陳寶』，故以名之。是『陳寶』亦玉名也。」（〈陳寶說〉，《觀堂集林（上）》頁67—68）存參。

[5] 「赤刀」，鄭玄云：「武王誅紂時刀，赤爲飾，周正色也。」吳汝綸云：「後漢制『中黃門掌兵以斬蛇寶劍授太尉』，亦以初起時所用爲寶。〈周本紀〉誅紂是輕劍，此云刀，刀、劍異名同實。」（《尚書故》頁285）屈萬里云：「近人端方藏有古玉刀，長二尺九寸餘，其上塗朱（見《陶齋古玉圖》）。本經所謂赤刀，蓋即此類。」（《尚書集釋》頁241）存參。

[6] 「大訓」，屈萬里云：「蓋即上文所謂『文、武大訓』，而著之於玉版者。」（《尚書集釋》頁241）存參。

[7] 鄭玄云：「大玉，華山之球也。夷玉，東北之珣玗琪也。天球，雍州所貢之玉色如天者。皆璞，未見琢治，故不以禮器名之。」存參。

[8] 《周禮·天府》：「凡國之玉鎮大寶器藏焉。若有大祭、大喪則出而陳之。」王國維云：「以文義言，則西序東序所陳，即五重之玉也。重者，非一玉之謂。蓋陳寶赤刀爲一重，大訓弘璧爲一重，琬琰爲一重，在西序者三重；大玉、夷玉爲一重，天球河圖爲一重，在東序者二重，合爲五重。」（〈陳寶說〉，《觀堂集林（上）》頁67）「寶」，《說文》作「宗」。「序」，《尚書大傳》作「杅」。

[9] 鄭玄云：「胤也，兌也，和也，垂也，皆古人造此物者之名。」

[10] 「大貝」，鄭玄云：「《書傳》曰『散宜生之江淮之浦，取大貝如車渠』是也。」

[11] 「鼖」，《爾雅·釋樂》：「大鼓謂之鼖。」

[12] 四「輅」字，《周禮·典路》注載鄭司農引經作「路」。古經傳皆作「路」，段玉裁謂作「輅」爲衛包所改（《古文尚書撰異》卷二六，《四部要籍注疏叢刊·尚書（中）》頁2019下）。「輅」，《廣雅·釋器》：「車也。」《周禮·典路》：「若有大祭祀則出路，贊駕說。大喪、大賓客亦如之。」

[13] 「雀弁」，《儀禮·士冠禮》、《白虎通·紼冕》等皆作「爵弁」。鄭玄云：「赤黑曰雀，言如雀頭色也。雀弁，制如冕，黑色，但無藻耳。」《白虎通·紼冕》：「爵弁者，何謂也？其色如爵頭，周人宗廟士之冠也。」

[14] 「惠」，鄭玄云：「狀蓋斜刃，宜芟刈。」僞《孔傳》：「三隅矛。」俟考。

[15] 「畢門」，姚鼐云：「畢門者，廟之內門，《穀梁傳》所謂祭門也。」（《尚

戹[^3]；一人冕[^4]執劉[^5]，立于東堂；一人冕執鉞[^6]，立于西堂；一人冕執戣[^7]，立于東垂；一人冕執瞿[^8]，立于西垂；一人冕執銳〈鈗〉[^9]，立于側階。王麻冕[^10]黼裳，由賓階隮[^11]。卿士邦君麻冕蟻[^12]裳，入即位。太保、太史、太宗，皆麻冕彤[^13]裳。太保承介圭[^14]，上宗奉同{瑁}[^15]，由阼階隮。太史秉書，由賓階隮，御王冊命。

曰：「皇后[^16]憑玉几，道揚末命：命汝嗣訓，臨君[^17]周邦，率循大卞[^18]，燮和天下，用答揚文武之光訓[^1]。」王再拜，興。答曰：「眇

---

[^1] 見第一章〈顧命（含康王之誥）〉「書故」頁 286 引）存參。

[^1] 「綦」，馬本作「騏」，云「青黑色」。「綦」「騏」聲通。

[^2] 井中偉云：「通過形制特徵、流行年代、埋藏環境以及自名器等方面的綜合考察，筆者以爲《尚書·顧命》所載的『戈上刃』當爲學界習稱的西周『渾鑄戟』。」（〈《尚書·顧命》「執戈上刃」的考古學研究〉，《新果集——慶祝林澐先生七十華誕論文集》（北京：科學出版社，2009），頁 230）存參。

[^3] 「戹」，《廣雅·釋宮》：「砌也。」

[^4] 「冕」，僞《孔傳》「皆大夫也。」

[^5] 「劉」，鄭玄云：「蓋今鑱斧。」《說文》：「鑱，銳也。」

[^6] 「鉞」，《說文》：「戉，斧也。」

[^7] 「戣」，鄭玄云：「戣、瞿，蓋今三鋒矛。」俟考。

[^8] 「瞿」，嚴可均云：「嘉慶戊寅，金陵倪秀才灝字小迂，得古兵器，似戈而重大倍之。無胡，有穿孔，上下通，所以入柄。穿外有文曰 ，轉面曰 ，皆象形目字。小迂問此兵器何名，余不能對。沉思之，曉然悟曰：兩目合文爲眊，此〈顧命〉下篇所云『一人冕執瞿』者也，『瞿』即『眊』之假借。《正義》引鄭注云『蓋今三鋒矛』，蓋者，疑詞，非由目驗。瞿，戈屬，非矛屬。戈，平頭戟也。戟，有枝兵也。瞿，平頭而孔，《傳》以爲戟屬，亦非也。」（〈書尚書顧命後〉，清·嚴可均著，孫寶點校，《嚴可均集》（杭州：浙江古籍出版社，2013），頁 262）存參。

[^9] 「銳」，鄭玄云：「矛屬。凡此七兵，或施矜，或著柄。周禮戈長六尺，其餘未聞長短之數。」孫星衍云：「銳，譌字也。當从《說文》作『鈗』，云：『侍臣所執兵也。《周書》曰：一人冕執鈗。讀若允。』」（《尚書今古文注疏》頁 498）

[^10] 《白虎通·紼冕》：「麻冕者何？周宗廟之冠也。《禮》曰：『周冕而祭。』」

[^11] 《禮記·坊記》：「子云：『升自客階，受弔於賓位，教民追孝也。』」鄭注：「謂反哭時也。既葬矣，猶不由阼階，不忍即父位也。」

[^12] 「蟻」，鄭玄云：「謂色玄也。」

[^13] 「彤」，僞《孔傳》云：「纁也。」

[^14] 「介圭」，僞《孔傳》云：「大圭尺二寸，天子守之，故奉以奠康王所位。」《考工記·玉人》：「鎮圭尺有二寸，天子守之。」

[^15] 見第一章〈顧命（含康王之誥）〉「上宗奉同瑁」條。

[^16] 「皇后」，僞《孔傳》：「大君，成王。」

[^17] 「臨君」，皮錫瑞云：「《文選·責躬詩》李善注引作『君臨周邦』，『君』在『臨』上，文義爲順。賈公彥〈序周禮廢興〉引鄭君〈周禮序〉曰：『斯道也，文武所以綱紀周國，君臨天下。』是鄭本作『君臨』也。《通典》『天子敬父』晉何琦議曰：『君臨率土。』其所據本，亦作『君臨』。」（《今文尚書考證》頁 427）

[^18] 「卞」，足利、天正等本作「辨」，伯 4509 作「法」，殆是據僞《孔傳》訓爲

眇予末小子[2]，其能而亂四方[3]，以敬忌天威？」乃受同{瑁}，王三宿，三祭，三咤[4]。上宗曰：「饗。」太保受同，降，盥，以異同秉璋以酢，授宗人同，拜，王答拜。太保受同，祭、嚌[5]、宅（咤）[6]，授宗人同，拜，王答拜。太保降，收。諸侯出廟門俟。

王出在應門之內。[7]太保率西方諸侯，入應門左；畢公率東方諸侯，入應門右。皆布乘黃朱。[8]賓（擯）[9]稱奉圭[10]兼幣，曰：「一二臣衛，敢執壤奠。」皆再拜稽首。王義（宜）嗣德，答拜。太保暨

「法」而改。段玉裁云：「弁，各本作卞。按，卞即弁隸體之變，見於孔宙、孔龢、韓勅三碑。《釋文》云：『卞，皮彥反。徐，扶變反。』與上文『雀弁』音正同。據此，似作《釋文》時『雀弁』『大卞』已分爲二，不始於開成石經也。《九經字樣》云：『弁，今經典相承或作卞。』《詩》『小弁』，《漢書》亦作『小卞』。」（《古文尚書撰異》卷二六，《四部要籍注疏叢刊·尚書（中）》頁 2022 下）楊筠如讀「弁」爲「辨」，訓爲「治」。（《尚書覈詁》頁 428）存參。

[1] 陳侯因𪓐敦（《集成》4649）：「合（答）揚厥德。」

[2] 上博簡（三）〈彭祖〉簡 3：「眊=（眊眊）舍（余）朕（沖）孴（子）。」（見周鳳五，〈上海博物館楚竹書〈彭祖〉重探〉，《南山論學集——錢存訓先生九五生日紀念》（北京：北京圖書館出版社，2006），頁 12。）《漢書·韋玄成傳》：「於戲小子。」

[3] 莊述祖云：「古『能』『而』通，『而』字當衍。」（《尚書今古文考證》卷五，《續修四庫全書（第四六冊）》頁 454 下）馬楠云：「能、而多通用，疑衍一字。」（《周秦兩漢書經考》頁 440）孟蓬生亦云：「『其能而亂四方』疑當作『其而亂四方』，『而』『能』古音相通，或于『而』字旁加注『能』字，因而闌入正文。」（〈《尚書·盤庚》「亂越」新證〉頁 24）存參。

[4] 「咤」，《說文》作「詫」，云：「奠爵酒也。……《周書》曰：『王三宿，三祭，三詫。』」《釋文》：「馬本作『詫』，與《說文》音義同。」

[5] 「嚌」，《說文》「嘗也。……《周書》曰：『大保受同祭嚌。』」

[6] 「宅」，金履祥云：「宅，亦當作咤。」（《書經注》卷一一，《續修四庫全書（四二）》頁 634 上）

[7] 偽孔本析此以下爲〈康王之誥〉。

[8] 「布乘黃朱」，《白虎通·紼冕》引作「黼黻衣黃朱紼」，當有脫誤。（參《尚書校釋譯論（第四冊）》頁 1842—1843；馬楠，〈楚簡與《尚書》互證校釋四則〉，《出土文獻》第 2 輯，2011 年 11 月，頁 216—219）

[9] 「賓」，從孔廣森讀爲「擯」。（《經學卮言（外三種）》頁 45—46）

[10] 王鳴盛云：「《說文》卷一上玉部：『玠，大圭也。从玉，介聲。《周書》曰：稱奉介圭。』據此，則圭上有介字。偽孔刪之者，殆以〈釋器〉：『圭尺二寸爲玠。』〈考工記·玉人〉：天子之鎮圭，尺二寸。疑非諸侯所有，故刪之。但〈崧高〉詩『錫爾介圭』，是諸侯亦得有介圭。然彼猶是賜與申伯者，若〈韓奕〉詩，諸侯入覲，以其介圭入覲于王。鄭彼注云：『韓侯以時覲於宣王，而奉享禮，貢國所出之寶。』彼疏云：『經再云入覲，故分爲二，韓侯入覲爲行覲禮，入覲于王爲行享禮。』然則此經言享禮之圭，無妨有介字，鄭本必與《說文》同也。」（《尚書後案（下）》頁 570）存參。

芮伯咸進，相揖[1]，皆再拜稽首。曰：「敢敬告天子，皇天改大邦殷之命，惟周文武，誕受羑若[2]，克恤西土。惟新陟王，畢協[3]賞罰，戡（咸）定（成）厥功[4]，用敷[5]遺後人休。今王敬之哉！張皇六師，無壞我高祖寡[6]命。」

王若曰[7]：「庶邦侯、甸、男、衛。惟予一人釗報誥：昔君文武，丕平富（福）[8]，不務咎，底至齊信，用昭明于天下。則亦有熊羆之士、不二[9]心之臣，保乂王家，用端命于上帝；皇天用訓（順）[10]厥道，付畀四方。乃命建侯樹屏，在[11]我後之人。今予一二伯父，尚

---

[1] 夏僎云：「臣在交揖之禮，當爲擯相之相。篇末言相揖趨出，則既進之後，相者揖之，乃拜；既聽命之後，相者揖之，乃出。」（《尚書詳解》卷二十三，《景印文淵閣四庫全書（第五六冊）》頁907－908）

[2] 「羑」，《釋文》：「馬云『道也』。」「羑若」，異說頗多。（參《尚書校釋譯論（第四冊）》頁1848－1850也）蔡沈云：「『羑若』，未詳。……或曰：『羑若，即下文之厥若也。羑、厥或字有訛謬。』」（《書經集傳》卷六，《景印文淵閣四庫全書（第五八冊）》頁128上）于省吾云：「羑乃厥之譌。」（《雙劍誃群經新證》頁124下）孟蓬生謂「羑」爲「𢎥（厥）」之借字。（〈《尚書》新證三題〉，國際《尚書》學會第四屆年會暨國際《尚書》學第五屆學術研討會，蘭州：西北師範大學，2018年4月27日－4月30日）馬楠疑「羑」應讀爲「攸」。（〈周秦兩漢書經考〉頁444）俟考。

[3] 「畢協」，《白虎通·諫諍》引作「必力」。

[4] 見第一章〈顧命（含康王之誥）〉「戡定厥功」條。又《說苑·政理》引《書》曰：「畢協賞罰。」段玉裁云：「按子政所引今文《尚書》與古文《尚書》同。若《史記·周本紀》云『畢力賞罰，以定其功。』《尚書大傳》云：『畢力賞罰，以定厥功。』此則漢民間所得〈大誓〉之文，與此文相似而不可溷爲一。王伯厚稱爲漢儒所引異字，誤也。」（《古文尚書撰異》卷二七，《四部要籍注疏叢刊·尚書（中）》頁2024上）

[5] 「敷」，《說文》作「𢾭」，云：「𢾭也。……《周書》曰：『用𢾭遺後人。』」無「休」字。

[6] 「寡」，朱彬讀爲「顧」。（《經傳攷證》卷三，《四庫未收書輯刊·肆輯（玖冊）》頁474上）存參。

[7] 《正義》云：「馬鄭王本此篇自『高祖寡命』已上內於〈顧命〉之篇，『王若曰』已下始爲〈康王之誥〉。」《史記》分篇不明。

[8] 「富」，從俞樾說讀爲「福」。（《群經平議》卷六，《續修四庫全書（一七八）》頁97下）

[9] 「二」，司空文烈侯楊公碑作「貳」。

[10] 「訓」，僞《孔傳》訓爲「順」。孫星衍云：「訓與順通。」（《尚書今古文注疏》頁508）

[11] 王引之云：「在，謂相顧在也。言先王命建侯樹屏，以顧在後世子孫也。〈吳語〉曰『昔吳伯父不失春秋，必率諸侯以顧在余一人』，即此『在』字之義。襄十六年《左傳》『衛獻公讓大叔文子曰「吾子獨不在寡人」』，義亦同也。下文曰『今予一二伯父，尚胥暨顧』，亦謂相顧在也。」（《經義述聞（一）》頁234－235）

胥暨顧，綏（綏）爾先公之臣服于先王[1]。雖爾身在外，乃心罔不在王室。用奉恤厥若，無遺鞠子羞[2]。」羣公既皆聽命，相揖，趨出。王釋冕，反喪服。

呂刑第廿七[3]

惟呂命：王享國百年，耄[4]，荒[5]度作刑[6]，以詰四方。

王曰：「若古有訓，蚩尤惟始作亂，延及于平民，罔不寇賊，鴟[7]義[8]姦宄，奪[9]攘矯（撟）[10]虔[11]。苗民弗[12]用靈[13]，制[14]以刑，惟作五虐之刑曰法，殺戮無辜。爰始淫爲劓」刵〈刖〉、椓、黥[15]，越茲

---

1 王引之云：「『綏爾先公之臣服于先王』當作一句讀。『綏』讀爲『綏』。綏，繼也。繼爾先公之臣服于先王也。『綏』與『綏』古通用。」（《經義述聞（一）》頁235）

2 上博簡（三）〈中弓〉簡4+26「雟（雍）也憧愚，忎（恐）惂（貽）虗（吾）子顗（羞）」可參。

3 《書序》：「呂命穆王訓夏贖刑，作〈呂刑〉。」「呂刑」，《史記》《禮記・緇衣》等作「甫刑」，郭店簡〈緇衣〉作「呂刑」，上博簡〈緇衣〉作「邵坙」。

4 「耄」，《漢書・刑法志》、《說文》作「眊」，《周禮・大司寇》鄭注作「旄」。作「眊」、「旄」均爲借字。《說文》又以老耄之本字作「薹」。

5 「荒」，兩漢皆與上「耄」字作一句讀，茲從蘇軾屬下讀，「荒作度刑」，猶〈皋陶謨〉「予荒度作土」（《書傳》卷十九，《景印文淵閣四庫全書（第五四冊）》頁654上）。

6 「度作刑」，《周禮・大宰》、〈大司寇〉鄭注皆引作「度作詳刑」。

7 「鴟」，《潛夫論・述赦》作「消」。

8 「義」，王引之讀爲「俄」，訓爲「衺」，並云：「馬融注曰：『鴟，輕也。』鴟者，冒沒輕儳。義者，傾衺反側也。」（《經義述聞（一）》頁232）

9 「奪」，《說文》作「敓」，云：「彊取也。《周書》曰：『敓攘矯虔。』」

10 「矯」，《漢書・武帝紀》作「撟」。鄭玄注云「撟虔，謂撓擾」，是鄭本亦作「撟」。

11 「虔」，《左傳・成公十三年》「虔劉我邊陲」，《方言》「秦晉之北鄙，燕之北郊，翟縣之郊謂賊爲虔」。又雷燮仁將此數句斷讀「罔不寇賊、鴟義、姦宄、奪攘、矯虔」，並謂均是「同義或義近詞連言」（《〈尚書〉同義或義近連言例補（十則）》，復旦網，2017年10月31日）亦通。

12 「弗」，《禮記・緇衣》引作「匪」，上博簡、郭店簡〈緇衣〉皆作「非」，《墨子・尚同中》作「否（不）」。

13 「靈」，《禮記・緇衣》引作「命」，上博簡〈緇衣〉作「霝（靈）」，郭店簡〈緇衣〉作「竂」，〈尚同中〉作「練」。諸字互通，當訓爲「善」，即〈尚同中〉所謂「用刑則不善也」。

14 「制」，今本〈緇衣〉同，上博簡、郭店簡本以及〈尚同中〉均作「折」，借字。或讀「折」爲「片言可以折獄」之「折」，非是。

15 〈堯典〉正義引夏侯、歐陽等書作：「臏、宮、劓、割、頭庶剠。」王引之謂「宮劓割」當作「宮割劓」、「頭庶剠」即「涿鹿黥」。（《經義述聞（一）》

麗（羅）[1]刑并制，罔差[2]有辭。民興胥漸[3]，泯泯棼棼[4]，罔中于信[5]，以覆詛盟。虐威庶戮[6]，方（旁）[7]告無辜于上。上帝監民，罔有馨香德，刑發聞惟腥[8]。皇[9]帝哀矜庶戮之不辜，報虐以[10]威，遏絕苗民，無世在下。乃命重、黎，絕地天通，[11]罔有降格。羣后之逮[12]在下，明明棐（非）[13]常，鰥寡無[14]蓋（害）[15]。皇[16]帝清問下民，鰥寡有辭于苗[17]。德威惟畏[18]，德明惟明。乃命[19]三后，恤功于[20]民：伯夷降典[21]，折（制）[22]民惟刑（型）[1]；禹平水土，主名[2]山川，稷降[3]播種，

頁 236—238）《說文》「戮」字下引作「刖、劓、斀、黥」。偽孔本「刖」、「劓」誤倒。「劓」，《說文》作「劓」，重文爲「劓」。

[1] 「麗」，楊筠如云：「麗，謂法律，疑即古之律字。〈多方〉『慎厥麗乃勸』，下文『苗民匪察于獄之麗』，皆其義也。」（《尚書覈詁》頁 447）虞萬里將此文及後文「匪察于獄之麗」的「麗」字進一步讀爲「羅」，訓爲「法律」。（〈王念孫《廣雅》「麗，施也」疏證今析〉頁 275）

[2] 「差」，《爾雅·釋詁》「擇也」。

[3] 王引之云：「漸，亦詐也。言小民方興，相爲欺詐，故下文曰『罔中于信，以覆詛盟也』。」（《經義述聞（一）》頁 185）

[4] 《漢書·敍傳》、《論衡·寒溫》作「湎湎紛紛」，今文如是。錢大昕云：「『泯』『湎』聲相近。……『湎湎』即『泯泯』也。」（《十駕齋養新錄》頁 12—13）

[5] 《左傳·隱公三年》：「信不由中，質無益也。」

[6] 「戮」，《論衡·變動》作「僇」。

[7] 「方」，《論衡·變動》作「旁」。

[8] 《國語·周語上》：「其政腥臊，馨香不登。」

[9] 「皇」，《釋文》本作「君」。

[10] 「以」，《論衡·譴告》作「用」，同義換用。

[11] 《國語·楚語下》：「及少昊之衰也，九黎亂德，民神雜糅，不可方物。……顓頊受之，乃命南正重司天以屬神，命火正黎司地以屬民，使復舊常，無相侵瀆，是謂絕地天通。」

[12] 「逮」，《墨子·尚賢中》作「肆」。

[13] 「棐」，〈尚賢中〉作「不」。馬楠讀「棐」爲「匪」，謂「與指示代詞『彼』通用」（《周秦兩漢書經考》頁 455），存參。

[14] 「無」，〈尚賢中〉作「不」。

[15] 「蓋」，洪頤煊謂猶「害」也。（《讀書叢錄》卷一，《續修四庫全書（一一五七）》頁 564 下）朱駿聲說同。（《尚書古注便讀》卷四下，《尚書類聚初集（三）》頁 324 下）按，《逸周書·文儆》「無有時蓋」及〈武儆〉「汝勤之無蓋」之「蓋」，似皆當讀爲「害」。

[16] 「皇」，《孟子》趙注引經無，《三國志·鍾繇傳》引經有。

[17] 〈尚賢中〉引經，此二句在「羣后之逮在下」之上。且無「鰥寡」二字，「于苗」作「有苗」。

[18] 「畏」，《禮記·表記》、《墨子·尚賢中》作「威」。

[19] 「命」，〈尚賢中〉作「名」。

[20] 「于」，〈尚賢中〉作「於」。

[21] 《尚書大傳》、《潛夫論·氏族》「典」後有「禮」字。

[22] 「折」，〈尚賢中〉作「哲」，《漢書·刑法志》作「悊」，〈聖賢群輔錄〉作「制」，《釋文》「馬鄭王皆音悊，馬云『智也』」。按，「折」當讀爲「制」。

農殖嘉穀[4]。三后成功，惟殷于民[5]。士制百姓于刑之中[6]，以教祗德。穆穆在上，明明在下，灼于四方，罔不惟德之勤。故乃明于刑之中，率乂于民棐（非）[7]彝。典獄非訖于威，惟訖于富（福）[8]。敬忌，罔[9]有擇（斁）[10]言在身[11]。惟克天德，自作元命[12]，配享在下。[13]」

王曰：「嗟！四方司政典獄。非爾惟作天牧？[14]今爾何監，非時伯夷播[15]刑（型）[16]之迪（由）[1]？其今爾何懲？惟時苗民，匪察于

---

[1] 「刑」，戴鈞衡云：「刑，法也，即典也。《詩》曰：『尚有典刑。』」（《書傳補商》卷一七，《續修四庫全書（五〇）》頁 178 下）

[2] 「名」，《潛夫論・五德志》作「命」。

[3] 「降」，〈尚賢中〉作「隆」。王念孫謂古「降」與「隆」通。（《讀書雜志（三）》頁 1451）

[4] 王念孫云：「『農，勉也，言勉殖嘉穀也。『伯夷降典，折民惟刑；禹平水土，主名山川；稷降播種，農殖嘉穀』，皆言三后之恤功于民，非言其效也。《大戴禮・五帝德篇》曰『使禹敷土，主名山川。使后稷播種，務勤嘉穀』，文皆本于〈呂刑〉。『務勤』，即勉殖之謂也。《廣雅》曰：『農，勉也。』襄十三年《左傳》曰：『君子上能讓其下，小人農力以事其上。』（『農力』猶『努力』，語之轉也。）《管子・大匡篇》曰：『耕者用力不農，有罪無赦。』此皆古人謂勉爲『農』之證。」（《經義述聞（一）》頁 238）

[5] 〈尚賢中〉作「維假於民」。孫詒讓疑「假」與「嘏」通，訓爲「大」。（《墨子閒詁》頁 64）俞樾訓「殷」爲「正」，又謂〈尚賢中〉之「假」與「格」通，亦訓「正」。（《群經平議》卷六，《續修四庫全書（一七八）》頁 99 上）吳汝綸亦訓「殷」、「假」爲「正」。（《尚書故》頁 308）雷燮仁云：「頗疑今本《尚書》作『殷』者，乃『叚』之訛，通《墨子》所引作『假』者。『叚』、『假』都是『嘏』之假借。『嘏』有賜福之義。《詩・大雅・卷阿》『純嘏爾常矣』鄭玄箋：『予福曰嘏。』『三后成功，惟嘏于民』，是說伯夷降典，禹平水土，稷降播種，都是造福、賜福於民，故《墨子・尚賢中》下文云『萬民被其利』。」（〈《尚書》異文疏證四則〉，復旦網，2017 年 10 月 31 日）存參。

[6] 《後漢書・梁統傳》作「爰制百姓于刑之衷」。

[7] 「棐」，應讀爲「非」。馬楠讀爲「匪」，訓爲「彼」（〈周秦兩漢書經考〉頁 458），存參。

[8] 「富」，從王引之說讀爲「福」。（《經義述聞（一）》頁 239）

[9] 《禮記・表記》「罔」上有「而」字。

[10] 「擇」，王引之讀爲「斁」，訓爲「敗」。（《經義述聞（一）》頁 239—240）

[11] 「身」，〈表記〉引作「躬」。

[12] 〈召誥〉：「自貽哲命。」

[13] 吳汝綸云：「配享元命，即《詩》所云『配命』也。」（《尚書故》頁 309）

[14] 江聲云：「非尒作天牧乎？言爲天牧民也。《春秋傳》曰：『天生民而立之君，使司牧之。』」（《尚書集注音疏》卷一〇，《四部要籍注疏叢刊・尚書（中）》頁 1710 下）

[15] 「播」，鄭注「施也」，楊筠如云：「『播』與『譒』通，《說文》：『敷也。』」（《尚書覈詁》頁 453）

[16] 「刑」，戴鈞衡云：「『播刑志迪』，舊解俱以爲刑法之『刑』，《傳》所以疑伯夷當時或兼刑官也。竊謂此與上『折民惟刑』，皆典型也。」（《書傳補商》卷一七，《續修四庫全書（五〇）》頁 180 上）

獄之麗（羅），罔擇吉人觀于五刑之中，惟時庶威奪貨，斷制五刑，以亂無辜。上帝不蠲，降咎于苗[2]；苗民無辭于罰，乃絕厥世。」

王曰：「嗚呼！念之哉！伯父、伯兄、仲叔、季弟、幼子、童孫，皆聽朕言，庶有格命[3]。今爾罔不由慰日[4]勤，爾罔或（有）戒不勤。天齊于民，俾我一日。[5]非終惟終，在人。爾尚敬逆天命，以奉我一人。雖畏勿畏，雖休勿休[6]；惟敬五刑，以成三德[7]。一人有慶，兆[8]民賴[9]之，其寧惟永。」

王曰：「吁！來，有邦有土，告爾祥（常）刑在今。[10]爾安百姓，何擇非人？何敬非刑？何度非及？[11]兩造具備[12]，師聽五辭[13]，

---

[1] 「迪」，讀爲「由」，訓爲「用」。

[2] 鄭注：「天以苗民所行腥臊不潔，下禍誅之。」「蠲」，訓「潔」。

[3] 王引之云：「『格』讀爲『叚』。『格命』，叚命也。《逸周書・皇門篇》『用能承天叚命』，《爾雅》曰：『叚，大也。』」（《經義述聞（一）》頁240—241）存參。

[4] 《釋文》：「日，人實反。一音日。」

[5] 《後漢書・楊賜傳》作「天齊乎人，假我一日」。「齊」，《釋文》「馬云『齊，中也』」。「俾」，《釋文》「馬本作『矜』。矜，哀也」。

[6] 「休」，王引之訓爲「喜」。（《經義述聞（一）》頁241）

[7] 〈洪範〉：「三德：一曰正直，二曰剛克，三曰柔克。」

[8] 「兆」，《左傳》、《禮記・緇衣》、《說苑・君道》等作「兆」，《大戴禮記・保傅》、《淮南子・主術》、〈刑法志〉等作「万」，郭店簡、上博簡〈緇衣〉作「萬」。

[9] 「賴」，郭店簡〈緇衣〉作「購」，上博簡〈緇衣〉作「訣」，聲通。于省吾訓「賴」爲「利」。（《雙劍誃群經新證》頁127上）

[10] 《墨子・尚賢下》作「於來，有國有土，告女訟刑在今」，〈周本紀〉作「吁，來。有國有土，告汝祥刑在今」。「吁」，《釋文》載馬本作「于」。「祥」，段玉裁云：「古文、今文、鄭本、孔本皆作從言之詳，顏籀、李善之注可證也。古詳、祥多通用，蓋僞孔本亦作詳，而讀爲祥，後逕改作祥。……《史記・周本紀》作『祥』者，淺人所改也。」（《古文尚書撰異》卷二九，《四部要籍注疏叢刊・尚書（中）》頁2035下）「祥刑」，俞樾讀爲「常刑」（《群經平議》卷六，《續修四庫全書（一七八）》頁99下），可從。

[11] 《墨子・尚賢下》作「而安百姓，女何擇言人，何敬不刑，何度不及。」「爾」作「而」，「何擇」上多一「女」字，「非人」作「言人」，後二「非」作「不」。

[12] 〈周本紀〉「兩造具備」，《集解》引徐廣曰：「造一作遭。」段玉裁謂：「作遭者，今文《尚書》也。以〈大誥〉『造天役』，王莽作『遭』證之。《史記》本作遭，淺人用古文你《尚書》改爲造，而徐中散不憭。」（《古文尚書撰異》卷二九，《四部要籍注疏叢刊・尚書（中）》頁2036上）存參。

[13] 「五辭」，孫星衍云：「五辭即五聽也。《周禮・小司寇職》：『以五聲聽獄訟，求民情：一曰辭聽，二曰色聽，三曰氣聽，四曰耳聽，五曰目聽。』注云：『觀其出言，不直則煩；觀其顏色，不直則赧然；觀其氣息，不直則喘；觀其聽聆，不直則惑；觀其眸子，不直則眊然。』」（《尚書今古文注疏》頁531）存參。

五辭簡[1]孚,正于五刑;五刑不簡,正于五罰;五罰不服,正于五過;五過之疵,惟官、惟反、惟內、惟貨、惟來[2]。其罪惟均[3],其審克[4]之。五刑之疑有赦[5],五罰之疑有赦,其審克之。簡孚有眾,惟貌[6]有稽;無簡不聽,其[7]嚴天威。墨[8]辟[9]疑赦,其罰百鍰[10],閱實其罪。劓辟疑赦,其罰惟倍[11],閱實其罪。剕[12]辟疑赦,其罰倍差,閱實其罪。宮辟疑赦,其罰六[13]百鍰,閱實其罪。大辟疑赦,其罰千鍰,閱實其罪。墨罰之屬千,劓罰之屬千,剕[14]罰之屬五百,宮罰之屬三百,大辟之罰,其屬二百;五刑之屬三千。上下比罪[15],無僭亂辭。勿用不行,惟察惟法,其審克之。上刑適[16]輕,下服;下刑適重,上服,輕重諸罰有權。[17]刑罰世輕世重[18],惟[19]齊非齊,有倫有要。罰

---

[1] 「簡」,即「簡稽」之「簡」。吳汝綸云:「簡、檢通借,故舊傳以簡為核。《漢書·食貨志》『考檢厥實』,『檢』與此『簡』正同也。……簡孚者,核驗也。」(《尚書故》頁313)

[2] 「來」,《釋文》:「馬本作『求』,云有求請賕也。」

[3] 「均」,〈周本紀〉作「鈞」。

[4] 「克」,〈刑法志〉作「核」。

[5] 《禮記·王制》:「疑獄,泛與眾共之。眾疑,赦之。」

[6] 「貌」,〈周本紀〉作「訊」,《說文》作「𥄗」。

[7] 「具」,〈刑法志〉作「共」,《爾雅·釋詁》「共,具也」。

[8] 「墨」,〈周本紀〉作「黥」。

[9] 「辟」,夏侯、歐陽作「罰」。(《周禮·職金》疏引)

[10] 「鍰」,〈周本紀〉作「率」,後同。《集解》引徐廣曰:「率即鍰也,音刷。」《索隱》云:「鍰,黃鐵。鋝亦六兩,故馬融曰『鋝,量名,與呂刑鍰同』。舊本『率』亦作『選』。」《尚書大傳》又作「饌」。《說文》:「鍰,鋝也。……《周書》曰:『罰百鍰。』」戴震謂此「鍰」為「鋝」之形訛,重六兩大半兩。(〈辨尚書考工記鍰鋝二字〉,《戴震文集》頁51—52)傂匜(《集成》10285)「罰女(汝)三百寽(鋝)」可參,正作「鋝」字。

[11] 〈周本紀〉作「其罰倍灑」。

[12] 「剕」,〈周本紀〉作「臏」,《玉篇》作「跰」。

[13] 「六」,〈周本紀〉作「五」。《集解》引徐廣曰:「一作『六』。」

[14] 「剕」,〈周本紀〉作「臏」,〈刑法志〉作「髕」。

[15] 《禮記·王制》:「凡聽五刑,必察小大之比以成之。」鄭注:「小大猶輕重,已行故事曰比。」

[16] 「適」,《後漢書·劉愷傳》作「挾」。

[17] 《後漢書·劉愷傳》「《尚書》『上刑挾輕,下刑挾重』。如今使臧吏禁錮子孫,以輕從重,懼及善人,非先王詳刑之義也。」李注:「今《尚書·呂刑篇》曰:『上刑適輕下服,下刑適重上服』,謂二罪俱發,原其本情,須有虧減,故言適輕適重。此言挾輕挾重,意亦不殊。」

[18] 《荀子·正論》:「刑稱罪則治,不稱罪則亂。故治則刑重,亂則刑輕。犯治之罪固重,犯亂之罪固輕也。《書》曰『刑罰世輕世重』,此之謂也。」《後漢書·應劭傳》:「夫時化則刑重,時亂則刑輕。《書》曰『刑罰時輕時重』,此之謂也。」「世」作「時」。

[19] 「惟」,《荀子·王制》作「維」。

懲非死，人¹極于病。非佞折獄，惟良折獄。罔非在中，察辭于差，²非從惟從，哀敬（矜）折獄³，明啓刑書胥占⁴，咸庶中正。其刑其罰，其審克之。獄成而孚，⁵輸（渝）⁶而孚。其刑上備（服）⁷，有并兩刑。」

王曰：「嗚呼！敬之哉！官伯族姓，朕言多懼。朕敬于刑，有德惟刑。今天相民，作配在下，明清于單辭⁸。民之亂⁹，罔不中聽獄之兩辭，無或（有）私家¹⁰于獄之兩辭。獄貨非寶，惟府辜功，報以庶尤¹¹，永畏惟罰。非天不中，惟人在命。天罰不極，庶民罔有令政在于天下。」

王曰：「嗚呼！嗣孫。今往何監？非德于民之中，尚明聽之哉！哲（制）人惟刑¹²，無疆之辭，屬于五極¹，咸中有慶。受王嘉師，監于茲祥（常）刑。」

---

1 「人」，王應麟《漢藝文志考證》載漢儒引經異字作「佞」，借字。
2 《中論·賞罰》：「賞罰不可以疏，亦不可以數；數則所及者多，疏則所漏者多。賞罰不可以重，亦不可以輕；賞輕則民不勸，罰輕則民亡懼。賞重則民徼倖，罰重則民無聊。故先王明庶以德之，思中以平之，而不失其節。故《書》曰：『罔非在中，察辭於差。』」
3 《尚書大傳》作「哀矜哲獄」，《漢書·于定國傳贊》作「哀鰥哲獄」。「敬」、「矜」、「鰥」並通，此「敬」讀爲「矜」。「折」作「哲」，借字。
4 見第一章〈呂刑〉「明啓刑書胥占」條。
5 《禮記·文王世子》：「獄成，有司讞於公。」
6 「輸」，孔廣森云：「『輸』與『渝』通。《春秋經》『鄭人來輸平』，〈詛楚文〉『變輸盟刺』，其義皆爲『渝』。『成』者，有司讞獄于上，上從而定之也。『渝』者，反其案也。有所成而人罔弗孚，有所輸而人亦罔弗孚，是出入各當其情矣。」（《經學卮言（外三種）》頁 47）王引之亦云：「『成』與『輸』相對爲文。輸之言渝也，謂變更也。《爾雅》：『渝，變也。』《廣雅》：『輸，更也。』獄辭或有不實，又察其曲直而變更之，後世所謂平反也。獄辭定而人信之，其有變更而人亦信之，所謂民自以爲不冤也，故曰『獄成而孚，輸而孚』。」（《經義述聞（一）》頁 242）
7 「上備」，吳汝綸云：「上備，即上服。《左傳》『備物典策』，王引之以『備物』爲『服物』，是也。」（《尚書故》頁 319）章太炎亦讀「備」爲「服」。（《太炎先生尚書說》頁 196）
8 《後漢書·明帝紀》：「詳刑慎罰，明察單辭」，李注「單辭，猶偏聽也。」〈朱浮傳〉「有人單辭告浮事者」，注云「單辭，謂無證據也。《書》曰：『明清于單辭。』」。按，或讀「單」爲「癉」，非是。
9 「亂」，《爾雅·釋詁》：「治也。」
10 「家」，孫星衍云：「家，讀如〈檀弓〉『君子不家于喪』之『家』。」（《尚書今古文注疏》頁 541）屈萬里謂「家」爲「圂」（溷）之形訛。（《尚書集釋》頁 266）存參。
11 「尤」，《說文》作「訧」，云「罪也。……《周書》曰：『報以庶訧。』」。
12 王引之云：「『哲』當讀爲『折』。折之言制也。『折人惟刑』，言制民人者

文侯之命第廿八[2]

王若曰：「父義[3]和。丕顯文武，克慎明德，昭[4]升[5]于上，敷[6]聞在下，惟[7]時上帝集厥命于文王[8]。亦惟先正[9]，克左右昭事厥辟[10]，越小大謀猷[11]，罔不率從。肆先祖懷在位。嗚呼！閔[12]予小子嗣，造（遭）天丕愆[13]；殄資澤于下民，[14]侵戎我國家純。即我御事，罔或（有）耆壽，俊（駿）[15]在厥服，予則罔克。曰：『惟祖惟父，其伊[16]恤朕躬。』嗚呼！有績[17]予一人，永綏[18]在位。父義和。汝克昭（紹）乃顯祖，汝肇刑（型）文武[19]，用會紹（詔）乃辟[1]，追孝于前文人[2]。汝多修（休），捍我于艱[3]，若汝，予嘉。」

惟刑也。」（《經義述聞（一）》頁 243）朱彬說同（《經傳攷證》卷三，《四庫未收書輯刊・肆輯（玖冊）》頁 474 下）

[1] 王念孫云：「上文『五辭』爲五刑之辭，『五刑』爲五刑之罰，『五過』爲五刑之過，則此『五極』亦謂五刑之中也。上文曰『故乃明于刑之中』，又曰『罔擇吉人，觀于五刑之中』，皆其證。《傳》以爲五常之中正，則大而無當矣。」（《經義述聞（一）》頁 243）

[2] 《書序》：「平王錫晉文侯秬鬯圭瓚，作〈文侯之命〉。」此篇撰述時代可參〈金文研究與古代典籍〉頁 101—103。

[3] 「義」，《釋文》「本又作誼」。

[4] 「昭」，魏石經作「卲」。

[5] 「升」，〈晉世家〉作「登」。

[6] 「敷」，《後漢書・東平憲王傳》作「傅」。

[7] 「惟」，〈晉世家〉作「維」。

[8] 「文王」，〈晉世家〉作「文武」。毛公鼎（《集成》2841）：「惟天勗（將）集厥命。」〈君奭〉：「其集大命于厥躬。」

[9] 「先正」，鄭玄云：「先臣，謂公卿大夫。」

[10] 《詩經・商頌・長發》：「實左右商王。」晉公盨（《集成》10342）：「左右武王。」師訇簋（《集成》4342）：「亦則於女（汝）乃聖且（祖）考，克左右先王。」吳汝綸云：「昭事厥辟，與《詩》『昭事上帝』文同。」（《尚書故》頁 324）

[11] 師訇簋（《集成》4342）、毛公鼎（《集成》2841）「雍我邦小大猷」可參。「越」，魏石經作「粵」。「謀猷」，可參《詩・小旻》「謀猷回遹」、「我視謀猶」、《禮記・坊記》引〈君陳〉「爾有嘉謀嘉猷」，王孫遺者鐘（《集成》261）「誨猷丕飲」。

[12] 「閔」，魏石經作「愍」。

[13] 王肅云：「遭天之大愆。」

[14] 王肅云：「殄絕先祖之澤。」

[15] 「俊」，從孫詒讓說讀爲「駿」，訓爲「長」。（《尚書駢枝》頁 170）

[16] 「伊」，《爾雅・釋詁》：「維也。」

[17] 「績」，于省吾讀爲〈秦誓〉「惟受責俾如流」之「責」。（《雙劍誃群經新證》頁 127 下）存參。

[18] 「綏」，〈晉世家〉作「其」。

[19] 金文習見「肇帥刑（型）祖考」。

王曰：「父義和。其歸視爾師，⁴寧爾邦⁵。用賚爾⁶秬鬯一卣；⁷彤弓一，彤矢百；盧弓一，盧矢百；⁸馬四匹。⁹父往哉！柔遠能邇，惠康¹⁰小民，無荒寧，簡¹¹恤¹²爾都，用成爾顯德。²」

---

¹「紹」，魏石經作「昭」。逨盤（《銘圖》14543）：「會醻（召一詔）康王。」董珊聯繫此處經文，認爲：「『會』當訓爲『匹』、『合』（見《爾雅·釋詁》），與『述匹』義近，『紹（召）』可讀『詔』亦訓『相』。『會召』是融合了『輔相』和『述匹』兩類意思而來。」（〈略論西周單氏家族窖藏青銅器銘文〉頁42）何樹環說近。（〈金文「叀」字別解——兼及「惠」〉頁226—227）《國語·吳語》「明紹（詔）享余一人」可參。

²「追孝」，俞樾云：「『追孝』，猶言『追養繼孝』也，《禮記·祭統》篇曰『祭者，所以追養繼孝也。』古鐘鼎款識每有『追孝』之文，追敦曰『用追孝于前文人』，語與此同，楚良臣余義鐘曰『以追孝先祖』，郘遣敦曰『用追孝于其父母』，亦與此文義相近，是『追孝』乃古人常語。又都公敦曰『用享孝于乃皇祖于乃皇考』，陳逆簠曰『以享以孝于大宗』，『享』『孝』並言，可知所謂『追孝』者，以宗廟祭祀言也。……《傳》但謂『繼志爲孝』，是猶未達古義矣。」（《群經平議》卷六，《續修四庫全書（一七八）》頁100）于省吾亦云：「追孝二字金文習見，乃古人語例。《詩·文王有聲》：『遹追來孝。』《禮記·祭統》：『祭者，所以追養繼孝也。』」（《雙劍誃群經新證》頁127）

³于省吾云：「修應讀作休，修休同聲。《爾雅·釋詁》：『休，美也。言汝多休美，捍衛我于艱難也。不嬰殷『女休，弗以我車圅于艱，女多禽』，文法略同。」（《雙劍誃群經新證》頁127下）叔夷鐘（《集成》274）：「女專（輔）余于艱卹。」清華簡（叁）〈周公之琴舞〉簡10：「思輔舍（余）于勤（艱）。」

⁴《合》17055：「乎𠂤（師）往視出𠂤（師）。」（參裘錫圭，〈甲骨文中的見與視〉，《裘錫圭學術文集·甲骨文卷》（上海：復旦大學出版社，2012），頁446）「視」，魏石經作「眡」。

⁵《儀禮·覲禮》：「伯父無事，歸寧乃邦。」

⁶「爾」，《說文》「賚」字下引作「尒」。

⁷《詩經·大雅·江漢》「釐爾圭瓚，秬鬯一卣」可參。

⁸伯晨簋（《集成》2816）：「易（錫）女（汝）……彤弓，彤矢，旅（旅）弓，旅（旅）矢。」唐蘭云：「旅通盧，黑色，《書·文侯之命》就作盧弓、盧矢。小篆還專造一個䵨字，《說文》：『齊謂黑爲䵨。』《左傳·僖公二十八年》和《文公四年》則作旅，又把旅字改成从玄，玄也是黑色。」（《西周青銅器銘文分代史徵》頁156）

⁹《左傳·僖公二十八年》載賜晉文公：「大輅之服、戎輅之服，彤弓一、彤矢百，旅弓矢千，秬鬯一卣，虎賁三百人。」

¹⁰「惠康」，金文有「康惠」一詞，見於獻簋（《集成》4317）。

¹¹「簡」，魏石經作「柬」。僞《孔傳》訓爲「簡核」。孫星衍據《爾雅·釋詁》訓爲「大」。（《尚書今古文注疏》頁549）楊筠如、周秉鈞、雒江生等均持此說。（《尚書覈詁》頁472；《尚書易解》頁290；《尚書校詁》頁442）屈萬里云：「《周書·謚法》：『壹德不解曰簡。』《獨斷》下亦有此語。是簡有專一不懈之義。」（《尚書集釋》頁271—272）江灝、錢宗武說同。（《今古文尚書全譯》頁451）存參。

¹²「恤」，僞《孔傳》訓爲「憂治」。按，此「恤」及〈顧命〉「克恤西土」之「恤」均當讀如《周禮·地官·大司徒》「恤貧」之「恤」。又周秉鈞云：「恤，《漢書·韋玄成傳》注：『安也。』」（《尚書易解》頁290）雷燮仁讀「恤」爲「謐」，訓爲「寧」。（〈《尚書》字詞釋義兩題〉，復旦網，2017年10月31

費誓第廿六[3]

　　公曰：「嗟！人無嘩，聽命。徂[4]兹淮夷、徐[5]戎並興，善敕（選）[6]乃甲胄，敿[7]乃干，無敢不弔（淑）。備乃弓矢，鍛乃戈矛，礪乃鋒刃，無敢不善[8]。今惟淫舍牿[9]牛馬，杜乃擭[10]，敜[11]乃穽，無敢傷牿。牿之傷，汝則有常刑[12]。馬牛其風[13]，臣妾[14]逋逃，無敢越逐，祗復之，我商（賞）[15]賚汝。乃越逐不復，汝則有常刑。無敢寇攘，

日）存參。

[1]　「都」，鄭玄注云「國都」，僞《孔傳》訓爲「都鄙」。後之學者多循此解之。如曾運乾云：「都，都人士也。」（《尚書正讀》頁 294）周秉鈞亦訓「都」爲「國都之眾」。（《尚書易解》頁 290）屈萬里則謂：「爾都，意謂爾國。」（《尚書集釋》頁 272）江灝、錢宗武說同。（《今古文尚書全譯》頁 451）存參。

[2]　《三國志・魏書・武帝紀》「簡恤爾眾，時亮庶功，用終爾顯德」用此經義。

[3]　《書序》：「魯侯伯禽宅曲阜，徐夷並興，東郊不開，作〈費誓〉。」《史記・魯世家》：「伯禽即位之後，有管蔡等反也。淮夷徐戎亦并興反，於是伯禽率師伐之於肸，作〈肸誓〉。」僞孔本此篇在〈文侯之命〉後，馬、鄭在〈呂刑〉前，歐陽本在〈甫刑〉之前，爲第廿六篇。「費」，《尚書大傳》作「鮮」，〈魯世家〉作「肸」，《說文》、《周禮》鄭注、司馬貞《史記索隱》作「粊」。

[4]　吳闓生云：「古彝器文每用啟字發端，『啟東夷大反』、『啟兹淮夷敢伐內國』是也。此徂即啟字。」（《尚書大義》）于省吾說同。（《雙劍誃群經新證》頁 128）楊樹達亦謂「徂」即金文「啟」字，並讀爲「嗟」（《積微居金文說》頁 91－92），存參。

[5]　「徐」，《說文》作「郤」。

[6]　「敕」，〈魯世家〉作「陳」。孫詒讓謂「敕」即叔夷鎛（《集成》285）之「敶」，並從《說文》訓爲「擇」。（《古籀拾遺》頁 8）于省吾說同。（《雙劍誃群經新證》頁 128 下）馬楠進而讀「敕」爲「選」。（《周秦兩漢書經考》頁 477）李春桃說同。（〈說《尚書》中的「敚」及相關諸字〉頁 682）

[7]　《說文》：「敿，繫連也。……《周書》曰：『敿乃干』。讀若矯。」

[8]　善夫山鼎（《集成》2825）、諫簋（《集成》4285）：「毋敢不善。」

[9]　「牿」，《說文》「馬牛牢也」。

[10]　《周禮・雍氏》「秋令塞阱杜擭」，注云「阱，穿地爲塹，所以禦禽獸，其或超踰則陷焉，世謂之陷阱。擭，柞鄂也。堅地阱淺，則設柞鄂於其中。《書・粊誓》曰『敳乃擭，敜乃阱』，時秋也，伯禽以出師征徐戎。」「杜」，《釋文》「本又作敳，《說文》『敳，閉也。……讀若杜」。

[11]　「敜」，《說文》「塞也」。

[12]　此篇「常刑」之「常」，于省吾讀爲「上」，並謂：「是『常刑』即〈呂刑〉『上刑適輕下服』、《孟子・離婁》『故善戰者服上刑』之『上刑』也。『上刑』、『大刑』、『無餘刑』，皆刑之重者也。」（《雙劍誃群經新證》頁 129 下）存參。

[13]　「風」，鄭注云「走逸」。《左傳・僖公四年》「唯是風馬牛不相及也」，服虔注云：「風，放也。牝牡相誘謂之風。《尚書》稱『馬牛其風。』」

[14]　「臣妾」，鄭注：「廝役之屬也。」

[15]　「商」，讀爲「賞」。（參《尚書古注便讀》卷四下，《尚書類聚初集（三）》頁 327 下；清・方濬益，《綴遺齋彝器款識考釋》）上海：商務印書館，1935），一・二〇下；清・劉心源，《奇觚室吉金文述》（清光緒二十八年（1902）石印

踰垣墻[2]，竊馬牛，誘臣妾，汝則有常刑。甲戌，我惟征徐戎。峙[3]乃糗[4]糧[5]，無敢不逮，汝則有大刑[6]。魯人三郊三遂[7]，峙乃楨榦[8]。甲戌，我惟筑，無敢不供，汝則有無餘[9]刑，非殺。魯人三郊三遂，峙乃芻[10]茭[11]，無敢不多[12]，汝則有大刑。」

秦誓第廿九[13]

公曰：「嗟！我士。聽無譁。予[14]誓告汝羣言之首。古人有言曰：『民訖自若是多盤[15]。責人斯無難，惟受責俾[16]如流，是惟艱哉！』我心之憂，日月逾邁，若弗云來[17]。惟古之謀人，則曰未¹就予忌（惎）²；惟今之謀人，

本），一·二七下）
[1] 「寇攘」，鄭玄注：「寇，劫取也。因其亡失曰攘。」
[2] 「垣墻」，〈魯世家〉作「墻垣」。
[3] 「峙」，段玉裁云：「峙从止寺聲，轉寫者易止爲山耳。《爾雅·釋詁》『峙，具也』亦同其義，即《說文》之『偫』字也。」（《古文尚書撰異》卷二八，《四部要籍注疏叢刊·尚書（中）》頁 2028 下）
[4] 「糗」，《說文》作「䊆」，云「乾食也」。
[5] 「糧」，《說文》作「粮」，古通。《詩經·大雅·崧高》「以峙其粻」可與此句相參。
[6] 「大刑」，馬融云「死刑」。
[7] 「遂」，〈魯世家〉作「隧」，漢石經同。伯 3871 作「逋」，曾憲通謂是「逑」字古文之訛寫。（〈敦煌本古文《尚書》「三郊三逋」辨證——兼論遂、逑二字之關係〉，《古文字與出土文獻叢考》（廣州：中山大學出版社，2005），頁 76—80。原載《于省吾教授百年誕辰紀念文集》（長春：吉林大學出版社，1996））
[8] 「楨榦」，馬融云：「楨、榦，皆築具。楨在前，榦在兩旁。」
[9] 「餘」，孫詒讓謂是「舍」之借字。（《尚書駢枝》頁 171—172）存參。
[10] 「芻」，《說文》：「刈草也。」
[11] 「茭」，《說文》：「乾芻。」
[12] 「多」，〈魯世家〉作「及」。
[13] 《書序》：「秦穆公伐鄭，晉襄公帥師敗諸崤，還歸，作〈秦誓〉。」《史記·秦本紀》：「三十六年，繆公復益厚孟明等，使將兵伐晉，渡河焚船，大敗晉人，取王官及鄗，以報殽之役。晉人皆城守不敢出。於是繆公乃自茅津渡河，封殽中尸，爲發喪，哭之三日。乃誓於軍曰：『嗟。士卒。聽無譁，余誓告汝。古之人謀黃髮番番，則無所過。』以申思不用蹇叔、百里傒之謀，故作此誓，令後世以記余過。」
[14] 「予」，〈秦本紀〉作「余」。
[15] 「盤」，訓「樂」。
[16] 「俾」，王引之云：「余謂俾者，從也，受責從如流者，受人責而即改其過，從之如流水也。成八年《左傳》『從善如流』，即其證。」（《經義述聞（一）》頁 231）
[17] 段玉裁云：「據《正義》，知經文本作『員來』。《傳》以『云』釋『員』，作『云來』。故《正義》曰『員即云也』。衞包依之，改『員』爲『云』。」（《古文尚書撰異》卷三一，《四部要籍注疏叢刊·尚書（中）》頁 2044）王引之云：

姑將以爲親。雖則云[3]然，尚猷詢茲黃髮[4]，則罔[5]所愆。番（皤）番（皤）良士，旅（膂）力既愆，[6]我尚[7]有之[8]。仡仡[9]勇夫，射御不違，我尚不欲。惟截截[10]善諞[11]言，俾君子易辭[12]，我皇[13]多有之。昧昧我思之：如有一介臣[14]，斷斷[15]猗無他技[2]，其心休休焉[3]，其如[4]有容[5]。人之有技，若己有之；人

「《小爾雅》曰：『若，乃也。』《書·秦誓》曰『日月逾邁，若弗云來』，言乃弗云來也。」（《經傳釋詞》頁154）

[1] 「未」，《說文》引作「來」。吳汝綸云：「當依《說文》作『來』。來就余惎，即《詩》所云『來就我謀』。《廣雅》：『惎，謀也。』」（《尚書故》頁329）存參。

[2] 王引之云：「《說文》引此，『忌』作『惎』。（『惎』字引《周書》曰『來就惎惎』，即『未就予惎』之譌）《廣雅》：『惎，意志也。』（今本『志』字誤在『意』上。辨見《廣雅疏證》）《廣韻》：『惎，志也。』（見《去聲·七志》）『惎』與『惎』同。『未就予惎』者，未就我之志也。……作『忌』者，字之假借耳。」（《經義述聞（一）》頁244）又章太炎云：「惎當讀爲惎，《釋詁》：『惎，謀也。』言古人已往，不能就我而謀，故姑親今之謀人爾。」（《太炎先生尚書說》頁202）存參。

[3] 「云」，《漢書·韋賢傳》引經作「員」。

[4] 「黃髮」，《爾雅·釋詁》「壽也」，舍人云「黃髮，老人髮白復黃也」。（《爾雅注疏》頁23）

[5] 「罔」，《漢官儀》同，〈秦本紀〉作「無」，《漢藝文志考證》載漢儒引經異字亦作「無」。

[6] 江聲云：「『番番』，當讀爲『皤皤』，老人頭白貌也。『旅』，讀爲『呂』，膂骨也。字或作『膂』，故省而爲『旅』。膂強則力壯，故曰膂力。皤皤然之善士，膂力既過矣，言衰老也。」（《尚書集注音疏》卷一○，《四部要籍注疏叢刊·尚書（中）》頁1720上）

[7] 「尚」，于省吾讀爲「常」。（《雙劍誃群經新證》頁130上）存參。

[8] 「有」，王念孫云：「『有之』，謂親之也。古者謂相親曰『有』。昭二十年《左傳》『是不有寡君也』，杜注曰：『有，相親有也。』」（《經義述聞（一）》頁244）「有」，王國維讀爲「友」。（〈觀堂學書記〉頁299）亦通。下「我皇多有之」同。

[9] 「仡仡」，《說文》「勇壯也」。《釋文》載馬本作「訖訖」。

[10] 「截截」，《公羊傳·文公十二年》、《楚辭·九嘆》王注作「諓諓」。《說文》「㦍」下引作「㦍㦍」，云「巧言」，爲今文；「諞」下又引作「截戳」，爲古文。

[11] 「諞」，公羊傳·文公十二年作「諓」，《潛夫論·救邊》作「靖」，《楚辭·九辯》王注作「靜」，馬本作「偏」。《說文》：「諞，便巧言也。」

[12] 「辭」，《公羊傳》、《潛夫論·救邊》作「怠」。王鳴盛云：「辭作怠者，《說文》云『辭，籀文作辝，從台』，因傳寫遂誤爲辭。《史記·三王世家》齊王策云：『俾君子怠。』與《公羊》合。彼何休注云：『俾，使也。易怠』猶輕墮也。」」（《尚書後案》頁624）存參。

[13] 「皇」，《公羊傳》作「況」。

[14] 《禮記·大學》引作：「若有一个臣。」「如」作「若」，「介」作「个」。「介」，《釋文》：「音界，馬本作『界』，云：『一介，耿介，一心端愨者。』字又作个，音工佐反。」「个」爲「介」之變體分化字。

[15] 「斷斷」，鄭注：「誠一之貌也。」《說文》：「斷，截也。……𣂢，古文斷從𨸏。𨸏，古文叀字。《周書》曰：『𣂢𣂢猗無他技』。剬，亦古文。」

之彥（獻）聖[6]，其心好之，不啻如[7]自其口出，是[8]能容之。以保[9]我子孫黎民，亦職[10]有利哉！人之有技，冒（媢）[11]疾（嫉）以惡（諅）之[12]；人之彥（獻）聖，而違之，俾不達[13]，是[14]不能容。以不能保我子孫黎民，亦曰殆哉！邦之杌隉[15]，曰由一人；邦之榮懷，亦尚一人之慶。」

1 「猗」，〈大學〉作「兮」，《公羊傳》作「焉」。
2 「他技」，鄭注：「異端之技也。」
3 「焉」，〈大學〉同，《公羊傳》無。
4 「其如」，〈大學〉同，《公羊傳》作「能」。
5 〈大學〉「容」下有「焉」字。
6 見第一章〈秦誓〉「人之彥聖」條。
7 「如」，〈大學〉作「若」。
8 「是」，〈大學〉作「寔」。
9 〈大學〉「保」上有「能」字。
10 「亦職」，〈大學〉作「尚亦」，《論衡·刺孟》作「亦尚」。王引之云：「『尚亦』當爲『亦尚』。」（《經義述聞（一）》頁246）吳汝綸云：「《爾雅》：『職，常也。』常从尚聲，故職通作尚。《詩》『職思其居』，尚思其居也；『亦職維疾』，亦尚爲疾也。」（《尚書故》頁332）章太炎亦云：「〈釋詁〉：『職，常也。』此職正訓常。……尚即常字耳。」（《太炎先生尚書說》頁203）
11 「冒」，〈大學〉作「媢」。
12 王念孫云：「『惡』當讀爲『諅』。《說文》：『諅，相毀也。』《玉篇》烏古切。《廣韻》作『諻』，烏路切，云：『相毀也。《說文》作諅。』《漢書·衡山王傳》注曰：『惡，謂讒毀之也。』是『諅』、『惡』古字通。以，猶而也。（古者『以』與『而』同義。說見《釋詞》）嫉妒人之有技而讒毀之，下文『人之彥聖，而違之俾不達』，義與此同也。」（《經義述聞（一）》頁245）
13 「達」，〈大學〉作「通」。鄭注云：「違，猶戾也。俾，使也。佛戾賢人所爲，使功不通於君也。」
14 「是」，〈大學〉作「寔」。
15 「杌」，《說文》作「阢」。「杌隉」，不安也。（見〈召誥〉「出埶」下腳注）

引用書目

一、著作
（一）《尚書》相關著作

漢・孔安國傳，唐・孔穎達疏，廖名春、陳明整理，呂紹綱審定，《尚書正義》（北京：北京大學出版社，2000）。

日・日本東方文化研究所，《尚書正義定本》（南京：鳳凰出版社，2017）。

程元敏，《三經新義輯考彙評》（上海：華東師範大學出版社，2011）。

宋・蘇軾，《書傳》，《景印文淵閣四庫全書（第五四冊）》（臺北：臺灣商務印書館，1986）。

宋・林之奇，《尚書全解》，《景印文淵閣四庫全書（第五五冊）》（臺北：臺灣商務印書館，1986）。

宋・夏僎，《尚書詳解》，《景印文淵閣四庫全書（第五六冊）》（臺北：臺灣商務印書館，1986）。

宋・薛季宣，《書古文訓》，《續修四庫全書（四二）》（上海：上海古籍出版社，2002）。

宋・呂祖謙撰，宋・時瀾增修，《增修東萊書說》，《景印文淵閣四庫全書（第五七冊）》（臺北：台灣商務印書館，1986）。

宋・楊簡，《五誥解》，《景印文淵閣四庫全書（第五七冊）》（臺北：臺灣商務印書館，1986）。

宋・傅寅，《禹貢說斷》，《景印文淵閣四庫全書（第五七冊）》（臺北：臺灣商務印書館，1986）。

宋・蔡沈，《書經集傳》，《景印文淵閣四庫全書（第五八冊）》（臺北：臺灣商務印書館，1986）。

宋・錢時，《融堂書解》，《景印文淵閣四庫全書（第五九冊）》（臺北：臺灣商務印書館，1986）。

南宋—元・金履祥，《書經注》，《續修四庫全書（四二）》（上海：上海古籍出版社，2002）。

南宋—元・金履祥，《尚書表注》，《景印文淵閣四庫全書（第六〇冊）》（臺北：台灣商務印書館，1986）。

南宋—元・吳澄，《書纂言》，《景印文淵閣四庫全書（第六一冊）》（臺北：台灣商務印書館，1986）。

元·陳櫟，《書集傳纂疏》，《景印文淵閣四庫全書（第六一冊）》（臺北：臺灣商務印書館，1986）。

元·王充耘，《讀書管見》，《景印文淵閣四庫全書（第六二冊）》（臺北：臺灣商務印書館，1986）。

宋·蔡沈集傳，元·鄒季友，《書傳音釋》（浦城與古齋，清咸豐五年（1855）刻本）。

明·梅鷟撰，姜廣輝點校，《尚書考異 尚書譜》（上海：上海古籍出版社，2015）。

明·馬明衡，《尚書疑義》，《景印文淵閣四庫全書（第六四冊）》（臺北：臺灣商務印書館，1986）。

明·袁仁，《尚書砭蔡編》，《景印文淵閣四庫全書（第六四冊）》（臺北：臺灣商務印書館，1986）。

明·王樵，《尚書日記》，《景印文淵閣四庫全書（第六四冊）》（臺北：臺灣商務印書館，1986）。

明·劉三吾撰，陳冠梅校點，《書傳會選》，《劉三吾集》（長沙：岳麓書社，2013）。

清·胡渭，《禹貢錐指》（上海：上海古籍出版社，2006）。

清·閻若璩撰，黃懷信、呂翊欣校點，《尚書古文疏證》（上海：上海古籍出版社，2010）。

清·庫勒納等撰，《日講書經解義》（海口：海南出版社，2012）。

清·王頊齡等，《欽定書經傳說彙纂》，《景印文淵閣四庫全書（第六五冊）》（臺北：臺灣商務印書館，1986）。

清·臧琳，《經義雜記》，《續修四庫全書（一七二）》（上海：上海古籍出版社，2002）。

清·蔣廷錫，《尚書地理今釋》，《景印文淵閣四庫全書（第六八冊）》（臺北：臺灣商務印書館，1986）。

清·惠棟，《古文尚書考》，《尚書類聚初集（六）》（臺北：新文豐出版公司，1984）。

清·惠棟，《九經古義》，《景印文淵閣四庫全書（第一九一冊）》（臺北：台灣商務印書館，1986）。

清·浦鏜，《十三經注疏正字》，《景印文淵閣四庫全書（第一九二冊）》（臺北：臺灣商務印書館，1986）。

清·江聲，《尚書集注音疏》，《四部要籍注疏叢刊·尚書（中）》（北京：中華書局，1998）。

清・盛百二，《尚書釋天》，《續修四庫全書（四四）》（上海：上海古籍出版社，2002）。

清・王鳴盛著，顧寶田、劉連朋校點，《尚書後案》（北京：北京大學出版社，2012）。

清・戴震撰，《尚書義考》，楊應芹、諸偉奇主編《戴震全書（修訂本）》第壹冊（合肥：黃山書社，2010）。

清・姚鼐，《惜抱軒九經說》，《續修四庫全書（一七二）》（上海：上海古籍出版社，2002）。

清・段玉裁，《古文尚書撰異》，《四部要籍注疏叢刊・尚書（中）》（北京：中華書局，1998）。

清・武億，《群經義證》，《續修四庫全書（一七三）》（上海：上海古籍出版社，2002）。

清・李惇，《群經識小》，《續修四庫全書（一七三）》（上海：上海古籍出版社，2002 ）。

清・莊述祖，《尚書今古文考證》，《續修四庫全書（第四六冊）》（上海：上海古籍出版社，2002）。

清・莊述祖，《五經小學述》（清道光十六年（1836）莊氏刻本）。

清・朱彬，《經傳攷證》，《四庫未收書輯刊・肆輯（玖冊）》（北京：北京出版社，2000）。

清・王引之撰，虞思徵、馬濤、徐煒君點校，《經義述聞》（上海：上海古籍出版社，2016）。

清・王引之，《經傳釋詞》（長沙：岳麓書社，1984）。

清・孫星衍撰，陳抗、盛冬鈴點校，《尚書今古文注疏》（北京：中華書局，2004）。

清・牟庭，《同文尚書》（濟南：齊魯書社，1981）。

清・焦循，《尚書補疏》，《雕菰樓經學九種（上）》（南京：鳳凰出版社，2015）。

清・劉沅，《書經恆解》（成都：巴蜀書社，2016）。

清・周用錫，《尚書證義》，《續修四庫全書（四八）》（上海：上海古籍出版社，2002）。

清・劉逢祿，《尚書今古文集解》，《續修四庫全書（四八）》（上海：上海古籍出版社，2002）。

清・朱駿聲，《尚書古注便讀》，《尚書類聚初集（三）》（臺北：新文豐出版公司，1984）。

清・黃式三，《尚書啟蒙》，《續修四庫全書（四八）》（上海：上海古籍出版社，2002）。

清・陳喬樅，《今文尚書經說考》，《續修四庫全書（四九）》（上海：上海古籍出版社，2002）。

清・戴鈞衡，《書傳補商》，《續修四庫全書（五〇）》（上海：上海古籍出版社，2002）。

清・徐灝，《通介堂經說》（清咸豐四年（1854）刻本）。

清・俞樾，《群經平議》，《續修四庫全書（一七八）》（上海：上海古籍出版社，2002）。

清・俞樾，《茶香室經說》（清光緒春在堂全書本）。

清・王闓運，《尚書箋》，《續修四庫全書（五一）》（上海：上海古籍出版社，2002）。

清・楊守敬，《禹貢本義》，《續修四庫全書（五五）》（上海：上海古籍出版社，2002）。

清・吳汝綸，《尚書故》（上海：中西書局，2014）。

清・王先謙撰，何晉點校，《尚書孔傳參正》（北京：中華書局，2011）。

清・孫詒讓撰，雪克點校，《尚書駢枝》，《大戴禮記校補（外四種）》（北京：中華書局，2010）。

清・皮錫瑞撰，盛冬鈴、陳抗點校，《今文尚書考證》（北京：中華書局，1989）。

清・皮錫瑞，《尚書通論》，《經學通論》（北京：中華書局，1954）。

清・皮錫瑞，《漢碑引經考》（光緒三十年（1904）師伏堂刊本）。

清・簡朝亮，《尚書集注述疏》，《續修四庫全書（第五二冊）》（上海：上海古籍出版社，2002）。

王樹枏，《尚書商誼》（清光緒十一年（1885）刻本）。

姚永樸，《尚書誼略》（清光緒刻集虛草堂叢書本）。

吳闓生，《尚書大義》（壬戌（1922）九月刊於都門）。

章太炎講，諸祖耿整理，《太炎先生尚書說》（北京：中華書局，2013）。

吳其昌，〈王觀堂先生尚書講授記〉，《古史新證》（北京：清華大學出版社，1994）。

劉盼遂：〈觀堂學書記〉，《古史新證》（北京：清華大學出版社，1994）。

劉咸炘，《讀《書》小箋》，《推十書（增補全本）·王癸合輯（壹）》（上海：上海科學技術文獻出版社，2009）。

于省吾，《雙劍誃群經新證 雙劍誃諸子新證》（上海：上海書店出版社，1999）。

楊筠如，《尚書覈詁》（西安：陝西人民出版社，2005）。

曾運乾，《尚書正讀》（北京：中華書局，2015）。

周秉鈞，《尚書易解》（上海：華東師範大學出版社，2010）。

方孝岳，《尚書今語》（北京：古籍出版社，1958）。

金兆梓，《尚書詮譯》（北京：中華書局，2013）。

日·赤塚忠，《中國古典文學大系1·書經》（東京：平凡社，1972）。

屈萬里，《尚書今注今譯》（臺北：台灣商務印書館，1977）。

屈萬里著，李偉泰、周鳳五校，《尚書集釋》（上海：中西書局，2014）。

朱廷獻，《尚書研究》（臺北：臺灣商務印書館，1987）。

朱廷獻，《尚書異文集證》（臺北：中華書局，2017）。

高本漢著，陳舜政譯，《高本漢書經注釋》（臺北：中華叢書編審委員會，1981）。

王世舜，《尚書譯註》（聊城：山東師範學院聊城分院中文系古典文學教研室，1979）。

江灝、錢宗武，《尚書今古文全譯》（貴陽：貴州人民出版社，1992）。

楊任之，《尚書今注今譯》（北京：北京廣播學院出版社，1993）。

顧寶田，《尚書譯注》（長春：吉林文史出版社，1995）。

金景芳、呂紹綱，《《尚書·虞夏書》新解》（瀋陽：遼寧古籍出版社，1996）。

臧克和，《尚書文字校詁》（上海：上海教育出版社，1999）。

黃懷信，《尚書注訓》（濟南：齊魯書社，2002）。

李民、王健，《尚書譯註》（上海：上海古籍出版社，2004）。

錢宗武、杜純梓，《尚書新箋與上古文明》（北京：北京大學出版社，2005）。

顧頡剛、劉起釪，《尚書校釋譯論》（北京：中華書局，2005）。

陳戍國，《四書五經校注本（二）·尚書》（長沙：岳麓書社，2006）。

郭仁成，《尚書今古文全璧》（長沙：岳麓書社，2006）。

吳璵，《新譯尚書讀本》（臺北：三民書局，2007）。

何新，《大政憲典：《尚書》新考》（北京：中國民主法制出版社，

2008）。

李國祥、劉韶軍、謝貴安、龐子朝，《尚書選譯（修訂本）》（南京：鳳凰出版社，2011）。

程元敏，《尚書周書牧誓洪範金縢呂刑篇義證》（臺北：萬卷樓圖書股份有限公司，2012）。

邱德修，《尚書覈詁考證》（新北：聖環圖書股份有限公司，2013）。

曹音，《尚書周書釋疑》（上海：上海三聯書店，2015）。

雒江生，《尚書校詁》（北京：中華書局，2018）。

英・理雅各譯釋，《尚書・唐書 夏書 商書》（上海：上海三聯書店，2014）。

陳鐵凡，《敦煌本商書校證》（臺北：國家長期發展科學委員會，1965）。

吳福熙，《敦煌殘卷古文尚書校注》（蘭州：甘肅人民出版社，1992）。

許建平，《敦煌經部文獻合集（第一冊）・羣經類尚書之屬》（北京：中華書局，2008）。

陳夢家，《尚書通論》（北京：中華書局，2005）。

馬雍，《《尚書》史話》（北京：中華書局，1982）。

蔣善國，《尚書綜述》（上海：上海古籍出版社，1988）。

劉起釪，《尚書學史》（北京：中華書局，1989）。

程元敏，《尚書學史》（臺北：五南圖書出版有限公司，2008）。

程元敏，《書序通考》（臺北：台灣學生書局，1999）。

古國順，《清代尚書學》（臺北：文史哲出版社，1981）。

古國順，《史記述尚書研究》（臺北：文史哲出版社，1985）。

周少豪，《《漢書》引《尚書》研究》，潘美月、杜潔祥主編《古典文學研究輯刊（四編）》第 12 冊（臺北：花木蘭文化出版社，2007）。

姜昆武，《詩書成詞考釋》（濟南：齊魯書社，1989）。

錢宗武，《今文尚書語法研究》（北京：商務印書館，2004）。

林志強，《古本《尚書》文字研究》（廣州：中山大學出版社，2009）。

顧廷龍、顧頡剛，《尚書文字合編》（上海：上海古籍出版社，1996）。

（二）其他著作

傳世典籍

清・李道平撰，潘雨廷點校，《周易集解纂疏》（北京：中華書局，1994）。

漢・毛亨傳，漢・鄭玄箋，唐・孔穎達疏，朱傑人整理，《毛詩注疏》（上海：上海古籍出版社，2014）。

林義光，《詩經通解》（上海：中西書局，2013）。

黃懷信、張懋鎔、田旭東撰，黃懷信修訂，李學勤審定，《逸周書彙校集注（修訂本）》（上海：上海古籍出版社，2007）。

袁珂校注，《山海經校注》（北京：北京聯合出版公司，2014）。

清・程樹德撰，《論語集釋》（北京：中華書局，1900）。

清・焦循撰，《孟子正義》（北京：中華書局，1987）。

晉・杜預注，唐・孔穎達正義，黃侃經文句讀，《春秋左傳正義》（上海：上海古籍出版社，1990）。

清・徐元誥，《國語集解（修訂本）》（北京：中華書局，2002）。

漢・何休撰，唐・徐彥疏，刁小龍整理，《春秋公羊傳注疏》（上海：上海古籍出版社，2014）。

漢・鄭玄注，唐・賈公彥疏，王輝點校，《儀禮注疏》（上海：上海古籍出版社，2008）。

方詩銘、王修齡，《古本竹書紀年輯證》（上海：上海古籍出版社，2005）。

清・孫詒讓撰，孫啟治點校，《墨子閒詁》（北京：中華書局，2001）。

吳毓江撰，孫啟治點校，《墨子校注》（北京：中華書局，2014）。

清・王先謙撰，《荀子集解》（北京：中華書局，1988）。

漢・鄭玄注，唐・賈公彥疏，彭林點校，《周禮注疏》（上海：上海古籍出版社，2010）。

漢・劉向集錄，范祥雍箋證，范邦瑾協校，《戰國策箋證》（上海：上海古籍出版社，2006）。

漢・鄭玄注，唐・孔穎達正義，呂友仁整理，《禮記正義》（上海：上海古籍出版社，2008）。

清・朱彬撰，饒欽農點校，《禮記訓纂》（北京：中華書局，1996）。

清・孔廣森補注，王豐先點校，《大戴禮記補注》（北京：中華書

局，2013）。

戰國‧呂不韋著，陳奇猷校釋，《呂氏春秋新校釋》（上海：上海古籍出版社，2002）。

晉‧郭璞注，宋‧邢昺疏，《爾雅注疏》（上海：上海古籍出版社，2010）。

清‧邵晉涵撰，李嘉翼、祝鴻傑點校，《爾雅正義》（北京：中華書局，2017）。

漢‧韓嬰撰，許維遹校釋，《韓詩外傳集釋》（北京：中華書局，2005）。

楊朝明、宋立林主編，《孔子家語通解》（濟南：齊魯書社，2009）。

漢‧劉安等撰，何寧集釋，《淮南子集釋》（北京：中華書局，1998）。

漢‧司馬遷撰，日‧瀧川資言考證，楊海崢整理，《史記會注考證》（上海：上海古籍出版社，2016）。

吳國泰，《史記解詁》（成都居易簃叢書本，1933）。

崔適著，張烈點校，《史記探源》（北京：中華書局，1986）。

徐仁甫遺著，四川省文史研究館整理，《史記注解辨證》（成都：四川大學出版社，1993）。

漢‧桓寬撰，王利器校注，《鹽鐵論校注》（北京：中華書局，1992）。

漢‧劉向撰，清‧王照圓補注，《列女傳補注》（上海：華東師範大學出版社，2012）。

漢‧劉向撰，向宗魯注解，《說苑校證》（北京：中華書局，2009）。

漢‧揚雄撰，清‧錢繹箋疏，李發順、黃建中整理，《方言箋疏》（北京：中華書局，2013）。

漢‧揚雄撰，汪榮寶義疏，《法言義疏》（北京：中華書局，1996）。

漢‧班固撰，唐‧顏師古注，《漢書》（北京：中華書局，2013）。

清‧王先謙，《漢書補注》（北京：中華書局，1983）。

清‧陳立撰，吳則虞點校，《白虎通疏證》（北京：中華書局，1994）。

劉師培，《白虎通義斠補》，《劉申叔遺書（上）》（南京：江蘇古籍出版社，1997）。

漢‧王充撰，黃暉校釋；《論衡校釋（附劉盼遂集解）》（北京：中華書局，1990）。

漢‧許慎撰，宋‧徐鉉校訂，《說文解字》（北京：中華書局，1963）。

南唐‧徐鍇，《說文解字繫傳》（北京：中華書局，1987）。

清‧段玉裁，《說文解字注》（杭州：浙江古籍出版社，2006）。

漢・許慎撰，清・陳壽祺著，曹建墩整理，《五經異義疏證》（上海：上海古籍出版社，2012）。

清・孫星衍等輯，周天游點校，《漢官六種》（北京：中華書局，2008）。

漢・劉熙撰，清・畢沅疏證，清・王先謙補，《釋名疏證補》（北京：中華書局，2008）。

漢・應劭撰，王利器校注，《風俗通義校注》（北京：中華書局，2010）。

魏・徐幹撰，孫啓治解詁，《中論解詁》（北京：中華書局，2014）。

傅亞庶，《孔叢子校釋》（北京：中華書局，2011）。

遲鐸，《小爾雅集釋》（北京：中華書局，2008）。

晉・陳壽撰，南朝宋・裴松之注，《三國志》（香港：中華書局香港分局，1971）。

楊伯峻，《列子集釋》（北京：中華書局，1997）。

宋・范曄撰，唐・李賢等注，《後漢書》（北京：中華書局，2000）。

梁・顧野王，《宋本玉篇》（北京：中國書店，1983）。

梁・蕭統編，唐・李善、呂延濟、劉良、張銑、呂向、李周翰注，《六臣注文選》（北京：中華書局，2012）。

北魏・酈道元著，陳橋驛校證，《水經注校證》（北京：中華書局，2007）。

唐・陸德明，《經典釋文》（上海：上海古籍出版社，2013）。

唐・陸德明撰，吳承仕疏證，《經典釋文序錄疏證（附經籍舊音二種）》（北京：中華書局，2008）。

劉曉東，《匡謬正俗平議》（濟南：山大大學出版社，1999）。

唐・韓愈著，馬其昶校注，馬茂元整理《韓昌黎文集校注》（上海：上海古籍出版社，2014）。

宋・郭忠恕、夏竦編，李零、劉新光整理，《汗簡 古文四聲韻》（北京：中華書局，2010）。

黃錫全，《汗簡注釋》（武漢：武漢大學出版社，1990）。

宋・羅泌，《路史》（北京：中華書局，1985）。

宋・朱熹撰，朱傑人、嚴佐之、劉永翔主編，《朱子語類》，《朱子全書（修訂本）》（第拾陸冊）（上海：上海古籍出版社，2010）。

宋・趙彥衛撰，傅根清點校，《雲麓漫鈔》（北京：中華書局，1996）。

宋・王應麟，《漢藝文志考證》（清光緒十年（1884）仲冬成都志

古堂精覈重刊本）。

宋・王應麟撰，清・翁元圻等注，欒保群、田松青、呂宗力校點，《困學紀聞》（上海：上海古籍出版社，2008）。

清・顧炎武撰，清・黃汝成集釋，欒保群、呂宗力校點，《日知錄集釋》（上海：上海古籍出版社，2014）。

清・徐文靖著，范祥雍點校，《管城碩記》（北京：中華書局，1998）。

清・刘淇，《助字辨略》，《叢書集成續編（第 20 冊）・經部》（上海：上海書店出版社，1994）。

日・山井鼎撰，物觀補遺，《七經孟子考文補遺》（北京：國家圖書館出版社，2016）。

清・全祖望撰，朱鑄禹彙校集注，《鮚埼亭集外編》，《全祖望集彙校集注（中）》（上海：上海古籍出版社，2000）。

清・全祖望撰，朱鑄禹彙校集注，《經史問答》，《全祖望集彙校集注（中）》（上海：上海古籍出版社，2000）。

清・揆敍，《隙光亭雜識》（清康熙牧堂自刻本）。

清・盧文弨撰，楊曉春點校，《鍾山札記 龍城札記 讀史札記》（北京：中華書局，2010）。

清・戴震著，趙玉新點校，《戴震文集》（北京：中華書局，1980）。

清・戴震撰，《水地記》，楊應芹、諸偉奇主編《戴震全書（修訂本）》第肆冊（合肥：黃山書社，2010）。

清・孫和相修，清・戴震纂，《（乾隆）汾州府志》，《續修四庫全書（六九二）》（上海：上海古籍出版社，2002）。

清・錢大昕，《潛研堂文集》，《嘉定錢大昕全集（玖）》（南京：江蘇古籍出版社，1997）。

清・錢大昕，陳文和、張連生、曹明升校點，《廿二史考異》（南京：鳳凰出版社，2008）。

清・錢大昕著，楊勇軍整理，《十駕齋養新錄》（上海：上海書店出版社，2011）。

清・姚鼐，《惜抱軒筆記》，《惜抱軒全集》（北京：中國書店，1991）。

清・梁玉繩，《史記志疑》（北京：中華書局，1981）。

清・王念孫撰，徐煒君、樊波成、虞思徵、張靖偉等點校，《讀書雜志》（上海：上海古籍出版社，2015）。

清・孔廣森撰，張詒三點校《經學卮言（外三種）》（北京：中華

書局，2017）。

清・嚴可均著，孫寶點校，《嚴可均集》（杭州：浙江古籍出版社，2013）。

清・阮元撰，鄧經元點校，《揅經室集》（北京：中華書局，1993）。

清・洪頤煊，《讀書叢錄》，《續修四庫全書（一一五七）》（上海：上海古籍出版社，2002）。

清・馮登府，《漢石經考異》，《皇清經解》（南京：鳳凰出版社，2001）。

清・俞正燮，《癸巳類稿》（北京：商務印書館，1957）。

清・鄧廷楨著，馮惠民點校，《雙硯齋筆記》（北京：中華書局，1987）。

清・朱駿聲，《說文通訓定聲》（北京：中華書局，1984）。

清・鄒漢勛，《讀書偶談》（北京：中華書局，2008）。

清・鄭珍、鄭知同，《說文新附考》（清光緒五年（1879）姚氏刻咫進齋叢書本）。

清・張文虎撰，魏得良校點，《舒藝室隨筆》（瀋陽：遼寧教育出版社，2003）。

清・徐鼎，閻振益、鍾夏點校，《讀書雜釋》（北京：中華書局，1997）。

清・陳澧著，鍾旭元、魏達純點校，《東塾讀書記》（上海：上海古籍出版社，2012）。

清・陳介祺，《簠齋致吳雲書札》（北京：文物出版社，2014）。

清・陳介祺，《簠齋尺牘》，《山東文獻集成・第三輯（20）》（濟南：山東大學出版社，2010）。

清・俞樾，《諸子平議》（北京：中華書局，1956）。

清・俞樾，《春在堂雜文集續編》，《春在堂全書》（光緒九年（1883）重訂本）。

清・俞樾等，《古書疑義舉例五種》（北京：中華書局，2005）。

清・方濬益，《綴遺齋彝器款識考釋》（上海：商務印書館，1935）。

清・李慈銘，《越縵堂讀書記》（上海：上海書店出版社，2000）。

清・吳大澂，《字說》（光緒十九年（1893）思賢講舍重刊）。

清・吳大澂，《說文古籀補》（上海：商務印書館，1936）。

清・吳汝綸，《吳汝綸尺牘》（合肥：黃山書社，1990）。

清・吳承志撰，羅淩校注，《橫陽札記》（上海：華東師範大學出

版社，2012）。

清‧劉心源，《奇觚室吉金文述》（清光緒二十八年（1902）石印本）。

清‧孫詒讓著，雪克點校，《籀廎述林》（北京：中華書局，2010）。

清‧孫詒讓，《古籀拾遺 古籀餘論》（北京：中華書局，1989）。

清‧孫詒讓著，梁運華點校，《札迻》（北京：中華書局，1989）。

清‧孫詒讓，《孫氏契文舉例》（蟫隱廬，1927）。

清‧于鬯，《香草校書》（北京：中華書局，1984）。

王達津主編，南開大學古籍整理研究所選，《清代經部序跋選》（天津：天津古籍出版社，1991）。

出土文獻

郭沫若主編，《甲骨文合集》（北京：中華書局，1978—1982）。

李學勤、齊文心、艾蘭編，《英國所藏甲骨集》（北京：中華書局，1982）。

中國社會科學院考古研究所編，《殷墟花園莊東地甲骨》（昆明：雲南人民出版社，2003）。

黃天樹主編，《甲骨拼合三集》（北京：學苑出版社，2013）。

中國社會科學院考古研究所編，《殷周金文集成》（北京：中華書局，2007）。

吳鎮烽編著，《商周青銅器銘文暨圖像集成》（上海：上海古籍出版社，2012）。

吳鎮烽編著，《商周青銅器銘文暨圖像集成續編》（上海：上海古籍出版社，2016）。

荊州市博物館編，《郭店楚墓竹簡》（北京：文物出版社，1998）。

武漢大學研究中心、荊門市博物館編著，《楚地出土戰國簡冊合集（一）‧郭店楚墓竹書》（北京：文物出版社，2011）。

馬承源主編，《上海博物館藏戰國楚竹書（一）》（上海：上海古籍出版社，2001）。

馬承源主編，《上海博物館藏戰國楚竹書（二）》（上海：上海古籍出版社，2002）。

馬承源主編，《上海博物館藏戰國楚竹書（三）》（上海：上海古籍出版社，2003）。

馬承源主編,《上海博物館藏戰國楚竹書(四)》(上海:上海古籍出版社,2004)。

馬承源主編,《上海博物館藏戰國楚竹書(五)》(上海:上海古籍出版社,2005)。

清華大學出土文獻研究與保護中心編,李學勤主編,《清華大學藏戰國竹簡(壹)》(上海:中西書局,2011)。

清華大學出土文獻研究與保護中心編,李學勤主編,《清華大學藏戰國竹簡(貳)》(上海:中西書局,2011)。

清華大學出土文獻研究與保護中心編,李學勤主編,《清華大學藏戰國竹簡(叁)》(上海:中西書局,2012)。

清華大學出土文獻研究與保護中心編,李學勤主編,《清華大學藏戰國竹簡(伍)》(上海:中西書局,2015)。

清華大學出土文獻研究與保護中心編,李學勤主編,《清華大學藏戰國竹簡(陸)》(上海:中西書局,2016)。

清華大學出土文獻研究與保護中心編,李學勤主編,《清華大學藏戰國竹簡(柒)》(上海:中西書局,2017)。

李學勤主編、清華大學出土文獻研究與保護中心編,《清華大學藏戰國竹簡(捌)》(上海:中西書局,2018)。

季旭昇主編,《清華大學藏戰國竹簡(壹)讀本》(臺北:藝文印書館,2013)。

睡虎地秦墓竹簡整理小組編,《睡虎地秦墓竹簡》(北京:文物出版社,1990)。

銀雀山漢墓竹簡整理小組編,《銀雀山漢墓竹簡(壹)》(北京:文物出版社,1985)。

河北省文物研究所定州漢墓竹簡整理小組,《定州漢墓竹簡:論語》(北京:文物出版社,1997)。

北京大學出土文獻研究所編,《北京大學藏西漢竹書(叁)》(上海:上海古籍出版社,2015)。

甘肅簡牘博物館,《肩水金關漢簡(伍)》(上海:中西書局,2016)。

周建亞,《甘露堂藏戰國箴言璽》(北京:文物出版社,2013)。

馬衡,《漢石經集存》(北京:科學出版社,1957)。

北京圖書館金石組編,《北京圖書館藏中國歷代石刻拓本滙編(第一冊)》(鄭州:中州古籍出版社,1989)。

近人著作

胡玉縉撰，王欣夫補，《四庫全書總目提要補正》（上海：上海書店出版社，1998）。

羅振玉，《面城精舍雜文甲編》，《羅振玉學術論著集（第九集）》（上海：上海古籍出版社，2013）。

王國維，《古史新證》（北京：清華大學出版社，1994）。

吳闓生，《吉金文錄》（香港：萬有圖書公司，1968）。

呂思勉，《呂思勉讀史札記》（上海：上海古籍出版社，2005）。

呂思勉，《先秦史 先秦學術概論》，《呂思勉全集（3）》（上海：上海古籍出版社，2016）。

楊樹達，《積微居金文說（增訂本）》（北京：中華書局，1997）。

楊樹達，《積微居讀書記》（上海：上海古籍出版社，2013）。

錢玄同，《錢玄同文集（第六卷）‧書信》（北京：中國人民大學出版社，2000）。

郭沫若，《甲骨文字研究》，《郭沫若全集‧考古編（第一卷）》（北京：科學出版社，1982）。

郭沫若，《卜辭通纂》，《郭沫若全集‧考古編（第二卷）》（北京：科學出版社，1983）。

郭沫若，《殷契粹編》（北京：科學出版社，1965）。

郭沫若，《兩周金文辭大系圖錄考釋（三）》，《郭沫若全集‧考古編（第八卷）》（北京：科學出版社，2002）。

顧頡剛，《顧頡剛讀書筆記》，《顧頡剛全集》（北京：中華書局，2011）。

于省吾，《雙劍誃吉金文選》（北京：中華書局，2009）。

丁山，《中國古代宗教與神話考》（上海：上海書店出版社，2011）。

唐蘭，《西周青銅器銘文分代史徵》（北京：中華書局，1986）。

舒連景著，丁山校，《說文古文疏證》（上海：商務印書館，1937）。

日‧白川靜，《甲骨文の世界——古代殷王朝の構造》（東京：平凡社，1972）。

張舜徽，《中國古代史籍校讀法》（上海：上海古籍出版社，1986）。

周振甫，《周振甫講古代散文》（南京：江蘇教育出版社，2005）。

張政烺著，朱鳳瀚等整理，《張政烺批註《兩周金文辭大系考釋》（上）》（北京：中華書局，2011）。

楊寬，《西周史》（上海：上海人民出版社，2016）。

蔣禮鴻，《義府續貂》，《蔣禮鴻集（第二卷）》（杭州：浙江教育出版社，2001）。

張秉權，《殷墟文字丙編考釋》（臺北：中央研究院歷史語言研究所，1957）。

劉雨、張亞初，《西周金文官制研究》（北京：中華書局，2004）。

陳煒湛、唐鈺明編著，《古文字學綱要（第二版）》（廣州：中山大學出版社，2009）。

戴南海，《校勘學概論》（西安：陝西人民出版社，1986）。

戴南海，《版本學概論》（成都：巴蜀書社，1989）。

常玉芝，《商代宗教祭祀》（北京：中國社會科學出版社，2010）。

田代華主編，《校勘學》（北京：中國醫藥科技出版社，1995）。

朱鳳瀚，《商周家族形態研究（增訂本）》（天津：天津古籍出版，2004）。

何新，《諸神的起源：中國遠古神話與歷史》（北京：三聯書店，1986）。

張家璠、閻崇東主編，《中國古代文獻學家研究》（桂林：廣西師範大學出版社，1996）。

丁原植，《郭店楚簡儒家佚籍四種釋析（第二版）》（臺北：台灣古籍出版有限公司，2004）。

陳漢平，《屠龍絕緒》（哈爾濱：黑龍江教育出版社，1989）。

李振興，《王肅之經學》（台北：嘉新水泥公司文化基金會出版，1980）。

姚太中、程漢大，《史學概論》（北京：東方出版社，1991）。

黃奇逸，《歷史的荒原：古文化的哲學結構（增訂本）》（成都：巴蜀書社，2008）。

王長豐，《殷周金文族徽研究》（上海：上海古籍出版社，2015）。

王子今，《20世紀中國歷史文獻研究》（北京：清華大學出版社，2002）。

劉信芳，《包山楚簡解詁》（臺北：藝文印書館，2003）。

譚步雲，《甲骨文與商代禮制》（臺北：花木蘭出版社，2012）。

虞萬里，《上博館藏楚竹書〈緇衣〉綜合研究》（武漢：武漢大學出版社，2009）。

黃天樹，《殷墟王卜辭的分類與斷代》（北京：科學出版社，2007）。

劉釗，《郭店楚簡校釋》（福州：福建人民出版社，2005）。

郭沂，《郭店竹簡與先秦學術思想》（上海：上海教育出版社，2001）。

管錫華，《校勘學》（合肥：安徽教育出版社，1991）。

楊世文，《近百年儒學文獻研究史》（福州：福建人民出版社，2015）。

許建平，《敦煌經籍敘錄》（北京：中華書局，2006）。

邢文，《帛書周易研究》（北京：人民出版社，1997）。

牟玉婷，《中國古典文獻學》（北京：社會科學文獻出版社，2005）。

劉國忠，《走近清華簡》（北京：高等教育出版社，2011）。

馮勝君，《二十世紀古文獻新證研究》（濟南：齊魯書社，2006）。

馮勝君，《郭店簡與上博簡對比研究》（北京：綫裝書局，2007）。

宋華強，《新蔡葛陵楚簡初探》（武漢：武漢大學出版社，2010）。

張富海，《漢人所謂古文之研究》（北京：綫裝書局，2008）。

劉光勝，《《清華大學藏戰國竹簡（壹）》整理研究》（上海：上海古籍出版社，2016）。

劉成群，《清華簡與古史甄微》（上海：上海古籍出版社，2016）。

陳英傑，《西周金文作器用途銘辭研究》（北京：綫裝書局，2009）。

陳翠珠，《漢語人稱代詞考論》（北京：光明日報出版社，2013）。

單育辰，《楚地戰國簡帛與傳世文獻對讀之研究》（北京：中華書局，2014）。

單育辰，《郭店〈尊德義〉〈成之聞之〉〈六德〉三篇整理與研究》（北京：科學出版社，2015）。

姚萱，《殷墟花園莊東地甲骨卜辭的初步研究》（北京：綫裝書局，2006）。

田煒，《西周金文字詞關係研究》（上海：上海古籍出版社，2016）。

中國科學院《中國自然地理》編輯委員會，《中國自然地理‧歷史自然地理》（北京：科學出版社，1982）。

周運中，《中國文明起源新考》（臺北：台灣花木蘭出版社，2015）。

工具書

楊樹達，《詞詮》（北京：中華書局，2004）。

高亨、董治安編著，《古字通假會典》（濟南：齊魯書社，1989）。

唐作藩編著，《上古音手冊（增訂本）》（北京：中華書局，2013）。

于省吾主編，《甲骨文字詁林》（北京：中華書局，1996）。

容庚編著，張振林、馬國權摹補，《金文編》（北京：中華書局，1985）。

滕壬生，《楚系簡帛文字編（增訂本）》（武漢：湖北教育出版社，2008）。

《漢語大字典》字形組編，《秦漢魏晉篆隸字形表》（成都：四川辭書出版社，1985）。

二、論文（以姓氏拼音爲序）

（一）《尚書》相關論文

B

白軍鵬，〈《尚書》新證三則〉，《史學集刊》，第 1 期（2013・1）。

C

蔡偉，〈《尚書・顧命》「今天降疾殆弗興弗悟」的斷句問題——兼釋上博五〈三德〉之「天乃降」〉，《簡帛》第十四輯（上海：上海古籍出版社，2017）。

蔡哲茂，〈論《尚書・無逸》「其在祖甲，不義爲王」〉，《甲骨文發現一百周年學術研討會論文集》，歷史語言研究所、台灣師大國文系，1998・5・10—12。

晁福林，〈「穆卜」、「枚卜」與「蔽志」——周代占卜方式的一個進展〉，《文史》，第 2 輯（總第 115 輯）（2016）。

陳劍，〈清華簡〈金縢〉研讀三題〉，《出土文獻與古文字研究》第四輯（上海：上海古籍出版社，2011）。

陳劍，〈「備子之責」與「唐取婦好」〉，《出土材料與新視野－第四屆國際漢學會議論文集》，中央研究院，2012・6・20—22。

陳劍，〈清華簡與《尚書》字詞合證零札〉，清華大學《「出土文獻與中國古代文明國際學術研討會」論文》，2013・6・17—18。後收入清華大學出土文獻研究與保護中心編，《出土文獻與中國古代文明——李學勤八十壽誕紀念論文集》（上海：中西書局，2016）。

陳絜，〈《尚書・酒誥》「自成湯咸至于帝乙」解〉，《周秦社會與文化研究——紀念中國先秦史學會成立 20 週年學術研討會論文集》（西安：陝西教育出版社，2003）。

陳民鎮、胡凱，〈清華簡〈金縢〉集釋〉，復旦網，2011·9·20。

陳樹，〈論今文《尚書》使令動詞「伻」的來源及相關問題〉，《語言研究》，第 38 卷第 2 期（2018·4）。

陳偉，〈清華簡〈金縢〉零釋〉，《繼承與拓新 漢語語言文字學國際研討會》，香港中文大學，2012·12·17—18。

陳煒湛，〈卜辭文法三題〉，《古文字研究》第四輯（北京：中華書局，1980）。

陳新，〈利用古文字知識校讀《尚書·盤庚》「由蘗」一詞〉，復旦網，2008·6·16。

陳以鳳，〈近三十年的晚出古文《尚書》及《孔傳》研究述議〉，《古籍整理研究學刊》，第 2 期（2013·3）。

程羽黑，〈《尚書》舊解新證二例〉，《江海學刊》，05 期（2013）。

程元敏，〈《尚書》寧王寧武寧考前寧人寧人前文人解之衍成及其史的觀察（上）—併考周文武受命稱王〉，《中國文哲集刊》創刊號（1991·3）。

程元敏，〈莽誥商價〉，《書目季刊》17 卷 3 期。

程元敏，〈清華楚簡本《尚書·金縢篇》評判〉，《傳統中國研究集刊》九、十合輯（上海：上海人民出版社，2012）。

D

鄧佩玲：〈《詩》《書》古義與金文新證二則〉，《人文中國學報》第十八期（2012·12·1）。

鄧佩玲，〈從古文字材料談《尚書》所見「平」、「伻」二字〉，《「出土文獻與傳世典籍的詮釋」國際學術研討會議程論文集》，復旦大學，2017·10·14—15。

董作賓，〈稘三百有六旬有六日新考〉，《華西協和大學中國文化研究所輯刊》，第 1 期（1940）。

杜勇，〈清華簡〈金縢〉有關歷史問題考論〉，《古籍整理研究學刊》，第 2 期（2012·3）。

F

馮勝君，〈《書·洛誥》「朕子」當讀為「沖子」〉，《中國文字學會第八屆學術年會論文集》，中國人民大學，2015·8。

馮時，〈清華〈金縢〉書文本性質考述〉，《《清華大學藏戰國竹

簡（壹）》國際學術研討會會議論文》，北京：清華大學，2011‧6‧28
—29。

復旦讀書會，〈清華簡〈金縢〉研讀札記〉，復旦網，2011‧1‧5。

傅斯年，〈論伏生所傳《書》二十八篇之成分〉，《中國古代文學史講義》（上海：上海古籍出版社，2012）。

G

高師第，〈〈禹貢〉導山所謂「陪尾山」究竟是現今哪一座山？〉，《禹貢研究論集》（上海：上海古籍出版社，2006）。

古育安，〈傳世與出土《尚書‧金縢》對讀研究一題：試論清華簡〈金縢〉的「爾毋乃有備子之責在上」及相關問題〉，2012 年出土文獻研究視野與方法研討會論文，政治大學中國文學系，2012‧6。

H

何景成，〈古文獻新證二則〉，《出土文獻與先秦經史國際學術研討會論文集（上）》，香港大學，2015‧10‧16—17。

何有祖，〈清華大學藏簡〈金縢〉補釋一則〉，簡帛網，2011‧1‧5。

侯乃峰，〈讀《尚書》類文獻瑣記〉，《「出土文獻與尚書學研究」國際學術研討會論文集》，上海：上海大學，2018‧9‧21—23。

黃復山，〈〈洪範〉「凡厥庶民無有淫朋」義疏〉，《訓詁論叢》第 3 輯（台北：文史哲出版社，1997）。

黃懷信，〈〈堯典〉之觀象及其傳說產生時代〉，《中原文化研究》，第 4 期（2014）。

黃懷信：〈清華簡〈金縢〉校讀〉，《古籍整理研究學刊》，第 3 期（2011）。

黃傑，〈《尚書‧堯典》新證（一）〉，簡帛網，2015‧11‧22。

黃傑，〈說《尚書‧多方》「叨懫」——兼說「饕餮」、「卓鷙」、「饕戾」、「鵰鷙」與「鴟鴞」〉，《「出土文獻與尚書學研究」國際學術研討會論文集》，上海：上海大學，2018‧9‧21—23。

黃人二，〈清華簡〈周武王有疾周公所自以代王之志（誌）〉通釋〉，《戰國楚簡研究》（上海：上海古籍出版社，2012）。

黃盛璋，〈釋初吉〉，《歷史地理與考古論叢》（濟南：齊魯書社，1982）。

J

蔣天樞，〈〈盤庚篇〉校箋〉，吳澤主編《王國維學術研究論集（一）》（上海：華東師範大學出版社，1983）。收入其《論學雜著》（鄭州：中州古籍出版社，1985）。

蔣天樞，〈《商書・盤庚篇》證釋〉，《論學雜著》（鄭州：中州古籍出版社，1985）。

冀小軍，〈〈湯誓〉「舍我穡事而割正夏」辨正〉，中國人民大學中文系編《語言論集》第四輯（北京：中央民族大學出版社，1999）。

金德建，〈莽〈大誥〉所據〈大誥〉係古文本考〉，《經今古文文字考》（濟南：齊魯書社，1986）。

K

德・柯馬丁，〈《尚書》裏的「誓」〉，劉耘華、李奭學主編《文貝 比較文學與比較文化》，2014 年第 2 輯（總第 12 輯）（上海：復旦大學出版社，2015）。

L

雷晉豪，〈《尚書・商書》「其如台」新探〉，《史原》復刊第 2 期（總第 23 期）（2011・9）。

雷燮仁，〈《尚書》字詞零拾〉，復旦網，2017・10・31。

雷燮仁，〈談《尚書》中幾個从「尤」得聲的字的釋讀——兼說《說文》「扰」字〉，復旦網，2017 年 10 月 31 日。

雷燮仁，〈《尚書》異文疏證四則〉，復旦網，2017・10・31。

雷燮仁，〈《尚書》同義或義近連言例補（十則）〉，復旦網，2017・10・31・。

雷燮仁，〈《尚書》字词釋義兩題〉，復旦網，2017・10・31。

李春桃，〈《尚書・大誥》「爾時罔敢易法」解詁——兼談〈莽誥〉的底本性質〉，《史學集刊》，第 3 期（2011・5）。

李春桃，〈說《尚書》中的「敉」及相關諸字〉，《出土文獻與古文字研究》第六輯（上海：上海古籍出版社，2015）。

李春桃，〈清華簡與《尚書》對讀二題〉，《第二屆簡帛學的理論與實踐學術研討會論文集》，北京：2016・11・4—6。

李平心，〈從《尚書》研究論到〈大誥〉校釋〉，《李平心史論集》（北京：人民出版社，1983）。

李零，〈禹蹟考——〈禹貢〉講授提綱〉，《中國文化》第 39 期（2014）。

李銳，〈〈金縢〉初探〉，《史學史研究》，第 2 期（2011）。

李偉泰，〈〈競建內之〉與《尚書》說之互證〉，《2007 中國簡帛學國際論壇論文集》，2011。

李學勤，〈帛書〈五行〉與《尚書·洪範》〉，《李學勤集——追溯·考據·古文明》（哈爾濱：黑龍江教育出版社，1989）。

李學勤，〈叔多父盤與〈洪範〉〉，《華學》第五輯（廣州：中山大學出版社，2001）。

李學勤，〈《尚書·金縢》與楚簡禱辭〉，《文物中的古文明》（北京：商務印書館，2008）。

李學勤，〈〈堯典〉與甲骨卜辭的歎詞「俞」〉，《通向文明之路》（北京：商務印書館，2010）。

李學勤，〈甲骨卜辭與《尚書·盤庚》〉，《通向文明之路》（北京：商務印書館，2010）。

李學勤，〈清華簡與《尚書》、《逸周書》的研究〉，《初識清華簡》（上海：中西書局，2013）。原載《史學史研究》，第 2 期（2011）。

李學勤，〈由清華簡〈金縢〉看周初史事〉，《初識清華簡》（上海：中西書局，2013）。

李學勤，〈清華簡〈厚父〉與《孟子》引《書》〉，《深圳大學學報（人文社會科學版）》，第 32 卷第 3 期（2015·5）。

李宗焜，〈甲骨文的發現與寧文之辨發覆—以王懿榮與陳介祺往來函札爲例〉，《古今論衡》第 18 期（臺北：中央研究院歷史語言研究所，2008·10）。

劉節，〈大誥解〉，曾憲禮編《劉節文集》（廣州：中山大學出版社，2004）。原載《燕京大學文學年報》，第二期（1936）。

劉節，〈洪範疏證〉，《古史考存》（北京：人民出版社，1958）。原載《東方雜誌》（1928·1）。

劉起釪，〈〈高宗肜日〉所反映的歷史事實〉，《古史續辨》（北京：中國社會科學出版社，1991）。

劉起釪，〈甲骨學推進《尚書》研究〉，《尚書研究要論》（濟南：齊魯書社，2007）。

劉起釪，〈《尚書·堯典》「殛方乃死」解〉，《湖南科技學院學報》，第 26 卷第 1 期（2005·1）。

劉起釪，〈〈洪範〉這篇統治大法的形成過程〉，《古史續辨》（北京：中國社會科學出版社，1991）。原載《中國社會科學》，3 期（1980），題爲〈洪範成書時代考〉。

劉起釪，〈釋《尚書‧甘誓》的「五行」與「三正」〉，《古史續辨》（北京：中國社會科學出版社，1991）。

劉國忠，〈《尚書‧酒誥》「惟天降命肇我民惟元祀」解〉，《中國史研究》，第 1 期（2011）。

劉國忠，〈從清華簡〈金縢〉看傳世本〈金縢〉的文本問題〉，《清華大學學報》，第 4 期（2011）。

劉國忠，〈從清華簡〈程寤〉看〈大誥〉篇的一處標點〉，《社會科學戰綫》，第 12 期（2011）。

劉光勝，〈清華簡與先秦《書》經傳流〉，《史學集刊》，第 1 期（2012）。

劉新民，〈《尚書‧益稷》「華蟲」新考〉，《考古與文物》，第 4 期（2014）。

連劭名，〈《尚書‧高宗肜日》與古代的鳥占〉，《華學》第 1 期（廣州：中山大學出版社，1995）。

廖名春，〈帛書〈要〉與《尚書》始稱問題〉，《帛書《易傳》初探》（臺北：文史哲出版社，1998）。

廖名春，〈郭店楚簡〈成之聞之〉、〈唐虞之道〉篇與《尚書》〉，《中國史研究》，第 3 期（1999）。

廖名春，〈郭店楚簡引《書》論《書》考〉，武漢大學中國文化研究院編《郭店楚簡國際學術研討會論文集》（武漢：湖北人民出版社，2000）。

廖名春，〈清華簡與《尚書》研究〉，《文史哲》，第 6 期（2010）。

廖名春：〈清華簡〈金縢〉篇補釋〉，簡帛研究網，2011‧1‧4。此文後發表於《清華大學學報(哲學社會科學版)》，第 4 期(2011)。

梁立勇，〈試解〈保訓〉「遹」及《尚書‧金縢》「茲攸俟」〉，《孔子研究》，第 3 期（2011）。

梁立勇，〈「柔遠能邇」解〉，《深圳大學學報（人文社會科學版）》，第 30 卷第 5 期（2013‧9）。

龍宇純，〈尚書札記〉，《大陸雜誌語文叢書》，第一輯第一冊（大陸雜誌社編印，1965）。

呂紹綱、朱翔飛，〈《尚書‧盤庚》新解（續）〉，《社會科學戰

綫》，第 3 期（2007）。

逯宏，〈〈甘誓〉中「五行」與「三正」新解〉，《洛陽師範學院學報》，第 28 卷第 4 期（2009·8）。

羅恭，〈清華簡〈金縢〉與周公居東〉，《文史知識》，第 4 期（2012）。

M

馬楠，〈〈清華簡·說命〉補釋三則〉，《出土文獻》第三輯（上海：中西書局，2012）。

孟蓬生，〈《尚書·盤庚》「亂越」新證〉，《語文研究》，第 3 期（總第 144 期）（2017）。

孟蓬生，〈《尚書》新證三題〉，國際《尚書》學會第四屆年會暨國際《尚書》學第五屆學術研討會，蘭州：西北師範大學，2018·4·27—4·30。

米雁，〈清華簡〈金縢〉「扛」字試詁〉，復旦網，2011·1·12。

P

彭裕商，〈梅本古文《尚書》新考〉，《出土文獻與古文字研究》第六輯（上海：上海古籍出版社，2015·2）。

Q

邱德修，〈《尚書》「巳」訓讀為「熙」新證〉，《傳統中國研究集刊》，1 期（2011）。

裘錫圭，〈談談清末學者利用金文校勘《尚書》的一個重要發現〉，《裘錫圭學術文集·語言文字與古文獻卷》（上海：復旦大學出版社，2012）。原載《古籍整理與研究》第四期（北京：中華書局，1989）。

裘錫圭，〈說〈盤庚〉篇的「設中」——兼論甲骨、金文「中」的字形〉，《「出土文獻與傳世典籍的詮釋」國際學術研討會議程論文集》，復旦大學，2017·10·14—15。

屈萬里，〈舊雨樓本漢石經尚書殘字之偽〉，《屈萬里全集·漢石經尚書殘字集證》（台北：聯經出版事業公司，1985）。

R

饒宗頤，〈由《尚書》「余弗子」論殷代為婦子卜命名之禮俗〉，《饒宗頤二十世紀學術文集（卷二）·甲骨》（北京：人民大學出

版社，2009）。

容庚，〈《尚書》中台字新解〉，《考古社刊》，第2期（1935）。

S

邵望平，〈〈禹貢〉「九州」的考古學研究〉，蘇秉琦主編《考古學文化論集（二）》（北京：文物出版社，1989）。

沈春暉，〈關于尚書中台字新解之討論〉，《考古社刊》，第3期（1935）。

史傑鵬，〈《尚書》「金滕」二字新詁〉，簡帛網，2010·4·26。

石聲淮，〈〈金滕〉「予仁若考」解〉，《湖北師範學院學報》，第2期（1985）。

施謝捷，〈「允恭克讓」的「允」是什麼意思？〉，《辭書研究》，02期（1993）。

師玉梅，〈說「隨山浚川」之隨〉，《古文字研究》第二十五輯（北京：中華書局，2004）。

宋華強，〈《尚書》札記二則〉，《古籍整理研究學刊》，第5期（2001）。

宋華強：〈清華簡〈金滕〉校讀〉，簡帛網，2011·1·8。

宋廷位，〈國家圖書館藏《熹平石經·尚書》殘石非原石考〉，《書法賞評》，第6期（2011）。

T

唐鈺明，〈據金文解讀《尚書》二例〉（《中山大學學報》，1987）。

田倩君，〈釋尚書高宗肜日「越有雊雉」〉（《大陸雜誌》，第29卷第10、11期合刊，1964）。

W

王大年，〈一本重視語法的注解——讀《尚書易解》〉，《語法訓詁論稿》（長沙：岳麓書社，2015）。

王國維，〈與友人論《詩》、《書》中成語書〉，《觀堂集林（上）》（北京：中華書局，2013）。

王國維，〈洛誥解〉，《觀堂集林（上）》（北京：中華書局，2013）。

王國維，〈高宗肜日說〉，《觀堂集林（上）》（北京：中華書局，2013）。

王國維，〈《周書·顧命》考〉，《觀堂集林（上）》（北京：中

華書局，2013）。

王國維，〈《周書・顧命》後考〉，《觀堂集林（上）》（北京：中華書局，2013）。

王國維，〈《書・顧命》「同瑁」說〉，《觀堂集林（上）》（北京：中華書局，2013）。

王國維，〈洛誥解〉，《觀堂集林（上）》（北京：中華書局，2013）。

王國維，〈書作冊詩尹氏說〉，《觀堂集林（下）》（北京：中華書局，2013）。

王進鋒，〈《尚書・西伯戡黎》「殷之即喪，指乃功」釋義〉，《四川文物》，第 4 期（2009）。

王坤鵬，〈釋《尚書・盤庚》「凡爾眾」〉，復旦網，2013・8・21。

王小紅，〈近現代《尚書》研究概論〉，《儒藏論壇》，00 期（2010）。

王一凡，〈《尚書・高宗肜日》的原初文本訊息蠡探——兼談歷代〈高宗肜日〉篇研究的主觀色彩〉，先秦史研究室網站，2016・9・20。

衛聚賢，〈金縢辨偽〉，《國學月報》二卷十二號。

魏宜輝，〈利用戰國文字校讀《尚書》二題〉，《古漢語研究》，01 期（2016）。

吳世昌，〈舍我稽事而割正夏〉，吳世昌著，吳令華編《文史雜談》（北京：北京出版社，2000）。原載香港《大公報・藝林》，新 103 期（1979・12・19）。

武家璧，〈〈堯典〉的真實性及其星象的年代〉，《晉陽學刊》，第 5 期（2010）。

X

蕭旭，〈清華竹簡〈金縢〉校補〉，復旦網，2011・1・8。

薛培武，〈〈皋陶謨〉『烝民乃粒』小解〉，簡帛網，2015・12・27。

Y

顏世鉉，〈出土文獻與傳世文獻典籍校讀二題〉，《出土文獻與傳世典籍的詮釋》（上海：上海古籍出版社，2010）。

晏昌貴，〈從楚簡看《尚書・金縢》〉，《楚學論叢》，劉玉堂主編《楚學論叢》第一輯（武漢：湖北人民出版社，2011・12）。

楊升南，〈《尚書・甘誓》「五行」說質疑〉，《中國史研究》，第 2 期（1980）。

楊樹達，〈書康誥見士于周解〉，《積微居小學述林全編（上）》（上海：上海古籍出版社，2013）。

楊樹達，〈書酒誥兹乃允惟王正事之臣解〉，《積微居小學述林全編（上）》（上海：上海古籍出版社，2013）。

楊樹達，〈釋尚書多方〉，《積微居小學述林全編（上）》（上海：上海古籍出版社，2013）。

姚蘇傑，〈論《尚書·金縢》中的「穆卜」〉，《安徽大學學報（哲學社會科學版）》，第1期（2013）。

虞萬里，〈王念孫《廣雅》「麗，施也」疏證今析〉，《古代漢語大型辭書編纂問題研討會論文集》，上海：復旦大學，2018·11·24—25。

袁金平，〈清華簡〈金縢〉校讀一則〉，清華大學出土文獻研究與保護中心編《清華簡研究》第一輯（上海：中西書局，2013·2）。

Z

臧克和，〈楚簡所見《尚書·高宗肜日》祭主及年代問題〉，《語言論集》第6輯（北京：中國社會科學出版社，2009·3）。

臧克和，〈楚簡所見《尚書》今古文聯繫〉，《簡帛與學術》（鄭州：大象出版社，2010）。

曾憲通，〈敦煌本古文《尚書》「三郊三逋」辨證——兼論遂、述二字之關係〉，《古文字與出土文獻叢考》（廣州：中山大學出版社，2005）。原載《于省吾教授百年誕辰紀念文集》（長春：吉林大學出版社，1996）。

張富海，〈《尚書·多方》校讀一則〉，《「出土文獻與傳世典籍的詮釋」國際學術研討會議程論文集》，復旦大學，2017·10·14—15。

張京華，〈百年《尚書》「文」字考及其意義〉，《江南大學學報（人文社會科學版）》，第6卷第4期（2007·8）。

張利軍，〈《尚書·高宗肜日》的史料源流考察——兼論商人的災異觀〉，《古代文明》，04期（2010）。

張玉金，〈《尚書》新證八則〉，《中國語文》，第3期（總第312期）（2006）。

章太炎，〈尚書略說〉，《太炎先生尚書說》（北京：中華書局，2013）

章太炎，〈太史公古文尚書說〉，《章太炎全集》（上海：上海人民出版社，2015）。

趙成傑，〈今文《尚書・金縢》異文校釋——兼論〈清華簡・金縢〉篇有關問題〉，《書目季刊》，第四十八卷第二期（2014・9）。

趙立偉，〈漢石經《尚書》異文與今本《尚書》校議〉，《寧夏大學學報（人文社會科學版）》，第35卷第3期（2013・5）。

趙平安，〈「文王受命惟中身」新解〉，《古文字研究》第二十九輯（北京：中華書局，2012）。

趙平安，〈出土文獻視域下的「庶慎」〉，《第五屆出土文獻與上古漢語研究暨漢語史研究學術研討會論文集》，上海：復旦大學，2019・9・20—23。

鄭任釗，〈「亮陰」考論〉，《文史》，第二輯（2019）。

鍾雲瑞，〈《尚書・金縢》篇「予仁若考」解詁〉，《青島農業大學學報（社會科學版）》，第27卷第3期（2015・8）。

朱鳳瀚，〈讀清華簡〈金縢〉兼論相關問題〉，《「簡帛・經典・古史」國際論壇》，香港浸會大學，2011・11・30—12・2。

朱淵清，〈贊同——周康王即位儀式中禮器的使用〉，《藝術史研究》，第十八輯（2016）。

（二）學位論文

C

蔡偉，〈誤字、衍文與用字習慣——出土簡帛古書與傳世古書校勘的幾個專題研究〉，復旦大學博士學位論文（指導教師：陳劍教授），2015・4。

陳靖欣，〈《郭店楚簡・教（成之聞之）》文字研究〉，臺灣師範大學碩士學位論文（指導教師：季旭昇教授），2005。

陳榮開，〈今文《尚書・周書》與西周金文互證研究〉，香港中文大學碩士學位論文（指導教師：張光裕教授），2005・1。

G

高中正，〈文本未定的時代——先秦兩漢「書」及《尚書》的文獻學研究〉，復旦大學博士學位論文（指導教師：陳劍教授），2018・12。

H

黃傑:〈《尚書》之〈康誥〉〈酒誥〉〈梓材〉新解〉,武漢大學博士學位論文(指導教師:李天虹教授),2017・5。

黃一村,〈《尚書・周書》與金文對讀研究〉,國立政治大學碩士學位論文(指導教師:蔡哲茂教授),2016・11。

J

蔣文,〈先秦秦漢出土文獻與《詩經》文本的校勘和解讀〉,復旦大學博士學位論文(指導教師:陳劍教授),2016・6。

金正男,〈出土戰國時代《書》類文獻與傳世《尚書》文字差異研究〉,復旦大學博士學位論文(指導教師:劉釗教授),2015・6。

M

馬楠,〈周秦兩漢書經考〉,清華大學博士學位論文(指導教師:彭林教授),2012・5。

馬曉穩,〈出土戰國文獻《尚書》文字輯證〉,安徽大學碩士學位論文(指導教師:徐在國教授),2012・4。

Y

楊坤,〈戰國晉系銅器銘文校釋及相關問題初探〉,吉林大學碩士學位論文(指導教師:吳良寶教授),2015・5。

Z

張振謙,〈齊系文字研究〉,安徽大學博士學位論文(指導教師:黃德寬教授),2008・5。

周波,〈戰國時代各系文字間的用字差異現象研究〉,復旦大學博士學位論文(指導教師:裘錫圭教授),2008・4。

(三)其他論文

C

蔡哲茂,〈甲骨文四方風名再探〉,《甲骨文與殷商史》新三輯(上海:上海古籍出版社,2013)。

曹錦炎,〈釋甲骨文北方名〉,《中華文史論叢》,第 3 期(1982)。

陳鴻森，〈《經傳釋詞》作者疑義〉，《傳統中國研究集刊》第二輯（上海：上海人民出版社，2006）。

陳劍，〈上博楚簡〈容成氏〉與古史傳說〉，中央研究院歷史語言研究所主辦「中國南方文明研討會」會議論文，2003・12。

陳劍，〈甲骨文舊釋「𣉥」和「𥁺」的兩個字及金文「𤭖」字新釋〉，《甲骨金文考釋論集》（北京：綫裝書局，2007）。

陳劍，〈殷墟卜辭的分期分類對甲骨文字考釋的重要性〉，《甲骨金文考釋論集》（北京：綫裝書局，2007）。

陳劍，〈也談〈競建內之〉簡 7 的所謂「害」字〉，《戰國竹書論集》（上海：上海古籍出版社，2013）。原載簡帛網，2006・6・16。

陳劍，〈談談〈上博（五）〉的竹簡分篇、拼合與編聯問題〉，《戰國竹書論集》（上海：上海古籍出版社，2013）。原載簡帛網，2006・2・19。

陳劍，〈試說甲骨文的「殺」字〉，《古文字研究》第二十九輯（北京：中華書局，2012）。

陳劍，〈清華簡字義零札兩則〉，復旦大學出土文獻與古文字研究中心編《戰國文字研究的回顧與展望》（上海：中西書局，2017）。

陳劍，〈簡談對金文「蔑懋」問題的一些新認識〉，復旦網，2017・5・5。

陳夢家，〈西周銅器斷代〉，《考古學報》，第 1 期（1956）。

陳偉，〈〈鄂君启节〉之「鄂」地探讨〉，《江汉考古》，1996 年 2 期。

陳致，〈清華簡所見古飲至禮及〈耆夜〉中古佚詩試解〉，《詩書禮樂中的傳統：陳致自選集》（上海：上海人民出版社，2012）

陳致，〈「允」「畎」「畯」試釋〉，《饒宗頤國學院院刊》，創刊號（2014・4）。

D

董珊，〈略論西周單氏家族窖藏青銅器銘文〉，《中國歷史文物》，第 4 期（2003）。

董珊，〈隨州文峰塔 M1 出土三種曾侯與編鐘銘文考釋〉，復旦網，2014・10・4。

董珊，〈「達殷之命」解〉，《曾國考古發現與研究學術研討會論文集》，北京：清華大學等，2014・12・21。

F

范文瀾，〈與顧頡剛論五行說的起原〉，《古史辨（第五冊）》（上海：上海古籍出版社，1982）。

馮勝君，〈讀清華簡〈祭公之顧命〉札記〉，《「出土文獻與傳世典籍的詮釋」國際學術研討會議程論文集》，上海：復旦大學，2017·10·14—15。

馮時，〈殷卜辭四方風研究〉，《考古學報》，第 2 期（1994）。

傅斯年，〈史學方法導論〉，《民族與古代中國史》（上海：上海人民出版社，2014）。

G

高佑仁，〈談〈競建內之〉兩處與「害」有關的字〉簡帛網，2006·6·13。

高佑仁，〈《荊門左塚楚墓》漆棋局文字補釋〉，《第十九屆中國文字學全國學術研討會論文集》，台灣嘉南藥理科技大學，2008·5。

顧頡剛，〈五德始終說下的政治和歷史〉，《古史辨自序（下）》（北京：商務印書館，2011）。

郭沫若，〈金文所無考〉，《金文叢攷》（北京：人民出版社，1954）。

郭沫若，〈孔墨的批判〉，《十批判書》（北京：東方出版社，1996）。

郭偉川，〈武王崩年考〉，《光明日報》，2012·9·17。

郭永秉，〈談古文字中的「要」字和從「要」之字〉，《古文字與古文獻論集》（上海：上海古籍出版社，2011）。

郭永秉，〈清華簡〈尹至〉「𤿎至在湯」解〉，清華大學出土文獻研究與保護中心編《清華簡研究》第一輯（上海：中西書局，2012）。

H

何琳儀，〈郭店竹簡選釋〉，《簡帛研究二○○一》（南寧：廣西教育出版社，2001）。

何樹環，〈金文「叀」字別解——兼及「惠」〉，《政大中文學報》，第十七輯（2012）。

胡厚宣，〈甲骨文四方風名考〉，《責善半月刊》，第 2 卷第 19 期。改定稿收入《甲骨學商史論叢初集》（上海：上海書店出版社，1989 年，題爲〈甲骨文四方風名考證〉。

胡厚宣，〈釋殷代求年于四方合四方風的祭祀〉，《復旦學報》（人文科學），第 1 期（1956）。

胡厚宣，〈重論「余一人」問題〉，《古文字研究》第六輯（北京：中華書局，1981）。

胡厚宣，〈甲骨文商族鳥圖騰的遺跡〉，《歷史論叢》，第 1 輯（1964）。

胡厚宣，〈殷卜辭中的上帝和王帝（下）〉，《歷史研究》，第 10 期（1959）。

黃德寬，〈卜辭所見「中」字本義試說〉，《文物研究》第 3 期（合肥：黃山書社，1988·9）。收入《開啟中華文明的管鑰：漢字的釋讀與探索》（北京：北京師範大學出版社，2011）。

黃盛璋，〈釋初吉〉，《歷史地理與考古論叢》（濟南：齊魯書社，1982）。

黃人二，〈上博五〈競建內之〉和〈鮑叔牙與隰朋之諫〉試釋〉，《戰國楚簡研究》（上海：上海古籍出版社，2012）。

黃人二、趙思木，〈讀《清華大學藏戰國竹簡（壹）》書後（一）〉，簡帛網，2011·1·7。

黃人二、趙思木，〈讀《清華大學藏戰國竹簡（壹）》書後（二）〉，簡帛網，2011·1·8。

黃焯，〈黃先生語錄〉，張暉編《量守廬學記續編——黃侃的生平和學術》（北京：三聯書店，2006）。

J

季旭昇，〈上博五芻議（上）〉，簡帛網，2016·6·18。

蔣玉斌，〈說殷墟卜辭中關於「同呂」的兩條冶鑄材料〉，吉林大學古籍研究所編《吉林大學古籍研究所建所 30 周年紀念論文集》（上海：上海古籍出版社，2014）。

L

李家浩，〈甲骨文北方神名「勹」與戰國文字從「勹」之字——談古文字「勹」有讀如「宛」的音〉，《文史》，第 3 期（2012）。

李零，〈上博楚簡校讀記（之二）〉，《上博館藏戰國楚竹書研究》（上海：上海書店出版社，2002）。

李小燕、井中偉，〈玉柄形器命「瓚」說——輔證內史亳同與《尚書·顧命》「同瑁」問題〉，《考古與文物》，第 3 期（2012）。

李學勤，〈文物研究與歷史研究〉，《中國文物報》，1988·3·11。收入《李學勤集——追溯·考據·古文明》（哈爾濱：黑龍江教育

出版社，1989）。

李學勤，〈〈夏小正〉新證〉，《古文獻論叢》（上海：上海遠東出版社，1996）。

李學勤，〈試說郭店簡〈成之聞之〉兩章〉，《煙臺大學學報》，第13卷第4期（2000·10）。

李學勤，〈師詢簋與〈祭公〉〉，《古文字研究》第二十二輯（北京：中華書局，2000）。

李學勤，〈楚簡〈子羔〉研究〉，《上博館藏戰國楚竹書研究續編》（上海：上海書店出版社，2004）。

李學勤，〈商代的四風與四時〉，《李學勤文集》（上海：上海辭書出版社，2005）。

李學勤，〈清華簡九篇綜述〉，《文物》，第5期（2010）。

李學勤，〈論𤼈公盨及其重要意義〉，《中國古代文明研究》（上海：華東師大出版社，2009）。

李學勤，〈清華簡九篇綜述〉，《文物》，第5期（2010）。

李學勤，〈清華簡〈祭公〉與師詢簋銘〉，《孔子學刊》，第二輯（2011）。收入《初識清華簡》（上海：中西書局，2013）。

李學勤，〈試說「達殷之命」〉，《清華簡及古代文明》（南昌：江西教育出版社，2017）。

連劭名，〈史牆盤銘文研究〉，《古文字研究》第八輯（北京：中華書局，1983）。

梁啟超，〈陰陽五行說之來歷〉，《東方雜誌》，20卷10期（1923）。

林素清，〈《清華簡》文字考釋二則〉，清華大學出土文獻研究與保護中心編《清華簡研究》第二輯（上海：中西書局，2015·8）。

林澐，〈釋史牆盤中的「逖虘彤」〉，《林澐學術文集》（北京：中國大百科全書出版社，1998）。

林澐，〈說飄風〉，《林澐學術文集》（北京：中國大百科全書出版社，1998）。

林澐，〈「百姓」古義新解——兼論中國早期國家的社會基礎〉，《林澐學術文集（二）》（北京：科學出版社，2008）。

林志鵬，〈上博楚竹書〈競建內之〉重編新解〉，簡帛網，2006·2·25。

劉洪濤，〈清華簡補釋四則〉，《考古與文物》，第1期（2013）。

劉桓，〈關於殷代武丁輔弼之臣傅說的考證〉，《甲骨集史》（北京：中華書局，2008）。

劉樂賢，〈讀清華簡札記〉，簡帛網，2011‧1‧11。

劉信芳，〈郭店簡〈緇衣〉解詁〉，武漢大學中國文化研究院編《郭店楚簡國際學術研討會論文集》（武漢：湖北人民出版社，2000）。

羅福頤，〈漢熹平石經概說〉，《文博》，05 期（1987）。

M

馬國權、孫稚雛，〈容庚先生在學術上的貢獻〉，《古文字研究》第十二輯（北京：中華書局，1985）。

馬楠，〈清華簡第五冊補釋六則〉，《出土文獻》第六輯（上海：中西書局，2015）。

馬楠，〈《清華簡‧說命》補釋三則〉，《出土文獻》第三輯（上海：中西書局，2012）。

孟蓬生，〈《莊子‧在宥》「喬詰卓鷙」試解——兼釋「叨懫」「饕戾」〉，《歷史語言學研究》第五輯（北京：商務印書館，2012 ）。

P

彭裕商，〈讀《郭店楚墓竹簡》札記〉，《古文字研究》第二十四輯（北京：中華書局，2002）。

彭裕商，〈讀《戰國楚竹書（一）》隨記三則〉，謝維揚、朱淵清主編《新出土文獻與古代文明研究》（上海：上海大學出版社，2004）。

Q

裘錫圭，〈甲骨文字考釋（續）〉，《裘錫圭學術文集‧甲骨文卷》（上海：復旦大學出版社，2015）。

裘錫圭，〈釋殷虛卜辭中的「𤰒」「𤭯」等字〉，《裘錫圭學術文集‧甲骨文卷》（上海：復旦大學出版社，2015）。原載《第二屆國際中國古文字學研討會論文集》，香港中文大學中國語言及文學系，1993。

裘錫圭，〈釋「弋」〉，《裘錫圭學術文集‧甲骨文卷》（上海：復旦大學出版社，2012）。原載《古文字研究》第三輯（北京：中華書局，1980）。

裘錫圭，〈卜辭「異」字和詩、書裏的「式」字〉，《裘錫圭學術文集‧甲骨文卷》（上海：復旦大學出版社，2012）。原載《中國語言學報》第 1 期（北京：商務印書館，1983）。

裴錫圭，〈甲骨文中的幾種樂器名稱——釋「庸」、「豐」、「鞀」〉，《裴錫圭學術文集·甲骨文卷》（上海：復旦大學出版社，2015）。原載《中華文史論叢》，第二輯（1980）。

裴錫圭，〈釋殷墟卜辭中的「卒」和「䘏」〉，《裴錫圭學術文集·甲骨文卷》（上海：復旦大學出版社，2012）。原載《中原文物》，3 期（1990）。

裴錫圭，〈說「𠱠」「嚴」〉，《裴錫圭學術文集·甲骨文卷》（上海：復旦大學出版社，2012）。

裴錫圭，〈說「𤰈𤰈白大師武」〉，《裴錫圭學術文集·金文及其他古文字卷》（上海：復旦大學出版社，2015）。原載《考古》，5 期（1978）。

裴錫圭，〈𤉡公盨銘文考釋〉，《裴錫圭學術文集·金文及其他古文字卷》（上海：復旦大學出版社，2012）。原載《𤉡公盨——大禹治水與爲證以德》（北京：綫裝書局，2002）。

裴錫圭，〈史墻盤銘解釋〉，《裴錫圭學術文集·金文及其他古文字卷》（上海：復旦大學出版社，2012）。原載《文物》，第 3 期（1979）。

裴錫圭，〈𤞤簋銘補釋〉，《裴錫圭學術文集·金文及其他古文字卷》（上海：復旦大學出版社，2005）。原載《安徽大學學報（哲學社會科學版）》，4 期（2008）。

裴錫圭，〈說金文「引」字的虛詞用法〉，《裴錫圭學術文集·金文及其他古文字卷》（上海：復旦大學出版社，2005）。原載《古漢語研究》，1 期（1988）。

裴錫圭，〈讀逨器銘文札記三則〉，《裴錫圭學術文集·金文及其他古文字卷》（上海：復旦大學出版社，2005）。原載《文物》，6 期（2003）。

裴錫圭，〈讀書札記九則〉，《裴錫圭學術文集·語言文字與古文獻卷》（上海：復旦大學出版社，2012）。原載《文史》第十五輯（北京：中華書局，1982）。

裴錫圭，〈談談古文字資料對古漢語研究的重要性〉，《裴錫圭學術文集·語言文字與古文獻卷》（上海：復旦大學出版社，2012）。原載《中國語文》，6 期（1979）。

裴錫圭，〈談談地下材料在先秦秦漢古籍整理工作中的作用〉，《裴錫圭學術文集·語言文字與古文獻卷》（上海：復旦大學出版社，

2012）。原載《古籍整理出版情況簡報》，第6期（1981）。

裴錫圭，〈閱讀古籍要重視考古資料〉，《裴錫圭學術文集・語言文字與古文獻卷》（上海：復旦大學出版社，2012）。原載《文史知識》，8期（1986）。

裴錫圭，〈關於商代的宗族組織與貴族和平民兩個階級的初步研究〉，《裴錫圭學術文集・古代歷史・思想・民俗卷》（上海：復旦大學出版社，2015）。

裴錫圭，〈懷念張先生〉，《裴錫圭學術文集・雜著卷》（上海：復旦大學出版社，2012）。原載《中華讀書報》，2012・5・9，題爲〈「以學術爲天下公器」的學者精神〉。

裴錫圭，〈出土文獻與古典學重建〉，《出土文獻》第四輯（上海：中西書局，2013）。

屈萬里，〈文字形義的演變與古籍考訂的關係〉，《屈萬里先生文存（第二冊）》（臺北：聯經出版事業公司，1985）。

S

單育辰，〈佔畢隨錄之十三〉，復旦網，2011・1・8。

單育辰，〈戰國卜筮簡「尚」的意義——兼說先秦典籍中的「尚」〉，《中國文字》新三十四期（臺北：藝文印書館，2009）。

單育辰，〈釋「亞」〉，《出土文獻》第十輯（上海：中西書局，2017・4）。

沈培，〈試釋戰國時代从「之」从「首（或从『頁』）」之字〉，簡帛網，2007・7・17。

宋華強，〈新蔡簡中的祝號簡研究（連載一）〉，簡帛網，2006・12・5。

宋華強，〈葉家山銅器銘文和殷墟卜辭中的古文「厌」〉，《古文字研究》第三十輯（北京：中華書局，2014）。

宋鎮豪，〈論古代甲骨占卜的「三卜制」〉，《殷墟博物苑苑刊》（創刊號）（北京：中國社會科學出版社，1989）。

宋鎮豪，〈殷代「習卜」和有關占卜制度的研究〉，《中國史研究》，第4期（1987），後收入《夏商周社會生活史》（北京：中國社會科學出版社，1994）。

蘇建洲，〈《上博（四）・柬大王泊旱》「謚」字考釋〉，簡帛網，2005・12・15。

蘇建洲，〈論楚竹書「厎」字構形〉，復旦網，2011・4・10。

蘇建洲：〈關於〈繫年〉第四章的「秦異公」〉，復旦網，2011·12·4。

蘇建洲，〈利用《清華簡（壹）》字形考釋楚簡疑難字〉，《楚文字論集》（臺北：萬卷樓圖書股份有限公司，2011）。

蘇建洲，〈釋與「沙」有關的幾個古文字〉，《出土文獻》第九輯（上海：中西書局，2016·10）。

孫常敘，〈〈天亡簋〉問字疑年〉，《吉林師大學報》，第 1 期（1963）。

孫銀瓊、楊懷源，〈金文「𤔲」新釋〉，《重慶理工大學學報（社會科學）》，第 28 卷第 4 期（2014）。

T

譚其驤，〈雲夢與雲夢澤〉，《長水集（下）》（北京：人民出版社，1987）。原載《復旦學報》，《歷史地理專輯》（1980）。

譚其驤，〈西漢以前的黃河下游河道〉，《長水集（下）》（北京：人民出版社，1987）。原載《歷史地理》創刊號（上海：上海人民出版社，1981·11）。

譚其驤，〈鄂君啟節銘文釋地〉，《長水集（下）》（北京：人民出版社，1987）。原載《中華文史論叢》第二輯。

唐蘭，〈卜辭時代的文學和卜辭文學〉，《清華學報》（1936）。

唐蘭，〈西周銅器斷代中的「康宮」問題〉，《考古學報》，第 1 期（1962）。

唐蘭，〈略論西周微史家族窖藏銅器羣的重要意義——陝西新出牆盤銘文解釋〉，《唐蘭全集（四）·論文集下編》（上海：上海古籍出版社，2015）。原載《文物》，第 3 期（1978）。

W

王大年，〈談談運用語法知識進行訓詁的問題〉，《語法訓詁論稿》（長沙：岳麓書社，2015）。

王國維，〈桐鄉徐氏印譜序〉，《觀堂集林（第一冊）》（北京：中華書局，1959）。

王國維，〈魏正始石經殘石考〉，《王國維先生全集·續編（二）》（臺北：大通書局，1976）。

王國維，《觀堂古金文考釋五種》，《金文文獻集成》第 24 冊（北京：綫裝書局，2005）。

王占奎，〈讀金隨札——內史亳同〉，《考古與文物》，第 2 期（2010）。

王子揚，〈甲骨文所謂的「內」當釋作「丙」〉，《甲骨文與殷商史》新三輯（上海：上海古籍出版社，2013）。

王子楊，〈甲骨文舊釋「凡」之字絕大多數當釋爲「同」——兼談「凡」、「同」之別〉，《出土文獻與古文字研究》第 5 輯（上海：上海古籍出版社，2013）。收入其《甲骨文字形類組差異現象研究》（上海：中西書局，2013）。

聞一多，〈伏羲考〉，《聞一多全集‧神話編 詩經編上》（武漢：湖北人民出版社，1993）。

鄔可晶，〈出土與傳世古書對讀札記四則〉，《中國典籍與文化》，第 3 期（2011）。

鄔可晶，〈「嬰」及有關諸字綜理〉，《第二屆「商周青銅器與先秦史研究青年論壇」論文集》，重慶：西南大學，2018‧11。

吳鎮烽，〈內史豐同的初步研究〉，《考古與文物》，第 2 期（2010）。

吳鎮烽，〈新見十四年上郡守匽氏戈考〉，《秦始皇帝陵博物院院刊》總 2 輯（西安：三秦出版社，2012‧7）。

吳振武，〈戰國貨幣銘文中的「刀」〉，《古文字研究》第十輯（北京：中華書局，1983）。

X

夏淥，〈「小子」釋義辨正〉，《中國語文》，第 4 期（1986）。

蕭良瓊，〈卜辭中的「立中」與商代的圭表測影〉，《科技史文集》，第 10 輯（1983）。

徐在國，〈《詩‧周南‧葛覃》「是刈是濩」解〉，《安徽大學學報（哲學社會科學版）》，第 5 期（2017）。

Y

嚴一萍，〈卜辭四方風新義〉，《甲骨古文字研究》第一輯。

楊寬，〈鯀、共工與玄冥、馮夷〉，《古史探微》（上海：上海人民出版社，2016）。

楊樹達，〈甲骨文中之四方神名與風名〉，《積微居甲文說 卜辭瑣記》（北京：中國科學院出版，1954）。

楊樹達，〈毛公鼎跋〉，《積微居金文說》（上海：上海古籍出版社，2013）。

楊希枚，〈姓字古義析證〉，《中研院史語所集刊》第 23 本下。

楊澤生，〈《上博五》箚記兩則〉，簡帛網，2006・2・28。

楊澤生，〈《上博五》箚記三則〉，《中山大學人文學術論叢》第八輯（臺北：文津出版社，2007）。

于豪亮，〈說「引」字〉，《于豪亮學術文存》（北京：中華書局，1985）。

于省吾，〈重文例〉，《燕京學報》第三十七期。

于省吾，〈歲、時起源初考〉，《歷史研究》，04 期（1961）。

于省吾，〈王若曰釋義〉，《中國語文》，第 2 期（1966）。

于省吾，〈釋爽〉，《甲骨文字釋林》（北京：中華書局，1979）。

于省吾，〈釋四方和四方風的兩個問題〉，《甲骨文字釋林》（北京：中華書局，1979）。

于省吾，〈釋𤴐〉，《甲骨文字釋林》（北京：中華書局，1979）。

余敏，〈古漢語裏面的連音變讀（sandhi）現象〉，《俞敏語言學論文集》（北京：商務印書館，1999）。

Z

臧克和，〈讀《殷周金文集成》雜誌〉，《古文字研究》第 24 輯（北京：中華書局，2002）。

臧克和，〈歲月與四時——戰國楚帛書〉，《簡帛與學術》（鄭州：大象出版社，2010）。

曾憲通，〈清代金文研究概述〉，《曾憲通學術文集》（汕頭：汕頭大學出版社，2002）。原收入《第一屆國際清代學術研討會論文集》，台灣高雄中山大學，1993・11。

曾運乾，〈喻母古讀考〉，《東北大學季刊》，第 2 期（1927）。

張富海，〈金文「匍有」補說〉，《中國文字研究》，第 2 輯（2007）。

張富海，〈清華簡字詞卜筮三則〉，《古文字研究》第三十一輯（北京：中華書局，2016）。

張世超，〈佔畢脞說（五、六）〉，復旦網，2012・2・29。

張舜徽，〈校勘〉，武漢大學圖書館學系《古書整理參考資料》，1980。收入《中國文獻學》（武漢：華中師範大學出版社，2004）。

張政烺，〈古代中國的十進位氏族組織〉，《張政烺文史論集》（北京：中華書局，2004）。

張政烺，〈中山王𧊕壺及鼎銘考釋〉，《張政烺文集・甲骨金文與商周史研究》（北京：中華書局，2012）。

章太炎，〈與黃侃（二十二）〉，《章太炎全集・書信集（上）》（上海：上海人民出版社，2017）。

趙誠，〈兩周金文中的「弘」和「引」〉，《古文字研究》第三十輯（北京：中華書局，2014）。

趙彤，〈「卉」是楚方言詞嗎？〉，簡帛網，2007・6・17。

鄭慧生，〈商代卜辭四方神名、風名與後世春夏秋冬四時之關係〉，《史學月刊》，第6期（1984）。

周鳳五，〈上海博物館楚竹書〈彭祖〉重探〉，《南山論學集——錢存訓九五生日紀念》（北京：北京圖書館出版社，2006）。

周鳳五，〈「嬖」字新探——兼釋「獻民」、「義民」、「人鬲」〉，《臺大中文學報》，第12期（2015）。

周忠兵，〈說古文字中的「戴」字及相關問題〉，《出土文獻與古文字研究》第五輯（上海：上海古籍出版社，2013・9）。

朱德熙：〈釋臺〉，《朱德熙古文字論集》（北京：中華書局，1995）。

朱芳圃，〈殷頑辨〉，《朱芳圃文存》（南京：江蘇人民出版社，2018）。

朱歧祥，〈「易日」考〉，《古文字研究》第二十九輯（北京：中華書局，2012）。

朱湘蓉，〈「百姓」之「百官」義辨〉，《陝西師範大學學報》，第2期（2000）。

後記

　　這本小書是在我碩士論文的基礎上改訂而成，除是正一些訛誤外，正文只做了一些局部的調整，主要增補是在附錄「今文《尚書》文本新編」部分。所以取用此書時逐讀附錄而配合正文，或許更得其宜。由於《尚書》一經，歷代研究著作眾多，近代以來論文亦不計其數，因而此書的編撰中，大部分時間都耗在覽取文獻上了。正文中羅列多而條析少，不過對於最佳觀點的認定過程也是排除其他說法的過程，而且有些觀點一望即知是非，亦毋庸多言。附錄按理只是附屬且服務於正文，但是附錄部分所用時間卻超過正文不少。

　　附錄文本新編撰製的目的，除了為配合正文內容，使《尚書》新證面貌更全以外，主要是鑒於現今《尚書》注釋的文本在斷讀和釋義方面仍有不足，所以在編製時儘量吸取新舊各說，閒下己意，希望呈現一個較好的文本，方便讀者使用。但限於時間、精力，並未做詳細的注解，只是以文句斷讀為主，並擇錄重要異文和說解。而且一般均詳注出處，雖稍嫌贅疣，但便於查覈。現今《尚書》注釋的不足，主要是對學術史掌握不夠造成的，漏引新說而沿襲舊解或疏於檢閱而浪發陳義的情況時時而有。舉些例子來講，可能對於這種問題才能有更直觀的認識。茲以近年比較有代表性的著作《周秦兩漢書經考》（馬楠）和《尚書校詁》（雒江生）為例。

　　《周秦兩漢書經考》（後簡稱《書經考》）為 2012 年 5 月提交的清華大學博士論文，主體部分是以傳世文獻、出土文獻相結合的方式對今文 28 篇的分篇考釋。該書主要依據段玉裁《古文尚書撰異》、陳喬樅《今文尚書經說考》及皮錫瑞《今文尚書考證》等書對周秦兩漢可考的《尚書》異文進行辨析，又在顧頡剛、劉起釪《尚書校釋譯論》的基礎上廣泛吸收最新研究成果並加以己意對部分經文施以注釋。該書引證翔實、新義迭出，然難免小疵，分別舉例如下：

　　（1）轉引之誤

　　「轉引之誤」是指引用別人觀點時，未覈檢原文，而引自他書致誤。這又分兩種情況，一是轉引時因錯誤理解而致誤，二是載引文之書已誤。《書經考》引前人之說多是撮述，且多數情況下不注出處，時有轉引致誤者。

〈皋陶謨〉「惟時撫于五辰」句，《書經考》云：「『惟時』從于省吾說下屬。」然覈諸于省吾先生《雙劍誃尚書新證》並無此言。那麼此說到底爲何人所言呢？查檢于鬯《香草校書》云：

> 「惟時撫于五長，猶〈舜典〉云『惟時柔遠能邇』，又云『惟時懋哉』，又云『惟時亮天功』，『惟時』皆屬下讀。『惟時』者，語辭也，非《傳》所云『政無非』也。以『惟時』屬此『撫于五長』讀，則上文『師師』之義爲官稱，益明矣。」

可知此說實出於于鬯。《書經考》當是轉引自他書而誤。《尚書校釋譯論》於此曾載俞樾及于鬯之說，並謂：「俞、于二說皆有可取，但今譯時只能取一說，擬定從于說。」《書經考》殆未細看上文，稱述于氏觀點時，誤以「于說」爲「于省吾說」。

〈洛誥〉「汝乃是不蘉」之「蘉」，《書經考》：

> 錢大昕說字當即「懜」字，讀爲孟，訓爲勉。案《說文》又有「癏」字，訓「病臥」；又有「寢」（大徐作「𡨄」）字，訓「臥」，從𢝔聲或𢝔省聲，皆七荏反。莊寶琛說字本作「懜」，後訛爲「癏」，又訛爲「蘉」，大抵訛于魏晉以後，故徐邈作音亦不能辨其是非也。

玩其意，殆謂莊寶琛至文末皆莊氏觀點。莊寶（同葆）琛即莊述祖，撰有《尚書今古文考證》，檢其書卷四云「蘉即癏字之訛，七荏切」，與《書經考》所述不符，且無後半部分，可見《書經考》必未檢原文。那麼《書經考》所述出自何處呢？檢孫詒讓《尚書駢枝》云：

> 蘉字僞俗，字書所無，莊葆琛惟即癏字之譌，（《說文‧癏部》：「癏，病臥也。从癏省，𡨄省聲。」）《釋文》引徐邈音莫剛反。又武剛反。與寢字音七荏反不合。寢，亦不得有「勉」訓。錢竹汀謂蘉即懜之譌，《爾雅‧釋詁》：「孟，勉也。」癏、孟音近（《養新錄》），其說是也。段懋堂亦從錢說，而謂蘉從侵，曹省聲，與夢字從𦟰省聲同。則古本無是字，究不足馮。此當本爲癏字，後譌爲寢，又譌爲蘉。鄭訓「勉」（《釋文》云馬、王同），即是癏、孟音轉，漢時本不作蘉也。儻漢時經本已作蘉，則是不體之字，馬、鄭必先正其字云蘉當爲癏，而後訓爲勉。今不見有此文，足明其非。大抵此字訛於魏、晉以後，故徐邈作音亦不能辨其是非也。

可知《書經考》所撮述文句當出自此處，且後半部分乃孫詒讓之說，非莊氏。然而此段孫說甚明晰，《書經考》又何以致誤呢？又檢《尚

書校釋譯論》，嘗引孫說云：

> 孫詒讓《駢枝》：「廮字譌俗，字書所無。莊葆琛謂即瘭字之譌，（《說文‧瘭部》：「瘭，病臥也。从瘭省，壹省聲。」）《釋文》引徐邈音莫剛反，又武剛反，與廮字音七荏反不合。廮亦不得有勉訓。錢竹汀……其說是也。……此當本爲『瘭』字，後譌爲廮，又譌爲廮。鄭訓勉（《釋文》云：馬王同），即是瘭、孟音轉，漢時本不作廮也。儻漢時經本已作廮，則是不體之字，馬鄭必先正其字，云『廮當爲瘭』，而後訓爲勉。今不見有此文，足明其非。大抵此字譌於魏晉以後，故徐邈作音亦不能辨其是非也。」

覈之孫書原文，知《尚書校釋譯論》將「廮字僞俗」之「僞」改作「訛」、「廮字之譌」的「廮」誤作「瘭」，又省略錢大昕及段玉裁之說。將《書經考》所引述與《尚書校釋譯論》引文對比，《書經考》亦將「廮」誤作「瘭」，必是從此書轉引，又因此書引文節略錢、段之說，故而誤將孫說合於莊氏。另外，從《書經考》一書體例也可看出所引莊說非錄自原文，按其例引前人之說皆稱名，葆琛乃莊述祖之字，無由於此自亂其例，所以應該是轉錄。

還有些是從他書轉引，但所依之書已出現誤引，導致引文錯漏。《書經考》有時引述段玉裁《古文尚書撰異》，不檢自原文，而自孫星衍《尚書今古文注疏》等書中轉引，以致於出現脫漏。

此外，還有些其他因不檢原文而誤的例子。如〈多士〉「朕不敢有後，無我怨」，《書經考》云：「王國維〈魏石經考〉『余謂魏石經疑作「時惟天命無違朕不敢後」，則上下文義貫通無滯……第九行，「王曰繇」，今本無此句。……此繇字下亦當有「告爾多士」四字。』」並加腳注：「〈魏石經考〉，《觀堂集林》卷二十。」然覈之《觀堂集林》此文並無此語。所引王國維之說實出〈魏正始石經殘石考〉，並未收入《觀堂集林》。前人引用王氏此語時，或有將篇名省稱作〈魏石經考〉者，如朱廷獻《尚書研究》即是。經查，《書經考》引文全同於朱書，或即就朱書轉引，而未覈原文，誤以爲所省稱之〈魏石經考〉即《觀堂集林》所載之文。

（2）疏於查檢

所謂疏於查檢可以再分爲三類，一是引證前人之說時未能皆探其源，二是引用時出於疏忽而誤，三是所立新說往往有前人已得之或立說相近者。各舉數例，第一種情況：

〈堯典〉「黎民於變時雍」句，《書經考》云：「劉起釪說，〈顧命〉『率循大卞，爕和天下』，『率循大卞』當此『於變』；『爕和天下』當此『時雍』，是。」按，此實為劉氏用其師顧頡剛之說。顧先生說云：「按〈顧命〉太保御王冊命，曰：『率循大卞，爕和天下。』『大卞』即『於變』也，『爕和』即『時雍』也。」（《顧頡剛讀書筆記（卷十一）》）

〈立政〉「太史司寇蘇公」，《書經考》云：「舊說呼太史以告，吳閩生云太史蓋司寇蘇公之兼官，亦可通。」按，吳閩生《尚書大義》「例言」云「此書注釋一本《尚書故》」，此句亦不例外，實出其父吳汝綸《尚書故》。《尚書校釋譯論》亦僅錄作吳閩生說，《書經考》殆自此書轉述而未查檢原書。

第二種情況：

〈梓材〉「肆往姦宄、殺人、歷人宥」之「歷人」，《書經考》云：「歷人，曾運乾說，《大戴禮·子張問入官》『歷者獄之所由生也』，盧注『歷，歷亂也。』」按，曾運乾《尚書正讀》原文為：「歷人，洪頤煊云：『《爾雅·釋言》：「辟，歷也。」《大戴禮·子張問入官》篇：「歷者，獄之所由生也。」歷人，亦謂犯法之人。』」可見《書經考》所謂曾說，實乃曾氏所引洪頤煊之說，當為疏忽所致。

第三種情況：

〈禹貢〉「九川滌源」之「滌源」，《書經考》：「滌源，孔傳云『滌除泉源無壅塞』，訓頗迂曲，疑滌當讀為條，謂條其源流。」按，楊筠如先生已謂「滌，與『條』同」。（《尚書覈詁》）

〈湯誓〉「夏王率遏眾力」之「遏」，《書經考》：「『遏』舊訓止，謹案，疑當讀為竭，訓盡。」按，楊筠如先生已提出此說，其云：「遏，當讀為『竭』。《詩·文王》釋文：『遏或作竭。』是遏、竭可通。字通作『歇』。〈釋詁〉：『歇，竭也。』《史記·高帝紀》索隱引鄭德云：『歇，讀作遏絕之遏。』是也。又通作『渴』，〈釋訓〉釋文：『渴本亦作遏。』《廣雅》：『渴，盡也。』〈周語〉『其渴也無日矣』，韋昭注：『渴，盡也。』《荀子》『百里之地，足以竭勢矣』，楊注：『竭，盡也。』皆其證。然則遏、竭、歇、渴，並以同聲得通假。」（《尚書覈詁》）

〈盤庚〉「予告汝于難」之「難」，《書經考》：「謹案，此篇上下似不及『難』事，疑『難』讀為『戁』，《說文》『敬也』，

義即下篇之『敬我眾』。」按,清人張文虎已指出此經「難」字有「戒慎」意(《舒藝室隨筆》),即「𩕳」字。

〈盤庚〉「今予將試以汝遷」之「試」,《書經考》:「『試』疑讀爲『式』,訓爲用,篇末『試以汝遷』同。」裘錫圭先生已將此「試」字讀爲虛詞「式」字,謂於此當「將要」將,其說云:「此句篇中兩見。盤庚遷都的決心非常堅決,這個『試』字顯然不能當嘗試講。《僞孔傳》把『試』字訓爲『用』,跟文義也不切合。這個『試』字應該是『式』的假借字(也可以說是『式』字之訛),在這裏應該當『將要』將,用法跟〈大誥〉『予翼以于敉文武圖功』的『翼』字十分相似。」(〈卜辭「異」字和詩、書裏的「式」字〉)

〈盤庚〉「汝分猷念以相從」之「分」,《書經考》:「謹案,古文作『分』,疑當讀爲『班』,訓爲等。」按,「分」字讀法上,楊筠如先生有相類讀法。其云:「按『分』讀如『頒』,古班、頒通用,又通作『斑』。」(《尚書覈詁》)

〈微子〉「以容將食」之「將」,《書經考》:「『將』疑即金文之『𩮀』,𤥔鼎(《集成》2614)『其用𤮯夕𩮀盲』即『我將我享』之『將』。」按,楊筠如先生已謂:「將,猶言食也。《詩·我將》『我將我享,維牛維羊』,是其義也。」(《尚書覈詁》)

〈金縢〉「予小子新命于三王」之「新」,《書經考》:「又疑新當讀爲親,謂我親得命于三王。」按,楊筠如先生已說:「新,當爲『親』。下文『予小子其新逆』,馬本作『親』,即其例也。」(《尚書覈詁》)

〈康誥〉「乃洪大誥治」之「治」,《書經考》:「治疑讀爲辭,即辭字,訓爲教告。」按,楊筠如先生已有此說,其云:「治,通作『辭』,〈檀弓〉鄭注:『辭,猶告也。』〈酒誥〉『乃不用我教辭』,謂教告也。《周禮·小司徒》『聽其辭訟』,〈小宰〉『聽其治訟』,〈司市〉『聽大治大訟,小治小訟』,治、辭一字可證。」(《尚書覈詁》)

〈洛誥〉「亂爲四輔」之「亂」,《書經考》:「『亂』,疑當作『率』,形近而誤。」又同篇「亂爲四方新辟」之「亂」,《書經考》:「亂疑爲率字形訛。」按,王引之已有相似觀點,認爲「亂」爲「率」之借字,其云:「〈雒誥〉曰『亂爲四輔』,率爲四輔也。又曰『亂爲四方新辟』,率爲四方新辟也。」(《經義述聞》)

〈洛誥〉「殷乃引考」之「引考」，《書經考》：「引考，疑訓爲長壽。」按，吳汝綸已云：「《爾雅》：『引，長也。』《漢書・郊祀志》注：『考，壽也。』引考，長壽也。此答王勞眾寧己之詞。」（《尚書故》）

〈多方〉「有夏之民叨懫日欽」之「叨懫」，《書經考》：「叨疑讀爲『心焉切切』之『切』，訓爲憂。」實際高本漢先生已有類似觀點，高氏認爲「叨」是「切」字的譌誤，意爲憂傷（《高本漢書經注釋》）。

〈立政〉「惟有司之牧夫，是訓用違」之「用」，《書經考》：「用字絕不可解。疑爲毋字之訛。」按，此「用」字，龍宇純先生已疑爲「毋」之訛（〈尚書札記〉）。

〈顧命〉「既彌留」之「彌」，《書經考》：「彌舊訓久、甚、靡，似皆非。疑彌讀如《卷阿》「俾爾彌爾性」之「彌」，訓爲終、盡，彌留謂在世之終。」按，孫星衍已謂：「彌者，〈釋言〉云：『終也。』」（《尚書今古文注疏》）曾運乾先生亦云：「彌，終也。」（《尚書正讀》）

〈顧命〉「用克達殷集大命」之「達」，《書經考》：「達讀爲『撻彼殷武』之『撻』。」按，吳汝綸早持此說。（《尚書故》）

〈顧命〉「其能而亂四方」，《書經考》：「能、而多通用，疑衍一字。」按，莊述祖已云：「古『能』『而』通，『而』字當衍。」（《尚書今古文考證》）

（3）漏引新說

自此書完成提交之時，學界已有不少研究《尚書》字詞的成果，其中大都是由於出土文獻的促發。當然這些新解未必皆是定論，《書經考》未必都要引錄。但如果是比較確切的或者具有重要價值的觀點，若未徵引則屬於疏失。舉幾例如下：

〈大誥〉「厥考翼其肯曰」句，《書經考》未作訓釋。按裘錫圭先生早已指出「翼其」即卜辭中的「異其」，「翼其肯曰」可以譯爲「難道會肯說」（〈卜辭「異」字和詩、書裏的「式」字〉），頗可信據。

〈洛誥〉「我乃卜澗水東、瀍水西，惟洛食」之「食」，學者頗多異詞，僞《孔傳》釋爲「食墨」。《書經考》承僞孔之說，並謂：「案《周禮・卜師》『凡卜事，眡高，揚火以作龜，致其墨』，似墨當爲灼龜坼裂之名。又〈占人〉『凡卜簭，君占體，大夫占色，

史占墨，卜人占坼。』『食墨』、『墨食』未聞，然　爲吉兆可知。」按，裘錫圭先生據《國語・鄭語》《管子・幼官》《墨子・天志下》等文獻，謂「祭鬼神可以叫做『食』，鬼神饗祭祀也可以叫做『食』」，又謂「『惟洛食』可能就是洛水之神願意饗周人的祭祀的意思」。（〈說「食」〉）這是很有價值的觀點，遠勝舊說，不應失引。郭永秉先生便曾撰文指出《尚書校釋譯論》對裘氏此說的失引（〈《尚書校釋譯論》簡評〉），然而並未引起太多注意。

　　《尚書校詁》（後簡稱《校詁》）於 2018 年 8 月由中華書局出版，爲目前最新的《尚書》校釋之書。此書由「校」和「詁」兩部分組成，「校」羅列重要異文，吸取各家之說，並取古文字參證，比較完備；「詁」亦吸取各家所長，或陳己意，相較「校」的部分而言遺漏較多，己意亦多是陳辭或悠謬之言。此書面世最晚，揆諸情理，無論是校勘、斷讀還是釋義自當後來居上。但是翻檢之下，遺漏實在不少，新成果的徵引率，遠低於《周秦兩漢書經考》。此書校勘異文時屢引古文字材料，說明作者並不忽視新資料，然最可詫者爲〈金縢〉全篇一字未及清華簡簡本。觀此書「自序」所屬日期爲 2007 年 8 月，彼時清華簡尚未發佈，只能理解爲此書 07 年已定，後並未補充新見材料和相關研究成果。所以此書只能定位於彼時，大體體現十多年前的《尚書》研究成果。不過即使成書於十多年前，校詁〈君奭〉〈呂刑〉時，不及郭店簡、上博簡也是極不應該的。此僅就《校詁》一書字詞釋義方面的問題，略舉幾例說明。

　　〈甘誓〉「有扈氏威侮五行，怠弃三正」之「五行」、「三正」，向多異詞。鄭玄注云：「五行，四時盛德所行之政也。威侮，暴逆之。三正，天地人之正道。」（《史記集解》引）所謂「四時盛德」，即《禮記・月令》之「立春，盛德在木」、「立夏，盛德在火」、「立秋，盛德在金」、「立冬，盛德在水」。前人多有不取鄭注而另立新解者，近代以來已有許多有價值的觀點。《校詁》仍承鄭說，並謂：「《爾雅・釋宮》云：『行，道也。』『五行』、『三正』指天道、人道，即自然界與人類社會所有正道。」按，「五行」和「三正」分別甚明，鄭玄且分別而論，豈可概言爲「所有正道」？此注不惟沒有進益，反較前人之說等而下之。又所引〈釋宮〉文乃指道路而言，與「正道」無涉。

　　〈梓材〉「封。以厥庶民暨厥臣達大家」之「以」本無可疑，

《校詁》謂：「即以首二句爲例，已難通其讀，今試釋其義。《廣雅·釋詁》云：『以，與也。』按：以、與古同聲而通用，故以當讀爲與。《說文·舁部》云：『與，黨與也。』段注云：『黨當作攩，攩，朋羣也。』是此文『以』者親朋之義。」按，此訓詁不通。

〈多士〉「爾殷多士，今惟我周王，丕靈承帝事，有命曰『割殷』，告勑于帝」之「告勑于帝」，《校詁》云：「告當讀爲梏。《說文·木部》：『梏，手械也，从木，告聲。』按：『手械』猶今言手銬，謂捕拿加刑具手銬。勑當作敕。《說文·攴部》云：『敕，一曰：臿地曰敕。』按，臿、插古今字，臿猶言刺殺。帝即帝辛殷紂，『告勑于帝』謂捕拿誅戮昏君殷紂。」按，此說不辭之甚。「告勑于帝」之「帝」顯然同於前「丕靈承帝事」，當指天帝而言。且《尚書》中「帝」無指商紂者。

〈多士〉「非予罪，時惟天命」之「罪」，當指過失。《校詁》云：「罪字當讀其本義。《說文·网部》云：『罪，捕魚竹网，从网，非聲。秦以爲辠字。』按：网、罔、網皆古今字。王筠《說文釋例》云：『《詩》言「罪罟」，猶《易》言「網罟」，今多複語，古人已然。』是罪乃網羅之義，『非予罪』謂不是我網羅任用你們。」按，此訓詁不通，經典無此用法。

此書因不通訓詁而釋義踳誤處頗多，不待一一舉證。

以上僅稍事翻檢，疏失已多，若詳細比勘，問題必定不少。可見《書經考》和《校詁》二書雖已較完備，但對舊說的清理還很不夠，且對最近數年來利用新材料的研究成果不及吸取，所以最新的《尚書》文本編製還是很有必要的。但也並不是說小書所附文本便很完善了，《書》經研究著作繁富，疑難問題很多，加以撰製倉促，又學殖淺薄，疏失在所難免。待來日有機會再對《尚書》進行詳細校注。

最後，感謝曾在小書撰述和編輯出版過程中傾注心力的師友們！聊以此書自策自勉！

己亥六月

國家圖書館出版品預行編目資料

出土文獻與<<尚書>>校讀 / 趙朝陽著. -- 初版. -- 臺北市：
蘭臺，2020.8
　　面；　公分
ISBN 978-986-5633-90-5(精裝)
1.書經 2.文獻學
　　　621.11　108021283

文獻學·第一輯01

出土文獻與《尚書》校讀

作　　者：趙朝陽
編　　輯：張加君、盧瑞容
美　　編：陳勁宏
封面設計：陳勁宏
出 版 者：蘭臺出版社
發　　行：蘭臺出版社
地　　址：台北市中正區重慶南路1段121號8樓之14
電　　話：(02)2331-1675或(02)2331-1691
傳　　真：(02)2382-6225
E—MAIL：books5w@gmail.com或books5w@yahoo.com.tw
網路書店：http://5w.com.tw/
　　　　　https://www.pcstore.com.tw/yesbooks/
　　　　　https://shopee.tw/books5w
　　　　　博客來網路書店、博客思網路書店
　　　　　三民書局、金石堂書店
總 經 銷：聯合發行股份有限公司
電　　話：(02) 2917-8022　傳 真：(02) 2915-7212
劃撥戶名：蘭臺出版社 帳號：18995335
香港代理：香港聯合零售有限公司
電　　話：(852)2150-2100　傳真：(852)2356-0735
出版日期：2020年8月初版
定　　價：新臺幣800元整（精裝）
ISBN：978-986-5633-90-5